UN MAL SANS REMÈDE

À Alexandra

Je connais tes œuvres.
Je sais que tu passes pour vivant, mais tu es mort.
APOCALYPSE, 3-I

Sommaire

I

À TRENTE ET UN ANS, Rimbaud était mort. Depuis l'aube de ses trente et un ans, Escobar contemplait cette révélation posée comme un oiseau sur l'appui de la fenêtre : à trente et un ans, Rimbaud était mort. Incroyable.

À côté de lui, Fina dormait toujours, comme si elle ne se rendait pas compte de la gravité de la chose. Il lui boucha le nez avec deux doigts. Elle gémit, se retourna, puis, avec un ronflement, commença à respirer tranquillement par la bouche. Les femmes ne comprennent pas.

Dehors, les premiers oiseaux chantèrent, on entendit le bruit du premier moteur, toujours celui d'une moto. C'est l'heure de mourir. Assis sur le coccyx, la nuque appuyée contre le chevet du lit et les yeux fixés sur le plafond sans moulures, Escobar s'efforça de ne penser à rien. Que l'univers l'absorbe doucement, sans bruit. Qu'en se réveillant enfin Fina ne trouve qu'une petite tache humide au milieu des draps défaits. Il pensa qu'il ne serait plus jamais le même, plus jamais celui qui s'efforçait à présent de ne penser à rien ; il pensa qu'il ne serait plus jamais celui qui pensait à présent qu'il ne serait plus jamais le même. Mais dehors les bruits de la vie s'intensifiaient. Il sentit dans le bas-ventre un élancement, une semonce : l'envie d'uriner. La vie. Ah, se lever. Ce n'est pas encore cette fois que nous mourrons.

Il vit monter au-dessus de la crête hirsute des montagnes une fine frange de soleil, comme une braise. L'astre tout entier se leva d'un coup, globuleux, rose sombre dans la brume, et plus haut le ciel était déjà bleu, d'un bleu indigo, peut-être : qu'est-ce que le bleu indigo ? Et, plus haut encore, d'un bleu plus profond, peut-être un bleu de cobalt. Comme tous les jours, probablement. Bien qu'il ne fût pas question de se lever tous les jours à cette heure-ci pour le voir. Rien ne garantissait que le soleil se levait ainsi tous les jours. Ce n'était pas possible. Il décida de lui dédier un poème, comme un acte de foi.

Soleil matinal, soleil égal,
soleil fatal
lent soleil caracole
soleil de Col-
ombie.

C'était un soleil alangui, plein de l, soleil d'un jour qui promet la pluie. Il voulut réveiller Fina pour lui réciter son poème. Mais son enthousiasme était retombé.

Immobile dans le lit, il vit le jour s'assombrir lentement, les aigres nuages gris grossir au-dessus des montagnes, la trace de plomb des premières gouttes de pluie, lourdes comme des pierres. Peut-être aurait-il mieux valu être mort. Ne pas supporter chaque jour le même jour, le même soleil, la même pluie, l'ennui jusqu'à l'extrême limite : la vie qui passe et tourne en rond. Et, si la vie s'achève, il y a encore les réincarnations. Le réveil prévisible de Fina, le jus d'orange, le petit déjeuner.

Il se passait chaque jour moins de choses, et des choses de plus en plus semblables, comme si tout n'était que souvenirs. Chaque jour au réveil il avait la bouche pleine d'un goût âpre de fer, la gorge encombrée tel un tuyau oxydé par les sulfates. Les sulfates s'oxydent-ils ? Les oxydes se sulfatent-ils ? Il passait des jours entiers à dormir, rêvant de vagues rêves, des rêves de sourde angoisse, de poursuites lentes et répétées dans des cours cimentées inondées de pluie. Fina le réveillait, lui donnait à manger, le laissait dormir, l'oubliait dans son sommeil ; parfois elle insistait pour qu'il prenne des vitamines, comme s'il s'agissait de ça. Il avait cessé de sentir, d'espérer, de faire des projets, de penser à des choses compliquées, pleines d'inconnu. Parfois encore – mais par pure inertie –, un poème lui venait à l'esprit : un poème très sot, aussi sot que l'idée même de composer un poème. La forme doit refléter le fond. Oui, mais à quoi bon ? Oui, mais ah... Comme si son organisme, par habitude, pondait des œufs sans le vouloir : un effort bref, un hoquet, et voilà déposée une chose ronde – assonance, consonance, inféconde. À trente et un ans, Rimbaud était mort, au moins. Escobar se sentait desséché, ramolli, refroidi, moribond, et entouré de choses terriblement mortes. Et ainsi des jours entiers. Des semaines. Quelque chose lui disait que cela durerait toute la vie. Et rien ne lui disait combien de temps durerait la vie.

— Écoute, mon amour, dit Escobar sans bouger.

Et il récita :

Bien avant mon enfance
(depuis avant ma naissance)
je suis
mort.

Fina lui jeta un regard irrité.

— C'est un poème que je viens d'imaginer, s'excusa Escobar.

— Tu comptes encore passer toute ta journée au lit ?

— Oui. Mais je vais me raser, probablement.

— Ça me tue de te voir dormir toute la journée comme un porc.

— Toi, tu as un boulot, mon cœur. Et tes cours de danse, de karaté... est-ce que je sais.

— Sors du lit. Je vais le faire.

— Une femme active est du vif-argent.

— Ne lève pas les yeux au ciel.

— Je ne lève pas les yeux au ciel.

— Tu lèves les yeux au ciel, ne dis pas le contraire.

Fina entreprit de faire le lit, mit des draps propres. Escobar se glissa de nouveau dans les draps frais, rompit la géométrie de leurs plis, en amorça de nouveaux, des ébauches de rides qui à la fin de la matinée seraient transformées en nœuds tièdes. Sans le regarder, Fina ramassa sa pochette, son sac, son portefeuille, ses cigarettes et ses chaussons de danse. Elle sortit. La porte de l'appartement claqua.

— Rapporte-moi de l'herbe ! cria Escobar.

Mais il n'y eut qu'un silence sans réponse, vibrant, presque dominical.

— Rapporte-moi de l'herbe, mon amour, c'est mon anniversaire, dit-il, toujours à voix haute, sachant que c'était inutile.

Quand on est allongé sur le dos, si on pose le bout des doigts sur un certain endroit du ventre, on a l'impression d'entendre passer le temps. Escobar l'écouta passer un long moment. Il serait bon d'aller aux toilettes avant que le sommeil revienne, avant la première sieste matinale. Fragments d'images, phosphorescences dans l'obscurité tiède des paupières fermées, gros nuages noirs et durs qui se laissaient tomber avec une sorte de croassement, un crépitement de fond de klaxons et de moteurs, la pluie qui frappe la fenêtre : matinée ordinaire. Et l'appel insistant de sa vessie, comme un tambourinement. Il se leva en soupirant. Se dirigea vers la salle de bains en regardant, fasciné, le jeu de va-et-vient de ses tendons sous la peau de ses pieds nus. Il posait d'abord le talon, sans le voir, sans le sentir, puis toute la plante du pied, percevant la douceur du tapis sous sa voûte plantaire, et finalement ses orteils, unanimes, se collaient au sol, comme des ventouses roses, et ses tendons, qui étaient peut-être plutôt des métacarpes, étiraient sa peau et la faisaient blanchir sur le gris foncé du tapis ; mais déjà l'autre pied avançait, lançait ses propres orteils, unanimes, sur le sol, ses métacarpes, ses métatarses : la terrible monotonie de la nature. Il urina avec ferveur. Enfant, j'étais capable d'envoyer le jet à quatre mètres. Plus maintenant. J'ai vécu.

Il lut pour la quatrième fois, pour la cinquième peut-être : savon-crème pour le corps à l'Eucerit (substance dermo-compatible), qui nettoie et prend soin de la peau, et la rend délicatement douce. À trente et un ans, Rimbaud était non seulement mort, mais il avait complètement renoncé à la littérature, cette supercherie : crème dermo-compatible. Escobar trouva un autre texte : nouvelle formule aux composants actifs qui hydratent la peau. Il vérifia : aucune erreur ; c'étaient deux textes différents, deux produits distincts, deux flacons. Et un autre encore : crème régénératrice. Et un autre : *lait de beauté**. Que la littérature offre peu de variété.

Il prit dans la bibliothèque le tome R de l'encyclopédie et se laissa tomber sur le canapé, les yeux fermés. Le dos froid du volume pesait sur son ventre. Il laissa échapper un aïe bas et long – un aaaaaaaaaïïïïïeeeeee sans force, sans entrain, qui lui sortait de l'âme. Mon Dieu, il doit être à peine neuf heures du matin. « Rimbaud, Arthur. 1854-1891. Poète français de l'éco… » Ce n'est pas possible. Cinquante-quatre à soixante ça fait six, à quatre-vingt-onze, trente et un, et six, trente-sept. Moins trente et un, six : il me reste encore six ans. Ce n'est pas possible. Il fit le compte en ôtant 1854 de 1891. Même chose : trente-sept. À trente-sept ans, Rimbaud Arthur succomba à la gangrène dans un hôpital de Marseille. Six ans encore : aucune erreur de calcul. Mais pourquoi Rimbaud, pourquoi lui ? Enfin, c'est comme ça. Il doit y avoir des poètes qui sont morts plus jeunes. Un éphèbe anglais peut-être. Mais réfléchir, chercher…

Il se doucha, se rasa. Onze heures à peine. Il se doucha de nouveau. Se badigeonna de savon-crème à l'Eucerit. Qui n'était pas aussi dermo-compatible que le promettait la notice ; il dut se doucher de nouveau. Midi, pas plus. Trois heures seulement étaient passées parmi les milliers d'heures qu'il y a dans six années : des armées d'heures alignées, patientes, attendant leur tour ; des heures qu'il faut tuer une à une à mesure qu'elles pointent leur nez, qu'on voit venir l'une après l'autre sur la courbe grise de l'horizon, comme des vagues ; qui finissent par éclater en s'affalant sur les galets de la plage quand d'autres pointent déjà, plus loin, les unes derrière les autres. Des heures qui se reproduisent on ne sait quand, chacune grosse de plusieurs milliers d'heures identiques. Escobar se regarda longuement dans la glace. Une demi-heure, peut-être. Seigneur, dans six ans je serai complètement chauve.

* Les mots ou expressions en italiques et suivis d'un astérisque sont en français dans le texte. *(N.d.T.)*

Crème régénératrice pour cheveux secs et abîmés. Redonne éclat, douceur et souplesse naturels, promettait l'étiquette. Mais il repoussa l'aide de la science. Une heure, une heure et quart peut-être ; une heure et demie avec beaucoup de chance. Encore nu, il sortit de la salle de bains.

À une heure et demie de l'après-midi, les choses se figent dans une quiétude universelle qui a la rigidité de la mort : immobiles, elles baignent dans une lumière inerte elle aussi. Quand on ferme l'œil gauche elles sont plus dorées ; et si on ferme le droit, plus bleues. Tons froids et chauds : tout est déjà nommé, tout a été dit et tout se répète. Toutes les choses sont unies, alors, reliées par un réseau complexe de courants souterrains, torrents silencieux de la lymphe incolore dont est faite toute chose. En résumé, se dit Escobar, toutes les choses finissent par être des choses ; rien que des choses, peut-être interchangeables. Uriner revient au même que regarder par la fenêtre, et peut-être est-ce la même chose. Il retourna uriner. Il regarda par la fenêtre. Il eut l'idée d'uriner par la fenêtre, mais il n'avait plus de quoi. C'était exactement la même chose : la même transparence un peu trouble. Toutes les choses sont une seule chose.

— Je me demande si je n'ai pas découvert le secret essentiel de l'Univers, dit-il tout haut.

Le silence absorba le son de sa voix. Il n'était plus sûr d'avoir vraiment parlé et ne se souvenait pas non plus des étapes précises de son raisonnement. L'être, le néant, l'essence, la conscience. Sujet pour un poème métaphysique. L'essence d'un poème, c'est le poème. Et cela valait aussi pour le premier vers d'un poème, ou même pour tout le poème : un poème est un poème est un poème. Mais on l'a déjà dit, mais tout est dit, mais tous les poèmes sont des poèmes sont des poèmes. Le mot poème commençait à prendre des sonorités crémeuses, onctueuses, une odeur d'agent actif, d'Eucerit, une odeur douceâtre. Poème, poème, poème. Des grumeaux de poème restaient collés à son palais, tout au fond de la bouche, là où n'arrive pas la pointe de la langue ; épais et blanchâtres, ils avaient la consistance mousseuse d'une crème. Il se mit au lit, se couvrit la tête avec le drap, et dans la pénombre tiède il commença à appeler sa mère à voix basse.

Il fut réveillé en sursaut par la sonnerie stridente et angoissante du téléphone. Grave, lointaine, la voix attristée de sa mère :

— Mon petit.

— Maman.

— Tu ne m'appelles jamais.

— Je t'ai appelée, tout à l'heure. Ça ne répondait pas.

— J'étais en train de parler avec Ernestico Espinosa.

— Tu es toujours en train de parler avec Ernestico Espinosa, maman. De quoi parlez-vous ?

— Ernestico est un merveilleux cardiologue.

De quoi souffrait sa mère ? D'hypertension ? D'hypotension, si le contraire s'appelle bien comme ça ?

— Comment va ta tension ?

— Toujours pareil.

— Ah.

— Tu ne viens jamais me voir, mon petit.

Il trembla rien que d'y penser. Appeler sa mère lorsqu'on est à l'article de la mort est une chose, aller la voir en est une autre, bien différente. L'informe petit sac d'os parfumé et maquillé, enveloppé dans des châles au fond d'un profond fauteuil, près de la cheminée toujours allumée. Les vagues pétrifiées, hautes et grises, de ses cheveux, le faisceau de tendons de sa gorge emprisonné par les six rangs de son collier de perles. Les servantes amidonnées et crissantes. Les oncles buvant de pâles whiskies, les tantes buvant obstinément leur thé. Ernestico Espinosa, profil sinueux de cardiologue parfumé, perle à la cravate. Mgr Botero Jaramillo, soutane aux boutons violets, perdus à hauteur du col sous ses deux doubles mentons. Ricardito Patiño, poète de salon, éructant son whisky tout en douceur derrière une longue main alanguie, tavelée de gris, de rouge, de violet. Les plateaux d'argent chargés de muffins et de toasts, l'éclat éteint des flacons de cristal taillé remplis de whisky et de brandy. L'éclat obstiné des cadres d'argent autour des photos de défunts jaunies : son grand-père don Foción, sanglé dans son uniforme de général de la guerre ; son père, le petit doigt tendu et appuyé sur l'extrémité d'une table, en frac, quand il était jeune, quand il était vivant, quand il était plénipotentiaire à Asunción ; son frère Focioncito, avec son sourire sépia de six ans et ses boucles d'or, enlevé au Ciel dans la fleur de l'enfance.

— Tu es là ?

— Oui, maman.

— Où es-tu ?

— Ici, maman, chez moi. C'est toi qui m'as appelé.

— Évidemment. Comme tu ne m'appelles jamais.

— Je t'ai appelée tout à l'heure.

— Mais tu ne viens jamais.

— Et ta tension ? Toujours pareil ?

— Elle est très basse. Ernestico Espinosa me dit qu'il n'a jamais vu une tension si basse.

Dans la voix de doña Leonor vibrait un orgueil disproportionné.

— Ah…

— Évidemment : toute seule dans cette grande baraque…

— Seule ? Seule, maman ?

Personne, non, personne ne s'occupait d'elle, sauf Andrés et Juan et Gil, et huit serviteurs et deux pages, en livrée et cravate de fil.

— Ne te moque pas, mon petit. Le service est impossible. Tu leur donnes une main, et ils t'arrachent le coude. C'est qu'il manque un homme, dans cette maison. « La voix de l'homme est comme la foudre », disait toujours ton papa, le pauvre.

— Oui, maman.

— Pourquoi ne viens-tu pas habiter ici ? Je ne serais pas si seule. Ton lit est là, intact, comme lorsque tu es parti ; celui de Focioncito aussi.

Escobar écarta le combiné et prit un air de martyr. Pour personne, comme ça. Quelle heure pouvait-il être ? Deux heures, peut-être. Trois heures, calcula-t-il d'après la dense obscurité du ciel gonflé de pluie. Il laissa sa mère parler toute seule à l'autre bout du fil. Puis, pris de remords, il écouta de nouveau. Doña Leonor parlait encore de Focioncito, enlevé au Ciel dans la fleur de l'enfance.

— Maman, s'il te plaît. Focioncito est mort.

— Je sais, mon petit, c'est bien là le problème. Sinon, je ne serais pas seule, tu le sais.

— Maman, tu n'es pas seule.

— Ignacio, je ne te permets pas de me dire une fois de plus que les domestiques sont une compagnie.

— Non, maman. Mais tout le monde passe sa vie chez toi. Oncle Foción, tante Clemencita, oncle Pablo, tante Memé.

— Ta tante Clemencita a déjà un pied dans la tombe.

— Très bien, maman, mais les oncles et les tantes, les cousins et les cousines, les neveux et les nièces, ton ami Ricardito, Ernestico Espinosa, qui vient tous les jours prendre ta tension, Mgr Botero Jaramillo, qui vient tous les après-midi boire ton cognac, ton amie Lulucita Pineda…

— Lulucita, c'est à peine si elle respire encore, la pauvre. Parkinson. Ernestico ne lui donne même pas six mois. Et Mgr Botero Jaramillo a un cancer de la langue.

— Oui, maman, ça arrive à tout le monde.

Ils restèrent tous deux silencieux un moment.

— Mon petit.

— Maman ?

— Que fais-tu ?

— Rien. Je dormais. Tu m'as réveillé.

— Dis-moi, tu n'as pas l'intention de faire quelque chose, un jour ?

— Non. Si. Je suis en train d'écrire un poème.

— Le même ?

— Oui, maman, le même.

— Quand vas-tu le publier ?

— Je ne sais pas. Quand je l'aurai terminé.

— Et quand penses-tu le terminer ?

— Je ne sais pas.

— Mon petit.

— Maman.

— Tu vas devenir alcoolique. Comme Ricardito.

— Maman, s'il te plaît !

— Je ne vois pas pourquoi tu montes sur tes grands chevaux, Ignacio. À ton âge, Ricardito avait déjà publié je ne sais combien de livres de poésie. Je me souviens qu'il m'en avait dédié un, qui s'appelait *Rites, Rimes, Restes, Rejets*… je ne sais plus. *Ruines.* J'oublie tout. C'est ma tension trop basse.

— Mais je ne veux pas devenir comme Ricardito, maman. Surtout pas.

À son âge, Rimbaud était mort. Et à celui de Ricardito, n'en parlons pas.

— Ne sois pas injuste. Ricardito faisait de très bons vers.

— Dis-m'en un.

À l'autre bout du fil, doña Leonor réfléchit un bon moment.

— Je ne m'en souviens plus. C'est ma tension. Et puis nous sommes tous très vieux, ce n'est pas possible. Mon petit…

— Maman.

— Je suis très vieille. Et très seule.

Escobar leva de nouveau les yeux au ciel. Il laissa tomber le combiné tout chaud sur sa poitrine. Puis le reprit, irrité.

— Maman, tu n'es pas seule. Pourquoi ne te maries-tu pas avec Ricardito ?

— Avec Ricardito ?

Il entendit le rire cristallin de sa mère. Il raccrocha.

Il avait perdu une heure. Il avait gagné une heure. De sa vie. De sa mort, peut-être. Lui aussi il était seul et vieux : il avait trente et un ans, et à son âge, Rimbaud, ou du moins Ricardito… Retourner chez sa mère, retrouver son lit qui l'attendait ? Le cloître maternel. Les hauts plafonds, les bois polis, les pelouses du jardin traversées par les courses des chiens. Et, avec un peu de chance, Ernestico Espinosa découvrirait en l'auscultant que le problème venait de là, d'une tension très basse. Retourner chez sa mère. Reproduire son enfance de deuils et de silences. Ils vieilliraient ensemble. Il laisserait sa tension baisser lentement, son sang cesser de couler ; il mourrait à petit feu et se transformerait peu à peu en une photo jaunie dans un cadre d'argent.

Il fut de nouveau agressé par la sonnerie perçante du téléphone. Il aurait dû le laisser décroché. Il aurait dû mieux la connaître : en fin de compte, c'était elle qui l'avait mis au monde. Il laissa le téléphone sonner plus de dix fois. Puis il décrocha.

— Mon petit.

— Maman.

— Pourquoi ne répondais-tu pas ? J'ai cru qu'il t'était arrivé quelque chose.

— Le téléphone ne sonnait pas.

— Pourquoi ne viens-tu pas dîner, ce soir ? Je ne te vois jamais.

— Je ne peux pas, maman.

— Ernestico Espinosa sera là. Et Mgr Botero Jaramillo. Il y aura un soufflé au fromage, une vraie merveille, c'est ce que Saturnina fait de mieux. Ricardito sera là, lui aussi, bien sûr.

— La science, la religion, la poésie, la gastronomie. Tu ne te prives de rien. Mais je t'assure, je ne peux pas.

— Essaie de te libérer. Je suis si seule !

— Mais maman, au nom du Ciel ! Tu ne m'as pas dit qu'il y aurait Ernestico Espinosa et Ricardito et Mgr Botero Jaramillo ?

— Mais ils ne comptent pas, eux. Tu le sais bien.

— Maman, vraiment, je te le dis sérieusement : marie-toi. Si tu ne veux pas te marier avec Ricardito, marie-toi avec Ernestico Espinosa, ton merveilleux cardiologue, si raffiné, si bien coiffé, si parfumé. Il est fou de toi.

— De moi ? Ne sois pas naïf, mon petit. Qui pourrait être fou d'une vieille comme moi ? Ernestico, ce qui l'intéresse, c'est l'argent, le pauvre.

— Alors avec ton ami Botero Jaramillo.

— Ne dis pas ça, Ignacio. C'est un prêtre. En plus, il a un cancer de la langue.

— Excuse-moi, maman, mais je dois raccrocher. On frappe.

— Alors je t'attends. Il y aura un soufflé.

Il raccrocha. Il s'installa à son aise entre les draps. Il s'endormit.

Il fut réveillé par le retour de Fina.

— Tu m'as rapporté de l'herbe ?

Fina le regarda avec des yeux d'eau sombre agitée, balayée par les courants. Mauvais signe. Ou bon signe, si ça se trouvait. Il ne se rappelait jamais si c'était bon ou mauvais signe que les yeux de Fina soient sombres ou clairs, troubles ou lumineux. Mais c'était un signe, et tous les signes sont mauvais. Il remarqua que les lèvres de Fina commençaient à trembler. Et, soudain, sans que son visage bouge, ses yeux s'emplirent de larmes. Comme ça, à première vue, on aurait dit des pleurs de rage. Ce qu'il y avait de pire. Très mauvais signe.

— Mais, chérie !

Escobar se redressa dans le lit. Se lever, faire un effort, sentir le parquet froid, passer un bras protecteur autour de ses épaules, lutter pour qu'elle accepte le poids de son bras protecteur. Forcé de jouer au dompteur. Au stoïcien.

— Mais, chérie… répéta-t-il sans bouger du lit. Qu'est-ce qu'il y a ?

— Rien.

— Mais bien sûr que si, il y a quelque chose !

Fina était partie pour pleurer longtemps, sans essuyer ses larmes, qui couleraient sur son visage et finiraient par former une lourde goutte transparente sur son menton. Pas de drame, mon Dieu. Fina lui tourna le dos et regarda tomber la pluie par la fenêtre. Ah, pas de drame, pas de drame. Fina, mon amour, comprends-moi, je ne sais jamais quoi faire dans ces cas-là, et en plus je suis faible, et aujourd'hui rien ne va : d'abord Rimbaud, puis l'essence des choses, puis maman a appelé, et maintenant c'est toi qui t'y mets, et celui qui doit toujours faire le premier pas c'est moi, alors que je n'ai rien fait. J'étais là, au lit, je ne dérangeais personne quand le soleil s'est levé, qui n'a pas su durer, et que du noir a jailli cette pluie sans fin. Et les heures se sont mises à passer lentement, et de plus en plus lentement, et maintenant voilà que tu reviens sans herbe, je t'avais demandé de l'herbe, mais peu importe l'herbe maintenant : c'est la pluie, c'est le temps qui passe, ce sont tes larmes, c'est ton injustice, c'est l'injustice générale, tout ce qu'il y a de terrible qui s'ajoute à tout ce qu'il y a de terrible, qui s'accumule, s'épaissit, se forge et se durcit en une masse compacte et solide et lourde, tel du magma ou quelque chose comme ça, et qui, une fois solidifié, s'abat sur moi comme un ciel de pierre, mon amour.

— Mon amour, dis-moi ce que tu as.

— C'est mon problème.

— Tes problèmes sont mes problèmes.

— Évidemment, je ne t'ai pas rapporté d'herbe !

— Tu ne m'en as pas rapporté, c'est vrai. Mais ce n'est pas ça. C'est que je t'aime.

— Très drôle.

Et, par-dessus tout, le ton : comme un coup de couteau. Dans le silence plein de rancœur on entendait monter de la rue les voix d'un groupe d'enfants qui chantonnaient sous la pluie, entrecoupées de halètements, de bruits de pieds et de cris d'irrépressible excitation. Personne ne connaît les drames qui l'attendent à l'âge adulte. Escobar se leva en soupirant, s'approcha de Fina, regarda par la fenêtre. À travers ses cheveux lui parvenaient l'odeur et la chaleur de ses larmes. Dès qu'il la toucha, il la sentit se raidir et il retira sa main. Sur le trottoir, en haillons et trempés, trois garçons petits comme des nains et une fille plus grande faisaient d'incompréhensibles sauts, en fredonnant, tout heureux, leur air insensé sous la pluie fine et implacable, et en suivant un labyrinthe de craie jaune à moitié effacé par l'eau. Ils ne se contentent pas de jouer sur la chaussée : en plus ils chantent. Il embrassa Fina dans les cheveux. Il ressentit une soudaine vague de tendresse et de désir.

— Viens.

Fina le repoussa d'un coup de coude dans l'estomac. Elle pleurait toujours, les yeux fermés et le nez écrasé contre la vitre, qu'elle embuait : elle était vivante. Elle lui lança un autre coup de coude dans le sternum, qu'Escobar esquiva. Il la saisit par les poignets et la maintint immobile, plaquée contre la fenêtre. Elle tourna la tête et le regarda rageusement, la bouche serrée et le visage baigné de larmes, tout à coup enfantin avec ses plaques rouges et ses paupières gonflées par les pleurs.

— Je veux un enfant.

— Fina, s'il te plaît.

— Je suis sérieuse. Réponds-moi, oui ou non.

Il la lâcha, retourna au lit, se coucha sur le ventre. Le roseau plie en attendant que passe l'inexplicable fureur du vent. Fina vint s'asseoir au bord du lit.

— C'est sérieux, Ignacio, réponds : oui ou non ?

— Et si je réponds non ?

— Je ne plaisante pas.

— Mais, Fina, je t'assure, il est parfaitement possible que je réponde non.

— Nous l'appellerons Ignacito.

— Non. Je trouve ça épouvantable. Un miroir. Un juge.

— Alors comment ? Pourquoi pas Gedeón ?

— Fina, je ne veux pas d'enfant.

— Je ne plaisante pas. Si tu m'aimes, fais-moi un enfant.

— Mais, mon amour, ce sont deux choses qui n'ont aucun rapport. Et puis c'est la première fois que tu me dis que tu as envie d'avoir un enfant.

— J'ai vingt-sept ans.

— Et moi trente et un, dit Escobar, histoire de voir si elle se rappelait que c'était son anniversaire.

Mais rien, pas le moindre cadeau.

— J'ai vingt-sept ans, répéta Fina.

— Il t'en reste vingt-sept avant la ménopause.

— N'importe quoi.

— Mais c'est vrai, mon amour. Dans ma famille, on a des enfants très tard. Maman avait plus de quarante ans quand elle m'a eu.

— Ne me donne pas ta mère en exemple.

— Qu'est-ce qu'elle a de mal, ma maman ?

— Rien. C'est ta mère.

— Ça n'a rien de mal. Elle m'a appelé cet après-midi.

— Ah, tu vois !

Ils se regardèrent un instant, pleins de défi. Fina passa à l'attaque.

— Je ne veux pas que mon fils soit comme toi. Un fils de vieux. Un fils unique.

— Je ne suis pas fils unique. J'avais un frère aîné qui est mort quand j'avais cinq ans. Il s'appelait Foción.

— C'est ça qui l'a tué, c'est sûr.

— Et tu veux appeler le tien Gedeón ?

— Ce n'est pas moi qui veux ; c'est toi. Si ça ne tenait qu'à moi, je l'appellerais Alejandro.

— Alejandro. C'est un nom de pédé.

— Il n'y a pas de mal à avoir un fils pédé.

— Les pédés qui s'appellent Alejandro finissent généralement par ouvrir des salons de coiffure ou de beauté.

— Espèce de lâche.

— Ça n'a rien à voir non plus. Écoute, mon amour, comprends-moi, ma vie a toujours été pleine de choses épouvantables parce que je ne sais pas dire non : clowns en verre de Murano, artisanat typique, cravates ridicules. Maintenant, j'ai enfin compris que je ne supportais pas ces choses épouvantables. Seulement, elles sont là et semblent vouloir rester à tout jamais, ce qui me tue à petit feu. Un enfant, ça fait partie de ces choses épouvantables. Mais j'ai découvert que je n'aime pas ce que je n'aime pas. Ce qui est une tautologie, l'expression idéale de toute proposition philosophique.

— Arrête ton cinéma.

Et Fina recommença à pleurer.

— Mais, mon amour, mon amour, ne pleure pas, Fina, s'il te plaît. Bien sûr que je fais du cinéma, mon amour, mais...

— Ce n'est pas pour ça que je pleure, imbécile. Si ça te plaît d'être un guignol, c'est ton problème.

— Alors pourquoi tu pleures ?

— Parce que j'en ai envie.

Et elle n'avait vraiment pas l'air de songer à préparer le repas. Eh bien, si c'est ça, la vie à deux, qu'est-ce que ce serait avec un enfant ! Un truc en caoutchouc gluant et plein de sang, qui pleure dès sa naissance, qui naît les poings serrés pour qu'on ait plus de mal à lui compter les doigts, avec la peau ridée, violacée, qu'il faut nettoyer en la léchant. Un enfant qui nous regarde, qui nous juge, qui marche à quatre pattes, qui se traîne, qui laisse des traces poisseuses, un sillage de bave et de pipi, de caca, de lait vomi, de choses tièdes, glissantes.

— Fina, tu n'as pas faim ?

— Tu n'essaies même pas de comprendre ce que je te dis.

— Mon amour, j'ai parfaitement compris : tu veux un enfant. Moi pas. C'est toi qui n'essaies pas de comprendre. Mon amour, je conçois très bien que les femmes veuillent avoir des enfants : donner la vie, perpétuer l'espèce, allaiter, tricoter, laver les couches. Mais un enfant c'est la fin de la liberté. Un gardien. Un geôlier.

— Un enfant ce n'est pas ça.

— D'après ce qu'on m'a expliqué, un enfant c'est surtout ça.

— Mon enfant à moi n'est pas ça.

— Ton enfant est mon enfant, et mon enfant est plus ou moins ça. J'ai l'impression que nous utilisons les mêmes mots avec des sens différents.

— *Tu* utilises des mots.

— Pas toi ?

— Moi aussi. Mais toi, tu t'en tiens aux mots.

— Essayons les mimiques.

— Imbécile.

— Mais comment veux-tu que nous nous comprenions si tu ne fais que pleurer et me traiter d'imbécile ? Mets-y du tien, franchement.

— Je pleure et je te traite d'imbécile parce que tu ne me comprends pas.

— Je crois que nous sommes pris dans un cercle vicieux.

— Merde.

Escobar enfouit sa tête dans l'oreiller. S'endormir pour toujours, se faire embaumer, ressusciter quand Fina se serait réincarnée dans la Fina sensée qui prenait la pilule. Et faire l'amour sans penser à rien d'autre, embrasser la chaleur de son cou, sentir le battement de sa veine jugulaire, son souffle et ses baisers sur le visage, et s'endormir sur le côté, le petit cul frais de Fina encastré dans son ventre, comme des cuillères d'argent rangées dans un tiroir. Dehors, le soleil se couchait, et la pluie continuait à tomber dru. On n'entendait plus monter les voix des enfants qui jouaient en chantant : ils étaient rentrés chez eux, trempés jusqu'aux os, et ils ne reviendraient jamais, ou reviendraient le lendemain, ou d'autres viendraient à leur place ; les enfants sont inépuisables.

— Fina, je ne sais pas toi, mais moi je n'ai pas mangé de la journée.

— Ça ne t'intéresse pas que je veuille avoir un enfant. Ce qui t'intéresse, c'est que je te fasse à manger.

— Mon amour, avant de te connaître, je ne pensais pas à avoir des enfants et je n'avais besoin de personne pour me faire à manger. Je le faisais tout seul, comme un homme.

— Tu me fatigues, Ignacio.

— Mon amour, s'il te plaît…

Mais c'est vrai, mon amour, autrefois, tout était différent. Peu à peu nous nous sommes noyés. Tout marchait sans effort, sans tragédie, sans larmes. Les jours se suivaient sans faire des mois, et encore moins des années ; personne ne pensait à avoir des enfants, personne ne prenait de grandes décisions. Nous étions toi et moi, mon amour, comme en suspens au cœur de la vie. Le corps de Fina, à présent en travers du lit, lui pesait sur les jambes avec ses os durs qui pointaient sur ses os à lui. Elle ne pleurait plus. Mais son silence était peut-être plus lourd encore. Il sentit ses jambes s'engourdir. Il chercha en elle un endroit neutre où l'embrasser. Mais ce n'était pas seulement le baiser : c'était tout l'effort injustifié de la réconciliation. Demander pardon alors qu'il n'avait aucune raison de demander pardon. Marchander l'enfant, promettre un enfant pour après, plus tard, un petit-enfant, plutôt, pour beaucoup plus tard. Sa rancœur grandissait : il l'entendait battre. Merde, Fina, ce n'est pas juste ! J'étais libre comme l'air, mon avenir était ouvert, sans limites. Je t'aime, mon amour. Mais qu'est-ce que cet amour qui nous enferme ? Fais le premier pas, toi. Demande-moi pardon, toi. Non, non : le drame de nouveau, les efforts. Laisse-moi tranquille, mon amour, cet amour qui nous épuise ne peut être de l'amour. Ma solitude, plutôt, ma liberté sans toi. De nouveau l'avenir : jusqu'à quand durera l'avenir ? Je t'ai aimée, mon amour, je t'aime ; mais, comprends-moi, je ne veux pas de cette fatigue. Ou alors ton amour retrouvé, sans tragédies. Ce qui viendra en premier, ce qui viendra sans effort. Et quoi que ce soit je le recevrai avec soulagement – et avec la nostalgie de l'autre possibilité perdue : rien n'est jamais complet. Le poids de Fina qui augmentait sur ses jambes lui semblait de plus en plus injuste. Un mois plus tôt, un an plus tôt, cette femme pesait beaucoup moins lourd. Elle-même sentait probablement à quel point elle était injuste. Un répit. Jamais tu n'as pesé aussi lourd, Fina. Un répit, ma vie qui se débarrasse d'un poids. Et puis une rupture n'est jamais définitive. Ou presque jamais. On ne sait jamais ces choses-là à l'avance.

— Mon amour, je ne sais pas si tu t'en rends compte, mais j'ai les jambes complètement engourdies.

— Ça m'est égal.

— Ah bon. Je te le faisais remarquer parce que je croyais que tu ne t'en rendais pas compte.

Fina se mit alors à ramper vers le haut du lit et le prit dans ses bras. Elle l'embrassa sur les épaules, dans le cou.

— Je ne veux pas que nous nous disputions, mon amour.

Ils s'embrassèrent. L'amour reprenait son cours.

— Je t'aime.

— Je t'aime, mon amour.

Allongée sur lui, Fina, tiède et lisse, ne pesait presque rien. Ses cheveux sombres et doux glissaient entre les doigts d'Escobar. Il caressa son dos qui se cambrait, son omoplate saillante, il l'embrassa sur les tempes et les paupières. Fina étira le cou, et ils s'embrassèrent de nouveau sur la bouche, à en perdre le souffle. Comme avant, comme toujours. Toutefois, un léger doute subsistait en lui, et c'est avec regret qu'il songeait à ce qu'aurait été sa liberté recouvrée, sa solitude, sa cure de repos. Une réconciliation est toujours prématurée.

— Mon amour.

— Mon amour…

— Je me demande si tu n'es pas habilement en train de me violer pour me faire un tas d'enfants.

Fina l'observa en silence, les pupilles élargies et sombres. Elle lui caressa le front.

— Tu es en train de mourir, Ignacio.

Et elle alla s'enfermer dans la salle de bains.

Escobar s'étira dans le lit vide, cambra le dos, fit craquer ses os, frotta ses chevilles endormies, écarta les jambes pour laisser couler entre ses cuisses un flot d'air frais, remit son scrotum en place, poussa un long soupir voluptueux, bras et jambes ouverts en ailes de moulin, les poils de la nuque hérissés, les orteils en éventail. D'un point de vue strictement éthique, ce que je viens de faire n'est pas bien du tout. Il bâilla. Il sentait couler sous sa peau le flux ferme de son sang, il entendait le crépitement de son intestin enroulé dans son ventre, affamé, anxieux, impatient de manger. Quelque chose de chaud. De salé. Quelque chose de chaud et de liquide et de savoureux, et de puissant et de nourrissant, pour convalescent. Mais évidemment il fallait laisser à Fina le temps de récupérer. Il y avait des semaines qu'il n'avait pas eu une telle envie de manger. Que mangerait-il ? Il imagina un ajiaco (quoique, un ajiaco au lit, ce n'était pas facile) : l'arôme, d'abord, la vapeur chaude qui monte de l'assiette, les anneaux de crème qui fondent peu à peu dans le bouillon jaune et épais, la texture onctueuse des patates créoles qui se défont sous le palais, la texture plus ferme, plus fibreuse, de la patate *tocana*. Ou *paramuna*. Celle qui savait ça, c'était Fina. La chair blanche du poulet haché, le vert âpre des feuilles de guasca flottant au milieu de la cuillère, le vert fin, tirant sur le jaune, de l'avocat coupé en deux dans son écorce. Les grains de maïs tendre qui éclatent en libérant leur jus, la rafle suintante, imprégnée de bouillon. Et, ensuite, se resservir.

Mais l'ajiaco est long à préparer.

N'importe quoi. Fina savait faire. Patience. Il fallait simplement que passe sa colère enfantine.

Il imagina le poids chaud du bol nourrissant qui coulerait dans son gosier, glisserait sur ses muqueuses, tomberait dans la caverne de son estomac et s'enfoncerait dans la douce marée impatiente, bouillonnante des sucs gastriques. Aucun bruit ne venait de la salle de bains. Fina pouvait tout à fait rester enfermée jusqu'à minuit et le laisser mourir de faim. Il bâilla. Son ventre laissa échapper une plainte longue, réverbérante.

— Fina, mon amour !

Le silence déclencha en lui une soudaine vague de rage. Fina était capable de s'enduire de crème pendant qu'il mourait de faim. Par la fenêtre, il voyait le ciel complètement noir. Dehors, vivante, la ville palpitait. Dehors, il y avait une nuit immense, pleine de restaurants, tandis que lui, là, dans sa chambre, le jour de son anniversaire, il mourait de faim.

— Fina !

Dehors l'attendait la nuit entière, lourde de prodiges.

— Fina, tu vas me faire à manger, oui ou non ?

« Tu vas me faire un enfant, oui ou non », avait demandé Fina, et il avait répondu non. Évidemment, elle voulait se venger. Elle devait se couvrir de crème, de pommade à l'Eudorit ou quel que soit le nom de cette merde, et jouir de sa vengeance en l'entendant se tordre de faim. Avec une énergie miraculeuse il sauta du lit, chercha des vêtements dans l'armoire. Quand il en fut aux chaussures, le découragement le reprit.

— Fina, mon amour.

De nouveau le silence, épais, autour de lui. Il mit ses chaussures. Bien sûr, elle s'est enfermée dans la salle de bains pour que je ne puisse pas me coiffer. Tremblant de colère, il se peigna avec les doigts devant son obscur reflet dans la vitre. Il sortit en claquant la porte. Le regretta aussitôt. Il prêta l'oreille, le visage collé au bois. Rien, aucune réaction de Fina. Il rentra et claqua de nouveau la porte, qui vibra sous le choc. Fina ne sortit pas non plus de la salle de bains sur les ailes de son amour.

— Fina, s'il te plaît. Ah, merde.

Il attendit encore un peu. Il estima que la situation devenait trop grotesque. Il ressortit et referma la porte sans bruit.

Pas un taxi en vue, et il continuait à pleuvoter. Il pensa à rentrer, se repentant une nouvelle fois. Et le repentir de Fina, de son côté, et sur les draps de nouveau tendus le corps de Fina, léger et long, toute l'odeur émanant du corps de Fina sous le sien, et sa mâchoire sur l'épaule de Fina, respirant son odeur. Et après la réconciliation, et probablement les larmes – mais il était même prêt à accepter les larmes –, ils mangeraient des choses simples et laisseraient des miettes dans le lit. Mais il était même prêt à accepter les miettes. Fina s'endormirait sur son épaule, et lui, il s'endormirait aussi en sentant contre son corps toute la chaleur de Fina, et dans sa main le poids endormi de son sein, comme un oiseau prisonnier, et l'os fin de sa hanche collé contre l'os de sa propre hanche. Et même si ce n'était pas comme ça, il accepterait n'importe quoi. Parce qu'il était évident que la nuit ne l'avait pas attendu. Dans son accès de colère – ou plutôt de lyrisme, il le comprenait désormais –, il avait vu la fraîcheur noire du ciel, les masses des arbres qui se balançaient au-dessous, agités par le vent. Il avait rêvé d'un vent aux odeurs de campagne. Mais, maintenant qu'il avait dépassé le petit rectangle du parc, il n'y avait plus un seul arbre, le vent ne lui apportait que des rafales de pluie fine, et la noirceur de la nuit avait fait place aux lumières floues des voitures. Des voitures, oui, mais pas un seul taxi. D'où sortent tous ces riches à Bogotá, ces gens à voiture ? Pas un piéton. Ses mains bleuissaient de froid dans ses poches. Les pages ramollies d'un journal, volées par le vent à des gamines qui s'installaient pour dormir sous le porche, fermé par une grille, d'un magasin de motos, avaient atterri sur l'asphalte mouillé de la Septième Avenue. Un enfant courait derrière elles, jambes nues sous la pluie, et les voitures freinaient pour ne pas le renverser, ce qui était incroyable, tandis que sous le porche deux autres dormaient, indifférents, avec des airs sérieux de cadavres. Aucun feu rouge ne semblait fonctionner. Dans un autre magasin, une alarme électronique émettait des hurlements de tristesse, sans que personne s'en inquiète. Il se dirigea vers le sud, la pluie dans les yeux. Il sentait lentement mourir en lui l'espoir de voir passer un taxi.

Cinq pâtés d'immeubles plus loin, il pleuvait toujours autant. Mais cinq pâtés d'immeubles plus loin, impossible de revenir. Il changea de direction et prit vers l'ouest, vers Chapinero, pensant – mais un peu tard – qu'il aurait dû prendre vers le nord lorsqu'il était sorti de chez lui. Apparemment, il pleuvait dans tout Bogotá ; une pluie fine qui rongeait l'asphalte, effaçait dans le ciel l'éclat des enseignes lumineuses et laissait sur le ciment gris des trottoirs une bave glissante. Des tas d'ordures en décomposition se dissolvaient sous la pluie, et il en montait des bouffées de vapeur tiède. La Treizième Avenue était un couloir d'agonie, un encaissement de lumières de néon sillonné par des bus aussi illuminés que des autels lors de la Semaine Sainte et qui passaient portes ouvertes, dégageant une puanteur acide de corps humains macérés, de vêtements mouillés, déversant à chaque arrêt des grappes de passagers qui s'enfonçaient jusqu'aux jarrets dans les flaques et se protégeaient la tête avec des pages de journaux. À travers les vitres graisseuses, on voyait des visages fermés, estompés, verdâtres, torves, aux yeux morts.

Un petit jeune homme en uniforme et casquette le saisit par le bras, agita sous ses yeux un tas de cartes et lui dit à l'oreille, d'une voix rauque et lascive :

— Super-femelles, mon pote. Entrez, sans engagement.

Il était violacé et semblait mort de faim sous le néon des enseignes. Escobar hésita. Il était tenté par l'idée d'entrer sans engagement. Le petit jeune homme en uniforme le tira par le bras, lui indiqua un escalier recouvert d'un tapis rouge, étroit et raide, un tunnel de sang.

— Par ici, monsieur.

Voilà qu'il l'appelait monsieur. En haut, on entendait de la musique. Super-femelles. Mais il ne voulait pas de femelles. Il s'arrêta au milieu de l'escalier. Ce n'était pas la nuit qu'il avait imaginée en sortant de chez lui, la nuit promise, désirée. Il redescendit deux marches. Dans l'encadrement de la porte, le petit jeune homme mort de faim se protégeait de la pluie. Comment lui dire que non, qu'il ne valait mieux pas, qu'il ne voulait pas monter, en dépit des super-femelles ? Il était entré sans engagement, certes, mais il n'était pas complètement entré. Il hésita de nouveau. En haut, les rideaux s'ouvrirent violemment, et un homme tomba sur Escobar, s'accrocha à lui : un petit vieux tout tremblant, les yeux noyés de larmes ; un filet de sang coulait de son nez. Il agita son parapluie vers le haut de l'escalier, sans lâcher Escobar.

— Communistes ! cria-t-il.

Les rideaux se rouvrirent, et deux hommes sombres à moustache descendirent lentement les marches. Le petit vieux les dévala alors quatre à quatre en trébuchant, et déguerpit.

Les deux autres regardèrent Escobar. Il sentit se creuser un puits de froid sous ses bras et dans son ventre, et monter une aigre odeur de violence. Il recula rapidement vers la rue. Le jeune à casquette tenta de lui barrer le passage, agitant de sa main d'autres cartes. Il l'esquiva. Il s'enfuit vers le sud par la Treizième Avenue, sans courir, sans regarder derrière lui, sans rien entendre. Il marcha à grands pas et, au bout de quelques dizaines de mètres, éprouva une douleur aussi vive que s'il avait reçu des coups de couteau dans l'aine.

La pluie avait redoublé, mais il n'y avait pas davantage de taxis. Il se sentit plus en sécurité à l'abri d'une longue file qui serpentait devant la caisse d'un cinéma. *Quand les collégiennes grandissent* : sur une immense affiche en couleurs, les charmes un peu fanés d'une collégienne viennoise qui avait pas mal grandi, de quarante ans peut-être. Il avait mal aux épaules et à la nuque à force de ne pas regarder derrière lui. Le front trempé par la sueur et la pluie fine, il glissait sur les tronçons savonneux des trottoirs de brique, sporadiques et inattendus, sautait de soudaines tranchées de glaise rose et jaune, aussi bruyantes que des ruisseaux, creusées par les ouvriers des eaux ou des télécommunications et durcies par de nombreuses intempéries. Un bar à sa droite. Il entra. Il transpirait. Il franchit des rideaux pourpres.

Sur une demi-lune de lumière bleu de cobalt, un chanteur de tango argentin, ou à l'accent argentin, haussait les sourcils, dressait les doigts, gonflait la gorge, souffrait et chantait :

Vingtième siècle, capharnaüm
problématique et fébrile…

Escobar commanda un demi au bar, mais il n'y avait pas de bière. Un whisky, alors. On posa devant lui une soucoupe ovale avec des cacahuètes. Il les dévora en deux poignées. Il se souvint qu'il était justement sorti parce qu'il voulait manger, et il demanda d'autres cacahuètes. Des fèves grillées. Des amandes. Des chips. On ne lui donna rien. Mais il resta là à boire son whisky qui sentait l'ammoniaque. S'il n'y avait eu le chanteur de tango, l'endroit aurait été un havre de paix.

Le monde a toujours été et sera toujours une saloperie,
je vous le dis.
En l'an cinq cent dix,
et en deux mille aussi.

Quand le chanteur eut enfin terminé, il y eut de maigres applaudissements. Cela ne valait pas plus, mais Escobar s'aperçut qu'il était pratiquement seul. Une dame forte aux cheveux bleu foncé, vêtue d'une tunique blanche, comme une vestale romaine, et qui déclara être paraguayenne apparut sur la piste de lumière. Elle demanda des applaudissements. Il y eut des applaudissements apathiques. Elle annonça qu'elle allait chanter, demanda de nouveaux applaudissements. N'applaudirent que le barman et le guitariste qui l'accompagnait. La dame paraguayenne envoya des baisers à la ronde, plaquant ses doigts en bouquet contre sa bouche puis déployant son bras pulpeux et blanc comme de la craie. Le guitariste envoya lui aussi des baisers.

Oùùùù donc es-tu maintenant, Cuañataííí ?
Ton chant si doux ne vient plus jusqu'ici.
Oùùùù donc es-tu, ma fleurette ?
Tout mon être te regrette
avec frénésie.

Cette dame grosse et a priori triste n'avait jamais pu connaître la frénésie. Elle semblait pourtant convaincue du contraire, et son menton tremblait. Fallait-il la croire ? Et, si l'on va par là, est-il possible de regretter avec frénésie ? Non, la nuit, ce n'était pas ça, ce n'était pas ça. Escobar paya, sortit.

Mais il laissait déjà derrière lui la partie populeuse de la Treizième Avenue. Pourquoi ne s'était-il pas dirigé vers le nord ? Seulement, comment revenir ? Plus loin s'élevaient des maisons particulières closes, au style vaguement hollandais, ou peut-être tyrolien, des écoles, des lupanars portant des noms de collèges. Super-femelles ? Peut-être. Mais il ne voulait pas de femelles. Des vitrines de magasins de motos et de voitures, des banques, des églises byzantines, des stations-service, des établissements de pompes funèbres, un parc abandonné où un buste de marbre était enseveli sous l'herbe, peut-être celui de José Enrique Rodó, penseur uruguayen. Et plus loin ? D'autres bancs. Le bunker de béton qui abritait l'ambassade des États-Unis, et d'autres bancs, et un triangle de pelouse avec une statue équestre du général San Martín, libérateur de l'Argentine, aveugle, en bronze vert et noir, couvert de crottes de pigeons, lavé par la pluie et regardant d'un air pensif les cheminées de fer, le labyrinthe de tuyaux et de conduites d'eau d'une brasserie, les murs lépreux d'un couvent de nonnes. Et enfin, en arrivant dans le centre, des tours pleines de restaurants.

Trente pâtés d'immeubles, au moins. Certes, il y avait tout un tas d'endroits où manger en chemin, mais que des choses horribles. Des pizzas élastiques, des hamburgers à la viande de cadavre, des plats flottant dans la sauce avec des pommes de terre jaunes couvertes de graisse froide et pleines de points verts, des morceaux de lard traversés par un réticule de cartilage et de nerfs. Il pensa à l'ajiaco de Fina et le regretta avec frénésie. Rentrer ? Non, il ne pouvait pas rentrer. D'ailleurs il n'y avait pas de taxis.

Il vit une enseigne jaune au néon clignotant : MUSIC BAR, RESTAURATION et DANCING. Par la porte entrouverte jaillissait un rai de lumière et de vapeur, presque une odeur de foyer. Comme si cela ne suffisait pas, l'endroit s'appelait El Oasis.

Question music, bon, music : surtout des boléros. Question dancing, eh bien, oui, dancing : quelques couples dansaient vaguement. Mais question restauration, il y avait tout juste de quoi picorer, pas plus : miettes de viande dure et tiède, frites froides, morceaux aigres de saucisse en boîte, type exportation. Où donc pouvait-on exporter des saucisses ? Ce n'était pas possible. Il prit un peu de viande hachée tiède, qu'il fit passer avec du rhum. Et malgré tout il se sentit mieux. Des tas de gens mangeaient voracement la même viande que lui, sans protester. Ils ne laisseraient rien pour l'exportation vers Taïwan ou Bruxelles. Beaucoup de tables d'hommes, quelques-unes avec des couples, d'autres avec des femmes seules, ou deux par deux, qui attendaient. Une grosse, fatiguée, aborda Escobar.

— On tire un coup, mon amour ?

Il la regarda, surpris. La grosse poursuivit son chemin, indifférente, répétant son offre à d'autres hommes attablés seuls, encore et toujours : on tire un coup, mon amour, on tire un coup, mon amour, sans espoir, ou du moins sans attendre de réponse – ontiruncoumonamour, et elle allait à une autre table. Un petit jeune homme bien habillé se leva et la suivit. Escobar en fut stupéfait. Par les haut-parleurs, les boléros reprenaient la même rengaine : on tire un coup, mon amour, on tire un coup, mon amour. Les hommes dansaient en se rapprochant furtivement pour sentir davantage les seins ou le ventre de leur partenaire, et pensaient : on tire un coup, mon amour. Alors ils faisaient un bruit de bouche, tchin tchin tchin, pour dissimuler leurs pensées au rythme approximatif de la musique. Les femmes, de leur côté, écoutaient elles aussi une voix intérieure qui répétait dans l'écho de leurs trompes de Fallope : on tire un coup, mon amour. Super-femelles, mon pote. Enfin. Mais elles ne voulaient pas paraître faciles et tenaient à distance les machos impatients en leur plantant un coude dans la clavicule. El Oasis tout entier vibrait d'une seule pulsation : on tire un coup, mon amour. Était-ce pour cela qu'il était sorti dans cette nuit effrayante ? Il but son rhum. La vie.

À la table voisine, un groupe d'adolescents à l'allure bestiale exprimaient leurs jugements à voix haute :

— Regarde-moi ce cul, vieux. Regarde ces nichons.

Tous regardaient le cul et les nichons, et ils riaient grassement en s'échangeant des coups de poing sur les bras.

— Super-femelles, mon pote.

— Je ne pars pas d'ici sans tirer un coup, vieux. Regarde-moi un peu cette gonzesse.

— Personne ne part d'ici avant qu'il fasse jour, décréta le plus fort.

Et le plus brut approuva, béat :

— Ouais, ça doit être génial de passer la nuit ici.

Peut-être. Mais quelle heure pouvait-il être ? Dix heures, quelque chose comme ça : onze, tout au plus. À cette heure-là, le jour devait se lever à Tokyo. Attendrait-il l'aube, lui aussi ? Une nouvelle aube, le soleil matinal, égal, fatal, lent soleil caracole, soleil de Col-ombie. Ah, non. Toute une nuit à l'Oasis, arrosée de rhum, assaisonnée de temps à autre d'offres d'amour fatiguées... Il se souvint que c'était son anniversaire. À son âge, Rimbaud était mort, au moins. Ou non.

Entre dix heures du soir et l'aube, il pouvait se passer des choses terribles. Cet ivrogne qui venait vers lui, par exemple, en titubant entre les tables, à la recherche d'une épaule amie. Il était armé. Neuf hommes sur dix sont armés, calcula-t-il. Et le lendemain, dans les journaux, sa photo en noir et blanc, une photo d'identité : un poète distingué assassiné dans un bordel. Un coup de feu, encore, d'accord. Mais il imagina ses veines pétrifiées face à l'acier incroyablement brillant d'un poignard, la lame effilée ouvrant sa chair, ses muscles, tranchant ses artères fémorales, séparant deux couches de graisse jaunes et tendres. La douleur, la surprise. « Parce qu'il voulait sauter la nana qui était avec moi », ou « Parce qu'il n'a pas voulu que je lui paie un verre » : la raison habituelle, la raison suffisante. Il accepterait son invitation. Il lui dirait que oui, sa nana était une super-femelle. Mais il vit l'ivrogne changer de direction – il respira : il ne respirait plus –, il le vit dans la brume du tabac trouver enfin l'épaule d'un autre ami à tuer, ou, éventuellement, à qui il pourrait raconter ses malheurs.

— Cette nana ne va pas tirer, mon frère.

Il était amoureux.

Entre dix heures du soir – ou dix heures et demie – et l'aube, il pouvait ne rien se passer. Et ça pouvait être pire encore. Il pensa à rentrer. Impossible de rentrer. Il commanda un autre rhum.

Deux tables plus loin, dans l'air épais, se tenait une femme seule et immobile. Son menton reposait dans la paume de sa main, et elle buvait quelque chose couleur sang à l'aide d'une paille : ses joues se creusaient quand elle aspirait. Super-femelle. Non, ce n'était pas le mot. Une enfant, une oasis. Dix-sept ans, peut-être. Elle sentait la femme, c'était sûr : une femme pas très en chair. Escobar sentit sa gorge se nouer. Un petit os fin faisait une tache de lumière sur la peau mate de son épaule : ah, si elle venait et lui disait on tire un coup, mon amour.

Mon amour, pensa Escobar. Mon amour.

Mais elle se concentrait sur sa boisson. Que faisait-elle là ? Seize ans. Dix-sept, tout au plus. Qu'elle soit encore seule était absolument incompréhensible. Ils n'aimaient pas les maigres. Viande d'exportation – regarde ce cul, vieux, ces nichons ! Elle n'avait presque pas de poitrine. Elle l'attendait. Il la caressa de loin, des yeux. La fille surprit son regard et le soutint d'un œil noir et triste, impavide, un œil d'orpheline. Distraite par cet échange, elle avala de travers sa boisson rouge – peut-être son propre sang – et toussa. Escobar alla aux toilettes, le cœur battant la chamade.

Il respira profondément. Sous l'odeur de pisse et de gerbe, on devinait un fond de fraîcheur, presque de plein air. Il urina sans se presser, et dit à voix haute :

— Mon amour.

« Mon amour », comme ça, devant les carreaux de faïence ébréchés des toilettes du bar, alors qu'il faisait pipi : on aurait dit une voix qui n'était pas la sienne.

— Mon amour. Mon amour ? Mon amour. Mon amouuuur. Mon a-mour. Mon amour ! Mon amour.

Il essaya différentes intonations. Aucune ne le convainquait.

— Mon amouuur. Mon. A. Mour. Mona mour. Mon amour. Mon amour. Mon amour, mon amour, mon amour, mon amour, mon amour…

Un coup violent dans les reins le projeta contre le mur carrelé. Il se retourna, guettant de nouveau, cette fois, oui, la mort subite. Un ivrogne étalé par terre tentait vainement de se relever ; comme un crapaud sur le dos il agitait les bras, glissait : ses yeux étaient exorbités, son double menton était tout rouge. D'un geste instinctif, Escobar lui tendit la main. L'homme paraissait inoffensif.

— Merci. Merci. Pardon, dit l'ivrogne ; tout compte fait il n'avait pas l'air soûl et essuyait avec sa manche les genoux humides de son pantalon. C'est qu'avant, ici, il y avait une marche, expliqua-t-il. Ils ont dû l'enlever.

Soudain, Escobar rougit en pensant que l'autre avait dû le surprendre en train d'essayer différentes façons de dire « mon amour ». Au mur. À lui-même. L'autre le regardait d'un œil qui pouvait être moqueur, en se balançant un peu sur ses courtes jambes. Escobar lui tourna le dos en marmonnant :

— Excusez-moi.

— Mais non, je vous en prie, continuez, lui répondit l'autre, tout aimable.

Elle était toujours assise à sa place, seule au monde, avec son verre de sang sur la table de métal. Il commanda un autre rhum. Il voulait gagner du temps, pour réfléchir à ce qu'il lui dirait. Mon amour. Non, pas mon amour. On danse ? Et si elle répondait non ? Il attendit un bon boléro pour danser. Mais si ça se trouvait elle ne voulait pas danser, ou ne savait pas danser, ou ne voulait pas danser avec lui, et alors il resterait planté là comme un crétin, la main tendue, sans savoir que faire. Il imagina diverses propositions, divers refus, et diverses réponses, au cas où. On danse ? Non. Pourquoi ? C'est un beau boléro. On danse ? Non. Pourquoi ? La danse est une aventure ludique. Une quoi ? Aventure. Ludique. Une aventure ludique. Du latin *ludens*, jeu. Vous dansez, mademoiselle ? Non. Je vous offre un verre ? Non. On tire un coup, mon amour ?

Et que ferait-il si elle répondait non à tout ?

Il respira à fond. Il décida prudemment de l'aborder quand un certain temps aurait passé. *Audaces fortuna juvat.* Il commanda un autre rhum. Il regarda au loin, prêta l'oreille aux voix, au vacarme. Cris, boléros, pleurs d'ivrogne. À une table, quelqu'un criait putain. Et quelqu'un d'autre lui répondait putain. Fils de pute, peut-être. Ah non : poète. S'adressait-on à lui ? Probablement pas : la Colombie est une terre de poètes. Il ne dirait pas à la petite que lui aussi en était un. Il se levait. On lui mit la main sur l'épaule. Le poignard, cette fois, c'était sûr. Non. C'était le petit gros des toilettes.

— Venez, maître, je veux vous présenter à quelques amis.

— Moi ? Non… bredouilla-t-il.

— Nous avons une discussion de poètes : venez, vous qui êtes poète, vous leur expliquerez.

Et comment savait-il qu'il était poète, lui aussi ? La Colombie est une terre de poètes, mais on ne peut pas se planter au milieu d'un bar et dire ce type-là est un poète, parce que ce ne serait probablement pas le cas. Il ne sut que faire. Il se laissa emmener, ils se frayèrent un chemin entre les tables, poussant les gens, s'excusant de les bousculer en distribuant de petites tapes sur l'épaule.

— Voilà, maître, je vous présente Rubén, Ramón et Narciso. Moi, c'est Edén. Pas de manières entre nous : ici, nous sommes tous poètes.

— Mais qui n'est pas poète ? demanda Ramón, ou Rubén.

Cela promettait d'être épouvantable. Escobar se présenta, de mauvaise grâce :

— Ignacio.

— Joli prénom, dit Narciso.

Et il lui tendit une main longue et molle. Rubén et Ramón auraient pu être jumeaux, et ils l'étaient peut-être. Poètes ? Probablement. Ils avaient de gros doigts tachés de bleu, des doigts de joueurs de billard, et portaient gilet et cravate. Edén aussi. Narciso, non. À côté de Ramón – ou de Rubén – se trouvait une femme aux bras grassouillets, à la forte poitrine, des créoles aux oreilles et l'air de mourir d'ennui. Ils ne la lui présentèrent pas. Super-femelle, mon pote ? Non.

— Rubén, expliqua Edén, dit que Pablo Neruda est un plus grand poète que César Vallejo. Ramón dit que Vallejo est plus grand que Neruda. Quel est votre avis, maître ?

— Le meilleur de tous, c'est Federico, intervint Narciso.

Et il ajouta, devant le chuuut d'Edén.

— Mais c'est la vérité, Edén. Moi, je trouve que le meilleur, c'est Federico.

— D'accord, d'accord... mais pour le moment on parle de César et Pablo. Laisse-nous entendre l'avis d'Ignacio.

César, Pablo, Federico. Ils en profitent parce qu'ils sont morts, pensa Escobar. Et par-dessus le marché Rubén, Ramón, Edén, Narciso. Ils n'avaient pas le droit.

— Neruda est une chose, dit-il, et Pablo en est une autre. Et Vallejo est une chose, et César en est une autre. Et Neruda et Vallejo sont aussi deux choses bien distinctes.

Ils le regardèrent. On entendit le tintement des créoles, comme une petite cloche au moment de l'élévation.

— Oui, bien sûr, finit par dire Rubén, ou peut-être Ramón. Ils sont très distincts. Mais lequel des deux est le plus grand ?

— César, expliqua de nouveau Escobar, patiemment, n'est pas la même chose que Vallejo. Et Pablo n'est pas la même chose que Neruda.

— Et Federico ? l'interrompit Narciso, anxieux.

— Bon, bon, bon, mais lequel est le plus grand ? insista Ramón ou Rubén, têtu, fronçant les sourcils.

— Neruda, poursuivit Escobar, n'est pas Neruda : il s'appelle Reyes. Neftalí Reyes. Ni Pablo ni Neruda.

Ramón (était-ce Ramón ? était-ce Rubén ?) plissa les yeux et le fixa d'un air grave.

— Écoutez, maître : si vous nous prenez pour une bande de cons, vous vous trompez, et lourdement.

— Mais…

— Mais vraiment très lourdement, mon petit maître.

Rubén s'était brusquement levé. Les autres se levèrent eux aussi, mais pour le calmer. Ils lui tapotèrent la joue, l'enveloppèrent de paroles amicales et apaisantes.

— Du calme, Ramón, du calme…

C'était Ramón.

— Du calme, mon frère…

Si ça se trouvait, lui et Rubén étaient vraiment frères. Et, tranquillement, sans transition, Ramón posa le bout de ses doigts sur son sternum bombé, sur son gilet, et commença à déclamer :

De tout cela je suis le seul à partir.
De ce banc, de mon caleçon,
de ma belle situation…

Mais ce n'était pas vrai : il ne partait pas, il restait là. Il avait à peine terminé de réciter son poème, tapant de son gros doigt tendu la poitrine d'Escobar et lui disant ah ? ah ? ah ?, quand Rubén se leva et appuya le bout de ses doigts sur son propre sternum, enflant la voix :

J'aime l'amour des marins
qui embrassent et s'en vont…

Mais lui non plus ne s'en allait pas. Et comme, ayant fini, il interrogeait Escobar à son tour en le poussant fort sur la poitrine, Narciso se mit à réciter lui aussi :

Je prendrai congé
au croisement.
Pour prendre le sentier
de mon âme.

Et il s'interrompit pour commenter en soupirant :

— Ce que Federico a fait de plus beau, ce sont les *Suites*.

Mais Narciso ne prenait pas congé, pas le moins du monde. Et Ramón ne partait pas, et Rubén ne s'en allait pas non plus. Edén, quant à lui, semblait disposé à rester. En revanche, on voyait bien que la petite grosse à la forte poitrine aurait préféré ne pas être là. Elle avait une tête à s'appeler Graciela. Il y a, pensa Escobar, une contradiction évidente entre ce qu'ils récitent et ce qu'ils font. C'est probablement ce qu'on appelle le mensonge poétique. Mais, à ce moment de la soirée, avec tous les rhums avalés, il avait lui aussi envie d'y aller de son poème, comme les autres. Il se leva, appuya le bout de ses doigts sur son sternum et prit une voix grave :

Des mots.
Au lieu d'une mer de lumière,
le fleuve de la forme :
reflux dans le fil du flux,
allers et retours interchangeables.
La réalité ne se répète pas :
ce désir frivole de symétrie
vient de nous, il n'est point réel…

— Ça ne rime pas, dit Narciso dans un murmure.
— Chuut ! fit Edén.
Mais Narciso insista, arrogant :
— Enfin quoi, c'est vrai, ça ne rime absolument pas.
Escobar reprit le fil :

Travail de l'irréalité :
reproduire des reflets,
réitérer à l'aide de miroirs les miroirs.

— Le truc des miroirs, c'est joli, concéda Narciso.
Graciela soupira elle aussi, mais ce pouvait être d'ennui.
Ramón et Narciso avaient les yeux vitreux. Edén écoutait avec un petit sourire suffisant. Escobar continua, impassible. De toute façon, il ne pouvait plus s'arrêter.

Le ciel ne montre pas
le doigt qui montre le ciel.
Le doigt ne dessine pas dans le ciel
autre chose qu'un ciel.
Et ce ciel n'est pas un ciel,
et n'est pas le ciel.

Mais ce n'est là qu'une explication :
ombre du déjà-dit.

— Le truc du ciel, c'est joli aussi, approuva Narciso. Je ne sais pas, ça me rappelle cette si adorable chose de la « lune, lune » dans *Romancero gitano*.

Escobar s'assit, but, se resservit du rhum et, voyant que la bouteille était presque vide, il frappa dans ses mains, cria et fit des gestes pour qu'on leur en apporte une autre. Il avait mal au cœur, et aussi l'impression d'avoir été ridicule. Récité, son poème était nettement plus mauvais que dans son souvenir : la réalité ne se répète pas. De nouveau le mensonge poétique. Enfin, c'était trop tard. Il entendait le vacarme du bar, les boléros. Très loin, par-delà de nombreuses tables, il distinguait la mince et silencieuse silhouette de la fille brune aux yeux tristes, aussi inaccessible qu'une île en amont d'un fleuve. Il ne voyait pas ses yeux. Elle ne le regardait pas.

— Le truc du ciel est joli, mais je ne sais pas… je ne sais pas… dit enfin Narciso.

— Ça manque de force, décréta Rubén. De force.

— Oui, confirma Ramón. Et en plus ce n'est pas tellurique. Ce n'est pas terrigène. Ce n'est pas géologique. Ce n'est pas notre patrimoine.

— De quoi il s'agit ? demanda Graciela.

Elle parut aussitôt regretter sa question. Tous, y compris Escobar, regardaient Edén. Son petit sourire satisfait commençait à l'agacer sérieusement.

— Eh bieeeen… commença Edén, d'un ton didactique.

Dans les toilettes, quand Edén était par terre, Escobar aurait dû faire disparaître son sourire insolent à coups de gifles.

— Bon. C'est un poème bien fait, on ne peut pas dire le contraire…

Il avait au moins vu ça.

— Mais… Mais il est redondant. Pléonastique. Dans ce poème, tout est trop dit.

— C'est de ça qu'il s'agit, se défendit Escobar.

Pourquoi se défendre ? Un poème devrait pouvoir se défendre tout seul. Pourtant il ne pouvait pas le laisser mourir comme ça, l'abandonner.

— Un poème se doit d'être un pléonasme. De là l'échec de toute poésie : dans le monde réel, la redondance ne peut pas exister. Ce qui est déjà dit est déjà dit.

— Non, mon chou, intervint Graciela intempestivement. Une poésie, c'est comme quand quelqu'un ne sait pas quoi dire et qu'il le dit.

Escobar en fut ébloui.

— La demoiselle a raison, concéda Edén. Mais Ignacio a raison lui aussi. Non pas avec ce qu'il vient de dire, mais avec ce qu'il dit dans son poème, et qui est tout le contraire : on ne peut pas dire ce qui a déjà été dit, mais il faut quand même le redire. Sauf que dit comme ça, de façon si répétitive et explicite, le poème est annulé. Le début suffisait : « Des mots. » Ou la fin : « Mais ce n'est là qu'une explication : ombre du déjà-dit. » Parce que, conclut Edén avec suffisance, en effet, le reste n'est qu'une explication.

Escobar le regardait, tout étonné. Ce pouvait n'être que l'alcool, mais si ce n'était pas le cas il aurait pu dire tout cela lui-même. Edén était-il une répétition de lui-même ? Son pléonasme ? Non : lui ne pouvait pas avoir ce triple menton, cette onction cléricale, ce petit sourire fanfaron. Edén était-il poète ? Son sourire fanfaron était plutôt celui d'un critique.

— Tu n'as pas aimé ce « ciel ciel » ? s'enquit Narciso. Moi, je trouve que c'est la partie où il y a le plus de sentiment.

Edén lui tapota la main, sans le regarder, comme à un enfant. Escobar était contrarié : lui aussi, au plus intime de lui-même, il trouvait que ce « ciel ciel » était la partie où il y avait le plus de sentiment. Narciso et lui ne faisaient-ils qu'une seule et même personne, en fin de compte ? Impossible.

— Mon but, expliqua-t-il, était que le poème s'autodétruise, comme une machine infernale. Et il se détruit en se contredisant, en même temps qu'il répète plusieurs fois la même chose. Chose qui, de plus, est le contraire de ce qu'il veut dire. Qu'est-ce que la poésie, sinon ?

Graciela se leva et s'en alla. Rubén agita à peine la main pour la retenir. Il haussa les épaules et servit une tournée de rhum. La grosse tête endormie de Ramón tomba sur la table. Edén souriait, l'air fat.

— Non, maître, dit-il. Tout cela serait très bien si votre poème était bon. Mais il est mauvais.

Et quoi de mieux qu'un mauvais poème pour détruire la poésie ? Mais Escobar, l'haleine pleine de rhum, se contenta d'affirmer :

— Il n'y a pas de bons poèmes.

Edén sourit de toutes ses petites dents pointues. Il prit dans la poche intérieure de sa veste un papier aux plis anciens, qu'il déplia en silence sur la table, sur les verres à moitié pleins, sur la tête ronflante de Ramón.

— Un nouveau poème ? demanda Narciso, ébloui. Je le connais, Edén ? Tu ne m'avais rien dit...

Escobar commença à lire à voix haute. Ce devait être de la merde.

Malades des nerfs
(ambulatoire et hospitalisation).
Réflexologie humaine et sexologie.
Docteur Edén Morán Marín.
Réflexologue.
Quinze ans au service de la spécialité.

Il s'interrompit :

— C'est une publicité.

— Tout poème est une publicité, concéda Edén.

Escobar acquiesça. Il poursuivit :

Examinateur de réflexes conditionnés
et autres
au Collège militaire
Tomás Cipriano de Mosquera.

— On ne dirait pas un poème de toi, protesta Narciso. Je préfère de loin celui qui dit : « Si un ange me prenait contre son cœur… »

— N'interromps pas Ignacio, l'interrompit Edén.

Escobar continua sa lecture :

Symptômes qui obéissent le mieux
à la thérapie
de réflexologie biophysique :
timidité, complexes.
États d'anxiété.
Sensations morbides angoissantes,
folie et défaillances.
Phobie de la critique,
des ennemis et de la persécution.
Traumatismes de la puberté.
Insuffisances glandulaires.

Instabilités émotionnelles telles que tristesse, larmes et désespoir suicidaire.

Narciso éclata en sanglots. « C'est ça, c'est ça », répétait-il tandis qu'Edén le réconfortait avec de petites tapes amicales et des murmures.

États obsessionnels et passionnels angoissants.
Impressions organiques
d'épuisement cérébral.
Fatigue, vertiges
et insomnie persistante.
Réflexes incontrôlables de rougeur, sueur, tremblements,
palpitations
et
TOUTES LES PSYCHONÉVROSES SEXUELLES.

— Comment, comment ?

Narciso leva son visage baigné de larmes. C'était, visiblement, un garçon très sensible. Peut-être que Federico avait été comme ça.

— « TOUTES LES PSYCHONÉVROSES SEXUELLES », répéta Escobar d'un ton neutre.

— Non, non, juste avant, c'était quoi ?

— « Réflexes incontrôlables de rougeur... »

— C'est ça, c'est ça ! (Narciso regarda Edén à travers ses larmes, presque avec rancœur.) Et tu ne m'avais rien dit...

Escobar était déconcerté. Il pensait que ce genre de chose n'avait eu lieu qu'en d'autres siècles, en Allemagne, quand Hölderlin récitait. Le bar tournait lentement autour de sa tête : celle, hirsute, de Ramón, sur la table, la joue dans une flaque de rhum, la chaise soudain vide de Rubén. Où était-il allé ? Et, au fond, un bruit de chaises traînées, de boléros, de rires gras d'ivrognes. Il poursuivit :

Réflexes incontrôlables de rougeur, sueur, tremblements,
palpitations
et
TOUTES LES PSYCHONÉVROSES SEXUELLES.

Tous trois observèrent un long silence. Narciso sanglotait. Dans un effort, Escobar surmonta l'admiration involontaire qui l'avait peu à peu gagné.

— Mais c'est une pub, insista-t-il.

— C'était une pub, corrigea Edén. Maintenant, c'est un poème.

Et, les lèvres pincées, il montra la prostration éloquente de Narciso. Escobar acquiesça gravement.

— Bien plus, poursuivit Edén en s'enflammant. C'est un poème total. Tout est là : tous les thèmes éternels de l'âme humaine. Du plus subjectif – mon propre nom, Edén Morán Marín – au plus impersonnel et au plus collectif : toutes les psychonévroses. De la vastitude cosmique – phobie de la critique – aux petits détails intimistes – ambulatoire et hospitalisation. Et toutes les passions obscures qui animent les hommes : la folie, la tristesse, l'insomnie persistante. Il ne manque même pas le fil d'Ariane de la temporalité : quinze ans au service de la spécialité.

Edén frappa sur la table, entre les verres, avec le bout rond de son index. La tête de Ramón tressauta.

— Ce poème est un abrégé de l'Univers.

Escobar acquiesça de nouveau, accablé. À quoi bon poursuivre ? Une dépression soudaine l'avait envahi. Toute publicité est poésie, en définitive – et ce poème était bien supérieur à son poème à lui, même comme pub. Il argumenta encore, faiblement :

— Et pour « examinateur de réflexes conditionnés et autres » ?

— Des massages, expliqua Edén. Je suis masseur dans un lycée. Nous, les poètes, nous ne vivons pas de l'air du temps, maître.

Rubén surgit de nouveau, comme figé par le vacarme, tenant par la main une file de quatre musiciens. Il les présenta :

— Los Auténticos.

Escobar était conscient d'avoir complètement perdu le contrôle de la soirée. Il regardait Ramón s'étirer ; le petit sourire d'Edén dansait devant ses yeux qui commençaient à le chatouiller comme si des larmes d'alcool perlaient de ses vaisseaux sanguins. Les cris et la musique lui parvenaient de loin, comme à travers un casque. Il eut une irrésistible impulsion :

— Personne ne part d'ici avant qu'il fasse jour !

On le calma. Il serra Rubén et Ramón contre son cœur, respirant l'odeur aigre du rhum répandu sur leurs revers et coulant fraternellement sur leur menton. Les musiciens accordaient leurs instruments, se donnant mutuellement le *la*. Escobar serra contre lui Edén, qui riait, puis Narciso, qu'il sentit tout mou sur sa poitrine. Tous portèrent un toast. La première guitare fit des arpèges semblables à un jet d'eau, et Escobar s'aperçut, stupéfait, qu'il riait aux éclats et chantait avec fougue :

Ce que je veux c'est que revienne,
que revienne vers moi
celle qui est partiiiie.

En fait, c'est lui qui était parti. Maintenant tout le monde chantait, y compris Narciso, qui émettait de petits rires, et Edén, qui balançait les coudes pour marquer le rythme. Rubén et Ramón chantaient enlacés, debout, d'une voix affectée de basse, leur verre à la main. Le chœur s'élevait vers le plafond comme un vaste échafaudage, étouffant le crépitement mécanique des boléros qui sortaient des haut-parleurs, robuste, mélodieux, à peine altéré par de petites différences dans les paroles, souligné par le choc de deux bouteilles dans les mains de Narciso. Los Simbólicos souriaient, mais on voyait bien qu'ils auraient préféré chanter seuls.

Tu t'en vas parce que je veux que tu t'en aiiiiillles !
Dès que je le voudrai, je t'arrêterai… !

Rubén brama. Et tous reprirent en chœur, heureux. Puis ils chantèrent *Mujer, si puedes tú con Dios hablaaar*, puis *Luuuna que se quieeebra sobre las tinieeeblas de mi soledad*, et *Tú la dejaaaste ir, vereda tropical*, et *Esta tarde vi llover, vi gente correr, y no estabas túúú*, et *Quizás, quizás, quizáas*, et *Reloj no marques las horas porque voy a enloqueceer*[1]. De plus en plus soûls, ils se mirent à chanter des chansons de femmes. Escobar commençait à se sentir à nouveau cerné par la littérature. Sa vessie, pleine à craquer, battait au rythme de ses tempes. Il alla aux toilettes. Sous l'odeur de pisse et de gerbe, on devinait un fond de fraîcheur, presque de plein air. Était-il déjà venu dans ces toilettes ? Edén s'approcha de lui par-derrière, tout sourires, le prit par le coude, et ils se balancèrent ensemble un instant. Edén avait déjà été là avec lui, quand il ne s'appelait pas encore Edén.

— Qui urine seul meurt seul, déclara Edén.

Ils urinèrent ensemble, fraternellement. Escobar remarqua du coin de l'œil que, pour uriner, Edén tenait son zizi le petit doigt en l'air, comme une tasse de thé. Edén remarqua du coin de l'œil qu'Escobar l'observait du coin de l'œil, et lui fit un clin d'œil complice. Escobar répondit par un autre clin d'œil complice.

— Mon amour, dit Edén. Mona-mour. Mona-mou-ou-our.

L'ivresse d'Escobar disparut d'un coup. Ce fils de pute pouvait le faire chanter toute sa vie. Il laissa échapper un rire nerveux, rougit, et, sans savoir pourquoi, il cligna encore de l'œil. Edén s'approcha un peu plus, lui donna dans les côtes un coup de coude complice, et ils perdirent tous deux l'équilibre. Ils s'enlacèrent pour ne pas tomber. Edén riait de son rire aigu. Au bout d'un moment, alors qu'ils étaient toujours collés l'un à l'autre et vacillants, Escobar sentit qu'Edén lui caressait le zizi d'une main tiède. Il s'écarta vivement et recula en titubant. Il ne sut que dire.

— Ah, mon amour, laisse-toi faire, suggéra Edén d'une voix soudain étrange.

— Non, propose ça à Narciso, plutôt, rétorqua Escobar.

Mais Edén, avec un autre petit rire, se jeta de nouveau sur lui et lui prit le zizi entre ses mains humides. Escobar le poussa violemment, et Edén roula sur le sol mouillé. Ils se regardèrent quelques instants en silence, Escobar debout, les

1. Début de quelques boléros célèbres. (Toutes les notes sont du traducteur.)

genoux tremblants et le sexe soudain rabougri, Edén à plat ventre par terre, haletant, le regard injecté de sang. Il s'approcha en se traînant sur les genoux.

— Laisse-toi faire, laisse-toi faire, laisse-toi faire !

Après une brève lutte, encore une fois Edén roula par terre. Il se releva, le membre pointant par sa braguette. Escobar fit un pas en avant, le saisit par le col de sa veste et le secoua de gauche à droite en gardant l'équilibre à grand-peine. D'un côté, pensa-t-il, ce n'est pas si mal : j'ai un bon prétexte pour mettre un terme à cette amitié qui devient gluante. La calvitie naissante d'Edén était couverte de gouttelettes de sueur, et il avait de l'écume aux commissures des lèvres. Il grognait des mots inintelligibles tandis qu'Escobar le secouait avec une violence modérée, sans savoir exactement que faire de lui. L'haleine d'Edén, qui empestait l'alcool, se mêlait à l'odeur nauséabonde des toilettes.

Edén lui lança un coup de pied dans le tibia. Escobar le jeta contre les carreaux du mur, surpris par sa propre violence. Edén se ramollit ; Escobar le retourna facilement et lui cogna le front contre le bord en porcelaine de l'urinoir, pensant que cela suffirait. Mais Edén lui lança traîtreusement un coup de talon dans l'autre tibia, et Escobar se vengea en lui cognant de nouveau le front contre le mur. Même s'ils ne parlaient pas, ils devaient faire un boucan de tous les diables. Escobar tenta un coup de karaté sur la nuque d'Edén, en vain : « Mais reste tranquille, putain, reste tranquille ! » Edén se tortillait et lançait coups de talon et de coude en grognant, à moitié étranglé par l'avant-bras d'Escobar. Celui-ci se posta à califourchon sur le dos d'Edén, qui, contre toute attente, se mit à courir vers la porte. Escobar enroula ses pieds autour des mollets d'Edén, et ils s'écroulèrent tous les deux lourdement. Les pariétaux d'Edén heurtèrent l'angle du mur, et son occiput rebondit sur la mâchoire d'Escobar. Il ne bougeait plus. Escobar se releva, haletant, la lèvre en sang.

Il retourna le corps sur le dos.

Je ne peux pas l'avoir tué, pensa-t-il, affolé. Je ne suis pas si fort que ça.

Le front d'Edén ruisselait de sang. Apparemment, il ne respirait pas, et son pouls ne battait pas.

— Merde, merde, merde, je l'ai tué.

Mais non, son pouls battait : c'est juste qu'il était difficile à trouver.

Il réussit à asseoir le corps tout ramolli en plaquant le dos d'Edén contre l'angle du mur. Il essaya de le faire vomir, pour que son état semble naturel à ceux qui entreraient dans les toilettes, mais Edén ne laissa même pas couler de salive. Escobar ouvrit le robinet, s'aspergea la tête et se recoiffa devant la glace. Il pensa laver le sang sur le visage d'Edén, mais cela lui parut finalement trop difficile. De la porte, il jeta un dernier regard sur le corps inerte. Entre les jambes écartées et tendues d'Edén, on voyait encore poindre son membre, comme une grosse orchidée violet et noir.

Il vit qu'à leur table l'attendaient Rubén, Ramón, Narciso et Los Melódicos. Plus loin, à une autre table, il distingua la brune maigre qui lui avait fait battre le cœur au début de la soirée : seule et muette dans la fumée, dans la brume chaude, dans le vacarme. Il se dirigea droit sur elle. Il la prit par le coude, sans rien lui demander, la força à se lever et, sans s'arrêter ni se retourner, l'entraîna vers la porte et le froid de la rue.

— Lâchez-moi, non mais, doucement, doucement…

De l'autre côté de la rue obscure il y avait une enseigne lumineuse en forme de fleur. Il traversa avec la fille, presque au trot, sans parler, s'attendant à tout instant à entendre les cris de ses poursuivants. Un comptoir, un barman derrière le comptoir, de petites tables plongées dans une obscurité tiède, mauve, des boléros : une oasis. Ses mains tremblaient encore.

— Allons danser, mon amour.

La fille le suivit avec docilité jusqu'à la piste et plaça machinalement le coude sur sa clavicule. Ils enchaînèrent les boléros. Durant toute la série, Escobar dansa tel un automate, obnubilé par le souvenir de la bagarre, pensant à des choses qu'il aurait dû faire et qu'il n'avait pas faites. La vie passe trop vite, et l'erreur, l'erreur. Abandonné seul dans les toilettes, Edén était peut-être mort. Peut-être avait-il fini par mourir – par se noyer dans les flaques du sol, par avaler sa langue. Escobar lâcha sa partenaire au milieu de la piste et regarda ses mains d'assassin, noires dans la lumière mauve. Du sang ? Non. Ils s'assirent. Un serveur les obligea à commander du whisky. Après le rhum, la première gorgée eut la douceur de l'eau pour Escobar. Il regarda de nouveau ses mains, mais elles ne lui parurent pas différentes.

— Est-ce que tu trouves que mes mains ont quelque chose de bizarre ?

— Bas les pattes, OK ?

— Comment tu t'appelles ?

Elle s'appelait Cecilia. Elle avoua qu'elle était étudiante. À la deuxième tournée, au deuxième whisky, elle dansait mollement dans ses bras, sans le tenir à l'écart avec son coude, sans essayer d'esquiver le genou qui se frayait un passage entre ses cuisses. Elle aimait bien l'alcool, parce qu'on se sent tout léger, super bien. Le problème, c'est que parfois on est soûl. Quand elle avait treize ans, à Yopal, son frère Julio Alberto et son petit ami lui avaient fait prendre sa première cuite. Boire, c'est génial, mais après on a mal à la tête. Ils avaient profité d'elle.

— Qui ça ?

Les hommes. Apparemment, tous les hommes. Cecilia indiquait la rotondité de l'univers, d'un grand geste du bras. Le lendemain, son frère Julio Alberto et son petit ami l'avaient vendue à un bordel de Villavicencio, mais ce n'était pas la faute de son petit ami, sûr que Julio Alberto ne lui avait pas donné sa part. Elle s'était réveillée toute seule, avec un mal au crâne terrible. La maquerelle l'avait frappée, parce qu'elle se plaignait. Escobar, en dansant, embrassait son front lisse, ses sourcils droits et noirs, ses paupières maquillées, qu'elle fermait en protestant vaguement, ivre morte.

— Tout ce que veulent les hommes, c'est ça.

Ils allèrent se rasseoir, et il lui bécota la main, la mit négligemment entre ses jambes, sur son membre gonflé et palpitant. Elle ne la retira pas, comme quelqu'un qui pose sur une table un objet étrange, un paquet mou, tiède, un cadavre d'oiseau.

— Et toi, alors, qu'est-ce que tu fais, hein, dis ?

— Des vers, avoua Escobar.

Cecilia essaya de fixer sur lui son regard sombre et éclata d'un rire qui se transforma en hoquet.

— Je suis poète, insista Escobar.

Cecilia fit non de la tête. Ses cheveux étaient une cascade noire.

— Ils disent tous ça, finit-elle par dire. Mais ce qu'ils veulent, c'est ça.

Et elle retira sa main. Escobar commanda deux autres whiskies.

Cecilia parlait d'une voix traînante, en parsemant son histoire de « Hein », de « Hein, dis » et de « Bas les pattes, O.K. ? », quand Escobar la caressait, lors d'une pause. Les années d'apprentissage au bordel, les chauffeurs de bus sur son corps, les exigences détaillées de Pedraza, le juge de proximité vraiment proche. Escobar était jaloux. Jusqu'à son premier avortement elle avait été une reine : le commandant de la base de Yopal lui mangeait dans la main, tout doux, le secrétaire des Finances du Meta, qui jetait l'argent par les fenêtres, ne voulait coucher qu'avec elle, le directoire libéral, composé de neuf messieurs, la chevauchait régulièrement. Évidemment, il y avait des jours poussiéreux et tristes, des jours passés à dormir, à manger du chocolat et à lire des revues, des jours où elle écrivait des lettres pleines d'angoisse confuse et de mélancolie au courrier du cœur des journaux. Mais il y avait aussi des jours de délire et de foire aux bestiaux, où les hommes la soûlaient au mousseux et où elle se sentait flotter tout ce qu'il y a de bien.

— *Carpe diem,* déclara Escobar, complètement soûl.

— Des car quoi, tu dis ? Tu ne sais pas que là-bas il n'y a que des Toyota et des Lanrover ? T'as vu le terrain, hein ?

Escobar la serrait contre lui, sentait les os de ses épaules craquer, céder contre sa poitrine. Parfois, elle ôtait une de ses chaussures, frottait ses pieds l'un sur l'autre et remuait les orteils pour rétablir la circulation. Escobar, qui s'était aperçu qu'elle n'avait pas de bas, fondait en imaginant la peau douce de ses cuisses sous sa robe rose à volants fanés, fuchsia dans la pénombre, flétris par tant de mains avides. Il découvrit dans le tulle de petits cercles laissés par des brûlures de cigarette et, ne pouvant se retenir, il l'embrassa sur la nuque.

— Dis, hein, du calme, O.K. ?

Elle tournait la tête quand il voulait l'embrasser, renversant son cou en arrière dans un éclat de rire d'ivrogne. Les après-midi tranquilles au bordel, à jouer aux cartes avec les autres filles. Cecilia, ma petite, lave-toi, le sénateur vient, aujourd'hui. Et le sénateur qui la sodomisait, nue, son écharpe tricolore en travers de son bide poilu. Le gringo idiot et blond du Corps de la paix, qui apprenait à graver des Donald Duck dans du cuir, et qui tout au début avait l'air bien nunuche, mais qui en fin de compte voulait la sauver et la ramener avec lui dans le Connecticut pour la présenter à sa famille. Pendant les périodes de tournées électorales, elle avait couché avec des candidats à la présidence de la République, et avec leurs gardes du corps. En moins de deux ans, elle avait connu mille hommes. Et ce que voulaient tous ces hommes, c'était ça : Cecilia écartait les jambes, relevait le bas de sa robe en montrant « ça » avec son doigt.

Escobar lui embrassait les épaules, les oreilles. Une odeur dense et aigre, de maquillage et de parfum émanait de Cecilia. Ses seins coniques et tendres tendaient sa robe au rythme de sa respiration, avec des mamelons saillants comme des boutons de sonnette. Sa bouche avait l'air d'une blessure pourpre dans la pénombre lourde des boléros. Il l'embrassa. Elle lutta un moment contre ce baiser, serra les lèvres, poussa un grognement qui lui gonfla le cou, puis céda enfin et se laissa écraser les lèvres par les dents dures, livrant tout grand son palais pour que leurs deux langues s'entrelacent, s'aspirent, se sucent, hors d'haleine. Perdue. Une enfant perdue. Escobar fondit.

— Allons tirer un coup, mon amour.

Cecilia se laissa guider par le coude jusqu'à la porte. Mais il fallait régler l'addition : quand avaient-ils bu tous ces whiskies ? Il paya. Il récupéra Cecilia, affalée sur une chaise. Elle se laissa récupérer. Elle se laissait. Elle se laissait embrasser, emmener, récupérer, guider, perdre. Comme elle s'était laissé vendre quand elle avait treize ans. Elle se laissait pendre entre ses bras, tel un chiffon. Il ne savait où l'emmener. Il pensa à Fina avec colère : Fina ne voudrait pas d'elle à la maison. Elle ne le permettrait pas. Elle ne le pardonnerait pas. Ah, Fina, merde, ce n'est pas juste : c'est toi qui m'as mis dehors, et maintenant tu ne me laisses pas rentrer. Mais écoute un peu : j'ai Cecilia, qui m'adore. Ou qui se laisse faire, du moins. Où aller ? Il était très tard. Tout à coup, l'air nocturne l'enivra. Que faisait-il là, Cecilia ivre pendue à son bras, lisse et brune et humide dans le froid ? Cecilia chancelait, sans os, de plus en plus lourde, et son visage était gris. Un taxi s'arrêta devant eux. Ils montèrent dans le véhicule. Où aller ?

— Où habites-tu ?

— Chez des amies. Par là…

Elle montra le sud de son bras maigre.

Ce n'était pas très loin, à cette heure-là, par les rues pleines de flaques luisantes, d'autant plus que les feux de signalisation orange clignotaient. Le chauffeur avait les yeux rouges de ceux qui se lèvent tôt, et la radio marchait à plein volume. Un trio mièvre chantait *La que se fue*. Escobar repensa aux Auténticos, se rappela brusquement sa bagarre dans les toilettes avec Edén Morán Marín, fut envahi par une vague de nausée, chassa ses souvenirs et se secoua. Cecilia, qui s'était endormie sur son épaule, lui mettant sous le nez le parfum de ses cheveux, se réveilla. Elle lui sourit.

— Ne t'excite pas trop vite, mon chou.

— Non…

Maintenant c'était elle qui lui mettait la main entre les cuisses, qui frottait doucement la courbe de sa braguette. Et cette fois ce fut Escobar qui retira sa main, par peur du chauffeur. Mais ils furent bientôt arrivés. C'était au troisième. Cecilia expliqua qu'elle vivait avec deux amies, étudiantes elles aussi. Elles n'étaient pas là. À cette heure-ci, elles n'étaient jamais là : elles travaillaient dans un club privé.

— Tu as de la coke, mon chou ?

Escobar n'avait pas de coke.

— Je t'en donne, si tu veux. Mais tu me la paies, O.K. ?

— O.K.

Le lit était large, mou ; il y avait des taches mystérieuses sur la couverture. La petite lampe de la table de nuit diffusait une lumière orangée, et le clignotement rouge et vert d'une enseigne publicitaire filtrait à travers les rideaux tirés. Escobar s'allongea sur le dos, et le monde se referma sur lui en un battement d'ailes noir. Il sentit qu'on le secouait par les épaules.

— Dis, tu ne voulais pas de la coke ?

Cecilia était maintenant nue de la taille aux pieds : le duvet sombre de son pubis montait sur son ventre comme une main noire. Entre les boutons ouverts de son corsage, les yeux d'Escobar voyaient quatre seins : deux pâles et bleus à travers le tissu, avec des mamelons noirs comme des mûres, et les deux autres nus et chauds à la lumière de la lampe. Elle ne pouvait pas en avoir autant. Il en prit un, plus mou que sa main ne s'y attendait. Cecilia l'écarta. Elle lui offrit une ligne de coke un peu grise sur un petit miroir. Escobar aspira, retint un éternuement, s'assit lourdement sur le lit. Mon Dieu. Ôter ses chaussures.

— Allez, déshabille-toi, mon chou.

— Tout de suite, Cecilia, mon amour.

Il avait l'étrange impression que les choses ne se déroulaient pas dans l'ordre. Il se promenait d'un bout à l'autre de la chambre, en slip et en chaussures, et découvrait avec surprise qu'il était arrivé à une extrémité de la pièce sans être jamais passé par les points intermédiaires. La réalité ne coïncidait pas avec ce qu'elle devait être. Si je compte trois fois de suite le même nombre de pas, ça voudra dire que je suis passé par les mêmes endroits, et que par conséquent ces endroits sont bien là. Assise sur le lit, Cecilia, en tailleur, les talons appuyés sur la noirceur de son pubis, continuait à raconter sa vie : le sénateur, le gringo, la fête pour ses quinze ans, quand le major Vanegas – qui était le major Vanegas ? – lui avait dit : « Tu es une femme, maintenant. » Il était super, le major Vanegas, et au lit c'était un bon coup.

Toujours emmêlé dans ses mesures et calculs spatiaux, Escobar fut jaloux du major Vanegas. Il s'assit sur le lit. Ensuite, le voyage à Bogotá avec le Dr Mahecha. Qui était le Dr Mahecha ? Manifestement, Escobar avait manqué des épisodes essentiels du récit. Mille hommes ? Sa jalousie n'était pas assez grande. Comment raconter l'histoire de mille hommes en une seule nuit, ou même en mille ? Cecilia se perdait dans ses souvenirs, s'égarait sur les chemins latéraux, dans des anecdotes parallèles, des parentés : le filleul du Dr Mahecha, qui avait les yeux de Roberto Carlos. Qui était Roberto Carlos ? Et qui était le filleul du Dr Mahecha ? Schéhérazade, au fil de ses nuits, devait raconter des choses du même genre : l'histoire des trois filleuls du Dr Mahecha.

Escobar commença à l'embrasser dans le cou. Sans trop d'effort il lui ôta son corsage, embrassa ses aisselles, ses petits seins pointus. Il glissa sa main entre ses jambes. Cecilia s'interrompit enfin.

— Ah, mon chou, tu m'excites, dit-elle.

Il la prit dans ses bras et s'allongea sur elle, lui écrasant les seins, tout chauds contre son torse. Il respirait l'odeur entêtante de ses cheveux et pesait sur elle avec son sexe. Mais dans son slip – car il avait gardé son slip et ses chaussures – il ne sentait rien : un silence. Il se dit qu'il avait trop bu ou fait trop de mélanges, ou qu'il était trop ému. Sous son poids, le corps doux et mince de Cecilia se tortillait. Il s'installa mieux sur elle, pour être plus libre de ses mouvements. Il la vit ouvrir des yeux vitreux.

— Qu'est-ce qui t'arrive ? Vas-y, mon chou, mets-la-moi.

Du calme. C'est l'alcool. Procédons par ordre. Cecilia cessa de se tortiller et se mit à tousser contre la poitrine d'Escobar. Il l'embrassa sur les tempes, sur les paupières : elle sentait la transpiration, le parfum chaud, entre jasmin et fraise. Il mordit un tendon de son cou : la peau et la chair cédèrent sous ses dents et elle se plaignit. Il caressa avec sa joue la courbe de sa poitrine, mordilla ses tétons sombres et dressés, lécha entre ses seins la saveur salée, lui embrassa le nombril, lisse et profond, enfouit sa bouche dans le nid douillet et aromatique de son sexe entrouvert. Mais, dans le silence de son slip, les choses ne s'amélioraient pas. Du calme. C'est l'alcool. Du calme. Il faut laisser le temps au temps.

— Cecilia.

— Ah oui, mets-la-moi.

— Tu m'aimes ?

— Ah, mets-la-moi !

— Tant que tu ne m'auras pas dit que tu m'aimes, non.

— Ah, mets-la-moi, vas-y, j'te dis…

Escobar resta ferme.

— Non. Tant que tu ne m'auras pas dit que tu m'aimes, non.

— Bon, bon, très bien, je t'aime, mais mets-la-moi maintenant, mon chou, OK ?

OK, mais ce n'était pas facile. Cecilia lui baissa son slip : entre ses doigts frais elle prit ses testicules et son membre ridé et endormi, qui se rétrécit encore plus.

— Bah, tu bandes pas ?

Elle le prit entre deux doigts, par le bout, lui jetant un rapide coup d'œil expert. Escobar le regarda lui aussi, recroquevillé sur lui-même, avec son petit œil de cyclope bien fermé, comme un chat endormi.

— Ce n'est pas ça, expliqua-t-il.

— Tu veux que je te fasse des trucs ?

— Non, attends. Je vais enlever mes chaussures.

Il les ôta avec une résolue lenteur, croyant au miracle, confiant. Quand il se redressa, Cecilia dormait sur l'oreiller, la bouche ouverte. Il la regarda dormir. Elle devait dormir comme ça chaque nuit. Du bout des doigts, il caressa la ligne ronde de sa croupe. Il commençait à avoir mal à la tête, il avait soif, il avait envie d'uriner. Où était la salle de bains ? Il essaya de compter combien de fois il avait déjà uriné cette nuit-là : il se rappela le visage d'Edén, ensanglanté, et eut soudain une sensation de vertige. Il s'allongea sur le dos à côté de Cecilia. Il ne pouvait pas l'avoir tué. Il ferma les yeux et fut terrassé par une rafale d'effroi, inattendue et noire. Il les rouvrit, tremblant et trempé de sueur. Les parois de son crâne battaient douloureusement, par vagues, avec des craquements qui lui laissaient les yeux pleins de points lumineux. Son estomac se contracta, et sa gorge s'emplit de bile, ou de rhum, ou de whisky, de quelque chose qui avait un goût d'iode. Se penchant par-dessus le corps endormi de Cecilia, il éteignit la petite lampe. La lumière laiteuse de la rue s'infiltra dans la chambre. Il ouvrit les rideaux.

Le jour se levait, et dans la tendre lumière de l'aube clignotait, rouge et vert, l'enseigne publicitaire, mais son clignotement suivait un autre rythme que celui de la douleur dans sa boîte crânienne. Il referma les rideaux, accablé par une sourde angoisse. Il trouva une salle de bains étroite qui sentait les parfums renfermés, le pin, la tuyauterie en mauvais état. Comme il en ressortait, il sursauta en voyant le regard fixe d'un Sacré-Cœur grandeur nature, blond et bouclé. Il se regarda dans le verre et fit coïncider le reflet de ses yeux et les yeux doux du tableau.

— Mon Dieu, demanda-t-il, faites que je bande.

Mais rien non plus. Il regarda Cecilia endormie à plat ventre, une jambe menue repliée sous elle. Elle allait mourir de froid. Il la couvrit avec le drap, arrangea les plis pour qu'ils dessinent par transparence les lignes pures de son corps. Il l'installa mieux, lui écarta doucement les cuisses pour créer un vide, tendit le drap sur la double amande de ses fesses comme s'il arrangeait un bouquet. En silence il retourna dans le couloir de la salle de bains, vida le vase posé devant le Sacré-Cœur. C'étaient des fleurs en plastique, maintenues droites par des fils de fer qu'il arracha, puis disposa les fleurs en demi-cercle autour de Cecilia. Fleur unique entre les fleurs. Il décida de lui dédier un sonnet.

Tu es, fleur unique entre les fleurs,
ma fleur de chair entre tes fausses fleurs.
Pédoncule qui avive mes ardeurs…

De nouveau le mensonge poétique, qui le poursuivait comme une Érinye vengeresse. Avait-elle vraiment avivé ses ardeurs ? Mais bon, en fin de compte, un sonnet est une expression de l'amour aussi valable qu'une érection. Alors c'était ça : un sonnet qui était en même temps une justification de son impuissance. Un sonnet explicatif, persuasif, comme une didascalie : écoute, Cecilia, ce qu'il y a, c'est que tout mon sang me monte à la tête, et qu'il s'y répand en un jet de vers. D'ailleurs, c'était vrai, il sentait que sa tête était sur le point d'exploser. Il chercha quelque chose pour écrire. Un cahier aux feuilles quadrillées, avec une écriture ronde, maladroite et espacée de semi-analphabète : « blanchicerie soissante pesos », « alcasetser quatre », « paqué de cotex douze pesos ».

Cecilia : mon amour esquive
le désir de te posséder.

Non. On dira ce qu'on voudra, un sonnet, ce n'est pas exactement comme une érection. Il regarda Cecilia, cherchant l'inspiration. À présent, elle suçait un doigt dans son sommeil.

Cecilia, mon amour t'esquive.
Tu le vois : il se feint inerte,
et mon amour est sa perte,
il te veut…

Pourquoi s'était-il imposé une rime en « ive », si difficile ? Rétive, primitive, répétitive.

Cecilia, mon amour t'esquive.
Tu le vois : il se feint inerte,
mais de ta bouche très experte
fais que la caresse l'avive.

Il veut te retenir captive
afin qu'à mon sexe en alerte
tu puisses offrir ta rose ouverte
et de tes sens la flamme vive.

Tu me diras, si tu t'éveilles,
de cette voix qui m'émerveille :
« Oh, mets-la-moi, oui, mets-la-moi ! »

Qu'il soit fait selon ton désir
pour que nous mourions de plaisir
et que nous nous aimions à loi-
sir.

Sa tête était traversée par de brefs éclairs de douleur.

Il lut à voix haute, à genoux au pied du lit. C'était peut-être comme ça que Pétrarque lisait ses sonnets à Laure, après avoir tenté en vain de coucher avec elle. Et peut-être que Laure continuait à dormir, impassible, comme Cecilia à présent, respirant la bouche ouverte, sans entendre un seul mot. Peut-être. Mais Laure se réveillerait tôt ou tard, les yeux chassieux, et le sonnet, en revanche, garderait sa fraîcheur de rose tout juste cueillie. Laure vieillirait, année après année, et finirait par mourir, ses os seraient dissous dans la chaux de la fosse commune, alors que les sonnets de Pétrarque resteraient éternellement jeunes. Il relut le sien. Ce n'était pas un sonnet de Pétrarque.

Et Cecilia dormait toujours, belle et sereine dans la lumière plombée du jour. Dans son sommeil, son coude avait brisé le demi-cercle fermé des fleurs en plastique. Il les compta. Il y en avait quatorze, évidemment, comme les vers d'un sonnet : il aurait dû s'en douter. Rigides et sans grâce, visiblement fausses, placées dans un ordre géométrique artificiel. Voilà, Cecilia, un sonnet : quatorze vers de plastique même pas capables de te réveiller. Il eut honte, ressentit de la haine pour son pauvre zizi recroquevillé de froid parmi les poils de son bas-ventre, inutile. Comme un quart de vers ajouté à la fin d'un sonnet. Mon Dieu, assez de métaphores.

Et, comme si cela ne suffisait pas, son mal de tête empirait. Il le sentait comme une barre de métal chauffée à blanc qui lui aurait traversé le crâne, pesant sur la gélatine grise de son cerveau telle une épée de feu sur un coussin. Il s'allongea sur le dos, se couvrit jusqu'au front avec le drap. Les poings serrés, il pressait ses tempes, en vain : si seulement il avait pu faire en sorte que les parois osseuses cèdent, qu'elles s'ouvrent avec un bref craquement de fracture, laissent échapper la douleur et entrer le vent. Derrière sa tête, inaccessible, palpitait quelque chose d'épouvantable. Quand il fermait les yeux, il sentait s'abattre sur lui comme un rideau de sang dans un rugissement d'incendie. Il perdait pied, il sentait qu'il perdait pied et qu'il tombait dans d'imprévisibles creux d'obscurité forés par un brutal jet de lumière qui le frôlait en hurlant tel un train dans la noirceur de la nuit. Il ouvrait les yeux, trempé d'une terreur subite et, oppressé, tâtait sa poitrine en quête des battements de son cœur. Qu'on m'assure que je suis vivant. Il voyait la couleur du jour, blafarde, un vert livide à travers les rideaux tirés. Qu'on fasse revenir la nuit. Il sentait contre son flanc la croupe fraîche et courbe de Cecilia endormie. Cecilia, prends-moi dans tes bras, serre-moi contre toi, protège-moi, pardonne-moi.

Il fut réveillé par l'assourdissant tambourinement de l'averse. Si je suis bien à Bogotá, pensa-t-il, il est deux heures de l'après-midi. À côté de lui, Cecilia dormait toujours, emmitouflée dans le drap. Il alla boire de l'eau dans la salle de bains, regarda dans la glace ses yeux striés de sang : des morceaux de chair crue. Il voulut uriner mais en fut empêché par l'érection qui pointait entre ses cuisses : une lance de chair. Il retourna dans la chambre, les mains refermées dessus, marchant du pas raide et solennel des porte-étendard. Il se pencha sur le corps immobile de Cecilia, écarta d'un doigt les mèches sombres qui lui couvraient le front. Elle remua la tête, laissant voir sur sa joue la marque écarlate laissée par un pli de l'oreiller. Celui-ci était couvert de taches rouges, mauves, bleues, qui avaient coulé le long des joues de la fille et formaient des mares chatoyantes. Sa bouche ouverte était propre, rose, fraîche.

Sans lâcher son érection, il se glissa entre les draps. Il embrassa un sein humide qui pointait sous un bras. Il enlaça le corps endormi, écrasa sa bouche contre la cavité de l'épaule, avec un gémissement d'amour. Cecilia le prit dans ses bras, toujours endormie, et dit « Viens, mon chou » d'une voix sans nuances de poupée mécanique. Escobar serra contre le sien tout son corps maigre et sentit ses os céder, ses ligaments et ses tendons se ramollir. Il lui écarta brutalement les jambes et fut aussitôt inondé par une seule convulsion chaude, irrémédiable, entre les cuisses de Cecilia. Elle le repoussa sans douceur, complètement réveillée à présent, et cria : « Putain, salaud, mon drap ! »

Escobar resta allongé sur le lit, sentant qu'il n'était en vie qu'à travers la très légère palpitation transmise par son mal de tête brusquement revenu : une masse compacte emplissait son crâne telle une matière solide, plus lourde que le plomb. Cecilia allait et venait, nue, ses petits seins ballottaient, elle jurait, maniait ustensiles de ménage, éponges, chiffons humides, rouleaux de papier toilette. « Putain, je suis pas la bonne, j'ai autre chose à foutre que laver les draps, au moins tu ne m'as pas vomi dessus. » Tu n'étais pas comme ça, Cecilia. Puis elle vit les fleurs en plastique et se mit à hurler d'indignation. Elle hurla de nouveau en trouvant le sonnet : « Putain, mon carnet de comptes ! » Elle le froissa, en fit une boule qu'elle jeta dans le seau d'eau sale. Cecilia, c'est mon sonnet. Ton sonnet, Cecilia. Escobar, balbutiant : « Pardon, pardon » de temps à autre, commença à se rhabiller.

— Et mes deux mille pesos, dis, hein ?

— Deux mille pesos ? fit Escobar, incrédule. Tu n'étais pas comme ça, Cecilia.

— Et en plus t'as vu dans quel état tu m'as mis mon lit, hein ? Quel salaud ! Et toute la coke que tu t'es sniffée, et puis regarde ce que t'as fait de mes fleurs, salopard, ça fait cinq cents pesos de plus.

— Cinq cents pesos ?

Se sentant humilié, exploité, rageur, il chercha dans ses poches son tas de billets. Il pouvait lui faire payer son sonnet.

— Je n'ai que mille cinq cents pesos, mentit-il.

Elle lui arracha les billets d'un geste brusque. Il y avait mille huit cents pesos.

— Dis plutôt que tu veux me voler ! File ta montre, elle est même pas en or, j'suis sûre.

— Je n'ai pas de montre.

— Hein, mais c'est moi qui me fais baiser, hein, j'hallucine, il faut être vraiment conne pour suivre le premier connard venu. Allez, fous-moi le camp, salaud !

— Il pleut.

— Eh ben, mouille-toi ! Ou peut-être que même pour ça t'es pas un homme…

Dans la cage d'escalier, Escobar entendait toujours la voix âpre de Cecilia. Une autre voix. Ce n'était pas ta voix, Cecilia.

L'averse était dans sa pleine fureur.

II

Bogotá est une ville horrible. Cecilia l'avait laissé sans un sou pour prendre un taxi. Que dirait-il à Fina ? Mon amour, j'ai été retardé. Non : c'était la faute de Fina. Laisser Fina prendre en charge son corps et son âme rompus de fatigue, boire des litres d'eau, se laver pour ôter l'odeur du corps de Cecilia, dormir. Se réveiller plusieurs heures plus tard et tout trouver prêt, et les doigts frais de Fina sur ses yeux encore lourds et troubles. Il était tard, mon amour, et il n'y avait pas de taxis. J'ai rencontré des poètes dans un bar, El Amparo, El Refugio, El Oasis, et après j'en ai tué un. Comme je te le dis : j'ai tué un homme, et après, tu imagines, la police, etc. Qu'est-ce que je sens ? Ah oui, la pute, mon amour. C'est qu'ils m'ont mis dans une cellule avec des putes, au commissariat. Il y en avait une, Cecilia, qui m'a raconté une histoire triste. Et après elle m'a volé, putain de fille de pute. Il imaginait des questions et des réponses, des excuses et des détails, le visage contracté par la pluie, comme un poing serré. La pluie lavait ses vêtements et son corps du parfum de Cecilia. La pluie, la pluie implacable, les rafales violentes et presque horizontales de la pluie. Comment lutter contre la pluie ?

Au bout de quelques pâtés d'immeubles, il y renonça, ne chercha plus d'avancées de toit protectrices et ne fit plus l'effort de marcher en biais, épaule haussée comme la proue d'un brise-glace pour couper la furie des eaux. Il se mit à marcher au milieu du trottoir, raide, laissant couler l'eau sur son front et ses pommettes, se glisser dans ses yeux et sa bouche entrouverte sans lui trouver de saveur. Elle coulait le long de son cou, de son dos, et se mêlait à la sueur de la fatigue et de la rage. Il essayait de ne pas tomber dans les flaques martelées par la pluie, il scrutait le courant trompeur et s'enfonçait jusqu'aux mollets dans d'autres, plus profonds. Il pataugeait, traversait des carrefours où le torrent lui arrivait à mi-jambes, contractait ses orteils pour que le courant n'arrache pas ses chaussures, luttait pour ne pas être entraîné par le poids de son pantalon trempé. Des voitures s'étaient échouées à des croisements, tôles frappées par les vagues, sans propriétaires, coques de bateaux naufragés. De grands bus passaient, bondés, et soulevaient des lames jaunes. Escobar essayait de les esquiver en faisant des sauts latéraux, comme un danseur. Il reçut pourtant à plusieurs reprises des plaques de boue dans les côtes, essuya l'eau de ses sourcils avec sa manche. Il sentit qu'il allait pleurer. Une centaine de pas durant, il s'efforça de trouver à la pluie quelque chose d'aimable.

C'est de l'eau pure, se disait-il. De l'eau vivifiante. Elle féconde la terre mère.

Flots gros et lourds vomis par les gouttières cassées, cataractes tombant du ciel. Depuis les portes ouvertes des boutiques les gens le regardaient passer, seul comme un imbécile sous le cataclysme : des gens vert-de-gris, bruns, flous à travers la pluie, entassés sur le seuil, qui attendaient patiemment la fin du déluge et l'observaient, seul piéton insensé dans toute la ville. Les torrents des rues charriaient des décombres et des terres alluviales, des caisses en carton et en bois, des branches d'arbres. Le reflux faisait danser des tourbillons d'ordures au coin des rues, où deux flots se heurtaient en soulevant une écume trouble, irisée de graisse. Par moments, la pluie semblait se calmer un peu : les grosses gouttes s'espaçaient dans un air soudain en suspens, et Escobar se rendait compte que cela faisait plusieurs minutes qu'il ne respirait plus. Il dressait son cou engourdi. Puis le poids des eaux du ciel se déversait de nouveau, des rafales de vent faisaient ondoyer de vastes draps liquides, et Escobar rentrait la tête dans les épaules, transi. Il voûtait les épaules pour se réduire, pour présenter au ciel une cible plus difficile, mais l'eau trouvait toujours le chemin de son visage et de ses yeux sans défense. Il écumait de rage. Il aurait voulu se laisser tomber sur le trottoir inondé, se laisser emporter par le courant jusqu'aux déversoirs du fleuve, loin, vers le sud, se laisser dériver dans la solide mousse de détergents à peine érodée par l'eau, le visage tourné vers le ciel, les larmes mêlées aux pleurs incessants de la pluie. Mais les cadavres des noyés flottent-ils sur le dos ou sur le ventre ? Il aurait voulu que le décomposent doucement les assauts de la pluie.

— Fina ! hurla-t-il de la porte, l'estomac noué.

Qu'allait-il dire à Fina ? Ah oui : j'ai tué un type, mon amour, la police, etc.

L'écho, la flaque sous la fenêtre restée ouverte. Il se déshabilla en s'efforçant de garder la tête droite et immobile, pour que sa douleur ne se brise pas en mille morceaux : c'était à présent une douleur tranquille, équilibrée comme le poids d'une amphore. Bordel de merde, où donc Fina avait-elle encore caché l'aspirine ? Son pantalon trempé lui collait aux cuisses, et en tirant dessus il en arrachait des fils humides, frisés par la pluie. De l'eau commença à couler des vêtements entassés par terre. Une vraie source. Plus tard, peut-être qu'on bâtirait un ermitage, ici. Peut-être que les pèlerins viendraient de loin pour goûter les vertus de cette eau miraculeuse. Des aumônes. Des guérisons, peut-être bien.

Il ouvrit le robinet d'eau chaude de la baignoire, s'enveloppa dans des serviettes sèches, but à longs traits avides le jet froid du lavabo. Que faut-il faire de plus dans ces cas-là ? Du café. Où Fina cache-t-elle le café ? Les filtres, les cafetières, les moulins, tout le poids écrasant de la réalité. Qu'elle était loin, qu'elle était morte et enterrée, la vie facile de son ancien célibat : les choses bien en vue, la magie instantanée du Nescafé, la tasse avec les traces de nombreux Nescafé successifs, comme la marque horizontale des marées sur les jetées des ports. La rumeur différente de l'eau dans la salle de bains : la baignoire qui débordait. Dans un moment les choses vont commencer à se casser, pensa-t-il avec résignation. La rumeur différente de l'eau qui bout dans la cuisine : à quel moment l'eau bout-elle, à combien de degrés, à combien de mètres au-dessus du niveau de la mer ? Le café qui sautait à gros bouillons sur la plaque de la cuisinière pour s'évaporer dans un sifflement. Les tasses. Les petites cuillères. Le sucre. Lequel est le sucre, lequel est le sel, lequel est le borax en poudre pour tuer les cafards ? Combien de voyages faut-il faire de la salle de bains à la chambre, de la chambre à la cuisine, de la cuisine à la salle de bains, avec le sucre répandu sur le sol et qui colle à la plante des pieds, en regardant par transparence les comprimés de Fina, blancs, ronds, longs, plats, lesquels sont l'aspirine, lesquels provoquent des dérèglements hormonaux, lesquels rendent les cheveux brillants, tonifient le grand sympathique, multiplient les leucocytes, régulent les cycles menstruels ? Les comprimés collés au palais, terreux, les haut-le-cœur brûlants dans l'œsophage, la bile ou la bave jaunâtre et visqueuse vomie d'un coup dans la cuvette, entre les larmes. Tout s'accumule, tout se multiplie, s'enfle et se divise, tout devient immense et innombrable, tout arrive en même temps, et personne pour venir d'une main amie modérer le chaos, maîtriser la monstrueuse prolifération des choses. Pourquoi suis-je parti, mon Dieu, pourquoi m'a-t-elle laissé partir, pourquoi est-elle partie, mon Dieu ? Les femmes ne comprennent pas. Et au ras du sol s'ouvraient des pièges, naissaient des obstacles, la serviette glissait de sa taille et lui entravait les chevilles, la cafetière sifflait dans la cuisine, la porte du frigo oscillait, ouverte, alors qu'il n'avait rien sorti du frigo, l'eau de la baignoire refroidissait, le sucre qu'il avait ramassé par terre était plein de poussière et de points noirs suspects. L'eau verte et transparente, la difficile manœuvre pour se glisser dans la baignoire sans se cogner la tête contre le rebord du chauffe-eau, le coup inévitable sur l'occiput, sourd mais qui ne fait pas saigner, l'eau bouillante qui brûle les testicules, la main fermée sur le pénis, l'eau qui réchauffe la poitrine, la vapeur dans les yeux, la fraîcheur de la faïence contre l'oreille et la joue. La paix.

De la cuisine lui parvenait une légère odeur de gaz. Le gaz reste toujours ouvert : c'est une certitude mathématique. Chaque fois que cela sent le gaz, le gaz est fermé : c'est une autre certitude, mais née de la méthode inductive, toujours si aléatoire. On devient bleu, on perd la conscience de ce qui nous entoure, on sent peu à peu disparaître son poids, l'oppression de sa poitrine, on flotte dans l'air : ceux qui s'y connaissent disent que c'est une mort douce, sans douleur. Dans l'air humide de vapeur, comment fait-on pour distinguer une légère odeur de gaz ? Que sent le gaz ? Aïe, merde, merde, merde, sortir de la baignoire, mouiller la serviette, devoir s'essuyer ensuite avec une serviette mouillée. Laisser fuir le gaz. On ne peut pas mourir pour si peu. Mourir. Dormir, rêver peut-être.

Il se précipita à la cuisine, ruisselant. Le gaz était solidement fermé, comme on pouvait le prévoir. Colère intérieure. La baignoire verte et fumante, la chaleur de l'eau sur les testicules, sur le pénis rabougri. Le miracle du rebord du chauffe-eau frôlant à peine les cheveux mouillés, comme une caresse. Le café refroidi. La main sèche, maintenue au-dessus de l'eau pour protéger la cigarette. Le cendrier est toujours dans une autre pièce, c'est une donnée mathématique. La cendre jetée de loin vers la cuvette ouverte des W.- C., traçant dans l'air un arc gracile. Les vieux gestes de son célibat. Réjouissez-vous : nous voilà ressuscités.

Oui. Mais il était grand temps que Fina revienne. Quelqu'un à qui raconter qu'il avait tué un homme.

Dehors, dans la pluie qui continuait à fouetter les fenêtres, commençait à tomber une nuit livide. La salle de bains s'emplit de pénombre. Il plongea la tête sous l'eau, se bouchant le nez, les yeux fermés, goûtant enfin le plaisir du bain. Mais il pensait. Et la paix du plaisir était troublée par de brusques turbulences ; son œsophage se contractait sous les résurrections soudaines de la nausée, sa pensée réveillait des vipères, marchait sur des pièges, se piquait sur les épines de souvenirs douloureux.

Cecilia, mon amour t'esquive.
Tu le vois : il se feint inerte…

La honte, comme du vomi noir. Et après le sonnet, et le fiasco et tout, Cecilia l'avait mis dehors à coups de pied. Et le bar, les ivrognes, et Edén, Los Auténticos. Avait-il tué Edén ? Ce n'était pas possible. Ah, merde, et par-dessus le marché son poème :

Des mots :
au lieu d'une mer de lumière,
le fleuve de la forme…

Avait-il tué Edén ? Il le méritait. Escobar revit son sourire suffisant. Ses poèmes étaient-ils vraiment si mauvais, vus du dehors, vus de haut ? Peut-être. Il était comme ça. Il essaya de s'imaginer vu du plafond, submergé par la tiédeur amniotique de l'eau de la baignoire, allongé sur le dos, pâle comme le cadavre d'un noyé. Il eut un vertige : il avait tué un homme. Ce n'était pas possible. Mais bon, d'un autre côté, statistiquement, quand on vit à Bogotá, avoir tué un seul homme en trente et un ans est à peine normal. Tuer avec les mains n'est pas aussi facile qu'on le croit. Il revit le corps inerte d'Edén. Il ouvrit les yeux sous l'eau et vit tout noir. Il était devenu aveugle. Désespéré, il remonta à la surface, ruisselant, et souffla bruyamment pour chasser son angoisse.

Non, pas aveugle. Mais il faisait nuit, à présent. Il alluma la lumière lorsqu'il eut dominé la terreur brève de mourir électrocuté s'il le faisait. Devant lui, collé à la vitre de la fenêtre couverte de gouttes, flou et blanc comme un ventre de poisson dans la noirceur d'un aquarium, un visage le regardait fixement. Edén Morán Marín. Escobar fut frappé d'horreur. Il replongea aussitôt dans l'eau pour échapper au regard pâle qui l'épiait, toujours collé à la vitre. Le visage qui regardait, telle une lune vague, plongea lui aussi dans la fenêtre. Escobar se redressa avec précaution, et il le vit paraître avec précaution à la fenêtre, comme s'ils faisaient tous les deux une partie de cache-cache macabre. Il éprouva un immense soulagement.

Il s'essuya lentement, doucement, avec l'amour intense qu'on ressent pour son propre corps à se savoir vivant et non mort, comme d'autres. Il essuyait, plein d'une immense tendresse, son cadavre flou dans la vitre sombre. Il repensa à Edén Morán Marín avec une affection posthume. Mais non, il ne pouvait pas l'avoir tué. Quand il s'était enfui d'El Oasis Edén respirait encore, il avait même senti son pouls.

— Je me suis enfui comme un rat, dit-il à voix haute.

Il était vraiment temps que Fina revienne. Il fallait qu'il dise à quelqu'un qu'il avait tué un homme. Il se dit qu'il allait refaire du café. Il réchauffa celui qui restait. Il chercha un mégot de marijuana dans les cendriers, dans les tiroirs, sur les tables, dans les vases. Il n'y avait pas un seul brin d'herbe dans la maison. Il espéra que Fina aurait acheté quelque chose, pas comme la veille. Mais il sentit monter dans sa gorge une lente colère à mesure que passaient les heures et que Fina n'arrivait pas, et ne donnait pas le moindre signe de devoir arriver un jour.

Il se réveilla en sueur. Il avait rêvé que le cadavre nu d'Edén Morán Marín, violacé, vert, livide, couvert de bleus énormes entrait par la fenêtre en nageant dans l'air. Il nageait une brasse latérale très démodée, un peu ridicule, le cou comme tordu par un torticolis. Il fit plusieurs fois le tour de la chambre à la nage, à mi-hauteur, infatigable, jusqu'au moment où Escobar se réveilla, en eau et angoissé, dans une chambre inondée de soleil. Il devait être très tôt. Mais le corps endormi de Fina n'était pas près de lui. Il huma l'air. Point d'odeurs de petit déjeuner non plus, de café frais, de tartines grillées croustillantes.

— Fina ! cria-t-il.

Silence. Où pouvait bien être Fina ? Cela commençait vraiment à ne pas être drôle. Il se fit du café beaucoup plus facilement que la veille. Le pain était vieux, dur comme de la pierre. Où pouvait bien être Fina ? Il but son café fumant, se fit frire des œufs avec une suffisance pleine de défi. Tu vois, mon amour : je me débrouille tout seul. Un instant, il pensa à faire la vaisselle, mais il lui sembla que c'était aller trop loin. Il avait toute la vie devant lui. Il s'étendit de nouveau sur son lit et s'endormit.

Quand il se réveilla, il pleuvait de nouveau. À Bogotá, il pleut toute la vie, pensa-t-il en regardant la masse sombre des montagnes, lourde de nuages noirs. En bas, sous la pluie, quelques enfants excités criaient. Tout se répète, tout est pareil toute la vie, toutes les choses sont pareilles. Il avait l'impression d'avoir pensé cela plusieurs fois. Tout se répète.

Tout tend à faire des tours. Il avait écrit, croyait-il, un tas de poèmes sur le sujet, tous pareils. Et n'avait-il pas découvert quelque chose de semblable deux jours plus tôt, ou trois, sur la véritable nature des choses ? Sans Fina pour commenter et discuter, ses pensées vagues se perdaient dans le vide, avalées par l'impassibilité de l'univers. Il n'est pas bon que l'homme soit seul, dit l'Ecclésiaste, et c'est pour ça. Il eut faim. Il regarda mélancoliquement la vaisselle sale du petit déjeuner. Il n'est pas bon que l'homme soit seul. Il se fit frire deux œufs puis quelques saucisses, après avoir hésité un moment : ne faudrait-il pas plutôt les faire cuire à l'eau ? Les saucisses se font-elles cuire à l'eau ? Se font-elles frire ? Se mangent-elles crues ? Il chercha, sans les trouver, les livres de cuisine de Fina. Il chercha dans le dictionnaire. « Préparation à base de porc haché entourée de boyau fin, assaisonnée de sel, de poivre et d'autres épices, et qui se consomme fraîche. » Qui se consomme fraîche ? Qu'est-ce que ça pouvait bien vouloir dire ? Crues ? Sitôt faites ? À l'air libre ? Il chercha un autre dictionnaire plus explicite. « De l'it. *salciccia,* ou *salsiccia,* "choses salées", de *salsus,* "salé", de *sal, is* ; les deux "c" de l'it. peuvent s'expliquer par l'influence de *ciccia,* "viande", en langage enfantin. Préparation de viande de porc hachée entourée de boyau fin, qui se consomme fraîche. » Ah, qui se consomme fraîche. C'est-à-dire crue ? Pas nécessairement. Les œufs, par exemple, doivent se consommer frais, mais pas forcément crus. « Saucisse de Francfort. Saucisse préparée à la façon de cette ville allemande, plus compacte et moins grasse que les saucisses courantes. » « Saucisserie, saucissier (vx), dérivés de saucisse. » « Saucisson : préparation de viande séchée, assaisonnée de poivre en grains, entourée d'un boyau, à conservation de longue durée et qui se consomme crue. » Ah. Le saucisson se mange cru, mais la saucisse probablement pas. Devrait-il les assaisonner avec du sel, du poivre et d'autres épices avant de les cuisiner ? Quelles autres épices ? Soudain, il fut surpris par la dense odeur de viande brûlée qui avait lentement envahi l'appartement. De la poêle jaillissait une grosse colonne de fumée noire. Il ne restait des œufs et des saucisses que des fragments carbonisés. C'est dans le concret qu'on apprend, d'après Lénine.

Il chercha une autre poêle. Il fit frire les deux œufs qui restaient, sans les quitter des yeux un instant. Il manquait de pratique, c'était évident. Mais il avait toute la vie devant lui.

Pour commencer, tout l'après-midi. Qui passait lentement, il s'en rendait compte. De l'étage du dessous montaient des notes de piano. Il n'avait jamais entendu de piano à l'étage du dessous. Et de toute évidence le pianiste n'avait jamais joué de piano jusqu'ici. Les notes arrivaient lentement, séparées, laborieuses : ti ri ti tiri, ti tiri tiri ti ri. Et après une brève pause, comme lorsqu'on a repris des forces, elles se répétaient : ti ri ti tiri, ti tiri tiri ti ri. Mais du moins le piano avait-il l'air bien accordé ; les notes étaient justes. Dans l'appartement voisin, on entendait la voix d'une femme qui chantait. Jamais cet immeuble n'avait été aussi musical, dans les souvenirs d'Escobar. Autour de lui, en revanche, il ne se rappelait pas avoir jamais ressenti un silence aussi lourd. S'il avait eu un piano, il aurait pu apprendre à en jouer, lui aussi. Il aurait pris des cours particuliers : comme ça, il aurait tué le temps l'après-midi, jour après jour, jusqu'à l'heure de sa mort. Il pourrait chanter, même, sans prendre de cours. Mais chanter quoi ? Il pourrait mettre un disque. Mais lequel ? Les heures passèrent sans qu'il ait bougé un doigt.

— Fina, tu as peut-être raison : je suis en train de mourir.

Il laissa le téléphone sonner plusieurs fois.

— Mon petit.

— Maman.

— Tu ne te rappelles plus quel jour nous sommes ?

— Je ne sais pas, maman. Vendredi ?

— C'est l'anniversaire de Focioncito.

Escobar soupira.

— Je ne m'en souvenais pas, maman. J'avais complètement oublié.

— Mais c'était ton frère.

Il y avait dans la voix de doña Leonor un accent de reproche attristé.

— Oui, maman, je sais. Mais j'avais cinq ans quand il est mort. Je ne m'en souviens pas, que veux-tu.

— Focioncito s'en serait souvenu, lui, si ç'avait été ton anniversaire.

— Maman, que veux-tu que je fasse ? Que je meure ?

— Tu sais bien que ce n'est pas ça, mon petit.

D'un côté et de l'autre, il y eut un silence bougon.

— Mais c'est vrai, mon petit, finit par dire sa mère. Focioncito était un enfant plein d'attentions. Pour ma fête, par exemple, toujours une fleur ou un baiser. Ce n'est pas comme toi.

— Ni comme toi, maman, si on va par là. C'était mon anniversaire, avant-hier, et rien. Je suis sûr que Focioncito, lui, s'en serait souvenu.

— Ne plaisante pas avec ça, Ignacio. C'est parce que j'oublie tout. La tension. Ernestico Espinosa dit que j'ai la tension la plus basse de tout Bogotá. Mais pour que tu voies que j'ai pensé à toi, en fait, je t'ai fait acheter une cravate.

— Maman, au nom du ciel… Que veux-tu que je fasse d'une cravate ? Donne-moi plutôt de l'argent.

— Tu dois apprendre à t'habiller comme un monsieur, mon petit. Comme ton papa. Ton papa était l'un des messieurs les mieux habillés de Bogotá.

— Je sais, maman, je sais.

— Et pas seulement de Bogotá. Quand nous étions à l'ambassade à Londres, avec ton grand-père…

Escobar laissa glisser l'écouteur jusqu'au sol. Il ne se rappelait pas le visage vivant de son père : simplement son doigt tendu sur la petite table, sur la grande photo sépia dans son cadre d'argent, son profil mollement aquilin, ses cheveux noirs gominés sur son front fuyant. Il interrompit sa mère :

— Je sais, maman, tu me l'as dit cent mille fois. Mais c'est sérieux : j'ai besoin d'argent.

— Encore ?

— Encore. Nous sommes au début du mois.

— C'est vrai, mon petit. J'avais oublié. Fais-moi penser à t'en donner ce soir, quand tout le monde sera parti.

— Comment ça, à m'en donner ? Je ne peux pas passer, maman. Fais-le-moi apporter par Parrita, comme d'habitude.

Il y eut un long silence. Puis la voix de doña Leonor, tremblante de stupéfaction :

— Tu n'as pas l'intention de venir, aujourd'hui ?

— Je ne peux pas, maman. J'ai énormément de choses à faire. Une autre fois.

— Tu n'as pas l'intention de venir à l'anniversaire de Focioncito ?

— Je n'y avais pas pensé. Pourquoi ? Il y a une veillée funèbre ? Des pleureuses et tout ça ? Des thrènes de ton ami Ricardo le poétaillon ? Maman, je crois vraiment que tu exagères.

— Ignacio, on ne plaisante pas avec ces choses-là.

La voix de sa mère tremblait d'indignation, à présent.

— Un peu de respect. C'est le vingt-sixième anniversaire de la mort de ton frère unique.

— Oui, maman. Pardon, maman.

— C'est une date triste. Pas des « étrennes », comme tu dis.

— Maman, des thrènes, pas des étrennes. Un thrène est une composition poétique en l'honneur d'un défunt, ce n'est pas...

— Peu importe ce que c'est, mon petit. N'en faisons pas une histoire. Tu viendras ?

— Oui, maman. Non, maman. Non, je ne peux pas, vraiment. J'aimerais beaucoup, pour toi et pour Focioncito, mais je ne peux pas, vraiment.

— Il n'y a pas de « veillée funèbre », comme tu dis, continua doña Leonor sans s'occuper de ce qu'il disait, ni de « pleureuses », sauf si tu appelles pleureuse ta tante Clemencita, la pauvre. Ce sera quelque chose de très sobre, de familial. Il y aura une messe, dite par Mgr Botero Jaramillo. Toute la famille sera là. Après la messe, tout le monde restera manger, y compris les enfants. Ignacio, fais-moi le plaisir...

La voix de doña Leonor se fit sévère :

— Fais-moi le plaisir de mettre une veste et une cravate. Ne discute pas. Même si tu n'aimes pas ça. Tes oncles et tes cousins seront tous là, et ce serait le comble que toi, qui es le seul frère qu'avait Focioncito, tu viennes sans cravate. Alors fais-moi ce plaisir.

— Mais, maman…

— Il n'y a pas de mais. La messe est à six heures.

— Vraiment, maman…

Escobar se sentait acculé.

— Je ne peux pas, j'ai beaucoup de choses à faire.

— Toi ? Mais tu ne fais jamais rien, mon petit, absolument rien.

— Si, maman. Je dois terminer un poème.

— Ne me fais pas rire.

Et effectivement un rire musical, de jeune fille, jaillit de l'écouteur. Escobar raccrocha, furieux.

Ce n'était pas juste. Doña Leonor était convaincue de pouvoir disposer de lui, de sa vie, selon son bon plaisir. Comme Fina. Personne ne respectait sa liberté. Fina qui exigeait un enfant. Sa mère qui exigeait qu'il assiste à une messe de requiem. Pas question, pas question, pas question, pas question ! Pas question ! Il lança quelques coups de pied dans le lit, comme un gosse.

— Je suis un homme libre ! cria-t-il dans sa solitude.

Et il tourna dans l'appartement, tapant du poing contre les murs et grommelant :

— Merde, je suis libre, merde, je suis libre, merde, je suis libre !

Le téléphone sonna de nouveau.

De nouveau sa mère. Il ne répondrait pas. Il était un homme libre. Il le laisserait sonner indéfiniment, comme dans une maison inhabitée. Il s'assit sur le bord du lit pour regarder le téléphone de près, fixement, avec un sourire diabolique : il ne répondrait jamais, il était libre. Le téléphone cessa de sonner. Une panne, sans nul doute : à Bogotá, avec ces trombes d'eau, le téléphone est toujours en panne. Il attendit, sans cesser de fixer des yeux l'appareil. Il décrocha. La ligne fonctionnait parfaitement. Il raccrocha. Une sonnerie stridente le fit tressaillir, et il fut à deux doigts de décrocher machinalement, sous l'effet de la surprise. Il se ressaisit, se retint. Il entendit le téléphone sonner, il le regarda sonner, têtu, insistant. Il commençait à s'énerver. Mais il était un homme libre, et plus fort et plus têtu que ce misérable appareil. Il l'entendit sonner et sonner encore. Et si ce n'était pas doña Leonor ? Si c'était Fina ? Fina lui devait quelques explications. Il décrocha.

— Mon petit, je ne te permets pas de me raccrocher de nouveau au nez comme ça.

— Maman.

— Tu sais, hein ? À six heures.

Et elle raccrocha. Escobar crut étouffer de rage et dut s'allonger sur le dos pour ne pas mourir subitement. Le téléphone sonna de nouveau. La situation commençait à ressembler à une comédie cinématographique des années cinquante. La nature imite l'art. Même en cela il n'était pas libre : il était obligé de calquer sa vie sur les films américains. Dans son cas, est-ce que Rock Hudson aurait décroché ? Non ? Ah, merde. Il décrocha.

— Ouais !

— Ignacio ?

— Oui ?

— Pourquoi tu ne répondais pas ? C'est Ana María.

— Ah. Salut, comment ça va ? Non, c'est que j'étais en train de faire une expérience phénoménologique sur la liberté. Sache-le : la liberté n'existe pas.

— Pas possible ! se moqua Ana María à l'autre bout du fil. Tu ne le savais pas ? Federico aurait pu te l'expliquer depuis longtemps : l'impérialisme nord-américain.

— Ce n'est pas de ça qu'il s'agit. Je parle du libre arbitre. De la prédestination. Saint Augustin. Leibniz, bien sûr. Husserl…

— Pédanterie petite-bourgeoise, Escobar. Ce n'est pas pour ça que je t'appelle.

— Tu voulais parler à Fina ? Elle n'est pas là.

— Où est-elle ?

— Je ne sais pas.

Et en disant cela il se sentit de nouveau bouillir de colère. Où diable était Fina, merde !

— Tu n'as pas idée de l'endroit où elle peut être ?

— Non, pas la moindre. Elle est partie. Elle ne devrait pas tarder, je suppose. Elle aurait dû rentrer hier. Ou avant-hier. On s'est disputés.

— Pas possible !

Il perçut de nouveau un ton moqueur dans la voix d'Ana María.

— Vous vous êtes vraiment disputés ?

— Oui. Ça t'étonne ?

— Écoute, Escobar : les hommes sont des salauds.

— Pourquoi ? Ahhh, le féminisme... Tu t'es disputée avec Federico ? Ça n'est pas réservé aux hommes, ma petite Ana María : les femmes aussi.

— Ne sois pas idiot, Escobar. Il y a trois jours que Fina est partie, elle n'est pas revenue, elle n'a pas appelé. Tu n'as pas pensé qu'il lui était peut-être arrivé quelque chose ?

— Arrivé quelque chose ? À Fina ?

Il n'y avait pas pensé, en effet. Brusquement, l'angoisse le transperça : il ne pouvait rien être arrivé à Fina. Il se sentit mal, sa vue se brouilla, il eut du mal à articuler :

— Il lui est arrivé quelque chose ? Tu es avec elle ? Où es-tu ?

— Non, ne t'inquiète pas, mon petit Escobar, il ne lui est rien arrivé...

Le mépris vibrait dans la voix d'Ana María.

— ... mais tu es d'un égoïsme véritablement monstrueux, Escobar. Les hommes sont des salauds. Pauvre Fina, merde...

— Pourquoi, « pauvre » ? Qu'est-ce qu'elle a ?

— Elle a qu'elle se faisait du souci pour toi, *elle*. Je veux dire qu'elle se faisait du souci à la pensée que tu te faisais sans doute du souci parce qu'il lui était peut-être arrivé quelque chose, un accident ou que sais-je. Mais je vois que non.

Ana María raccrocha sans dire au revoir. Merde, putain, les femmes ne comprennent pas, pensa Escobar. Mais il se sentait honteux. Comment n'avait-il pas pensé qu'il était peut-être arrivé quelque chose à Fina ? Eh bien, parce qu'il ne lui était rien arrivé. Mais il aurait pu y penser : Fina avait raison de se faire du souci à l'idée que lui pouvait se faire du souci à l'idée qu'il lui était peut-être arrivé quelque chose à elle. Oui, n'empêche qu'elle aurait mieux fait de penser que non, même pas, qu'il ne s'était pas le moins du monde inquiété à son sujet. Oui, il était d'un égoïsme monstrueux : Ana María avait raison. Mais bon, il n'y avait pas de quoi en faire un plat. Si Fina se faisait tant de souci, pourquoi ne revenait-elle pas ? N'avait-elle pas pensé qu'il lui était peut-être arrivé quelque chose à lui ? L'idée ne l'avait-elle pas effleurée qu'on avait pu le tuer à coups de pied dans un bar, comme Edén Morán Marín, par exemple ? Non, bien sûr, ça ne l'avait pas effleurée non plus. Ou qu'on avait pu lui refiler une blennorragie quelque part ? (Entre autres choses, Cecilia lui en avait-elle refilé une ? Combien de temps les blennorragies incubent-elles ? Il faudrait qu'il fasse attention.) Mais non, bien sûr, Fina ne pouvait pas avoir pensé à ça. Elle se faisait du souci uniquement à cause de la possibilité qu'il se fasse du souci pour elle. Doña Leonor elle-même n'aurait pas fait mieux : toutes les femmes finissent par être pareilles. Mais, si elle se faisait tant de souci pour lui, pourquoi ne revenait-elle pas ? Il composa le numéro de Federico. Une voix de femme répondit.

— Ana María, c'est Ignacio.

— Désolée, je ne suis pas Ana María. Elle n'est pas là.

— Et Federico, il est là ?

— Non plus.

— Qui est à l'appareil ?

— Ángela.

— Ah bon. Et qui est Ángela ?

— Ángela, c'est moi.

Il n'était pas d'humeur à entendre des plaisanteries idiotes, et par-dessus le marché au téléphone. « Qui ça, moi ? » et tout ça. Mais il le demanda quand même :

— Qui ça, « moi » ?

— Ah, s'il vous plaît, pas de plaisanteries idiotes.

Et on raccrocha.

Il dut aller se passer la figure sous l'eau pour se calmer les nerfs. Il chercha de nouveau, en vain, de l'herbe dans tout l'appartement. Cela faisait des semaines que Fina n'avait pas acheté d'herbe. Comme si c'était difficile. Il se servit un whisky. Au moins, il y avait du whisky. Il s'assit dans le salon, son verre à la main. De l'étage du dessous montait le son du piano, exaspérant : ti ri tiriri, tiri ri tiri riri. Il chercha un disque avec lequel l'étouffer, quelque chose de calmant, Mozart peut-être, ou la paix surhumaine de Bach. Il ne manquerait plus que Fina ait débranché l'appareil ou, plus grave encore, le transformateur de l'appareil. Où est le transformateur ? À quoi ressemble un transformateur ? Est-ce qu'il y a un transformateur ? Il doit y en avoir un, il y en a un, il y en a toujours eu un. Fina, Fina, Fina, pourquoi es-tu partie sans me dire où tu as caché le transformateur, où il se branchait, où sont rangées les sonates pour flûte de Bach ?

Le transformateur était connecté à l'appareil. Avec une légère pression du doigt sur une touche, le plateau de caoutchouc se mit en marche, comme une chose vivante. Une autre touche légère, et *Le Messie* de Haendel brama ses alléluias ; des trucs de Fina. Il n'y avait pas de quoi entonner des alléluias. Quelque chose de calme, d'apaisant, une flûte très douce, un hautbois en sourdine, Haydn peut-être, à la rigueur.

Il alla à la cuisine chercher de la glace pour son whisky tiède, et fut déprimé de voir le chaos d'assiettes sales et de poêles graisseuses. Ah, merde, merde, Fina, Fina, les femmes sont d'un égoïsme incroyable. Qu'est-ce qu'il allait manger, d'ailleurs ? Il n'y avait plus rien. Il n'avait pas encore faim, mais quand il aurait faim ? Qu'est-ce qu'il allait manger ? Il trépigna de colère en pensant à Fina. Il pourrait se faire des spaghettis, tout au plus. Non. En aucun cas. Rien au monde ne pourrait l'obliger à se faire des spaghettis, seul comme un naufragé. La liberté ne consiste pas à passer sa vie seul et désespéré, à se faire des spaghettis, à laver la vaisselle, récurer des marmites, frotter des poêles. La liberté doit être un festin où coulent tous les vins, où s'ouvrent tous les cœurs. Et pas cette merde.

Quand il revint dans le salon, le disque se mourait au milieu d'un pétillement assourdi de flûte. Il le tourna. Se servit un autre whisky.

Un festin. Le problème, c'est qu'un festin demande de l'argent, surtout si l'on tient compte des prix effarants que peuvent atteindre les vins à Bogotá. Un festin où couleraient les rhums des régies départementales. El Oasis, de nouveau ? Hors de question. Il pouvait manger chez sa mère. Mais ah, sa mère, la famille... La messe pour son frère Focioncito. Il pouvait arriver en retard, après la messe, après l'oraison funèbre de Mgr Botero Jaramillo, après le panégyrique de feu Focioncito. L'eau lui vint à la bouche à la pensée des petits plats de la grosse Saturnina : vol-au-vent de queues d'écrevisses, faisans à l'estouffade farcis à la truffe. Des faisans, non. Ni des truffes. Mais enfin : des merveilles. Oui, mais la famille – et sa mère avait bien dit « toute la famille ». Tantes et oncles, cousins et cousines, gendres et beaux-frères qui ne font même pas partie de la famille. Oui, mais quoi, sinon ? Si elle avait été là, à sa portée, il aurait insulté Fina.

Devrait-il se raser ? Oui. Il se rasa : une dette de plus pour Fina. Il chercha une chemise propre. Fina savait laver, repasser, plier les chemises : il faut dire ce qui est. Il sortit de l'armoire son vieux costume gris foncé, rangé dans une housse de plastique transparent. Fina était ordonnée, il fallait le reconnaître. Il se rendit compte qu'il commençait à penser à Fina au passé. Une cravate, cadeau de sa mère. Il la mit dans sa poche, qu'il trouva pleine de boules de naphtaline. Toute sa personne, il s'en aperçut alors, sentait la naphtaline. Toutes ses poches étaient pleines de boules translucides et blanches. Il les jeta à la poubelle. Il sentit ses mains, le bout de ses doigts couverts d'une poudre blanchâtre. Du poison ? À coup sûr. Il se lava soigneusement les mains. Dans quel tiroir Fina rangeait-elle l'argent ? Il ouvrit des tiroirs. Il trouva beaucoup plus d'argent qu'il ne l'aurait cru.

Il descendit l'escalier quatre à quatre. Au rez-de-chaussée, une petite silhouette en tablier amidonné lavait les marches avec un seau plein à ras bord d'eau savonneuse. Il descendit les marches mouillées avec précaution, en relevant un peu les jambes de son pantalon. Voilà ce dont il avait besoin : une bonne. Quelqu'un qui lui aurait repassé son costume gris sombre sentant la naphtaline, quelqu'un qui lui aurait préparé son repas, qui aurait balayé, lavé, ôté la poussière, qui lui aurait apporté son petit déjeuner au lit, quelqu'un qui lui aurait permis de ne pas dépendre pour toute chose de l'espoir du retour de Fina. Peut-être que c'était ça, la liberté : une bonne. Il dirait à sa mère de lui en trouver une.

Sur les immeubles bas, de brique, le crépuscule immense se reflétait dans les vitres. Très haut dans le ciel, il distingua la longue queue d'écume d'un avion, teintée de rose par un soleil de venaison. Il eut le temps de la voir se dissoudre dans un ciel de plus en plus sombre avant qu'enfin passe un taxi. Tous les feux étaient rouges. De la masse compacte des voitures prises dans l'embouteillage montait vers le ciel assombri une stridente clameur de klaxons, une ébullition de moteurs.

— On ne devait pas installer pour les feux un truc qui s'appelait la Vague Verte ?

Le chauffeur le regarda dans le rétroviseur, les yeux injectés de sang.

— Ouais, mais tous ces salopards ne respectent rien.

Ils zigzaguèrent lentement, en direction du nord, se frayant un chemin dans le fleuve en crue des lumières rouges qui s'allumaient à l'arrière des voitures. De tous ces salopards, celui qui respectait le moins de choses c'était le chauffeur du taxi. Parfois, dans un hurlement assourdissant d'avertisseur, un bus leur barrait le passage, et le chauffeur marmonnait des blasphèmes en pilant net. Sur le tableau de bord de la voiture une vierge en plastique s'allumait en éclats phosphorescents de topaze et de turquoise, et ses petits bras vacillants semblaient bénir le conducteur, lui pardonner ses péchés. Une voix mexicaine mugissait à la radio :

Ce que je veux, c'est que revienne,
que revienne vers moi
celle qui est partiiiie…

Oui, Fina, ce que je veux, c'est que tu reviennes. Fina, mon amour, si tu étais revenue, je n'aurais aucune raison d'être habillé en gris et de sentir la naphtaline pour aller mendier mon pain chez ma mère, ni de supporter en plus une messe de requiem.

— Vous comprenez quelque chose aux femmes, vous ?

— Un trou est un trou, décréta le chauffeur.

Un sage. Au fond, c'était bien l'idée. A est A, dit Aristote. Toutes les roses sont la même rose. Escobar lui-même, sans aller plus loin, avait eu récemment l'intuition que les roses, mais aussi toutes les choses, sont, si on y réfléchit bien, une seule chose. Un trou est un trou, oui. Ce chauffeur était un sage. Tous les chauffeurs de taxi sont des sages : ils savent, ils nous mènent d'un endroit à un autre, ils nous conduisent, ils nous guident. Tous pareils, comme les roses. Il en chercha un autre, dans l'encombrement provoqué par un feu rouge. Tous les conducteurs avaient à cette heure-ci un air buté et torve de chauffeurs de taxi. Deux voitures plus loin, depuis un autre taxi, un visage pâle le regardait fixement. Il crut le reconnaître et le salua d'un signe de tête. L'autre ne répondit pas à son salut : il le regardait toujours, les paupières immobiles, collées à la vitre, lourdes, blanches. Escobar paniqua.

— Démarrez, vite ! ordonna-t-il au chauffeur.

Il ne pouvait être sûr de rien : l'autre taxi était loin, et la visibilité mauvaise dans le soir tombant. Mais c'était Edén Morán Marín, mort.

Ils le perdirent dans la circulation. Ou peut-être que non : si ça se trouvait le cadavre était là, soufflait sur la nuque d'Escobar son haleine putride, sûr de lui, attendant qu'il descende du taxi pour lui planter ses ongles dans le cou. Il se souvint d'avoir lu que les ongles des morts continuent à pousser dans la tombe. Mais non, ce n'était pas possible, il ne pouvait pas l'avoir tué. D'autre part, pensait-il, il n'est pas fréquent qu'un mort prenne un taxi. Ils s'arrêtèrent dans une rue sombre, entre de grands arbres sous le ciel noir. De chaque côté, une rangée de voitures silencieuses, couvertes de petites gouttes de pluie. Par la vitre à demi baissée il explora les ombres du jardin, les lumières de la maison, dorées et distantes. Dans la chapelle, à travers les vitraux colorés, on distinguait l'éclat spectral des cierges : messe de requiem. Un frisson le traversa, comme si un doigt gourd lui avait touché le coccyx pour lui glacer la moelle épinière. Le froid le saisit jusqu'au cœur.

Le chauffeur le regardait dans le rétroviseur. Escobar lui dit éteignez un instant la radio, s'il vous plaît. On entendait une rumeur de branches et de feuilles dans le vent, la vibration ronflante du moteur et une rafale de musique d'harmonium, de voix d'outre-tombe.

Me minavit, et adduxit in teeneeeeebraaaaas,
et non in luuuuuuuuucem…

récitait la voix affectée de Mgr Botero Jaramillo, rendue rauque par le cancer. Escobar devrait traverser tout le jardin dans le noir, *in tenebras*, et risquerait à chaque instant de sentir la main putréfiée du cadavre d'Edén Morán Marín se poser sur son épaule. Il eut peur. Et, par-dessus le marché, la famille.

Sed et, cum clamavero et rogaaaaaaaaavero,
eeeeeexclusit oratiiiiiooneeem
meeeeeaaaaam…

— Partons d'ici, dit-il.

Le chauffeur se retourna lentement, et dans un spasme d'épouvante Escobar craignit de reconnaître sur son visage les traits du mort. Mais non, c'était toujours le conducteur du taxi.

— Vous ne voyez pas que j'ai arrêté le compteur ?

— Aucune importance. Remettez-le.

— On va où ?

Oui, où allait-on ? Chez lui, de nouveau. Impossible. Un ami. Quelqu'un à qui parler, à qui raconter l'histoire du mort. Il donna au chauffeur l'adresse de Federico, à la Perseverancia. Ils traversèrent de nouveau la ville, en direction du sud, souffrant dans la Vague Verte.

— Tu sens le mort.

Ce n'était pas possible. Il se renifla.

— Ce n'est pas le mort. C'est la naphtaline. C'est que… Mais ce serait un peu long…

Ana María sentit Escobar en fronçant les sourcils. Elle tendit son cou tendre et lumineux de femme enceinte lorsqu'il l'embrassa. Fina avait raison : avoir un enfant, c'est bon.

— Tu as des nouvelles de Fina ?

— Moi ?

Ana María, surprise, le regarda d'un œil noir.

— C'est toi qui devrais en avoir.

— Moi ? Pourquoi ? Elle t'a dit quelque chose ? Ah, mon Dieu, encore un drame…

— Non, il n'y a pas de drame. Mais n'imagine pas qu'elle va revenir : même pas en rêve ! Évidemment tu ne rêvais pas qu'elle revienne : tu ne t'inquiétais même pas pour elle.

Escobar leva les yeux au ciel.

— Ce n'est pas ça, Ana María… C'est que je savais qu'il ne lui était rien arrivé. Elle m'avait laissé un mot.

— Ne mens pas.

— Je ne mens pas, mentit Escobar. Les femmes laissent toujours un mot, tu ne savais pas ? Et puis après elles appellent une amie, au cas où on ne trouverait pas le mot.

— Ne sois pas ridicule.

Ana María lui ferma la porte au nez.

— S'il te plaît, Ana María…

Elle lui ouvrit, compatissante. Il plongea derrière elle dans un désordre de toiles empilées, d'échelles, de pots de peinture exhalant une puissante odeur de colle et de térébenthine. Ana María portait sans effort son ventre de femme enceinte, avec fierté, à longs pas triomphants. Sa jupe large, lorsqu'elle marchait, tourbillonnait autour de ses grandes jambes blanches. Enceinte, Fina aurait peut-être marché comme ça.

— Cet après-midi, c'est justement pour savoir de quoi tu avais parlé avec Fina que ja t'ai appelée.

Ana María se retourna d'un bloc.

— Ne mens pas ! C'est moi qui t'ai appelé !

— Oui, oui, oui, je sais, pas la peine de t'énerver. Mais moi je t'avais appelée avant. Tu n'étais pas là. C'est une fille qui m'a répondu et qui m'a raccroché au nez.

— Ah oui.

Ana María se calma.

— C'est ma sœur Ángela. Elle gardait Mateo.

— Ta sœur ? Tu as une sœur ? Depuis quand ? Comment est-elle ?

— Qu'est-ce que ça peut te faire ?

Sur la cheminée allumée, serein, bénissant, Mao Zedong Pantocrator. Par terre, Federico jouait aux échecs avec un type à lunettes et petite moustache noire. Escobar soupira en le reconnaissant. Il n'avait pas prévu ça : discussion théorique avec Diego León Mantilla. Et, par-dessus le marché, cette petite idiote de Beatriz. Il avait oublié le monde et ses misères. Comment pourrait-il raconter qu'il avait tué un homme ? Il s'ensuivrait une discussion sur la légitimité de la violence. Ah, merde ! Sur le divan du fond, dans le contre-jour de la fenêtre, on discernait la forme pâle de Beatriz. Il donna l'accolade à Federico en lui tapotant le dos. Federico le renifla à travers sa barbe hirsute.

— Tu sens la merde, Escobar.

— La naphtaline, précisa Ana María. Escobar ne sait plus avec quoi se parfumer.

— Pas la peine de se parfumer, dit Diego León Mantilla. Rien n'enlève la puanteur de la corruption bourgeoise.

Tout au fond de la pièce, Beatriz émit un rire pâle.

— Je sais.

Résigné, Escobar accepta la discussion théorique.

— Tout s'altère, tout se corrompt. Seul Mao…

— Ne dis pas de conneries, Escobar, l'avertit Federico.

— Vous avez de l'herbe ?

Federico lui passa le joint de marijuana fumante, crépitante, aromatique. Escobar examina la partie en silence. Federico perdait, manifestement. Il aspira l'arôme âpre et sucré en regardant la fumée jaune monter lentement vers le plafond. Devant la cheminée, deux chats tigrés bâillaient, levaient une patte à la verticale pour lécher un instant la fleur rose de leur anus. Le bois qui brûlait craquait de temps à autre. Sur l'échiquier, pendant un long moment il ne se passa absolument rien.

— Je croyais que les révolutionnaires ne jouaient aux échecs qu'une fois en exil.

— Si tu veux regarder, tais-toi, ordonna Federico sans lever les yeux.

Escobar se leva et alla parler avec les filles. Il montra le ventre d'Ana María.

— Comment allez-vous l'appeler ?

Ana María caressa la douce courbe de son ventre. La grossesse lui donnait un teint éblouissant.

— Simón, révéla-t-elle, très fière.

— Moi, je vais appeler le mien Diego León, comme Diego León, dit Beatriz. Et si c'est une fille, Beatriz.

Il la regarda avec curiosité. On ne voyait pas le moindre signe de grossesse sur son ventre plat, et ses petits seins fragiles, qui dans ce cas auraient dû être les premiers à gonfler, avaient l'air fins, fermes, nus sous la laine du pull. Il eut soudain envie de passer la main sous le pull de Beatriz et de lui en caresser un rapidement, quand on ne les regarderait pas. Personne ne les regardait. Federico et Diego León jouaient en silence, Ana María semblait regarder en elle-même, écouter les rumeurs de sa grossesse, aquatiques et tièdes. Mais non. Il entendit la nuit au-dehors : le vacarme assourdi de la circulation, le lointain mugissement de l'avertisseur d'un bus, le hurlement d'un fou qui errait sous les eucalyptus dans les jardins sans lumière du Planétarium.

— Simón, Diego León… dit-il en réfléchissant à voix haute. Pourquoi ces prénoms en « ón », qui sont si durs à porter, surtout pendant l'enfance ? Fina voulait avoir un enfant rien que pour l'appeler Gedeón.

— Ne dis pas n'importe quoi, Escobar, arrête, dit Ana María.

— Je te jure. Les mères ont des enfants pour pouvoir leur donner des prénoms. Ceux qu'elles veulent elles, pas ceux qu'ils veulent eux. Le contrôle. La domination. Pour leur voler toute leur liberté. Les femmes se nourrissent de la liberté d'autrui.

— Ouh, là là… ! protestèrent à l'unisson Ana María et Beatriz, exaspérées.

— Oui, j'ai beaucoup réfléchi à la liberté, ces derniers temps, expliqua Escobar.

— Marie-toi avec Fina, suggéra Beatriz.

— Il ne peut pas, affirma Ana María, triomphale. Elle ne reviendra pas.

Un malaise commença à se développer comme un cancer dans la gorge d'Escobar.

— Ce n'est pas ça, reprit-il. Au contraire : je suis seul. Je suis libre. Je suis heureux.

— Tout le monde se marie, observa Beatriz. Toutes les femmes, du moins.

— C'est ce que je vous dis : les femmes ne supportent pas la liberté. Elles ne connaissent pas la leur. Elles ne tolèrent pas celle d'autrui. Dès qu'elles le peuvent, elles épousent un pauvre type qui ne faisait de mal à personne.

Beatriz pâlit de colère. Ana María eut un rire moqueur. Elle fut interrompue par un mugissement de défaite venu de l'échiquier.

— Diego León gagne toujours, dit Beatriz avec fierté.

Diego León Mantilla se caressait la moustache d'un air satisfait, les yeux pétillant derrière les verres de ses lunettes. Federico abandonna l'échiquier, se mit debout, fit craquer ses articulations, s'écarta du feu.

— Il fait chaud.

— Enlève ton poncho, lui conseilla Ana María.

— Oui, intervint Escobar, enlève ce poncho. Vraiment je ne comprends pas : c'est le truc *contra natura* de la gauche, j'imagine, comme disent les journaux. Cheminée allumée, comme un bourgeois, parce qu'on est bourgeois. Et en plus un poncho, parce que le peuple porte des ponchos. Sauf que, le peuple, il les porte précisément parce qu'il n'a pas de cheminée.

— Ce que tu peux être con, Escobar.

Federico rit malgré lui. Beatriz ne trouva pas drôle du tout cette observation.

— Oh, ça, c'est bien toi, Escobar ! Qu'est-ce que tu as contre les gens en poncho ?

— C'est qu'ils ne portent pas de ponchos. Aujourd'hui, le peuple porte des trucs en synthétique fluorescent importés de Taïwan.

— Arrête ton char, Escobar. T'es un bourgeois de merde, décréta Federico en ôtant son poncho.

Dessous, il avait un épais gilet de chasseur de baleine.

— Ça, je le sais, nous le savons tous, répondit Escobar, didactiquement. Il n'y a pas de bourgeois qui ne soient pas des bourgeois de merde. Toi, tu crois que tu es quoi ? Vous tous, vous êtes quoi ?

— Ce qui compte, ce n'est pas l'origine de classe, mais la position de classe, réfuta Beatriz, l'œil goguenard.

— L'engagement, l'aida Diego León.

— Oui, l'engagement. Vous savez quoi ? Escobar dit que se marier c'est renoncer à sa liberté, ajouta Beatriz.

— Je ne parle pas de cet engagement-là, chérie… la coupa Diego León Mantilla, un rien exaspéré.

— Ah bon ? Alors qu'est-ce que c'est, l'engagement, toi qui sais tout, hein ?

— L'engagement de classe. Avec la classe ouvrière et les paysans. Et, bien sûr, concéda Diego León, au niveau individuel, il peut aussi y avoir l'engagement avec…

— C'est bien ce que je disais : le mariage, l'interrompit Beatriz.

— Ne m'interromps pas, chérie, d'accord ?

— Chaque fois que je dis quelque chose, tu me dis de ne pas t'interrompre.

— Parce que, chaque fois que je dis quelque chose tu m'interromps, chérie. Lâche-moi deux minutes, d'accord ?

Ils s'embarquèrent dans une discussion à mi-voix. Ah, la discussion théorique. Escobar entreprit de replacer les pièces sur l'échiquier. Federico tournait dans la pièce, ramassait des chiffons, jouait avec du fil de fer, nettoyait avec un burin ses ongles encroûtés d'argile et de peinture. La voix de Diego León émergea de nouveau :

— Beatriz a raison : le problème, avec Escobar, c'est qu'il est incapable de s'engager : ni au niveau politique, ni au niveau théorique, ni au niveau personnel. En résumé : il est politiquement, théoriquement et personnellement mort. Pourquoi tu sens la naphtaline, Escobar ?

— C'est une longue histoire…

Escobar s'assit par terre devant l'échiquier, déprimé.

L'intuition de Fina et la réflexion théorique de Diego León conduisaient au même constat : il était mort. Et il était curieux qu'ils se rejoignent tous deux dans la conceptualisation.

Il aurait voulu être seul avec Federico et Ana María pour parler de Fina, pour raconter l'histoire du bar avec Edén Morán Marín. Mais les choses sont toujours plus compliquées que prévu. Le sort lui attribua les noirs. Diego León ouvrit avec le pion du roi.

— En plus c'est le contraire, reprit Escobar. Être mort, c'est plutôt ce que tu appelles être « engagé ». C'est avoir cessé d'être ce qu'on est. C'est avoir renoncé à persévérer dans son être propre.

— Ne sois pas pédant, Escobar. Joue.

— Je suis pédant : je persévère dans mon être propre. Enfin, plus ou moins. En revanche, regarde Federico, par exemple, qui jadis était peintre, tu te souviens ?

— Je préfère son travail de sculpteur, intervint Ana María.

— Ça n'a rien à voir, mon amour, dit Federico.

— C'est ce que dit Escobar.

— Non. Ce que je dis, c'est qu'il n'est plus peintre, comme avant, mais peintre engagé, ce qui revient à n'être rien du tout. C'est comme être mort. Il ne peint plus. Il illustre des slogans : « Paysans et ouvriers unis contre l'impérialisme et ses alliés locaux ». Ça, bien sûr, j'imagine que c'est ce que vous appelez la « ligne correcte ». Dans un coin du tableau, il doit y avoir un tampon rouge qui dit *nihil obstat,* ou comment on dit, en chinois ? Je parie que tu ne parles même pas chinois, Diego León.

— Si, Diego parle chinois, assura Beatriz.

— Je ne parle pas chinois, mais ça n'a pas d'importance, affirma Diego León Mantilla. Ce n'est pas de ça qu'il s'agit.

— Ne dis pas de conneries, Escobar, intervint Federico.

— Tu sais bien que ce ne sont pas des conneries. Ne me dites pas que vous pensez vraiment que ce que Federico peint maintenant ce sont des chefs-d'œuvre.

— Non. Mais il ne s'agit pas de ça, comme dit Diego. Il s'agit de savoir pour qui et pour quoi on peint.

Ils étaient en pleine discussion théorique.

— Et toi, tu peins pour qui ?

— Pour le peuple, crétin.

— Crétin toi-même. Allez, arrête, dis-moi plutôt qui t'achète tes tableaux.

— Ah, Escobar, ne me dis pas que tu es venu parler théorie. Le problème, c'est bien que personne ne m'achète mes tableaux.

— Parce qu'ils sont très mauvais, Federico, sois lucide.

— Ce n'est pas qu'ils sont très mauvais, déclara Diego León Mantilla. C'est qu'ils ne correspondent pas encore au niveau de développement de la conscience des masses. Mais ils sont théoriquement corrects, parce qu'ils contribuent au déroulement d'un processus.

— Qu'est-ce que tu entends par « contribuer au déroulement d'un processus », tu peux m'expliquer ?

— Ils contribuent au déroulement du processus d'élévation de la conscience de classe des masses à un moment historique déterminé.

Escobar se sentit anéanti. Il poussa un cavalier sur l'échiquier.

— Des mots… dit-il. Au lieu d'une mer de lumière, le fleuve de la forme…

— Arrête ton cirque, Escobar, s'il te plaît, le coupa Diego León Mantilla, les yeux brillants d'excitation derrière ses verres épais. C'est simple. Il y a un processus, d'accord ? Ce processus est la lutte des classes, d'accord ? Tu as entendu parler de la violence révolutionnaire ?

Le reflet des flammes dansait sur les lunettes de Diego León. Federico observait l'échiquier, où il ne se passait rien, et se grattait la barbe. Étendus de tout leur long, les chats dormaient, étrangers à la dialectique. Les deux filles étaient retournées s'asseoir sur le divan du fond pour parler de leurs grossesses respectives. Escobar regarda Diego León Mantilla d'un air moqueur : sa moustache frétillante, son regard pétillant derrière ses lunettes, ses petites mains osseuses, la courbure scoliotique de son sternum, sa poitrine creuse d'étudiant. Il lui lança à brûle-pourpoint :

— Tu sais quelque chose de la violence, toi ?

— Tout, se vanta Diego León. Depuis Sorel jusqu'aux Brigades rouges.

— Je ne parle pas de ça. Je veux dire la violence pour de vrai : la violence. On t'a déjà tué ? Tu as déjà tué quelqu'un ? Toi, de tes propres menottes ?

Diego León le regarda avec pitié.

— Ne sois pas con, Escobar, ce n'est pas de ça qu'il s'agit.

— Si, c'est de ça.

Escobar avança un pion jusqu'au centre de l'échiquier.

— Moi, par exemple, j'ai tué un type, avant-hier. Ne crois pas que ce soit facile.

Diego León Mantilla le regarda dans les yeux.

— Je ne te crois pas.

Escobar se sentit absurde, et le doute l'envahit. Avait-il tué ? Peut-être pas. Il ne pouvait pas en être sûr. Si ça se trouvait, Edén était mort un peu plus tard : l'idée qu'il pouvait avoir avalé sa langue lui trotta de nouveau dans la tête. Mais, s'il était mort comme ça, il était mort tout seul. Ce n'était pas lui qui l'avait tué. Il ne pouvait pas l'avoir tué : il ne se sentait pas différent. Federico l'interrogea :

— Et qui as-tu tué ?

— Un type. Un type dans un bar. Un poète.

Diego León Mantilla éclata de rire, ce qui fit sursauter les chats. Du divan, hors de portée, Beatriz rit elle aussi en écho et demanda :

— Qu'est-ce qui te fait rire, Diego ?

— C'est Escobar.

Il n'y avait pas de quoi rire. Escobar regarda Federico, qui le regardait d'un air méfiant.

— Tu parles sérieusement ?

— Très sérieusement, dit Escobar sérieusement.

Mais il n'était sûr de rien. Par la suite il avait vu Edén Morán Marín dans un taxi. Ses amis étaient sans doute arrivés, l'avaient sauvé, à eux deux ils avaient réussi à extraire sa langue de son gosier. Mais pourquoi son imagination insistait-elle sur cette histoire de langue ? Enfin.

— Bon, je n'en suis pas sûr, finit-il par reconnaître. Tuer un type, c'est pas si facile, vous voyez.

Diego León Mantilla rit de nouveau, se lissa la moustache, réconforté, content, sûr de la théorie : Sorel, les Brigades rouges, la violence, accoucheuse de l'Histoire. Puis il prit froidement le pion noir d'Escobar, sans défense au centre de l'échiquier.

— Voilà ce qui arrive quand on est con.

Diego León avait raison : ça lui arrivait parce qu'il était con.

— En plus, c'est exactement ça, ton problème, insista Diego León. Tu es incapable de tuer qui que ce soit.

Ça aussi, c'était vrai. Mais était-ce grave ? Il ne le savait pas. Son mort ne les intéressait pas. Après tout, ils vivaient à Bogotá. Ou, plus sérieusement, quel poids un mort de plus ou de moins a-t-il dans le fleuve sanglant de l'Histoire ? Le fait est que cela ne l'intéressait pas beaucoup lui-même, et pourtant c'était son mort à lui. Federico prépara un nouveau joint et le fit tourner.

— La drogue est contre-révolutionnaire, camarade, signala Escobar.

— Ne sois pas idiot.

— Joue, Escobar.

Il prit le pion blanc.

— Idiot, répéta Federico.

— C'est le problème des marxistes sud-américains : ils ne font jamais de critique constructive.

— Bouge ton cavalier.

Il fuma, pensif, mais ne bougea pas son cavalier. Il entendit sonner à la porte : de nouvelles voix, des rires, des aboiements. Les deux chats dressèrent l'oreille. Quand il leva les yeux, il vit une fille longue, maigre, dorée, tout en bras et en jambes : elle semblait avoir été arrachée à une page de *Vogue*. Elle était traînée par un danois énorme, d'un gris tirant sur le pourpre, au poitrail large et musculeux. Les chats se hérissèrent. Le chien se jeta sur eux ; l'un d'eux s'enfuit, mais l'autre resta coincé entre la cheminée et l'échiquier, et sortit ses griffes en feulant. Le chien s'arrêta et flaira les pièces de l'échiquier en remuant amicalement la queue.

— C'est une vraie mère, dit sa maîtresse.

Elle était divine.

— Il n'a que six mois.

Elle était accompagnée par un type dont les lunettes noires réfléchissaient la lumière. Il ébauchait des pas de rumba en prononçant des « Ouais, mon frère, super, mon frère, le pied, mon frère », avec des bottines à talons et des chaînes autour du cou. Il ressemblait à ces types qui prennent des photos de filles longues et sublimes pour les vendre très cher à *Vogue*. La fille se pencha pour embrasser Federico dans sa barbe. Dans son corsage ouvert, Escobar put voir deux demi-seins fermes et ronds, relevés par les deux demi-coupes de son soutien-gorge en dentelle comme deux demi-coupes de glace à la vanille.

— Je m'appelle Ángela, dit-elle en saluant Escobar.

Et elle lui posa sur la joue un baiser rapide et parfumé. Parfumé à quoi ? Quelque chose en français : *Je m'en vais, Je reviens, À la recherche du temps perdu**.

— Le pied, mon frère, lui dit celui qui accompagnait la fille.

Escobar regarda son reflet dans les lunettes aveugles du type, qui s'éloigna en dansant à moitié et en tirant sur la laisse du chien. Les chats revinrent, le poil encore hérissé. Ils recouvrèrent peu à peu leur calme, remuant à peine une oreille pointue quand, derrière la porte du vestibule, le chien gémissait et grattait.

— Je peux regarder ? demanda Ángela.

Et elle s'assit par terre à côté de l'échiquier, en tailleur, l'un de ses longs pieds sous la fesse.

En tendant la main par-dessus l'échiquier, il aurait pu toucher du bout du doigt le genou poli de la fille, là où sa peau laissait transparaître la clarté atténuée de sa rotule. Entre les boutons ouverts de son corsage, ses deux demi-seins pâles reflétaient la lumière comme deux demi-lunes : ils auraient tenu dans le creux de sa main. L'éclat du feu faisait danser les ombres sur son cou, sur ses pommettes, sur les mèches cuivrées de ses cheveux, et brillait dans ses yeux étrangement écartés.

— Joue, Escobar, s'impatienta Diego León Mantilla.

— Bouge ton cavalier, lui conseilla de nouveau Federico.

Et Escobar, docilement, bougea son cavalier.

— L'autre, imbécile.

Ángela éclata de rire – un rire grave, clair, moqueur. Elle regarda Escobar avec le même rire dans ses yeux : le rire de Lilith, la femme castratrice. Il décida de ne pas la regarder. Le type déguisé en photographe avait mis un disque de salsa et gigotait seul dans un coin en s'écriant : « Le pied, mon frère, on va prendre notre pied », et il faisait des entrechats au milieu des toiles enroulées et des outils qui traînaient sur le sol, aussi aveugle qu'un énorme scarabée derrière ses lunettes miroir de mafieux. Les chats le regardaient avec un air de reproche qui filtrait comme un rai de lumière dédaigneux entre leurs paupières. Le type vint s'accroupir à côté de l'échiquier sans cesser de remuer les hanches au rythme de la musique, sortit un petit paquet de la poche poitrine de sa chemise signée Gucci, Pucci, Fiorucci et ouverte sur des breloques et des chaînes jusqu'à son sternum moite de sueur. Il versa sur l'une des cases noires un petit tas de poudre blanche sans demander l'avis d'aucun des joueurs. Il en fit soigneusement des lignes parallèles. Sortit un billet neuf, l'enroula adroitement, aspira profondément par une narine puis par l'autre.

— Le pied, mon frère !

Ángela se pencha pour aspirer sa ligne, et sa chevelure de miel balaya un instant l'échiquier, faisant vaciller les pièces noires. De très mauvais augure. Diego León aspira avec un bruit sourd, et de la pointe de la langue récupéra la poudre blanche qui restait sur sa moustache et la givrait. Quand son tour arriva, Federico s'exclama :

— Le pied, mon frère !

Escobar le dévisagea comme on dévisage un vendu.

Mais il prit lui aussi sa ligne de coke, en silence cependant. Je suis faible, Seigneur. C'est pour ça que je suis là. Au-dehors, à Bogotá, on devinait la silencieuse progression de la nuit, rompue parfois par d'épouvantables bruits. Ses conduits nasaux s'engourdirent. Il regarda Ángela : il était difficile de voir en même temps ses deux yeux écartés. Elle soutint son regard. Il sentit dans son slip le poids tiède d'un début de petite érection. Il la mit en place machinalement avec deux doigts, vit de nouveau dans les yeux d'Ángela le sourire moqueur, la pointe rose de sa langue passer sur ses lèvres, rapide comme une langue de chat. Il détourna les yeux. Avait-il vu sa langue ? Il avala sa salive avec effort. Il ne pouvait en être sûr. Rien n'est jamais sûr. La chaleur du feu qui lui brûlait le dos, un type déguisé en champion absolu du super-pied qui dansait tout seul dans l'ombre de l'atelier, deux femmes qui parlaient de bébés sur le divan du fond, Diego León qui tentait, le pauvre, une défense sicilienne, Mao Zedong cloué au mur, contemplant la scène avec un sourire énigmatique sur un visage grand et lisse de bébé millénaire.

— Vous êtes tous pris dans le voile trompeur de Mâyâ, dit Escobar.

— Joue, ordonna Diego León.

Il joua. Il se sentait observé. De plus, il avait la désagréable impression qu'il perdait son temps. C'était cela qu'il avait rejeté chez sa mère (et le cadavre d'Edén Morán Marín, bien sûr) : l'ennui de l'inutilité, ses oncles et ses tantes assis dans des fauteuils, jambes croisées, buvant du whisky et du thé, lorsque la bourgeoisie prenait du whisky et du thé au lieu de marijuana et de coke.

— Vous croyez vraiment que ça mène quelque part ?

— Faites-le taire, demanda Diego León.

— Je parle sérieusement : que personne ne dise, plus tard, que notre bohème a ressemblé à ça.

— Faites-le taire !

Il se concentra sur le jeu. Mais son trouble persistait. Quel est l'objet de cette réunion ? Est-ce qu'elle contribue à mon avancée sur le chemin de la perfection ? Devant ses yeux, les longues jambes d'Ángela se perdaient dans l'ombre de sa jupe, indiquant le chemin : un trou est un trou, avait dit le taxi, ce sage. Il contempla fixement la chair dorée et tiède.

— L'autre jour, j'ai écrit un poème…

— Escobar, s'il te plaît, joue.

— Il est court. C'est un poème sur vous. Écoutez :

Bien avant votre enfance
(depuis avant votre naissance)
vous êtes
morts.

— Meeerde, fais pas chier ! lança le type qui était arrivé avec Ángela, cessant aussitôt de danser.

— Un poème sur toi, tu veux dire, protesta Beatriz, qui à présent était assise par terre à côté de Diego León.

Escobar voyait ses petits mamelons dressés sous son sweater. Était-elle vraiment enceinte ?

— Il est nul, dit Diego León. Maladroit dans la forme, négatif dans le contenu…

Federico l'interrompit d'un grognement :

— Escobar, dis-moi : tu penses vraiment passer ta vie à écrire des petits poèmes de merde ? Tu crois que c'est permis ?

— Putain… encore ! Je croyais que nous avions épuisé le sujet de l'art engagé. Crois-moi : regarde plutôt tes tableaux.

— Federico peint pour le peuple, intervint Ana María, pleine de défi.

Ses yeux brillaient de colère, illuminant la beauté sereine de sa grossesse. Toutes les femmes devraient avoir des enfants. Fina avait raison.

— Diego León aussi enseigne pour le peuple ! s'écria Beatriz.

— Qu'est-ce qu'il enseigne ? demanda Ángela.

— La littérature engagée ! dit Beatriz.

Diego León plongea le nez sur l'échiquier en clignant fortement des yeux.

— De la merde, affirma Federico, sincèrement indigné. De la merde, de la vraie merde. Ta merde ne nous intéresse pas, Escobar. Ta merde n'intéresse personne.

— Ne fais pas attention à lui, Federico : c'est un provocateur, assura Beatriz. Un trotskiste, non, Diego ?

— Bon… commença Diego León.

— C'est toi qui m'as dit que les trotskistes étaient des provocateurs, alors maintenant ne viens pas me dire le contraire, le défia Beatriz.

— Oui, mais ce n'est pas ça, mon amour : je parlais de Jefferson Calarcá Marroquín…

— Jefferson Calarcá Marroquín ? répéta Escobar.

— Tu le connais ? Tu vois, Diego ? Il le connaît, dit Beatriz, triomphante.

— Non, rétorqua Escobar. C'est que je n'arrive pas à croire que quelqu'un s'appelle comme ça.

— Moi, je le connais, dit Ángela.

— Toutes les nanas le connaissent, souffla Diego León, hautain. Il se les envoie toutes en leur parlant de la révolution permanente.

— Elles n'ont qu'à pas être idiotes ! dit Beatriz d'un ton fier.

— Je ne le connais pas à ce point… répondit Ángela en riant. C'est le frère de Vicky Marroquín, une fille de Cartagena qui est mannequin avec moi.

— Mannequin ! dit Diego León avec mépris. Au service de la bourgeoisie, des multinationales…

— Ángela, tu devrais faire autre chose, tu ne crois pas ? dit Beatriz.

La conversation se diluait dans le vide. Escobar récita de nouveau :

Bien avant votre enfance
(depuis avant votre naissance)
vous êtes
morts.

— Merde, Escobar, tu ne vois pas que nous parlons sérieusement ? s'exaspéra Beatriz. Tu vois, Diego ? C'est un provocateur. Mieux vaut ne pas faire attention à lui.

Et elle haussa les épaules, ce qui fit sauter ses petits seins sous son sweater. Diego León étudia l'échiquier.

— Redis-le, tu veux ? demanda Ángela.

Escobar le redit, même s'il trouvait que c'était un peu exagéré :

Bien avant votre enfance
(depuis avant votre naissance)
vous êtes
morts.

— Moi, j'aime bien, déclara Ángela.

Escobar la regarda avec un certain étonnement. Le type qui était arrivé avec elle tourna brusquement la tête et fixa Ángela avec le double miroir de ses lunettes. Ángela le regarda, narquoise, pleine de défi. Puis ses yeux, dans lesquels la moquerie s'était endormie, se tournèrent vers Escobar. De quelle couleur étaient ses yeux ?

— J'aime bien, répéta-t-elle. Je trouve qu'il a raison.

— Qu'est-ce que tu y connais, toi ? souffla Ana María avec un double mépris de sœur aînée et de femme politisée.

— C'est vous qui n'avez pas compris, intervint Escobar pour la défendre, pour se défendre. C'est un haïku. Un haïku, pour tout vous dire, est un genre de poésie japonaise qui...

— Ton truc n'est pas un haïku, loin de là, pas la peine d'être présomptueux, ni comique, le corrigea Diego León Mantilla. Un haïku est un poème en vers de cinq et sept syllabes alternés, dans lequel le premier vers...

— C'est un haïku colombien. Une simulation de haïku. De la même manière que vous n'êtes pas des révolutionnaires : vous êtes des révolutionnaires colombiens.

— Tu vois, tu vois ? C'est un provocateur, dit Beatriz, au comble de l'indignation.

— Escobar a raison, intervint de nouveau Ángela, qui lui semblait plus intelligente à chaque mot. Si vous étiez vraiment des révolutionnaires, vous feriez quelque chose, vous ne resteriez pas assis ici comme des morts.

— Mêle-toi de ce qui te regarde, Angelita : tu ne sais pas de quoi tu parles, la réprimanda Ana María.

— C'est toi qui ne sais rien. Tu répètes ce que dit Federico. Maintenant te voilà communiste. Toi, communiste ? Laisse-moi rire.

— Pas communiste, idiote, corrigea Ana María. Marxiste-léniniste.

— Pensée Mao Zedong, compléta Beatriz, triomphante.

Diego León baissa encore plus les yeux et la moustache sur les pièces de l'échiquier.

— Allez, joue, Escobar.

Le type qui accompagnait Ángela se leva, augmenta le volume de la musique.

Où sont mes chaussures blanches ?
Où sont-elles ?

— Cette jeune personne a raison, dit Escobar en élevant la voix et en montrant du doigt Ángela. Si vous étiez vraiment des révolutionnaires, vous feriez quelque chose. Vous n'avez pas vu, vous n'avez pas entendu ? Ce pays tombe en ruine. Vous n'entendez jamais les cris des gens qu'on assassine, ces craquements terrifiants ? C'est le pays qui se disloque. Et vous, pendant ce temps, vous restez assis devant une cheminée à jouer aux échecs, à sniffer de la coke, écouter de la salsa, vous vous définissez comme marxistes-léninistes-pensée-Mao Zedong et vous vous prenez pour de vrais super-héros.

— Fais pas chier, Escobar. Tu sais pas de quoi tu parles.

— Bien sûr que si, je le sais, Federico. Et mieux que toi.

— Si tu le savais, tu ferais quelque chose.

— C'est ce que je te dis, à toi. Moi, oui, je fais des choses. J'écris des haïkus. De temps en temps.

Ils devaient presque crier, dans le fracas de la salsa.

— L'important, c'est le contact avec les masses ! vociféra Diego León.

Où sont mes chaussures blanches ?
Où sont-elles ?

— Tu connais des masses, toi ?

— Oui. À l'université.

— Ça, ce ne sont pas des masses. Ce sont des petits-bourgeois frustrés. Comme toi.

— Nous sommes tous des bourgeois, le coupa de nouveau Ana María. Ce qui importe, ce n'est pas l'origine de classe, mais le militantisme conséquent dans un parti paysan et prolétaire de masse.

Elle s'interrompit pour foudroyer du regard Ángela, qui avait dans ses yeux mi-clos un sourire sarcastique.

— Toi, la ferme, Angelita, tu n'as aucune idée de ce dont nous parlons.

Où sont mes chaussures blanches ?
Où sont-elles ?

Diego León tenta de mettre de l'ordre :

— Ce qui est objectivement petit-bourgeois, c'est ton attitude, Escobar : de l'évasion petite-bourgeoise.

— L'évasion est la plus grande victoire de l'esprit humain : « Fuis, car seul celui qui fuit se sauve », dit quelque part saint Jean de la Croix, si je ne m'abuse.

— Saint Jean de la Croix !

La voix de Diego León était on ne peut plus railleuse.

— Un prêtre au service des grands propriétaires terriens de son temps, à savoir l'Église et la noblesse.

— Diego León, s'il te plaît : ne fais pas de marxisme bon marché. Ne sois pas fanatique. Ne sois pas doctrinaire. Ne sois pas con.

— Il faut être fanatique ! s'écria Beatriz. Dans la lutte des classes, il faut être fanatique. N'est-ce pas, Diego ? ajouta-t-elle en se tournant vers son mari, doutant brusquement de la pertinence de son fanatisme.

Elle avait de jolis nichons, ça, oui.

— Alors, tu joues, Escobar ? dit Diego León.

Beatriz, furieuse, lui murmura quelque chose à l'oreille. Diego León lui répondit en murmurant, d'un air exaspéré. Beatriz murmura de nouveau. Ángela riait. Escobar intervint :

— Ne me dis pas que tu donnes des cours de lutte des classes, Diego León.

— Ignacio, ne sois pas idiot ! cria Ana María.

Et à Ángela :

— Et toi, ne sois pas idiote, Angelita.

Le type qui était arrivé avec Ángela s'approcha en dansotant.

J'ai perdu mon portefeuille,
je n'ai plus d'ar-gent !

Et il offrit une nouvelle tournée de coke. Tout le monde sniffa, excepté les femmes enceintes.

— Tu es poète, chef ? Ouais, champion, super, hein ! Et tu es marxiste, coco ? Putain, mon frère, ça boume. Une ligne de coke, et allez la rumba !

Je n'ai plus d'ar-gent,
j'ai perdu mon porte-feuille !

Il voulut entraîner Ana María au milieu de l'atelier pour danser. Ana María le repoussa, invoquant sa grossesse. Beatriz, en revanche, accepta de danser, tout en jetant un regard de défi à Diego León. Le rythme endiablé de la salsa faisait tressauter ses nichons sous son sweater. Escobar les regarda un moment, hypnotisé.

On sort un matin de chez soi,
et tout est prédéterminé !
C'est écrit, ça arrivera,
notre terrain est bien miné !

La prédestination, ce mystère. Il surprit de nouveau le regard d'Ángela. La prédestination, qui a tant préoccupé saint Augustin. Il regarda les yeux lourds d'Ángela, sa bouche mouvante : le sourire de Lilith. Diego León passa un mégot de joint à Escobar, qui tira dessus avec force et se brûla le bout des doigts. Il le passa à Ángela. Un instant, il sentit le contact de ses doigts.

— De quoi parlions-nous ?

— On était en train de jouer aux échecs, l'informa Diego León.

— Ah, oui. Votre inauthenticité, à vous, les révolutionnaires de salon. Mais vous n'êtes pas les seuls. C'est le problème de ce pays tout entier – non, pas le problème, parce que ce n'est pas un problème, mais une essence. L'inauthenticité est la seule chose qui soit vraiment authentique en Colombie. Voilà ce que nous sommes. L'autre soir, dans une espèce de bar à putes qui s'appelle El Oasis, sur la Treizième Avenue, j'ai chanté avec des musiciens qui s'appelaient Los Auténticos. Ils étaient authentiquement colombiens : ils chantaient des rancheras mexicaines, des cuecas chiliennes, des tangos. Moi aussi, j'ai chanté avec eux. J'ai même chanté des chansons que je ne connaissais pas.

— Ne dis pas de conneries. Joue.

— Dire des conneries, c'est ce qu'il y a de plus authentiquement colombien.

— Joue.

— Laisse-moi réfléchir.

— Roque, lui conseilla Federico.

Mais ses idées commençaient à être floues. Il ne comprenait pas le sens exact des menaces de l'échiquier.

— Ah oui : la soirée à l'Oasis. Los Auténticos. J'étais avec des poètes qui n'étaient pas non plus d'authentiques poètes, naturellement. Il y en a deux qui étaient plutôt des joueurs de billard. L'autre était celui que j'ai dû tuer après, parce qu'il avait essayé de me violer dans les toilettes et que je n'avais pas trouvé comment lui dire non. C'était un pédéraste.

— S'il a essayé de te violer, ce n'était pas un pédéraste, mais un gérontoraste.

— Exactement. Ce n'était même pas un pédéraste authentique.

— Gérontoraste ? s'enquit Ángela.

— Celui qui aime les vieux, expliqua Diego León Mantilla. Regarde Escobar : cette chair déjà flasque...

— Tu deviens chauve, Escobar, tu as remarqué ? ajouta Beatriz, par-derrière.

— Joue, Diego León, dit Escobar.

— Cette herbe est super, commenta le type qui était arrivé avec Ángela.

Il fit circuler un nouveau joint dense, fort, légèrement douceâtre en fin de bouffée. Il était maintenant assis sur le bras d'un fauteuil, dans le dos d'Ángela, et il lui caressait la nuque d'un geste distrait de propriétaire. Il était incroyable que sa main ne ressorte pas toute dorée, comme s'il l'avait plongée dans un pot de miel. Ángela était appuyée contre ses jambes. En dépit de sa coiffure afro de guitariste rock, en dépit de ses yeux aveugles d'agent de la circulation, Escobar aurait voulu être ce type pour avoir cette fille appuyée contre ses jambes et la main dans ses cheveux. Mais il était incapable de tuer qui que ce soit.

— Joue, Escobar.

— Bouge ton cavalier.

C'était déjà arrivé vingt fois. Il avait la désagréable impression que tout se répétait. Tout était-il toujours pareil, réitératif, circulaire ? Je me saluerai moi-même en passant, quand je repasserai comme sur un manège, montant et descendant tel un bouchon sur l'eau. Il regarda les petits seins de Beatriz, calmes à présent, à peine dessinés sous son pull. Il regarda ceux d'Ángela, d'un or pâle, couleur de pomme sous son corsage ouvert. Il aurait voulu se dresser sur les fesses pour mieux les voir, mais il eut honte à l'idée qu'Ángela puisse penser qu'il était le genre de type qui se redresse pour mieux voir les seins d'une fille assise face à lui. Eh bien oui, il était ce genre de type. Comment étaient-ils vus de dessous ? La texture d'un sein est toujours distincte vue de dessous : plus délicate, plus douce. Et il est important de vérifier la courbe de leur chute, leur poids. Il se rappelait avoir entendu dire un jour que l'important dans un sein était qu'un crayon placé dessous tombe immédiatement par terre, sans être arrêté par un repli de chair. Il observa les clavicules d'Ángela, le creux entre ses omoplates, à la naissance du cou. Il se rendit soudain compte qu'il la regardait sans la moindre pudeur, comme un insecte étrange. Il chercha ses yeux écartés, d'insecte étrange, qui lui rendirent son regard. Il espéra ne pas être analysé de la même façon. Il sentit qu'entre eux deux se tendait maintenant un pont de désir si solide qu'il aurait pu le toucher avec les mains. Mais unilatéral, probablement. Que faisait cette fille divine avec ce gros con ? Mais je suis encore plus con que lui, puisque je ne suis même pas avec elle. Il dit à voix haute :

— Il doit y avoir une autre vie. Il n'est pas possible que tout soit la même merde.

— Escobar, s'il te plaît, vieux, joue.

— Oui, oui, je réfléchis.

— Arrête un peu de réfléchir et joue.

— Non. Il faut réfléchir. Il ne suffit pas, comme vous le croyez, d'avoir lu un jour un manuel pour comprendre les lois de l'Histoire. C'est pour ça que vous êtes systématiquement vaincus. Quoique, je ne sais pas pourquoi je réfléchis autant. En fin de compte, les échecs sont un jeu de hasard.

Il bougea au hasard un cavalier, que Diego León dévora aussitôt. Il découvrit avec étonnement qu'à un moment donné de la partie il lui avait aussi pris l'autre, et un fou, et trois pions, mais il ne put se rappeler quand. Il devrait être possible de rejouer les coups, de reconstruire le cours des jours, de découvrir à quel instant on a perdu le chemin de la vie. Devant ses yeux, l'échiquier palpitait, se dilatait, se contractait de nouveau. Parfois il croyait distinguer clairement des lignes de force entre les pièces, des tensions si puissantes qu'on aurait dit des torrents de matière ; puis elles disparaissaient sans raison dans l'air, comme elles étaient venues, et il ne restait plus rien sur l'échiquier. Un cavalier très bien placé, mais il était à Diego León. Soudain Escobar vit s'ouvrir une avenue large, victorieuse, comme pour un fou. Il la vit se refermer. Il devrait être possible de savoir quand on a perdu la partie. Dès le début, peut-être. On sort un matin de chez soi, et tout est prédéterminé. C'est écrit et ça arrivera. Et c'est normal. Si l'univers est en expansion perpétuelle, comme c'est visible, et si nous connaissons les données de base, les distances, et si quelqu'un qui s'y connaît nous renseigne sur les accélérations et centrifugations, si c'est bien le mot, il est très simple de déduire l'instant où toutes les choses se trouvaient réunies au même endroit. Le reste n'est qu'Histoire : la toile d'araignée de Mâyâ, qui colle aux doigts.

Il avait l'impression d'être sur le point de découvrir quelque chose de très important. Plusieurs choses, peut-être, très importantes. Plusieurs découvertes éblouissantes, distinctes, contradictoires presque, et difficiles à suivre en même temps, comme de hauts navires aux gréements compliqués qui auraient suivi des routes divergentes sur le miroir de la mer.

Trop de découvertes simultanées. Devant ses yeux, les deux yeux d'Ángela flottaient dans l'air. Un vent doux lui apportait son odeur de femme chère, un vent savant qui avait reconnu ses recoins les plus secrets. Il mouilla de salive son doigt, le leva à la verticale : il n'y avait pas le moindre souffle de vent.

— S'il te plaît, joue.

— Ouais, ouais.

Reposant sur le tapis, à côté de l'échiquier, il voyait sa main immobile tout près de la jambe d'Ángela. Une main par terre, tel un crustacé mort. Une décision de sa part, une impulsion nerveuse, et sa main ferait un vol bref pour se poser sur le genou d'Ángela. Sa main, d'elle-même, se ferma lentement ; elle se tourna paume en l'air en agitant mollement les doigts pour les refermer en bouton, en fleur marine qui se contracte et respire, inspire et expulse l'air par la coupe serrée de ses pétales, comme s'il s'agissait d'eau. Escobar la regardait, fasciné. Il savait qu'il voulait se rappeler quelque chose, il essayait de se surprendre lui-même au moment de saisir le souvenir d'un coup de patte, d'entendre le changement soudain dans son vrombissement et de le sentir heurter, aveugle et affolé, le mur hermétique du creux de sa main alors qu'il tenterait de s'échapper. À quel moment abandonne-t-on sans qu'on sache comment une coquille vide et creuse aspirée par le collier du temps, une bulle impénétrable et sans issue alors qu'on est déjà pris dans la suivante ? À quel moment devient-il impossible de revenir à la précédente ?

— Tu veux bien jouer, vieux ?

— Pardon. J'étais distrait.

Il déplaça sa reine. Tout se transforma soudain sur l'échiquier. Tout était brusquement clair et transparent, sans équivoque, et de nouveau la force d'une irrésistible lumière traversait le plateau.

— Abandonne, Diego León.

— Ne sois pas idiot.

— Aie un peu de dignité.

Un mouvement de Diego León, et l'échiquier fut de nouveau un nœud d'ombre. Apparut alors Mateo, dans les bras d'Ana María, et ce fut le branle-bas parmi les femmes. Ángela le prit dans ses bras, Beatriz l'écrasa de baisers. En salopette bleue, un fil de bave brillant accroché aux lèvres, Mateo regardait autour de lui avec le dédain d'un homme monté sur un cheval. Le type qui était avec Ángela l'accueillit à grand renfort de gestes désordonnés.

— Putain, qu'il est trognon !

— Il tient debout tout seul ? demanda Escobar, par politesse.

Les mères adorent qu'on leur pose ce genre de questions sur leurs enfants.

— Il marche, assura Ana María, toute fière.

Et elle le mit par terre. Mateo fit trois ou quatre pas vacillants vers son père et se laissa tomber assis sur l'échiquier en riant, tout fossettes et salive. Escobar pensa mourir de rage, mais un instant seulement : après tout, il était en train de perdre. Diego León, lui, qui avait la victoire à portée de main, laissa échapper un cri. Mateo, hilare, se laissa prendre par Ángela, qui le mit à califourchon sur sa hanche. Le bébé lança un coup de patte vers son soutien-gorge en dentelle et le sein parut, rond et pâle, la fraise du mamelon tendre et rose. Ángela le replaça d'un mouvement expert. Mateo lança un autre coup de patte à la figure du type qui était arrivé avec elle, attiré par les reflets chatoyants de ses lunettes, et Escobar espéra qu'il les lui casserait. Mais le type esquiva le coup et feignit aussitôt un rapide combat de boxe avec Mateo, qui riait aux éclats. Escobar les détesta tous les deux. Diego León essayait de recomposer sur l'échiquier la partie détruite. Il y renonça.

— Beatriz, on s'en va.

Beatriz mit un blouson de cuir râpé sur son pull, recouvrit ses seins délicats en remontant la fermeture Éclair, puis sortit docilement derrière son mari. Le type qui était venu avec Ángela dit au revoir à la cantonade. À Mateo – « Salut, vieux » –, à Ana María – « Super, ciao » –, à Federico – « À plus tard, Fico, mon frère » –, à Escobar – « À un de ces jours, chef » –, et donna de son doigt tendu un coup dans les côtes à Ángela, « Allez, ma poule, on est partis ». Ángela eut le souffle coupé.

— Aïe, Richi, ne sois pas brutal.

Il s'appelait Richi, ce fils de pute.

Ils emmenèrent le chien.

— Qui c'est, ce type ?

— Richi ? C'est le mari d'Ángela.

Escobar tressaillit. Pourtant, il l'avait redouté : elles se marient toutes, Beatriz avait raison.

— Federico, tu ne devrais pas te laisser appeler Fico par un individu qui se fait appeler Pichi.

— Richi.

— Richi, Pichi, c'est pareil. Il a un nom de chien. Je suis sûr qu'il le mérite : quand on s'appelle Richi, c'est qu'on a tout fait pour.

— Qu'est-ce qui ne va pas, Escobar ?

Un silence.

— Rien. Je ne sais pas. Je vais très mal, ces derniers temps. Fina me disait que j'allais mourir, et je crois bien que c'est ça.

Un silence.

— Tu as quelque chose à boire ?

— Et Fina ?

Escobar ne répondit pas. Un des chats vint se frotter contre son pantalon en ronronnant. Il le prit dans ses bras, l'installa sur ses genoux, le gratta entre les sourcils, lui lissa le poil du dos, lui ficha la paix. La saveur transparente du whisky lui chauffa les yeux.

— Et ta sœur ? C'est bien ta sœur, Ángela ? Comment as-tu pu permettre que ta sœur épouse un type qui s'appelle Richi ?

— En quoi ça te regarde ?

— Ça me regarde. Peut-être que moi aussi j'aurais voulu me marier avec elle.

Ana María sembla en proie à une crise d'hystérie.

— Merde, Ignacio, c'est pas vrai ! Et Fina, hein ?

Il ne put répondre. Le bébé, qui jusque-là était content, assis par terre, gros, luisant, riant aux anges, engoncé jusqu'aux joues dans sa salopette bleue, fondit en larmes, effrayé. Ana María oublia sa colère, le prit dans ses bras. Federico tenta de le divertir en faisant de petits bruits et en gesticulant.

— Non, petit Mateo, ne pleure pas, voyons. Ce n'est que tonton Ignacio, un pauvre type. Guili-guili, guili-guili, Mateo, allez, allez, montre ta dent toute neuve à tonton Ignacio, même si ce n'est qu'un pauvre type.

Et Ana María lui faisait elle aussi des risettes en le cajolant et en le berçant dans ses bras. Mateo cessa de pleurer, éclata de rire lui aussi, se vit soulever par Federico jusqu'au plafond et laissa échapper des cris de joie stridents. Escobar aurait voulu être heureux comme cet enfant.

— Qu'est-ce que vous avez, aujourd'hui, à me dire que je suis un pauvre type ?

Ana María le regarda froidement.

— Et Fina, hein ?

Escobar haussa les épaules.

— Je ne vois pas ce que Fina a à voir là-dedans.

— Je rêve, Ignacio ! Tu es vraiment d'un égoïsme monstrueux !

— L'égoïsme n'est pas monstrueux. Il est parfaitement naturel.

Furieuse, Ana María partit chercher le repas du bébé. Allaient-ils penser à lui donner à manger, à lui aussi ? Il entendit un borborygme mélodieux monter de ses intestins. Il se souvint qu'il était sorti de chez lui dans l'intention de faire de sa vie un festin où couleraient tous les vins, où s'ouvriraient tous les cœurs.

— Et Fina, alors ? demanda Federico sans cesser de bercer Mateo sur son genou, comme sur un chameau. Ça fait deux jours qu'Ana María est furieuse contre toi. Vous vous êtes disputés ?

Escobar étira les commissures de ses lèvres en une mimique de résignation philosophique.

— Tu connais les femmes.

— Non. Je ne les connais pas, dit Federico gravement. Je ne connais pas les femmes. Je ne connais même pas Ana María.

Ana María revenait, chargée de petits pots, de cuillères. Elle assit le bébé sur la table après avoir fait fuir d'un bond l'autre chat. Escobar caressa la tête du sien d'un geste machinal ; il le vit froncer le nez et le reposa. Ana María et Federico semblaient plus préoccupés que lui par le problème de Fina. Était-ce un problème ? Bon, oui. Trois jours, déjà. Mais non. Ils ne connaissaient pas Fina. Ana María mit dans la bouche du petit une cuillerée de matière gélatineuse et jaune. Le bébé la recracha aussitôt. Ana María la recueillit avec la cuillère et la lui fourra de nouveau dans la bouche. Cette fois, Mateo la dégusta avec délectation, l'avala, sourit et en exigea davantage.

— Qu'est-ce qu'il est content ! Il n'a pas l'air d'être marxiste-léniniste. Qu'est-ce que tu lui donnes ?

— De la compote.

— Je sais, ça se voit à la texture. Mais de quoi ? Un hallucinogène ?

— Abricot, carotte et morue, détailla Ana María.

Mateo, manifestement, se régalait.

— Cet enfant est très curieux, décréta Escobar en détournant les yeux.

Et, au bout d'un moment, il ajouta :

— Fina aussi en voulait un.

Ana María se retourna brusquement, le regarda avec des yeux perçants.

— Qu'est-ce que tu appelles « un » ?

— Un comme ça. Un enfant.

— Ignacio…

La voix d'Ana María tremblait légèrement, mais elle s'efforçait de faire en sorte qu'elle reste froide et ferme.

— … je comprends parfaitement pourquoi Fina ne voulait pas avoir de bébé avec toi. Je comprends parfaitement pourquoi elle est partie. Je comprends parfaitement pourquoi elle n'a pas l'intention de revenir, jamais.

— Non, non, dit Escobar, déconcerté. Elle, elle en voulait un. Un enfant, je veux dire. Un bébé, comme tu dis. Quel mot humide, mou, tiède : bébé. Celui qui n'en voulait pas, c'est moi.

D'autre part, se dit-il, Fina reviendrait dès que sa colère serait passée. Mais il n'allait pas discuter cette question, défier la tempétueuse solidarité d'Ana María. Mateo, assis sur la table, avait commencé à se balancer de plaisir sur son pelvis. Federico le regardait, l'air absorbé, en adoration. Sur les genoux d'Escobar, le chat ronronnait, lourd et chaud comme un moteur.

— Et pourquoi tu ne voulais pas avoir de bébé ?

Federico était déjà bien dressé. Il disait « bébé », comme une mère. Comme un père, peut-être. Mateo continuait à se balancer, en route pour l'extase, en déglutissant sa compote d'abricots et de morue comme si c'était du caviar, par cuillerées, en émettant de petits glouglous de bonheur et en laissant parfois échapper de petits jets de compote émulsionnée à la bave sur sa salopette bleue, sur la poitrine d'Ana María, sur sa jupe. La table de l'atelier se couvrait de petites crottes visqueuses, et aussi les lames poussiéreuses du parquet, les longs cheveux châtains d'Ana María, les tableaux les plus proches.

— Eh bien moi, c'est pour tout ça, plus ou moins, que je n'en voulais pas, expliqua Escobar, le doigt tendu. Un enfant. Oui, je comprends ce qui arrive aux femmes : la lune, les marées, les cycles des astres. Il y en a même qui deviennent très belles pendant leur grossesse. Comme toi, par exemple. Il y a sûrement une raison. Donner la vie, reproduire la vie, répondre à l'appel de la multiplication de l'espèce. Enfanter dans la douleur. Être mère.

— Ne dis pas n'importe quoi, Ignacio, intervint Federico d'un ton impatient, cessant de contempler l'air béat son fils qui mangeait d'un bon appétit. Je ne suis pas mère. Et pourtant je te dis qu'avoir un enfant c'est le super-pied.

— Mais tu débloques, Escobar ! éclata Ana María.

Et, pleine de colère, elle répéta en imitant le ton didactique et pompeux d'Escobar :

— « Il y en a même qui deviennent très belles pendant leur grossesse. » Non mais je rêve ! Les femmes ne sont pas des choses. Tu crois quoi ? Qu'on fait un enfant pour que tu puisses nous regarder et dire : « Il y en a même qui deviennent très belles pendant leur grossesse » ?

— Je ne dis pas qu'elles deviennent belles pour moi, précisa Escobar. Je dis qu'elles deviennent très belles, un point c'est tout. Quelques-unes.

— Arrête ! Si tu penses qu'elles deviennent très belles – quelques-unes, bien sûr : toutes ne te plaisent pas –, c'est uniquement parce que c'est toi qui les regardes et toi qui le penses, parce que tu crois que sans toi ça n'existe pas !

— Ce n'est pas *mon* problème, Ana María, comme je te l'explique... C'est quelque chose dont les philosophes discutent depuis des millénaires. Est-ce que l'univers disparaît si je ne suis pas là ? Je veux dire, est-ce la perception du sujet qui...

— Ça suffit, Escobar. Tu sais parfaitement ce que je veux dire.

Escobar regarda un instant son whisky moribond.

— Si ce qui t'intéresse est que je sache ce que tu veux dire, je ne vois pas pourquoi tu t'offenses que je pense que certaines femmes sont très belles...

— Ne fais pas l'idiot ! Tu sais de quoi il s'agit ! C'est pour ça que Fina est partie, imbécile, et en plus tu le sais !

— Je t'assure, Ana María, il ne s'agit pas de ça.

Ana María ne l'écoutait pas, plongée de nouveau dans ses tâches maternelles. Elle ôtait les restes de compote des joues luisantes et rondes de Mateo, introduisait jusqu'à la dernière phalange un doigt poisseux dans sa bouche. L'enfant le suçait avec un ouuuhh avide. Ana María répondait par un ouuuhh de sympathie, comme les cordes qui vibrent sous les touches d'un piano. Federico, endossant plus qu'à fond son rôle de père de famille, émettait un ouuuhh solidaire et faisait même claquer sa langue. L'enfant, tout heureux, riait en agitant ses jambes grassouillettes.

— Qu'est-ce qu'il est content ! J'avais toujours entendu dire que les gosses passaient leur vie à pleurer.

— C'est toujours pareil avec toi, Escobar : tu as entendu dire des choses. Tu ne les as pas vécues.

— Tu n'as jamais osé les vivre, compléta Ana María.

— On n'apprend que par le concret, camarade, cita Federico.

— Le concret, souffla Escobar, sceptique. Le concret est horriblement difficile, tu n'imagines pas à quel point, Federico. Par exemple, tu ne sais pas à quel point il est difficile de tuer quelqu'un. Ou de faire cuire une saucisse.

Il ne restait dans son verre qu'un peu de glace et de bave. Mais personne ne lui proposait de le lui remplir. Mateo s'était endormi d'un coup, avec au coin des lèvres un filet de petites bulles de nourriture et de salive, et sans doute aussi de sucs gastriques. Il devait en être encore à ce qu'on appelle le stade oral.

— Tu ne trouves pas qu'il est divin ? demanda Ana María, tout attendrie.

— Pfft… Oui, oui, oui, Ana María, je le trouve divin. Il faut reconnaître que tu l'as réussi.

— Tous les enfants sont réussis, assura Ana María.

— Ce n'est pas vrai, Ana María. Tu…

— Si, c'est vrai ! Ce qu'il y a, c'est que tu veux toujours savoir à l'avance comment les choses vont se passer pour toi : comment s'appelleront tes enfants, comment…

— Non, non, non, non, non, non ! cria presque Escobar, brusquement exaspéré. Justement, non ! Ce que je voudrais, c'est ne pas savoir à l'avance ce qui va m'arriver.

— Si, si, si, si, si, si ! Justement, tu veux savoir à l'avance qu'il ne va rien t'arriver ! Et c'est pour ça qu'il ne t'arrive rien ! Tu n'as même pas d'enfants !

— Mais je ne veux pas avoir d'enfants.

Federico intervint de nouveau :

— Diego León a tout à fait raison, tu es pire qu'un petit-bourgeois de merde, parce que même en tant que petit-bourgeois tu ne t'engages pas.

— Mais précisément je ne veux pas m'engager, Federico. Je ne veux pas m'engager. Je veux être ouvert, disponible. Je veux être libre.

— Ta liberté… ! lança Federico, plein de mépris.

Et il emporta le bébé endormi. Sur les genoux d'Escobar, le chat s'étira voluptueusement en tendant ses grosses pattes tigrées et en ouvrant sa gueule dans un long bâillement. Il s'installa de nouveau, roulé en boule. Il avait l'air d'un chat heureux, sans problèmes.

— Tu me sers un autre whisky, Ana María ?

— Non. On va passer à table. Federico vient de coucher Mateo.

— Tu vois ? C'est ça que je ne veux pas, Ana María. Tout est prévu. Résolu à l'avance ; connu à l'avance. Quand Federico aura couché Mateo, on mangera. Mais pourquoi tu ne peux pas me servir un autre verre en attendant ?

— Parce que je n'en ai pas envie. Fais-le toi-même.

— Je ne peux pas. Si je bouge, le chat se réveille. Si tu avais ton fils endormi sur les genoux, je me précipiterais pour te servir.

— Ne mens pas.

— Je ne mens pas.

— Si, tu mens.

Escobar se leva en soupirant, et en laissant tomber le chat. Chat, je t'ai trahi, mais ce n'est pas ma faute, tu l'as bien vu.

— En fait tu ne veux jamais lever le petit doigt, Escobar, et ce n'est pas possible.

— Tu sais bien que si.

— Ce n'est pas possible. Toi, tu veux que tout t'arrive sans effort, comme par un cordon ombilical. Tu veux retourner dans le ventre de ta mère.

— On voit que tu ne connais pas ma mère.

— Ce n'est pas ce que je veux dire. Je veux dire que tu ne veux pas grandir. Tu ne veux pas être adulte. Tu ne veux pas être responsable. Tu veux qu'on t'aime, qu'on te laisse faire ce que tu veux, qu'on fasse les choses à ta place. Ce n'est pas possible. Il faut grandir.

— Et se marier, et avoir des enfants ?

— Naturellement.

On voyait bien que pour Ana María la vie naturelle c'était ça.

— Je viens de l'expliquer à Federico : je veux être libre.

— Mais arrête, Escobar. La liberté, ce n'est pas ça. À quoi elle te sert ?

— À rien, évidemment. Si elle me servait à quelque chose, ce ne serait plus la liberté.

— Arrête avec tes grandes phrases.

— Mais il faut bien faire des phrases, qu'est-ce que tu veux. C'est comme ça qu'on parle : sujet, verbe, complément…

—Arrête de faire l'idiot, d'accord ?

Elle le regardait d'un air sombre. Elle parlait sérieusement. Brusquement, il fut déprimé.

— Tu as peut-être raison. Peut-être que Federico a raison, et même ce crétin de Diego León. Je ne sais pas ce qui m'arrive, Ana María. Je n'arrive pas à écrire : je n'ai rien écrit de nouveau. Je ne sais pas pourquoi Fina est partie, même si je pense qu'elle reviendra.

— Elle ne reviendra pas, l'interrompit Ana María, gravement.

— Si, elle reviendra. Tu n'en sais rien.

— Elle ne reviendra pas. Mais au fond ça t'est égal, qu'elle revienne ou non. Tu ne lèves pas le petit doigt. C'est pour ça que ce genre de chose t'arrive, Ignacio : parce que tu ne choisis pas ce qui t'arrive.

— Tout à l'heure, tu disais qu'il ne m'arrivait rien.

— Il ne t'arrive que ce qui t'arrive.

— C'est pareil pour tout le monde, Ana María.

— Non. Ça n'arrive qu'à toi. Et ça t'arrive parce que tu es monstrueusement égoïste.

— Tu me l'as déjà dit. Et l'égoïsme n'est pas monstrueux, je te le répète. Ou alors tout le monde est monstrueusement égoïste.

— Non. Toi, tu es un égoïste. Et c'est par peur que tu l'es. Par peur qu'il ne t'arrive quelque chose. C'est pour ça qu'il ne t'arrive rien. Parce que tu es lâche.

— En fin de compte, Ana María, il m'arrive quelque chose ou pas ?

— Ah, Ignacio ! Je te parle sérieusement !

— Mais on ne peut pas parler sérieusement comme ça. J'affirme quelque chose, tu le nies, je le nie, tu l'affirmes.

— Ne change pas de conversation.

— Je ne change pas de conversation. Si tu veux, je continue à parler de la raison pour laquelle il m'arrive des choses qui, selon toi, ne m'arrivent pas, et vice versa, jusqu'à la mort.

Ana María se leva brusquement, faisant voleter sa jupe. Elle était pâle de colère.

— Ne triche pas, bordel !

Elle s'éloigna à grandes enjambées, le ventre en avant comme une voile gonflée par le vent.

— Lâche et tricheur ! cria-t-elle de loin.

— Ana María, s'il te plaît… murmura Escobar.

Il but son whisky en réfléchissant. Toute conversation tend au cercle vicieux. Assis au milieu de la table, un chat – le sien ? l'autre ? un chat – se léchait méticuleusement les doigts d'une patte, sans se presser, indifférent à l'univers. Ou plutôt soumis à l'univers ; un chat – ou un autre chat, et même tous les chats – est fait pour se lécher avec soin les griffes. Les chats sont pareils aux chats. Ana María avait raison, d'ailleurs · lui, les choses lui arrivaient simplement, et c'est pourquoi les choses ne lui arrivaient pas. Elles ne faisaient que passer, comme des nuages : je les regarde passer et je ne passe pas avec elles. Les nuages sont pareils aux nuages. Et, pourtant, après leur passage, il se retrouvait inexplicablement cerné par les choses passées, pris à leur piège. Jusqu'à ce qu'elles aient fini de passer, qu'elles se soient dissoutes dans leur propre passage, brisées, moulues par le passage de la vie. L'inertie est toujours vainqueur. *Inertia omnia pliat,* ou quelque chose de ce genre. Bonne épigraphe pour un poème. Ah ! mais de nouveau l'ennui d'un poème… Une bonne épitaphe : *Inertia omnia pliat.* Plus de poèmes, plus de reproductions des choses, fini. Reproduire des reflets, réitérer les miroirs avec des miroirs, avait-il écrit quelque part, dans un poème. Désir aveugle de symétrie, ou quelque chose comme ça. Il se regarda dans le mur, et les mots rebondirent vers lui :

Les choses sont pareilles aux choses :
lumière dans la lumière, mémoire dans la mémoire.

Mais la vie ne peut pas non plus consister en cela, à fabriquer des morceaux de poèmes avec des morceaux de vie. Sans parler du fait qu'il faisait toujours le même poème. Bien sûr : c'était la même vie. C'est naturel : les choses sont pareilles aux choses. Non, non, non, non : il doit y avoir autre chose, ailleurs. Une autre vie.

Une vie éternelle ? Ana María, maintenant, disposait des choses sur la table, autour du chat qui léchait une de ses pattes dressée sur son épaule, comme un fusil. Assiettes, verres, bouteilles de bière, tels des objets votifs autour d'un dieu indifférent. Des choses pareilles à d'autres choses. Federico revenait. Ils s'assirent tous les trois, chassèrent le chat de la table. Ils allaient partager le pain, le sel, sur l'autel vide. Peut-être - qui sait ? - le corps d'un dieu. Tromperie sur la marchandise. Les choses pareilles aux choses. Salade. Rosbif, rose et froid, apparemment. Et du riz.

— Excuse-moi, c'est quoi, ce truc ?

— Une tarte à l'aubergine.

— Pas pour moi, merci.

Ana María lui servit une généreuse portion de tarte. Sous la croûte durcie, l'intérieur visqueux était d'un vert pâle.

— S'il te plaît, Ana Maria, je ne veux pas d'aubergine. Je préférerais même la compote que tu donnes à Mateo.

— Mateo aussi, je lui mets de l'aubergine dans sa compote.

— Mateo est un bébé et il ne peut pas se défendre. Moi si. Ana María, je t'assure, je déteste la tarte à l'aubergine.

— Moi, j'aime ça, dit Federico.

— Ce n'est pas un argument.

— Mange, Escobar, ordonna Ana María. Tu ne peux pas passer ta vie à te conduire comme un enfant gâté.

— Tu ne devrais pas me traiter comme un gosse. Je suis adulte. Je sais que je n'aime pas la tarte à l'aubergine, et je refuse de manger de la tarte à l'aubergine.

— Goûte-la.

— J'en ai goûté cent fois. On m'a obligé cent fois à en goûter. Je n'aime pas la tarte à l'aubergine, je le sais. Mais je peux faire attention et manger la viande et le riz sans toucher ce truc : je le laisse au bord de mon assiette, comme ça. Je peux, Ana María ?

— Non, Ignacio. Il faut que tu grandisses. Tu essaies toujours de laisser de côté les choses qui ne te plaisent pas. Et non. Les choses forment un tout : c'est la vie. Tu ne peux pas prendre dans la vie uniquement ce qui te plaît.

— Quelle profondeur philosophique.

— C'est la vérité.

— Non, ce n'est pas la vérité. Je peux parfaitement manger la viande et le riz, et laisser cette saleté dans mon assiette.

— La tarte à l'aubergine n'est pas une saleté.

— Bon, ça suffit, merde ! s'exclama Federico.

Ils mangèrent sans parler.

— Ne fais pas ces bruits.

— Ce n'est pas moi, c'est mon tube digestif. C'est un spasme, une réaction de rejet naturel de l'épigastre.

— Merde, Escobar, ça va, là ! Ne mange pas de tarte si tu n'en as pas envie !

Inertia omnia pliat. Évidemment, la convivialité des agapes était irrémédiablement brisée. Mais bon, les choses sont comme ça. Les choses sont pareilles aux choses. Bien que cela ne soit pas vrai : c'est pour ça que je n'aime pas la tarte à l'aubergine.

Ils finirent le repas en silence.

Un café. Une cigarette. Un silence. Puis ils recommencèrent à parler. Il n'est pas facile de clore une conversation, de la tenir pour terminée. Il reste toujours quelque chose à dire. La même chose, en général. Ana María soutint que ce qui arrivait à Escobar c'était qu'il était incapable d'aimer quelqu'un d'autre que lui-même. Incapable de donner. De recevoir. Incapable d'aimer. Il reconnut que c'était peut-être bien ça, oui. De nouveau, il sentit grandir en lui un malaise sourd ; l'angoisse lui nouait la gorge. L'âge. Trente et un ans de la même chose. À trente et un ans Rimbaud était mort. Ou non. Mais non, encore une fois, non, ça suffisait : il aurait voulu penser à autre chose. De son côté, Federico maintint que ce qui arrivait à Escobar c'était qu'il était incapable de se mouiller. Escobar reconnut qu'effectivement c'était peut-être là le fond du problème. Et ainsi de suite pendant un moment. Les chats faisaient leurs affaires de chats ; dans la cheminée le feu s'éteignait peu à peu, comme s'éteint le feu ; sur la tranche des bûches carbonisées on voyait une fine ligne de braise sous la cendre blanche, molle, tiède. Me voilà une fois de plus pris dans une conversation sérieuse, circulaire, indestructible. Et ce doit être la quatrième ou la cinquième en trois ou quatre jours. Devrait-il finir par les fuir tous les deux, comme il avait fui Fina ? Par les tuer, comme Edén ? Mais il n'était pas sûr d'avoir tué Edén, et Fina allait revenir. Il se sentait très fatigué. Ah, pourquoi ne parvenait-il pas à prendre au sérieux les conversations sérieuses ? Pourquoi quelque chose en lui, son âme, peut-être, rétrécissait-il, se lovait-il en attendant que la conversation sérieuse s'arrête, comme un ver touché du bout du doigt se roule en une petite boule dure, opaque, impénétrable, comme un tatou rentre son cou et ses pattes et se cache dans son armure le temps que le jaguar le flaire, le griffe et se lasse ? Ah, quelle fatigue, encore des métaphores. De la rhétorique. Des mensonges. Il n'avait jamais vu de tatou de sa vie. Ni de jaguar. Sauf au cinéma. Des vers, si. Son âme non plus. Oui, Federico, tout est comme ça. Oui, Ana María, tout est comme ça. Le problème, c'est que ça fait partie de la conversation sérieuse. Circulaire. Interminable.

Ana María alla se coucher. Il y avait un moment que les chats s'étaient endormis.

— Demain, si je me réveille, j'écrirai un poème engagé.

— Va te faire foutre, Escobar.

III

Un soleil radieux et chaud emplissait tout l'appartement. Escobar se promena d'un bout à l'autre, nu, sans savoir que faire d'un jour pareil. Ça ne durerait pas. Il réchauffa le café. Un café de combien de jours, déjà ? Dense, terreux, âcre, bouilli et rebouilli. Il faudrait qu'il fasse du café. Tous les jours étaient pareils, quelle torture. Tout ce qu'il faisait maintenant, il l'avait déjà fait. Au milieu d'une pensée, il prit soudain conscience de l'absence de Fina. Pas de son manque : un besoin de choses pratiques. Mais de la force de son absence : les choses qui se fanent. Ah, quel ennui. Il fut importuné par le souvenir des reproches d'Ana María. Il s'efforça de penser à autre chose. Il entendit le téléphone mais le laissa sonner. Sa mère, quelle paresse. Et pendant ce temps, dehors, le jour noircissait peu à peu, l'averse se déchaînait. Il était deux heures de l'après-midi.

Il entra dans la salle de bains, ouvrit l'eau chaude de la douche, ferma les yeux et la laissa couler sur ses épaules, sa nuque, son dos. Il vit grossir un nuage de vapeur qui se condensait en gouttelettes rondes sur la vitre de la fenêtre. De l'autre côté de la vitre, les gouttes de pluie.

Il entendit un long tintement. La sonnette de la porte. Fina ? Non, Fina avait sa clé. Et si c'était Fina, bon : elle l'avait fait attendre huit jours, à son tour d'attendre maintenant. On sonna de nouveau. On cessa de sonner. Ce pouvait être Fina, qui n'avait peut-être pas sa clé. Et il n'était pas question de la laisser s'en aller de nouveau, comme un idiot. Ana María avait raison quand elle lui avait fait des reproches. Il courut ouvrir, laissant partout des traces d'eau.

Ce n'était pas Fina. Elle souriait, les joues ruisselantes de pluie, les cheveux pendant en tire-bouchons raidis par le poids de l'eau, noirs comme des couleuvres.

— Je suis Hena, dit-elle.

Ah, Hena, oui : il ne l'avait pas reconnue. Un courant d'air lui rappela qu'il avait ouvert la porte nu. Hena avait le rire facile, large, éclatant, un rire qui lui fermait les yeux. Elle avait de longues jambes, noires de pluie.

— Fina n'est pas là, dit-il en commençant à trembler de froid.

— Ah bon ? Parce que ça fait deux jours qu'elle ne vient plus au cours de danse. Je suis passée pour voir… s'excusa Hena.

— J'étais sous la douche, expliqua Escobar.

Il était toujours debout à la porte et se sentait ridicule. Il se couvrit pudiquement le sexe avec les mains. Il vit la jeune domestique du voisin du dessous qui le regardait, bouche bée, sur le palier. Il vit monter Mme Niño, la voisine du dessus, une expression d'irrépressible dégoût dans ses yeux de folle.

— Entre, dit-il.

Et Hena entra en faisant des bonds comme une jument dans un enclos. Elle dit qu'elle attendrait Fina, ou que l'averse soit passée. Escobar retourna à la salle de bains, ferma les robinets de la douche.

Il se sécha, pensif, en élaborant des plans. Hena n'était pas mal du tout. Une fois, en présence de Fina, ils avaient eu un vague flirt. Un cou long et fort, comme une colonne, qui soutenait un visage agréable aux yeux noirs. Il pourrait lui proposer de prendre un bain pour se réchauffer, en attendant que Fina arrive. Et il pourrait la séduire quand elle en sortirait, rien n'étant plus facile que de déshabiller une femme qui sort du bain enveloppée dans une serviette. Un peu trop grande, peut-être ; trop fluviale, avec des jambes et des bras trop solides ; mais elle n'était pas mal du tout. « Des femmes qui pourraient être des chevaux », dit Góngora quelque part. Fina ne reviendrait pas. Même si elle était tout à fait capable de revenir, justement.

Allongé auprès d'Hena, dans la lucidité qui suit le coït, Escobar fumait en réfléchissant. Ça n'avait pas valu la peine. Il se souvint d'un aphorisme de Spinoza : la perfection du cheval est inutile à l'homme. Il était probablement arrivé à Spinoza la même chose qu'à lui : il avait cédé à une erreur de son imagination, à l'odeur animale d'une femme mouillée par la pluie, et il s'était retrouvé ensuite dans un lit défait à côté d'un grand corps chevalin, parfait mais inutile. Hena émettait d'étranges borborygmes de satisfaction, les bras autour de la poitrine d'Escobar, lui couvrant les cuisses de l'ample courbe de sa croupe. C'était flatteur, oui, mais cela lui semblait plutôt factice : elle avait certainement lu dans un magazine qu'un ronronnement félin est signe de plaisir, après l'orgasme. Mais le bruit qu'elle émettait n'était pas un ronronnement et n'avait rien de félin. C'était le ronflement rauque et vibrant des juments qui posent les naseaux à fleur d'eau pour la nettoyer quand elles vont boire. Des femmes qui pourraient être des chevaux.

— Tu sais quoi ? Je me sens toute bizarre, dit Hena.

— Bizarre pourquoi ?

— Je ne sais pas, bizarre.

La conversation se poursuivit ainsi durant quelque temps.

Hena était inquiète à l'idée que Fina puisse revenir à l'improviste et les trouver comme ça.

— Comme quoi.

— Idiot…

La conversation agonisait. Mais Hena avait raison : il était possible, et souhaitable, que Fina revienne ; et il serait compliqué de lui expliquer pourquoi ils étaient comme ça. Hena avait raison, mais rien n'indiquait qu'elle voulait se rhabiller.

L'après-midi passa. Escobar s'endormit un instant. Dans ses narines, l'odeur chaude d'Hena, son dos lisse, ses fesses. En se réveillant, il se rendit compte qu'il avait une nouvelle érection : fleur du sommeil, presque du matin. Il voulut faire l'amour de nouveau. Hena résista sans trop de force, souriante, en alléguant le possible retour de Fina.

— Non, Ignacio, on ne peut pas.

— Pourquoi ?

Il se serra contre son corps grand, chaud, désirable.

— À cause de Fina, tu sais bien.

— Fina ne reviendra pas. Elle est partie. Elle ne reviendra pas.

Il se repentit aussitôt de sa bêtise. Mais il était trop tard. Ils firent l'amour une fois de plus.

L'averse était passée. Escobar se pencha à la fenêtre, par laquelle entraient les verts du parc, que la pluie avait rafraîchis. Un arc-en-ciel, au loin, vibrait au-dessus des immeubles.

— Il ne pleut plus, annonça-t-il.

Hena se fit une espèce de tunique avec une serviette et improvisa une sorte de turban avec une autre.

— Je vais faire du café, déclara-t-elle.

N'avait-elle pas l'intention de s'en aller un jour ? Déjà la nuit envahissait la crête des montagnes, tout en haut le ciel avait pris un tour noir d'ardoise. Hena poussa un cri dans la cuisine en marchant sur quelque chose, du sucre ou du café répandu par terre, puis elle rit, d'un rire qui était un gloussement solitaire. Elle posait des questions en criant, ouvrait et refermait des tiroirs avec fracas, apportait du café fumant, refaisait le lit. Fallait-il lui demander pourquoi elle ne s'en allait pas ?

— Si nous sortions manger quelque chose ?

Il la regarda d'un œil noir. Pluriel abusif : c'est elle et elle seule qui devrait sortir manger quelque chose, si elle voulait, et ne pas revenir. De plus, elle devrait avoir des remords. Elle était venue sans qu'on le lui demande, et elle avait couché sans la moindre pudeur avec le mari de son amie. Il mentit :

— Je n'ai pas faim.

— Alors mangeons quelque chose ici, décida Hena, enthousiaste.

— Il n'y a rien à manger.

— Tant mieux. Je n'ai pas faim non plus. Ne mangeons pas.

Escobar se mit au lit, furieux. Pourquoi ne parlait-elle pas à la première personne du singulier, cette dévoreuse ? Les draps sentaient le sexe froid. Hena laissa tomber par terre la serviette qui lui servait de tunique.

— Tu aimes mes petits seins ?

Eh bien, oui : pour être franc, ils étaient très jolis. Mais ils ne lui plaisaient pas. Et il aimait encore moins qu'elle les appelle comme ça, « petits seins ». Aucun diminutif ne convenait pour Hena.

— On te voit de la rue, l'avertit-il.

— Qu'on me voie ! dit Hena, heureuse.

Et elle fit une moue. Pour la première fois de sa vie, Escobar vit concrètement ce que signifiait le mot « moue », qui par écrit semble inoffensif, comme « coussin », ou « oreiller ».

— D'ailleurs, ajouta Hena, réflexion faite, on ne voit rien de la rue. Idiot. Tu sais quoi ? Tu es jaloux.

Et elle se glissa sous les draps, se serra contre le corps d'Escobar, lui fit des chatouilles.

— Moi aussi je préfère qu'on refasse l'amour, susurra-t-elle, murmura-t-elle, roucoula-t-elle, souffla-t-elle, ronronna-t-elle en lui mordillant le lobe de l'oreille.

Escobar retira sa tête.

— Je vais te violer ! chuchota Hena.

Et ils refirent l'amour. Il était épuisé. Hena resta un moment étendue sur le dos, les yeux fermés, émettant un absurde ronronnement. Puis elle se leva, nue (elle n'était pas mal du tout, quand elle marchait toute nue ; elle avait les fesses allongées, en poire, et ses cheveux courts et lisses formaient une houppe noire au milieu de sa nuque), pour aller à la cuisine. Elle posait des questions en criant, de loin : où était le sel, où était le vinaigre. Le vinaigre ? Jamais il n'aurait cru qu'il pouvait y avoir du vinaigre dans la cuisine. Est-ce qu'il y avait des assiettes creuses, une passoire, des fourchettes, des couteaux.

Il n'y a rien à manger, se dit Escobar avec haine. Fina, pourquoi es-tu partie en me laissant seul dans la vie ?

Hena revint au lit chargée de nourriture. Elle poussa Escobar, remplit le lit de miettes, renversa une bière. Une bière ? Escobar dévora son repas en silence, l'admirant, la haïssant, sentant qu'en mangeant il abandonnait tout son territoire et trahissait peut-être tous ses principes. Hena s'accrocha à lui, sans ôter les assiettes, et s'endormit d'un coup. Après quelques heures elle le réveilla en se frottant contre lui, caressant sous les draps ses testicules tièdes et endormis, et Escobar dut la posséder de nouveau en serrant les dents, les yeux fermés, en pensant à autre chose : à Fina, aux doux petits seins de Beatriz, à l'intérieur sans doute si suave des longues cuisses d'Ángela. Sans amour, sans désir, en se promettant que ce serait la dernière fois. Le lendemain, en se réveillant, il trouva sur l'oreiller un petit mot qui disait :

Je t'aime. Henna.

Et, dans tout l'appartement, dix autres petits mots :

Je t'aime. Henna.

Il sentit qu'il n'était pas normal qu'il se sente à ce point furieux qu'Henna écrive son prénom avec deux n. Quand Henna revint, elle avait deux grandes valises.

Au bout de deux jours, leur affaire avait pris sa vitesse de croisière. Henna avait décidé de mettre fin à l'inertie d'Escobar, qui selon elle était de l'égoïsme. Parce que Fina, au moins, s'était rendu compte qu'il se mourait. Et Fina ? Henna lui dit qu'elle n'était pas revenue à l'académie de danse (peut-être qu'Ana María avait raison, pensa Escobar avec terreur, Fina ne reviendra pas), et c'était vraiment dommage, parce qu'elle aurait aimé parler franchement de la situation avec Fina. Escobar tremblait en l'imaginant. « Tu ne sais pas qui tu es », lui disait Henna, résolue à le révéler, à le découvrir à lui-même. « Tu ne sais pas qui je suis », disait-elle, comme si elle promettait le paradis. « Tu ne sais pas qui nous sommes, toi et moi. »

Qui nous sommes. De nouveau cet atroce pluriel de possession, sans consulter personne. Escobar tombait dans de longs silences, furieux contre Henna parce qu'elle lui infligeait sa présence, furieux contre lui-même parce qu'il ne la mettait pas dehors, parce qu'il s'était lancé dans cette chose horrible, dans ce marécage. Henna se déshabillait dès qu'elle rentrait et se mettait au lit en faisant avec la bouche des bruits d'impatience sensuelle. Escobar s'allongeait sur le côté, la haïssant, lui tournait le dos et, bien malgré lui, il la désirait.

Parfois, par un prurit d'équité, il se disait qu'Henna pensait et sentait des choses elle aussi, et il lui donnait une petite tape fraternelle sur les fesses.

Mais le concept de justice implique une relation, une comparaison entre deux états. Me voilà près d'elle, dos tourné, et injuste parce que je ne lui fais pas autant l'amour qu'elle le veut, et elle, elle est là, en train d'émettre des bruits ridicules et de me faire des caresses obscènes pour que je lui fasse l'amour, et elle est injuste avec moi parce qu'elle m'oblige au coït sans que j'en aie l'envie ni la force. Et moi je suis injuste avec elle parce que je ne lui dis pas que je voudrais qu'elle parte, que je ne la supporte plus. Et elle est injuste avec moi parce qu'elle reste ici, parce qu'elle ne veut pas se rendre compte que je ne la supporte pas. L'une contre l'autre, nos deux injustices se neutralisent. Mais la justice ce n'est pas ça.

Alors il s'étendait sur le dos, pour s'offrir sans défense. Et alors Henna lui ôtait sa cigarette de la bouche pour fumer elle aussi, la mouiller de bave, et de sa main libre elle lui caressait les testicules. Pourquoi pas, pourquoi pas, après tout pourquoi pas ? Après tout nous sommes amants. Après tout nous nous aimons. Mais pourquoi es-tu partie, Fina, pourquoi n'es-tu pas revenue ?

— Amour, délicieux mensonge.

— Mensonge pourquoi ? Tu ne penses pas que l'amour est ce qu'il y a de plus vrai ?

— Je ne sais pas. Ce sont des vers.

Il se demandait s'il était possible que quelqu'un ait vraiment écrit des vers d'amour.

— Ignacio, tu sais quoi ? Ce qu'il y a, c'est que tu es misogyne.

Il la regarda avec rancœur.

— Qu'est-ce que tu appelles « être misogyne » ?

— Tu es misogyne parce que Fina t'a quitté.

Henna se redressa soudain, appuyée sur un coude.

— Ignacio, tu sais quoi ? Tu n'es pas un poète. C'est pour ça que tu ne m'écris pas de vers.

Escobar eut l'impression de faire une encéphalite de rage. Des vers. À Fina, oui, à Fina il avait écrit des vers. Avant. À Cecilia, il avait écrit un sonnet d'excuse : « Cecilia, mon amour t'esquive... » Merde, des vers.

Allongé sur le dos dans le lit, la cigarette mouillée par les lèvres d'Henna lui brûlant presque les doigts et le cendrier de l'autre côté du lit. Passer par-dessus l'ample corps d'Henna, le corps chevalin d'Henna, le corps d'Henna comme auréolé de chaleur, sachant que s'il le faisait Henna l'attraperait, le prendrait dans ses bras, le serrerait contre ses seins, lui imposerait la douceur de ses bras sur les épaules, l'humidité de ses lèvres dans ses cheveux, la tiédeur de son haleine dans l'oreille. Il laissa échapper un cri bref et souffla sur le bout brûlé de ses doigts. Le mégot allumé roula sous le lit.

— Merde, dit-il, avec une exaspération résignée.

Descendre du lit, chercher le mégot dans le noir, à tous les coups le prendre par le bout allumé et se brûler de nouveau les doigts, faire le tour du lit pour arriver au cendrier. Non. Allongé par terre, à moitié sous le lit, il laissa le froid du plancher pénétrer son corps. Au-dessus de sa tête, les ressorts crissaient sous le poids d'Henna.

— Tu sais quoi ? Vu d'ici, tu as les fesses plus blanches que tout le reste.

— Les fesses sont le miroir de l'âme, murmura Escobar.

Et en silence il supplia : mon Dieu, faites qu'elle ne me les caresse pas. Mais il sentit la main tiède d'Henna sur l'une de ses fesses. Rester allongé là pour le reste de la vie, sur le ventre, la moitié du corps sous le lit et respirant la poussière, jusqu'à ce qu'Henna, au-dessus, meure de vieillesse et de désespoir. De quel droit ose-t-elle me toucher le cul, cette fille indiscrète, cette impertinente ? Henna se mit à lui faire des chatouilles câlines du bout du doigt. Elle lui taquina l'anus.

Sur le dos dans le lit de nouveau, une nouvelle cigarette entre les doigts, et cette fois le cendrier fermement calé de son côté. Allongé, immobile, raide, les mains croisées sur le sexe, comme une statue funéraire, sans entrer en contact avec le corps d'Henna, d'où émanait de la tiédeur ; respirant en mesure, posément, sans précipitation, essayant de suivre les instructions respiratoires complexes des yogas tantriques : le rythme cardiaque baisse peu à peu, les glandes s'apaisent, le cerveau cesse de battre, les fonctions les plus simples de la vie végétative se maintiennent à peine, amorties. L'œil ne bouge pas, la cornée est voilée. Ne cherche pas le bonheur : contente-toi d'éviter la souffrance.

Facile à dire. Parce que alors Henna commence à se frotter contre moi, elle se masse les seins sur mon dos, elle me demande si je sens la dureté de ses seins dans mon dos. Ne pas répondre. Faire semblant de ronfler. Simuler un sommeil plus profond que le sommeil des pierres, et dans l'immobilité forcée lutter contre l'insomnie. Dormir enfin : dormir… Mais Henna me réveille de nouveau pour faire l'amour. S'il te plaît, Henna, s'il te plaît. Je voudrais dormir. Les bourreaux de Staline obtenaient des aveux abjects de leurs victimes simplement en les empêchant de dormir. Comment t'expliquer, Henna, pour que tu comprennes : mon organisme a besoin d'un minimum vital de quatorze heures de repos absolu par jour. Et, en plus, comment lui dire : au moins, quand je dors, je ne vois pas l'œil velu de son ventre insatiable qui me guette, anémone de mer carnivore qui agite ses filaments au fond de l'océan, qui projette sur moi son sexe au passage, humide et noir, rose de muqueuses palpitantes, demi-lune dentée qui s'ajuste à mon membre comme les dents du piège à la patte de l'ours. Et il faut alors inventer une autre femme, différente, entre ses coudes endoloris, sentir collé à son ventre un ventre différent, forcer une éjaculation rageuse et spasmodique dans son orgasme aussi serré qu'un piège. Je ne fais même plus jamais de rêves érotiques.

— Henna, on ne peut pas faire l'amour sans arrêt, jour et nuit. Les dinosaures, sans aller plus loin, se sont complètement éteints parce qu'ils ne faisaient plus que ça. C'est prouvé. C'est un fait scientifique.

— Mais faire l'amour, il n'y a rien de plus beau.

C'est tellement subjectif. Ça dépend avec qui. Avec Fina, à une autre époque. Nous nous réveillions au milieu de la nuit et nous faisions l'amour tout à coup, enlacés comme des naufragés.

— C'est tellement relatif... Regarde les moines bouddhistes : ne pas faire l'amour et le sublimer, c'est le premier pas vers le nirvana. Et regarde les pères de l'Église : ne pas faire l'amour et l'offrir à Dieu, c'est le premier pas vers la sainteté.

Escobar s'agenouilla sur le lit.

— Hors de ma vue, pécheresse ! Ta seule présence corrompt l'air de cette maison, immonde succube ! *Vade retro !* Dehors ! Ta demeure est un nid de vipères, ta tanière est la solitude !

Henna rit, l'embrassa.

— Ignacio, je ne t'avais pas dit que j'emménage pour de bon ici la semaine prochaine ?

Projets d'avenir. Cérémonies nuptiales. Avec tout ce qu'implique de définitif l'expression « emménager pour de bon ici » quand on y est déjà. Seigneur, un miracle pour interrompre cette imparable avance de glacier vers la vie conjugale. Un tremblement de terre, le passage d'une comète, une guerre civile. Quelle est la durée normale d'une liaison ? Au bout de combien de temps est-il possible de dire décemment « tout est fini » quand on a laissé l'autre apporter ses valises ? Pendant combien de temps faut-il assumer les conséquences de ses erreurs ? Soixante-dix fois sept générations, dit le sombre Deutéronome. Les faux-bourdons, plus sages, tombent morts en l'air, les tripes déchirées, après leur premier coït avec la reine.

— J'ai réfléchi, Henna. Tu es parano. Moi, je suis schizo.

— De quel signe tu es ?

— Poissons. Mais pourquoi tu ne me laisses pas parler ?

— Parce que moi je suis Scorpion, et que je voulais savoir si nous avions une incompatibilité.

— Je crois que oui. C'est exactement ce que j'allais dire. Écoute : je suis schizo... mais, s'il te plaît, Henna, laisse-moi parler. Pourquoi ne me laisses-tu jamais terminer mes phrases ? Ne m'interromps pas chaque fois que je mets une virgule, s'il te plaît, attends que j'arrive à la fin d'un paragraphe, ou au moins à la fin d'une proposition, ou si tu veux transigeons sur un point-virgule. Je fais une métaphore typographique, Henna, rien de plus : ce que je veux dire, c'est que je te prie de me laisser terminer quand je commence à dire quelque chose. Sérieuse, attentive, muette, comme si tu étais au théâtre. Même si tu n'aimes pas le théâtre, ça n'a rien à voir – c'est simplement une autre métaphore, je parle comme ça, j'ai parlé comme ça dès que j'ai eu l'âge de raison.

— Ce qu'il y a, c'est que tu es introverti.

— Ça n'a absolument rien à voir avec…

— Si, ça a à voir, parce que tu n'extériorises pas ce que tu ressens.

— Pourquoi on ne dormirait pas un peu ? Dormir, dormir – rêver, peut-être…

— Évidemment, tu dis dormons un peu, et après tu ne te réveilles jamais.

Pourquoi je ne me lève pas, pâle de colère, pour la chasser de mon lit à coups de pied et jeter ses valises dans l'escalier ?

Ou alors, pourquoi je ne lui pardonne pas une bonne fois pour toutes, pourquoi ne pas l'accepter et me livrer dans un baiser ? Donner un baiser au lépreux, prendre pour de bon le chemin épineux des saints. Cesser de prolonger cette nage hypocrite de chien entre deux eaux. Être pur, ouvert, franc : frère Soleil, sœur Lune, frère Loup. Mais le soleil ou la lune, le loup à l'odeur de tanière sont des choses propres – et le lépreux aussi, vu sous un certain angle. En revanche, comment dire « sœur Henna » ? Sans oublier qu'il m'arrive de l'embrasser, et que je couche avec elle jour et nuit, et que je pénètre sa chair, comme un saint. Mortification de la chair.

Mais pourquoi. Lui donner un baiser, pourquoi, lui pardonner quoi. Me donner un baiser à moi-même, que je hais, sur ma bouche qui ment, ma bouche de traître. Elle est dans son droit, dans son rôle. L'hypocrisie est elle aussi un dur chemin de perfection spirituelle. Il n'est pas facile d'être couché ici à côté d'Henna en faisant semblant de sourire, en lui laissant croire que je partage sa jubilation sexuelle. Il n'est pas facile d'admettre que la récompense ne sera rien d'autre que la consolation de savoir que je suis un hypocrite, d'avoir choisi le péché le plus vil, le moins voyant, le moins flatteur pour la vanité. Mortification de l'orgueil.

— Ignacio…

— Oui.

— Regarde-moi dans les yeux.

Mon regard le plus franc. Et, au bout d'un instant, rassurée, satisfaite, de nouveau ronronnante :

— Parce que les yeux ne peuvent pas mentir.

Une parole de toi, Seigneur, et elle mourrait de mort subite.

« Tout acte erroné est dû à une erreur de l'intellect », lut Escobar. Si j'arrivais à comprendre correctement le monde, j'agirais raisonnablement, et Henna ne serait pas là. Mais comment faire pour le comprendre sans que mon entendement le corrompe ? Dehors le monde attend, toujours immaculé, nouveau, sans nom encore. Henna n'est pas encore Henna. Qu'est-ce que c'est que ça ? Ces formes en pointe, couronnées d'une frange d'eucalyptus ? Ce sont les montagnes. De gauche à droite, du nord au sud, La Moya, Piedra Ballena, El Loro, Monserrate, avec le sanctuaire miraculeux de Notre-Seigneur du même nom, et la large brèche par où souffle le vent des landes de Cruz Verde et de La Viga ; et puis Guadalupe, avec son sanctuaire elle aussi, mais cette fois de Notre-Dame, et moins miraculeux. Ces hauts immeubles de verre et de brique qu'on voit au-dessus de la cote 600 sont des immeubles fantômes, rigoureusement interdits par les réglementations cadastrales, protégés par des vigiles privés armés de carabines. Et ces faubourgs échelonnés de baraques, au sud, interdits eux aussi, et durement persécutés par l'aqueduc et la police, sont des faubourgs fantômes : El Paraíso, Las Colinas, peut-être. Les plaies jaunes qui dévorent les montagnes, où il y avait jadis de petits chênes verts et des myrtes, des chênes rouvres et des cerisiers, des cèdres, des daturas et de hauts palmiers de cire, sont à présent des sablières, des gravières, des briqueteries. Leur existence est elle aussi interdite. Et en bas ? Un parc. De mesquines frondaisons, des palmiers malingres et tristes dans le froid de la savane, noirs de gazole : ce sont des fougères arborescentes, ou peut-être de faux palmiers de Nouvelle-Zélande, ou peut-être encore des papayers. Les pins poussiéreux sont des pins candélabres, probablement rapportés du Tyrol. Et ceux qui ont le tronc rouge avec une écorce abîmée, des branches d'argent murmurant, viennent d'Australie : ce sont des eucalyptus. Ceux-là, d'un vert clair et doux, des saules : ils sont originaires du Japon. Les gens sales et tristes qui s'affairent dessous reçoivent le nom anglo-saxon de hippies, mais ce sont des gens d'ici : ils vendent des objets artisanaux rudimentaires, de petites saletés de cuir et de fer-blanc, de petits fils de fer tressés, de petits tableaux en couleurs, des ceintures de crin. Ceux-là, là-bas, au pied des feux rouges, ceux qui vendent des cartouches de Marlboro, portent le nom francisé de *gamines*. Certains vendent aussi des ananas, et parfois des avocats, ce fruit d'un vert sombre que palpe avec trois doigts la dame dans la Renault 4, la voiture colombienne. Et ces motos sont des Honda, des Yamaha, des Kawasaki : ceux qui les montent sont appelés les assassins à moto et sont en général armés de mitraillettes Uzi, une marque israélienne.

Pourtant, rien de tout cela n'existe. Le port d'armes de guerre est rigoureusement interdit, tout comme la vente de Marlboro et l'importation de Kawasaki. Rien de ce que je vois n'est vrai. Bogotá, qui aujourd'hui s'appelle comme ça en langue vulgaire, car en langage bureaucratique elle reçoit le nom de Distrito Especial, ce n'est pas Bogotá : c'est l'Athènes de l'Amérique du Sud ; et elle a été bien des choses : Santa Fe, Bacatá. Elle a changé furtivement de nom, comme ceux qui prennent une chambre dans un hôtel louche et laissent un nom d'emprunt. Jadis, une rivière la traversait, qui s'est d'abord appelée Vicachá, puis San Francisco. Et, plus au sud, le Fucha ou San Cristóbal. Et, pour ne pas voir son image se refléter dans une rivière, elle l'a corsetée dans un tuyau de ciment et l'a cachée sous une rue, loin, elle en a fait un égout encombré de charognes de chiens et d'enfants. Bogotá. Ce g qui vous reste dans le gosier, qui exige une toux, un raclement. Ce g qui vous nettoie la gorge comme pour lâcher ensuite quelque chose d'important, alors que ce qui suit n'est rien d'autre qu'un *otá*, presque comme un « pardon : que voulez-vous de plus... ».

Partir, oui. Mais l'horreur de l'exil. Le profond malaise de vivre à Villeta, ou à Honda, ou à Facatativá. Pour ne pas parler d'un pays frère, plein de Panaméens ou de Vénézuéliens, d'Argentins, peut-être.

Le profil anguleux des montagnes, soudain assombri : les gros nuages noirs qui voguent lentement, comme des squales, à travers le quadrilatère de la fenêtre ouverte. La première goutte a éclaté sur le rebord. À Bogotá il pleut tous les jours.

Dans son dos, Henna :

— Pourquoi on n'irait pas au cinéma ?

Ah, Henna : toute erreur de l'intellect est due à un acte erroné.

— Parce que non.

— « Parce que non » ça ne veut rien dire.

— Au contraire, c'est l'explication par la négation. Ça veut tout dire.

Henna ferma la fenêtre, s'interposa entre la pluie et Escobar. Immense face à lui, elle s'appuyait solidement sur sa jambe droite, les orteils de son pied gauche touchant à peine le sol, dans une posture vaguement chorégraphique, vaguement insolente.

— Comment ça ?

— Comme ça, comme tu l'as entendu. Nous n'allons pas au cinéma parce que je vois une contradiction répulsive pour l'intellect dans le fait de me lever pour aller au cinéma. D'abandonner mon immobilité. Tu te rends compte ? Faire précisément ce que la définition même d'immobilité exclut.

— Ça s'appelle de la paresse, tout simplement.

Et ce rire glottal, glottéique, glottique : comment s'appelle le rire qui a l'air de sortir directement de la glotte ?

— Comme tu devrais le savoir, le langage est un outil tout à fait grossier. Mais appelle ça paresse. Moi, j'appelle ça conscience ontologique.

— Au cinéma on peut être assis tranquillement.

— Mais pas couché tranquillement.

— Presque couché, si on se renverse bien en arrière.

— Il n'y a pas de place pour les genoux. Et autre chose : je ne te permettrai pas de me chatouiller pour me faire bouger. Je te préviens.

— Je n'avais pas l'intention de te chatouiller.

— Si, tu en avais l'intention.

Henna ne s'avouait pas vaincue.

— On pourrait aller à l'Almirante, il y a des fauteuils confortables.

— Il ne s'agit pas de confort, il s'agit de quiétude. Même pas de quiétude : il s'agit de quiétisme. De l'anéantissement de la volonté pour atteindre l'union avec Dieu. Il ne s'agit même pas de mon immobilité individuelle, mais de l'individualité consubstantielle à l'Être – dont celle de mon corps n'est que l'ombre, le reflet, le consentement. D'autre part, je ne vais pas au cinéma pour le confort de la salle, mais pour la qualité du film.

— Évidemment, toi tu veux aller voir un de ces classiques projetés à la Cinémathèque : des films chiants, où il ne se passe jamais rien.

— Je n'ai pas l'intention d'aller au cinéma. C'était ton idée. Et en plus, et pourquoi faut-il toujours que je dise « Et en plus » pour commencer à dire ce que je veux dire ? L'interlocuteur idéal est celui qui dit des choses qui permettent de continuer à dire ce qu'on disait. Si tu étais un interlocuteur idéal, tu aurais dit « Bien sûr », au lieu de m'interrompre. Et voilà, je ne sais plus ce que je voulais dire. Et je suis sûr que c'était important. Et je sais que je ne le retrouverai jamais.

— Tu disais « Et en plus ».

Et de nouveau ce rire glottal, glotoral, quelque chose de mi-guttural mi-crotale, qui sortirait de la glotte. Escobar ne répondit pas.

— Alors faisons l'amour, suggéra Henna.

Et elle fit un pas vers lui. Escobar ferma les yeux.

— Non. La copulation mène à la reproduction, ah, c'est justement ce que je voulais dire au sujet du cinéma. Le cinéma nous trompe en nous faisant croire à un mouvement qui n'existe pas. Ce sont des images fixes, tu le sais. L'illusion du mouvement est créée grâce au phénomène optique de la persistance des images sur la rétine. La reproduction de l'espèce utilise le même truc. Elle consiste en une copie : le nez du papa, les yeux de la maman. Cette répétition est une parodie de mouvement, et par conséquent elle doit être évitée.

— Idiot, je prends la pilule.

— Encore pire. Quand la copulation devient une fin en soi, sans aucune projection téléologique, elle est doublement condamnable.

— Ignacio, tout ce que tu sais faire c'est parler.

— Parler. Dis plutôt que je discours sans arrêt sur l'ontologique. Le langage est la demeure de l'Être, dit Heidegger.

— Alors je vais écrire quelques lettres à ma famille à Cali.

— Parfait. Va écrire quelques lettres à ta famille à Cali.

— Et toi, qu'est-ce que tu vas faire, pendant ce temps ?

— Je ne sais pas.

— Tu vas dormir ?

— Je vais prier.

— Tu crois en Dieu ?

— Henna, s'il te plaît !

— Ça t'ennuie si je te prends quelques enveloppes par avion ?

— Tout ce qui est à moi est à toi, Henna.

Pendant un moment on n'entendit plus que la rumeur de la pluie, les griffures de la plume d'Henna sur le papier, le crissement des feuillets. Et, quand il n'y aurait plus d'enveloppes, car à ce régime il n'y aurait bientôt plus d'enveloppes, elle serait de nouveau là, devant lui. Tantôt elle se tenait derrière, et il l'entendait. Tantôt devant, et il la voyait. Tantôt autour de lui, et il la sentait. Ça ne pouvait plus durer.

— Henna ?

— Mmm ?

— Je crois qu'il faudrait qu'on se sépare quelques jours.

Touchée au milieu d'une ligne comme une perdrix en plein vol : « Chers tous, comment allez-vous ? Moi très bien, très contente. Je suis archifiancée avec un... » Et, dans son œil rond, l'effroi meurtri et palpitant de la perdrix blessée tombée à terre.

— Ou plutôt quelques semaines.

Henna se jeta sur lui dans un élan furieux, secouée de puissants sanglots, donnant de grands coups de queue et soufflant comme un grand poisson qui agonise, échoué sur la plage. Elle me vole mes enveloppes par avion, se répétait Escobar pour que sa décision ne faiblisse pas, femme sans scrupules, sans freins moraux. Le lit était secoué par les pleurs d'Henna, elle faisait du bruit avec ses dents, des grincements de dents qui frottent d'autres dents, elle soufflait, reniflait, demandait « Pourquoi » entre hoquets et sanglots, « Qu'est-ce que j'ai fait, Ignacio ».

— Henna, je ne sais pas, je te jure, calme-toi.

— Mais on n'était pas heureux ?

— Non. Si. Je ne sais pas.

Ses larmes coulaient sur ses joues brillantes, chaudes, gonflées. La quantité d'eau que peut contenir un corps, c'est incroyable.

— C'est comme si ça me faisait peur, Henna, tu vois ?

— Mais tu as peur de quoi ? Ça te fait peur d'être heureux ?

— Ce n'est pas ça. Si, ça me fait peur. Je ne sais pas. Tout est allé si vite.

— Mais pourquoi ?

— Je ne sais pas. Je te jure que je ne sais pas. Je veux être seul. Quelques jours. Je veux réfléchir.

— Alors pourquoi tu parles de quelques semaines ?

— Quelques jours ou quelques semaines. Quand je dis « quelques jours », je veux dire « plusieurs jours ». Plus de trois. Une semaine, ou deux.

— Alors ce n'est pas quelques jours, c'est quelques semaines.

— Ou quelques jours, je ne sais pas.

Murmures d'animal aquatique, de mammifère amphibie, reniflements, hoquet, régurgitation de salive, ingurgitation de salive récupérée dans un bruit de succion, passage de salive dans la gorge dans un fracas de rapides, de brisants. Sur la poitrine d'Escobar, Henna pesait comme une rivière.

— Henna.

Les yeux brillants de larmes, d'espoir, la bouche rétrécie par une moue :

— Quoi.

— Si tu te poussais un peu, on serait beaucoup mieux.

Un instant d'incompréhension, de quiétude, de silence. Si elle savait comme elle est horrible quand elle pleure, elle ne pleurerait jamais. Et ce soudain mugissement qui s'arrache – un bououou-ih, ouh, iiih-ouh-oujouououououou insoutenable, de sirène de bateau.

— Henna, s'il te plaît.

Ses épaules secouées par des spasmes de pleurs, sa solide colonne vertébrale secouée par des spasmes de pleurs.

— Henna, tu m'écrases.

Ses fesses larges secouées par des spasmes de pleurs.

— Henna.

Et ses cuisses de jument, et ses mollets massifs dans son pantalon serré, et ses pieds sans chaussures secoués par des spasmes de pleurs.

— Hen-na !

— Quoi.

Un « Quoi » humide, bouillonnant.

— Pousse-toi un peu.

— Pourquoi.

Un « Pourquoi » boudeur, répugnant. Escobar sortit d'un coup ses jambes du lit.

— Où tu vas ? vagit Henna comme si on lui arrachait les entrailles.

Qu'elle crève, pensa Escobar en s'enfermant à clé dans la salle de bains.

— C'est grotesque, dit-il à voix haute, assis sur la cuvette des W.-C., les tempes encore palpitantes de fureur.

Mais impossible de sortir tout nu dans la rue en poussant des cris de rage pour que les pompiers viennent la chercher. On ne peut pas rester assis sur la cuvette des W.-C. comme un imbécile. On ne peut pas tolérer de se laisser taper sur les nerfs avec des larmes. Il se leva, résolu. Il s'arrêta, la main sur la poignée de la porte. Il se regarda dans la glace. « Merde », marmonna-t-il. « Merde merde merde merde merde merde !!! » Il écrivit MERDE sur la glace, avec la pointe du tube de dentifrice. Il le laissa échapper, le tube roula par terre, il marcha dessus, le tube vomit un long serpent blanc. « Merde », dit-il, vert de rage, tout en essayant de ramasser la pâte avec ses doigts. Il sentait la haine courir, bouillante, le long de ses veines, dense comme du venin. Il l'entendait pomper derrière ses globes oculaires en jets convulsifs, brefs. Il s'aspergea la figure, les paupières, ardentes. Il retourna à sa place sur la cuvette.

— Ce n'est pas possible.

Il commença à grelotter.

— En plus, je vais mourir de froid. Mon Dieu, pourquoi je ne lui ai pas flanqué des coups de pied dans la figure quand elle a commencé à pleurer ?

Il grelottait de plus en plus violemment, avec une force sauvage qui faisait craquer sous ses fesses le siège des W.-C. Il entendit claquer ses propres dents. Il vit son haleine sortir, transformée en buée, comme une présence étrangère. Il ouvrit le robinet de la baignoire et, grelottant toujours, regarda l'eau couler à gros bouillons, fumante. Une crampe dans les orteils réussit à le distraire un moment, pendant qu'il imaginait Henna dépecée vive, à coups de hache : de ses membres tranchés jaillissaient des jets de sang épais et noir.

Il entra progressivement dans le bain chaud. Il regarda à travers l'eau son corps, qui était devenu vert, ses genoux formant deux îles roses et jumelles. Il ferma les yeux.

Plonger les bras jusqu'au coude dans la caverne du sexe abominé d'Henna, arracher d'un coup ses viscères bleus, extirper sa matrice et tous ses tentacules de chair, toutes ses racines et tous ses appendices, le col vivant de son utérus qui vomit du sang, ses poches membraneuses, ses ovaires, ses trompes de Fallope, ses cornes mouvantes, rétractiles, visqueuses, hérissées de ventouses rondes qui se décollent des doigts avec un bruit de baiser, déchirer ses tissus glissants, planter ses ongles dans sa muqueuse pourpre, sentir s'égrener ses colliers d'ovules translucides comme des œufs de grenouille, les langues s'enrouler, les canaux arrachés qui dégouttent, les tuyaux de peau violette et âpre, luisants, tapissés de nacre, presser du bout des doigts pour les faire éclater les petites vessies de gélatine, le colimaçon aveugle du clitoris, les bouquets vibratiles des nerfs, les excroissances roses, fuyantes, les multiples têtes tuméfiées, les moignons noueux et écarlates, luisants, lubrifiés par des sucs poisseux et tièdes qui coulent le long du poignet et de l'avant-bras, gouttent du coude : les laisser se tordre dans le poing comme une masse vive de serpents. Et d'un coup sec retourner comme un gant la sanglante dépouille, comme on tue un poulpe.

Le pire, pensa-t-il, c'est que je n'ai pas une seule cigarette. Il tendit l'oreille. De la chambre lui parvenaient encore, de temps en temps, des gémissements et des sanglots. Mais personne ne peut pleurer sans répit autant de temps. Un an de ma vie pour avoir la certitude qu'elle est en train de faire ses valises. Si Henna savait à quel point la souffrance d'autrui est répulsive. D'ailleurs, il n'y a aucun mérite à souffrir d'amour. L'eau refroidissait. La haine qui lui nouait la gorge s'était diluée en un ennui plein de rancœur.

Il ouvrit la bonde pour vider la baignoire. Peu à peu émergèrent les arcs de ses jarrets, son membre abandonna la verticalité trompeuse qu'il avait assumée sous l'eau et s'évanouit sur les poils de son pubis, tel un poisson mort sur un lit d'algues. La bonde commença à émettre des bruits de succion spasmodiques, des rots, des hoquets, des glouglous. Henna va penser que je pleure à cause d'elle, elle va venir m'envelopper de son aura de tiédeur, de son attendrissement dégoûtant. Nu dans la baignoire vide il sentit de nouveau le froid. Il s'emmitoufla dans sa serviette, sa haine croissant de nouveau, mais n'osa pas sortir de la salle de bains.

— Merde merde merde merde merde, murmurait-il en rythme, tout en faisant de petits sauts sur place pour ne pas geler.

Aucun bruit ne parvenait de la chambre. Si seulement elle était morte. Il tourna la clé dans la serrure.

— Ignacio ?

Il referma et recommença à sautiller, furieux. Merde, merde, merde. Merde, merde, merde. Trois fois sur un pied, trois fois sur l'autre. Au bout d'un moment il changea de rythme : mer-de, mer-de, mer-de, et il sautait maintenant à chaque syllabe d'un pied sur l'autre. Il transpirait. Il vit en passant le reflet de son image dans la glace, alors qu'il faisait de petits sauts ridicules, et fut envahi par la honte. « Merde », dit-il à voix haute. Sur la glace, avec les lettres déjà sèches du dentifrice, était écrit MERDE. Mais le mot écrit n'avait rien à voir avec ce qu'il pensait.

— Merde, articula-t-il lentement, à mi-voix.

— MERDE, répondit la glace.

Ce n'était peut-être qu'un problème typographique, de majuscules d'imprimerie. Il écrivit *merde* en italiques minuscules. Et de nouveau il prononça, en articulant bien, avec un ton scientifique :

— Merde.

— MERDE,

merde,

dit la glace.

— Ce n'est pas la même chose. Que le langage manque de rigueur !

Il y avait quelque chose de funéraire et en même temps d'héraldique dans les deux inscriptions superposées. Comme si elles indiquaient que parce qu'elle était écrite la réalité était morte, et que simultanément, en l'écrivant, elles voulaient la perpétuer dans le respect des hommes. Le visage d'Escobar se reflétait dans la glace à travers les inscriptions blanches. Avec son ongle plein de dentifrice il écrivit difficilement sur la peau de son front : ESCOBAR.

Il est évident que ce n'est pas moi, mais quelqu'un d'autre que je ne suis pas : (ЯAᗺOƆƧƎ). Quelqu'un d'étranger, d'hermétique, dont je ne comprends pas les signes, à qui je n'ai rien à dire. C'est étrange de se voir comme nous voient les autres. Ceux qui sont du côté convexe du masque.

Il s'observa attentivement : sa barbe de huit jours, l'inscription sur son front, faussement cyrillique. Ce visage était-il celui d'Escobar ? Était-ce comme ça que le voyait Henna, par exemple ? Que le voyait Fina ? Que l'avait entrevu Edén Morán Marín dans son agonie ? Il eut une crampe au ventre, sentit un vrombissement dans ses oreilles en se rappelant Edén Morán Marín. Il ne pouvait l'avoir tué. Tué. Tué, ça ne voulait rien dire. Mort. Non plus. Le mot « mort » n'allait pas avec le corps disloqué d'Edén Morán Marín, avec son front écrasé dans la puanteur d'urine. Il effaça cette image, au bord de la nausée, du malaise. Il se concentra sur lui-même : ses cheveux commençaient à tomber, oui ; mais il n'y a rien à faire. Sa barbe de huit jours lui donnait un air de religieux, de dominicain. Il montra les dents au miroir, comme il les montrait à sa mère, enfant, pour lui prouver qu'il les avait vraiment bien brossées. Il regarda sa moue figée, les dents nues, comme le rire momifié d'un dominicain. Un masque. Fragmenté par les deux inscriptions.

MERDE

merde

Comme séparé de lui par les arabesques d'une grille. Hautement symbolique, cette histoire de grille. De même, ces deux inscriptions sur le miroir sont le symbole de ma rage contre Henna, qui pour des raisons d'environnement culturel s'exprime dans l'interjection « merde » au lieu de s'exprimer, par exemple, dans l'interjection « sapristi ».

Il écrivit sur la glace :

SAPRISTI

— En fait, ça ne veut rien dire, sapristi.

D'ailleurs, merde ne voulait pas dire merde non plus ; mais il existe une merde réelle. Bien qu'il y ait aussi, certainement, un sapristi oublié dans les limbes des idées platoniciennes, enfoui sous les toiles d'araignées, peut-être sans nez, mélangé avec les torses mutilés d'autres concepts désuets, obsolètes : tricératops et paquebot, pélagianisme, virginité, Lituanie, monades, crinoline. Il se laissa gagner par la tristesse.

Quand moi aussi je mourrai ici de faim et de froid, terrassé par les pleurs d'Henna, la glace sera toujours là, imperturbable, reflétant le mur, vide. Criant avec une obstination muette MERDE, *merde*, SAPRISTI. Clamant dans le vide son énigmatique clameur : deux merdes et un sapristi.

Mais c'est là que commence la triche. Les deux merdes ne sont pas égales : l'une est *merde*, l'autre est MERDE. Et, même si elles étaient typographiquement égales, ce serait déjà de la triche si nous disions « deux ». Il faudrait que nous disions, vu qu'elles sont différentes, une et une ; ou mieux : une et une autre une, pour les différencier. Un un et un autre un ne font pas deux, comme l'enseigne le fallacieux mirage mathématique. Le premier un est différent du second, c'est évident, si pour les signaler il faut se servir de deux signes, ou d'un même signe répété. L'action d'ajouter est fondée sur la violence. Ou bien il y a redondance entre les deux signes, et alors il n'est pas possible de les ajouter – on ne peut pas ajouter une pomme à elle-même –, ou bien ils sont différents, ils signalent des choses différentes, et on ne peut ajouter des pommes à des oranges. Toute la série des nombres dits naturels est mauvaise.

Et pas seulement les nombres : tous les codes. Toutes les tentatives téméraires de recréer les choses. Le vers le plus mesuré – « douces clochettes de plume sonore » –, la formule la plus incontestable – $E = mc^2$ – se détruisent par manque de rigueur : les différences ne peuvent pas être égales, on ne peut jamais appeler x quelque chose qui n'est pas x, ni dire que ce x est l'inconnue recherchée. Quel orgueil insensé babélique est enfermé dans le mot « inconnue » : comme si ce qui est inconnu pouvait être connaissable, grâce à une jonglerie mathématique ou un tour de passe-passe sémantique. Est inconnu ce qui ne peut être connaissable. Tout ce qui est connaissable est déjà connu. Saint Augustin affirme : les vérités se trouvent dans le cœur de l'homme ; le sage ne fait que les découvrir, éclairé, certes, par la présence du Dieu vivant. Et Rimbaud : le poète n'est qu'un chemin pour la voix de ce qui est éternel. Et Parménide : c'est la déesse qui parle. Et Lacan : le sujet est parlé. Toute connaissance est pourrie depuis la racine, parce que nous ne connaissons que les termes de notre connaissance, et non les choses que ces termes désignent. Qu'importe alors qu'Aristote, luciférien, dise que A est A, s'il n'est rien d'autre que A et qu'en plus nous le savions déjà ?

Il y a un excès de formalisme dans tout cela, se dit Escobar, sentant qu'il était sur le point de se perdre. Il avait besoin, probablement, d'un troisième hémisphère cérébral – mais peut-il y avoir trois hémisphères ? –, de la même façon que, lorsqu'il devait faire un nœud, il avait besoin d'au moins deux pouces à la main droite. Et, avec tout ça, les inscriptions sur la glace gardaient tout leur mystère. Il crut distinguer quelque chose au fond de ses yeux, dans le miroir. Il s'approcha un peu plus. Dans le reflet de ses pupilles, il vit deux petits reflets de son visage. Il recula, horrifié.

— Ça suffit ! s'écria-t-il d'une voix rauque.

— MERDE

merde

SAPRISTI,

répliqua la glace.

— Anathème ! rugit Escobar.

— MERDE

merde

SAPRISTI,

dit la glace.

En plus, elle reflétait les yeux injectés de sang d'Escobar et, au fond de ses pupilles, deux autres Escobar minuscules, les yeux rouges.

Parmi les crèmes pour le visage et le maquillage d'Henna (et où était donc celui de Fina ? Il le trouva au fond d'un tiroir, mis au rancart par l'intruse, et il fut rassuré), parmi les flacons et les cosmétiques d'Henna, il trouva une pâte dure et noire et un pinceau de calligraphe. Il arracha un mètre de papier-toilette du rouleau des W.-C. Il mouilla de salive le pinceau, le barbouilla d'encre, le tint à la verticale, en l'air.

Ce serait si facile de dire ça, si je savais ce que je veux dire.

Il abaissa le pinceau, d'un geste grave. Sur le papier se forma une tache noire de la taille d'un ongle.

Merde.

Il mit les poils du pinceau en pointe à l'aide de sa langue, et leur trouva une saveur amère. Il écrivit : « La Gla- ». La teinture noire se répandit sur le papier, incontrôlable, comme les pleurs d'Henna.

Si le pinceau était plus sec, l'encre ne marquait pas bien : les poils s'ébouriffaient sur les aspérités du papier. Et dire que sur le paquet il était écrit « satiné », alors qu'à tous les coups il faisait des plaies à l'anus, des ulcères incurables au rectum. Il mouilla de salive le manche effilé du pinceau et le remplit de noir : « La Glac- ». Le papier se déchira.

Le combat du créateur contre la feuille blanche.

Il imprégna d'eau son mètre de papier et effaça sur la glace les inscriptions au dentifrice, et avec un autre mètre roulé en boule il essuya soigneusement le verre. « Glace de la Glace », écrivit-il sur la glace. Le pinceau glissait sans difficulté sur la surface polie, produisant de merveilleux effets calligraphiques.

L'eau immobile du miroir jamais ne garde
mémoire de la forme : toujours le mouvement
passe sans se lasser dans le souvenir lent
d'une plate quiétude dont le reflet s'attarde.

Pourtant de la quiétude ce miroir flou ne garde
pas la forme : seul reste le tourbillonnement
des ombres où se love le calme apaisement
d'une quiétude sûre dont le reflet s'attarde.

Il y a le miroir et du miroir la forme.
Mais ni l'un ni l'autre au vrai ne nous informe
sur ce que fut la forme : future entéléchie.

Tout ce qui passe hélas n'est qu'ombre de l'oubli.
Le souvenir n'est que reflet évanoui,
forme de son passage : lourde mélancolie.

Ça n'avait rien à voir avec ce qu'il avait pensé. Le langage fait toujours ce qui lui plaît. Plus il est rigoureux, plus il est traître. Il effaça tout le sonnet.

Il cracha sur la glace et vit avec surprise que sa salive était foncée comme de l'encre. Il ouvrit la bouche devant la glace. Il avait la langue noire.

Henna dormait dans le lit, tout habillée, en suçant son pouce comme un bébé monstrueux. La bave et les larmes avaient fait couler son rimmel sur ses joues, sa bouche, son oreiller. Elle n'avait même pas fait ses valises. Escobar la secoua par les épaules. Elle se laissa aller mollement, avec un début de ronflement. Escobar se sentit terriblement faible, se laissa tomber sur le ventre, se couvrit petit à petit avec les draps, en poussant des gémissements : l'envie de pleurer l'étouffait.

— Ça suffit. Ça suffit. Ça suffit.

Il éteignit la lumière.

Il se réveilla submergé par l'angoisse en entendant la sonnerie agressive du téléphone. Lointaine, la voix attristée de sa mère :

— Mon petit.

— Maman…

— Tu n'es pas venu à la messe anniversaire de ton frère.

— Je n'ai pas pu.

— Tu n'as pas voulu.

— Je n'ai pas pu, maman. Je t'assure.

— Pourquoi ne viens-tu pas aujourd'hui ? Je suis si seule, mon petit.

— Maman…

— Viens déjeuner, Ignacio. Il n'y aura personne. Rien que monseigneur, et Ricardito.

— Et Ernestico Espinosa ?

— Et Ernestico, bien sûr.

— Vraiment, maman, je ne peux pas. Je suis avec une fille.

— Fina, ta fiancée ? Amène-la. Je serai ravie de la connaître.

Son sang se glaça. De subites phosphorescences dansèrent devant ses yeux.

— Maman, comment tu connais Fina ?

— Je ne la connais pas. C'est pour ça que je te dis que je serais ravie de faire sa connaissance.

— Alors comment sais-tu que Fina existe ?

— Ah, mon petit, tu me l'as dit cent fois. Et puis j'ai parlé avec elle, l'autre jour.

— Quoi ?

Il n'en revenait pas. Fina aurait appelé sa mère ? Pourquoi ? Pourquoi donc ? De quel endroit ? Où était-elle ? Il savait qu'elle reviendrait. Il était temps. Et pourquoi n'était-elle pas revenue ?

— Tu as parlé avec Fina ?

— Qu'y a-t-il de mal à ça ? Tu ne m'appelles jamais, toi. Nous avons parlé de toi, si tu veux savoir.

— Que t'a-t-elle dit ?

— Ignacio, pourquoi ne te maries-tu pas avec elle une bonne fois pour toutes ? Elle est de Cali, je sais, mais au téléphone je l'ai trouvée adorable.

— Fina t'a appelée pour te dire de me dire que je devais me marier avec elle ? Je ne te crois pas.

— Elle ne m'a pas appelée, mon petit. Tu n'écoutes pas. C'est moi qui t'ai appelé, comme toujours, et c'est cette fille adorable qui a répondu. Tu n'es jamais là quand je t'appelle, se plaignit doña Leonor.

Escobar leva les yeux au ciel. Face à son silence, sa mère continua :

— Je ne comprends pas pourquoi tu ne voulais pas me la présenter. Surtout si vous avez l'intention d'avoir un enfant.

— Fina t'a dit que nous avions l'intention d'avoir un enfant ? cria Escobar. Que j'avais l'intention d'avoir un enfant ?

Il était sidéré. Ça ne ressemblait pas à Fina.

— Elle m'a dit qu'*elle* voulait avoir un enfant. Ne te mets pas dans un état pareil, Ignacio. C'est tout naturel : si elle en veut un, toi aussi tu en veux un, mon petit. C'est comme ça que ton papa et moi avons eu Focioncito. Et toi aussi, bien sûr.

Escobar avait la tête qui tournait.

— Mon petit, j'aimerais tant avoir enfin un petit-fils…

— Ne compte pas sur moi, maman, dit Escobar, subitement furieux. Fais-en un toi-même, si tu veux.

— Non, non, non, mon petit… répondit sa mère en riant. Je ne suis plus en état.

— Eh bien, moi non plus. D'ailleurs, même si je le voulais, je ne pourrais pas. Ça fait plus d'un mois que je ne vis plus avec Fina.

— Ignacio, pourquoi me mens-tu ? Ne viens-tu pas de me dire que tu n'avais pas pu venir à la messe de Focioncito parce que tu étais avec elle ?

À cet instant, le brouillard se dissipa dans le cerveau d'Escobar. Il respira profondément.

— Maman, quand as-tu parlé avec Fina ?

— Je ne m'en souviens même plus, mon petit. Hier, ou avant-hier.

— Ah bon. Formidable. Excuse-moi, maman, il faut que je raccroche.

Il raccrocha.

— Henna !

Henna jaillit de la salle de bains, toute sautillante. Elle avait la figure enduite de crème jaune, la tête hérissée de bigoudis. Elle souriait, heureuse.

— Tu as parlé avec ma mère, il y a deux jours ?

Il sentait qu'il était pâle. Sa main et sa voix tremblaient.

— Oui. Pourquoi ?

— Je viens de l'avoir au téléphone.

— Pourquoi tu ne me l'as pas passée ? J'aurais bien aimé lui dire bonjour.

— Henna !

Il crut entendre une explosion à la base du bulbe rachidien. Un instant, le monde tourna autour de lui en sifflant à ses oreilles, et il faillit s'évanouir. Mais brusquement il eut une idée merveilleuse. Il se contint et dit avec une lenteur délibérée :

— Il faut que j'aille voir ma mère.

— Ah, super ! Qu'est-ce que je mets ?

— Henna !

— Ignacio, ne me crie pas dessus. S'il y a quelque chose que je ne supporte pas, c'est bien qu'on me crie dessus.

— Henna. C'est *moi* qui dois aller chez ma mère. *Toi*, non. De plus, toi, tu dois partir d'ici. Ma mère est absolument furieuse parce qu'elle a découvert que je vis en concubinage avec une femme. De plus, elle est convaincue que tu es Fina.

— Ah oui ? Elle n'est pas la seule, remarque. Il faut dire que les deux prénoms se ressemblent. Henna. Fina. Mais je ne ressemble pas du tout à Fina.

— Évidemment que tu ne lui ressembles pas !

Il ignorait comment il parvenait à contenir sa fureur. Les jointures de ses doigts étaient blanches, ses ongles s'enfonçaient dans ses paumes. Maintenant, outre ses mains, ses bras et ses épaules tremblaient, et il ressentait une tension terrible dans les muscles du cou, dans les mâchoires et dans les globes oculaires.

— Moi, je ne lui ressemble pas, mais nos prénoms, eux, se ressemblent : Fina, Henna.

— Vos prénoms ne se ressemblent pas non plus !

— Ne t'énerve pas, Ignacio : je ne suis pas jalouse, si c'est ce qui t'inquiète.

Et elle rentra dans la salle de bains en claquant des talons.

— Henna ! rugit Escobar.

Elle tourna vers lui son visage peint en jaune, fit une moue arrogante, haussa les épaules.

— Henna, répéta-t-il d'une voix rauque.

— Ah ? Tu me parles ? Comme tu criais, je croyais que tu appelais Fina.

Sacrilège immonde. Mais calme. Calme. Il dit, d'une voix sans timbre :

— Fina et Henna ne se ressemblent absolument pas.

— Eh bien, pour que tu voies que si, hier, un certain Federico a appelé et a demandé Fina. Moi, je lui ai dit « Henna », et il a cru que c'était « Fina ». Au téléphone, nos prénoms sont pareils.

— Federico a appelé ? Quand ça ? Pourquoi tu ne me l'as pas dit ? Pourquoi tu ne me l'as pas passé ?

— Parce que tu dormais. Comme tu passes ton temps à dormir… Pourquoi tu ne m'as pas passé ta maman ? Oh, toi, alors.

Son sang, qui bouillait de nouveau, se calma d'un coup.

— Pour ça, justement. Parce que ma mère était furieuse que je vive en concubinage avec une femme. Et avec une femme de Cali, par-dessus le marché. Elle veut me déshériter. Il faut que j'aille la voir tout de suite.

— Alors je t'attends ici, se résigna Henna.

À l'aide d'un coton humide, en étirant la bouche et sans cesser de se regarder dans la glace, elle s'enlevait des bandes de peau jaune, fendillée, durcie.

— Non ! Tu ne m'attends pas ici. Mais tu ne comprends donc pas ? Le problème, c'est que tu habites ici, justement. Il faut que tu t'en ailles. Dans un moment, le chauffeur de maman va passer me prendre avec la voiture.

— Ah, super ! Tu sais quoi ? Comme ça, vous me laisserez chez le coiffeur en passant.

— Non, Henna, non ! Il faut que tu t'en ailles tout de suite, avant que le chauffeur arrive ! Il faut que tu fasses tes valises ! Tu comprends ?

— Enfin, Ignacio, ne me dis pas que tu as peur du chauffeur de ta maman ?

Elle se mit à se peindre les paupières avec un pinceau fin. Escobar laissa échapper de sa poitrine une sorte de sanglot. Henna se retourna pour le regarder, les yeux à moitié maquillés.

— Vraiment, Ignacio, tu sais quoi ? Je n'aurais jamais cru que tu étais si lâche.

— Lâche… Henna, ne sois pas ridicule.

— Alors pourquoi n'oses-tu pas dire à ta maman que nous allons nous marier ?

— Que nous allons nous marier ?

Il émit un gémissement âpre, d'une voix étranglée.

— Nous marier ? Non. Non.

— Tu ne viens pas de dire que si tu vivais avec moi sans qu'on soit mariés ta maman te déshériterait ?

Ce n'était pas ça. Tout allait de travers. Il se mit à pleurer, sans larmes. C'était comme une toux très profonde. Mais alors Henna sembla comprendre. Elle s'approcha de lui, l'embrassa sur la joue.

— Ne t'inquiète pas, Ignacio. Si c'est vraiment ça le problème, je m'en vais. Ne t'en fais pas.

Elle les prenait en charge tous les deux, ainsi que leur vie : c'était une femme forte.

— Plus tard, quand tu auras réglé la situation avec ta maman, on se remettra ensemble.

— C'est ça, d'accord. C'est le mieux. On se remettra ensemble plus tard. Maintenant, il faut que tu fasses tes valises. Je vais t'aider.

— À quoi faire ? Je n'emporte que deux ou trois choses, pas plus. J'ai vu que tu avais une petite mallette en cuir absolument ravissante. Tu me la prêtes ?

— Henna, Henna, s'il te plaît, essaie de comprendre : tu dois emporter *toutes* tes affaires. Il ne doit rester aucune trace de toi ici. Quand maman viendra vérifier, il ne faudra même pas qu'elle puisse sentir ton odeur.

Henna sembla enfin comprendre. Elle se leva, irritée, et ôta ses bigoudis.

— Bon, bon, très bien. Et où je vais en attendant ?

— Je ne sais pas. Je n'y avais pas pensé.

Sincèrement, il n'y avait pas pensé. En enfer.

— Pourquoi tu ne vas pas à Cali ?

— À Cali ? répéta Henna, stupéfaite.

— Je vais m'installer chez maman. Je t'appellerai.

— Ouais ! Et où tu vas m'appeler ?

— Bon, oui, appelle-moi, toi.

Il perdait du terrain. Il lui donna un faux numéro.

Escobar descendit l'escalier chargé comme une mule. Les deux valises avec lesquelles Henna était arrivée un mois plus tôt, soit toute une vie, étaient à présent au nombre de quatre, plus la petite mallette en cuir. Il trébuchait, violet sous l'effort, haletant de rage. Sur un palier, ils croisèrent Mme Niño, la voisine du dessus. Elle le regarda avec ses yeux de folle.

— Ce n'est pas votre dame ! affirma-t-elle.

— Non, c'est… une amie, dit Escobar.

Mme Niño, qui montait l'escalier enveloppée dans un peignoir à volants, ne le laissa pas poursuivre :

— COMMUNISTE ! cria-t-elle. LÂCHE !

Et elle cracha à la figure d'Henna :

— PROSTITUÉE !

Eh bien oui, c'était vrai : en fin de compte, sa femme, c'était Fina. Henna resta pétrifiée de surprise, et Escobar continua à descendre avec toutes les valises.

— Pourquoi tu ne m'as pas défendue ? cria Henna.

— Ah, Henna, s'il te plaît…

Ils attendirent un taxi, de mauvaise humeur tous les deux. Ils reçurent soudain sur la tête un déluge d'eau.

— Communiste ! Canaille ! Prostituée !

Penchée à sa fenêtre, un seau vide entre les mains, Mme Niño leur jeta un regard plein de haine. Elle leur lança le seau vide, qui tomba avec fracas sur le pavé. Ils s'enfuirent dans la rue en pente. Escobar courait avec les valises, les poumons sur le point d'éclater, les veines crevées, les bras déboîtés, les paumes des mains brûlantes et probablement déjà pleines d'ampoules. Un taxi s'arrêta. Il dut encore embrasser Henna par la fenêtre ouverte.

Alors qu'il rentrait, épuisé mais enfin libre, il vit Mme Niño à sa fenêtre. Elle l'attendait, un seau dans les mains. Il hésita. Un seau d'eau sale. D'eau bouillante. D'huile bouillante, peut-être. Il avait faim. Il n'avait pas beaucoup d'argent. Il décida d'aller chez sa mère.

IV

Les chiens traversèrent le jardin à toute allure, se jetèrent sur lui pour lui lécher la figure, en appuyant leurs énormes pattes sur sa poitrine et en remuant follement la queue.

— Proserpina ! Judas !

Les deux chiens laissaient échapper des gémissements de joie étouffés et de brefs et hauts aboiements en signe de reconnaissance. Il gratta leur tête rugueuse, tapota leurs côtes sonores. Le jardin était vert, et de larges bandes de soleil, flaques de lumière sur le gazon tondu, sur les massifs de fleurs, passaient à travers les frondaisons. Parrita, qui lavait au jet la longue voiture noire de doña Leonor à l'entrée empierrée du garage, trotta vers lui.

— Don Ignacito, quel miracle !

Evelia, édentée et énorme dans son tablier blanc amidonné et crissant, lui ouvrit la porte.

— Don Ignacito, quel miracle !

Une odeur dense de bois cirés s'exhalait du vestibule. L'odeur de son enfance.

Il traversa des salons, précédé par une Evelia surexcitée qui essayait de trotter. Le doux éclat des parquets, les hauts tableaux noircis dans leurs cadres dorés, les meubles tapissés de scènes de chasse fanées, les tapis moelleux, les lourds rideaux, les glaces sombres qui répétaient sa silhouette estompée dans la pénombre. Dans le vaste et long salon du fond, le soleil entrait à flots par les baies vitrées, dessinant des quadrillages d'ombre sur le sol, sur les profonds fauteuils de cuir obscurcis par les années, sur les tablettes noires chargées de chiens de porcelaine et de chevaux de bronze cabrés. De l'autre côté de la lumière, au bout de la pièce, la cheminée allumée rugissait comme une forge. Les murs tapissés de livres reliés de cuir que personne ne lirait jamais, de portraits de gens que tout le monde avait oubliés, jaunâtres dans l'éclat éteint de leurs cadres d'argent. Son grand-père en uniforme, son père et son petit doigt raide, son frère Focioncito avec ses boucles dorées, lors de sa première communion, de vieilles tantes qui étaient jeunes et avaient un ruban dans les cheveux, de grands-oncles aux yeux noirs, en redingote et nœud papillon, avec des plastrons blancs et durs. Près de la cheminée, sa mère enveloppée dans des châles noirs, enfoncée dans son fauteuil, une haute mèche de cheveux presque blancs lui couronnant le visage comme la crête d'un cacatoès. Il l'embrassa sur la joue et respira son antique parfum de lavande, de pomme.

— Mon petit !

— Maman.

Ernestico Espinosa, un verre à la main, s'approcha de lui et dit en lui donnant de fortes tapes dans le dos :

— Oh, Ignacio, quel plaisir de te voir ici.

Mgr Boterito Jaramillo tendit vers lui avec un sourire satisfait sa main grassouillette afin qu'il baise son anneau de prélat. Escobar l'effleura à peine des doigts, se souvenant que cet homme avait un cancer de la langue. Un petit vieux légèrement vacillant lui tendit sa main osseuse.

— Ricardito ?

— Oui, j'ai… j'ai mis des len-lentilles, expliqua Ricardito avec un petit rire.

Il porta son verre à ses lèvres avides. Ses mains tremblaient.

— Ricardito est devenu d'une coquetterie répugnante en vieillissant, dit doña Leonor.

Et Ricardito laissa échapper un grand rire nerveux. Ernestico Espinosa l'appela de loin, parfumé, ondulé, avec des pièces de daim aux coudes de sa veste :

— Alors, Ignacio, qu'est-ce que je te sers ?

Escobar regarda sa mère d'un air de reproche. De quel droit ce cardiologue impertinent distribuait-il les alcools de doña Leonor ? Elle leva les yeux au ciel.

— Pr-prends un whi-whisky, bégaya Ricardito.

Le tremblement de sa longue main pâle faisait tintinnabuler les glaçons dans son verre.

— Ce porto est vraiment exquis, suggéra Mgr Boterito Jaramillo d'une voix rauque.

Son cancer de la langue était manifestement très avancé.

— Un whisky, dit Escobar.

— À cette heure-ci, il n'y a rien de meilleur qu'un bloody mary, affirma Ernestico Espinosa avec un savoir de cardiologue. C'est un conseil d'ami. Pas de médecin.

Il parlait comme s'il était chez lui.

— Un whisky, répéta Escobar.

— Je-je vais en pren-prendre un autre, si tu veux bien, déclara Ricardito en vidant son verre.

— Pourquoi n'as-tu pas amené ta fiancée ? demanda doña Leonor. J'aurais été ravie de faire sa connaissance, je te l'avais dit. Mais bien sûr, toi, mon petit…

Escobar la foudroya du regard.

— Ah, ah, ronfla Mgr Boterito Jaramillo d'un ton complice et bienveillant. Alors, comme ça, on a une fiancée…

— Elle est de Cali, l'informa doña Leonor. Très aimable, malgré tout. Elle s'appelle Fina.

— Maman, s'il te plaît.

Il regrettait déjà d'être venu.

— Un, je n'ai pas de fiancée, et deux, la fille de Cali avec qui tu as parlé ne s'appelle pas Fina. Fina est bien de Cali, mais ce n'est pas la même.

— Quand on est de Cali, on est de Cali, intervint Ernestico Espinosa en faisant un clin d'œil indécent. C'est le médecin qui parle ici, pas l'ami.

Ricardito rit de son air nerveux et cassé, Mgr Boterito Jaramillo sourit et but une petite gorgée de son porto.

— Tu n'es pas venu à la messe de ton frère, mon petit.

— Je n'ai pas pu, maman. Je t'assure. Je ne pouvais pas.

— Tu ne peux jamais, mon petit. Tant pis pour toi : tu as manqué une bien jolie messe. Mgr Boterito a été on ne peut plus inspiré.

— Ne dites pas ça, Leonor. C'est un sacrilège, dit Mgr Boterito Jaramillo de sa voix enrouée. La Sainte Messe est la parole divine, ce n'est pas moi qui l'ai inventée. Si seulement !

— Je ne parle pas de la messe, expliqua doña Leonor, mais du sermon. La messe est toujours pareille. Je la connais par cœur.

— Leonor ! la réprimanda Mgr Boterito Jaramillo d'une voix caverneuse.

On aurait dit que sa gorge allait se déchirer d'un instant à l'autre. Escobar s'efforçait de ne pas racler involontairement la sienne, comme si c'était lui le cancéreux.

— En latin, bien entendu, continua doña Leonor.

Et elle expliqua à Escobar :

— Tu sais que Mgr Boterito m'a obtenu une dispense spéciale du pape pour entendre la messe en latin. En espagnol je la trouve d'un commun...

— Leonorcita ! s'exclama Mgr Boterito Jaramillo avec un rire rauque et angoissé.

Ernestico Espinosa intervint :

— Cette histoire de messe en espagnol est une idiotie, monseigneur, reconnaissez-le. La messe devrait être dite en anglais, qui est la langue que tout le monde parle.

— Moi, je ne parle pas anglais, dit Escobar, glacial.

— Mais tu ne vas pas non plus à la messe, mon petit vieux, dit Ernestico Espinosa en riant bruyamment.

Il riait de toutes ses dents blanches, parfaites, des dents de dentiste.

— Très inspiré, Ricardo, avec sa nécrologie, affirma Mgr Boterito Jaramillo.

— Pas u-une né-nécrologie, corrigea Ricardito. C'était des né-nies.

— Des quoi ?

— Des né-né-nies. Des nénies, des bêtises, expliqua Ricardito avec un sourire attristé, dans un murmure.

— Et si l'on passait à table ? suggéra Escobar.

— Il y a des gnocchis sauce Mornay, annonça Mgr Boterito Jaramillo.

Il regarda autour de lui avec des yeux malicieux.

— Je me suis renseigné, ajouta-t-il.

Doña Leonor s'assit au bout de la table, entre monseigneur et Ricardito Patiño. Le cardiologue lui avança sa chaise. Monseigneur bénit la longue table fantomatique recouverte d'une nappe de lin et autour de laquelle auraient tenu vingt-quatre personnes. En son centre, un titan en argent soutenait sur son dos un énorme compotier chargé de grappes de bacchantes nues, comme un bordel flottant. À l'extrémité habitée de la table luisaient les cristaux, les couverts d'argent, les hauts verres taillés remplis de sorbet au corossol. Une nouvelle domestique, une fille dodue, rouge et jeune qu'Escobar ne connaissait pas, faisait le service, glissant en silence entre les meubles d'acajou noircis par le temps.

— D'abord monseigneur, la prévint sévèrement doña Leonor lorsque la servante lui présenta le plat de gnocchis fumant.

La jeune domestique rougit brusquement.

— Elles n'apprennent rien. Il n'y a plus de domestiques.

— Quels gnocchis ! Quels gnocchis ! crépita monseigneur. Ils fondent sous la langue !

Et tout le monde regarda ailleurs, pensant à sa langue inexorablement dévorée par le cancer. Escobar vit qu'Ernestico Espinosa profitait de la distraction générale pour pincer l'avant-bras de la domestique, qui rougit encore plus. Souriant pour lui-même, avec des mouvements aussi naturels que s'il avait été chez lui, Ernestico servit le vin. Monseigneur but avec délectation, claqua la langue.

— Quel vin, Leonorcita, quel vin ! Ah, ces crus français !

— Chiliens, rectifia doña Leonor. Le vin français est hors de prix.

— Il y a maintenant un vin de Californie magnifique, fit savoir Ernestico Espinosa. Tout ce que les gringos font est parfait, il n'y a pas à dire.

Doña Leonor le regarda de ses yeux globuleux, transparents, comme si elle ne le voyait pas. Elle se tourna vers Ricardito.

— Ricardo, récite ta nécrologie de Focioncito à Ignacio, qui n'a pas voulu venir l'autre jour.

— Né-nies, Leonor. Ce sont des nénies.

Il vida son verre, s'essuya les lèvres avec sa serviette, se concentra un instant, les yeux fermés.

— Tu n'as rien de moins lugubre ? demanda Escobar. Un épithalame, ou quelque chose.

Ricardito Patiño ouvrit les yeux. Ernestico Espinosa lui coupa la parole en éclatant d'un rire retentissant, de dentiste.

— Un épithalame, mon petit vieux ? Un épithélioma, plutôt. Un cancer de la peau.

Le mot « cancer » provoqua un silence. Tous regardèrent Mgr Botero Jaramillo, qui sauçait son pain.

— Est-ce qu'il y aurait encore des gnocchis, par hasard, Leonorcita ? Ils sont vraiment excellents, fit monseigneur de sa voix rauque.

Doña Leonor agita une sonnette.

— Gardez de la place pour le rosbif, Germancito, le prévint-elle.

— Il y a de la place, il y a de la place, répondit Mgr Botero Jaramillo en riant et en se donnant de petits coups sur la panse. Il y a de la place pour le péché de chair.

Et il regarda les autres convives de ses yeux malicieux pour juger de son effet. Doña Leonor feignit en souriant d'être choquée. Ricardito Patiño laissa échapper un petit rire étouffé. Vieilles plaisanteries fanées, rires fatigués. Ernestico Espinosa remplit de nouveau à ras bord le verre de Mgr Botero Jaramillo, adressant un clin d'œil complice à Escobar. Ricardito Patiño buvait son vin en silence, les yeux papillotant. Il piquait les gnocchis un à un dans son assiette, puis les mâchait longuement avant de les avaler dans un spasme soudain de la glotte, comme si c'étaient des pierres.

— Allez, Ricardo, ne te fais pas prier : envoie ton épithélioma, suggéra Ernestico Espinosa.

— É-é-é-épithalame, corrigea Ricardito.

— Quand je me suis mariée avec ton papa, se souvint doña Leonor, Ricardo m'a dédié un magnifique épithalame.

— Une bê-bêtise, se défendit Ricardito en rougissant.

Mgr Boterito Jaramillo contemplait maintenant ses tranches roses de rosbif, partagé entre sa gourmandise et la prudence du cancéreux. Il les coupait en tout petits morceaux, trempait sa minuscule bouchée dans la sauce foncée et rougeâtre, la mastiquait bien avec ses molaires, la déglutissait avec un effort manifestement douloureux. C'était un spectacle repoussant. Escobar était resté avec sa fourchette en l'air, fasciné. Ernestico Espinosa, témoignant de l'indifférence endurcie des médecins, remplit de nouveau le verre de monseigneur.

— Récite, Ricardo, ordonna doña Leonor.

Ricardito toussota, s'essuya de nouveau les lèvres, ferma un instant les yeux et commença à déclamer, sans le moindre bégaiement :

C'est aujourd'hui, jeune fille, le jour où vous attend
le plus heureux mortel qu'ait jamais vu le ciel…

— Ce n'est pas celui-ci, l'interrompit doña Leonor, presque avec rudesse.

Et elle agita la sonnette d'argent pour qu'on vienne desservir. Dans le silence qui suivit, la grande pendule murale sonna une sonore demie, faisant longuement vibrer les verres de cristal sur la nappe et la vaisselle derrière les vitres des buffets. Escobar prit la parole :

— C'est le problème avec la poésie de circonstance. La circonstance passée, le poème passe.

— Ça dépend de la circonstance, observa Ernestico Espinosa, salace.

— Tou-toute poésie est de cir-circonstance, mon petit, dit Ricardito, apparemment indifférent à l'échec de son épithalame. Elle sert toujours à cé-célébrer quelque chose : un mariage, un baptême, une mo-mort.

— Ou les mystères de la religion, ajouta Mgr Boterito Jaramillo de sa voix caverneuse. Il n'y a pas de raison que la poésie soit frivole.

La grosse domestique présenta alors une profonde soupière pleine d'icaques au sirop, et monseigneur sembla tomber en extase.

— Cette Saturnina, il faudrait la canoniser, Leonor ! s'écria-t-il. Ricardo, comment appelle-t-on un poème en l'honneur des icaques au sirop ?

Ernestico Espinosa avait allumé une cigarette avec son briquet en or et lâchait de petits ronds de fumée qui flottaient mollement vers le centre de la table avant de se disperser au-dessus du compotier aux bacchantes. Doña Leonor, immobile sur sa chaise, avait l'air d'un gros oiseau empaillé. Soudain, elle agita furieusement sa sonnette, et l'on entendit alors des bruits de chaises traînées. Ricardito Patiño voulut lui offrir son bras, mais Ernestico Espinosa, plus jeune et plus agile, le devança. Ils retournèrent au salon. Mgr Boterito Jaramillo, qui titubait un peu, s'appuya sur le bras d'Escobar et laissa échapper de discrets hoquets dans le creux de sa main. Ils s'assirent de nouveau devant les braises moribondes effrangées en cendres blanches. Evelia jeta une brassée de bois dans la cheminée, et les flammes éclatèrent et montèrent dans le conduit, illuminant le grand salon. La servante, rouge, servit le café dans de petites tasses translucides, une infusion de marjolaine pour doña Leonor, une de menthe pour Mgr Boterito Jaramillo. Ernestico Espinosa offrit des liqueurs.

— Allez, monseigneur : une bénédictine, c'est une liqueur d'ecclésiastique.

Monseigneur eut un rire entrecoupé de toux, retint un rot intempestif, accepta.

— Mais un doigt, pas plus.

Il en but une petite gorgée, agita mollement la main en l'air, laissa échapper un rot, puis son double menton tomba sur sa poitrine, et il s'endormit.

— Mgr Boterito est chaque jour plus insupportable, déclara doña Leonor.

Ernestico Espinosa posa son verre de cognac sur la cheminée, prit dans sa mallette un tensiomètre brillant, dénuda le bras de doña Leonor. Escobar regarda le bras maigre de sa mère, blanc comme le lait, parsemé de taches brunes, avec des veines nettement dessinées, comme à la craie bleue.

— Très basse, dit Ernestico Espinosa avec une indifférence absolue. Bon, ajouta-t-il, il est déjà deux heures et demie. Je vais à la clinique. Quand donc te reverra-t-on par ici, Ignacio ?

Il sortit. Escobar entendit des bruits étouffés de lutte dans le salon français, et un instant plus tard la bonne potelée entra pour desservir les tasses, toute rouge, les yeux au sol et son uniforme amidonné froissé à la hauteur du buste. Doña Leonor la regarda avec froideur.

— Ernestico Espinosa aime les amours ancillaires, dit-elle en soupirant. Ton papa aussi les aimait. Il y a longtemps, quand il vivait encore…

Elle se perdit dans ses souvenirs, les yeux à fleur de tête, pâles, dans le vague.

— Comment était mon épithalame, finalement, Ricardo ?

C'est aujourd'hui, jeune fille, le jour où vous attend
le plus heureux mortel qu'ait jamais vu le ciel…

— Non, pas celui-ci, grand Dieu. L'autre. Un qui était en français : *que j'étais belle…*

— Ce n'était pas un é-é-épithalame, Leonorcita. Celui-là, c'était avant.

— Eh bien, celui-là. Comment était-ce ?

Mais si, madame, combien vous étiez belle
en sortant de la messe, ce matin.
Sous votre longue robe de dentelle
s'agitait, rose, votre sein ;
Comme un nuage, la fleur de votre ombrelle
semblait jaillir de votre main…
Vous étiez belle,
sous votre ombrelle,
dans votre longue robe de dentelle,
et devant vous, madame, je n'étais rien !*

Doña Leonor resta pensive.

— *Eh oui, j'étais belle,* dit-elle enfin. *Mais le temps passe*.*

— Pas pour toi, Leonor, dit Ricardito Patiño. Tu es aussi be-belle qu'autrefois.

— Ricardito est devenu un répugnant flatteur, dit doña Leonor tout en agitant vigoureusement la sonnette. Je vais faire ma sieste. Ma tension est très basse.

Elle s'éloigna en boitant, s'appuyant sur Evelia et sur la jeune bonne potelée. Gênés, Ricardito et Escobar gardèrent le silence, à peine rompu par la respiration stertoreuse de monseigneur, endormi dans son fauteuil. Escobar resservit du cognac.

— Ta mère était une beau-beau-beauté, mon petit, dit enfin Ricardito.

— Ta poésie l'est toujours, Ricardo.

Ricardito regarda les braises de la cheminée d'un air vague, un sourire triste sur son vieux visage ravagé.

— Une femme très belle, murmura-t-il. Plus belle que mes vers.

Escobar se sentit oppressé : dans quarante ans, je serai moi aussi un poète raté. Il chercha un mot de consolation :

— Voilà ce que c'est que de faire des épithalames, des nénies et des sonnets de circonstance, Ricardo. La poésie ne peut se faire sur commande.

Ricardito buvait son cognac à petites gorgées prudentes ; il le berçait au creux de sa main, pour le tiédir, ou peut-être pour se tiédir la main.

— É-écoute, mon petit, dit-il en clignant les yeux. Un poète est comme un médecin. Tu as vu Ernestico Espinosa ? Les épidémies, le pa-paludisme et la malnutrition infantile sévissent dans ce pays. Et Ernestico est là, à prendre la tension de ta mère tous les après-midi. Ta mère a Ernestico, qui lui prend la ten-tension, comme elle m'a, moi, qui lui fais des é-épithalames.

Il fit une pause pour boire, se racla la gorge et but de nouveau.

— Et les né-né-nénies en hommage à ton frère Focioncito. Ce n'est pas parce que c'est ton-ton frère, mais si tu crois que ça me plaît de lui faire des nénies à chacun de ses anniversaires.

Il haussa les épaules.

— Mais il le f-f-faut.

— Personne ne t'y oblige, Ricardo.

— Être poète m'y oblige. Nous autres poètes, nous ne possédons pas le monde, bien au contraire : c'est le monde qui nous possède. Même si nous croyons le con-contraire. Regarde Whi-Whi-Whitman : il croyait se faire des chants à lui-même, et il composait des hymnes au De-de-destin manifeste des États-Unis.

Ricardito émit un rire caquetant qui se transforma en toux violente. Escobar, le voyant friser l'apoplexie, les yeux exorbités et la langue pendante, violette, entre ses dents, lui tapa fortement dans le dos. Par signes, Ricardito lui demanda un autre cognac. Dès qu'il put le boire, il récupéra peu à peu. Mgr Boterito Jaramillo s'agitait au fond de son fauteuil de cuir et gémissait comme s'il faisait un cauchemar. Escobar commençait à avoir peur que les deux vieillards ne meurent brusquement devant lui. En tapant Ricardito dans le dos, il avait entendu craquer sa colonne fragile de chien des rues. Mais quand il eut recouvré son souffle le poète continua :

— C'est que nous, les poètes, nous sommes très prétentieux, mon petit.

Avec son troisième cognac, il ne bégayait plus.

— Nous voulons que les autres entendent tout ce que nous disons, comme si c'était de la plus haute importance. Comme si nous étions en train d'agoniser. Tu connais quelque chose de plus fat qu'un mourant ?

Escobar le regarda, étonné de sa lucidité. La lucidité de l'agonie.

— Écoute, Ricardo, écoute-moi ça :

Bien avant notre enfance
(depuis avant notre naissance)
nous sommes
morts.

Ricardito le regarda avec curiosité.

— C'est de toi, mon petit ? C'est très mauvais. Écoute plutôt ça :

La mort, déjà ? Oh, Dieu ! Se peut-il que la vie
m'ait oublié, hélas, et passe loin de moi ?
Que la mort seule m'attende et me plie à sa loi,
dès le premier instant sur mon berceau tapie ?

La mort, déjà, vraiment ? Ô fortune ennemie !
Cette vie désirée dans mon grand désarroi
n'est que vaine chimère de mes sens en émoi,
et macabre sourire d'une illusion enfuie !

À peine né d'hier, si longtemps que je vive,
je ne serai jamais que celui que je fus,
une ombre évanouie, un souvenir confus.

Je n'ai vécu qu'un jour, et voilà que s'active,
ses ciseaux à la main, aux lèvres son rictus,
la Parque sans pitié : déjà je ne suis plus !

— C'est de toi, Ricardo ? interrogea Escobar. Pompeux, non ?

— Pssss… C'était il y a fort longtemps. J'ai écrit ce sonnet à vingt ans, et je suis toujours là. La poésie conserve. Mais il faut la prendre au sérieux, mon petit : pas comme toi. Toi, tu as peur du ridicule. C'est ce qui te tue. Donne-moi un autre cognac.

Escobar le lui servit non sans peine, car le verre oscillait dans la main tremblante de Ricardito.

— Quand j'étais jeune, j'étais comme toi. Mais c'est ta mère qui m'a appris ça : il ne faut pas avoir peur du ridicule. Évidemment, pour elle, c'était plus facile : c'était la plus belle fille de sa génération. Elle a été reine des étudiants, tu sais.

Et Ricardito récita de nouveau :

Mais si, madame, combien vous étiez belle
en sortant de la messe, ce matin.
Sous votre longue robe de dentelle
s'agitait, rose, votre sein ;
Comme un nuage, la fleur de votre ombrelle
semblait jaillir de votre main…

Vous étiez belle,
sous votre ombrelle,
dans votre longue robe de dentelle,
et devant vous, madame, je n'étais rien !

Il regarda Escobar en clignant les yeux.

— Leonorcita l'a toujours préféré en français. Ta mère était insupportablement snob, quand elle était jeune.

— Mais maman et toi... ? commença Escobar.

Il n'était pas très sûr que ces confidences lui plaisent. Ricardito sourit d'un air mélancolique.

— Ne t'inquiète pas, mon petit. Ton père était très riche. Et Leonorcita adorait les chiffons et les voyages.

Il resta pensif. But. Soupira :

— Une adorable folle.

Il but.

— Elle a pas mal compliqué la vie à ton père aussi, expliqua-t-il.

Il sembla regretter aussitôt ces paroles.

— Mais toujours une dame, bien sûr. Ne va pas penser... Comme si je te disais : changeante, mais une dame. Une dame, mais changeante.

Ses paupières, immobiles à présent, se baissèrent sur ses petits yeux troubles. Il les ferma un instant et murmura :

— Indifférente... N'aime jamais une femme indifférente, mon petit.

Ils gardèrent le silence. Ce fut Ricardito Patiño qui le rompit.

— Il faut dire que Bogotá était un village, à l'époque, un village. Et ta mère... Mais tu savais déjà tout ça, j'imagine.

— Bien sûr, bien sûr, dit Escobar.

— Je me souviens d'une histoire très drôle, un jour, avec le ministre britannique, ici, à Bogotá : un homme tout à fait respectable, marié avec une dame très bien, du pays de Galles ou quelque chose comme ça. Eh bien, figure-toi qu'un jour cette dame a voulu arracher les yeux à Leonorcita, par jalousie. Tout le monde est intervenu, l'archevêque de Bogotá, ton grand-père le général, etc. Le pauvre ministre anglais a été rapidement muté en Bolivie, bien entendu, mais imagine un peu le scandale : Bogotá était un village, à l'époque...

— Tu aurais peut-être dû traduire ton poème en anglais, l'interrompit Escobar.

— Oui, bien sûr...

Et Ricardito murmura, comme pour lui-même :

Lovely you were, o my sweet miss,
this morning, after Mass :
your breast, awinged by the breeze ;
the cloudy umbrella 'twixt your hands ;
and the so tender, sudden squeeze
over the soft, slender ass.
You were so lovely.
You looked so lonely
protected by your eyes only...
And to your eyes I never was.

— Comme tu le vois, la version anglaise était un petit peu plus *osée**, à cause de la rime, bien sûr.

Ricardito répéta doucement, en dégustant les mots :

and the so tender, sudden squeeze
over the soft, slender ass...

Escobar ne savait trop quoi dire. Que savait-il, lui, du cul de sa mère ? Ses oreilles bourdonnaient.

— Mais à l'époque Leonorcita se promenait en Europe avec un joueur de polo argentin, conclut Ricardito d'une voix que le cognac et la tristesse rendaient pâteuse.

— Ah oui, l'Argentin, répondit Escobar en bâillant, stupéfait. C'était un joueur de polo ?

— C'était un Argentin, dit Ricardito.

Escobar choisit d'être cynique :

— Tu aurais dû tenter ta chance encore une fois, Ricardo :

Che, ma gosse, tu étais super
Tout à l'heure, quand tu es sortie...

Ricardito sourit en faisant non de la tête.

— Tu vois, tu ne prends pas la poésie au sérieux. Tu n'y joues pas ta vie.

— Et toi si ? À quoi ça te sert ?

Ricardito soupira.

— La poésie ne sert à rien, mon petit. Elle ne sert pas à posséder ce qu'on désire. Tout au plus à le remplacer.

Escobar pensa à Federico :

— C'est de la masturbation, tu veux dire ?

— Mais qu'est-ce que tu dis ! se scandalisa Ricardito. Cela m'aurait semblé un manque de respect à l'égard de ta mère.

Et il cessa de parler, son verre vide contre sa poitrine et les yeux perdus dans la contemplation des tisons fumants.

Escobar voulut demander quelque chose, mais il s'aperçut que Ricardito s'était endormi.

Escobar resta silencieux un moment, perplexe, regardant les deux vieillards qui ronflaient en duo devant le fauteuil vide de sa mère. Le cul de sa mère. Jamais l'idée que sa mère avait un cul sous ses vêtements ne lui avait traversé l'esprit, et encore moins qu'on lui avait dédié des vers. Une dame, mais changeante. Il avait du mal à le croire. Sa maman ? Changeante ? Il aurait dû se sentir offensé, mais ce n'était pas le cas.

Sous votre longue robe de dentelle
s'agitait, rose, votre sein…

Un sein, oui. Sa mère, quand elle était jeune, avait dû vivre à une époque où les femmes n'avaient qu'un sein, comme les licornes, arrondi et frontal. Mais rose ? Comment Ricardito Patiño pouvait-il savoir que les seins, ou le sein de sa mère étaient de cette couleur ? Alors comme ça, voilà ce que signifiaient ses voyages soudains, ses longues absences, ses intempestives retraites spirituelles : des joueurs de polo argentins. Et quoi d'autre ? Qui d'autre ? Il observa sans sympathie la silhouette ramassée et renversée de Mgr Boterito Jaramillo. Impossible : un imbécile. Ricardito, en revanche, avait la lucidité des agonisants. Il ronflait la bouche ouverte, laissant apparaître ses incisives inférieures couleur chocolat. Avait-il ronflé comme ça auprès de sa mère ? Il repoussa cette idée, troublé, involontairement admiratif. Jamais il n'aurait soupçonné chez le pauvre Ricardito un amour si long, si obstiné, si désespéré. Mais un joueur de polo argentin ? Et Ernestico Espinosa ? Le tortueux, l'habile, l'ondulé, l'ondulant Ernestico Espinosa, ce cardiologue, cet amateur d'amours ancillaires avait-il lui aussi possédé sa mère ? La voix sèche et moqueuse de doña Leonor le fit sursauter :

— Je suis vieille, mais je ne suis pas idiote.

Il se retourna. Il n'y avait personne dans le salon. Un meuble craqua au loin, d'un craquement tranquille. D'une autre pièce lui parvenaient les sonneries profondes et espacées d'une pendule murale. Les deux vieillards dormaient, chacun livré à son propre râle. Il parcourut les salons, son verre à la main, faisant grincer sous ses pas les lames du parquet. Il se regarda longuement dans une glace en pied, flou et gris, sombre. Quoi qu'il fasse, il finissait toujours par se regarder longuement dans une glace. Serait-il le fils d'un joueur de polo argentin ? On lui avait toujours affirmé qu'il avait les yeux et le front de son père. Il monta le vaste escalier : une baguette de cuivre luisait faiblement au bas de chaque marche. Sur le palier, il fut accueilli par l'énorme portrait de sa mère en robe du soir, avec un éventail, qui le regardait en silence sous ses hauts sourcils arqués. Une adorable folle ? Ce n'était pas comme ça qu'il se la rappelait. Il se la rappelait réservée, digne et vaguement triste, comme sur le portrait, avec un regard mélancolique et clair à l'ombre de la haute boucle sombre qui lui couvrait le front, le cou exagérément allongé par le pinceau de l'artiste, enflé comme par une mystérieuse affection de la thyroïde.

Sous votre longue robe de dentelle
s'agitait, rose, votre sein.

Sein rose, oui. D'un rose nacré. Et un seul, la ligne de séparation entre les deux n'étant même pas suggérée, bien que le large décolleté de la robe du soir descende considérablement bas.

— Tu étais facile, maman ? demanda-t-il dans un murmure.

Il eut honte de sa question. Il continua à monter l'escalier sans tourner la tête, faisant glisser sa paume sur la large rampe polie, jusqu'à ce que le bois tourné penche le cou dans sa dernière arabesque et le laisse la main dans le vide. Il emprunta des couloirs sombres, recouverts de tapis, entre d'obscures gravures de chasse anglaises qu'il connaissait par cœur, et arriva devant son ancienne chambre. La porte ne grinça pas en s'ouvrant. À travers les épais rideaux fermés, qui tombaient jusqu'au sol, filtrait un rai de lumière vertical. Des formes surgirent peu à peu de la pénombre : les deux lits jumeaux, la haute commode à poignées dorées, qu'il devina grâce à une triple rangée de points lumineux. Cela sentait le renfermé, la poussière, la cire : de nouveau l'odeur de son enfance. Il s'allongea sur le lit, posa son verre de cognac en équilibre sur son sternum et ferma les yeux pour respirer à fond. Il avait sommeil. Dormir seul, sans Henna, enfin. Il se redressa en sursaut. Le verre se brisa par terre. Il était couché sur le lit de son frère Focioncito. Si ça se trouvait, il était mort. Il chercha son pouls, finit par le sentir. Il lui sembla très lent. Il changea de lit et s'allongea sur le sien.

Il fut réveillé par une voix aiguë et éraillée qui venait de derrière les rideaux :

— Coco, tu veux du cacao ?

À vingt centimètres de son nez, le mur : un dessin composé de taches rouge foncé, estompées, qui lorsqu'on les observait en fermant à demi les paupières ressemblaient à un visage figé dans un cri. Il l'avait vu tous les matins de sa vie, au réveil. Il regarda le plafond. Un double cercle de gouttes de cristal pointues, à peine luisantes, pendait du lustre ; il avait toujours pensé que c'étaient des pointes de flèche d'obsidienne : vingt-quatre et douze, trente-six. Trente-six flèches pour son carquois. Trente-six morts. Il imagina, comme il l'avait fait mille fois au réveil, trente-six morts, le cœur sûrement traversé par la flèche, et la pointe d'obsidienne transparente et sans éclat qui ressortait dans le dos, entre les omoplates.

— Coco, tu veux du cacao ?

Une voix éraillée, désolée, qui n'attendait et n'exigeait pas de réponse. Il l'avait entendue toute sa vie, au réveil, encore dans les brumes du sommeil, quand une fois qu'il était vraiment réveillé l'opacité du monde surgissait de nouveau, toujours pareille, coagulée dans la lumière, impénétrable. À sa gauche, de l'autre côté de la table de nuit, se dessinait le lit de Focioncito, un lit fait, comme toujours, vide, comme toujours. Tout était pareil.

Il se leva, ouvrit les rideaux. En bas, dans la cour du linge, posé avec dignité sur son piquet tordu et blanchi par la pluie et les coups de bec, le perroquet, comme chaque jour que fait la vie. Ce ne pouvait pas être le même perroquet, gris-vert, avec un bec noir, la tête penchée sur l'aile et l'air d'avoir très froid dans cette vaste cour cimentée. Plus loin, derrière un grillage rapiécé avec des mailles de poulailler, le chenil de Proserpina et Judas, au sol de terre battue : à travers la fenêtre fermée Escobar imaginait leur puissante puanteur. Il vit sortir dans la cour la grosse bonne rougeaude qui marchait comme un canard. Il la vit passer devant le piquet.

— Coco, tu veux du cacao ?

— Coco, tu veux du cacao ? répéta le perroquet sans la moindre émotion, l'œil rond et immobile, la tête immobile, inclinée sur son aile.

La bonne s'ébroua de rire et rentra dans la maison. Ce ne pouvait être le même perroquet.

— Mon petit.

Il se retourna. Il aperçut, debout dans l'encadrement de la porte, la silhouette de sa mère enveloppée dans ses châles foncés.

— Maman.

Il s'étendit de nouveau sur son lit d'enfant. Doña Leonor vint s'asseoir près de lui.

— Mon petit.

Il était sur son lit, tendu. Une adorable folle ? Tu étais facile, maman ? Il serra les mâchoires et dit :

— Je suis là. Je suis revenu.

Il ferma les yeux. Doña Leonor posa sa paume légère, sèche, douce, froide, sur le front de son fils ; elle lui caressa un instant les cheveux et retira sa main. Il frissonna : il s'effondra intérieurement, comme si sa carcasse cédait brusquement, comme le toit d'une maison s'effondre dans un incendie. Il eut envie de pleurer dans les bras de sa mère, qui était là pour lui. C'était sa mère, c'était lui qu'elle aimait. Plus qu'un joueur de polo argentin ? Oui, plus qu'un joueur de polo argentin. Il pardonnait au joueur de polo argentin. (Non, il ne lui pardonnait pas.) Il ouvrit les yeux, les fixa sur le regard clair de sa mère, sous ses hauts sourcils. Elle n'avait plus de sourcils. Rien que la courbe profonde des orbites, dessinée par sa peau collée à son crâne. Au-dessous, l'antique transparence opaline de son œil était devenue crémeuse, trouble, et son œil ressortait, sans cils, comme un œuf sans paupière, hyperthyroïdien. Sur les yeux anciens de sa mère le temps était passé.

— Maman, pourquoi tu m'as fait dormir toute ma vie à côté du lit tout fait de Focioncito mort ?

— C'était ton frère, mon petit.

— Oui. Mais il était mort.

— Des histoires de vieille cinglée.

— Tu n'étais pas une vieille cinglée. Ricardito Patiño me disait tout à l'heure que tu étais une adorable folle.

— Entre une adorable folle et une vieille cinglée il n'y a que quarante ans de différence.

— Il est amoureux de toi.

— Il est gaga, ce qui n'est pas pareil. Nous sommes tous gagas.

Ses yeux s'éteignirent.

— Je suis si seule, mon petit… dit-elle d'un ton neutre.

Elle se leva, et il eut l'impression d'entendre de petits os d'oiseau qui se brisent. Elle n'eut pas l'air de s'en rendre compte. Sans bouger de son lit d'enfant, cloué à lui par un ramollissement soudain et insurmontable, un attendrissement cotonneux, la gorge gonflée par l'envie de pleurer, Escobar la regarda s'éloigner lentement vers la porte. Elle est très seule, pauvre maman. Pauvre papa, qui est mort. Nous sommes tous seuls. Son regard embué put encore distinguer dans l'ombre croissante les trente-six flèches d'obsidienne du plafond, qui n'avaient jamais tué personne. (Sous l'arc d'Ulysse tombèrent un à un les prétendants de Pénélope : l'ambassadeur, le poète, le cardiologue, le joueur de polo argentin, le cou traversé par une flèche.) Il se sentit seul, comme il avait été seul toute son enfance dans cette chambre avec sa fenêtre ouverte sur un perroquet qui ne s'adressait qu'à un piquet tout piqueté dans la cour.

— Maman, murmura-t-il.

Il se pencha de nouveau à la fenêtre. Le soir tombait. Au-dessus de la cour désolée, au-delà de la masse encore lumineuse des cimes des saules qui dépassaient à peine le mur s'ouvrait le ciel. Un vaste ciel désordonné, plein de franges et de taches et de plaques de lumière – un ciel pour la musique. Pour un triomphe furieux, plein de confusion et de bruit, avec des Hercules, des Mars et des Victoires ailées trompetant, et des chevaux et des Tritons soufflant dans des conques : un rideau de scène de théâtre du XVIIIe siècle. Plus loin, des diagonales de lumière se détachaient sur un ample fond d'ardoise parsemé de petits nuages gris, libres, bordés d'argent. Plus loin encore, aux confins de l'orient, les masses grises de la cordillère. Dans la cour à présent dans l'ombre on ne distinguait plus le perroquet silencieux. Escobar vit mourir les couleurs du ciel. Il décida de rester vivre chez sa mère pour toujours.

En bas, le salon anglais commençait à se remplir d'oncles et de tantes, comme tous les après-midi.

On lui fit fête. Ignacio, quel miracle. Quel bonheur que tu sois venu, mon petit. Mon petit, tu devrais venir plus souvent tenir compagnie à ta maman, elle est si seule. Déjà Evelia et la jeune bonne à la démarche de canard poussaient des chariots de tasses et de théières brûlantes et apportaient des plateaux d'argent chargés de pyramides de muffins et de toasts chauds et d'*empanadas* et de gâteaux à la crème et de pain de manioc et de millefeuilles. Et d'autres gens arrivaient, d'autres oncles et d'autres tantes, et des gendres et des belles-sœurs, et d'autres cousins et cousines à collier de perles et en jupe descendant jusqu'au genou, certaines avec leurs enfants. Un cousin divorcé arriva avec trois bébés et une nounou en uniforme. Ignacio, quel miracle. Escobar saluait et rendait des saluts, embrassait des joues de tantes flétries et recevait des tapes dans le dos de la part de cousins et de beaux-frères. La grosse bonne revenait avec d'autres plateaux, petites boules de beurre, confitures et pots de miel, et une rumeur incessante emplissait l'immense salon bondé, comme tous les après-midi. Les tantes et les cousines parlaient baptêmes et enterrements, mariages et divorces dispersant la famille, vérifiaient les dates de cérémonies anciennes avec Mgr Boterito Jaramillo, qui les avait toutes mariées.

— C'était en soixante-six, se rappelait une tante. Juste après la naissance d'Alejo, l'aîné de María Clara.

— En mars soixante-sept, rectifiait Mgr Boterito Jaramillo, la bouche pleine. C'est moi qui ai baptisé tous les enfants de María Clara.

Est-ce que Mgr Boterito Jaramillo passait sa vie là, excepté les jours d'enterrement et de baptême ? Une petite vieille à cheveux blancs saisit Escobar par la manche. Elle regardait fixement le sol et secouait sans arrêt la tête, comme un métronome.

— Ignacio !

— Lulucita, murmura Escobar. Maman m'a dit que tu allais beaucoup mieux.

— Je vais très mal, mon petit, très mal.

— Lulucita va très mal, confirma une tante revêche qui buvait du thé comme on boit de l'eau.

Escobar s'échappa, serpentant entre des oncles aux jambes croisées, tapotant des épaules, esquissant des sourires. Les oncles et les cousins, et même les beaux-frères, qui à strictement parler n'étaient pas de la famille, parlaient des prix de la terre et du cours du dollar et commentaient les derniers enlèvements. Escobar trouva un siège libre à côté d'une cousine grosse, souriante, qui le gronda avec une souriante douceur parce qu'il ne venait jamais voir sa maman. Son mari, gros lui aussi, lui parla, *empanada* en main :

— Je vais acheter une nouvelle BM, Ignacio, qu'en penses-tu ?

— Bien. Bien, fit Escobar.

— Je dis toujours à Miguel que la BM est une voiture de mafioso, dit la grosse cousine, toute souriante.

Miguel rit et avala son *empanada* d'une bouchée.

— Alicita préférerait que je lui achète une Mercedes. Mais les pièces détachées sont impossibles à trouver.

Un oncle à moustache blanche salua de loin Escobar. Celui-ci se leva pour lui donner une petite tape sur l'épaule. Il embrassa une tante au regard vague.

— Mon petit, tu n'es pas venu à la messe de ton frère.

— Je n'ai pas pu, ma tante. J'avais beaucoup de travail.

L'oncle à moustache rit et décroisa sa jambe gauche, qu'il avait posée sur la droite, pour mettre la droite sur la gauche.

Escobar retourna à sa place, près de la grosse cousine. Une petite fille pâle, de six ans environ, le regarda fixement.

— Maman, c'est qui, ce monsieur ?

— C'est ton oncle Ignacio.

La petite fille le jaugea d'un œil hostile.

— Je ne vous connais pas.

— Si, ma chérie, c'est ton oncle Ignacio, le fils de tante Leonor. Ignacio, c'est vrai que tu ne viens jamais, tu vois : les enfants ne te connaissent même pas.

Il se sentit vieux, en fut étonné : « ce monsieur ». Pourquoi était-il venu ? La famille est atroce. Une heure plus tôt à peine, il avait pensé, ému aux larmes, à rester vivre avec sa mère : ils auraient vieilli ensemble. Rires cassés, voix d'enfants, crissements de mastication. Il vit arriver, ondulant et souriant, Ernestico Espinosa. Est-ce qu'il passait sa vie là, lui aussi ? Il entendit dans son dos la voix attristée de l'oncle Pablo :

— Pense, mon petit, que, lorsque j'ai commencé à m'occuper des propriétés de mon père, nous n'avions que quatre éléments : la terre, l'eau, le soleil et l'air. Et aujourd'hui je crois qu'il y en a quelque chose comme cent seize.

— Cent trente et quelques, don Pablo, corrigea le mari d'une cousine, un jeune en gilet.

Près de lui, sa femme salua Escobar, toute rougissante :

— Bonjour, Ignacio, quel miracle...

— Il m'arrive de venir voir maman, qui est bien seule.

— Menteur ! le reprit sa cousine. Je ne t'ai pas vu depuis des années ! Depuis mon mariage, je crois bien.

— Quels progrès fait la science ! soupira l'oncle Pablo. Les Russes inventent une nouvelle bombe tous les jours.

— Mais les gringos aussi, don Pablo, corrigea le jeune type au gilet.

— Et toi, Ignacio ? demanda la cousine. Toujours célibataire ?

Elle tira le jeune type au gilet par la manche :

— Mon chéri, tu te souviens d'Ignacio ?

— Ah ? Ah ! quoi de neuf, Ignacio ? Ça faisait longtemps !

Il gronda sa femme :

— Mon gros canard, je t'ai dit de ne pas m'interrompre quand je parle avec ton papa.

Elle n'était pas grosse. Plutôt maigre, au contraire.

— Et vous, combien d'enfants avez-vous, maintenant ?

— Ah, Ignacio, pas si vite ! répondit la cousine en riant et en rougissant.

Elle se tâta un instant le ventre, puis joua avec son collier de perles.

— Nous attendons tout juste le premier.

Il vit un autre cousin, plus loin, qui faisait de grands gestes, indigné :

— Ils enlèvent tout le monde, oncle Alejo ! Margarita et moi, nous allons aller vivre à Miami avec les enfants.

L'oncle à la moustache blanche approuvait de la tête.

— Et toi, Ignacio, qu'est-ce que tu deviens ? insista la cousine maigre et timide.

Effectivement, on distinguait sur sa taille la légère courbure de la grossesse. Tout le monde attendait un gosse, ces derniers temps. Escobar haussa les épaules.

— Tu as amené ta fiancée ? Comment s'appelle-t-elle ? Fina ?

— Que sais-tu de Fina ? interrogea Escobar. Tu la connais ?

— Non, pas du tout. J'ai entendu tante Leonor parler d'elle. Tout à fait charmante, dit-elle. Pourquoi ne l'as-tu pas amenée ? Il est temps que la famille fasse sa connaissance !

La cousine maigre mais enceinte se mit à rire timidement, en rougissant. Faire connaissance avec la famille. Oncles et tantes, cousins et cousines, beaux-frères et belles-sœurs, gendres et belles-filles, sans compter les enfants, ni les bonnes, ni les chiens, ni les vieux amis qui étaient comme de la famille : Mgr Boterito Jaramillo bénirait la cérémonie. Charmante Fina, oui : sauf que ce n'était pas Fina, mais Henna, et Henna était abominable. Cela faisait plusieurs jours qu'il n'avait pas pensé à Fina. C'était un traître. Il haussa les épaules. Il entendit la voix d'un cousin : « Tu as entendu ce qu'oncle Pablo a dit, hier ? » Il entendit la voix d'un oncle : « Oui, mon petit, c'est tous les jours la même chose. » C'était tous les jours la même chose, en effet, il l'avait déjà remarqué.

Dans la lointaine salle à manger, la pendule égrena lentement les coups vibrants de sept heures, qu'on entendit à peine. Mais un des oncles, aux aguets – d'ailleurs ils étaient tous aux aguets –, dit « sept heures », alors que la pendule en était à peine au troisième ou au quatrième coup, et cinq ou six autres oncles lui firent écho, un écho bruissant de rires fatigués :

— Sept heures.

— Maman, un diable passe ? demanda la petite fille pâle. Quand un ange passe, tout le monde se tait, et là tout le monde parle…

La grosse cousine lui expliqua, maternelle et souriante :

— Mais non, c'est juste que lorsque sept heures sonnent tous les messieurs veulent boire un whisky.

— Oui, mais est-ce qu'un diable passe ? insista la petite.

Déjà Evelia, sérieuse et réprobatrice, et la jeune bonne dodue apportaient des plateaux avec des verres et de grands seaux d'argent débordant de glaçons. Ernestico Espinosa s'empara du lourd flacon de cristal et commença à verser dans les verres de petits jets dorés de whisky qui glougloutaient, tout en échangeant des plaisanteries et de petites tapes sur l'épaule avec le mari de la grosse cousine et l'oncle à moustache blanche. Ricardito Patiño accourut, avide, sautillant. Malgré lui, Escobar dériva vers le centre de la distribution.

— C'est qui, ce monsieur ? entendit-il la petite fille pâle demander dans son dos.

Il allait partir. Mais d'abord, un whisky. Il observa que tout le monde autour de lui attendait un whisky. « Pour moi, un doigt », ordonna, sans bouger de sa place, la tante revêche en contractant ses joues parcheminées. L'oncle Foción, énorme, boitant de sa jambe malade, le râle de son emphysème faisant fuir les jeunes, s'ouvrit un passage au milieu d'un essaim de cousines qui riaient aux éclats. L'une d'elles, blonde, jeune mais déjà mère, lui céda sa place. Foción se laissa tomber avec un soupir rauque dans le profond fauteuil de cuir, en saluant doña Leonor d'un geste de la main fatigué. On lui donna un whisky. Il en but une gorgée, se redressa aussitôt, avec peine, aiguillonné par sa prostate, confia son verre aux mains de la nièce blonde et se dirigea vers les toilettes. En passant, il reconnut Escobar.

— Ne t'en va pas, mon petit : il faut que je te parle.

Il s'appuya sur son bras, aussi lourd qu'un piano. Sa respiration était celle d'un soufflet de forge, angoissée, lourde de rugissements. Le mari au gilet de la cousine timide et enceinte le prit par l'autre bras, et à eux deux ils le remorquèrent jusqu'à la porte.

— Travaille, Ignacio, râla Foción. Si tu veux, je peux te trouver un poste à la banque.

Escobar le lâcha au premier signe d'inattention, dans le deuxième virage. Il récupéra son whisky. Une cousine ni jeune ni vieille dit à la cantonade :

— Vraiment au bout du rouleau, l'oncle Foción !

— Et tu n'as pas vu Clemencita, ajouta la grosse cousine, tout sourires, avec enthousiasme.

— Clema va chaque jour plus mal, avec ses douleurs, confirma une tante.

— Foción est très seul, diagnostiqua doña Leonor.

— Oui, acquiesça la grosse cousine. Et Patricia ne leur est d'aucune aide.

— Quand même, la pauvre, osa intervenir la cousine maigre mais enceinte et timide. Elle ne peut pas non plus passer toute la journée avec un couple de vieillards.

Et elle rougit, effarouchée par sa propre audace.

— Clema n'est pas si vieille, protesta Lulucita Pineda en remuant violemment sa tête blanche. Clema est de neuf.

— Mais la pauvre Patricia n'a même pas vingt ans ! insista, les yeux brillants, la cousine enceinte, qui devait avoir vingt ans tout au plus. Et tante Clema et oncle Foción… !

— Ne crie pas, chérie, l'interrompit son mari.

— Je ne crie pas, chéri. Mais tout le monde tombe sur la pauvre Patricia, alors hein. Ce n'est pas sa faute si tante Clema et oncle Foción sont si vieux, la pauvre.

— Nous sommes tous très vieux, dit doña Leonor, indifférente.

— À l'âge de Focias, papa était mort depuis belle lurette, confirma la tante revêche.

Une discussion animée s'amorça pour déterminer si don Foción le vieux était mort vieux ou jeune.

— Papa était de soixante et un, dit l'oncle Alejo. Il était né avant terme à cause du choc qu'avait eu maman Catalina, parce que c'était le jour où Mosquera avait pris Bogotá, et que papa Carlos risquait d'être fusillé. Et il est mort bien avant la crise de vingt-neuf, quand Leonor et Cata étaient encore à Bruxelles, chez l'oncle Charles.

Escobar avait entendu au moins cent fois l'histoire du choc de maman Catalina, de l'exécution de papa Carlos, qui finalement n'avait pas été fusillé, au contraire. Que de vieilles histoires familiales, des rires fatigués, des commentaires usés. De temps à autre, l'un d'entre eux mourait. La vie ça ne pouvait pas être ça pendant toute la vie. Mais lui, qui était toujours là – il voulait finir son whisky avant de s'en aller –, il était encore pire. Les oncles et les tantes savaient au moins où ils étaient, pourquoi ils y étaient : ils se repéraient dans le temps et l'espace, connaissaient les dates précises des morts, les prix exacts de leurs terres. Escobar, dans son for intérieur, n'y trouvait même pas cela.

Tout à coup, la salle se remplit d'un tumulte d'enfants et de chiens. L'oncle Foción, de retour des toilettes, eut à peine le temps d'atteindre la sécurité relative de son fauteuil.

— Les enfants, au jardin, décréta la tante Cata.

— Et qu'ils emmènent les chiens, demanda l'oncle Pablo.

Doña Leonor agita sa sonnette d'argent.

— Evelia, envoyez les enfants et les chiens jouer au jardin.

— Ah, c'est ça, pour que vous ne nous entendiez pas pleurer, protesta l'une des fillettes les plus éveillées.

Un petit garçon allégua que dehors il faisait nuit, mais son père lui dit de ne pas jouer les chochottes. Un autre petit pleurait sans honte, trempé de larmes, avec un hurlement espacé de sirène. Evelia le poussa vers la porte en lui donnant de petites tapes affectueuses sur les fesses, et l'enfant se laissa mettre dehors sans résister, sans cesser de pleurer. Une petite fille suggéra en vain qu'on leur permette de rester et de jouer sans faire de bruit. La petite fille pâle, qui n'avait pas bougé, demanda :

— Maman, et si on les enlève ?

— Comme si on allait les enlever ! répliqua la tante revêche, la tante Cata. Et cette gamine devrait sortir elle aussi, au lieu de rester ici à écouter ce que disent les grandes personnes.

La petite fille pâle lui jeta un regard plein de haine et disparut derrière le divan. Ernestico Espinosa rajeunit les whiskies moribonds. Le mari de la cousine maigre fit une remarque sur la question des changes, et le gros mari de la cousine grosse et souriante répondit que ce pays était une vraie merde.

— Miguel, lui reprocha la grosse cousine.

— Une vraie porcherie, mon amour, des foutaises. Nous sommes pires que les Équatoriens.

La conversation générale virait à présent vers la politique. On spéculait sur l'incidence des résultats des élections sur le prix de la terre et le cours du dollar. Escobar s'aperçut avec surprise qu'on était de nouveau à la veille d'un Grand Événement Démocratique. La réalité est identique à elle-même. Il avait trente et un ans.

— Ce qui manque ici, c'est une main de fer, affirma le cousin qui voulait aller à Miami avec Margarita et leurs enfants.

L'oncle Pablo remua la tête d'un air dubitatif.

— Tu ne connais pas les militaires de ce pays, mon petit. Ce sont des gens de rien du tout.

— Des moins que rien, précisa la tante Lucía en laissant errer ses yeux vagues. Il faut être des gens de bien, et ces gens-là ne sont même pas des gens.

— Regardez les listes pour la Chambre et le Sénat, dit l'oncle Alejo. Ceux qu'on connaît sont nuls. Et ceux qu'on ne connaît pas, c'est parce qu'ils sont encore pires.

Tout le monde approuva.

— On ne connaît plus personne dans la politique, soupira doña Leonor.

Et le cousin divorcé, père des trois enfants qui étaient venus avec leur nounou, demanda si quelqu'un avait remarqué la quantité de noms arabes qui figuraient sur les listes.

— Et après on dira qu'ici il y a une oligarchie, ajouta un gendre, goguenard.

Plusieurs cousines et belles-filles poussèrent de petits cris et des rires et proposèrent des noms, comme dans un jeu : Abdullah, Abdelaziz, Almotasim, Abderraman, Hayderabad.

— Et il y a aussi beaucoup de gens de la côte, fit l'oncle Alejo.

— La Colombie, dit l'oncle Foción, donne un grand exemple de démocratie à tout le continent.

— Ne dis pas de bêtises, Focias, le coupa sèchement doña Leonor.

Il y eut un silence, et pendant un moment on n'entendit que le tintement réflexif des glaçons contre les verres et le râle profond, épais, pierreux de Foción et de son emphysème. La petite fille pâle surgit de derrière le dossier du divan en criant :

— Un ange est passé ! Je le savais ! Pas vrai, maman ? Quand un diable passe, il y a toujours un ange qui passe après lui.

— Cette gamine est élevée lamentablement par une nounou mystique, commenta la tante Cata.

La conversation reprit sur la question du service, chaque jour plus difficile.

— On va finir dans le communisme, prédit l'oncle Alejo d'un air sombre. Heureusement, je ne verrai pas ça.

— Et toi, Ignacio, qu'en penses-tu ? s'enquit le mari au gilet de la cousine enceinte mais maigre. Tu as tout un tas d'amis communistes, non ?

— Que pensent les communistes ? demanda Escobar, prudent.

Que pensaient-ils ? Et quels communistes ? « Les masses sont les seules protagonistes de l'Histoire », aurait dit par exemple Federico. Ou Diego León Mantilla. « Le peuple rejette l'agression du capitalisme monopoliste impérialiste et de ses alliés locaux. » Des choses de ce genre. Foción aurait répondu, comme un écho inversé : « La Colombie est un exemple de démocratie pour tout le continent. » Des mots. Des exorcismes. Ils pouvaient bien dire ce qu'ils voulaient, rien ne changerait.

— Les communistes pensent que les masses sont les seules protagonistes de l'Histoire, dit-il d'un ton frivole.

— Ils veulent tous nous tuer, confirma l'oncle Alejo, l'air sombre.

— Les communistes de chez nous sont des idiots, renvoya l'oncle Foción à travers son emphysème. Je sais pourquoi je te dis ça. J'ai une fille communiste, et elle ne dit que des idioties.

— Que dit Patricia ? intervint la cousine timide et enceinte. Il y a une éternité que je ne l'ai pas vue.

— Elle dit que Clemencita et moi sommes deux vieux réactionnaires, répondit Foción en se redressant avec difficulté.

La cousine blonde, jeune mais déjà mère, et la cousine ni jeune ni vieille le conduisirent aux toilettes.

— Ils disent tous la même chose, assura l'oncle Alejo.

Tout le monde disait la même chose, en effet. Beaucoup de diables passaient. Mais peut-être était-il vrai que, lorsqu'un diable passait, un ange passait après lui : « Allez déverser les sept coupes de la colère de Dieu sur la surface de la terre. » Sur la Colombie, au moins. Peut-être qu'au-dehors, dans la terrible nuit de la misère colombienne, la Grande Accoucheuse de l'Histoire attendait comme une servante mystique. Au moment opportun, elle ouvrirait toutes grandes les portes du sang, et le dépotoir des mots serait balayé. Mais peut-être aussi qu'au-dehors l'énorme nuit vibrait et susurrait, ébranlée par des fleuves de mots. Vains, sans aucun sens. Les mêmes mots. Les masses, protagonistes de l'Histoire. L'impérialisme et ses alliés locaux. Rien n'avait d'importance. Rien de tout cela ne lui importait : cela le laissait au contraire absolument indifférent. Et même, il était indifférent à sa propre indifférence. Un don, peut-être. Il vit sa mère enfoncée dans son fauteuil, complètement indifférente elle aussi. Tenait-il cela d'elle, comme son hypotension ? (Peut-être était-ce cette tension basse, ce don d'indifférence ?)

Le jeune type au gilet marié avec la cousine enceinte discutait avec l'oncle Pablo, qui remuait la tête en lissant sa moustache blanche. La cousine grosse et souriante chuchotait quelque chose à son mari, qui avait les yeux saillants et rouges. En douce, Ricardito Patiño se servait son quatrième whisky. L'oncle Alejo avait l'air de méditer, de somnoler ; la tante Lucía lui donna un coup de coude qui le fit sursauter. Escobar vit Ernestico Espinosa murmurer quelque chose à l'oreille de la cousine enceinte mais maigre, qui émit un rire timide et scandalisé. Il éprouva une pointe de jalousie inattendue. Où donc était le mari au gilet ? Il se leva, dans l'intention de les interrompre, mais il sentit cloué sur lui le regard implacable de la fillette pâle, qui voyait tout, jugeait tout. Il se dirigea vers la table au whisky.

— En-envoie-t'en un au-autre, lui suggéra Ricardito Patiño.

— Mon petit ! Mon petit ! l'appela Lulucita Pineda en l'attrapant par la jambe de son pantalon, sans lever sa tête branlante.

Comment diable faisait Lulucita Pineda pour reconnaître les gens en ne voyant que leurs jambes ? Lulucita planta ses doigts, telles des serres, dans la main d'Escobar.

— J'ai réfléchi, mon petit : Clemencita est de huit, dit-elle en remuant énergiquement la tête.

— Pas possible ! s'exclama Escobar.

À l'autre bout du salon, la cousine enceinte riait avec Ernestico Espinosa, comme si elle était folle. Elle n'était pas jolie, à vrai dire. Mais elle avait une jolie bouche, fraîche et naturellement colorée, et un joli cou. Et une espèce d'éclat de félicité. Il y a des filles qui deviennent très belles quand elles sont enceintes. Comme ça, à première vue, elle semblait assez mal mariée. Toutes se marient mal.

Le petit garçon qui était sorti en pleurant un peu plus tôt rentra en pleurant de nouveau, mâchoire pendante, tremblante, ruisselante de morve et de salive. Il avait la voix cassée, le souffle court : à peine réussissait-il à dire « ma », et un hoquet, puis « man ». Il dit « ma » plusieurs fois sans qu'on fasse attention à lui. Finalement, une des cousines jeunes mais déjà mères le prit dans ses bras.

— Donne-lui de petites tapes dans le dos, suggéra l'oncle Pablo, sur le genou duquel s'écoulait presque tout le filet de bave du gosse.

Sa mère lui donna deux ou trois petites tapes tendres dans le dos. C'était une nouvelle mère.

— Tape plus fort ! ordonna la tante revêche. Allez, mon chou, petit morveux : « Ma-man, ma-man, ma-man ! », dis-nous ce que tu as et arrête de brailler.

Le gamin regardait autour de lui avec des yeux énormes, ses poings serrés sur son petit ventre trempé de salive, et l'oncle Pablo, qui s'était levé, essuyait maladroitement son pantalon avec sa pochette, d'un air on ne peut plus dégoûté, puis, voyant que personne ne faisait attention à lui, avec un petit napperon de fil qu'il prit sous un vase. Evelia, qui entrait à cet instant, le regarda d'un œil sévère.

— Madame, tous les enfants pleurent, dans le jardin.

L'annonce était inutile, parce que déjà tous les enfants envahissaient en troupeau le salon, pleurant à chaudes larmes, cherchant différents girons, heurtant différents genoux, s'écrasant à l'aveuglette contre la grosse jambe malade et enflée de Foción, qui leur barrait le passage et dont le rugissement de douleur était étouffé par les pleurs aigus. Les chiens rentraient eux aussi, très nerveux, cous hérissés et gémissants, tandis que sur le seuil de la porte Evelia essayait de les chasser avec des « Dehors ! Dehors, les chiens ! », sans succès. Les oncles valides s'étaient mis à l'abri près des rayons de livres, les tantes donnaient des instructions précipitées à leurs filles et belles-filles, les cousins et les beaux-frères juraient, les cousines jeunes mais déjà mères distribuaient petites tapes et caresses, cris de commandement et cris de consolation, au bord des larmes elles aussi. Abandonné dans l'œil du cyclone, Foción gémissait, penché sur sa jambe malade, qu'il caressait en murmurant quelque chose.

Escobar avait trouvé refuge avec son verre derrière la tête branlante de Lulucita Pineda, entre le piano et la masse courtaude et large d'Evelia, qui sentait l'oignon, le bouillon à la ciboulette, la campagne. À côté de lui, Ricardito Patiño avait l'air de caqueter, riant ou pleurant. La tante Cata lançait des ordres secs, Mgr Boterito Jaramillo levait au-dessus du tumulte son petit verre de porto, au bout de ses bras courts, comme s'il protégeait un calice de la profanation, tandis que les whiskies brisés des oncles formaient des flaques qu'absorbait le tapis et que les chiens de porcelaine Dolton commençaient à glisser, un par un, des tables à demi renversées, sans se casser. La petite fille pâle sautait de joie derrière son divan. Qu'on les pende tous. Qu'on les noie comme des chatons nouveau-nés.

— Tu ne les trouves pas divins ? lui demanda la cousine maigre.

— Si. Non. Je ne sais pas.

Qu'on les pende tous. Et les oncles, les tantes, les belles-filles, les cousines et les gendres. Une grande hécatombe. Une révolution sanglante. Bien qu'une révolution ce soit peut-être la même chose : des gens qui trébuchent, des choses qui se cassent, des verres qui se renversent. On reste seul, cerné par l'odeur du peuple, une odeur d'oignon et de bouillon à la ciboulette, acculé contre un piano. Et un intellectuel qui s'écrie, dans une extase insensée : « Tu ne les trouves pas divins, ces révolutionnaires ? » Si. Non. Je ne sais pas. C'est une question de point de vue.

Evelia revint avec d'autres glaçons et d'autres verres. Mais déjà les jeunes mères allaient et venaient, récupérant petits manteaux et béguins, les cousins et les gendres sortaient, de mauvaise humeur, presque sans dire au revoir, en faisant tinter dans leurs mains les clés de leurs voitures.

La paix revint. Pendant un moment on entendit seulement le tintement des glaçons contre le verre, les soupirs des vieux oncles. Mgr Boterito Jaramillo replongea dans sa somnolence.

— Travaille, mon petit, lui lança Foción à brûle-pourpoint. Leonor, je disais tout à l'heure à ton fils de chercher du travail. Il ne peut pas passer sa vie à paresser.

— Pourquoi pas ? fit la tante Cata d'une voix sèche. Ce ne serait pas le premier de la famille.

— Avant, c'était différent, dit Foción. Aujourd'hui, ce pays fonce tête baissée vers le socialisme.

— Je ne le verrai pas, par bonheur, dit l'oncle Alejo, lugubre.

— Le socialisme est une doctrine athée, protesta Mgr Boterito Jaramillo. Et notre peuple est très croyant.

— Mais quel travail va faire Ignacio ? demanda doña Leonor, indifférente. Il ne sait absolument rien faire.

— Je le lui ai dit : s'il veut, je lui donne un poste à la banque.

— Je ne veux pas, mon oncle, vraiment. Merci.

— S'il préfère, je lui trouve un poste de diplomate.

— Tu serais parfait, mon petit. Avec ton allure ! s'extasia Lulucita Pineda en secouant la tête avec une violence étonnante.

— Ignacio ne sait absolument rien faire, répéta doña Leonor. Tu restes dîner, Foción ? Je ne sais pas ce que nous a préparé Saturnina.

— Ça, tu l'as déjà dit, maman, l'interrompit Escobar avec une certaine irritation.

— Eh bien c'est parce que je ne le sais pas, mon petit : dans cette maison, c'est elle qui commande, tu le sais.

— Non, pas ça. Que je ne sais rien faire.

— Je l'ai déjà dit ? Tu sais que je ne me souviens de rien. Mais c'est vrai : tu ne sais rien faire.

— Si, affirma Escobar.

— Ah bon ? Première nouvelle.

— Ignacio fait des vers, déclara Ernestico Espinosa, perfide.

Foción s'étouffa derrière son emphysème.

— Des vers ! toussa-t-il. Ne sois pas stupide, mon petit : tu finiras comme ce pauvre Ricardo, qui n'a pas le sou. Sa seule ressource, c'est de venir ici réciter des vers qu'il écrivait à ta maman quand il était jeune.

Ricardito Patiño devint pâle comme un mort. Doña Leonor regarda Foción d'un œil noir, et celui-ci répondit par un geste vague de la main. L'oncle Pablo prit la défense du poète, avec une véhémence imprévue.

— Ricardo est un grand poète, Focias, ne dis pas d'âneries. Il a des vers... des vers classiques. Celui sur... – comment c'était, Lucía ? –, celui sur le temple...

— Celui sur le Parthénon, dit la tante au regard vague.

Et, sans qu'on s'y attende, l'oncle Pablo se leva, légèrement vacillant, et commença à déclamer, avec des gestes lents :

Le classique profil de la grande architrave
ses axiomes géniaux trace dans la très sûre
et pérenne envolée de son architecture
qui depuis tant de siècles du temps l'injure brave

Lumière et pierre vive, marmoréenne étrave
qui sans aucun dommage a franchi l'ère obscure,
elle surgit de ses ruines, aussi chaste que pure,
fière nef de Phidias que nulle ancre n'entrave.

Heureuse incarnation d'un clair entendement,
vivante et éternelle sous le haut firmament
où luisent, inquiètes et pâles, ainsi que des chandelles,

les étoiles affolées de voir le monument
sur les flots éternels, éternel bâtiment
voguer : celles qui passent et meurent, las ! ce sont elles.

La tante Lucía, qui avait suivi la récitation en remuant les lèvres en silence, soupira.

— Oui, c'est très bon, Ricardo, reconnut Foción.

Ricardito Patiño rougit de plaisir.

— Très bon, confirma l'oncle Alejo. Il n'y a pas à dire, les Européens ont vraiment de très belles choses : le Parthénon, Notre-Dame, la tour Eiffel…

— Avec Lucía nous allons à Paris à la fin de l'année, après la naissance du petit, révéla le cousin au gilet. Enfin, dans toute l'Europe. Le Parthénon, la Grèce, Pise, Jérusalem…

— Ah ! la Grèce ! soupira Mgr Boterito Jaramillo.

— Il faut que vous alliez au Bois, conseilla Lulucita Pineda. Avec papa et maman, quand nous étions à Paris, nous habitions le Bois.

Un rire monta du ventre de l'oncle Alejo, qui faisait bouger son double menton et les bourrelets de sa nuque, et se former de petites gouttes de sueur sur sa calvitie.

— Avec le Parthénon, évidement c'est facile ! Mais imaginez un peu… mais imaginez…

Il pleurait de rire.

… imaginez un poème ici, dédié au temple de Chapinero !

Tout le monde s'esclaffa.

— Ou à l'église de Monserrate ! dit la tante Lucía, les yeux dans le vague.

L'oncle Pablo essuya les siens avec un mouchoir, puis essuya son crâne. Ernestico Espinosa intervint :

— C'est que Monserrate rime surtout avec savate.

Tout le monde rit de nouveau. La cousine maigre et rougissante rit en levant la tête : une petite veine tiède palpitait sur sa gorge, sous son collier de perles. Son mari au gilet voulut perfectionner encore la blague :

— Ou avec patate ! cria-t-il presque, mort de rire.

Mais l'allégresse retomba. Ricardito Patiño, qui avait émis des rires quasi obscènes, voulut faire valoir ses talents de poète à la solde de la bourgeoisie en improvisant un quatrain comique :

Pauvre Seigneur de Monserrate,
au lieu de dais, une pauvre natte,
et des pèlerins en savate
lui offrent un kilo de patates.

Tout le monde rit de nouveau, sans pouvoir se contrôler. Ernestico Espinosa, qui lançait de parfaits éclats de rire de dentiste, donna à Ricardito de puissantes tapes de félicitations sur les épaules et murmura quelque chose à l'oreille du gendre au gilet et de la cousine enceinte et timide. Il s'acharna sur les épaules de Ricardo, qui se courbaient avec un rire qu'Escobar, dans sa colère croissante, jugea faux. Mais l'idiot au gilet riait lui aussi, en tapant très fort du pied par terre à force de rire, et la cousine maigre riait tout autant, en se protégeant le ventre et la poitrine de ses avant-bras repliés et en rougissant jusqu'aux tempes. Escobar était vert de rage. Federico avait raison en tout point, et même cet imbécile de Diego León Mantilla : bourgeoisie pourrie jusqu'à la moelle, jusqu'au rire, jusqu'à la lie. De quel droit riaient-ils ? De quoi ?

— Je ne vois pas de quoi vous riez, dit-il d'une voix glaciale. De quoi ris-tu, toi, oncle Pablo ? Tu aimes déclamer des sonnets au Parthénon. Mais avec quel argent vas-tu visiter le Parthénon avec tante Lucía ? Avec celui que tu tires de tes plantations de patates, qui te font tellement rire. Avec l'argent que tu tires de pauvres gens en savates, qui te font beaucoup rire, mais qui ramassent tes récoltes de patates.

— Je produis de l'orge, mon petit. Et j'ai des vaches Holstein. Ne dis pas n'importe quoi.

Escobar se tourna vers Foción, d'un air accusateur : banque, travaux publics, contrats pétroliers. Mais il ne put parler. Foción déclara, à travers son emphysème :

— Ne dis pas de sottises, mon petit : toi, tu vis aux dépens de ta maman, qui vit de ses rentes.

— C'est ce que je dis, mon oncle. Nous vivons tous de ce que produit cette terre, mais vous, vous en avez honte, elle vous semble ridicule, indigne. Vous ne croyez pas que cette terre qui produit de l'argent puisse produire des vers. Pourtant, avant de produire de l'argent pour vous, elle a produit des vers. Don Juan de Castellanos, en la voyant, a dit :

Terre bonne,
Terre qui met fin à nos peines…

— C'est vrai, confirma l'oncle Pablo. Nous avons de la très bonne terre dans la savane.

— Mais très surévaluée, don Pablo, dit le cousin au gilet d'un ton véhément. L'hectare y est plus cher que la meilleure terre de Flórida.

Il ne disait pas « La Florida », mais « Flórida », en accentuant le « o ». La cousine maigre, les yeux brillants, lança à Escobar :

— Et toi, pourquoi n'écris-tu pas quelques vers sur la savane, Ignacio ? Allez, ose un peu.

Oser. Tout le monde lui disait ça, ces derniers temps : ne sois pas lâche, ose faire quelque chose. Il eut l'impression que tout le monde le regardait, comme s'il allait illico improviser une élégie. La cousine enceinte respirait très vite et le regardait avec des yeux pleins de défi. Il ne lui venait rien à l'esprit. Et elle n'était pas non plus assez jolie pour ça. Une étincelle moqueuse brillait dans l'œil ondulé d'Ernestico Espinosa. La tante Cata intervint :

— Moi, sincèrement, je ne pense pas qu'Ignacio soit capable d'écrire des vers, dit-elle. Pour une simple et bonne raison : personne n'a jamais eu de talent, dans la famille.

— Comment ? s'exclama l'oncle Alejo, sincèrement étonné. Au contraire, Catalina, papa Carlos était un grand écrivain, à son époque.

— Un ma-magnifique pro-prosateur politique, confirma Ricardito Patiño.

— Comment ? Et oncle Miguel Ignacio ? intervint l'oncle Pablo. C'était plutôt un homme qui s'occupait de ses terres, mais c'était aussi un très bon écrivain, à ses heures. Poète. Il a traduit Paul Géraldy, tu te souviens, Lucía ? *Toi et moi.*

— Un poète très f-fin, confirma Ricardito Patiño.

— Et papa lui-même, ajouta Foción. Un grand orateur aussi, et très bon écrivain.

— Très p-p-puissant, l'aida Ricardito Patiño.

— Ça, ce n'était pas du talent mais de l'argent, affirma la tante Cata.

Personne ne dit mot. Le mari au gilet de la cousine enceinte rompit le silence en déclarant, pompeusement :

— Pour avoir de l'argent, il faut avoir du talent.

— Ou faire un beau mariage, suggéra doña Leonor, l'œil rieur.

Tandis que le gendre au gilet rougissait et que la cousine enceinte, pâle soudain, retenait sa respiration, doña Leonor poursuivit, sur un ton frivole :

— Moi, par exemple, j'ai fait un beau mariage. Álvaro Escobar était l'un des hommes les plus riches de Bogotá.

— Mais, voyons, tu ne t'es pas mariée avec Álvaro pour l'argent, Leonor ! protesta l'oncle Alejo.

— Pas pour l'argent, bien sûr, reconnut doña Leonor. J'étais amoureuse. Álvaro Escobar était l'homme le mieux habillé de Bogotá.

— Un dandy, certifia Lulucita Pineda tout en faisant non de sa tête blanche. Álvaro était un vrai dandy.

En aparté, comme au théâtre, la cousine enceinte et son mari discutaient avec animation, à mi-voix :

— C'est logique, chérie, disait le beau-frère au gilet, il faut aussi du talent pour conserver son argent.

En entendant ces mots, Escobar se rappela brusquement sa propre situation économique. Après tout, il était venu pour ça.

— À propos, maman, dit-il, je voulais te demander quelque chose.

Doña Leonor le regarda d'un air de reproche.

— De l'argent, mon petit ?

— Oui, maman.

Foción s'emporta :

— Jusqu'à quand vas-tu encore à vivre aux crochets de ta mère ? Tu n'as plus l'âge, Ignacio !

Mais sa vessie ne lui permit pas de continuer : il se plia en deux comme s'il avait reçu un coup de pied dans les reins. La cousine enceinte et maigre lui offrit son bras. Ernestico Espinosa le hissa en tirant sur l'autre, et à eux deux ils le conduisirent, cahin-caha, aux toilettes. Doña Leonor agita sa sonnette.

— Evelia, prenez dans la grande armoire de ma chambre, dans le premier tiroir, le grand coffret à bijoux en argent et apportez-le-moi, s'il vous plaît.

Escobar imagina Ernestico Espinosa en train de faire un commentaire salace à la cousine maigre devant la porte fermée des toilettes. Il imagina la rougeur de la cousine. Mais elle n'était pas si jolie que ça, en fait. Evelia redescendait déjà, avec une longue boîte en argent rectangulaire. Doña Leonor ouvrit le couvercle, et la fermeture à ressort fit un bruit sec.

— Combien, mon petit ?

— Vingt ?

— Vingt mille pesos ? Mais, mon petit, que fais-tu de tout cet argent… soupira doña Leonor en comptant des billets neufs.

— Ma tante, il est dangereux de garder chez soi autant d'argent cash, fit remarquer judicieusement le gendre au gilet.

Le sang d'Escobar ne fit qu'un tour : de quel droit cet imbécile appelait-il « tante » sa mère ? Et pourquoi disait-il « cash » ? Et pendant ce temps le tortueux cardiologue Ernestico Espinosa séduisait sa femme devant la porte des toilettes. Dans le silence, derrière eux, il entendit enfin la respiration bruyante emphysémateuse de Foción qui revenait en traînant la jambe. Ernestico Espinosa l'aidait à s'asseoir. Escobar regarda sa cousine maigre, qui était rouge comme une tomate et qui évita son regard. Il prit distraitement les billets que lui tendit sa mère, neufs, froids, craquants.

— Pourquoi ne restes-tu pas dîner, Ignacio ? Tu ne viens jamais.

— Je ne peux pas, maman, vraiment. Il faut que je parte.

— Pourquoi n'appelles-tu pas ta fiancée pour lui dire de venir ? Qu'on la connaisse enfin.

— Je n'ai pas de fiancée, maman.

— Elle est de Cali, expliqua doña Leonor à la cantonade. Elle s'appelle Fina. Tout à fait charmante, je crois.

— De Cali ? répéta la tante au regard vague en haussant les sourcils.

Escobar détesta sa mère : ce n'était pas Fina, c'était Henna. Ce n'était pas sa fiancée, elle était partie. (Fina, pas Henna : Henna, il avait dû la mettre dehors.) Il ne pensait pas dire le moindre mot.

— De Cali, oui, soupira sa mère. Mais d'une famille très bien de là-bas. N'est-ce pas, mon petit ?

— Cali, c'est Cali, dit alors Ernestico Espinosa.

L'oncle Alejo éclata de rire, et le gendre au gilet aussi. Tout le monde se mit à rire. Foción, Ricardito Patiño, la tante au regard vague, l'oncle Pablo avec son rire fatigué, Lulucita Pineda. Jusqu'à doña Leonor, qui eut un sourire d'indulgence. La cousine maigre et rougissante rit en levant la tête : sa petite veine tiède palpita de nouveau le long de son cou. Une immense colère suffoqua Escobar : ils étaient en train de salir Fina. Il se précipita hors du salon, traversa, fou de rage, le salon français, le vestibule obscur, le hall carrelé. Famille de merde, bourgeois de merde. Que l'Histoire les anéantisse tous : Foción et le crétin au gilet, l'hypocrite cardiologue et les oncles cacochymes, la cousine et son fœtus, la grotesque Lulucita Pineda. Sa mère aussi, sa mère surtout : une vieille cinglée et une pute, par-dessus le marché. Pute et pute : avec des joueurs de polo argentins, des cardiologues, des poètes, avec n'importe quoi. Il la haïssait. Et il ne lui pardonnait pas de lui avoir transmis sa tension basse, de l'avoir éduqué pour feindre devant la vie une indifférence bien élevée. Pourquoi n'avait-il pas étranglé Ernestico Espinosa quand il insultait Fina, quand il osait séduire sa cousine (même si elle n'était pas jolie) ? Pourquoi n'avait-il pas tué Ricardito Patiño quand il lui racontait que sa mère était une pute ? Ah, maman, pute, pute, pute. Maman. Il ne la reverrait jamais. Laissez les morts enterrer leurs morts. Et que Mgr Boterito Jaramillo dise la messe des défunts, et que Ricardito Patiño compose un dithyrambe.

Le froid du jardin le calma. Il lança loin de lui son verre de whisky, qui retomba au milieu d'un épais massif d'hortensias. Au-dehors, endormies, les voitures de ses oncles attendaient, leurs longs museaux luisants criblés de petites gouttes de bruine. Les chauffeurs bavardaient avec la grosse bonne à la démarche de canard, qui se dandinait et riait. Il sentait dans la poche de son pantalon le poids de la liasse de billets, dure et rigide. Il avait la vie devant lui.

Que faire ? Il était seul dans la vie. Il n'avait pas de mère. Il n'avait pas de fiancée. Il n'avait pas de maison. Il recommençait à avoir faim, et la famille et le whisky lui donnaient mal au cœur. Il pensa demander à Parrita de l'emmener quelque part en voiture. Mais, s'il n'avait pas de mère, il n'avait pas non plus de chauffeur de sa mère. Et où aller ? Il se retrouvait comme d'habitude.

V

UNE JEUNE BONNE, AUX CHEVEUX NOIRS ET FRISÉS tombant en épaisses cascades dans son dos et sur ses épaules, en pantalon moulant écarlate, lui ouvrit la porte. Il sursauta : il avait préparé un baiser pour la joue d'Ana María.

— Federico est là ?

— Madame Anmery, un jeune homme demande don Fedy ! cria la bonne.

Et elle disparut à l'intérieur de la maison en faisant claquer ses talons et voler sa chevelure, l'arrière de son pantalon mâché par la raie de ses fesses, aussi large qu'un bras de mer. Escobar entra, ferma la porte, se fraya un passage vers l'atelier dans le labyrinthe de toiles empilées et de morceaux de sculptures.

— C'est qui, ce vampire ? demanda-t-il.

Son cœur fit un bond. Ángela était assise à table, entre Federico et une Ana María enceinte jusqu'aux yeux.

— Berenice, la nouvelle bonne.

Ángela était beaucoup plus belle que la première fois. On ne voyait nulle part ce fils de pute de Richi ou Pichi. Il sentit son pouls s'accélérer.

— Explique-moi : pourquoi la nouvelle bonne t'appelle Mme Anmery et pas camarade Ana María, ce qui serait de rigueur ?

— Ah, Escobar…

— Sans rire. Je veux dire, ce n'est pas logique. Federico nous bassine nuit et jour avec la conscience de classe, et chez lui il entretient avec ses domestiques des relations de type féodal.

— Ne nous les brise pas, Escobar. Ana María n'en pouvait plus, avec Mateo et sa grossesse. Ne crois pas que ce soit par plaisir que nous avons une bonne.

Escobar embrassa Ana María. Après une légère hésitation, il embrassa aussi Ángela. Il ne demanda pas de nouvelles de Richi.

— Et Mateo ?

— Il a de la fièvre, il est complètement à plat, le pauvre. Et avec ce ventre ! Heureusement qu'Ángela est ici. Et Berenice. Il est tout rouge, il a ses petits yeux tout gonflés à force de pleurer, le nez plein de morve - il ne sait pas se moucher -, et il meurt de soif. Et le pauvre chou ne sait même pas ce qui lui arrive.

— Tu es éblouissante, Ángela.

C'était la première fois qu'il lui adressait directement la parole.

— Merci, Escobar.

Elle se souvenait de lui. Il évita son regard moqueur.

— Anmery, tu me donnes quelque chose à manger ? Tu es éblouissante, toi aussi.

— Ne m'appelle pas Anmery. Et pas de lèche. Je crois qu'il reste des haricots. Berenice !

Berenice apparut en se dandinant.

— Berenice, s'il vous plaît, servez des haricots à don... à mons... à Ignacio.

— Tout de suite, des haricots au lard.

D'un coup sec de la main, Berenice rejeta dans son dos ses épais cheveux frisés. Escobar pensa qu'il trouverait dans son assiette plus d'un long cheveu noir entortillé. Il la regarda sortir tandis qu'elle faisait claquer ses talons. Elle vit qu'il la regardait sortir et lui fit un clin d'œil.

— Je suis crevé, dit Escobar. Je sors d'une horrible réunion de famille.

Et toute sa tragédie, toute sa lassitude lui tomba dessus.

— Je viens de passer un mois épuisant.

— Tu as des nouvelles de Fina ?

— De Fina ? Ah non...

Il ne pensait plus à Fina. Que savait Ana María de Fina ?

— Et toi, tu en as ? Tu l'as vue ?

— Je sais qu'elle t'a appelé, un jour.

Son cœur s'arrêta. Ce n'était pas possible. Et cette salope d'Henna qui ne lui avait rien dit. Il croyait s'être à tout jamais débarrassé d'Henna, et maintenant il voyait qu'elle avait détruit son présent, peut-être son futur, et que depuis le passé elle continuait à détruire son présent et peut-être son futur.

— Dis-moi ce que tu sais.

— Rien. Et même si je savais quelque chose je ne te dirais rien.

— Ne sois pas si rigide. Si loyale.

Berenice entra en se dandinant avec un plat fumant de haricots au lard accompagnés de riz et de bananes frites, de viande en poudre, d'avocat, de chili, et, surnageant par-dessus tout cela, deux œufs frits. Elle colla son avant-bras sur la main d'Escobar, un avant-bras chaud et lisse.

— Par la gauche, Berenice, dit Ana María.

Comme doña Leonor : il n'y a plus de serviteurs.

— Ah, c'est des choses que je sais pas, Madame Anmery…

Elle passa de l'autre côté de la chaise mais, en servant par la gauche, elle appuya de nouveau son avant-bras nu contre la main d'Escobar. Non, mon Dieu, un peu de répit : il n'avait pas échappé à Henna pour tomber aussitôt dans les bras de Berenice.

— Qu'est-ce que tu veux dire par « un mois épuisant » ? Tu ne fous jamais rien.

— Ana María, je te préviens : je ne suis pas venu ici pour me faire engueuler une fois de plus. Ma mère, mes oncles et mes tantes, mes cousins et mes cousines, mes beaux-frères et mes belles-sœurs me sont déjà tombés dessus, et on m'a dit exactement la même chose : fais quelque chose, Ignacio.

— J'ai un cousin qui s'appelle Ignacio, intervint Berenice. Aiñas. Lui aussi, il apprend l'anglais.

Visiblement, Ana María ne savait pas quoi faire de Berenice. Ángela riait en silence. Elle était éblouissante de beauté : une grande mèche de miel caressait son cou haut et fin. Dire qu'une heure plus tôt à peine il avait trouvé tentant le cou de sa cousine maigre et enceinte, la pauvre ! Où pouvait bien être ce fils de pute de Richi ? Il craignait de le voir arriver d'un moment à l'autre.

— Merci, Berenice. Ils ont l'air succulents.

— Ils sont plutôt quelconques. Mais je ne suis pas cuisinière… Je fais des études… confia Berenice. Anglais et secrétariat bilingue. Don Fedy va m'obtenir une bourse.

— Bien, Berenice, nous verrons ça plus tard, finit par dire Ana María. Pour le moment, nous parlons.

Vexée, Berenice se retira en faisant claquer ses talons et en regardant Escobar du coin de l'œil.

— Je ne comprends pas comment les gens peuvent avoir des domestiques, se plaignit Ana María.

— Il n'y a plus de serviteurs, commenta Escobar.

Il examina de près son assiette. Il n'y trouva pas un seul cheveu.

— Ne viens pas me dire que tu n'aimes pas les haricots au lard, Escobar, ou je te fous à la porte.

— Non, non… j'adore. Berenice a l'air d'un véritable cordon-bleu.

— Je t'ai appelé, hier, dit Federico. Je croyais que tu étais de nouveau avec Fina, parce qu'une femme…

— Oui, oui, je sais, l'interrompit Escobar.

Il n'avait pas vraiment envie de parler de Fina devant Ángela. (Et Richi, ou Pichi ?)

— J'ai passé un mois avec une femme abominable qui ne me disait jamais qui appelait. Je la haïssais.

— Si tu la l'avais haïe, tu n'aurais pas pu passer un mois avec elle, fit remarquer Ana María.

Parler d'Henna, même si ça le gênait aussi, était quand même plus facile.

— Je sais, c'est difficile à comprendre, mais c'est vrai : je la haïssais, et j'ai passé un mois avec elle. Je suis tombé dans la débauche et, quand je me suis réveillé, pas moyen de m'en défaire.

— Ne joue pas les grands fornicateurs ici, Escobar.

Ángela rit : le rire castrateur de Lilith.

— Mais je t'assure, c'est vrai. Henna, elle s'appelait. Elle s'appelle. Mais elle est enfin partie, heureusement.

— Henna ?

— Henna. De Cali. C'était une amie de Fina.

Il se mordit les lèvres. Il ne fallait pas qu'il parle de Fina. Que savait Ana María de Fina ? Mais il ne voulait pas l'interroger en présence d'Ángela, en l'absence de Richi. Même si l'abandon éveille un désir de protection. Il se servait de Fina. Il la trahissait. En un mois de fornication avec Henna il n'avait jamais eu le sentiment de la trahir, et maintenant, oui. Où pouvait bien être Richi ?

— Henna ? demanda Ángela. J'ai été au lycée avec une fille de Cali qui s'appelait Henna. Elle avait un rire incroyable.

— Un rire abominable.

— Elle avait des jambes de deux mètres de long, sublimes. On était toutes jalouses.

— Ça ne peut pas être la même Henna. Quoique, peut-être...

Que valait-il mieux ? Se plaindre d'une Henna horrible ? Se montrer fier d'une Henna sublime ?

— Moi, je la trouvais abominable, ajouta-t-il.

— Mais tu as vécu un mois avec elle.

— Je t'ai dit que c'était difficile à comprendre, Ana María.

— Ce genre de chose t'arrive toujours à toi, Escobar, parce que tu es lâche. C'est pour ça que Fina est partie. C'est pour ça que tout te file entre les doigts.

La conversation devenait incontrôlable.

— Ana María, s'il te plaît. Je ne suis pas venu pour que tu m'engueules.

— Je vais voir comment va Mateo, annonça Ángela en se levant.

Elle sourit, se pencha, se redressa, s'éloigna, rit, et peut-être même réussit-elle à dire quelque chose. Que de vie. Escobar put tout juste la suivre des yeux. Il se ressaisit aussitôt. Il interrogea Ana María :

— Que sais-tu à propos de Fina ? Quand est-ce qu'elle m'a appelé ?

— Je ne sais rien.

— S'il te plaît, Ana María.

— Quelqu'un veut un joint ? proposa Ángela, qui reparut tout à coup à la porte.

Ana María fit non de la tête, Federico ne répondit pas. Escobar ? Escobar accepta. Ce n'était qu'un mégot déjà vieux, tout noir et brûlé. Mais les doigts d'Ángela. Elle disparut de nouveau et les laissa dans le silence.

— Qu'est-ce qu'ils ont, les chats ?

Les chats, d'ordinaire si paisibles, feulaient dans les coins, lançaient de brusques coups de griffe. Cette maison avait changé. On ne peut pas laisser les gens un mois tout seuls.

— Ils sont énervés, dit Ana María.

— Oui, je vois. Mais pourquoi, si je ne suis pas indiscret ?

— C'est le chien d'Ángela. Il les terrorise.

— Où est-il ?

— Enfermé derrière. Mais ils le sentent.

Le silence revint. Peut-être ferait-il mieux de partir ? Mais pas avant qu'Ángela revienne, pour la voir. Et qu'est-ce que le chien d'Ángela faisait là ?

— Et Richi ? demanda-t-il.

— Ils se sont séparés. Heureusement. Pour Ángela.

Il ne laissa pas transparaître le tumulte soudain de son âme.

— Ana María, ce n'est pas toi qui me disais qu'il fallait toujours se marier ?

— Oui, pour divorcer.

L'atmosphère était très tendue. Federico n'avait pas prononcé un seul mot, et maintenant il remuait sans parler le sucre dans son café, interminablement.

— Pourquoi m'as-tu appelé, l'autre jour ? dit Escobar, pour changer de conversation.

— Hier, répondit Federico.

Hier ? Tant de choses s'étaient passées. Aucune, en fait.

— Hier ?

— Je t'ai appelé pour te demander le poème que tu m'avais promis.

— Quel poème ?

— Ne me dis pas que tu ne t'en souviens pas. Un poème engagé.

— Comment veux-tu qu'il s'en souvienne ! ronchonna Ana María. Il ne se souvient même pas de Fina…

— J'avais oublié.

— Bien sûr, insista Ana María, ironique.

Federico renonça à la parole :

— Bon, alors parle, toi.

— Oui, je parle ! Tu ne me laisses jamais parler. Ton engagement, ton engagement, ton engagement !

— Aaaaahhhhh !

Federico avala son café d'une traite, se leva, prit un livre dans la bibliothèque.

— Tu pourrais au moins aller voir comment va le petit.

— Ángela y est allée.

— Ángela est allée se préparer. Elle va sortir.

— Il est avec Berenice.

— Tu sais bien que je ne peux pas y aller !

Ana María était très énervée : plus que les chats.

— Je n'ai aucune confiance en Berenice. Elle ne me plaît pas.

Federico alla voir le petit. Il croisa Ángela, splendide, devant la porte. Elle portait des bottes en cuir et un jean décoloré qui moulait ses cuisses et ses fesses.

— Ne t'inquiète pas, Ana, je rentrerai tôt.

— Oui, ne t'inquiète pas : de toute façon il y a Berenice. Ou Federico.

Ángela rit. Elle embrassa Escobar sur la joue. Il ne put se retenir :

— Vous êtes vraiment éblouissante, mademoiselle. Quand vous reverrai-je ?

— Je ne sais pas. À bientôt.

— Non, mais sérieusement… se lamenta Escobar.

Ángela lui tourna le dos en riant. Au bout de la maison, on entendait les coups de griffe angoissés d'un chien contre une porte. Les chats feulèrent en se hérissant, et Ana María les chassa d'un air méchant. Personne n'est heureux. Il entendit claquer la porte quand Ángela sortit. Avec qui sortait-elle ?

— Quand as-tu parlé avec Fina ?

— Si j'avais parlé avec Fina, je ne te le dirais pas.

— Ana María, s'il te plaît : si tu es furieuse contre Federico, c'est votre problème. Je n'y suis pour rien. Tu veux que je m'en aille ?

— Je ne suis pas furieuse contre Federico. Ne t'en va pas. Je suis furieuse contre toi.

— Pourquoi ?

— À cause de Fina.

Et, voyant le geste exaspéré d'Escobar :

— Oui, à cause de Fina. Tu n'as pas le droit, Ignacio.

— C'est elle qui est partie.

— Et toi, tu es allé coucher avec une autre !

— C'est elle qui est venue chez moi, ce n'est pas ma faute.

— Ah, pauvre chou, on t'a violé.

— Oui, on m'a violé.

— C'est pour ça que Fina est partie, je la comprends parfaitement.

— Tu vois ? C'est elle qui est partie, tu le dis toi-même.

— Oh ! Arrête de faire l'imbécile ! Et tu n'as pas eu l'idée de partir à sa recherche ?

Escobar fut déconcerté : il n'en avait pas eu l'idée.

— Et tu dis que tu l'aimes ?

— Oui, je l'aime. Si je ne l'ai pas cherchée, ce n'est pas que je ne l'aime pas, c'est parce que c'est elle qui est partie et qui m'a laissé tout seul.

— Pauvre chou, elle t'a laissé tout seul. Et alors une autre est arrivée et t'a récupéré.

— Non, elle ne m'a pas récupéré. Pourquoi es-tu si énervée, Ana María ? Qu'est-ce que tu as ?

Ana María fondit en larmes.

— Rien ! Je suis enceinte jusqu'aux yeux, Mateo a de la fièvre, je déteste cette Berenice, elle m'appelle Mme Anmery, Ángela vient de se séparer de Richi et s'est installée ici avec ses valises et son chien, et toute la maison sent le chien, et Federico ne lève pas le petit doigt et passe son temps à participer à des réunions du parti, et encore des réunions du parti. Merde, comme si ça servait à quelque chose !

Elle rejeta la tête en arrière, pleurant, grinçant des dents. Escobar essaya de la consoler de la main ; il se sentait impuissant, sans défense, et ne savait que faire. Appeler Federico ? Il déposa un baiser sur les cheveux d'Ana María. Elle sentait les larmes. Elle avait une odeur chaude, fébrile. Si ça se trouvait, elle aussi avait la fièvre, comme le petit. Était-ce contagieux ? Il l'embrassa plus fort, honteux de sa propre crainte.

— Je n'en peux plus, Ignacio, j'en peux plus, putain...

Et elle donna libre cours à ses larmes. Federico revint à ce moment-là, renfrogné, silencieux, avec une barbe hostile, sombre, qui lui donnait un air féroce.

— Il a pleuré un moment, mais maintenant il dort.

Ana María sécha ses larmes.

— Tu lui as donné de l'eau ?

— Oui. Tu pleures, toi aussi ?

— Non, je ne pleure pas. Pourquoi ? C'est interdit, ça aussi ?

Federico haussa les épaules, reprit le livre qu'il avait laissé ouvert et chassa les deux chats, qui s'étaient réfugiés sur son fauteuil. De nouveau ce fut le silence. Pour détendre un peu l'atmosphère, Escobar dit :

— Ta sœur Ángela est éblouissante.

— Merde, Escobar, c'est pas possible !

Ana María éclata de nouveau, faisant sursauter Escobar.

— Putain, les hommes sont incroyables ! Me sortir maintenant que ma sœur est éblouissante !

— Elle est éblouissante, c'est la vérité.

— Arrête ! Q'est-ce que ça peut te faire, que ma sœur soit éblouissante ou archimoche ? Ça serait pareil si c'était Berenice ! T'es toujours prêt à sauter sur tout ce qui bouge. Tu prends ton air de célibataire.

Escobar rougit.

— Nous, les femmes, on est vraiment trop bêtes, poursuivit Ana María. Fina a raison de t'avoir quitté. Ángela a raison d'avoir quitté cet imbécile de Richi. Quoique, Richi n'était pas un imbécile. C'était un brave type. Lui, au moins, c'était un brave type.

Federico l'interrompit :

— Ana María, ne dis pas n'importe quoi.

— Pourquoi tu ne débarrasses pas ?

— Berenice arrive.

— Je ne supporte pas Berenice. Débarrasse, toi.

— Tu veux que je la renvoie ?

— Ce n'est pas ça. Je ne la supporte pas, c'est tout : ah, Madame Anmery, ah, Madame Anmery…

Berenice entra, et il y eut un nouveau silence.

— Comment va le petit, Berenice ?

— Il dort comme un ange, Madame Anmery.

— Vous voulez bien débarrasser ? S'il vous plaît.

Tout en nettoyant la table, Berenice se dandinait, esquissait un jeu de fesses et de hanches, jetait à Escobar des regards coquins. Federico lisait son livre et se rongeait les ongles.

— Ne te ronge pas les ongles, s'il te plaît !

Federico cessa de se ronger les ongles. Berenice termina son travail et sortit. Ana María demanda à brûle-pourpoint :

— Pourquoi ma sœur te plaît ? Tu ne la connais pas.

— Non, mais je la trouve belle.

— Et alors.

Ce n'était pas une question, mais un coup de pistolet. Ana María était très agressive.

— Je sais pas. Alors… rien.

— Et alors.

Federico continuait à lire son livre. Escobar put en distinguer le titre : Mao Zedong, *Œuvres choisies*. Consolation de la philosophie.

— Ben, si, finit par dire Escobar. Je pourrais coucher avec elle. Ça te va, là ?

— Non, ça ne me va pas.

— Quoi ? Que je veuille coucher avec ta sœur, que je trouve belle ? Qu'est-ce qui ne te va pas ? Que ce soit ta sœur ? Que les hommes veuillent coucher avec les femmes ?

— Non, ça ne va pas. Ce n'est pas vrai.

Federico tourna une page. Lisait-il vraiment ? Écoutait-il ? Il devait connaître Mao par cœur. Et Ana María aussi.

— Qu'est-ce qui n'est pas vrai ?

— Que les hommes veulent coucher avec les femmes.

L'affirmation, quand on voyait Ana María enceinte jusqu'aux yeux, était un peu absurde.

— Tu ne veux pas coucher avec ma sœur. Tout ce que tu veux, c'est dire que tu veux coucher avec elle. Comme tous les hommes : ce qu'ils veulent, c'est dire qu'ils veulent coucher avec les femmes, mais en réalité ils ne veulent pas. Et toi encore moins. Tu ne veux coucher avec personne, Escobar : c'est pour ça qu'elles finissent toutes par s'en aller. C'est pour ça que Fina est partie. C'est pour ça que l'autre est partie, comment s'appelle-t-elle, déjà ? Henna.

— Henna n'est pas partie. C'est moi qui suis parti. Et, oui, c'est pour ça : parce que je ne voulais pas coucher avec elle. Sur ce point, tu as entièrement raison.

Il essaya d'être léger : Ana María était vraiment très agressive, très énervée. Il interrogea du regard Federico, qui ne leva pas les yeux de son livre de Mao.

— Toi, tu ne veux coucher avec personne, mon petit Escobar. Et avec ma sœur encore moins. Les hommes ne veulent jamais coucher avec personne. C'est pour ça que nous les quittons toutes. Ou que nous devrions les quitter, si nous n'étions pas si bêtes.

— Les autres, je ne sais pas. Mais moi, si. Avec certaines, pas avec toutes. Pas avec Henna, par exemple. Avec ta sœur Ángela, si, par exemple.

Ana María insista, têtue (elle lui rappelait Fina) :

— Tu ne veux pas coucher avec Ángela. Tu es comme tous les autres.

— Si, je le veux. C'est toi qui es comme toutes les autres : tu crois que tu sais mieux que moi ce que je veux.

— Parce que je le sais mieux que toi, espèce d'imbécile heureux !

Ana María rit, d'un rire de folle.

— Tu ne sais pas ce que tu veux. Aucun de vous ne sait ce qu'il veut !

Federico ne réagit pas cette fois non plus. Il venait de tourner une page et ne cilla même pas.

— En général, peut-être, concéda Escobar. Mais dans ce cas particulier je sais que je veux coucher avec ta sœur Ángela.

Peut-être Ana María avait-elle raison : il aimait dire qu'il voulait coucher avec Ángela. Oui, mais en plus il aimerait le faire.

— Pourquoi ?

— Pourquoi ?

Déconcerté, il resta silencieux. Ana María fit entendre un rire féroce, intempestif, agressif comme une sonnette. Il ne devait pas être facile d'être marié avec Ana María, de partager son intimité. Peut-être bien que sa sœur était comme elle. Physiquement, elles se ressemblaient assez.

— Tu vois ? lança Ana María, triomphante. Tu ne sais même pas pourquoi. Donc tu ne veux pas.

— Ça n'a rien à voir. Demande à Federico pourquoi il aimerait coucher avec ta sœur. Tu verras que lui non plus ne saura pas vraiment l'expliquer.

— Federico ne veut pas coucher avec ma sœur.

— Je ne veux pas coucher avec Ángela, confirma Federico, comme un écho, le visage fermé, impénétrable, sans lever les yeux des *Œuvres* de Mao.

— Tu aimerais coucher avec Ángela ? interrogea Ana María, soudain méfiante.

— Non, mon amour, dit Federico en détachant les syllabes. Je viens de dire que je ne voulais pas coucher avec ta sœur.

— Mais tu aimerais ?

— Non, je n'aimerais pas.

— Pourquoi ?

— Ah, merde, Ana María… !

Federico se leva d'un bond, laissa tomber son livre.

— Je vais sortir le chien.

Escobar se sentit abandonné. Avec tout ça, Ángela avait cessé d'exister : elle était devenue un concept, un sujet de discussion, de spéculation philosophique. Il se rappelait – ou peut-être l'imaginait-il, et encore en faisant un effort – son parfum, quand elle lui avait dit au revoir : ses longues jambes gainées dans son jean, son jean dans ses bottes, sa main qui écartait ses cheveux pour qu'il l'embrasse. Plus que l'odeur d'Ángela, le goût des haricots sableux de Berenice lui restait dans la bouche. Federico passa, presque traîné par le gros chien gris qui agitait la queue comme un fou et gémissait. Les deux chats sautèrent aussitôt sur le rebord de la cheminée en feulant bruyamment, leurs queues verticales contre l'énorme visage plat, en quadrichromie, de Mao.

— Si on m'appelle, je reviens tout de suite.

Ana María ne répondit pas. On entendit la porte se fermer, le crissement des griffes du chien qui descendait l'escalier. Les chats se calmèrent peu à peu, commencèrent à lécher la racine de leur queue.

— Dis-moi : Ángela, elle était heureuse avec ce type, Richi, Pichi ?

— Qu'est-ce que ça peut te faire ?

— Rien. Pour savoir.

— Pourquoi tu veux le savoir ?

— Ah, Ana María… Je veux le savoir parce que, si je veux coucher avec ta sœur, il est utile de savoir si elle est ou non heureuse avec son mari.

— Aucune femme n'est heureuse avec son mari, Escobar. Par moments. Qu'est-ce que ça peut te faire ? Tu penses te marier avec ma sœur ?

— Ça n'a rien à voir.

— Tous les hommes sont pareils.

— Ça, c'est ce que disent toutes les femmes, ma chère Ana María, et c'est une des choses qui font que toutes les femmes sont pareilles.

— Et Fina ?

— Fina aussi est pareille. Et Henna. Et ma mère. Elles sont toutes comme toi : elles croient que coucher et se marier c'est la même chose, comme dans les films américains des années cinquante ; sauf que dans les films américains des années cinquante, ce sont deux choses qui n'ont aucun rapport. Toi, tu crois que si : « Tu veux coucher avec Ángela ? Quand est-ce que tu te maries avec Ángela ? Combien d'enfants vas-tu avoir avec Ángela ? » Mais ce n'est pas comme ça, ce sont deux choses différentes.

— Facile ! De toute façon, pour ce que les enfants vous intéressent, vous, après !

— Ana María, qu'est-ce que tu as ?

— Rien. Je n'ai rien. Ça ne te regarde pas.

Elle se calma soudain. Un calme qu'Escobar trouva lourd de menaces.

— Ce n'est pas ce que je te demandais. Je te parlais de Fina.

— Quoi, Fina ? répondit Escobar, méfiant.

— C'est ce que je te dis : quoi, Fina.

— Pareille, je te l'ai dit. Qu'est-ce que tu sais de Fina ?

— Non, pas pareille. C'est toi qui es pareil. C'est pour ça que tout t'est égal, que tu trouves toutes les femmes pareilles. Fina, Henna ou ma sœur, c'est du pareil au même, pour toi. Tout t'est égal parce que rien ne t'intéresse, Escobar.

— Au contraire, je te l'ai déjà expliqué. Fina est une chose, Henna en est une autre, très très différente, tu ne sais pas à quel point. Ta sœur, c'est autre chose.

— C'est exactement ça. Tu dis que tu veux coucher avec ma sœur. Et Fina, alors, hein ?

Pourquoi cet imbécile de Federico ne revenait-il pas ?

— Eh bien Fina, alors, rien. Ça n'a rien à voir. Je te l'ai déjà dit, ce sont des choses très différentes.

Il avait tout de suite compris qu'il n'aurait pas dû se laisser embarquer dans cette conversation. Cela ne lui ferait pas le moindre bien par rapport à Fina, ni par rapport à Ángela.

— Tu aimes Fina ?

— Je l'adore, tu sais bien. Qu'est-ce qu'il fabrique, cet imbécile de Federico ?

— Federico n'est pas un imbécile, arrête ton cirque. Réponds. Tu n'aimes pas Fina.

— Ce n'est pas une question.

— Ne fais pas l'imbécile.

— Je ne fais pas l'imbécile. Si, j'aime Fina.

— Tu n'aimes pas Fina. C'est ce que cette imbécile ne veut pas comprendre. Mais je ne dis pas ça parce que je crois que tu aimes ma sœur, je ne suis pas bête à ce point. Tu n'aimes personne, Escobar. Tu ne t'aimes même pas toi-même.

— Si, j'aime Fina. Ta sœur, c'est encore autre chose, n'en parlons pas. Mais c'est toi qui me forces à parler comme ça.

— Je te force. Pauvre petit. C'est toujours comme ça, avec toi : on te force. On te viole.

— C'est vrai. On me viole.

— Oui, c'est vrai, je sais. C'est ton problème, d'ailleurs. Pour toi, les choses viennent du dehors, on te viole. Tu ne choisis pas, tu n'interviens pas, tu ne peux pas distinguer, tu ne peux pas préférer. C'est pour ça que tout t'est égal, et que tout est pareil, selon toi. C'est pour ça qu'il ne t'arrive jamais rien. Parce que tu es lâche.

À quel moment s'était-il laissé entraîner dans cette discussion ? Malgré lui. Par inertie. Parce qu'il était lâche. Pour fuir sa famille, qui parlait mal de Fina. Comment s'échapper ? Fuis, seul celui qui fuit se sauve.

— Il m'arrive toujours de ces choses, Ana María, si tu permets. Fina est partie et elle n'est pas revenue. Henna a failli ne pas partir, et je ne suis même pas sûr qu'elle soit vraiment partie : il faut encore que je rentre chez moi et que je voie. Ta sœur…

— Ne mêle pas ma sœur à ça !

— Ce n'est pas moi, mais toi qui l'y as mêlée.

— En plus, ce n'est pas à toi que ça arrive. C'est à elles.

— À moi.

— Non.

Où donc allait-on en arriver ? N'avaient-ils pas déjà dit la même chose, un mois plus tôt à peine ? Ana María était très énervée, c'était visible. Sa grossesse, la maladie du petit, la mauvaise humeur de Federico. Ou peut-être l'inverse : la mauvaise humeur de Federico était due à la grossesse, et la maladie du petit à la nervosité d'Ana María. Et, au-delà de tout ça, cause efficiente après cause efficiente, la propriété privée des moyens de production, ou la volonté de Dieu, ou le voile multicolore de Mâyâ. Ils se turent. Ana María ferma les yeux. On entendit le bruit de la clé dans la serrure, l'excitation du chien, la fuite précipitée des chats furieux. Ana María dévia d'un coup de pied l'assaut du chien, qui revenait tout heureux de sa promenade. Federico le tira par sa laisse pour l'enfermer au fond. Le téléphone sonna. Federico décrocha. Il laissa tomber le combiné.

— Berenice ! C'est pour vous !

Berenice apparut, toute coquette.

— Yellou ? dit-elle dans l'appareil.

Puis :

— Quoi de neuf ? Oh, là là ! depuis le temps !

— Pourquoi ne vas-tu pas voir comment va le petit ? demanda Ana María.

— Je viens d'y aller. Il va bien.

— Qu'est-ce que tu en sais ? Tu ne vas jamais le voir.

À la place de Federico, Escobar aurait pris un air de martyr. Federico ne changea pas d'expression : un visage fermé et impassible sous sa barbe hirsute. Ana María se leva avec peine de sa chaise. En vérité, elle était on ne peut plus enceinte. Son visage, à l'exception de ses yeux, rouges et un peu gonflés par les larmes, était toujours le même, fin et régulier. Mais son corps, telle une énorme vessie gonflée, n'était que ventre sous sa longue jupe hippie, multicolore comme le voile de Mâyâ. Une fois debout, elle s'inclina en arrière, cassant sa taille pour équilibrer le poids de son ventre.

— Je vais voir comment va le petit.

— Ana María, annonça Federico, je dois sortir. Je rentrerai probablement tard.

Ana María demanda d'un ton ironique :

— Tu vas faire un travail de masses ?

— Je dois voir des camarades, répondit Federico, impassible.

— Ces derniers temps, Federico travaille beaucoup dans les bases, expliqua Ana María avec une ironie amère, un peu théâtrale. Moi, je l'attends ici. N'est-ce pas, Federico ?

Celui-ci ne répondit pas. Escobar envia sa maîtrise, son impassibilité, son calme. L'expérience du militantisme politique, peut-être.

— Bon, alors va-t'en, le défia Ana María.

Escobar eut soudain le moral à zéro. Il avait espéré qu'il pourrait voir Ángela à son retour. Il avait même fait des projets.

— Pas tout de suite, dit Federico. J'attends d'abord un coup de fil.

Au téléphone, Berenice bavardait, toute guillerette, en prenant des poses lascives.

— Ouh, le fou ! disait-elle. Ouh, le fou !

— Berenice, dit Ana María, raccrochez. Federico attend un appel des camarades du par…

— Ana Maria ! l'interrompit Federico.

Ses yeux étincelaient. Ana María se tut aussitôt. Elle fit demi-tour et quitta le salon sans dire un mot.

— Qu'est-ce qu'elle a ? demanda Escobar.

Federico montra du menton Berenice, toujours pendue au téléphone.

— Ou-hi, quel fou ! dit celle-ci en riant.

Elle riait en rejetant la tête en arrière, laissant son épaisse et lourde chevelure se balancer librement, sa gorge brune et rondelette offerte.

— Berenice, j'attends un coup de fil, dit Federico.

— Bon, mon chou, on a besoin du téléphone… dit-elle.

Elle émit une sorte de ronronnement.

— Mmmm… mmmmm… un ami… pour de vrai, mon chou, un ami, rien d'autre… mmmmmmmm…

— Berenice, s'il vous plaît, insista Federico.

— Bon, mon chou, maintenant je raccroche pour de bon, d'accord ? Ciao. Baï baï. Oquei, baïe baïe.

Elle raccrocha. Et se retira en faisant claquer ses talons comme une reine.

— Qu'a donc Ana María ?

— Je ne sais pas. Rien. Tout. Sa grossesse, la fièvre de Mateo, moi, le travail au parti, Ángela, le chien d'Ángela, les problèmes d'Ángela, les coups de fil de Berenice, les petits amis de Berenice, les dents de Mateo, qui sont en train de sortir et le font pleurer. Mais surtout sa grossesse, je suppose. Je ne sais pas. Ne te marie pas, Escobar. N'aie pas d'enfants.

— Mais, Federico, ce n'est pas toi qui me disais, l'autre soir…

— Bon, ça n'a pas d'importance, le coupa Federico.

Et il se tut.

— Tu m'as appelé pour quoi, hier ? interrogea Escobar.

— Ah, oui… Tu comptes toujours faire des poèmes engagés ?

— Ma question est sérieuse.

— Et je te parle sérieusement. Ça t'intéresse ?

— Je ne sais pas…

Escobar chercha une sortie.

— … je ne sais pas comment on fait un poème engagé.

— Nous t'expliquerons.

— Qui ça, nous ?

— Nous. Le parti.

— Parle sérieusement, Federico.

— Je parle tout à fait sérieusement.

— Je ne sais pas... Vous ne pouvez pas m'« expliquer » un poème. Il n'y a pas de poèmes engagés.

Non ? Ricardito Patiño, un vrai Pétrarque, avait dit qu'il ne pouvait y avoir de poésie que de circonstance. Une poésie à gages, en quelque sorte.

— Pas à gages : engagée.

— C'est pareil.

— Bon. Ça t'intéresse ?

— Je ne sais pas. Laisse-moi y réfléchir.

— Ça t'intéresse ?

Pourquoi pas ? C'était quelque chose. De toute façon, il n'avait rien à faire, ni personne dans sa vie, et n'était attendu nulle part. Il n'avait pas de mère, ni de petite amie. (Ángela. Peut-être qu'Ángela allait revenir.)

— Bon, je n'ai aucun engagement, donc j'imagine que je peux m'engager. Je suis libre comme l'air.

Federico garda le silence. Escobar aussi, quelques instants.

— Eh bien ?

— Eh bien quoi ?

— Bon. Qu'est-ce qu'il faut que je fasse ?

— Nous attendons un appel.

— Ah.

Des instructions de Pékin, sûrement. Devrait-il écrire des poèmes en chinois ? Il repensa au mauvais accueil réservé à son haïku japonais, l'autre soir. Devrait-il accepter l'assistance technique de Diego León Mantilla ? Comment allait Beatriz ? Elle avait de jolis nichons. Sa grossesse se remarquait-elle déjà ?

— Federico, quand tu dis « le parti », tu veux parler de Diego León Mantilla ?

— Ne sois pas idiot.

— Parce que Diego León Mantilla n'a pas la moindre foutue idée de la littérature, je te préviens.

Federico ne répondit pas. Ils restèrent un moment silencieux, à attendre.

Ángela rentrerait-elle avant qu'ils sortent ? Il se mit à tirer des plans sur la comète. Le téléphone sonna, et Federico commença à parler à voix basse, grave, lente – Oui, camarade… non, camarade… –, entrecoupée de longs silences.

— Je suis avec un camarade…

Il hésita un instant.

— … poète. Poète, camarade. Un camarade poète, camarade. Oui, poète. Le forum… les intellectuels, camarade… Oui, camarade… Non, camarade… Le camarade dont nous parlons, camarade.

Federico raccrocha. Il hésita encore un instant.

— Bon : ça t'intéresse de venir ?

— Camarade ? suggéra Escobar.

Malgré lui, Federico sourit. Il ajouta :

— … camarade ?

— Allons-y, camarade, dit Escobar.

Il se sentit tout drôle. Mais bon : en avant. Il trouvait bizarre d'appeler Federico « camarade » pour la première fois de sa vie. Mais il se dit que plus tard il trouverait bizarre d'avoir trouvé bizarre de l'appeler « camarade ». Alors en avant.

Federico sortit du salon. Il revint un peu plus tard, de mauvaise humeur, avec un blouson noir de pilote de la Première Guerre mondiale, plein de fermetures Éclair. Il décrocha d'une sculpture en plâtre un casque de moto. Escobar regarda cette sculpture, qui lui sembla vaguement giacomettienne. Sur l'intérieur de ses jambes on voyait des artères de fer, comme des varices noires.

— Tu me permets une critique, camarade ?

— Non.

— Qui est-ce ?

— Camilo Torres.

— Le héros de l'Indépendance ? Je sais, Federico, l'engagement, oui, mais vous faites des héros sur commande ?

— Ne sois pas con, il s'agit de l'autre Camilo, le prêtre. C'est pour l'Université industrielle de Santander. Des camarades très combatifs.

— Et ils ne voudraient pas plutôt... comment te dire.. quelque chose de plus socio-réaliste ? Ce truc pue l'art bourgeois décadent, si tu veux mon avis.

— Oui. Mais je l'avais d'abord fait socio-réaliste, et il ressemblait trop à un curé.

Ils sortirent.

— Ah ! la technique japonaise ! s'exclama Escobar, admiratif, devant une moto rouge, luisante, parsemée de petits miroirs. Vous n'étiez pas plutôt pro-chinois ?

— Écoute, Escobar, je te préviens : je vais te faire rencontrer quelques camarades, alors fais-moi le plaisir de ne pas dire trop de conneries. J'ai dit que je répondais de toi.

La bruine vaguement lumineuse, les ordures qui fermentaient doucement dans la nuit, un vigile en poncho à bicyclette qui remontait en zigzaguant les rues en pente de la Perseverancia. Des publicités fluorescentes de pharmacies et de débits d'alcool, vert menthe, rose électrique, couleur cadmium. La moto palpitait entre les jambes d'Escobar, et la bruine l'aveuglait. Federico évita les ténèbres du Parc national et descendit vers la Septième Avenue en faisant rugir son engin aux feux rouges. Depuis les voitures, hermétiques, on les regardait avec une appréhension dissimulée : les assassins à la moto. Des minibus bondés, clignotant de lumières et d'autels. Des foules sortant des cinémas, des cours du soir.

— Voilà ta réalité !

— QUOI ?

— TA RÉALITÉ, C'EST ÇA !

— MA RÉALITÉ ?

— OUI ! PAS LES SONNETS !

— LES SONNETS ?

— TES SONNETS À LA CON !

Il était difficile de parler, avec ce bruit. Ses sonnets n'avaient rien de sonnets à la con, ou peut-être que si, mais pas dans le sens où l'entendait Federico. Escobar colla sa bouche au casque de Federico et cria :

— PETIT-BOURGEOIS RADICALISÉ !

— QUOI ?

— PETIT-BOURGEOIS RADICAL...

Sa voix se cassa. Il garderait ça pour plus tard. Il avait toujours lu que c'était la pire insulte entre révolutionnaires authentiques : petit-bourgeois radicalisé. La moto fonçait vers le nord, rapide, mugissante, fendant les rideaux de bruine, gîtant comme un bateau pour dépasser voitures et autobus. Quelle dangereuse machine. Federico roulait à une vitesse insensée parmi le chaos de la circulation, il s'aventurait dans les étroits couloirs de fer entre deux bus, les frôlant avec les genoux, à un millimètre de leurs roues colossales. Escobar lui enlaçait le dos, aveuglé par la pluie, furieux et terrifié : petit-bourgeois radicalisé de merde. Du haut de son bus, à un feu rouge, un chauffeur cracha avec une violence adroite sur le casque de Federico. Il le méritait, parce que c'était un petit-bourgeois radicalisé de merde, mais Escobar eut un haut-le-cœur. Que faisait-il là, où se laissait-il emmener, en croupe sur cette moto comme une jeune vierge qu'on vient de délivrer ? Peut-être qu'Ana María avait raison. Tout lui était égal : chevaucher une moto en direction de l'inconnu, étourdi par le vent, ou dîner chez sa mère avec Mgr Boterito Jaramillo. La même acceptation, le même manque d'enthousiasme. Inerte. Disponible. Libre comme l'air. Comme une pierre. Libre ou inerte, c'était du pareil au même.

Très loin, au nord, ils prirent vers le bas par une large avenue bordée d'arbres, à contresens, et se glissèrent le long d'un chemin recouvert de gravier. Federico coupa enfin le moteur. La musique violente d'une discothèque leur parvenait, assourdie par la distance. Étaient-ils venus poser une bombe ? Danser ? Sous la bruine, garées sur l'herbe sous de grands arbres qui dégouttaient, des dizaines de voitures brillant dans l'ombre étaient alignées. Federico confia sa moto à un vigile armé.

— Surveille-la-moi, mon frère.

Ils commencèrent à attendre sous les frondaisons humides des arbres, entre de grosses gouttes espacées, sans rien dire.

— C'est ça que tu appelles « ma réalité » ?

— En partie.

— Ah, je comprends. Il s'agit d'une excursion didactique. D'abord le sud, le centre, les sept cercles de l'exploitation et de la misère, les gosses en haillons qui font les poubelles, les minibus bondés. Et ensuite le nord, le ciel, El Unicornio, le luxe corrompu de la grande bourgeoisie.

— Sois pas con.

— On est venus danser ?

— Arrête, Escobar. C'est ici qu'on a rendez-vous avec les camarades.

— Ah. Les camarades sont membres de l'Unicornio.

— Non, les camarades ne sont pas membres de l'Unicornio. Mais le vigile de l'Unicornio, en revanche, est un très bon camarade qui... Ah, Escobar, putain, fais pas chier !

— C'est juste que je ne comprends pas. Je ne comprends pas pourquoi tu m'as amené ici. Et, je te jure, je ne comprends pas non plus très bien pourquoi tes camarades veulent me connaître.

— Ici, parce que le rendez-vous est ici. Et toi, pas parce que c'est toi en particulier. Le parti a décidé d'ouvrir un front de lutte culturelle, dans la ligne de Mao au forum de Yanan. Quelque chose d'assez ouvert, mais bien sûr avec des artistes et des intellectuels plus ou moins conséquents, avec une certaine position de classe. J'ai dit que je répondais de toi. J'ai proposé ton nom.

— Et quelle est ma position de classe, si ce n'est pas trop demander ?

— Petit-bourgeois radicalisé.

Soudain, ils furent aveuglés par une puissante lumière de phares, et une énorme voiture faillit les renverser en grimpant brusquement sur le bord du trottoir pour se hisser sur l'herbe, entre les arbres. Deux autres arrivèrent aussitôt, dans un crissement de pneus. Il en descendit un groupe de jeunes gens : des filles brunes, blondes, aux longues jambes de soie, le dos nu ; des types en smoking, soûls et titubants, qui criaient : « Putain, Bobby, *you'll kill everybody one of this nights* dans cette putain de Jaguar. » L'un d'eux embrassait les épaules nues d'une fille, un autre urinait contre un tronc d'arbre, deux autres filles marchaient devant eux en bavardant. Le dénommé Bobby lança de loin les clés à Federico.

— Tiens, vieux, gare-moi cette voiture comme il faut.

Ils s'éloignèrent en direction de la musique, parmi les rires et les cris. « Et Claudia ? *Where is Claudia ?* » Federico laissa tomber les clés dans l'herbe haute.

— Ce n'étaient pas les camarades qu'on attend ?

— Sois pas con.

— Toi-même. Tu as complètement perdu le sens de l'humour, Federico. Le marxisme-léninisme rend les gens idiots.

— Au contraire : c'est l'humour qui rend les gens idiots.

Avec un crissement de pneus sur le goudron, une autre voiture rutilante freina devant eux. Escobar espéra en voir descendre un autre groupe de filles sublimes. Les deux portes s'ouvrirent.

— Montez, camarades.

À l'intérieur cela sentait la voiture neuve et chère, le cuir vivant. Federico monta devant, à côté du conducteur : chemise à poches, poignets nerveux, montre de plongeur, pattes longues de héros de l'Indépendance et large sourire qui inspirait confiance. Le camarade Douglas, le présenta Federico. Derrière, de chaque côté d'Escobar, qui se retrouva coincé au milieu du siège, la camarade Zoraida et le camarade Hermes. Devant l'air étonné d'Escobar, le camarade Douglas expliqua en riant :

— Non, camarade, nous ne sommes pas des oligarques. C'est une bagnole volée.

Le camarade Hermes corrigea :

— Récupérée, camarade.

La camarade Hermes avait une moustache raide et noire, et des lunettes malgré l'obscurité de la voiture. À la différence du camarade Douglas, il n'inspirait pas du tout confiance. La peau basanée, dure comme du cuir, marquée de cicatrices de variole. De la camarade Zoraida, Escobar ne percevait que la chaleur silencieuse contre son bras gauche, la peau mate dans des vêtements d'homme amples et une masse de cheveux très noire dans la pénombre. Ils étaient muets tous les deux. En revanche, le camarade Douglas parlait fort et gesticulait. Parfois il se retournait complètement sur son siège, comme s'il oubliait que c'était lui qui conduisait. Federico lui indiquait des carrefours et des croisements, qu'il ignorait avec des rires et des sifflements, accélérant, plein de dédain. On entendait à peine le vrombissement puissant du moteur, et pourtant en un instant ils furent à deux pas de l'autoroute. La voiture fit un u sur deux roues, acrobatiquement, Escobar reçut sur le corps tout le poids et toute l'odeur forte de Zoraida, tandis que de son côté il roulait sur Hermes et se plantait dans l'os iliaque le bord dur de quelque chose qui devait être un pistolet.

— Sacrée bagnole, commenta le camarade Douglas avec orgueil.

Ils grimpèrent la rue comme une flèche.

— Bon, tes questions, camarade.

Des questions sur quoi ? Pourquoi n'en posaient-ils pas, eux ? Front élargi culturel, ou quel que ce soit ce truc. Organiser des forums de poètes ? Écrire des proclamations ? Ce connard de Federico l'avait lancé comme ça, tout à coup, dans la vie, comme lors d'un accouchement, sans rien lui expliquer clairement, petit-bourgeois radicalisé de merde. Il regarda Hermes : à peine le reflet noir de ses lunettes noires de mafieux. Il regarda Zoraida : il ne voyait que la lueur blanche de ses yeux. Il voyait mieux Douglas, grâce au reflet des phares. Il lui manquait une phalange à l'index de la main droite. Des mains calleuses. Il regarda subrepticement les siennes, à la lumière intermittente des réverbères au mercure : pas un cal. Mais pourquoi se sentait-il confusément honteux ? Intimidé ? Division du travail, camarade : toi tu te sers d'un fusil, moi je corrige l'orthographe d'une proclamation. Oui, mais il n'avait pas le moindre cal : même pas celui qu'on a sur l'annulaire à force de tenir le stylo, la plume. Des mois sans un poème. Et, s'ils lui en demandaient un maintenant, serait-il capable de le composer ? Il avait l'impression de passer un examen. Qui étaient ces gens ? Des combattants ? Des idéologues ? Des intellectuels dans une position de classe conséquente ? Il sentait contre sa hanche le poids glacé du pistolet accroché à la ceinture d'Hermes. Une voiture chère est toujours moins grande qu'elle n'en a l'air, vue de l'extérieur. Il se racla la gorge, perplexe.

— Bon, et vous ?

— La Révolution, camarade, répondit Hermes sur sa droite, en remontant lentement ses lunettes sur son nez.

À sa gauche, Zoraida interrogea à son tour :

— Et toi, camarade ?

— Moi ?

— Le camarade Federico nous dit que tu es quelqu'un de confiance, ajouta Zoraida.

Sa voix était grave, intense. Brune, fine, la paupière arabe et le nez grand et aquilin. Turque, probablement. Zaida, Zoraida, Zorahaida – les trois filles du roi maure. Trois jeunes Mauresques s'éprennent de moi à Jaén : Aiza, Fátima et Marién… Mais il était frivole de penser à ça pendant que les autres lui donnaient des explications sur le travail militaire, le travail politique et le travail de masse, et la gépépé.

— Camarade…

Il avait beaucoup de mal – cela le faisait presque tousser – à dire avec naturel le mot « camarade » : mon lieutenant, excellence révérendissime.

— … Camarade, qu'est-ce que la gépépé ?

— Guerre populaire prolongée, expliqua Zoraida, non sans un certain air condescendant.

— Ah.

Zoraida parlait avec lenteur et gravité, respirant profondément entre les phrases didactiques et écartant amplement les narines, comme une poétesse de la côte caraïbe qui aurait récité ses propres poèmes. Elle sent la femme, pensa Escobar. À l'étroit dans la voiture, il recevait le poids chaud du sein de Zoraida contre son coude, qui contrastait avec le poids glacé du pistolet du camarade Hermes collé à sa hanche. Et il ne pouvait s'empêcher (bien qu'il se sache frivole) d'imaginer comment devait être le visage de Zoraida pendant l'amour.

— Écoute, camarade, résuma soudain le camarade Douglas. À cause des gringos et des riches, ce pays est une merde.

— À cause de l'impérialisme et de ses alliés locaux, traduisit Zoraida.

— Et des militaires, ajouta Hermes.

— Bras armé de la bourgeoisie, traduisit Zoraida.

Douglas accélérait à fond le long de la Septième Avenue en direction du nord, jusqu'à Usaquén, où l'asphalte se terminait en bourbier devant la caserne de la cavalerie. Au moment où ils arrivaient près des guérites des sentinelles, il freinait sec, et la voiture dérapait un peu plus en lançant de chaque côté des jets de boue, tournait comme une toupie et se retrouvait museau face au sud. Ils repartaient à toute vitesse en direction du sud, moteur hurlant. Hermes montrait les guérites éclaboussées de boue et disait : « L'ennemi. » Et de nouveau ils dévoraient les rues, et on voyait que le camarade Douglas était heureux de conduire cette voiture puissante et rugissante, et de brûler les feux rouges, d'esquiver d'un brusque coup de volant les camions qui jaillissaient soudain, sans feux arrière, dans le faisceau des phares. Là-haut, sur le flanc de la montagne, on devinait la sombre bâtisse du séminaire. Escobar avait peur qu'ils ne finissent par s'écraser contre un poteau électrique. Avec l'ivresse de la vitesse, le visage olivâtre du camarade Hermes semblait s'animer. Federico ne bougeait pas la tête, et sa nuque impassible ne reflétait aucune émotion.

Zoraida parlait. Trois petites Mauresques fraîches allaient cueillir des pommes à Jaén : Aiza, Fátima et Marién.

Il était distrait. Il entendait la voix de Zoraida, légèrement rauque, et suivait avec attention le mouvement de ses lèvres. Mais il ne comprenait pas bien. Zoraida parlait de la caractérisation de la société colombienne du point de vue du matérialisme historique, et ses lèvres se fermaient un instant, se serraient, subitement dures et pâles dans l'obscurité vague chargée de son odeur salée et douce, une odeur de femme. L'ordre colonial et semi-féodal, d'accord ? Et le camarade Hermes acquiesçait : d'accord. Les alliés locaux de l'impérialisme, d'accord ? D'accord. La caste des grands propriétaires terriens, des grands banquiers et des magnats de la bourgeoisie marchande, d'accord ? D'accord. Douglas se retournait parfois, sans lâcher le volant : c'est pour la Colombie, camarade, pour les gens de ce pays. Zoraida traduisait : révolution démocratico-bourgeoise au service de la libération nationale, d'accord ? D'accord. C'est avec les gens, camarade, avec les vraies gens, qui travaillent et qui se font avoir, avec les paysans, avec les ouvriers… Zoraida traduisait, sérieuse, concentrée : contenu démocratique, mouvement grévistique, d'accord ? D'accord. Guerre de la campagne contre la ville, d'accord ? D'accord. Zones libérées, d'accord ? D'accord. Escobar fit une objection :

— Excuse-moi de t'interrompre, camarade. J'ai l'impression que tout ça n'a pas grand-chose à voir avec la Colombie. Vous appelez « zones libérées » les endroits où il y a quelques guérilleros cachés et qui n'ont pas encore été découverts. Je ne sais pas si…

— Le président Mao, camarade, le coupa Zoraida, dit…

— Justement, justement, l'interrompit de nouveau Escobar. J'ai comme l'impression que vous n'avez pas essayé de comprendre ce que dit Mao, mais que vous l'avez simplement appris par cœur. Et que là où il parle de la Chine vous dites « Colombie ». Et je crois que ça ne se fait pas comme ça. Mao dit, précisément, que pour faire la révolution en Chine il faut d'abord regarder comment sont les choses en Chine : ces trucs de la féodalité et de la bourgeoisie marchande. Mais si c'est en Colombie, eh bien il faut regarder ce qui se passe en Colombie, j'imagine.

Il y eut un silence menaçant. Le camarade Hermes le regarda d'un œil noir. La camarade Zoraida, aux lèvres charnues, fit une moue vers le bas et regarda par la fenêtre. Voilà les conneries que Federico lui avait interdit de dire. Il n'osa pas le regarder.

— Écoute, camarade, déclara enfin Douglas, toute la question est d'y mettre ses tripes.

— Mais la camarade Zoraida disait que la révolution démocratico-bourgeoise…

— Ses tripes, camarade, répéta Douglas.

— Et des balles, ajouta Hermes, lugubre.

— Mais, camarade…

Escobar chercha des yeux l'aide de Federico, qui le regarda avec froideur. Mais pourquoi se laisserait-il impressionner, s'il n'était pas d'accord ?

— ... ceux d'en face aussi y mettent leurs tripes. Et des balles. Eux aussi croient qu'il ne s'agit que de ça.

— Ceux d'en face n'ont pas le peuple avec eux, camarade.

— Ils n'ont pas le peuple, répéta Hermes, gravement.

— Probablement pas, mais ils ont plus de balles. Ou alors vous croyez qu'en tuant de temps en temps un flic à un coin de rue pour lui piquer son pisto...

— Des bazookas, camarade. Des mitraillettes. Des canons antiaériens.

— Des avions, dit Hermes. Des tanks.

Escobar se tut un instant, abasourdi.

— Et qui viendraient d'où ?

— De l'ennemi, dit Hermes avec simplicité.

— Et s'il n'y a pas de tanks, avec des pierres, camarade, expliqua Douglas, réaliste. À la machette.

— L'important n'est pas la technologie, mais le degré de développement de la conscience des masses populaires, traduisit Zoraida.

— Les tripes des gens. Ces gens en ont, et comment, et ça, personne n'y peut rien. Regarde, camarade, c'est très simple : ce pays est en guerre. D'un côté, les salauds de riches, les salauds de gringos et toute la clique des flics. Et, de l'autre, tout le peuple et ses tripes. La camarade Zoraida va t'expliquer ça.

— D'un côté, l'impérialisme et ses alliés locaux ; et, de l'autre, le peuple et son avant-garde armée, résuma Zoraida.

— Cette histoire ne se règle pas avec des compresses chaudes et des prêts de la BID, mais en se battant, camarade. Avec des fusils.

— Forme supérieure de lutte, expliqua Zoraida.

— Ce n'est pas si simple, insista Escobar, têtu. Il n'y a pas deux côtés : il y en a cinquante.

— Bon, camarade, d'accord : d'un côté, il y a quarante-neuf côtés, et de l'autre, il y a nous... répondit le camarade Douglas en riant.

Il tapota l'épaule d'Escobar.

— Mets-y tes tripes, mon frère, et tu verras comme ça te passera.

Qu'est-ce qui lui passerait ? Mais il se tut. Hermes lui serra le coude, presque affectueusement, et il donna un petit coup sur la crosse de son pistolet, la laissant apparaître, le sourire aux lèvres. Escobar répondit à son sourire. Mais pourquoi s'était-il laissé entraîner là-dedans par Federico ? Il n'était même pas certain que sa position de classe soit complètement conséquente.

— On a ton CV, camarade, dit Zoraida.

Qu'est-ce qu'ils sont sérieux, pensa-t-il, admiratif, si peu sérieux qu'ils semblent. Son CV. D'où pouvaient-ils bien tenir son CV ? Et comme il était flatté qu'ils l'aient. Zoraida tapotait du doigt sur une épaisse chemise : tout cela ne pouvait être son CV.

— Nous savons que tu es poète, camarade, continua Zoraida.

Escobar, flatté au plus haut point, fit non de la tête, fit oui de la tête : il ne voulait pas se montrer vaniteux.

— Nous savons que tu as une position de classe conséquente.

Escobar fit non de nouveau, fit oui de nouveau, légèrement inquiet : il ne savait pas trop quoi comprendre par « position conséquente ». Conséquente avec quoi ? Et comment avaient-ils découvert, à travers ses rares – et hermétiques – poèmes publiés, que sa position était conséquente avec quelque chose ? Zoraida ouvrit la chemise, la feuilleta, éclairée par la lumière qui entrait par intermittence par la fenêtre de la voiture : ils roulaient à présent dans la Centième Rue, vers l'ouest, et prenaient l'avenue vers Suba. Le profil aquilin de Zoraida se découpait sur la fenêtre, et l'éclat de la lumière sur les feuilles blanches du CV donnait à son teint basané un ton grisâtre sous ses cheveux noirs, épais, aussi frisés que la cime d'un arbre. Il sentait sa cuisse chaude collée contre la sienne, dans l'ombre. Zaida, Zoraida, Zorahaida.

— Voyons voir : Ignacio Alvarado, bogotien, classe moyenne, famille libérale, auteur de *Poèmes urbains*.

— Pardon, mais ça, ce n'est pas moi.

Ce n'était pas lui, c'était un autre : Alvarado, en effet, un imbécile, appelé le Poète urbain. Lui-même se présentait ainsi : « Alvarado, poète urbain ». Exécrable, en plus. Conséquent, certes, si c'était là être conséquent : *Ode au chauffeur de bus, Salut aux ouvriers du petit matin*. Nul. Un gros, grand, fort collaborateur de tous les suppléments littéraires.

— Ce n'est pas moi, camarade. Moi, je n'ai jamais écrit de poèmes urbains.

— Peu importe, camarade.

— Mais je ne suis pas ce type. Je ne suis pas Ignacio Alvarado. Je m'appelle Escobar. Ignacio Escobar.

— Ignacio Escobar, Ignacio Alvarado, c'est pareil, le coupa Zoraida d'un air irrité.

— Tous les poètes se valent, mon frère, ajouta Douglas en riant.

Peut-être. Mais qu'ils ne le confondent pas avec Alvarado. Avec n'importe qui, mais pas avec Alvarado.

— Soit, mais je ne suis pas ce type, insista-t-il, vexé.

— Ne fais pas le bourgeois individualiste, camarade.

Federico intervint :

— Je crois qu'il y a une confusion, camarade. Lui, c'est Ignacio Escobar. C'est un ami de quinze ans. Je réponds de lui. Il est conséquent.

— Je connais le camarade Escobar, intervint Hermes d'une voix lugubre. C'est un super-poète : il a un super-poème sur les bombardements criminels des camarades vietnamiens par l'impérialisme, qu'il a publié dans le supplément littéraire d'un journal.

Tous le regardèrent. Escobar était stupéfait. Un poème sur les bombardements vietnamiens ? Hermes, remontant ses lunettes d'aveugle sur son nez, récita d'un ton sinistre, sur un rythme de romance lorquien :

Sur la noble terre des gens
volent de lourds oiseaux de mort.
De leurs ailes tombe une pluie
de sang : sous eux tout n'est que mort.

La pluie tombe comme la pluie.
Au sol déjà les morts sont morts.

Il y eut un silence admiratif, qui flatta Escobar. Oui, ces vers étaient de lui. Ils n'avaient rien à voir avec le Vietnam, mais ils étaient de lui. Enfin : de Lorca, mais de lui. De n'importe qui. Tous les poètes sont pareils. Ils avaient probablement coïncidé avec un bombardement de la guerre du Vietnam, mais c'était le seul rapport qu'ils avaient avec elle : la coïncidence. C'est de cela qu'il s'agissait, précisément : de montrer que les choses arrivent en même temps, mais qu'en général elles n'ont rien à voir les unes avec les autres. La pluie tombe comme la pluie. Point. Au sol déjà les morts sont morts. Point. Parce que la pluie tombe toujours comme de la pluie : c'est sa façon naturelle, habituelle de tomber. Et ce qui définit les morts c'est justement qu'ils sont déjà morts. Il était extrêmement flatté que quelqu'un connaisse ses vers par cœur – bien sûr, ils étaient faciles à retenir : le ronron collant de l'octosyllabe. Mais, de toute façon, ils ne disaient pas exactement cela.

— Ce n'est pas tout à fait comme ça, camarade, commença-t-il.

Zoraida l'interrompit aussitôt :

— C'est sans importance, camarade, on a parfaitement compris.

— Si, c'est important. En poésie, ce qui compte c'est la forme et…

— Exactement : c'est ce que tes vers ont de bon, ils sont faciles de forme. Mais, ce qui importe, c'est le contenu, camarade : qu'il soit conséquent avec les luttes des secteurs populaires.

— C'est à ça que peuvent nous servir les poètes comme toi, camarade, ajouta Douglas. Pour donner à la chose ce petit côté boléro qui plaît aux gens. Il faut rabâcher et rabâcher les consignes, camarades, mais, pour que les gens les apprennent et les comprennent, c'est bien qu'elles aient un petit air de chose poétique, comme ça, elles s'inscrivent dans leur mémoire. Explique aux gens la lutte des classes comme ça, camarade, comme si tu leur balançais un boléro. Le camarade

Federico te donne les paroles, et la camarade Zoraida les mettra en musique.

— Camarade… se plaignit Zoraida.

Mais ce n'était pas ça. Pour commencer, son *romance* n'avait rien à voir avec le Vietnam. Et, surtout, ce n'était pas ça, mais exactement le contraire. Le contraire de l'engagement. Il s'agissait d'expliquer que tout se passe sans qu'il se passe absolument rien. Douglas avait arrêté la voiture au centre d'un quartier de petites maisons à un étage, silencieuses, avec un jardinet sur le devant. Escobar renonça à donner des explications.

— Que voulez-vous que je fasse, alors ? D'autres vers comme ceux-là ?

— Plus ou moins. Mais d'ici, camarade, pas du Vietnam, dit Zoraida. C'est bien de parler des camarades du Vietnam, même si maintenant ils sont tombés entre les mains d'une clique révisionniste pro-soviétique. Mais ce que nous avons à apprendre d'eux ce n'est pas ça, c'est ce qui leur a permis de gagner la guerre contre l'impérialisme : compter sur ses propres forces. Écris sur nos propres forces, camarade, sur les luttes de notre propre peuple. Ta voix doit être la voix communiste du peuple.

Zoraida parlait lentement, d'un ton passionné, en articulant bien, en ouvrant grande la bouche pour prendre de l'air et en forçant un peu sa voix. Elle aurait dû être actrice, ou peut-être poétesse.

— Parle de la guérilla urbaine, camarade, suggéra Hermes.

— Ou des luttes syndicales, ajouta Douglas. Ici, les sujets en or, ça ne manque pas. Parle de ces salopards d'oligarques.

— Le problème, c'est que, si je commence à parler de ces salopards d'oligarques, qui sait si on me publiera dans les suppléments littéraires des journaux, allégua Escobar.

— Il ne s'agit pas de ça, camarade. Va réciter tes vers dans les usines, dans les syndicats, dans les communautés indigènes, énuméra Zoraida. Dans les campagnes, dans les montagnes, dans la forêt.

Dans la forêt ? Escobar frissonna : ce n'était pas la porte à côté.

— Bon, je ne sais pas… Je suis plutôt un type de la ville…

Douglas lui enfonça ses doigts dans l'épaule.

— Bon, camarade : oui ou non. Arrête de faire chier. Mouille-toi le cul. Ici, c'est la guerre, camarade. Choisis ton camp.

Tout le monde se tut, et l'atmosphère devint lourde. La guerre ? Le moteur de la voiture arrêtée ronronnait faiblement dans le silence absolu : un quartier vert, des petites maisons à un étage parsemées sur des pelouses, entre des impasses, des structures de tuyaux de couleurs pour que les enfants jouent, des dos-d'âne au milieu des rues pour que les voitures ne roulent pas trop vite. La paix. On ne voyait même pas de gardien armé. On aurait pu être dans le Minnesota, au Luxembourg : et c'était un quartier de la classe moyenne de Bogotá tout juste prospère. Maisons à crédit, dettes auprès des banques. Une vie atroce. Hermes suivit son regard.

— L'oligarchie, dit-il.

Non. Mais bon. Non, pourtant, non : croyaient-ils vraiment que l'oligarchie c'était ça ? Pays semi-colonial et semi-féodal, d'accord ? Il ouvrit la bouche pour continuer à protester et sentit les yeux de Federico fixés sur les siens : il avait répondu de lui, et lui, il l'avait remercié de sa confiance en disant des énormités. Bon, alors, marché conclu. Marché conclu ? Ce qui importe, c'est la forme. Comment leur dire que bon, oui, il était d'accord ? Marché conclu, comme s'il s'agissait d'affaires ; à vos ordres, mon commandant, comme à la caserne : phrases de l'ennemi. Le capital, le bras armé de la bourgeoisie. L'impérialisme : oqueï. Il pensa à Berenice et, un peu avant, à Cecilia. Pays semi-féodal et semi-colonial, oui, putain, il était d'accord. Mais tout cela lui montrait qu'au fond du fond sa position de classe n'était pas encore vraiment et solidement conséquente. Et cela provoquerait des problèmes plus tard, il le savait, il le craignait. Mais comment les en avertir ? Ils le regardaient en silence. Au mieux, au pire, ils finiraient tôt ou tard par l'exécuter parce qu'il aurait des positions de classe divergentes. Il le savait. Tôt ou tard, ils devraient l'exécuter, s'ils étaient vraiment conséquents. Il se rappela une statistique préoccupante : la guérilla tuait bien plus de camarades traîtres que d'ennemis proprement dits. Quoique, quel ennemi, à proprement parler, plus ennemi qu'un camarade qui a trahi ? Oui, mais aussi, qui juge de la trahison ? Les masses, camarade, et leur avant-garde armée.

Il devait être extrêmement tard. Il y avait des heures qu'ils faisaient des tours et des tours en voiture. Cela faisait un temps fou qu'ils étaient arrêtés là : une voiture remplie de passagers, moteur allumé, dans ce quartier silencieux à la paix achetée à crédit. Plus que suspect. La police viendrait. Il faudrait la suborner. Le camarade Hermes la recevrait à coups de pistolet.

Douglas avait lâché son épaule et le regardait d'un air vaguement moqueur. Derrière ses lunettes noires, Hermes ne le regardait pas, du moins Escobar ne pouvait-il pas le savoir. Federico semblait devenir nerveux. Escobar évita le regard sombre de Zoraida, fixa des yeux sa large bouche entrouverte. On devinait l'éclat blanc de ses dents. Bon, oqueï, putain, à vos ordres : *perinde ad cadaver*, comme disent les jésuites.

— Bon, d'accord, dit-il.

Il se rendit compte que cela faisait un moment qu'il ne respirait plus. Les autres reprirent haleine eux aussi, à l'unisson. Bon, ce n'était pas si grave non plus, au fond.

— Autre chose, camarade, dit Douglas. Tu connais des gens friqués.

— Euh, je ne sais pas… répondit Escobar, dubitatif. Ça dépend de ce qu'on entend par « friqués ». D'ailleurs, je ne crois pas que les gens friqués aiment beaucoup la poésie. Même la poésie pas engagée. Au contraire.

— La poésie n'est pas le plus important, camarade, répondit Douglas en riant. Ce qui nous intéresse, c'est le fric. Et tu peux nous avoir des renseignements sur quelques personnes.

— Camarade, le front élargi, le front culturel… commença Zoraida, d'une voix inquiète.

— Tous les fronts, petite camarade. Toutes les formes de lutte, dit Douglas avec un sourire.

— Mais on n'avait pas parlé d'enlèvements, camarade, commença Federico d'une voix très tendue.

D'enlèvements ? Le cœur d'Escobar cessa de battre. D'enlèvements ?

— Arrêtons avec ces trucs foireux. Vous allez voir que le camarade est à la hauteur, affirma Douglas, rassurant, avec son grand sourire qui inspirait confiance.

Il donna deux petites tapes fraternelles sur le genou d'Escobar, et la voiture démarra dans un crissement de pneus brûlés sur l'asphalte. D'un bond, ils furent dans l'avenue sombre, et Escobar vit l'éclat rougeâtre de Bogotá, vers le sud, illuminer le ciel. Des enlèvements ? Il essaya de dire quelque chose :

— Dis donc, camarade, écoute un truc marrant.

De la main, Douglas indiqua qu'il n'entendait pas.

— Après, camarade.

Zoraida était muette. Son corps, si tiède un peu plus tôt, était maintenant dur et tendu. Hermes était toujours impassible derrière ses lunettes noires. Federico fit signe à Escobar qu'ils parleraient plus tard. Ils sillonnèrent la ville à cent à l'heure, sans rencontrer personne. Il devait être très tard. Aucun d'eux ne parla plus. Devant la discothèque, il ne restait que deux ou trois voitures, et on n'entendait plus de musique.

— Réfléchis-y, camarade. Tu nous diras après, fit Douglas.

Et il dit au revoir à Escobar en lui serrant l'épaule. Hermes descendit pour le laisser sortir. Zoraida s'installa devant, à la place de Federico. Elle ouvrit la fenêtre et lui tendit une main qu'il serra, humide et solidaire.

— Ciao, camarade.

La voiture vrombit et s'enfonça dans l'ombre, toute luisante. On entendit le rapide changement de vitesses, le crissement angoissant des pneus dans le virage.

— Merde, dit Escobar.

— Merde, dit Federico.

Ils restèrent sans rien dire. On entendait le vent à la cime des arbres, infatigable. Escobar eut froid.

— Merde, répéta-t-il. Merde, Federico, tu ne m'avais pas dit de quoi il s'agissait. Composer un poème est une chose. Et ça, c'en est une autre.

— Non, il ne s'agit pas de ça. Enfin, on en parlera plus tard.

Il fit rouler la moto sur le gravier. En plus, remonter sur cette putain de moto. Pendant le trajet jusque chez lui, sa peur de la moto l'empêcha de penser. Ils réveillaient sans aucun doute au passage des milliers de gens dans la ville endormie, et il était incompréhensible que personne ne se mette à la fenêtre pour leur tirer dessus.

— Monte, proposa Escobar.

— Je ne peux pas. On va me voler ma moto.

— La récupérer, camarade. Ne sois pas bourgeois.

Ils placèrent la moto dans le hall. Ils montèrent. Sous la porte d'Escobar, un mot d'Henna :

Ignacio, j'ai mal noté le numéro de ta maman. Je passerai demain voir si tu es rentré. Je t'aime.

Et la signature fleurie. Ah merde, et il n'était même pas encore sorti de tous ses problèmes antérieurs, d'individualiste petit-bourgeois. Il déchira le mot. Ils entrèrent, à tâtons : Henna avait coupé l'électricité, et à coup sûr elle avait aussi coupé l'eau, ah merde. En s'éclairant avec des allumettes, Federico releva le disjoncteur. Escobar sortit une bouteille de rhum.

— Tu n'as pas de whisky ?

— Cette question révèle ta position de classe, camarade.

Ils burent sans parler.

— Bon. Qui penses-tu que nous devons enlever et tuer ?

— Ce sont des conneries de Douglas. Ce n'est pas ce qui était prévu. On se fait une ligne ?

Il sortit un petit sachet de coke.

— Contradictions internes, camarade, ajouta-t-il en souriant.

Escobar sourit lui aussi, et sentit alors un soulagement soudain dans les poumons, un déblocage du diaphragme. Quoique, bien sûr, il y a des gens qui tuent et qui meurent pour le mot « camarade ». Il but une gorgée de rhum.

— Tout cela est ridicule, dit-il.

— Ridicule ? Non. C'est toi qui es ridicule. Qui t'a demandé d'écrire des poèmes engagés, si après l'engagement te fait peur ?

— Je n'ai jamais écrit de poème engagé. Tes camarades m'ont confondu avec un autre poète. Avec Ignacio Alvarado, le Poète urbain. Fais-moi le plaisir…

Quand Federico riait, une grosse veine tressautait au milieu de son front.

— Tous les poètes se valent, comme dit le camarade Douglas.

— Tous, peut-être. Mais pas Ignacio Alvarado, sois-en sûr.

— Ne dis pas n'importe quoi, Escobar : les vers qu'a récités Hermes sont de toi, non ? Ceux sur le Vietnam. Le bombardement.

— Oui, ils sont de moi. Mais ils ne parlent pas du Vietnam. Et il ne s'agit pas d'un bombardement. Ça parle d'oiseaux qui, en passant, chient sur la terre des gens, comme ils auraient pu le faire sur la mer. C'est tout.

— Vietnam veut dire « terre des gens » en vietnamien.

— Pas possible. Je n'en avais pas la moindre idée. Pure coïncidence. J'ai mis ça simplement parce que ça faisait joli. Quoique, bon, ce n'est pas une coïncidence : je t'assure que les Vietnamiens ont appelé leur pays comme ça parce qu'ils trouvaient ça joli : « Les gens de la terre des gens. » La poésie n'est rien d'autre que ça, Federico. Pur hasard, des choses qui ne veulent absolument rien dire, et si elles le disent c'est par erreur – comme dans ce cas. C'est une erreur. Mais la poésie est erreur, précisément. « J'ai perdu en erreur mon âge fleuri »…

D'un passé très lointain, de sa discussion poétique avec Edén Morán Marín au bar du sang lui parvint le souvenir d'un échange exactement semblable. Ne sortirait-il jamais de ce cercle clos ? Le briser. La violence. C'était ça que Federico et ses camarades étaient venus lui proposer : la violence.

— Mais bon : de toute façon, l'idée était différente, comme tu dis. Écrire des poèmes engagés est une chose. Enlever des gens en est une autre.

— Toutes les formes de lutte, comme dit Douglas, répondit Federico en souriant.

— Fais pas le con, parle sérieusement.

— Bon, d'abord, ce n'est pas sérieux. Je ne crois pas. Ce n'est pas de ça qu'on avait parlé. Ce qu'il y a, c'est que le camarade Douglas s'emballe facilement... C'est un sacré combattant, un sacré leader populaire, un sacré cadre du parti. Un sacré type. Mais qui s'emballe. Je ne crois pas qu'ils aient sérieusement l'idée de mêler un type comme toi à des affaires d'enlèvements. Ce serait irresponsable. Tu n'es même pas membre du parti, et encore moins de l'armée. Tout juste sympathisant. Et encore.

Escobar se sentit blessé dans son amour-propre. Il avait passé toute la soirée à être blessé dans son amour-propre.

— Et toi, qu'est-ce que tu es ? Un sympathisant ? Un sacré cadre du parti ?

Federico ne répondit pas.

— Ah, Federico, tu ne vas pas me faire le coup des petits secrets à la con...

Mais un doute l'assaillit. Il demanda d'un ton prudent, d'une voix sérieuse :

— Jusqu'où trempes-tu là-dedans, Federico ?

Du tranchant de la main, Federico fit mine de se couper la gorge.

— Jusque-là.

Escobar en fut très impressionné. Mais merde, des enlèvements. Ce n'était pas possible. Il regarda Federico, qui était vautré, jambes écartées, sur le divan, son verre de rhum à la main et sa barbe hirsute encore saupoudrée du blanc de la coke, avec son blouson en cuir de pilote d'avion et ses grosses bottes sur le bord de la table. Petit-bourgeois radicalisé. Un jeu ? Ce n'était pas possible.

— Et Ana María ?

— Ana María ne sait rien.

Ils se turent. Puis Escobar lança à voix basse, pensif :

— Merde...

Federico continua, d'un ton grave :

— Elle ne sait pas. Enfin, elle ne veut pas savoir. Et tout ça la rend folle. Tu l'as vue ce soir.

— Oui, elle n'était pas dans son état normal.

Federico s'était levé et allait et venait en se mordant la moustache.

— Elle ne supporte plus. Les choses deviennent sérieuses, et elle ne veut pas. Je la comprends, ce n'est pas facile. Et Mateo, et le bébé, maintenant… Je la comprends. Je ne peux pas l'obliger.

Il s'arrêta, sourcils froncés, songeur.

— Mais qu'est-ce que je fais, alors ? Il faut se prolétariser, Escobar.

— Ça ne me semble pas un idéal, je te le dis franchement.

— Déconne pas, c'est sérieux. Il faut se prolétariser. Il faut vivre comme vit quatre-vingt-dix-neuf pour cent du peuple colombien.

— Tu parles, il vit comme ça, mais il ne veut pas vivre comme ça, je t'assure.

— Il faut vivre comme ça. Ne pas exploiter. Ne pas être exploité. Lutter pour que les choses changent. Quand on ne vit pas comme on pense, on finit par penser comme on vit.

— Aaaaaaaah… se lamenta Escobar. Revoilà la doctrine.

Federico s'emporta :

— Écoute, Escobar, je vais t'expliquer les choses pour que tu comprennes une fois pour toutes. Ici, c'est la guerre. Il y a un camp, et un autre camp : il n'y en a que deux. Et on ne peut pas être dans les deux en même temps. Tu es comme Ana María : tu veux être des deux côtés. Être bourgeois, et en même temps ne pas avoir mauvaise conscience. Tu es profondément réactionnaire, mais tu ne veux pas l'être : parce que tu es faible. Et alors tu veux plutôt être révolutionnaire. Mais voilà, on ne peut pas être « plutôt révolutionnaire », ni « plutôt réactionnaire ». Impossible. Mais tu es lâche : tu as peur du sang. Il y a deux camps, et ils sont tous les deux couverts de sang, mais toi tu ne veux te couvrir du sang ni d'un camp ni de l'autre. Et ça, ce n'est pas possible. Couvre-toi de sang. Comme le disait le camarade Douglas, choisis ton camp, camarade…

Federico le regarda un instant de haut en bas, la veine de son front bien saillante, grosse comme une corde, et les yeux injectés de sang.

— Écoute, Federico, ce n'est pas si simple. Et c'est ce qui m'atterre chez vous : la simplification, que vous trouvez « super ». Tu le dis toi-même : on tue dans les deux camps. Mais il n'y a pas que *deux* camps : il y en a davantage. Moi aussi, je voudrais que cette merde change, et pas seulement pour ne pas avoir mauvaise conscience : je ne suis pas un petit-bourgeois radicalisé comme toi. Je voudrais qu'on en finisse avec cette situation inique. Inique, corrompue, injuste, violente. Violente, en plus. Comme tu vois, il ne me vient à l'esprit que des qualificatifs moraux, pas du tout sérieux, ni scientifiques, ni dialectiques, ni marxistes-léninistes. Mais qu'est-ce que tu veux : je ne suis pas marxiste-léniniste. Tout ça, cette tragédie, ne me paraît pas si simple. C'est pour ça que les camarades de cette nuit m'inquiètent. Même si leur tête me revient – sauf le camarade Hermes, qui a l'air d'un assassin…

Federico haussa les épaules. Escobar poursuivit :

— Je trouve le camarade Douglas très sympathique. C'est aussi un assassin, je suppose, mais il inspire confiance. Quand vous aurez gagné, si vous gagnez, il aura son profil sur les médailles, sur les pièces, oui, Federico, sur les pièces. Ne prends pas cet air naïf : on verra le profil du camarade Douglas sur les pièces et sur les timbres, quand vous dominerez le système bancaire et la poste. Est-ce qu'il n'y a pas la tête de Bolívar sur les pièces ? Eh bien, tu vois. Et sur les billets cubains, à l'époque, il y avait la signature de Che Guevara. Mais bon. Je trouve la camarade Zoraida très séduisante, même si je ne l'ai vue que dans le noir. Pompeuse, évidemment, mais c'est votre cas à tous, vous les marxistes : vous ne savez pas encore que Marx est mort. Sectaire, fanatique, doctrinaire, didactique. Avec des certitudes cosmiques. Une héroïne de Calderón. Mais très séduisante. Quand j'étais assis dans la voiture à côté de la camarade Zoraida…

— Tu n'as pas besoin de les appeler tout le temps « camarade ».

— Je sais. Mais c'est pour m'entraîner. Imagine que tout à coup vous gagniez, et moi comme un imbécile qui vous dirais « monsieur ».

— Arrête.

— Quand j'étais assis dans la voiture à côté de Zoraida, j'étais ravi d'être assis comme ça, avec sa cuisse contre la mienne, et tous ses cheveux noirs qui me grattaient le cou dans les virages. J'aurais pu rester assis à côté d'elle des heures entières. C'est ça que je veux te dire : que je peux être, à tout prendre, un « compagnon de route ». Je voudrais que la Colombie se libère de ce système inique, et j'aimerais faire ce voyage en compagnie d'une camarade comme la camarade Zoraida. Mais je n'aime pas trop la façon de conduire du camarade Douglas – ne t'excite pas, c'est juste une métaphore –, et je n'aime pas non plus avoir de l'autre côté le pistolet du camarade Hermes planté dans la hanche, et je ne suis pas trop sûr que l'itinéraire qu'ils ont choisi soit le meilleur pour ce voyage. Et il n'y a rien de pire que les divergences entre compagnons de voyage. Tu as déjà fait un voyage avec quelqu'un ? Tu sais ce que c'est que supporter un compagnon jour et nuit, le laisser choisir l'hôtel ou l'entendre se plaindre de l'hôtel que tu choisis, attendre que ton compagnon fasse dans une boutique ses achats de souvenirs pour sa famille, parler à ce compagnon quand il n'y a plus de sujets de conversation, te taire avec ton compagnon, rendre ton compagnon responsable de la chaleur, des moustiques, du poids de la valise ? Un jour, je suis allé sur la Côte en voiture…

— Arrête avec tes métaphores, putain. Fais quelque chose.

Exaspéré, Federico ébrécha son verre en se resservant du rhum.

— Fais quelque chose… Comme si c'était facile de faire quelque chose. Comme si faire quelque chose n'était pas, au fond, ce qu'il y a de plus difficile au monde. Ma mère me répète la même chose : « Mon petit, fais quelque chose. » Ana María me le disait aussi, ce soir. Mes oncles. Fina. Et même Henna : « Ignacio, ne serait-ce qu'aller au cinéma. » Ahhhhhh !

Il se leva, alla à la cuisine chercher des glaçons et mit un disque sur la platine. Federico tournait en rond, les sourcils toujours froncés, prenait des livres, s'asseyait un instant, se relevait, jouait à casser des allumettes entre ses grands doigts, en se mordant la moustache.

— Calme-toi, Federico. Mieux vaut ne rien faire. En général, les gens qui font des choses sont profondément nuisibles. Et après, en plus, quelqu'un doit venir défaire ce que ces gens ont fait. Moi, par exemple, demain je vais devoir ramasser tout ce qui traîne ici, ces verres cassés, ces livres sur les chaises et ces allumettes sans tête que tu es en train de laisser.

— Je te l'ai déjà dit : arrête de faire des métaphores.

Federico avait les yeux injéctés de sang.

— Faire des métaphores, c'est mieux que faire des choses. On se fatigue moins, on gagne du temps, et à la fin ça revient au même. Bien que, en réalité, je pense que faire des choses ou pas n'est ni bon ni mauvais. Ça, ce sont des jugements moraux, et je crois qu'au fond il ne s'agit que d'un phénomène lié aux glandes, aux sécrétions internes, à la pituitaire, à la thyroïde. Ton système endocrinien fonctionne beaucoup, et tu t'agites tout le temps comme un petit chien brûlant d'énergie, remuant, sautant, mordant les meubles, les mains, pissant par terre. Moi, je suis comme une plante tranquille dans son pot, qui ne gêne personne et se consacre à des plaisirs innocents comme la transmutation de la lumière en couleur, qui est si difficile, de l'air en fleurs... Comment ça s'appelle : la dialyse, l'héliophilisation ?

— Ça suffit, Escobar. Tu n'es pas une plante innocente, tu es une plante parasite.

— Ne fais pas de métaphores, Federico.

— Tu vis de ce que tu suces aux autres. Au peuple.

— À ma mère.

— Et d'où elle sort son fric, ta mère ? De l'exploitation du peuple, pauvre petit-bourgeois de merde.

— Ah, Federico, s'il te plaît... Ne me parle pas comme Diego León Mantilla. À propos, il est quoi, lui, dans tout ça ? Idéologue ?

Un petit filet de rhum coula à la commissure des lèvres de Federico. Il rit.

— Diego León est un petit-bourgeois de merde, ça, c'est sûr. Il va finir trotskiste, j'imagine. Il n'est rien du tout. Il est là pour faire plaisir à Beatriz, qui est une pauvre petite-bourgeoise de merde, avec un pois chiche dans la tête.

— *De lui faire un sonnet me demande Violante…*

— Exact. Et Diego León s'assied, et il parle de faire la révolution pour distraire Beatriz, qui s'ennuie. Pauvre conne. Avant ça elle faisait du théâtre contestataire – avec Zoraida, figure-toi. Maintenant, tout ce qu'elle veut, c'est avoir un enfant de Diego León. Compare.

— Très jolie, la camarade Zoraida. Mais Beatriz aussi a de jolis petits nichons.

— Pfut… fit Federico.

— Et la camarade Zoraida, comment elle est, alors ? À la lumière du jour, je veux dire.

— C'est une femelle.

— Oui… Elle en a l'odeur.

Ils gardèrent tous les deux un vague sourire sur les lèvres. Sur le tourne-disque on entendait des gloria de Vivaldi en latin, en sourdine, et l'atmosphère sentait le rhum. Le rhum national, oui : mais à qui est la nation ? *Laudamus Te, benedicimus Te, aaaaaahaaaaahaaha, glorificamus Te, aahahaaaahahahaaaahaaaha-aaaha-ah-ha-ha-ha.* Federico réagit :

— Fais pas chier, Escobar, parlons sérieusement.

— Mais je parle sérieusement.

— Bon. Alors reconnais que tes poèmes ne servent à rien. À personne.

— S'il te plaît, ne recommence pas. En plus, ce n'est pas vrai. Ils servent à beaucoup de choses. À se faire des nanas, par exemple : un sonnet, et elles sont à toi. Comme Violante. Et j'imagine qu'avec ta sculpture c'est pareil.

— Arrête un peu. Je parle de servir du point de vue politique.

— C'est pareil. Regarde Diego León, il fait de la politique révolutionnaire pour se faire Beatriz, qui a de beaux nichons.

Federico écarta le sujet d'un revers de la main et se resservit du rhum.

— Écoute, Escobar, dit-il d'un ton grave, puisqu'on parle d'art, aucun art n'est au-dessus de la lutte des classes. Aucun art n'est en marge de la politique.

Oh merde, merde, merde : la conversation redevient sérieuse. Enlèvements. Et après, art.

Oh merde, merde.

— Bon. Et alors ? Qu'est-ce que tu veux que je fasse ? Qu'est-ce que tu veux que je dise ?

— Tu ne veux pas faire la révolution en Colombie ?

Federico le regardait avec un étonnement sincère, comme si jusque-là l'idée ne lui était pas passée par la tête.

— Si. Bon, non. Oui, je veux qu'elle se fasse, mais je ne veux pas la faire. Non, en fait je ne sais même pas si je veux qu'elle se fasse, même dans le cas où ça ne serait pas à moi de la faire. Écoute, Federico, je n'ai jamais prétendu être un révolutionnaire, ni avoir une position de classe conséquente, ni être un petit-bourgeois radicalisé. Rien du tout. J'ai essayé d'être poète, mais c'est aussi très difficile. La poésie est horriblement compliquée. Parce qu'il faut dire la vérité, essayer de dire la vérité, et ça, c'est très difficile. C'est pour ça qu'on finit par ne plus rien dire. Ou par ne pas parler. Par se taire. C'est pour ça que je n'ai plus écrit.

— Ne te tais pas, putain ! Dis la vérité ! Dénonce !

Federico était furieux.

— Dénoncer… On peut dénoncer, bien sûr. Mais ce n'est pas ça. Dire la vérité n'est pas aussi facile que dénoncer, je t'assure.

— Ah, merde, Escobar !

Federico se leva pour aller aux toilettes. Dans la vie réelle, les dialogues s'interrompent toujours pour ça. Il y en a un qui dit quelque chose, l'autre le contredit, le premier redit, l'autre réplique, renvoie, répond, résume, répète, jusqu'à ce que l'un des deux se lève pour aller faire pipi. Escobar rumina des arguments irréfutables. Il mit l'autre face du disque de Vivaldi, qui continuait à tourner en silence. Il resservit du rhum pour tous les deux. Federico revint, plus calme.

— Écoute : c'est une affaire de position de classe. Si tu ne peux pas écrire, c'est pour ça : parce que tu écris pour te masturber, pour te faire des nanas, des conneries comme ça. Tu écris comme un petit-bourgeois, pour des petits-bourgeois. Et c'est pour ça que tu ne peux pas. Tu es impuissant.

On voyait que Federico avait réfléchi, aux toilettes.

— Pour pouvoir écrire, écris pour les masses, poursuivit-il. Apprends des ouvriers et des paysans, comme dit Mao. Il faut populariser d'un côté, et élever la compréhension du peuple de l'autre. Et cela ne s'obtient qu'en apprenant du peuple.

Aurait-il emporté aux toilettes le tome des *Œuvres choisies* ? Il avait l'air sûr de lui.

— Ne sois pas pédant, Federico. Ne me récite pas les conclusions du forum de Yanan.

— Ne sois pas pédant toi-même, en plus d'être con. Va aux masses. Apprends. Mao n'a pas sorti les conclusions du forum de Yanan de sa manche : il les a apprises en allant aux masses, justement.

— Moi, en revanche, je les ai lues directement dans les *Œuvres choisies* de Mao, qu'on publie pour ça, j'imagine. J'ai fait l'économie du voyage aux masses. Mais, maintenant que tu le cites, je me souviens de ce qu'il faut faire : nous devons célébrer le parti et son avant-garde armée, ce n'est pas ça ? Un dithyrambe en l'honneur du camarade Douglas : « Dans une BMW récupérée, et méprisant les règles bourgeoises de la circulation, le camarade Douglas, glorieuse tête de notre mouvement de masse, a pris… » Ce n'est pas comme ça ?

— Tu es… tu es…

Federico cherchait en vain un qualificatif destructeur.

— Tu es un con. Je ne sais pas comment j'ai pu penser qu'il serait intéressant que tu fasses la connaissance des camarades.

Dans son exaspération, il brisa le verre en le frappant sur la table.

— Putain, Federico, mais qu'est-ce que tu veux ? Que je me mette à écrire des poèmes marxistes-léninistes, des catéchismes, des neuvaines à la gloire de Mao ? Et d'ailleurs, pourquoi de Mao ? Pourquoi pas de Trotski, vu que la Colombie est aussi bourrée de groupuscules trotskistes ? Qu'est-ce qui me prouve que Trotski n'est pas plus vrai que Mao ?

— Les masses.

Malgré lui, Federico sourit.

— De plus, il suffit de regarder les trotskistes, tous déguisés en Trotski, avec barbichette et lunettes rondes. Imagine un peu ce que serait la vie si tout le monde était comme ça.

— N'empêche que Trotski connaissait la littérature, lui.

— La littérature bourgeoise, camarade.

Ils burent. Ils étaient heureux tous les deux, pour un moment. Escobar sentit que c'était à son tour d'aller aux toilettes. Il urina longuement, de loin, en faisant beaucoup de mousse et en regardant avec satisfaction l'eau de la cuvette se colorer d'un jaune foncé. Il pensa que cela devait signifier qu'il était en parfaite santé, ou très malade. Il secoua les dernières gouttes tout en réfléchissant : allait-il faire caca ? « Pas de plaisir plus reposant/que celui qu'on éprouve en chiant », affirme Quevedo avec raison. Et il arrive très souvent qu'on aille aux toilettes pour uriner et qu'on découvre que non, en fait, ce qu'on veut, c'est chier. C'est le passage du quantitatif au qualitatif, observé avec sagacité par Marx dès le XIXe siècle.

Il entendit que la musique avait changé, au salon. C'étaient maintenant des accordéons stridents et rapides, syncopés, de la musique *vallenata*. L'art populaire : il était persuadé que c'était là une manœuvre grossière de Federico pour évoquer le forum de Yanan. Il reboutonna sa braguette lentement, en réfléchissant, comme un guerrier qui s'apprête à retourner sur le champ de bataille. Mais non, c'était précisément de ça qu'il s'agissait : il ne voulait pas se battre.

Federico dansait seul au milieu de la pièce, la tête enfoncée dans le cou, en accompagnant la musique d'un bruit de la bouche.

— Escobar, assieds-toi, lui dit-il.

Il l'assit dans le fauteuil et poussa le divan pour être assis exactement en face de lui. Il le regarda un long moment.

— Écoute, Escobar, il y a dans le marxisme un concept fondamental : c'est l'être qui détermine la conscience. C'est pour ça que l'art et la littérature ne peuvent jamais être des choses abstraites. Ils dépendent de la position de classe.

— Federico, s'il te plaît, ne récite pas, pense.

— J'ai renoncé à ce que tu appelles « penser » quand je me suis rendu compte que je pouvais faire ce que tu appelles « réciter », et être d'accord.

Escobar fut très impressionné. Federico aussi, mais il essaya de le cacher. Escobar s'installa plus confortablement dans son fauteuil, but une gorgée.

— Mais réciter quoi ? Parce qu'il y a beaucoup de textes, Federico, je te préviens. Les chrétiens en ont un, les musulmans…

— Escobar, s'il te plaît ! Va voir ce que pense le peuple !

— Ce que pense le peuple ? Quel peuple ? Je te l'ai dit, ça dépend. Les Chinois ? Oui, bien sûr. « Le sage n'a pas de conscience propre : il fait sienne la conscience du peuple », dit le *Tao*. Et Mao a dû tout copier là-dedans. Mais tout le monde dit la même chose, Federico, ouvre les yeux.

Federico le regarda lentement, avec pitié.

— Espèce de pauvre con… Le *Tao*.

Il avait dit « *Tao* » avec une férocité tranquille, comme une petite explosion de mépris.

— Oui, le *Tao*. Et con toi-même. Ignorant. Ou non : en fait, tout ça est dû au hasard, je viens de lire le *Tao*. Tu préfères que je te cite n'importe quel autre texte qui dise exactement la même chose, comme tous les textes ? Parménide ? Le Coran ? Guillaume d'Occam ? Bien que, à vrai dire, je n'aie jamais lu Guillaume d'Occam. Mais je suis sûr qu'il dit la même chose.

— Je ne veux pas que tu me cites qui que ce soit. C'est tout ton problème : tu as une conscience livresque. Tu as lu tout le monde, Mao compris. Mais, dis-moi, tu connais un ouvrier ? Tu as déjà parlé une fois dans ta vie avec un paysan ?

— Euh… oui, bien sûr. Quelquefois. Je sais qu'ils ne parlent pas comme dans les romans de mœurs. Je sais qu'ils ne parlent pas non plus comme dans les manifestes marxistes-léninistes : « Nous démasquerons la supercherie révisionniste des socio-impérialistes. » Les paysans crient « Vive le Parti libéral », comme tout le monde. Mais bon, ce n'est pas ce qui importe : je ne suis pas anthropologue. Je parle comme je parle, comme quelqu'un qui a lu le *Tao* et Mao, et de temps en temps j'essaie de donner l'impression d'avoir aussi lu Guillaume d'Occam. Je suis comme je suis. Il y a cinq minutes tu disais, à juste titre, que ce serait horrible si tout le monde ressemblait à Trotski. Mais, il y a quelques années de ça, les intellectuels latino-américains se sont réunis en congrès et ont décidé à la majorité simple que désormais tous les intellectuels latino-américains devaient être comme Che Guevara. Bon, d'accord, le Che était un type admirable. Un saint argentin, qui l'aurait cru. Mais être tous comme le Che ? Et pourquoi comme le Che ? Quand j'étais gosse, à l'école, un curé a voulu me persuader de la nécessité d'imiter saint Tarcisio, l'enfant martyr. Tu connais l'histoire de saint Tarcisio ?

— Non.

— Une histoire exemplaire. Il est mort à l'âge de six ans. Lapidé.

— Escobar, arrête tes conneries.

— Non, c'est sérieux. Pourquoi devrais-je être comme le Che, et pas comme saint Tarcisio ? Ou comme le Christ : parce qu'il y a aussi *L'Imitation de Jésus-Christ*. « Vous serez comme les dieux », a promis Nietzsche de son côté, ou le serpent au paradis, je ne sais plus. Ça, au moins, ça n'exige aucun effort. Mais en revanche c'est un péché, c'est sûr. Ou du moins une exagération. Non, non, non : si c'est de ça qu'il s'agit, je préfère être comme je suis. En entrant à l'école et en en sortant, avant de manger et de se coucher, les petits Cubains crient en chœur : « Nous serons comme le Che ! », comme si déjà ils étaient tous, dès l'enfance, des intellectuels latino-américains. Et je suppose que les pauvres petits Bulgares doivent crier : « Nous serons comme Živkov ! » C'est comme ça que s'appelle, pour ton information, le président de la république populaire de Bulgarie. Un révisionniste à la solde du socio-impérialisme soviétique, évidemment. Imagine un peu : avoir dès l'enfance l'envie d'être un révisionniste à la solde du social-impérialisme, quelle tristesse.

Les yeux de Federico lancèrent des éclairs.

— Et qu'y a-t-il de si merveilleux à être comme toi ?

— Je ne sais pas. Rien. Je suis moi. Je n'y peux plus rien. Ce qu'il y a avec la vie, c'est qu'on ne peut pas la répéter plusieurs fois, jusqu'à ce qu'elle soit comme ci ou comme ça, comme dans une expérience de laboratoire. Je n'ai qu'une vie. Peut-être que si j'en avais deux, j'en consacrerais une à travailler à l'heureux avènement de la révolution démocratico-bourgeoise. Mais ce n'est que pure spéculation métempsycotique. Ce n'est pas du matérialisme historique, j'en ai peur.

Federico se leva et commença à se balancer au rythme de la musique *vallenata*, les yeux fermés, en marquant la mesure avec la bouche. Dehors, la nuit criblée de millions d'étoiles, éclairée au loin par les zébrures blanches des éclairs, était magnifique : Escobar ouvrit la fenêtre, grelotta en sentant soudain le vent.

— Regarde, Federico : la Croix du Sud.

Federico ne répondit même pas. Mais est-il possible de voir la Croix du Sud de l'hémisphère Nord ? Le ciel énorme et froid, d'un bleu profond de saphir, d'abîme, éclairé de temps à autre par des éclairs laiteux et silencieux du côté de la cordillère occidentale, très loin, entrait tout entier par la fenêtre ouverte. Incroyable, la quantité de choses que contiennent le ciel et la terre.

— Federico, il y a plus de choses dans le ciel et sur la terre que n'en contient ta philosophie.

— Ce n'est pas *ma* philosophie.

— La phrase n'est pas de moi non plus.

— Mais la question n'est pas qu'elle soit de toi ou de moi ! Que ce soit de toi ou de moi on s'en fout, putain !

Federico, de nouveau assis sur le divan, élevait la voix et haletait en donnant de violents coups sur la table avec son verre vide.

— Ce qui compte, c'est *ta position de classe*, merde ! Il n'y a pas de toi, il n'y a pas de moi, il n'y a pas d'individus. Il y a des classes, espèce de con. C'est pourtant pas dur à comprendre !

— Mais tu veux que je comprenne quoi, bordel de merde !

Escobar criait aussi maintenant, et gesticulait.

— Ce que tu me dis ? Mao ? Le *Tao* ? Bouddha ? Le gourou Maharashi ? Le révérend Moon ? Le bienheureux Trotski ? Ils disent tous la même chose, ils ont tous raison. Aimez-vous les uns les autres, détruisez l'ordre capitaliste, déchirez le voile de Mâyâ… L'imperfection, l'aliénation, le péché originel, tout est clair, tout est parfait, bon, d'accord. Mais à partir de là j'ai des doutes. Je ne suis pas sûr que l'imperfection, l'aliénation et le dégoût puissent se résoudre en appliquant ces recettes, la charité chrétienne ou la dictature du prolétariat. Je n'ai pas la foi, tu comprends ? Je n'ai pas la foi.

— Ce n'est pas une question de foi, ne sois pas idiot à ce point. La question est de faire quelque chose.

— Aïe aïe aïe, Federico, encore ! Faire quelque chose. Tu ne comprends pas que faire quelque chose n'est pas facile, parce que, pour toi, ce qui est difficile, c'est de ne rien faire. La pituitaire. Vous, les hommes d'action, vous devez faire quelque chose, vous ne pouvez pas ne pas le faire, ou alors vous crevez. Même si vous savez que ce que vous faites ne sert à rien. Simón Bolívar disait : « J'ai labouré la mer et bâti sur le vent. » Ce qui lui est arrivé, ce n'est pas à cause de la mer et du vent, mais parce qu'il a labouré et bâti. Et il le savait, mais il ne pouvait pas ne pas le faire, parce que physiquement il ne pouvait pas rester sans rien faire. Tu comprends ? Vous ne vous fatiguez jamais. C'est pour ça que vous êtes des hommes d'action, des libérateurs de républiques, des leaders syndicaux comme le camarade Douglas, des sculpteurs comme toi. Moi, en revanche, je me fatigue. Mes doigts sont fatigués dès le premier tercet d'un sonnet, alors imagine. Toi, au contraire, tu ne sais pas quoi faire de toute ton énergie, et alors c'est trop facile : il n'y a aucun mérite à épauler les masses pour qu'elles poussent l'Histoire en avant, comme si c'était un piano. Je vous vois d'ici, en sueur mais contents, pleins d'enthousiasme, en train de le faire rouler à contresens sur les lames du parquet, avec un bruit épouvantable, en renversant les chaises et les tables au passage, et arriver enfin en haut de l'escalier, et le balancer en bas des marches, et éclater de rire, d'un air victorieux, en le voyant exploser en bas, dans un fracas de cordes qui sautent, de touches brisées, de couvercle en morceaux : la révolution a triomphé. Qu'est-ce qu'on fait, maintenant ? Construisons : recommençons tout en partant de zéro. Et vous crachez dans vos mains, tout heureux, et vous revoilà avec vos pics et vos pelles, ou à des réunions du syndicat. Et le pire de tout ça, c'est que vous êtes convaincus que tout le monde doit être comme vous. Vous croyez que la fatigue est un problème moral, pas physiologique.

Il se tut, hors d'haleine. Il avait la bouche sèche et mal à la tête. Il commençait à se sentir accablé. Ils auraient dû avoir, dans la chaleur de l'alcool, une conversation frivole, facile, sur les femmes, par exemple : les nichons de Beatriz, l'odeur de Zoraida, les jambes d'Ángela. L'amitié est faite pour ça, l'alcool est fait pour ça : pas pour ces conversations sérieuses d'étudiants de première année de médecine qui ne mènent nulle part.

— Tu crois à l'existence de Dieu ?

— Escobar, tu fais chier, putain. Nous parlons sérieusement.

— Tu vois ? C'est pareil. Tu ne veux pas que nous spéculions sur l'existence de Dieu parce que la question t'ennuie. Mais moi, la question de la révolution démocratico-bourgeoise m'ennuie à mourir, pour tout te dire. Parlons des jambes d'Ángela, plutôt. Tu as vu les jambes d'Ángela ? Évidemment.

— Évidemment. En ce moment, je les vois tous les jours. Et pas seulement ses jambes. Ángela se balade pratiquement à poil dans toute la maison.

— À poil ? Ángela ? J'y crois pas…

Il ressentit une douleur, de jalousie ou d'envie. Ce connard de Federico qui parlait de révolution démocratico-bourgeoise et qui avait chez lui une Ángela qui se promenait pratiquement à poil. Quoique, il avait aussi Ana María, bien sûr. Il se servit un autre rhum.

— Escobar, sois sérieux : Ángela ne t'intéresse pas.

— Ana María m'a dit la même chose. Je vois que vous savez beaucoup mieux que moi, tous les deux, ce qui m'intéresse ou pas.

— Ana María a raison. Ángela ne t'intéresse pas. Rien ne t'intéresse.

— Ça aussi, Ana María me l'a dit.

— Tu es mort, Escobar.

— Ça encore, Ana María me l'a dit. Ou Fina. Mais ce n'est pas vrai. L'autre jour j'ai calculé, il me reste au moins six ans à vivre, si j'en juge par Rimbaud.

— Pourquoi « par Rimbaud » ?

— Je ne sais pas. Pourquoi pas ? Si j'en juge par saint Tarcisio martyr, j'ai déjà vingt-cinq ans de bonus. Mais si j'en juge par Mao, j'en ai encore pour des siècles.

— Tu as été mort toutes les minutes de ta vie depuis que tu es né, Escobar. Tu n'as pas vécu une seule minute de ta vie. Et tu veux que je te dise pourquoi ? Parce que tu ne la joues pas.

— Je ne joue pas quoi ? Ma vie ? Qu'est-ce que tu racontes, Federico ? Tu veux que je me fasse tuer pour cesser d'être mort ? Ça ne me semble pas être la meilleure solution, dans la pratique.

— C'est la seule, au contraire. On n'est vivant que lorsqu'on est prêt à se faire tuer.

— Mais se faire tuer pour quoi ? On en revient toujours au même. Me faire tuer dans la guérilla ? Mais je peux parfaitement aller, à l'heure où je te parle, dans n'importe quel bar du centre et me faire tuer de la même façon. L'autre soir, par exemple, j'ai failli me faire tuer. Est-ce que cela veut dire que je suis moins mort ?

— Non. De toute façon, tu es mort. Je suis étonné que tu ne t'en sois pas encore rendu compte.

— Mais je préfère qu'on ne me tue pas. Je te le dis franchement. Qu'on te tue ne sert jamais à rien, pas même à gagner la vie éternelle. Se faire tuer n'est pas particulièrement digne, ni respectable, ni admirable, ni rien : les gens se font tuer avec le même enthousiasme pour des choses diamétralement opposées. Et pour des choses qui n'ont rien à voir. Et par pur hasard. Et il ne se passe rien non plus. « Au sol déjà les morts sont morts », comme l'a si bien récité ce soir dans la voiture le camarade Hermes, tu te rappelles ?

— Non, tu n'as pas besoin qu'on te tue en plus d'être déjà mort, et d'ailleurs tu pues le cadavre. Ce que je dis, c'est que tant que tu ne feras rien tu resteras mort. Et ne me ressors pas ton histoire de plantes et de chlorophylle : tu n'as même pas de chlorophylle dans les veines. Tu n'as pas de sang sur les mains, mais dans les veines non plus.

— Littérature.

— Pas du tout. Tu resteras mort tant que tu ne te mêleras pas au concret. C'est de ça qu'il s'agit : du concret. « Je n'ai pas la foi, je n'ai pas la foi », tu pleurnichais il y a deux secondes. Ne pleurniche pas. Tu ne peux pas avoir la foi tant que tu ne te branches pas sur le concret.

Escobar ferma les yeux et se vit tourner follement dans le vide, comme une boule de feu, comme une comète. Chaque gorgée de rhum, au point où il en était, semblait remonter du plexus solaire. Mais il se sentait encore lucide.

— Me brancher sur le concret. J'ai comme l'impression que tu as une conception excessivement mécaniste de l'histoire, camarade.

Federico parut soudain accablé de fatigue. Il haussa les épaules, souffla, se leva pour regarder les titres des livres. Escobar se leva lui aussi, en titubant. Il était ivre. Il retourna aux toilettes. Il urina et, tout en urinant, et alors que son jet était interrompu par un hoquet insistant, il inventa une longue conversation avec Federico : je lui dirai ci, il me dira ça, je lui répondrai ceci, il affirmera cela, et je finirai par le mettre K-O avec un qu'est-ce que tu dis de ça. Tu es très élémentaire, Federico. Toi et les tiens, vous pissez à côté de la cuvette de la réalité colombienne. Le hoquet lui coupait aussi par intermittence le fil de son argumentation : c'était un hoquet métaphysique. Il considéra diverses causes de hoquet, diverses façons de le faire passer, diverses conséquences. Il secoua son zizi pour faire tomber les dernières petites gouttes. Il s'aspergea d'eau le visage. Quand il revint dans le salon, il avait oublié tous ses arguments. Ah oui : se brancher sur le concret.

— Quelle bêtise. C'est précisément là qu'est le problème. Pour me brancher sur le concret, j'ai d'abord besoin de savoir ce qu'est le concret, et je ne le sais pas, et d'après toi je ne peux pas le savoir si je ne me branche pas d'abord sur le concret. Bref, un vrai cercle vicieux. Mais le concret est comme un mixeur. Si je me mets à militer avec vous et à aller aux masses et à réciter Mao, je finirai par me convertir en marxiste-léniniste-pensée-Mao-Zedong pur et dur et unidimensionnel, comme vous. Mais, de même, si je me mets à faire les exercices spirituels de saint Ignace de Loyola, je finirai chez les jésuites, inexorablement. Et je ne sais pas si c'est ce que je veux.

— Lâcheté.

— Je ne vois pas ce que tout ça a à voir avec la lâcheté, ni avec le courage.

— Si, tu vois ce que ça a à voir, et tu sais parfaitement que c'est bien de la lâcheté. Ne sois pas lâche, Escobar.

— C'est ce que m'a dit Ana María, tout à l'heure. Et Fina aussi, avant elle. Ces derniers temps, tout le monde me dit la même chose. Mets-y tes tripes, camarade, disait le camarade Douglas.

— Il avait parfaitement raison.

— Tout le monde a toujours parfaitement raison, c'est ce que je te dis. L'intuition féminine, l'analyse marxiste.

— Pourquoi as-tu laissé partir Fina ?

— Je ne l'ai pas laissée partir. Elle est partie.

Il se servit un autre rhum, malgré sa répugnance, étonné qu'il reste encore quelque chose dans la bouteille. Puis il vit que c'était une nouvelle bouteille. Toutes les bouteilles de rhum se ressemblent. C'est une des lois fondamentales qui régissent la nature.

— C'est toi qui l'as laissée partir. Par lâcheté.

— Tu l'as vue ? Tu lui as parlé ? Ana María n'a rien voulu me dire.

— Non, je ne l'ai pas vue… Mais elle avait parfaitement raison.

— Oui, elle avait peut-être raison. La lâcheté, au fond, c'est le contraire de l'amour. Elle le rend impossible. Non qu'il soit impossible d'aimer le lâche. Mais le lâche est incapable d'aimer.

— Citation de roman à l'eau de rose ?

— Non. On dirait du Pascal, plutôt. Mais je viens de l'inventer tout seul, je crois. D'ailleurs les romans à l'eau de rose ont raison, eux aussi. Comme Mao. Comme le Tao.

— Pourquoi as-tu laissé partir Fina ?

— Parce qu'elle est partie sans me demander mon avis, imbécile. Et parce que je pensais qu'elle reviendrait. Et que je pense qu'elle va revenir. Je n'ai pas encore pensé à organiser ma vie comme une vie sans Fina. Mais comme des vacances de Fina.

— Escobar, pourquoi tu te mens ?

Fina, pourquoi es-tu partie ? Tout t'attend, ici. Je suis là. Mes vacances ont été un échec. Les tiennes, je ne sais pas.

— Je ne me mens pas, Federico. D'ailleurs, je ne me mens que de façon temporaire. Tactique, disons. Dans la conception stratégique, je suis absolument sincère avec moi-même. Je sais ce qui me convient, mais pas tout de suite. Comme saint Augustin : donne-moi la vertu, Seigneur, mais pas tout de suite.

— Tu es tellement lâche, Escobar, que tu n'as même pas le courage d'accepter ta lâcheté.

— Fina aussi me disait ça, plus ou moins. C'est à ça que servent les amis, la femme. Les gens qui vous aiment.

— Ne pleure pas, maintenant.

— Mais je ne pleure pas.

— Eh bien, tu devrais.

Le jour se levait. L'ancienne nuit de saphir s'était imprégnée de lumière laiteuse, désagréable, qui commençait à baigner toute chose. Federico avait les yeux rouges, gonflés comme des œufs.

— Sortons manger quelque chose, proposa Escobar.

— Je rentre déjeuner chez moi. Ragoût de haricots, œufs frits, galettes de maïs, bouillon de pommes de terre au piment.

Escobar sentit dans son estomac froid un jet subit de sucs gastriques, de salive sur sa langue brûlante et pâteuse, malodorante.

— Comme Ana María est enceinte, c'est Ángela qui me l'apporte au lit. Je t'inviterais bien, mais je ne peux pas. Tu sais : elle se balade partout à moitié à poil.

— Maoïste de merde.

— Petit-bourgeois plein de ressentiment.

— Déconne pas, Federico, je vais rester tout seul ici comme un chien. Je crois qu'il ne me reste même plus de Nescafé.

— Tu vas quand même pas te plaindre, en plus.

Escobar resta seul, assis dans son fauteuil, baignant dans la lumière plombée du petit matin. Effectivement, il n'y avait même pas de Nescafé dans la cuisine. C'est l'heure de dormir, ô abandonné. Mais dormir n'est pas facile non plus. Les discussions de la nuit se poursuivaient dans son for intérieur, en s'entrechoquant : phrases de Federico, reproches d'Ana María, caverneuses certitudes du camarade Hermes. Il lui revenait par rafales des conversations chez sa mère. Il avait parlé pour un an. Il n'avait dit que des imbécillités. Il se distrayait parfois, se surprenait en pleine discussion imaginaire avec Mgr Boterito Jaramillo. Il décida de se masturber. Les jambes d'Ángela, les seins tendres de Beatriz, l'odeur de Zoraida. L'évocation du cul d'Ángela dans son jean croisait la vision du cul blanc de Berenice moulé dans son pantalon écarlate. Les yeux fermés, il recréait sur son avant-bras le poids ferme de Zoraida. Zaida. Zorahaida. Zaida, Zoraida, Zorahaida. Il entendit, à l'étage au-dessous, les exercices au piano. Des notes propres, des notes d'eau. Le sein de Zoraida, les seins de Beatriz sous son sweater, les fesses de Berenice, les notes claires, séparées, du piano. Et moi ici, qui me masturbe. Fuis, car seul celui qui fuit se sauve. Demain, se promit-il, j'écrirai un poème là-dessus.

VI

Ce fut d'abord la perception précise et spongieuse d'une douleur qui lui remplissait la tête. Ensuite, l'idée vague qu'on devait être dimanche. Ensuite, la certitude qu'il n'y avait pas de cigarettes à la maison. Il réussit à se lever sur des jambes flageolantes comme si ce n'étaient pas les siennes. Titubant, il se dirigea vers le réfrigérateur. Il n'y avait pas non plus une seule goutte de jus d'orange.

Il but de l'eau froide au robinet grand ouvert, comme quelqu'un qui lave au jet. S'il avait eu une trompe, il aurait pu boire debout, comme les éléphants ; sans avoir à plier la colonne vertébrale jusqu'à l'abreuvoir, sans avoir à supporter le poids de son sang qui battait dans ses tempes. La perfection de l'éléphant est inutile à l'homme. Il avait la peau molle, sa barbe avait poussé, ses yeux n'étaient plus que deux étroits puits de sang. Il tira la langue face à la glace. Elle était flasque et épaisse, craquelée et crevassée dans le sens de la longueur, insensible, d'un jaune sale, gris : elle palpitait par moments sur les bords, tel un gros mollusque à l'agonie. Il avait trop parlé. Quelque chose dans sa gorge nouée le gênait. Un haut-le-cœur subit le plia en deux, et il vomit un filet jaune, brûlant comme le feu. Il mâchonna lentement un résidu de dentifrice, mentholé et insipide.

Avec précaution, il s'allongea au fond de la baignoire vide, sentant le froid de la faïence contre tout son corps. Il lâcha le jet d'un coup sur sa nuque et étouffa un cri, s'apercevant trop tard de son erreur. Mais il laissa couler l'eau sur son front et son visage brûlants, la buvant au passage. Il sentit une marée de glace lui lécher les épaules et les fesses, montant et tiédissant lentement, verte comme l'oubli. Il ne se souvenait de rien, et essayer de se souvenir lui donnait encore plus mal à la tête. Il resta allongé, immobile, respirant à peine, jusqu'à ce que l'eau de la baignoire commence à refroidir de nouveau. Il était affamé. Il avait un mauvais goût dans la bouche. Il s'assit sur la cuvette des W.-C., la tête enfouie dans les mains. Il se vida de ses excréments.

Au fond du réfrigérateur il y avait une vieille tranche de jambon, durcie et tordue comme une corne, perlée de sueur. Et, sur une assiette, un petit tas de champignons tout noirs, grillés, comme des raisins secs ou des crottes de chèvre. Ils avaient commencé à moisir – une moisissure touffue, vieille de plusieurs semaines : champignons sur champignons, champignons de champignons. La nature est infatigable, têtue, répétitive. Il pensa que ces champignons nourris d'autres champignons devaient être un mets nourrissant et exquis, comparable aux truffes, ou un médicament, genre pénicilline. Mais il n'osa pas y goûter.

Le jambon était coriace, et il se faisait mal aux dents en le déchirant. Il trouva un goût de bile à la première gorgée du rhum tiède et reposé de la nuit. Mais il n'y avait que du rhum, ou de l'eau, ou la terrifiante perspective de devoir sortir. À l'étage au-dessous, le pianiste faisait ses exercices. À petites gorgées, le rhum passait mieux, et lui se sentait plus transparent.

Il ne remuait pas le petit doigt. Peu à peu, malgré tout, ses yeux commençaient à mieux focaliser les choses : les lumières, les arêtes. Il avait une gueule de bois toute gonflée de paroles : une fange de paroles, un magma épais, puant, corrompu, visqueux, limoneux, un bourbier de mots. Qu'avait-il dit ? Il ne voulait pas se rappeler ce qu'il avait dit. Qu'avait-il bu ? Du whisky chez sa mère (sa mère : il ne se rappelait pas être allé chez sa mère. Puis cela lui revint, comme une cataracte : tout l'après-midi chez sa mère). Et ensuite du vin, beaucoup ; plus tard du cognac ; puis du whisky de nouveau (combien de verres ?) ; et de la bière chez Federico. Ah oui : Ana María,

Federico, Ángela, les camarades de Federico, l'expédition à moto, le profil maure de Zoraida. Des souvenirs de la nuit surgissaient en brusques glouglous, livides, comme des cadavres de naufragés rendus par la mer. De la bière, puis du rhum. Et il avait mangé des haricots. Et il avait fumé de l'herbe et pris de la coke. Et il avait fumé un tas de cigarettes. Et il avait parlé et parlé sans arrêt. De soudains renvois de haricots, de rhum, de certitudes, d'excuses, de polémiques lui remontaient encore. L'action, ah oui, l'action. Vautré dans son fauteuil, complètement immobile, il examina les possibilités d'action : les bouteilles vides, les verres par terre, les cendriers pleins de mégots. Tout un travail d'homme devant lui. Mais par où commencer ? Que faire ? Le travail du révolutionnaire est de faire la révolution, camarade. Ah oui, mais les longues marches, la fatigue, le poids du fusil, la chaleur de la forêt vierge, les nuées de moustiques, les lianes collantes, les crapauds venimeux, le fer ennemi et rigoureux, et ensuite la même merde de nouveau.

Mais il avait promis un poème. L'action, cette fatigue. S'il agissait, est-ce qu'il aurait moins mal au crâne ? S'il militait pour la révolution, aurait-il moins mal au crâne ? Oh oui, une mère, un ventre : s'enrouler sur soi-même pour toujours, et dormir. Mais il ne remuait pas le petit doigt.

Le téléphone sonna, perçant, battant des ailes comme un oiseau fou dans sa cage, encore et encore, impossible à réduire au silence. Ce pouvait être Henna. Ou aussi Fina. Mais Henna, peut-être. Ou sa mère, aussi. Le téléphone sonna et resonna, entrecoupé de silences atroces, son angoisse s'agitant comme de la vase au fond d'un étang. Sans doute Henna. Peut-être Federico. Quand la sonnerie se tut enfin (un silence plus long, inespéré, interminable), Escobar se leva sans faire de bruit et décrocha l'appareil.

Il entendit des bruits étranges à l'étage du dessus. On aurait dit que quelqu'un tapait sur le plancher avec plusieurs outils : un marteau de fer, une masse de bois, quelque chose qui faisait le bruit – invraisemblablement – d'un martinet de cristal. Au bout d'une minute, le rythme changea, s'accéléra. Puis il y eut quelques instants de silence. Puis un martèlement ordonné en trois séries : tac tac tac (fer contre bois) ; tap tap tap (bois contre bois) ; tlic tlic tlic (cristal contre bois). Et un silence.

C'était très étrange. Que pouvait bien faire là-haut l'horrible Mme Niño ?

Deux minutes plus tard, il y eut un bruit de sphères de métal qui rebondissaient sur le parquet et roulaient au-dessus de sa tête. Et aussitôt après une autre rumeur du même genre, mais de boules de verre. Et un silence.

Il pensa que c'était une des gueules de bois les plus atroces de sa vie. À quoi pensait-il quand le téléphone avait sonné ?

Le martèlement recommença, à l'étage du dessus, plus violemment. C'était le choc sourd du métal contre le bois qui dominait. Et de nouveau le tintement aérien du verre, invraisemblable. Et de nouveau le silence, mais très bref, cette fois. De nouveau le martèlement, le choc et le roulement des boules de verre, le martèlement. Que pouvait être cet instrument ? Il alla chercher un balai à la cuisine et répondit aux bruits mystérieux en donnant à son tour des coups au plafond avec le manche. Il en donna trois, en essayant de leur imprimer un ton d'interrogation. On y répondit par une tempête de coups de marteau. Il répliqua avec son balai par une brève rafale de coups. On y répondit avec plus de force encore.

Il pensa que Mme Niño avait peut-être été agressée, qu'elle était bâillonnée et attachée, et qu'elle donnait des coups de talon sur le plancher pour appeler à l'aide. Irait-il voir ? Non : l'ennui de s'habiller, de monter, de porter secours à cette femme abominable. Qu'un autre y aille. Et d'ailleurs il faudrait enfoncer la porte, au prix d'un violent effort. Il s'allongea sur le divan en regardant le plafond. Les coups continuaient. Elle finirait bien par se fatiguer. Elle finirait bien, si personne ne l'entendait, par mourir de faim. Il avait faim lui aussi, se souvint-il. Enfin. Quelqu'un entendrait les coups en passant, peut-être. Ou quelqu'un découvrirait le cadavre dans plusieurs mois, le moment venu. Il mit de l'eau à bouillir : il allait se faire des spaghettis.

Pendant qu'il mangeait, les bruits mystérieux continuèrent. Tap tap tap tap tap, puis le roulement des sphères de métal et des boules de verre, ou quoi que ce fût. Puis, de nouveau, les coups : tac tac tac, tac tac tac. Et l'énigmatique et fragile tlic tlic tlic du martinet de cristal. Tout ça était vraiment étrange. La nourriture lui avait redonné des forces, et il décida de monter voir.

L'action, l'action. Il s'habilla. Il décida d'emporter le balai avec lui. La lutte armée, camarade.

La porte de Mme Niño avait l'air intacte. Il tendit l'oreille. Silence. Elle était enfin morte, probablement. Dans le doute, il frappa discrètement, espérant que, si les agresseurs étaient encore là, ils ne l'entendraient pas. La porte s'ouvrit d'un coup, et le gosier de Mme Niño vomit un hurlement :

— QUOI !

Il tenta d'expliquer qu'il avait entendu des bruits, des coups.

— ET ALORS, IMBÉCILE ! SALOPARD ! LÂCHE !

Et elle lui claqua la porte au nez.

Quand il ferma sa propre porte, Mme Niño frappait de nouveau à l'étage du dessus. Il répondit en donnant de furieux coups de balai au plafond. Elle lâcha une pluie de coups de marteau et deux cascades simultanées de sphères et de boules de verre. Escobar frappa énergiquement le plafond, vert de rage. Son ennemie répliqua avec une véritable frénésie. Escobar sentait les coups résonner dans son crâne, et son bras était fatigué de tenir le balai. Mme Niño, en revanche, était aidée par la loi de la gravité. Il renonça au combat et se laissa tomber sur le divan, immobile. Au bout d'un certain temps, le martèlement frénétique reprit son ancien rythme, plus posé, entrecoupé de silences. Escobar commença à s'énerver. Il chercha refuge dans sa chambre. Une minute après, les coups de Mme Niño se déplacèrent du plafond du salon à celui de sa chambre. Ce n'était pas possible. Il alla aux toilettes. Les coups le suivirent aux toilettes. Discrètement, en s'efforçant de ne pas faire le moindre bruit, il retourna dans le salon. Aussitôt les coups de Mme Niño retentirent sur le plafond du salon. À l'étage du dessous, les exercices de piano reprirent, mais ils ne pouvaient pas rivaliser avec le savant martèlement de Mme Niño.

Il s'efforça de l'ignorer. Il fit du bruit lui-même, changea les chaises de place, chantonna, ouvrit les robinets, tapa sur un verre avec une cuillère, puis sur une marmite. Mme Niño continuait imperturbablement, et les propres bruits d'Escobar lui tapèrent encore plus sur les nerfs. L'action, quelle chose horrible. Un poème, plutôt. Toutes les formes de lutte. Il s'assit devant sa table abandonnée depuis des semaines, couverte de poussière et de vieux mégots. Il prit le plus long, l'alluma. Il trouva ça horrible. Un poème engagé, quelle horreur. « De lui faire un sonnet me demande Violante, et jamais ne me vis en un tel embarras. » Comment avait-il pu s'engager à écrire un poème engagé ? Et un poème sur quoi ? Sur la difficulté d'écrire un poème engagé, comme le sonnet de Violante explique à quel point il est difficile d'écrire un sonnet ? Tout est déjà dit, tout se répète. Il entendit la voix chaude, sérieuse, de Zoraida : sur la réalité d'ici, camarade. Bien sûr, la réalité. L'engagement doit être lié à la réalité géographique, politique, socio-économique, juridico-administrative. Une analyse concrète de la réalité concrète. En vers.

En haut, Mme Niño continuait à taper. Elle finirait bien par se fatiguer, cette folle de merde.

Il y avait des mois qu'il ne savait plus rien de la réalité concrète. Il chercha dans un vieux tas de journaux craquelés, jaunes. Éventail de candidatures. Non. Le certificat d'évaluation cadastrale. Non. Taux d'intérêts des changes : franc suisse, dollar américain, livre sterling, florin hollandais. Incroyable, en Colombie on change, vend, achète, obtient des florins hollandais. Le gouvernement national presse les administrations provinciales de procéder à l'intégration des conseils départementaux de planification. Toute la réalité concrète ne peut pas être aussi aride. Début de la Semaine astronomique lundi au Planétarium. Deux morts lors d'une manifestation politique à Envigado. Mois du conducteur : prix des meilleurs chauffeurs de bus et minibus. Le pays n'est pas en crise, affirme le ministère du Développement. Grève votée au terminal de Cartagena. État d'urgence pour les inondations dans le Bajo Magdalena : neuf mille familles sans toit. Un homme blond tué par balles par plusieurs inconnus alors qu'il marchait dans la rue 40-A, numéro 24-18 sud. Élue reine du carnaval de l'amour et de l'amitié. Mariage Becerra Vélez-Uribe Restrepo. Cinq hommes arrêtés pour agression de deux jeunes filles à Suba. Cinq des quinze individus qui avaient abusé mercredi soir de deux jeunes lycéennes dans un secteur désert du quartier El Rincón sont tombés entre les mains des autorités. Vingt-huit mille prostituées ont obtenu ce mois-ci leur certificat de contrôle à l'Unité antivénérienne de Bogotá.

Un poème de protestation. Une épopée : *La Certifiée des vingt-huit mille*. Doris, vingt-deux ans, dont six dans la prostitution, deux enfants : « Avant de mener cette vie je travaillais dans un bureau, mais je gagnais très peu, le minimum. Je n'ai été que jusqu'au cours moyen. L'étude, ça ne rentrait pas. J'étais sage, mais pas intelligente. Des amies du patron m'ont dit qu'elles connaissaient une maison de rendez-vous qui était très bien et où on gagnait beaucoup d'argent. Au début ça me faisait de la peine, mais après on s'habitue. Et on gagne du fric. »

Mais que dire d'autre ? Tout était dit. Impeccable, ce passage du « je » au « on », de l'individuel au social, du quantitatif au qualitatif. Doris, elle s'appelait. Vingt-deux ans. Elle avait commencé, calcula-t-il, à seize. Il pensa à Cecilia.

Cecilia, mon amour t'esquive.
Tu le vois : il se feint inerte

Il fut accablé de honte. Qui donc abuse des putes de seize ans ? Cinq individus sur quinze, lui reprocha la réalité concrète. Il était un de ces cinq individus parmi les quinze qui abusaient de jeunes lycéennes dans des secteurs déserts de la réalité socio-économique du pays.

Il se leva. Tourna en rond. Dans un cendrier plein, il pêcha un autre mégot, assez long, une cigarette presque entière.

Il l'alluma. La réalité concrète était complexe. Et, à l'étage du dessus, Mme Niño tapait sans interruption, inlassablement, avec la concentration d'une véritable artiste.

Autre chose. Un poème plus facile. Mes oncles avaient peut-être raison, pensa-t-il : le Parthénon est un sujet plus poétique, sobre, clair, serein, avec des volutes d'acanthe. Il se souvint du défi de sa cousine maigre : un sonnet sur la savane de Bogotá. « Terre bonne, terre qui met fin à notre peine… » Il écrivit (surtout parce qu'il y avait un bon moment déjà qu'il composait un poème et qu'il n'avait pas encore écrit un seul mot) :

Terre bonne,
terre qui met fin à notre peine.

Une épigraphe. Et quoi d'autre ? La savane est une bonne terre, c'est sûr, plate et fertile, avec des taches de saules, des rangs d'eucalyptus et des fossés remplis d'eau calme, tapissée d'algues et tout encombrée de spirodèles. Dommage qu'on la bâtisse entièrement et qu'on la vende par parcelles. Terre à vendre. Il griffonna sous l'épigraphe :

Terre à vendre

Et il regarda la feuille de papier. Ce n'était pas beaucoup. Un début, un titre ? « Achetons de la terre », annoncent des écriteaux manuscrits dans des propriétés des terres basses, embourbées par le fleuve. « Cette terre est à tout le monde », affirment de grandes palissades optimistes dans les cimetières paysagers du nord. Il se rappela son romance lorquien, récité par Hermes dans la BMW de la guérilla :

Sur la noble terre des gens
volent de lourds oiseaux de mort…

Toutes les terres se valent. Il se leva. Il tourna en rond dans le salon. Il tria les mégots encore fumables dans les cendriers pleins. Il les disposa en rangées sur la table, à côté de la feuille de papier, en ordre décroissant. Il abandonna l'idée d'un poème sur la savane. En fin de compte, sa cousine maigre n'était pas assez jolie pour être Violante. Un joli cou, oui.

Mais il y en avait de mieux, cou compris. Ángela, sans aller plus loin. Un poème d'amour à Ángela. Il biffa « terre à vendre », fit une boule de la feuille de papier et la jeta dans un coin. Il écrivit :

Sonnet pour qu'Ángela couche avec moi.

Il lui sembla entendre la voix d'Ana María, blessante :

— Tu ne veux pas coucher avec Ángela.

Si, je le veux. Si, je le veux. Il écrirait cinq cents fois : si, je veux coucher avec Ángela, si, je veux coucher avec Ángela, si, je veux coucher avec Ángela… Non, décidément, il n'était pas très inspiré. Il n'arrivait pas à se concentrer. Le pianiste du dessous avait très vite abandonné sa tentative musicale, mais au plafond le tambourinement têtu de Mme Niño persistait. Il resta un moment, tête penchée et main en l'air, à écouter, concentré, le claquement infatigable du bois et du métal, les changements d'instruments, le roulement des boules de verre et d'acier, tandis que se consumaient l'un après l'autre les mégots à peine allumés qui laissaient de longues et molles couleuvres de cendre au bord de la table. Quand il reprenait conscience, il se rendait compte qu'il n'avait rien écrit, ni pensé à rien, ni rien compris, et il lui restait de moins en moins de mégots à fumer, et ils étaient de plus en plus petits. Comme s'il se réveillait, ses yeux distinguaient de nouveau la pile de papier blanc, les brûlures noires sur la table. Il se souvint d'avoir imaginé que son écriture irrégulière couvrait le papier de signes noirs, d'avoir ordonné dans sa tête la succession des vers et des strophes, les tirets, les parenthèses, les points de suspension, les phrases incomplètes, les notes marginales avec lesquelles il aurait voulu ponctuer ses brouillons pour rendre plus facile et plus émouvante sa lecture, plus tard. Il s'était réjoui à l'avance à l'idée de se relire et d'essayer de se comprendre, de corriger la petite jambe d'un y, de renforcer le tilde d'un ñ, d'ajouter un nouveau vers entre deux lignes, de l'envelopper dans un ovale, de le signaler par des flèches, de le souligner de traits. Et il n'y avait rien. « Sonnet pour qu'Ángela couche avec moi », et le reste c'était l'angoisse de la page blanche. Comme s'il avait été nécessaire une fois de plus – et devant qui ? – de rendre des comptes et de donner des explications.

Mais, au fond, il pensait que cela avait été un bon après-midi de travail, car il avait au moins vérifié son inaptitude au travail. Ce qui est un grand pas en avant sur le chemin ardu de la perfection. Il froissa le papier pour faire une nouvelle boule et la jeter dans le coin, mais une crainte superstitieuse le retint : s'il détruisait cette promesse écrite de sonnet, jamais il ne coucherait avec Ángela. Il défroissa la feuille, apposa sa signature à une prudente distance du titre, en laissant l'espace exact pour quatorze vers parfaits, nets, purs, sans gribouillis : Ignacio Escobar.

La lumière baissait. Il était tard. Il ne lui restait plus que trois mégots. Il lui faudrait ensuite fumer des mégots de mégots. Mme Niño tambourinait, infatigable. Il était affamé. Il décida de dormir et alla se coucher dans sa chambre (les bruits au plafond le suivirent, comme s'ils le flairaient), dans le lit trempé de sueur et défait. Il lui fallait engager une bonne, chercher une femme, récupérer la sienne : Fina, pourquoi es-tu partie ? Coucher avec Ángela. Il se retourna dans le lit, ne pouvant s'endormir, inquiet, avec au milieu du ventre le vide sourd de l'inutilité. Il aurait dû travailler davantage, essayer quelque chose, agir. Contre la paresse, diligence. Mais ah, la diligence. Qui est capable de diliger, de diligir, de diliguer, ah, merde.

Il s'aperçut soudain qu'une érection poussait doucement entre ses jambes, comme une fleur de lotus au milieu d'un étang. Il ferma les yeux, effleura d'une caresse son érection naissante, l'installa mieux sur sa cuisse pour l'aider à fleurir en paix. Il la sentit se dresser et grandir comme un enfant sous le poids immobile de ses doigts, et au-dessus de lui recommencèrent les coups rapides de Mme Niño. Tac tac tac. Et un silence. Tac tac tac tac tac tac. Et un silence. Tap tap tap tap. Tlic tlic tlic. Puis la cascade de verre et de fer sur le bois, et un martèlement triomphal à deux mains, et un silence. Son membre durci comme un nerf et qu'il tenait, palpitant, dans sa main, s'échappa, s'avala, se consuma en lui-même.

— Folle ! Folle ! cria-t-il, le visage tourné vers le plafond, aveuglé par la fureur.

Mais Mme Niño continua son concert, imperturbable. Escobar se cacha la tête sous l'oreiller, soudain ivre de fatigue, les nerfs à vif. Le bruit passait à travers l'oreiller. Il alla dans la salle de bains, fit des boulettes de papier qu'il enfonça dans ses oreilles et qu'il eut beaucoup de mal à retirer peu après, constatant qu'elles ne servaient à rien. Il se retourna dans son lit, enveloppa son crâne dans les draps, essaya de dominer son adversaire par la force de sa concentration mentale, pleura, poussa des cris impuissants, sanglota doucement. Tap tap tap tap tap, faisait Mme Niño avec une précision délicate, comme un carreleur qui ajuste une dalle avec soin. Tac tac tac. Elle avait atteint dans le maniement des sphères de verre une virtuosité de harpiste paraguayen. Escobar frappa avec le manche du balai jusqu'au moment où il eut mal au bras et où le plafond commença à laisser tomber une pluie de plâtre sur son lit. Il secoua les draps en pleurant de rage. Il monta l'escalier, nu, balai en main, et cogna violemment sur la porte de Mme Niño. À l'intérieur, on entendait un silence tendu. Il frappa de nouveau la porte avec son balai, puis avec les poings jusqu'à ce qu'il ait mal aux jointures, et de nouveau avec le balai, s'arrêtant pour écouter et n'entendant que le même silence suspect. Il donna des coups de pied dans la porte et blessa ses pieds nus. Il frappa, sans force désormais, avec les genoux, avec les coudes. Il avait mal aux mains et aux bras, aux muscles du cou, aux veines des tempes. Il entendit des portes s'ouvrir aux étages supérieurs et inférieurs, et il redescendit l'escalier, honteux et frigorifié. Il essaya de se soûler avec les dépôts de rhum, mais il n'y en avait pas assez.

Avec des pauses savantes, qui duraient parfois vingt ou trente minutes et laissaient presque le temps à Escobar de s'endormir, Mme Niño frappa toute la nuit. Tap tap tap : la masse de bois. Tac tac tac tac tac : le marteau de fer. Et le martinet de cristal, fragile, apparemment indestructible : tlic tlic tlic tlic tlic. Parfois, après une longue pause, et au moment où Escobar, couvert de sueur et épuisé, commençait à croire qu'elle avait décidé d'aller se coucher, elle se mettait à taper du talon et de la pointe de ses chaussures en faisant des cercles, comme une danseuse de flamenco. Puis elle consacrait un long moment à un terrible exercice de patience, avec ses trois instruments : tap (pause), tac (pause), tlic (pause), tap. Tac. Tlic. Tap. Tac. Tlic. Tap. C'était presque un soulagement quand tout à coup les boules de verre recommençaient à rouler avec un joyeux tintement, puis c'était le bruit plus lourd des sphères de métal, puis de nouveau le choc monotone du marteau sur le plancher :

Tap.

Tap.

Tap.

Tap.

Quelquefois la pause se prolongeait de manière anormale, et Escobar percevait alors les battements précipités de son propre cœur. Il attendait, désirait presque que sa torture recommence pour savoir s'il était encore vivant. Et de nouveau tap tap tap tap tap. Il se rendait compte qu'il ne respirait plus depuis plusieurs minutes, le corps tout entier tendu et appuyé en arc sur sa nuque et ses talons, et il se laissait tomber, trempé de sueur, sur les draps chauds. Tac tac tac. Il se redressait pour essayer de mieux entendre, et comprenant sa folie il se mettait debout sur le lit et criait d'une voix rauque, son visage fiévreux presque collé au plafond :

— Vieille folle de merde !

Le silence. Puis : tap tap tap. Ou parfois simplement : tac tac… et le silence menaçant, insupportable, interminable. Vieille folle de merde. Jusqu'à ce que, enfin : tac. Et de nouveau le déploiement virtuose et simultané des percussions et des métaux, comme un concert de musique concrète. Et de nouveau : tac.

Il vit le jour se lever. Il vit le soleil monter lentement au-delà des montagnes, dans un ciel presque blanc. Mais la lumière du jour n'apaisa pas le tap tac tlic de Mme Niño. Les bruits de la rue ne firent pas non plus diminuer sa puissance. Escobar alla dans la salle de bains (suivi par les bruits), but de l'eau, se mouilla la tête, vit dans la glace ses yeux de dément, sa barbe de deux jours, puis il retourna se tapir au fond de son lit, brisé, brûlant de fièvre. Tap tap tap tap tap. Tac tac. Quand est-ce qu'elle dort, quand est-ce qu'elle rêve, quand est-ce qu'elle vit, cette pute.

À un moment, au cours de la matinée, il succomba au sommeil. Un sommeil agité, de lents cauchemars. Il se réveilla plusieurs fois en pleurant sans se rappeler pourquoi. Une fois, il crut entendre la voix de Fina, mais elle n'était pas là. Une autre fois, il bavarda avec Federico et l'entendit clairement dire : « L'arrogance des agonisants ». Mais quand il ouvrit les yeux il n'y avait personne. Puis il dormit, immobile, sans faire de rêves. Quand il se réveilla, au milieu de l'après-midi, sa fièvre avait disparu. Mme Niño continuait à taper cruellement sur le plancher. Elle semblait décidée à le détruire.

Pourquoi ? Rien ne justifiait une haine si féroce et si soudaine. Elle était folle : une folie meurtrière, méticuleuse, lente. Tant d'efforts, d'efforts si minutieux, uniquement pour faire de lui un paquet de nerfs, une ombre. L'action, l'action pour elle-même. Mme Niño était, il le comprit, une femme d'action. En d'autres circonstances (peut-être avec une autre position de classe), elle aurait mis son besoin maniaque d'action au service de la révolution démocratico-bourgeoise. Sauf que, là, enfermée chez elle, elle ne pouvait se défouler que sur lui. Parce qu'il était son voisin, elle avait résolu de le détruire. À petit feu, avec toute la patience qu'il faudrait. Une destruction lente, longue, subtile, de l'extérieur vers l'intérieur, du plafond de sa chambre au cœur de sa conscience. Guerre populaire prolongée, de la campagne aux villes. Aucun doute, Mme Niño avait étudié Mao Zedong.

Que faire ? Comment se défendre ? Il pouvait monter et l'étrangler. Mais la police, les complications et, pire encore, la prison. Il n'était pas un homme d'action. Il était un homme de livres. Monter et lui écraser la tête avec les quatre volumes des *Œuvres choisies* de Mao ? Ils étaient souples, cartonnés en jaune. Éditions en langues étrangères. Pékin. Ce n'était pas une arme. Il les feuilleta distraitement. Il y avait peut-être là le moyen de s'opposer à l'action de Mme Niño, comme l'antidote se trouve dans le poison. Il la vaincrait avec ses propres armes. Il tourna les pages avec attention : sur la rectification des idées erronées dans le parti, non ; recherche sur le mouvement paysan à Yanan, non ; prêter attention au travail économique, non ; problèmes stratégiques de la guerre révolutionnaire en Chine : voilà. Comment faire la guerre. Comment se défendre.

« Les règles de la guerre constituent un problème que doit étudier et résoudre quiconque dirige une guerre. Les règles de la guerre révolutionnaire constituent un problème que doit étudier et résoudre quiconque dirige une guerre révolutionnaire. Les règles de la guerre révolutionnaire en Chine constituent un problème que doit étudier quiconque dirige la guerre révolutionnaire en Chine. »

Cela lui parut d'une clarté diabolique.

« Nous faisons une guerre. Notre guerre est une guerre révolutionnaire, qui se déroule en Chine. Par conséquent, nous devons étudier non seulement les règles générales de la guerre, mais aussi les règles spécifiques de la guerre révolutionnaire, et les règles plus spécifiques encore de la guerre révolutionnaire en Chine. »

Le livre se ferma tout seul entre ses mains. Il était ébloui et accablé à la fois. Il avait découvert, comme dans une double illumination foudroyante, que les problèmes spécifiques de la guerre révolutionnaire en Chine ne l'intéressaient absolument pas, et que dans ces quelques phrases didactiques, monotones, pléonastiques, résidait le secret de l'action. De n'importe quelle action. S'il s'agit de l'action de la guerre révolutionnaire en Chine, eh bien de celle-là. Et, sinon, de toute autre. Il s'assit en regardant le plafond pour attendre que Mme Niño recommence à faire ses bruits afin d'étudier et de résoudre ses règles spécifiques. Il resta un long moment à regarder le plafond, mais les bruits ne recommencèrent pas. Sur toute la surface du plafond régnait un silence absolu. Il alla dans sa chambre, pour voir si les bruits l'y suivaient. Il alla de même dans la salle de bains, puis dans la cuisine. Silence complet. Tout ça ne le mènerait à rien. Il s'efforça de recréer mentalement le rythme et la texture des bruits.

Ce n'était pas facile. Au bout d'un moment il se surprit à parler tout seul :

— Tac tac tac tac. Tac tac tac. Tap tap. Tlic tlic tlic tlic. Tlic tlic tlic.

S'emportant tout à coup, il prit le balai à deux mains et tapa violemment au plafond. Il n'y eut pas de réponse. Il attendit quelques instants et tapa de nouveau. Rien. Il tapa dans sa chambre, dans la salle de bains, dans la cuisine. Il se mit debout sur une chaise pour taper aussi avec une bouteille vide en alternant la bouteille et le manche du balai.

Silence absolu.

Que faire ? À quoi sert d'avoir compris que pour appliquer les règles il faut étudier les règles s'il n'y a pas de règles ?

Il s'assit à sa table. Il alluma – comme il avait craint de devoir le faire – le mégot d'un mégot. Il serait obligé de sortir. Il pourrait sortir, traverser la ville, aller dans la montagne et commencer à appliquer, de la campagne aux villes, ce qu'il venait d'apprendre sur les règles des règles. Et, à la fin de la guerre prolongée, quand enfin tomberaient les villes, il irait directement chez lui, monterait à l'étage de Mme Niño et la soumettrait à un jugement populaire révolutionnaire.

Ou alors il pourrait écrire un poème, maintenant, oui. Mao Zedong lui-même avait écrit des centaines de poèmes. Il écrirait un poème de guerre prolongée. Il se rendit compte qu'il retombait, une fois de plus, dans ses vieilles erreurs : le sujet du poème viendrait plus tard, quand il saurait écrire le poème – guerre, amour, thèmes agricoles. Quiconque écrit un poème doit commencer par étudier et résoudre les règles qui régissent le poème. Il écrivit :

Instructions pour écrire un poème.

Après une brève réflexion, il biffa ce qu'il venait d'écrire. À la place, il nota :

Problèmes stratégiques de la composition d'un poème. Nous écrivons un poème. Notre poème est un poème…

Un poème quoi ? Un moment plus tôt, les élucubrations de Mao lui avaient semblé d'une grande clarté. Maintenant, appliquées au concret, il les trouvait tautologiques. Où donc étudie-t-on les règles du poème ? Dans le poème lui-même. Si la guerre est en Chine, c'est en Chine : là-dessus, Mao est catégorique. Comment échapper au cercle vicieux ? Par la pratique : en écrivant le poème, et ensuite en en tirant les règles grâce à l'exercice rigoureux de l'analyse. Oui, mais il faut d'abord écrire le poème, et c'est bien là le problème.

Ou… Escobar pensa soudain avoir fait une importante découverte. Ou au contraire : de l'analyse, extraire le poème. L'évidence l'aveugla : si d'un poème il est possible d'extraire la critique, il est également possible de condenser le poème en partant de sa critique.

Cela lui parut, tout d'abord, d'une simplicité absolue.

Écrire des prologues – en disant, au passage, qu'un poème n'a pas besoin de prologues. Prologue à la première, à la deuxième, à la troisième édition. Prologue de l'auteur. Prologue de l'éditeur. Prologue du traducteur. Présentation. Préambule. Note préliminaire. Et puis épilogues, appendices, postfaces explicatives, suggestions d'interprétation, gloses érudites sur les points obscurs, ou confus, ou même manquants, du poème. Oui. C'était là le chemin.

Approcher le poème de loin – de la campagne à la ville : il avait compris la stratégie. Problèmes stratégiques de la composition d'un poème révolutionnaire en Colombie : de la campagne à la ville, camarade, dans une longue spirale partant du point le plus écarté, le plus éloigné du poème, en traçant une lente et inexorable courbe qui, peu à peu, se refermerait sur elle-même et arriverait au terrier de l'hélix, où l'attendrait le poème : pelotonné, les hanches tremblantes, hypnotisé, incapable de prendre son envol. Et là, il n'y aurait plus qu'à l'attraper par les oreilles et lui briser la nuque.

Il avait la bouche pleine d'enthousiasme, c'était comme de l'écume. Il écrivit :

Notes préparatoires pour le calcul de la courbe parabolique…

Il entendit une fois de plus le martèlement à l'étage du dessus.

Tuer Mme Niño à coups de dents, émerger de chez elle enveloppé d'une vapeur de sang triomphante. Il avait faim. Il n'avait rien mangé depuis plusieurs jours. Il scruta le ciel blafard, les montagnes noires. Bientôt il ferait nuit, et les boutiques fermeraient. Dans le réfrigérateur, les vieux champignons étaient maintenant entourés d'une espèce de matière translucide et cotonneuse. Il les mit à la poubelle. Il avait faim. Une miche de pain. Il était certain qu'à Bogotá on ne vend pas le pain en miches. Le monde est comme il est. Leibniz, assure Voltaire, a déclaré dans le nord de l'Allemagne que Dieu ne pouvait créer qu'un seul monde. Et c'est celui-ci.

Il s'habilla, sortit. Dieu ne pouvait-il pas créer un monde où Bogotá n'existerait pas ? Il semblerait que non, que ce soit impossible.

En face de sa porte, les propriétaires d'un magasin d'articles d'électricité venaient d'attraper un voleur, allongé par terre, à qui ils donnaient des coups de pied. Un policier en uniforme vert contemplait philosophiquement la scène. Deux dames bien habillées encourageaient les commerçants, avec des voix pleines de rancœur :

— Allez-y, tapez-lui dessus ! Ces types-là sont les rebelles qui nous enlèvent et nous tuent !

La plus élégante des deux s'approcha pour participer. Elle donna avec sa chaussure pointue un coup de pied dans les testicules du voleur à terre, qui se recroquevilla sur lui-même. La dame releva un peu sa jupe pour ne pas se faire asperger par les gouttes de sang et lui donna également des coups de pied dans la figure. Escobar jugea que c'était un voleur à l'aspect distingué, en gilet et cravate, avec des chaussures à semelle épaisse ; pas idéales pour courir, et c'était sans doute à cause d'elles que les types du magasin avaient pu le capturer. De sa fenêtre, Mme Niño criait à tue-tête :

— LÂCHE ! COMMUNISTE !

C'était après Escobar qu'elle en avait, mais les autres crurent qu'elle parlait du voleur. Ils sourirent, et un des types du magasin tira l'homme à terre par les cheveux pour l'obliger à lever la tête et à saluer, comme au théâtre. Escobar s'éloigna.

Dans un boui-boui à tacos mexicain, il mangea quelques galettes plates, molles, grasses, qui n'étaient pas des tacos, qui n'étaient pas mexicaines. Mais le monde est comme ça. Il vit passer une fille très jolie et la suivit un moment. Il en vit passer deux autres, sans les suivre. Et une autre encore. À un étal au coin d'une rue, il acheta des cigarettes. Il s'arrêta pour regarder passer les gens. Il avait oublié à quel point les gens sont laids et nombreux. Le monde est comme il est.

Il alla faire des courses et fut accablé au supermarché par l'infinie variété du monde. Il acheta des fruits et du fromage. Il prit un chariot et le remplit de provisions. Encore des fruits – bananes et mûres, mangues, un melon –, des tomates et de la salade, même s'il savait d'avance qu'il les verrait se flétrir, se ratatiner, moisir dans sa cuisine, des biscuits, de la viande, des soupes, de l'alcool, du lait, des œufs, du riz de différentes marques, des sardines portugaises, des vins chiliens, des pâtes italiennes, des saucisses anglaises, des chocolats suisses, des citrons pour prévenir le scorbut, du persil. Il ressortit chargé comme une mule, en se repentant. Il faisait nuit. Une dame qui croulait autant que lui sous la charge laissa brusquement tout tomber, en poussant un cri. Un peu de sang coulait de son oreille déchirée, et elle se mit à pleurer très fort tout en montrant un voleur qui s'enfuyait dans la rue, sa boucle de perles à la main, très rapide avec ses chaussures à semelle épaisse. Aux pieds de la dame, les paquets commençaient à disparaître, et elle continuait à pleurer. Une autre dame s'empara subrepticement d'un jambon. Un mendiant en haillons s'enfuit en se traînant sur ses moignons, chargé de six boîtes de pêches au sirop, et perdit dans sa précipitation un carton sur lequel le secrétaire de la léproserie de Agua de Dios certifiait que sa lèpre n'était pas contagieuse. Le certificat roula aux pieds d'Escobar, qui le lut mais n'osa pas le toucher. Le mendiant se perdit dans la foule. Escobar décida de rentrer chez lui d'un pas ferme, en abandonnant à son sort la dame qui pleurait toujours et essayait maintenant de ramasser, entre les mares de lait et de Coca-Cola, le reste de ses achats. Un vigile armé d'une carabine la regardait se démener et gémir sans l'aider, une boîte de biscuits cachée sous son poncho. Escobar se mit à siffler. Ô Muse, donne-moi ma lyre.

Parce que, là, maintenant, il tenait enfin son poème. Ou du moins le sujet du poème. On n'apprend que dans le concret, camarade. Il l'avait compris dans le supermarché regorgeant de vivres comme une caverne d'Ali Baba, débordant de poulets, de dindes et de viandes enveloppés dans de la cellophane, de whiskies écossais, de champagnes français et de caviar noir de la Caspienne, de fruits et de légumes, sillonné par des dames aux voiles déployées qui poussaient des chariots remplis de victuailles, et assiégé au-dehors, comme par une armée ennemie, par un pullulement informe de voleurs à la tire, de vigiles, de lépreux et de mendiants qui, ce soir-là, auraient enfin pour dîner des pêches au sirop et ne pourraient pas dormir parce qu'ils auraient mal au ventre. Personne ne leur demande de voler. Il tenait un poème épique. Il en avait même le titre, trompeusement prosaïque : *Analyse concrète d'une situation concrète.* On n'apprend que dans le concret.

En arrivant à sa porte, il marcha sur le sang déjà sec du voleur tabassé, ce qui lui parut de bon augure.

Mme Niño commença à taper dès qu'il fut chez lui. Il la dédaigna. Avec une serviette de toilette, il improvisa un turban, qu'il serra soigneusement sur ses oreilles. Ô Muse, donne-moi ma lyre.

Face à sa feuille blanche, le titre auquel il avait pensé ne lui sembla plus bon. Le genre exigeait autre chose. La Bogotéide. Il écrivit en majuscules :

LA BOGOTÉIDE

Et au-dessous, en minuscules :

Poème épique.

Et au-dessous :

Chant premier.

Et il réfléchit un moment. Le turban en serviette amortissait le bruit de Mme Niño mais ne l'éliminait pas complètement.

Il écrivit :

Cercles

Et, regrettant aussitôt, il biffa le mot. Cercles de misère, allait-il dire : les uns dans les autres, richesse assiégée, encerclée par la misère. Mais « cercles » faisait trop penser à Dante. Et parler d'emblée de misère avait un petit côté démagogique. Un poème épique, ce n'est pas ça. Il consulta deux ou trois modèles dans sa bibliothèque. Il revint à sa table, satisfait. Son poème serait en huitains classiques.

La Bogotéide

(*La Bogotiade*, peut-être ?)

Chant premier

Où l'on découvre le site et la description de la ville de Bogotá et de la savane qui reçoit son nom, avec les mœurs de ses habitants, et comment tout cela ne peut durer.

Ô mère ! Ô ma ville ! Que ne suis-je poète
pour chanter tes louanges, toi jamais asservie,
toi qui depuis toujours te situes à la crête
de toutes les cités de notre Colombie.
Hélas, hélas moi qui dès la première strophe
vois d'un œil attristé avorter mon poème,
je ne suis pas poète : oh quelle catastrophe,
si, suivant mon désir, je te chantais quand même !

Mais avec ça, c'était comme s'il en était encore au même point. Et le ton, faussement festif, était timoré. Festif parce que timoré. Faux. Rien n'est plus difficile que de dire la vérité, avait-il dit à Federico. Et ça, ce n'était pas la vérité. Ce n'est qu'en disant la vérité qu'on peut soutenir un ton épique, sans ridicule, pendant quinze ou vingt mille vers. Il fallait entrer d'emblée dans la matière, comme un faucon. Vue aérienne de la ville, puis zoom cinématographique sur le centre de la plaie, au cœur du pus :

Hautes et noires l'écrasent d'envieuses montagnes ;
dure la ceint aussi l'effroyable misère,
pour horizon la haine : cette ville est un bagne.

Maintenant, quelque chose qui rime avec misère : mortifère, amère. Parler aussi de la diphtérie. À Bogotá, la diphtérie fait probablement des ravages, entre autres nombreuses maladies infecto-contagieuses. Bogotá, ville sans hôpitaux – ce qui peut, plus tard, rimer avec multitude de maux. Mais non, ce n'était pas vrai : Bogotá n'est pas seulement ceinte par la misère, elle la nourrit aussi à l'intérieur. Il faut dire que Bogotá est entourée et farcie de misère. Et de danger. Durs îlots de violence et de danger, comme des calculs dans les reins.

Et aussi une odeur de danger, de misère et de violence, comme la puanteur d'un rein en putréfaction. Bogotá a vaguement la forme d'un rein, appuyée sur ses montagnes, nauséabonde, boudinesque.

Ville en forme de rein qui longuement s'étend
du nord obscur au sud, voulant tout incendier,
dévorant la prairie, et imiter prétend
un boudin noir et gras dans un vert saladier…

Mais ce n'était pas un ton épique : « en forme de rein », « saladier ». Images grotesques et prosaïques. Mais que peut-il y avoir de plus prosaïque et de plus grotesque que la ville de Bogotá ? Une ville noirâtre, ramollie, informe, pullulant de monde, comme un gros boudin pourpre couvert d'insectes, bruni de graisse, dégouttant, farci de Dieu seul sait quelles cochonneries – si : de sang putréfié. Ville à la puanteur de graisse recuite des fritures au coin des rues, d'où jaillissent de troubles humeurs, suintent des caillots de pourriture sur le miroir vert et tendre de la savane, l'empoisonnant.

Malgré tout, les mots « en forme de rein » lui restaient en travers de la gorge, tout comme le mot « saladier ».

Ville faite de sang sans cesse répandu
qui au septentrion dévore la prairie

Bien sûr : il fallait parler de septentrion dès le début. « Septentrion » est un mot éminemment épique.

Ville de sang, et dans le sang ensevelie ;
ville d'où sourd le sang qui crève ses artères,
ville exsangue et sanglante, chaque jour affaiblie
par une guerre secrète, sordide et délétère :
au sud, ou méridien, par la faim avilie
la longue et sombre armée des damnés de la terre ;
au nord, ou septentrion, l'odieuse oligarchie
entourée de gardiens, sur son or avachie.

Au nord pour être, évidemment, plus près des États-Unis. C'était clair, il y avait deux camps : de quel côté es-tu, camarade ? Du sud, camarades, du côté des opprimés. (D'autre part, il était content : ses allitérations étaient assez réussies.)

Je ne chanterai pas, nord, tes vaines beautés

Il ne les chanterait pas ? Les jolies filles de la Quinzième Avenue, moulées dans leurs jeans ? Non. Ni celles qu'il avait vues arriver à l'Unicornio avec leurs magnifiques épaules nues. Leur beauté était trompeuse, fondée sur l'injustice. Ce qui est injuste ne peut être beau, camarade.

Je ne chanterai pas, nord, tes vaines beautés
Car la beauté injuste n'est que vile menterie ;

Le luxe, l'opulence et la fastuosité,
qu'on ne s'y trompe pas, ne sont que volerie.
Je chanterai du sud la dure pauvreté,
les trucs, les artifices et les acrobaties,
et toutes les façons des humbles Bogotains
qui ont de nombreux pieds, et de nombreuses mains.

Federico et les autres seraient heureux. Mais à ce rythme il lui faudrait toute la vie pour faire vingt mille vers. Et il devrait les polir, en plus : ce dernier huitain était pauvre, grossier, prosaïque. C'est le risque : la prose rimée. Le huitain classique impose un rythme lent, lourd, monotone, comme le labour des bœufs sous le joug. Bien sûr, Bogotá est une ville monotone, ennuyeuse, comme le labour des bœufs. Mais il fallait aussi penser au lecteur. Peut-être valait-il mieux faire quelque chose de plus agile, de plus bref aussi, mais de plus dense : plus gongoriste. Et abandonner le huitain classique, qui est dur. Il avait beaucoup biffé, il avait souffert. Il avait déjà bu presque une demi-bouteille de whisky. Il n'y avait plus de glaçons dans le réfrigérateur.

Claies de branchages – pas toit : le jour les traverse ;
treillis passe-soleil, passe-vent, passe-averse ;
où – nid de deux, hélas non pas de deux, de cent –
jamais n'entre la rose,
ni l'or, richesse close,
rêve d'autrui, frein puissant
aux plus vitales choses
qui pour être plus simples n'en sont pas moins belles,
dignes d'être arrachées par la juste violence
à ceux dont le cynisme épuise la patience
de ce nouveau Tantale, qui voit, cruel supplice
des forces qui le tuent, la bourgeoisie complice.

Ça lui était venu d'un trait. Trop hermétique, peut-être : trop elliptique. Ce qu'il voulait dire, c'était que les pauvres vivaient pratiquement à tous les vents, sous des toits de roseau et de cartons qui ne sont pas des toits, et laissent passer l'eau, le vent, le soleil, le froid, et entassés, cent par cahute ; et sans accès aux biens de la société de consommation, aux roses et à toutes les choses en général, par un manque d'argent qui pour eux n'est qu'un rêve étranger et un frein. Ils peuvent, certes, recourir à la violence : au vol, aux hold-up, aux enlèvements, à l'extorsion, à l'exploitation d'autres ressources naturelles ; mais c'est un supplice atroce, digne de Tantale, que d'assister, du sud, au spectacle du gaspillage des riches, protégés par l'armée et la police. Sauf que, à vrai dire, rien de tout cela n'était très clair. Il prit quelques notes éparses : pour commencer, il expliquerait le sens (avec quelques touches de couleur) ; puis il ferait le travail de versification, calmement.

Cahutes de roseau et de carton (toits de dentelle
qui laissent passer l'eau, le soleil quand il brille, le vent).
Qui permettent
(dans l'entassement)
à peine les délices passagères du concubinage
— et ensuite, bien sûr, un enfant de plus.
Là n'arrivent pas les roses
ni l'or (c'est-à-dire l'argent) qui sert à acheter les roses :
l'or, prodige clos (c'est-à-dire étranger)
(comme tout ce qui est bon)
dont le produit (celui des roses : car les roses se vendent)
sert aux riches pour payer une menace :
vigiles et policiers
(bras armés de la bourgeoisie),
chiens de garde, hommes à fusil et colliers à pointes,
pour déloger les pauvres qui ont établi leur cahute sur la terre
d'autrui, manifestement
(comme toute la terre).
Les délices de la vie sont à eux, là-haut, au nord.
Et savoir, du sud, que tout cela existe est un supplice :
le supplice de Tantale.
Pour toutes ces raisons, guerre
pour la terre
d'autrui
(bonne, qui met fin à nos peines).

Il était ivre. Sur le papier, il voyait les lignes glisser en diagonale, comme s'il écrivait un calligramme. Dans son verre tant tripoté, le whisky était maintenant d'une pâleur baveuse, floue. Il alla se coucher. Mme Niño, infatigable, continuait sa patiente guerre prolongée avec ses coups de marteau, ses roulements de boules et de sphères, ses cascades de bruits. Ivre, mais encore capable de coordonner ses mouvements, Escobar cloua une couverture au plafond, au-dessus de son lit. Le bruit lui parvint alors assourdi. Il s'endormit comme un enfant.

À la lumière du matin, le poème était une vraie cochonnerie.

Prétentieux, menteur, superflu. Pas une rime, pas une image intéressante. Tantale. Qui sait aujourd'hui qui est Tantale ? Don Tántalo Mejía, un sénateur de Risaralda ou du Quindío, grand propriétaire terrien et maître de votes captifs. Et, par-dessus le marché, incompréhensible : « Claies de branchages – pas toit : le jour les traverse... » Il devrait se promener avec, au cou, un carton sur lequel le secrétaire d'une gongorerie aurait certifié que son mal n'était pas contagieux. « Ni l'or, richesse close. » Qu'avait-il voulu dire par là ? Rien, probablement. Il n'arrivait pas à se rappeler. Il avait honte.

Plus il étudiait son poème, plus il aimait le mot « septentrion ».

Mais le poème n'était pas un jeu rhétorique de mots sonores et creux. Il devait servir à analyser la situation concrète : expliquer la genèse de la plus-value, décrire les mécanismes d'accumulation du capital à partir de la rente foncière, dénoncer la surexploitation de la force de travail, la répression armée, les dépenses superflues des classes oisives, la dette extérieure, la voracité impérialiste. Et chanter la prise de conscience de classe.

Septentrion. Méridienne.
Dans la friche méridienne, et là entassés...

Il y a des mots qui ne trompent pas : méridienne, septentrion. Un poème, avant toute chose, est fait de mots.

Dans la friche méridienne, ainsi entassés
(nuit de lune et de lumière, de grilles jour :
treillis passe-soleil, passe-vent, passe-averse),
pied sec au septentrion, au sud assoiffé...

Assoiffé... Le problème, c'est que ce qui distingue les quartiers misérables du sud de Bogotá c'est justement qu'ils sont inondés, même en été. À partir du Tunjuelito, tout n'est que flot : enfants noyés, photos dans le journal de familles entières naviguant sur des embarcations de fortune avec un téléviseur et un chien.

Chant premier
Où l'on traite de la façon bestiale dont vivent les indigènes de ces régions, et comment ils paient pour cela un tribut à leurs seigneurs et maîtres de la terre ; lesquels seigneurs investissent l'argent ainsi récolté de façon à pouvoir fuir, sains et saufs, au cas où lesdits indigènes finiraient par se soulever avec grand massacre et grande boucherie ; non de leur propre initiative, mais soumis à l'influence subversive d'agitateurs professionnels, porteurs de doctrines venues d'ailleurs et totalement étrangères à l'idiosyncrasie de notre peuple, lequel ne pense qu'à se soûler, comme on l'a vu lors des Journées d'avril.

Dans la friche méridienne, ainsi entassés
(nuit de lune et de lumière, de grilles jour :
treillis passe-soleil, passe-vent, passe-averse),
pied sec au septentrion, au sud assoiffé,
au sol, pied qui n'avait jamais connu de terre
que la terre d'autrui, par la force gardée :
terre du propriétaire
maître de son travail, et de son sommeil maître,
son propre pied bien pris dans sa botte de cuir
(sur le péon posé, comme dans l'étrier)
sitôt qu'il fut en âge
de savoir l'étendue de ses vastes herbages
pour le loisir hier de son précieux bétail
envahi aujourd'hui par tous ces pauvres hères

qui en pleine lumière dérobent une parcelle
à celui qui a tout, à ce très vil coquin
dans son abri polaire
et qui vit de la rente de son trésor agraire
pour son plus grand bonheur et pour votre souffrance.
Pour qu'en cas de danger la route soit moins longue
jusques à Mayami où, ignoble transfuge,
fuyant la Colombie, il trouvera refuge,
c'est au septentrion qu'a choisi ce requin
de vivre une vie de délices
même si depuis l'aube et jusqu'au crépuscule
elle est cernée par cent bouches à l'agonie,
pour sa protection, misérables milices
qui donnent de leurs veines la rouge plus-value
et les flots de leur vie, chaque jour répandue
pour défendre le propriétaire
des malfaiteurs,
des kidnappeurs,
des travailleurs :
fièrement obstinés dans leur désir d'airain

Devrait-il répéter « requin », « coquin » ? Il s'était perdu dans les labyrinthes de la rime. Panaméen ? Auprès de l'héroïque frère panaméen. Hondurien. Argentin. Aquilin. Bambin. Aquilin : allusion évidente à l'aigle cupide des États-Unis. Bambin : pour inclure une bonne fois une note sentimentale ; l'honnête travailleuse qui veille sur ses bambins en attendant le retour de l'honnête travailleur porteur du pain qui nourrira la famille. L'honnête travailleur rentre soûl, pourtant, car l'inhumaine surexploitation à laquelle le soumet le capital l'a empêché de développer une conscience de classe correcte ; et non seulement il rentre soûl, sans pain ni la moindre pièce, mais en plus il en vient à frapper l'honnête travailleuse – laquelle (pourquoi ne pas le dire) a passé son après-midi à battre ses honnêtes bambins. Et on la comprend, car il faut les voir.

Il réfléchit. Il se versa le premier verre de la journée.

fièrement obstinés dans leur désir d'airain
d'affronter, ainsi qu'en un moderne pancrace

Ça, il fallait encore le travailler. Mais plus tard. Il achèterait un dictionnaire de rimes, car cela existe, pour aider les poètes. Pancrace, tenace, vivace, menace, race, trace, coriace. Le jour viendrait-il où il pourrait utiliser « coriace » ? Oui, coriace : un militant révolutionnaire, par exemple, doit être coriace. Sans fragilité, c'est-à-dire sans perdre la dimension héroïque que requiert la pratique de la révolution.

fièrement entêtés dans leur désir mesquin
d'affronter, face à face,

l'oligarchique chimère :
versant toujours en vain pour tous ces fils de chiennes
le sang pur et précieux des veines colombiennes.

Il y avait beaucoup de sang, et beaucoup de veines. La liqueur des veines colombiennes ? Des chairs colombiennes ? La liqueur des chairs colombiennes ? Le suc, le jus ? La sève. La sève des veines colombiennes. Épique et, en même temps, populaire. Populaire et patriotique, au service de la libération nationale, comme disait Zoraida.

versant toujours en vain pour tous ces fils de chiennes
la pure et vive sève des veines colombiennes.

Mais, en pensant à Zoraida, il s'aperçut que dans ce qu'il avait écrit jusque-là manquait la présence de l'avant-garde armée de la révolution : c'est très défaitiste, camarade. Oh, mais il y avait des Chants à venir, et plus qu'il n'en fallait. Et, fatigué de son Chant premier, il passa directement au Chant vingt-troisième, quand les guérilleros, victorieux, descendent de la montagne. Ou plutôt, vu les conditions topographiques spécifiques de la guerre révolutionnaire en Colombie, quand ils montent. Parce que les faits sont têtus, camarades : en Colombie, il faut monter.

Montant enfin le long de gorges escarpées,
voici que vient à nous le printemps désiré,
rouge fleur de victoires et de fières épopées
(rouge drapeau vénéré)
dans la main
du frère
colombien
la fraternelle main
d'un chef charismatique
de la gauche authentique.

— Du sérieux, camarade.

Il entendit la voix grave de Zoraida, il sentit son odeur. Elle n'était pas là. Mais elle avait raison : ça n'était pas sérieux. Bien qu'il ne soit pas non plus sérieux d'écrire un poème révolutionnaire simplement parce qu'une camarade révolutionnaire sent la femme. Zoraida, Zorahaida. Était-ce son véritable prénom, en temps de paix, dans la vie ? Federico aurait pu le lui dire. Mais il valait peut-être mieux ne pas le lui demander : il était possible qu'elle s'appelle Betty, Nancy, Luz Dary. Et le camarade Douglas, s'appelait-il vraiment Douglas ? Il avait un air de paysan honnête, l'air de s'appeler Ezequiel, Martín, Jacinto, José, tout au plus. Mais Douglas ? Et sans aucun doute, Dolly, ou Vicky, ou Marilyn. L'impérialisme est implacable. Il but. Il biffa. Biffer, c'est facile. Homère biffait-il beaucoup ? La Bogotéide commençait à l'ennuyer mortellement. D'ailleurs, peut-être devrait-il l'intituler Bogotiade.

Le soleil irrité contemple les féroces
et glorieux défenseurs de l'essor prolétaire
– haut soleil – de dédains altière cordillère
où jamais un atlante ne hissa sa bannière –

Révolutionnaire, prolétaire, bancaire. Il s'ennuyait. Une fois de plus, il biffa. Une fois de plus, il but. (Homère buvait-il ?) Et une fois de plus il écrivit :

Féroces, certes oui : mais bien moins que la gloire
de dextres ras tranchées
et en durs vermillons sauvagement fleuries,
triomphantes non point, privées de leur victoire
mais par l'aurore vengées
dans le rubis trompeur des brûlantes épées :
fleur dont le doux parfum inonde cœurs et lèvres.
Autour, faucon royal, des nuées prolétaire
brune terreur du ciel, et pampre de l'histoire,
balayant (la faucille de ses ailes hirondelles)
de l'été les épis, les blés de la mémoire,
pas les siens propres, non : car c'est un mercenaire
comme du Pont mouvant le Nil est tributaire,
ce n'est pas une armée : volatile farine
emportée par le vent révolutionnaire,
elle fuit en désordre, honteuse catastrophe
— et c'est avec ces mots que je finis ma strophe.

Heureusement. Mais était-ce clair ? N'importe quel lecteur comprendrait-il qu'on expliquait dans ces vers comment les révolutionnaires prolétaires, après de durs revers, jamais définitifs, et en brandissant dans la dextre la violence, accoucheuse de l'Histoire, font un massacre féroce mais cependant juste, comme le moissonneur dans les épis, comme le faucon dans le poulailler, dans les rangs à la solde du capital, anachroniques, inéluctablement condamnés par l'avènement de temps nouveaux, qui fuient au milieu de la plus grande confusion et dans l'épouvante, comme la poussière dans l'ouragan ? Non, ce n'était pas clair. Aucun lecteur ne comprendrait. Et il était évident que Zoraida, par exemple, n'approuverait jamais ça. Même pas Federico. Pourtant, ce n'était pas mal du tout. Par exemple, ce « mercenaire comme du Pont mouvant le Nil est tributaire », Góngora lui-même l'eût envié.

Il but. À ce train-là, il n'aurait jamais fini. (Est-ce que Góngora buvait ?)

C'était de la merde.

Découragé, il abandonna sur la table les strophes qu'il venait d'écrire. Il ouvrit les fenêtres : tout sentait le renfermé.

Il s'assit dans son fauteuil, son verre de whisky à la main. L'alcool lui donna la nausée, il posa son verre par terre, se renversa dans son fauteuil, fixa des yeux le plafond.

Toc toc toc toc toc toc toc. Tac tac.

Toc toc toc ? Le timbre des bruits de Mme Niño avait changé. Plus creux désormais, et peut-être plus sonore. Cela faisait des jours qu'il les entendait – cela faisait des jours qu'il écrivait son poème de merde –, et il se rendit compte alors avec surprise que cela faisait des jours qu'il ne les entendait plus, habitué à leur monotonie, de même que le fœtus, semble-t-il, s'habitue aux battements du cœur maternel. Mais il se rappelait maintenant qu'une moitié de son cerveau n'avait pas cessé d'entendre les bruits au plafond, et il pensa que, s'il analysait son poème, il constaterait sans doute que le rythme lui en avait été inconsciemment dicté par Mme Niño. Il se sentit envahi par une vague de colère incontrôlable. Il lança son verre contre le plafond et se retrouva trempé de whisky. Il put esquiver la chute du verre, mais non éviter qu'il ne se brise par terre. Balayer, donc. Il fracassa contre le plafond tous les objets qu'il trouva à sa portée, fou de rage. Puisqu'il devrait balayer, il balaierait tout : vases, cendriers, lampes. Puis, en pleurant, il alla chercher le balai dans la cuisine. Les bruits du plafond le suivirent à la cuisine. Il frappa de nouveau avec le manche du balai, tout en sachant d'avance qu'il avait perdu. Il regarda ses mains avec amertume, non pas victorieuses, mais vaincues : c'était aussi Mme Niño qui lui avait dicté ces mots, depuis l'étage du dessus. Folle, folle de merde. Et il l'entendait toujours : toc toc toc. Tloc, tloc tloc, tloc. Tlic tlic. Elle devait avoir acheté un autre instrument, plus sonore. Il regarda les vers sur sa table, déprimé : putain de vers. Ils n'étaient même pas de lui. Le poète n'est qu'un chemin pour la voix de ce qui est éternel, dit Rimbaud. Du peuple, dit Zoraida. De Mme Niño. Il avait envie de pleurer pour de bon. Il n'avait rien inventé, il n'avait rien créé, après tant d'efforts. De même, les anciens croyaient que nous ne pouvons pas écouter la céleste musique des sphères parce que nous l'entendons sans cesse : et pourtant la musique que nous faisons n'est que la contrefaçon de cette musique-là. Il soupira, hors de lui : musique des sphères ! Le tlic tlac tlic tloc tloc tloc tloc de Mme Niño. Musique.

La musique, bon sang ! La musique, bien sûr ! Comment n'avait-il pas pensé plus tôt à combattre Mme Niño par la musique ? Musique, bien sûr, musique. Les *vallenatos* qu'avait laissés Federico sur l'appareil lui semblèrent fragiles. Non, quelque chose de puissant, de pesant, d'écrasant, cordes et percussions, violences, beaucoup de cymbales et de grosse caisse, beaucoup de cor anglais : tout un orchestre philharmonique. Beethoven. Il mit un disque sur le plateau. Une légère pression sur une touche, et le plateau se mit à tourner, comme une chose vivante. Une autre légère pression sur une autre touche, et Beethoven, docilement, commença à crever le plafond.

Mais, lors des pauses de la musique, la musique concrète de Mme Niño se frayait un passage avec l'implacable finesse d'un scalpel. C'était pire, même, parce que, derrière les hurlements et les barrissements de Beethoven, il s'efforçait de distinguer, au plafond, le tintement, les coups, le tac tac. Beethoven était une houle, un ouragan, une charge de bisons. Mais, protégée par le plafond, l'abominable Mme Niño avait l'infinie patience d'une goutte d'eau sur les os du crâne. *La Neuvième Symphonie* de Beethoven terrorise les sauvages, apaise les cachalots, calme les éléphants. Elle laissait Mme Niño parfaitement froide. Il mit et remit le disque sur le plateau, en montant le son au maximum. Lors des inévitables silences pendant lesquels il retournait le disque, des longues secondes séparant les mouvements successifs, Mme Niño continuait, imperturbable : tac tac tac, tlic tlic tlic tlic tlic tlic, tloc tloc tolc, tap tap tap. Tap. Tap. Tlic.

Tap.

Tlic.

Tap tap.

Toc.

Tap.

Il sortit en criant et grimpa les marches quatre à quatre. Les chœurs de Beethoven tonnaient dans la cage sonore de l'escalier comme un train dans un tunnel. Derrière la porte fermée de Mme Niño, on n'entendait que le silence. Il colla son doigt sur la sonnette et donna des coups de pied dans le panneau de bois. Pas de réponse. Il colla l'oreille à une fente et entendit un très léger frôlement de grosse bête sauvage qui rampe, de reptile. Il poussa à travers la fente un hurlement bestial qui rebondit dans tous les recoins de l'immeuble. À l'intérieur, il se fit un silence de mort, tandis qu'Escobar haletait devant la porte, les veines du front et du cou encore gonflées comme des cordes. Il redescendit l'escalier en titubant, comme vidé de son sang, dans le fracas de la musique aussi puissante qu'un fleuve. Quand il referma sa porte, le disque de Beethoven continuait à bramer, mais plus le moindre bruit ne venait du plafond.

Il se laissa tomber dans son fauteuil, trempé de sueur, riant et pleurant. Il avait gagné. Le cri. Le cri primordial de l'être humain acculé, le hurlement puissant qui chasse les bêtes apeurées. Il respira profondément et le lança de nouveau, en regardant le plafond :

— Aaaaahaahhaggghhhaaaarhaaaahhrhrhrha ! a ! a ! ah !

Sur le chœur de *L'Hymne à la joie*, le hurlement prenait des accents effrayants. Le cri primitif. La voix, la voix humaine. Sa propre voix. Il cria de nouveau :

— AaaahaahhagggAHAAGGGHHHAAAAARHAAAHHHRHHHHA ! A ! A ! AH !

Et une fois encore :

— AAAAAHAAHHAGGGAHAAGGGHHHAAAARHAAAAAHHRHHRHHHHA ! A ! A ! AH !

Vaincu, Beethoven arriva à la fin du disque. Pendant qu'il se levait pour le remettre au début, Escobar entendit frapper timidement à la porte. Il regarda autour de lui, cherchant une arme. Il alla sans bruit à la cuisine, fouilla dans les tiroirs et finit par trouver un mystérieux morceau de fer recourbé : peut-être une manivelle d'appareil à moudre. Il écraserait d'un seul coup la cervelle de Mme Niño. Il ouvrit la porte de la main gauche, en brandissant le fer dans la droite.

— Ouïe ! Ouïouïe !

Ce n'était pas Mme Niño. C'était une petite jeune fille à tresses noires et aux joues rouges, à coiffe et tablier blancs sur son uniforme noir. La bonne de l'étage du dessous. Il l'avait vue frotter l'escalier avec un seau d'eau savonneuse, insignifiante, enfantine, presque. Après son « Ouïe ! Ouïouïe! » elle n'avait plus rien dit : elle était plantée là, bouche bée, regardant de ses yeux noirs et sans blanc la main armée d'Escobar, muette de peur.

— Oui ? demanda Escobar en relâchant ses muscles.

Et la petite bonne murmura d'une voix entrecoupée :

— Madame demande si vous pouvez, s'il vous plaît, mettre la musique un peu moins fort.

— Quoi ?

Plus terrorisée encore, en gémissant :

— S'il vous plaît, Madame vous fait dire que la musique... Et, s'il vous plaît, qu'est-ce que c'est que ces cris bizarres, est-ce qu'on peut faire quelque chose pour vous ?

Ah oui, bien sûr. Ce devait être la dame qui avait décidé de se lancer dans le difficile apprentissage du piano. Elle était probablement anéantie par Beethoven.

— Oui, bien sûr. Dis-lui...

Mais en y réfléchissant bien, oui, on pouvait faire quelque chose pour lui. Il regarda d'un œil critique la petite bonne craintive, tête baissée, là, devant sa porte. Elle avait des jambes maigres et lisses de petite fille, les cheveux très noirs coiffés en deux nattes, et les joues roses. Derrière son tablier, ses seins semblaient trop grands pour elle.

— Dis-moi, ta patronne, c'est la dame qui apprend le piano ?

La petite bonne fit oui de la tête. Escobar posa sa manivelle par terre. Du bout des doigts, il caressa sa joue lisse, chaude. Elle devint encore plus rouge, ferma les yeux, les ouvrit d'un coup en le regardant en face. Des yeux de jais, sans blanc. Elle ne bougea pas, les bras ballants, résignée, acceptant son destin, le regardant. Escobar promena ses doigts jusqu'à la petite oreille rouge, collée au crâne, jusqu'à sa nuque glacée. La petite bonne avala de travers.

— Ouïe, Monsieur.

Et de nouveau elle baissa les yeux. Elle semblait sans volonté, sans défense, sans prudence. Il fut déprimé de s'entendre appeler monsieur.

— Dis à ta patronne que oui, que je vais baisser la musique.

Il referma sa porte sur la petite bonne toujours plantée devant, sans la regarder. Il éteignit le tourne-disque.

Pendant un moment, il espéra que la dame du dessous se mettrait à jouer quelque chose d'apaisant au piano. Mais le silence était absolu. Mme Niño, apparemment, avait été complètement vaincue. Escobar essaya de se rappeler son cri de victoire. Il le répéta à voix basse :

— Aaaaahaahhagggahaaggghhhaaaarhaaaaahhrh-rhhhha ! a ! a ! a ! ah !

Il avait enfin trouvé sa vraie voix. Il regarda les rimes maladroites dictées par la musique impérieuse de Mme Niño, ses huitains classiques comme des corsets de fer, ses tournures gongoriennes artificielles et alambiquées. Tout cela ne valait rien. Maintenant il avait sa voix à lui.

— Aaaaahaahhagggahaggghhhaaaa…

Mais un cri n'est qu'un cri. À mesure qu'il le répétait, il le trouvait plus pauvre :

— Aaaahaahhagggaha…

Il eut une illumination : c'était ça, le poème. Un poème simple comme un cri, élémentaire. Et, pourtant, suffisant. Il s'assit à sa table, prit une feuille blanche, écrivit sur une ligne verticale, à droite de la page :

A
a
a
a
ah
a
h
h
h
h
a
g
…

Et il couvrit la feuille de vers, fébrilement :

Colombie, capitale Bogotá :
ville pire que Calcutta
et même que Jakarta
rien jamais ne s'y passa

ah

ni rien ne se passera

ah

ah

dans la ville de Bogotá…

Il était en train d'écrire un poème très triste, très ennuyeux. Transcrire le cri tel quel n'avait peut-être pas été une bonne idée. En plus, maintenant, il devait se mettre à faire des rimes avec un « g » final. Bogotá g ? Mais, surtout, il n'aimait absolument pas cette triste et monotone lamentation d'esclaves qui lui venait. Bogotá est triste, oui, mais d'une autre façon. D'une tristesse froide, d'atmosphère étouffante, de ville écrasée par le poids du ciel au plus haut de la cordillère, au plus loin. D'une tristesse pleine de rancœur, torve, de foules silencieuses qui dans la rue se heurtent à d'autres foules, comme un fleuve à la mer, sous la pluie. D'une tristesse sordide de bus et de minibus, de feux de signalisation morts, d'immeubles à moitié construits au milieu de mares jaunes, de parcs dont on a volé les balançoires, de vaches pensives qui paissent au pied des statues des héros nationaux, de dépôts d'ordures, de chômeurs, d'enfants revêtus d'uniformes militaires. Parfois, tout au plus, un jardinier passe à bicyclette avec sa tondeuse à gazon sur son porte-bagages, comme la queue dressée d'un oiseau-lyre.

Le problème était peut-être dans la rime en « a ». Peut-être devrait-il la changer :

À Bogotá il ne se passe pas
pas
pas
pas
pas
ah
il ne se passe pas
pas
pas
pas
la moindre chose, ah…

C'était mieux comme ça. Mais rien de terrible non plus. De plus, s'il s'en tenait strictement à son cri, son poème serait très court.

Il se servit un verre. Dans l'enthousiasme de la création, il avait oublié de déjeuner, et ses intestins protestaient. La sonnette de la porte retentit.

VII

C'ÉTAIT ANA MARÍA, GONFLÉE COMME UNE BAUDRUCHE, et en larmes. Elle se précipita dans ses bras. Elle était haletante d'avoir monté les trois étages, ses larmes baignaient son visage et son cou, elle tremblait comme si elle avait de la fièvre. Escobar eut peur qu'elle n'accouche – ou n'avorte – sur place, et il fut saisi d'horreur. Que faire ? Il la prit dans ses bras et lui tapota le dos, la nuque.

— Ana María, Ana María, qu'est-ce qu'il y a ? Calme-toi, ma belle, calme-toi. Tu veux quelque chose ?

Il n'avait aucune idée de ce qu'il pourrait lui proposer.

— Tu veux de l'eau ? Tu veux que j'appelle le docteur ?

— Federico ! s'écria Ana María, d'une voix brisée par l'émotion.

— Tu veux que j'appelle Federico ?

— Ils ont emmené Federico !

Ana María se laissa tomber sur le divan, toujours en larmes. Merde, ils avaient emmené Federico. Mais qui ?

— Allez, Ana María, calme-toi : si ça se trouve, c'est pas ça. Peut-être que Federico…

— Escobar, au nom du Ciel ! Je te dis qu'ils ont emmené Federico ! Fais quelque chose !

Faire quelque chose ? Mais quoi ?

— Voyons, Ana María, calme-toi. Qui est-ce qui a emmené Federico ? Et où ça ?

— Est-ce que je sais ! Ils l'ont mis en prison ! Escobar, s'il te plaît, ne reste pas planté là comme un piquet, fais quelque chose !

— En prison ?

— En prison ! En prison, en prison, en prison, en prison ! Quel imbécile ! Je te dis qu'ils sont arrivés et qu'ils sont entrés de force dans l'appartement, mais quel imbécile... !

Sa voix se brisa de nouveau dans un couac.

— Quel imbécile, quoi ? l'aida Escobar.

— Ils sont entrés de force, imbécile ! rugit Ana María. Je t'ai appelé, mais ton téléphone...

Escobar regarda son téléphone : il était décroché et pendait, tel qu'il l'avait laissé des jours plus tôt, des semaines, peut-être.

— Qui est-ce qui est entré chez vous ?

— La police, imbécile, ou l'armée. Comment veux-tu que je sache ? Un petit lieutenant à petite moustache avec des bottes. Des soldats. L'armée. Tu ne sais pas qu'ils font ça dans tout Bogotá et qu'ils mettent tout le monde en prison ? Fais quelque chose !

— Mais quoi ?

— Quelque chose, je sais pas. Aide-moi. Fais quelque chose. Regarde dans quel état je suis...

Elle se tâta le ventre avec sa main ouverte.

— ... et Mateo qui est à la maison, tout seul. Bon, pas tout seul, avec ma sœur, qui n'a rien dans la tête, et Berenice. Escobar, au nom du Ciel ! Fais quelque chose !

— Mais qu'est-ce que tu veux que je fasse, bordel ? Que je le sorte de là ? Que je prenne la caserne d'assaut ? Et quelle caserne ?

— C'est pas le moment de plaisanter. Appelle quelqu'un. Tu as deux oncles influents. Appelle tes oncles, demande-leur de faire libérer Federico.

— Mais mes oncles... Enfin, Ana María, tu crois que je peux appeler mes oncles et leur dire : « Mon oncle, fais relâcher Federico, qui est un de mes amis » ?

Ana María lui jeta un regard assassin. Elle essuya ses larmes. Escobar vit qu'elle était prête à s'en aller.

— Bon, attends, je vais voir. Mais calme-toi, calme-toi.

Ah, mais appeler ses oncles, quelle torture. Pour leur dire quoi ? Foción. Oui, il pouvait appeler Foción. Où avait-il bien pu noter le numéro de Foción ? Ah non, non, devoir appeler Foción... Supporter ses remontrances : travaille, mon petit, etc. Bon, oui : il allait appeler Foción.

— Mais calme-toi.

Il essaya d'appeler. Le téléphone ne marchait pas.

— Le téléphone ne marche pas. Il faut dire que ça fait des semaines qu'il est décroché. Attendons un moment pour voir s'il remarche.

— Mais t'es dingue ! Pour que pendant ce temps ils torturent Federico ?

— N'exagère pas.

— Je n'exagère pas. Vas-y. Sors. Va le chercher.

— J'y vais, j'y vais. Tu veux quelque chose ? Qu'est-ce que tu veux ? Un verre ?

Il ne savait quoi lui proposer.

— Tu veux lire un poème que je suis en train d'écrire ?

— Non, imbécile ! Tu ne comprends pas que Federico est en prison et qu'ils le torturent ? Va chercher tes oncles !

Il sortit. Ah, devoir aller rendre visite à Foción. Où pouvait bien être le bureau de Foción ? Les heures de bureau étaient passées. Les perquisitions n'ont pas lieu aux heures de bureau, apparemment. Il irait chez sa mère. Il avait pensé ne jamais y retourner, même pas pour de l'argent. Il n'avait pas de mère. Mais bon. Il irait chez sa mère.

Il arriva chez elle. Tout était toujours pareil : les jardins, les chiens, la famille. « À Bogotá il ne se passe rien/rien/rien/rien/rien... » Les oncles, les tantes, les cousins, Lulucita Pineda, Mgr Boterito Jaramillo. Il fut accueilli comme s'il ne se passait rien : Ignacio, quel miracle.

— Mon petit.

— Maman.

— Je t'ai appelé. Tu ne réponds jamais. Je suis si seule...

Ricardito Patiño le regardait tout en faisant des gestes de la main. Entre eux deux était née, manifestement, une grande amitié. Cousins, cousines. La cousine maigre le salua en rougissant. Lui dirait-il que depuis des semaines il écrivait un poème sur la savane ? Non, il ne le lui dirait pas. Son oncle Foción n'était pas là.

— Il ne va pas tarder à arriver, dit doña Leonor.

Puis, d'un air sérieux :

— Mon petit, tu devrais vraiment te marier avec cette fiancée de Cali. C'est un amour.

Comment ? Fina, de nouveau ? D'où sortait-elle ?

L'avait-elle vue ?

— Oui. Nous t'avons appelé, mais tu ne réponds jamais.

— Mon téléphone est en panne.

— Cette fille est un amour. Elle vient tout le temps déjeuner. Parfois elle me lit des livres, je suis si vieille, mon petit… Je ne peux même plus lire. Nous parlons. Elle se fait du souci pour toi.

— Une jolie fille, confirma Mgr Boterito Jaramillo.

— Nous avons beaucoup parlé de toi.

Fina ? Impossible. Comment Fina pouvait-elle parler avec doña Leonor ? De quoi parlaient-elles ? De joueurs de polo argentins, se dit-il, dépité. Mais il n'avait pas le temps : dans les cachots d'une caserne, on torturait Federico.

— Et Foción ?

— Il va arriver. Ne sois pas si impatient, mon petit.

— Prends quel-quelque chose, suggéra Ricardito Patiño.

Escobar se servit un whisky.

— Ta fiancée va sans doute venir, ajouta sa mère. Elle vient quelquefois l'après-midi.

Oui, il attendrait. Il fallait qu'il voie Fina : qu'il sache pourquoi elle était partie – ça faisait combien de temps, déjà ? Un mois ? Deux ? Si elle voulait avoir de ses nouvelles, pourquoi ne revenait-elle pas ? Et s'être liée d'amitié avec sa mère, qu'est-ce que c'était que cette histoire ?

— Tu devrais te marier et avoir un enfant, mon petit.

— Non, maman. On en a déjà parlé vingt fois. Non.

Ses vieux problèmes ressuscitaient. Plus les nouveaux. Ana María n'avait même pas voulu jeter un coup d'œil à son poème. C'était compréhensible, bien sûr : on était peut-être en train de torturer Federico. La révolution, en plus. Les camarades Douglas et Zoraida. La vie est terriblement compliquée. Par où commencer ?

Foción entra enfin dans le salon, énorme, emphysémateux, boitant, haletant, s'appuyant de tout son poids sur l'épaule d'une fille couverte jusqu'aux pieds de son poncho, qui avait l'air de mauvaise humeur. Doña Leonor insistait :

— Tu commences à vieillir, mon petit. Et Hennita serait heureuse.

— QUI ÇA ?

Il n'en croyait pas ses oreilles.

— Hennita. Ta fiancée.

— Henna !

Il souffla comme un bœuf et eut l'impression que ses globes oculaires éclataient de fureur. Henna, encore ! Encore la même rengaine ! Pourrait-il jamais échapper à Henna ? Et Henna, de quel droit... ? La vieille haine qu'il croyait oubliée renaissait. Jusqu'à quand ? Et pourquoi venait-elle ici ? S'il l'avait jetée dehors à coups de pied, ce n'était pas pour qu'elle rende visite à sa mère. Ah non ! Assez avec Henna, pitié ! Il finit son whisky d'une traite et s'approcha de Foción pour lui parler de l'irruption de la police chez Federico.

— Comment va, Ignacio, quel miracle, le salua la fille au poncho.

Il la reconnut alors : son sourire entrouvert laissant voir des dents très blanches, dans un visage vaguement adénoïde, les yeux noirs, enfoncés, affligés d'un léger strabisme. La fille de Foción et de la tante Clemencita. Comment s'appelait-elle ? Clemencita ? Non. Camila ?

— Tu ne te souviens pas de moi ? Je suis Patricia.

Patricia, c'était ça. Il la salua d'un baiser sur la joue : il fut surpris de la voir tourner la tête pour recevoir son baiser sur les lèvres. Quel âge pouvait-elle avoir ? À première vue, elle avait l'air assez jolie. Il se souvenait d'elle comme d'une gamine agitée et grassouillette.

— Mais ça fait des années que je ne t'ai pas vue. Tu es devenue bien jolie, Patricia, je te félicite.

— Tu viens souvent, ici ? demanda Patricia. Moi, jamais. Je déteste la famille. Mais quelquefois je dois accompagner papa.

— Moi aussi, dit vaguement Escobar.

— Tu ne trouves pas que toute cette bourgeoisie de merde est à vomir ? l'interrogea de nouveau Patricia.

Le « merde » lui semblait forcé, provocateur.

— Quelquefois ça me donne vraiment envie de gerber. Tu trouves pas qu'il faudrait faire la révolution ? Ratat-tat-ta-tata-tat-tat-t-ta-tata-ta-ta- ! fit-elle en simulant avec sa bouche le bruit d'une mitraillette et en criblant de balles cousines et cousins, tantes et oncles, meubles anglais, porcelaines, rideaux, Lulucita Pineda.

Il s'éloigna. Elle avait de jolis sourcils, épais, noirs. Un joli visage, en général, avec des lèvres pulpeuses, et des cheveux foncés bouffant comme un casque sur la nuque. Malgré tout, quand elle serait vieille, elle ressemblerait à Foción. Qui sait, quand il était jeune, Foción était peut-être un redoutable révolutionnaire. Il se dirigea vers la masse assise dans le fauteuil de cuir.

— Mon oncle, j'ai un service à te demander.

— Si c'est de l'argent, une fois pour toutes, c'est non, mon petit. Demandes-en à ta mère, qui est la richarde de la famille.

Il eut un rire entrecoupé de toux et continua, en pensant à autre chose :

— Ta mère me dit que tu vas te marier ?

— Non, dit Escobar, d'un ton catégorique.

Henna de merde. Qui sait ce qu'elle avait tramé dans son dos, en abusant de l'innocence et de la sénilité de sa pauvre mère. Mais sa mère aussi était une merde, et elle n'avait rien d'innocent. Pourquoi avait-il remis les pieds dans cette baraque ? (Il ne se rappelait pas non plus exactement pourquoi il en était parti.) Ah oui : on devait être en train de torturer Federico.

— Mon oncle, c'est urgent. Viens avec moi au salon français, que je t'explique.

— Tu veux que je me relève ? protesta Foción, scandalisé. Plus tard, mon petit, plus tard. Pour l'instant, je prends mon whisky.

— Pr-prends-en un autre petit, proposa Ricardito Patiño à Escobar.

Escobar en prit un autre petit. (On était probablement en train de torturer Federico, mais que pouvait-il y faire ?)

Presque aussitôt, cependant, Foción commença à faire de grands efforts pour se mettre debout. Il voulait aller aux toilettes. Escobar l'aida à se dresser, lui donna le bras pour l'y conduire. Mais Patricia se joignit à eux. Foción s'appuyait de tout son poids sur son cou. Parler devant elle ? Il se jeta à l'eau :

— Écoute, mon oncle, c'est un de mes amis qui vient d'être arrêté. Peut-être que tu...

En soufflant fort, Foción entra dans les toilettes et ferma la porte. Escobar resta planté devant, face à sa cousine, qui le regarda d'un air moqueur.

— La coke, cousin ?

— Quoi ?

— Un ami cocaïnomane ?

Il fut un peu choqué. Alors aujourd'hui les petites grosses agitées dealaient de la coke ? La corruption de la classe des grands propriétaires terriens, des seigneurs de la guerre et de la bourgeoisie commerçante, ou comme on voudra appeler ça. Mao Zedong avait raison. Quel âge pouvait avoir cette fille ? Certainement pas vingt ans. Elle était jolie. Son visage, du moins : on ne voyait pas son corps sous son poncho qui lui descendait jusqu'aux pieds. Il décida de l'éblouir.

— Non... Affaire politique.

Il vit qu'effectivement elle le regardait avec plus de respect.

— Trotsko ? demanda-t-elle, les yeux brillants.

— Quoi ?

— Trotskiste ?

— Non...

Il commençait à se sentir honteux : en fin de compte, on était en train de torturer Federico.

— Tu es trotskiste, toi ?

— Qu'est-ce que ça peut te faire ? répliqua sa cousine, pleine de défi.

Ils se turent tous les deux. Dans les toilettes, on entendait des bruits horribles. Patricia essaya de détourner son attention :

— Ignacio, c'est vrai que tu te maries ?

— Non !

— Eh bien, je te préviens : si tu ne te dépêches pas, Ernestico Espinosa va te piquer ta fiancée.

— Je n'ai pas de fiancée.

— La fille de Cali.

— Ce n'est pas ma fiancée. C'est la petite amie d'Ernestico Espinosa ?

— Elle dit qu'elle est ta fiancée, et elle passe son temps à parler de toi. Mais ils sont tout le temps fourrés ensemble.

Henna avec Ernestico, ce cardiologue immonde ? Il sentit une pointe de jalousie, ou de rage. Henna était répugnante, et il la détestait. Mais de là à ce qu'elle couche avec Ernestico Espinosa, il y avait un abîme. Parce qu'elle couchait avec lui : il la connaissait. C'était inadmissible. Henna était à lui.

— C'est un animal abject.

— Ma fiancée de Cali ? Ce n'est pas ma fiancée.

— Non. Ernestico Espinosa. Il passe son temps à essayer de me tripoter les nichons.

Il les regarda. On ne les voyait pas, sous son poncho. « Nichons » lui semblait aussi faux que le « merde » qu'elle avait dit un peu plus tôt : trop délibéré, trop provocateur. Elle s'émancipait. Patricia poursuivit :

— Ne te marie pas, Ignacio, ne fais pas cette connerie. Continue plutôt à vivre avec elle.

— Ce n'est pas ma fiancée. Et je ne vis pas avec elle.

— Mais arrête, Ignacio, c'est bon : tout le monde ici sait que vous vivez ensemble, à commencer par ta mère. Évidemment, comme tu es un homme, ils ne disent rien… Et elle, elle est de Cali, en plus.

Elle prit un air renfrogné, sans rien dire, jaugeant le poids de l'injustice.

— Tu ne sais pas comme c'est difficile d'être une femme, Ignacio. Papa est un vieux réac.

Elle lui inspira une certaine tendresse : qu'elle était jeune. Avait-elle de jolis nichons ? Il faudrait qu'il le demande au petit ami de sa fiancée.

— Tu as un petit ami ?

— Pas un petit ami. Un amant.

Elle leva la tête, provocatrice, la bouche entrouverte dans son visage adénoïde. Ses yeux enfoncés sous ses épais sourcils étincelaient. Il eut envie de l'embrasser. Qu'elle était jeune. Quel âge pouvait-elle avoir ?

— Je le connais ?

— Je ne crois pas... Il est d'une autre classe sociale.

Elle avait dit ça sur un ton goguenard, en soulignant « classe sociale », comme si elle y mettait des guillemets.

— Ce qui importe, ce n'est pas la classe d'origine, dit Escobar d'un air pénétré. C'est la position de classe.

Patricia en fut éblouie. Qu'elle était jeune.

— Tu es trotskiste, Ignacio ?

— Trotskiste ?

Allait-il lui dire oui ? Elle lui plaisait de plus en plus. Incroyable qu'elle soit la fille de Foción, cette masse de chair.

— Non... Pas trotskiste. Ton... amant est trotskiste ?

— C'est le secrétaire général du Parti socialiste des travailleurs, révéla Patricia, vantarde.

— Ah oui... dit Escobar négligemment. Jefferson Calarcá Marroquín.

Il fut lui-même sidéré par sa rapidité mentale. Patricia le regarda, toute surprise.

— Tu le connais ?

— Non. J'ai entendu parler de lui. Un type qui saute toutes les filles en leur parlant de la révolution prolétarienne.

— Jefferson n'est pas comme ça ! cria Patricia, furieuse.

Escobar rit, ce qui aggrava les choses. Mais juste à ce moment-là Foción sortit des toilettes, épuisé. Il avait une énorme tache humide sur son ample braguette.

— Voyons ça, mon petit. Maintenant, oui. Que veux-tu donc ? Pas de l'argent, je te l'ai dit.

— L'argent, l'argent, toujours en train de parler d'argent, ronchonna Patricia, rageuse.

Foción s'appuya sur l'épaule d'Escobar.

— Figure-toi, mon petit, que nous voilà avec une petite communiste.

Patricia leva les yeux au ciel. Foción rit en toussant.

— Je te l'ai dit, mon petit : dès que tu veux, je te trouve un emploi à la banque.

— Non, ce n'est pas ça, mon oncle. C'est un de mes amis qui…

— Tu ne peux pas continuer avec cette couillonnade, la littérature, Ignacio. Regarde ce pauvre Ricardo. Pour le moment, ça va bien pour toi, mais l'argent de ta mère ne durera pas toujours.

Escobar frissonna. Il n'avait jamais pensé que l'argent de doña Leonor puisse s'épuiser un jour. Il ne voulait pas devenir comme Ricardito Patiño.

— Vraiment, mon oncle ? Pas possible.

Patricia le regarda avec mépris.

— Non, le rassura Foción. Mais ce pays va tout droit au communisme. Demande un peu à Patricia.

Patricia lui jeta un regard assassin.

— Écoute, mon oncle, un de mes amis a été arrêté, cet après-midi. Toi, tu peux parler à quelqu'un pour qu'on le relâche.

— Pourquoi l'a-t-on arrêté ? Il ne faut pas avoir d'amis en prison.

— Je ne sais pas. Je ne sais pas bien. Affaire politique, je suppose.

— Ne dis pas de bêtises. Ici, on ne met personne en prison pour raison politique.

— Mais papa ! intervint Patricia. Tu sais parfaitement que si, ne sois pas hypocrite !

Foción, qui marchait vers le salon, s'arrêta, appuyé sur le bras d'Escobar.

— Regarde-la, Ignacito : je suis son père, et regarde comme elle me traite. Et avec Clemencita c'est pareil, tu peux me croire.

Il repartit en murmurant :

— Alors comme ça, pour des raisons politiques… Oui, évidemment : je peux appeler quelqu'un. Mais je ne sais pas. Si on l'a arrêté, c'est sûrement pour quelque chose.

— Pour rien, mon oncle, je t'assure.

Comme un éclair, le mot « enlèvement » lui traversa l'esprit : il n'avait pas demandé de détails à Ana María. Ah, l'action, quelle erreur.

— Rien, continua-t-il. Raisons politiques, j'imagine. On arrête beaucoup de gens, tu sais.

Foción s'arrêta de nouveau, haletant.

— Ignacio, c'est que vous, les jeunes, vous ne pouvez pas, excuse le mot, foutre le bordel à ce point.

Patricia bondit.

— Ah ! Bien sûr ! Et quand moi je dis « bordel », il faut voir dans quel état tu te mets ! Mais toi, oui, bien sûr !

Cette fois, ce fut Foción qui leva les yeux au ciel. Conflit de générations. Et, pendant ce temps, on devait torturer Federico. Escobar insista :

— Tu dois le connaître, oncle Foción. C'est Federico Ospina, un neveu de ton ami Rodrigo. C'est un ami à toi, non ?

— Ah, un neveu de ce vieux Rodrigo ! Un fils de Federico, j'imagine. Et que devient Federico ? Ça fait une éternité que je n'ai pas de ses nouvelles.

— Il est en prison, mon oncle.

— Ne sois pas bête, mon petit. Federico, le père.

— Je ne sais pas exactement… Je crois qu'il est mort il y a quelques années.

— Pas possible ! Je ne l'ai pas su. Ou peut-être que si. Ce vieux Rodrigo m'en a vaguement parlé lors du comité de la banque. C'était un monsieur, Federico. Ils ont toujours été très riches, du moins jusqu'à la crise. Après, un peu moins. Et Blanca, elle vit toujours ? C'était une jolie fille, dans son temps. Elle a été reine des étudiants à Medellín, j'imagine que ton ami Federico te l'aura dit. Elle était, ou plus exactement elle est, parce qu'elle vit toujours, la fille de don Florentino Plata, qui était, comme tu le sais, un grand ami de papa, et surtout un grand ami de l'oncle Miguel Ignacio, qui était le plus jeune...

Escobar et Patricia levèrent simultanément les yeux au ciel. Patricia éclata de rire. Foción s'interrompit, vexé :

— Je sais que ces choses-là ne t'intéressent pas, ma petite fille, mais ton cousin Ignacio, si. C'est l'histoire de la famille. C'est l'histoire de ce pays.

Il se remit à marcher.

— Et que fait ton ami Federico ? Il travaille ? C'étaient des gens très riches.

— Il est sculpteur.

Foción se cabra.

— S'il travaillait, ces choses-là ne lui arriveraient pas.

Ils entraient de nouveau au salon, dans la chaleur de la famille. Foción récupéra son fauteuil, réclama un autre whisky. La cousine maigre, les yeux brillants, vint faire fête à Patricia.

— Ah, Patricia ! Tu sais quoi ? J'attends un bébé ! Tu ne trouves pas ça divin ?

Patricia haussa les épaules, indifférente. Elle murmura à Escobar, du coin des lèvres, dans un murmure sifflant :

— Je ne peux pas la ssssuporter.

Une complicité était née entre eux deux, visiblement. Mais la cousine maigre n'avait rien d'insupportable, la pauvre. Troublé, il observa la veine de son cou qui palpitait, sous son collier de perles.

— Et toi, Patricia, tu ne te maries pas ? Oncle Foción nous a dit que tu avais un fiancé.

— Pas un fiancé. Un amant, corrigea Patricia, provocatrice.

La cousine maigre rougit de la tête aux pieds et changea de conversation :

— Et toi, Ignacio ? L'autre jour, j'ai fait la connaissance de ta fiancée. Adorable.

— Ce n'est pas ma fiancée, corrigea Escobar. Et elle n'est pas vraiment adorable.

Mais il pensa qu'Henna pouvait arriver d'un moment à l'autre, et il n'avait pas encore obtenu que Foción fasse quelque chose pour tirer Federico de prison. Il s'approchait de Foción quand Lulucita Pineda l'attrapa au passage.

— Adorable, ta fiancée, mon petit, dit-elle en faisant non de la tête. Leonor me dit qu'elle est de Cali. Mais il y a des filles adorables, à Cali.

Il ignora Lulucita. Il se pencha vers son oncle Foción, lui murmura à l'oreille :

— S'il te plaît, mon oncle, c'est urgent.

Foción l'écarta d'un geste impatient de la main.

— Plus tard, mon petit. Plus tard.

Doña Leonor éleva la voix, du fond de son fauteuil près de la cheminée.

— Quels sont ces petits secrets que tu as avec Focias ? S'il s'agit d'argent, c'est à moi qu'il faut le demander. Tu ne viens jamais, mon petit.

Ricardito Patiño proposa :

— Tu ne pr-prends pas un au-autre whisky ?

Escobar recula. La cousine maigre parlait avec Patricia, qui répondait par monosyllabes.

— Juan Manuel ne veut pas que je nourrisse le bébé quand il naîtra...

Elle couvrit inconsciemment ses petits seins de la main, comme pour les protéger.

— ... mais moi je veux, je ne sais pas, ça me semble plus naturel. Tu nourrirais ton bébé, toi ?

Escobar l'interrompit :

— Patricia, s'il te plaît, aide-moi à faire sortir ton père. C'est urgent. On doit être en train de torturer Federico.

La cousine maigre se troubla.

— Ça va pas être facile, dit Patricia. Tu ne vois pas qu'ils se racontent des histoires de famille ?

En effet, ils parlaient de l'exécution de papa Carlos. Les vieilles histoires, les rires fatigués, les glaçons dans les verres. Par bonheur, cette fois il n'y avait pas d'enfants.

— S'il te plaît, c'est urgent.

Patricia se leva, avec une mine des mauvais jours. Il la vit murmurer quelque chose à l'oreille de Foción, qui protesta et toussa avant de finir par céder. Escobar s'approcha de sa mère pour lui dire au revoir.

— Tu t'en vas déjà, mon petit ? Tu n'attends pas de voir si ta fiancée arrive ?

— Ce n'est pas ma fiancée. Je te l'ai dit cent fois.

Mgr Boterito Jaramillo et Ricardito Patiño éclatèrent d'un rire en cascade, complices.

Foción avançait péniblement en traînant sa jambe malade, appuyé sur l'épaule de Patricia. Son emphysème pulmonaire rendait sa respiration difficile. Il s'arrêtait tous les dix pas pour se reposer.

— Comment m'as-tu dit que s'appelait cet ami ?

— Federico Ospina, mon oncle. C'est le neveu d'un de tes amis.

— Ah oui, de ce vieux Rodrigo. Laisse-moi noter ça.

Faisant un grand effort, il tira de sa poche un agenda de cuir à ses initiales et un stylo en or. Il griffonna quelques notes.

— Qui l'a arrêté ? La police ? Les militaires ?

— Je ne sais pas. Les militaires, je suppose. Ils sont entrés chez lui. Un lieutenant à petite moustache, avec des bottes.

Foción le fixa d'un air goguenard de ses petits yeux gonflés de graisse.

— Combien de lieutenants à petite moustache et avec des bottes crois-tu qu'il y a dans l'armée, mon petit ? Et dans la police ? Et chez les agents de la circulation ?

Il rangea son agenda et son stylo. Puis, claudiquant, ronflant, soupirant, il se remit à marcher.

— Je vais voir ce que je peux faire. Je ne te garantis rien, mon petit, parce qu'on ne peut jamais savoir, avec les militaires. Mais bon. De toute façon, je vais appeler le général Gómez Ronderos, qui me doit un ou deux services.

Ils sortirent dans le jardin. Un vieux chauffeur accourut de loin, casquette à la main, et prit Foción par le coude. Puis il courut de nouveau ouvrir les portes de la voiture. Escobar commença à prendre congé.

— Merci, oncle Foción. Alors je...

— Ne t'en va pas, lui murmura Patricia. Il faut que je te parle.

— Mais je…

— Viens avec moi raccompagner papa.

Au prix d'un effort titanesque, Foción s'installa derrière, immense, secoué de spasmes et de petites toux humides. Il gémit sourdement en plaçant sa jambe malade en diagonale, ce qui laissa tout juste un peu de place pour sa fille. Escobar monta devant. Le chauffeur ferma la porte de Foción avec une précaution de mère, monta, cala sa casquette sur ses cheveux gris et frisés, saisit le volant à deux mains et attendit.

— À la maison, Avellaneda, ordonna Foción.

Ils démarrèrent lentement.

— Eh bien, comme je te le disais, mon petit, cette gamine est devenue communiste.

Dans la pénombre de la voiture, Escobar put voir le blanc soudain des yeux de Patricia.

— Mais attends que je te raconte pourquoi elle est devenue communiste…

Foción se laissa aller à un rire silencieux, qui s'acheva en quinte de toux. Avellaneda ralentit un peu, pour lui éviter les cahots dus au mauvais état de la route. Foción toussa longuement. Quand sa toux cessa, la voiture était presque à l'arrêt, harcelée par les coups de klaxon de celles qui suivaient.

— Accélérez, Avellaneda, ne vous endormez pas, ordonna Foción.

Escobar voyait les yeux fermés de Patricia, ses poings serrés aux jointures blanches. Foción continua :

— Ce que tu ne sais pas, c'est pourquoi elle est devenue communiste. N'est-ce pas, Patricia ?

— Je ne suis pas devenue communiste, dit Patricia entre ses dents, sans ouvrir les yeux.

— Elle a un fiancé, expliqua Foción. Imagine un peu. Et visiblement ce fiancé est du Parti communiste.

— Du Parti socialiste des travailleurs, corrigea Patricia d'une voix sans timbre. Et ce n'est pas non plus mon fiancé. C'est un ami.

— Si tu voyais ce fiancé, Ignacio, dit Foción en riant.

— Papa, s'il te plaît.

— Laisse-moi parler de ton fiancé avec Ignacito, qui est ton cousin. Ou est-ce que je ne peux pas parler de ton fiancé devant ton cousin ?

— Ce n'est pas mon fiancé. En plus, c'est pour dire du mal de lui.

— Ce n'est pas dire du mal. C'est présenter les choses telles qu'elles sont. Figure-toi, mon petit, que le fiancé de Patricia s'appelle Jefferson Calarcá Marroquín, ou Moratín, ou quelque chose comme ça. Rien de moins.

Patricia se mordit les poings.

Escobar vola à son secours.

— Excuse-moi, mon oncle, mais s'appeler Foción n'est pas facile non plus.

— Ce n'est pas pareil. C'est un prénom de famille.

— Eh bien, Jefferson Calarcá aussi, si ça se trouve, dit Patricia.

— Si ça se trouve, concéda Foción. Mais d'une famille très bizarre, alors.

Patricia éclata :

— Esprit de classe ! Oligarque !

— Toi aussi, ma petite fille, toi aussi, dit Foción d'un ton indulgent. Tu n'es pas ma fille pour rien.

— Ouais ! Sauf que, tu vois, l'important c'est pas la classe d'origine, mais la position de classe ! répliqua Patricia, sarcastique.

— Et ta position, ma petite fille, c'est celle d'une fille de l'oligarchie. Et celle de ton ami, celle d'un petit Noir plein de ressentiment. Imagine un peu, Ignacio : un petit nègre de Tumaco qu'elle a connu à l'université, où il semblerait qu'il fasse des études d'anthropologie. Communiste, évidemment.

Patricia avait les larmes aux yeux.

— Pas communiste : trotskiste, corrigea-t-elle.

— C'est la même chose.

— Mais tu n'y connais rien, papa !

— Regarde cette petite jeune fille, Ignacio. Les jeunes d'aujourd'hui pensent que tous les vieux sont des idiots. Ou qu'ils sont vieux, ce qui est pire...

Le silence s'installa. Foción avait une respiration stertoreuse. La voiture finit par s'arrêter devant un vaste jardin. Le chauffeur klaxonna, quelqu'un ouvrit la grille, ils entrèrent, roulèrent jusqu'au perron de la maison.

— Reste manger avec nous, mon petit, l'invita Foción. Clema n'est pas bien du tout, mais elle serait heureuse de te voir.

— Je ne peux pas, mon oncle. Il faut que j'aille dire à la femme de Federico que tu vas appeler le général, qu'elle ne s'inquiète pas.

— Lui dire quoi ?

— Pour Federico, mon oncle. Mon ami. Celui qui a été arrêté. Le neveu de ton ami Ospina.

— Ah oui. De ce vieux Rodrigo.

— Papa, dit Patricia, je vais dîner avec Ignacio.

— Ma petite fille, tu sais que ta maman n'aime pas que tu sortes le soir.

— Mais, papa, si c'est avec Ignacio !

— Oui, ma petite fille, mais tu connais ta maman. Elle ne se couche pas et t'attend. Avellaneda, ne ramenez pas la petite trop tard.

— Papa, je ne suis pas un bébé !

Foción descendit avec difficulté de la voiture, grimpa le perron appuyé sur sa fille en tirant la jambe et en haletant. À côté d'Escobar, le vieux chauffeur marmonnait.

— Que dites-vous ?

— Rien, don Ignacito. Je suis malheureux pour Monsieur, qui est si bon, comme Madame, avec Mademoiselle, que ce type qui s'appelle Yéfer dévergonde.

— Vous le connaissez, Avellaneda ?

— Un pas grand-chose de mulâtre, don Ignacito.

— Il paraît qu'il est très intelligent.

— Et Mademoiselle Patricia, avec tout l'argent qu'a son papa, qu'a-t-elle besoin d'un nègre intelligent ?

Patricia sortit, claqua la porte et descendit l'escalier en courant. Avellaneda manœuvra très lentement pour gagner la rue.

— Allez-vous-en, Avellaneda. Je garde la voiture.

— Mais, Mademoiselle Patricia, votre père m'a demandé de vous ramener tôt.

— Ne vous en faites pas, Avellaneda. Rentrez chez vous, Ignacio me ramènera. Bon. Donnez-moi les clés.

Avellaneda était réticent.

— Mademoiselle Patricia, ne me l'accrochez pas comme l'autre jour, je ne sais plus quoi dire à M. Foción.

— Ne vous en faites pas, Avelletas.

Patricia ferma la porte et démarra dans un rugissement et un crissement de pneus. Escobar se retourna pour regarder encore le visage cendré d'Avellaneda, ses cheveux frisés et blancs, sa bouche ouverte sur un gémissement.

— Où habite Avellaneda ?

— Par là, vers le sud.

Patricia conduisait avec une certaine témérité. Escobar, le cœur au bord des lèvres, pensa au camarade Douglas. Après tout, la révolution, c'était peut-être ça.

— Où est-ce qu'on va ? Je te préviens, je dois rentrer chez moi. Ana María m'attend.

— On y va. Je veux parler. Ne crois pas que je suis une nana qui ne pense qu'à aller en boîte. Qui est Ana María ?

— La femme de Federico, mon ami qui a été arrêté. Mais regarde devant toi, Patricia, s'il te plaît.

— Tu as peur ? Je suis un as du volant. Mais papa ne me prête jamais la voiture.

Patricia fonçait à toute allure, brûlant les feux rouges, insultant les autres conducteurs. Si jamais la révolution triomphait, la circulation deviendrait impossible. En fait, il n'avait pas grand-chose à dire à Ana María. Que Foción allait parler à quelqu'un.

— Et ton ami ? Qu'est-ce qu'il fait ? Il milite, je veux dire ? Et la femme de ton ami, elle milite ? Comment est-elle ?

— Elle ne milite pas beaucoup, ces derniers temps. Elle attend un enfant. Elle doit accoucher d'un moment à l'autre.

— Les nanas sont de vraies connes. Moi, je n'aurai pas d'enfants. Non mais tu as vu Lucía ? « Je vais avoir un bébé, je vais avoir un bébé. » Quelle conne. J'avais envie de la tuer.

— L'autre jour, quelqu'un parlait de toi, et Lucía a pris ta défense.

— On était amies. Avant. Quand on était petites. Maintenant, elle est exactement comme tante Lucía et tous ces cons. La pauvre. Mais qui est-ce qui lui demande d'être aussi conne ? Et en plus, mariée avec ce crétin de Juan Manuel. Je ne peux pas le voir.

— Conduis plus prudemment, Patricia, s'il te plaît.

— Mais regarde comment roulent tous ces gens ! Ils dorment. Bourgeois de merde. Ce qu'il faut, ici, c'est une révolution. Tu ne crois pas ?

Il était bien certain que celui qu'on appelait Yéfer dévergondait Patricia. Mais il couchait aussi avec elle. Escobar ressentit une pointe d'envie : elle était jolie, avec des dents brillantes dans sa bouche entrouverte et son casque de cheveux noirs fermé sur sa nuque. Ses mains étaient fines, mais les mains sont trompeuses. Comment étaient ses nichons ? Le fait qu'Ernestico Espinosa essaie toujours de les lui tripoter semblait indiquer qu'ils étaient gros : Ernestico aimait les femmes dodues avec de gros nichons, comme la nouvelle bonne de doña Leonor. Enfin.

— Papa et maman ne comprennent pas, dit soudain Patricia. Tu comprends, Ignacio ? Papa et maman ne comprennent pas.

— Quoi ?

— Que je sois comme ça. Comme je suis.

— Je ne sais pas comment tu es. Ton poncho te cache complètement.

Patricia rit.

— Arrête, ce n'est pas ce que je veux dire. Je veux parler avec toi. Je pense que tu comprends, toi. Quelqu'un de la famille qui comprenne. Papa t'estime beaucoup.

— Foción ? Tu plaisantes… Il passe son temps à me dire de travailler. Il veut me trouver une place à la banque.

— Tu vois qu'il t'estime ! Tu crois que papa propose une place à la banque à n'importe qui ? Sa banque, la seule chose qu'il aime dans la vie ! L'argent, l'argent. Il n'arrête pas de parler argent, de penser argent. Faire de l'argent, de l'argent et encore de l'argent… Tu sais qui veut que papa lui donne une place à la banque, et papa, pas question ? Juan Manuel.

— Juan Manuel ? Patricia, le feu est rouge, fais attention.

— Le mari de cette conne de Lucía. Tu sais bien, Juan Manuel.

— Ah oui, le petit gros au gilet.

Patricia rit. Elle avait un joli rire, et en riant elle fermait ses petits yeux affectés d'un léger strabisme. Il avait lu quelque part que le strabisme a une origine hérédo-syphilitique.

— Je n'avais pas remarqué qu'il avait un gilet, mais maintenant que tu le dis ! Pauvre Lucía. En même temps, elle n'a qu'à pas être aussi conne. Il l'a épousée pour son argent, tu sais. Ignacio, je ne veux pas qu'on m'épouse pour mon argent.

— Ne te marie pas.

— Non, bien sûr. Mais ce n'est pas ça. Qu'est-ce que tu penses de Jefferson, toi ?

Elle s'interrompit, honteuse.

— Je ne dis pas ça à cause des mariages d'argent, bien sûr. D'ailleurs, je ne veux pas me marier avec Jefferson. Mais qu'est-ce que tu penses de lui ?

— Je ne sais pas, je ne le connais pas.

— Mais ce que tu m'as dit, chez ta mère ? Que Jefferson sautait toutes les nanas ?

— C'est ce qu'on dit. Mais je n'en sais rien. La révolution sert à tout.

— Ah, Ignacio !

— Prends la prochaine à droite.

— Tu habites dans le coin ? Moi aussi, je voudrais habiter seule. Mais papa et maman ne veulent pas, évidemment. Ils me prennent pour un bébé.

Tandis qu'ils montaient l'escalier, ils reçurent une pluie d'injures de Mme Niño. Il avait oublié son ennemie.

— ASSASSIN ! CANAILLE ! LÂCHE !

Et à Patricia :

— PROSTITUÉE ! PELURE ! MANNEQUIN !

Escobar prit sa respiration et lança son cri :

— Aaaaahaahagggahaggghhhaaaarhaaaahhrhrhhha ! a ! a ! ah !

Mme Niño claqua sa porte et s'enferma à double tour. Patricia rit en se plaquant contre le mur de l'escalier.

— Tu amènes beaucoup de nanas, ici ?

— Oh, ce n'est rien. Nous sommes de vieux ennemis.

— Ignacio, comment peux-tu vivre dans toute cette saleté ?

Il regarda le vieux désordre : les cendriers débordant de mégots, les assiettes et les tasses, les morceaux de fruits oxydés, les fleurs fanées dans l'eau croupie, la traînée de feuillets écrits, froissés, abandonnés sur le plancher. C'était une saleté de choses propres : fleurs, poèmes, fruits. Mais Patricia, très efficace, se mit aussitôt à faire le ménage. Elle ôta enfin le poncho qui la couvrait jusqu'au sol, et Escobar, surpris, s'aperçut qu'elle n'était pas grosse et n'avait pas de gros nichons. Il lui semblait impossible qu'elle ait été conçue par l'éléphantesque don Foción dans l'utérus déjà presque ménopausique de sa tante Clemencita. C'était une jolie fille, un peu courte sur jambes peut-être. Malgré tout, ses fesses se dressaient, rondes et tendres, tièdes et douces comme deux pêches. Quand elle se baissait pour ramasser papiers et mégots, le fond de son jean se tendait, haut et incurvé comme une selle. « Femmes bonnes pour être des chevaux », dit Góngora. (Il pensa fugacement à Henna, solide et percheronne.) Une jeune pouliche, encore indomptée. Ah, mais la difficile tâche de la séduire. Les drames familiaux, la praxis révolutionnaire, les études d'anthropologie. Elle avait des bottes. Et, dans l'éventualité où il la séduirait, le travail de lui ôter ses bottes.

En un clin d'œil, l'appartement fut propre. Escobar voyait maintenant que cette tâche impossible qu'il avait parfois à moitié entreprise, ce travail écrasant d'homme d'action, de héros mythologique, de demi-dieu, peut-être, était un simple travail de femme. Il en profita pour la récompenser d'un baiser sur la tempe.

— Tu veux un verre ? Un whisky ?

— Tu n'as pas de rhum ?

— Je crois que ton père n'aimerait pas du tout que je te propose du rhum. C'est un alcool pour trotskiste, pas pour fille de bonne famille.

— Ah, Ignacio, ne te moque pas. Dis-moi où il est, et je nous sers.

— À la cuisine. Quelque part. Il y a des verres, aussi. Et des glaçons. Mais apporte plutôt du whisky. Laisse-moi te dire que tu es merveilleuse, Patricia. Je vais dire à ton père que je veux me marier avec toi.

— Pour l'argent ? Marie-toi plutôt avec Lucía. Elle est amoureuse de toi depuis toute petite.

— Tu es plus jolie qu'elle.

Il ressentit un désir contradictoire et lancinant, mélange de flatterie et de nostalgie : le cou de Lucía avec sa petite veine palpitante, et ses petits seins presque plats, et ne pas avoir su à temps qu'elle était amoureuse de lui depuis toute petite. À temps pour quoi ? Si ça se trouvait, il était encore temps. Mais bon, c'était vrai que Patricia était plus jolie, et en plus elle était là. Oui, mais elle était amoureuse de Jefferson Calarcá Marroquín, ou Moratín, un mulâtre trotskiste. Comment la séduire ? Il aurait dû l'emmener en boîte, finalement. Tout à coup, il pensa à Ana María, qui n'était pas là, alors qu'elle aurait dû l'attendre. Foción n'avait probablement rien fait, et à l'heure qu'il était on continuait à torturer Federico. Il décrocha le téléphone. Il ne marchait toujours pas. Que faire ? L'action, l'action de nouveau, quelle malédiction. Mon Dieu, Patricia revenait déjà avec le whisky et les glaçons, des verres, une carafe d'eau. Cette fille était merveilleuse, vraiment.

— Je peux mettre de la musique ?

— Attends. Je ne sais pas quoi faire. Ana María aurait dû être là à m'attendre.

— Ton amie ? Ah, je crois qu'elle t'a laissé un message, par là. Je l'ai vu en faisant le ménage. J'ai oublié de te le dire.

— Un message ? Non, c'est un poème que j'ai écrit.

— Un poème ? Montre-le-moi ! Tu sais que personne ne m'a jamais écrit de poème ?

— Ni à toi ni à personne. Ça ne se fait plus.

— C'est ce que dit Jefferson. Qu'écrire c'est de la connerie. Que ce qu'il faut faire, c'est organiser des comités ouvriers et paysans, des comités de base, de quartier. Je m'occupe de ça moi aussi, dans le quartier Kennedy, en ce moment. Tu verrais ces gens, Ignacio, super. Allez, montre-moi ton poème. Il est pour qui ?

— Pour personne. C'est un poème… révolutionnaire, disons. C'est une accusation contre Bogotá. Tu veux vraiment le voir ?

Il était hyperflatté. Il jeta un coup d'œil sur ses papiers. Et il vit qu'effectivement il y avait un message d'Ana María, au crayon rouge, plein de majuscules et de points d'exclamation.

Escobar !
Je m'en vais, je ne peux pas attendre ! Appelle-moi dès ton retour !!!
Mateo est seul. Appelle-moi !!!!
Il se passe des choses très bizarres, à l'étage au-dessus. Je suis montée, et c'était une FOLLE !! Une vieille complètement FOLLE qui m'a insultée !
Appelle-moi !!!
Bises. Ana María.
N'oublie pas de M'APPELER dès que tu rentres !!!!!
Ana María.

Elle n'avait même pas cherché du papier blanc. Elle avait écrit le message sur la dernière page de son poème. Évidemment, elle était enceinte, elle était nerveuse à cause de son fils ; évidemment, on torturait son mari. Mais ce n'était pas juste quand même. Escobar trouva un peu ignoble de se soucier de la propreté de son poème alors qu'on torturait Federico. Oui, mais ce sont deux choses distinctes. Ana María aurait pu chercher une feuille vierge. Elle devait être très nerveuse, elle était enceinte, d'accord. Mais ce n'était pas juste quand même.

— C'est un message d'Ana María. Elle me demande de l'appeler dès que je rentre.

Il décrocha de nouveau le téléphone. Toujours pas de tonalité. Il allait devoir faire des démarches, téléphoner (pire : aller) au bureau des réclamations, affronter une demoiselle abominable. Et en plus, sortir téléphoner à Ana María. Merde. L'action. En attendant, il n'allait pas pouvoir séduire sa cousine Patricia, qui était si jolie. Ce n'était pas juste. Il était allé chez sa mère, il avait parlé à son oncle Foción, qui lui avait promis d'appeler le général Rodríguez Ronderos, ou Rodríguez Lanceros, ou quelque chose comme ça. Quoi d'autre ? Ce n'était pas juste. Il prendrait d'abord un whisky.

— Tu ne devais pas me lire ton poème ?

— Il est très mauvais, tu sais.

— Ne fais pas ta coquette, Ignacio. Lis-le-moi. Si tu me le lis, je t'embrasserai.

— Il est vraiment très mauvais. Mais bon, embrasse-moi.

Patricia leva la tête, et ils s'embrassèrent, la bouche fermée. Escobar voulut prolonger le baiser, lui ouvrir habilement les lèvres avec les siennes. Elle l'esquiva en faisant un « moua » sonore.

— N'oublie pas que je ne suis pas Lucía, le prévint-elle.

— Ce n'est pas de Lucía que je suis amoureux, mais de toi, Patricia, dit Escobar.

Ah, la séduction. Le mensonge.

— Enfin, amoureux, non. Mais ne m'embrasse plus.

— Je ne pensais pas t'embrasser de nouveau. Montre-moi ton poème. Récite-le-moi.

— Non, lis-le, toi. Je ne sais pas réciter.

— Chaque fois que ta mère le lui demande, Ricardito Patiño récite un poème.

— Mais Ricardito est amoureux de ma mère. Et moi, je ne suis pas amoureux de toi. Et en plus je ne suis pas Ricardito Patiño.

— Ça ! se moqua Patricia.

Et elle commença à lire le poème.

Escobar lut par-dessus son épaule.

À Bogotá il ne se passe pas
pas
pas
pas
pas
ah
il ne se passe pas
pas
pas
pas
la moindre chose, ah…

C'était très mauvais. Patricia demanda :

— C'est tout ?

— Non, non. Ce n'est pas ça. Ça, c'était un essai, quelque chose qui m'est passé par la tête. Le poème, c'est ça. Regarde.

Colombie, capitale Bogotá :
ville pire que Calcutta
et même que Jakarta
rien jamais ne s'y passa

ah

ni rien ne se passera

ah

ah
dans la ville de Bogotá…

Patricia avait l'air perplexe. Ça aussi, c'était très mauvais. Il n'aurait pas dû le lui montrer. Le huitain classique ? Peut-être :

Ville de sang, et dans le sang ensevelie ;
ville d'où sourd le sang qui crève ses artères,

ville exsangue et sanglante, chaque jour affaiblie
par une guerre secrète, sordide et délétère...

Peut-être. Mais non, pas ça non plus. Et la petite chose gongorienne ?

Autour, faucon royal, des nuées prolétaire
brune terreur du ciel, et pampre de l'histoire...

Il lui semblait difficile de draguer Patricia avec des vers pareils. C'était vraiment dommage.

— Mettons de la musique, suggéra-t-il.

— Oui, mettons quelque chose... approuva Patricia.

L'atmosphère avait complètement changé. La poésie, c'est de la merde.

— Les Beatles ? se scandalisa Patricia. Tu n'as rien de plus nouveau ?

— Qu'est-ce que tu as contre les Beatles ? Ils chantent très bien. Ils chantaient très bien, à mon époque. Enfin, ces disques ne sont pas à moi. Ils sont à Fina.

— Ta fiancée de Cali ?

— Ma fiancée de Cali. Mais pas celle que tu connais. Une autre. Celle que tu connais n'est pas ma fiancée. Mais bon, si tu n'aimes pas les Beatles, on peut mettre autre chose. Un truc d'ici ? De la salsa ? De la musique pour clavecin du XVIIe ? Telemann ? Béla Bartók ? Du jazz ? Fruko y sus Tesos ? Les frères Zuleta ? Chavela Vargas ? Gardel ? Les Rolling Stones ? Brahms ? Du flamenco ? Vivaldi ?

— Tu as quelque chose de Julio Iglesias ? Je suis sûre que ta fiancée de Cali a des disques de Julio Iglesias.

— Non. Ma fiancée de Cali n'est pas la fille de Cali que tu connais. Dans cette maison, il n'y a *pas* de disques de Julio Iglesias.

— Beethoven, lut Patricia. Je ne supporte pas. Papa met toujours du Beethoven, il en est dingue. Vieux réac. *Lettre à Élise*. Tu sais que maman joue *Lettre à Élise* au piano ? Je ne supporte pas. Pauvre maman. Avoir dû supporter papa. Tchopine. Ça aussi, maman le joue.

— « Chopain », corrigea Escobar.

— Déconne pas, Ignacio. Papa dit comme ça aussi : « Chopain. » Je ne supporte pas.

— Je ne déconne pas. Je suis internationaliste prolétaire.

— Arrête, Ignacio. Tchopine, ce n'est pas de l'internationalisme prolétaire, c'est de l'impérialisme ! Chopain ! Et les Beatles aussi. « Ze Bitls » !

— Arrête toi-même. Comment peux-tu penser que les Beatles (Ze Bitls) ou Tchopine (Chopain) sont impérialistes ? L'impérialisme, c'est autre chose.

— C'est de l'impérialisme culturel, se défendit Patricia.

— Allez, ça suffit. L'anti-impérialisme, c'est très bien, mais en musique c'est mortel. Tu veux de la Nueva Trova cubaine ? Je n'en ai pas.

— Ce n'est pas ça…

Patricia cherchait des arguments.

— … moi non plus, je n'aime pas la Nueva Trova. Les Cubains sont des bureaucrates staliniens.

Seigneur, comment peut-on être si jeune ?

Patricia attaqua :

— Ton truc sur Bogotá, « ville pire que Calcutta, et même que Jakarta », je trouve que c'est de la Nueva Trova tout craché.

Escobar ne répondit pas. Il finit son whisky.

— Tu veux un autre verre ?

Il eut l'impression d'être Ricardito Patiño. Peut-être bien que tous les poètes finissent comme ça, oui.

— Tu veux qu'on sorte dîner ? Que je t'emmène en boîte ?

— Je suis une super-cuisinière, affirma Patricia.

Et, après avoir vidé son verre, elle s'en servit un autre. C'était la fille de Foción.

— On mange ici ?

Il pensa qu'il devrait sortir pour trouver un téléphone et appeler Ana María. Mais il n'avait rien à lui dire. Ana María, je pense que mon oncle Foción va appeler un général, mais il ne garantit rien, parce qu'on ne peut jamais savoir avec les militaires. Il avait envie d'embrasser Patricia. Patricia ne se laisserait pas embrasser. Tout ça ne donnerait rien. Mais sortir, chercher un téléphone, donner des explications, consoler, ah… Il s'enfonça dans son fauteuil. Patricia s'assit sur ses talons, par terre. Qu'elle était jeune.

— Mangeons ici, décréta Escobar. Il y a tout ce qu'il faut. J'ai fait le marché, l'autre jour.

— Qu'est-ce que je t'envie ! s'écria Patricia.

Elle était très, très jeune. Elle ne devait même pas avoir vingt ans.

— Moi aussi, j'aimerais vivre seule, avoir mon petit appart. Tu ne sais pas ce que c'est que vivre avec papa et maman.

Elle s'attendrit brusquement :

— Pauvres vieux… !

Sans transition, elle s'emporta :

— Mais si tu les voyais, Ignacio ! Tu ne peux pas imaginer !

Elle remuait les mains, haussait les sourcils ; ses yeux qui louchaient un peu brillaient d'indignation.

— Tu ne les connais pas ! « Patricia, ne sors pas, Patricia, ne rentre pas tard, Patricia, ne fréquente pas des gens comme ça, et patati, et patata… ! » Tu vois le genre ? Papa et maman ne comprennent rien !

— Tu es très jeune, Patricia.

— Ah, tu ne vas pas t'y mettre ! J'ai dix-neuf ans !

— Justement.

— Ah, Ignacio ! Évidemment, toi, tu es un homme. C'est pas juste, les mecs, on les laisse faire ce qu'ils veulent. Tu n'imagines pas ce que c'est que d'être une femme. Tu verrais.

— Je vois, je vois.

— Te moque pas, Ignacio, je suis sérieuse !

Patricia se mordit les lèvres, les ongles. Elle sauta de nouveau, une expression soudaine d'angoisse sur ses sourcils arqués.

— Vraiment, je crois que tu n'imagines pas comment sont ces vieux cons de réactionnaires !

Il imagina Foción con et réactionnaire. Il n'était pas difficile d'imaginer, derrière sa longue braguette, ses testicules violacés, bulbeux, pendants.

— Je n'en doute pas, Patricia. Qu'est-ce que tu croyais. Comment veux-tu qu'ils soient.

— Je ne sais pas. Mais ce sont mes parents, tu comprends ?

Escobar fit un bruit de compréhension.

— Et maman, la pauvre vieille... Mais si tu voyais à quel point elle est réac et conne, et... et... Mais papa, c'est pire encore. Si tu le voyais.

Escobar fit oui de la tête, il le voyait.

— Par exemple, tu verrais comme ils sont racistes, fiers de leur classe. Tu as entendu mon père parler de Jefferson. Tu comprends ?

Escobar fit signe qu'il comprenait, oui.

— Par exemple, maintenant, en avril, papa veut organiser un bal pour moi au Jockey. Un bal en blanc, imagine un peu la honte ! En plus, au Jockey ! Mais comment tu veux que papa le sache, il vit comme au XIXe siècle ! Et je suis sûre qu'ils ne voudront pas que j'invite Jefferson.

— Mais toi, tu as envie qu'on organise un bal en blanc au Jockey pour toi ?

— Je trouve ça complètement nul ! Un truc de bourgeois. Non, c'est une idée débile de papa. Il dit que c'est pour que j'arrête d'être révolutionnaire, tu vois le genre.

— Mais si tu ne veux pas qu'on organise un bal pour toi, qu'est-ce que ça peut te faire qu'on ne t'autorise pas à inviter Jefferson ?

— Ah non, c'est pas la même chose ! À partir du moment où on organise un bal pour moi, bon, super. Mais alors qu'on me laisse inviter qui je veux, non ? Tu me comprends ?

Escobar comprenait. Il était prêt à comprendre tout ce qu'on voudrait, à faire oui de la tête quand ce serait nécessaire. Mais cette obsession jeffersonienne l'agaçait.

— Et si on ne t'autorise pas à inviter Jefferson ?

Patricia se mordilla les ongles.

— En fait, je ne sais pas si je dois le dire à Jefferson. Le problème, c'est qu'il habite le quartier Kennedy.

— Ah.

— Ne te moque pas, Ignacio.

— Je ne me moque pas.

— Tu viendras ?

— À Kennedy ?

— Mais non, à mon bal. Smoking de rigueur, je te préviens.

— Oui, bien sûr, si tu m'invites. Maman doit avoir gardé vingt smokings de papa.

— Bien sûr que je t'invite. Il y aura des invitations avec entête, imagine-toi le ridicule. Maman les a commandées chez Cartier, à New York, imagine un peu. On se croirait au XIXe siècle.

Ils restèrent tous deux pensifs un instant. Patricia haussa de nouveau ses sourcils angoissés.

— Mais toi, tu comprends, Ignacio ?

— Quoi ?

— Ce qui m'arrive. Papa. Jefferson. Je ne peux pas le supporter !

— Jefferson ?

— Non, papa. Quel vieux... Tu verrais ça, tellement... Bon, et Jefferson non plus, quelquefois. Ah, je ne sais pas, je ne sais pas ! Tu me comprends ? Papa et maman sont tellement... !

— Cons et réacs, l'aida Escobar.

— Oui, tu me comprends ? Et Jefferson, quelquefois, je ne sais pas. Tu crois, toi, que si Jefferson s'intéresse à moi c'est uniquement pour l'argent ?

— Je ne sais pas, dit Escobar en s'efforçant de garder un ton impartial. Je ne crois pas. Je ne sais pas, je suppose que c'est un révolutionnaire sérieux, idéaliste.

— Tu vois ? Papa, lui, dit que c'est un matérialiste.

— Bon, bien sûr : le matérialisme dialectique. Mais ça c'est autre chose, ça n'a rien à voir. J'imagine que s'il t'aime c'est pour toi. Moi, par exemple, je t'aime pour toi.

— C'est différent. Toi, tu es mon cousin. En plus, tu as de l'argent. Papa et maman disent que Jefferson est un type plein de ressentiment.

— Ah oui ? Je ne sais pas. Je ne crois pas.

Il lui semblait grotesque de défendre la sincérité de Jefferson face à Patricia, mais Patricia était jolie. Il aurait voulu l'embrasser une bonne fois et en finir : qu'elle reste ou qu'elle s'en aille, et qu'elle lui fiche la paix.

— Et ce que tu m'as dit, tout à l'heure ? Que Jefferson draguait les nanas en leur parlant de la révolution ?

— Je ne sais pas. C'est ce qu'on dit. Et toi, c'est comme ça qu'il t'a draguée ? Si tu veux, je te parle un moment de la révolution, moi aussi. C'est ultra-facile.

— C'est sérieux, Ignacio... Tu ne me comprends pas.

Elle le regardait, peinée, blessée, ses petits yeux déjà lourds de larmes. Elle mordit ses lèvres humides, tendres. Elle était très jolie. Jefferson ne la méritait pas, probablement.

— Je plaisantais, Patricia.

— Je sais, mais... Tu n'imagines pas, Ignacio ! Si tu voyais ça ! Je n'en peux plus, je te jure ! C'est vrai, quoi, j'ai dix-neuf ans... !

Et, enfouissant la tête dans la poitrine d'Escobar, elle se mit à pleurer. Il ne sut que faire ; il l'enlaça maladroitement. C'était la deuxième fois ce jour-là qu'il lui arrivait la même chose. Qu'avait-il, quelle odeur dégageait-il pour que brusquement toutes les filles se jettent dans ses bras en pleurant ? Il sentait les omoplates de Patricia monter et descendre, secouées par les pleurs. Il lui tapota l'épaule. Il l'embrassa doucement dans les cheveux, en faisant des bruits de consolation confus. Patricia était jolie, quand elle sentait les larmes.

— Ne pleure pas, va, ne pleure pas. Tu es très jolie, et quand tu pleures tu deviens très laide.

Mais ce n'était pas vrai. Il trouvait Patricia terriblement jolie quand elle pleurait, toute tiède, palpitante, avec ses bras minces et ses omoplates fragiles qui tremblaient sous ses mains. Il écarta une mèche de cheveux noirs et embrassa sa nuque tendre. Avec la pointe de la langue il effleura la peau lisse de sa première vertèbre. Patricia se laissait faire, l'enlaçait dans son chagrin. Il tourna vers lui son visage humide pour effacer ses larmes chaudes avec ses lèvres, et fut déconcerté de trouver la bouche impatiente et frissonnante de Patricia qui cherchait la sienne. Il fut troublé par le frémissement de son corps dans ses bras, par son poids, sa chaleur. Il la désira violemment et l'embrassa en la serrant très fort, sentant que sa bouche cédait sous ses lèvres, s'ouvrait, laissait entrer sa langue. Il goûta la langue de Patricia. *Le miel et le lait sont sous ta langue.* Il goûta ses gencives, l'intérieur chaud de ses lèvres, le voile de son palais, et il sentit croître son désir. Mais en fait la position était intenable : Patricia accroupie sur le parquet, et lui assis dans son fauteuil, le buste en avant et le cou tremblant et complètement tordu. Il la hissa en la tirant par les aisselles, pour l'agenouiller entre ses jambes ouvertes. Elle s'écarta. Elle le regarda, les yeux encore humides de larmes, avec un sourire indécis, troublé.

— Tu vas penser que je suis qu'une pauvre conne, hein ?

Escobar, tout étourdi, se racla la gorge, toussa.

— Non. Que tu es la plus jolie cousine que j'aie jamais eue.

— Ne te moque pas. Même quand je pleure comme une gamine ?

— Je ne me moque pas. C'est vrai.

C'était vrai. Il avait la bouche sèche, le cœur qui battait la chamade. Il trouvait Patricia délicieuse avec ses yeux brillants et sa bouche gonflée de baisers et de larmes. Il se pencha vers elle, essaya de l'embrasser de nouveau. Elle le repoussa et se leva, lui mettant sous le nez ses merveilleuses fesses rondes et fermes.

— Non, dit-elle d'un ton de reproche affectueux, maternel, presque, en retirant ses mains, qu'il avait posées sur ses hanches, en s'écartant d'un pas et en se cambrant. Allons plutôt faire à manger. Je suis un vrai cordon-bleu. Tu vas voir.

Escobar, assoiffé, se servit un nouveau whisky. De la cuisine, Patricia demandait des instructions. Il alla l'aider. Il était décidé à se marier avec elle pour son argent, si c'était nécessaire.

— Cette viande n'est pas décongelée.

— Je sais, dit-il. Mais on peut faire autre chose. Il y a des spaghettis. Il y a du vin. On peut faire des spaghettis et les manger avec du vin. « Car tes amours sont plus délicieuses que le vin… »

Patricia lui jeta un regard soupçonneux.

— C'est de toi ?

— Non. Du *Cantique des cantiques.*

Tes lèvres distillent le miel vierge.
Le miel et le lait sont sous ta langue...

Tout à coup, il se sentit un peu ridicule. Il pensa à Ricardito Patiño, et la honte l'envahit.

— Le *Cantique des cantiques* ? Ça me rappelle la messe. Les curés.

— C'est dans la Bible.

— Tu vois ? Je ne supporte pas. Tu sais qu'un jour le curé du collège a essayé de me violer ?

— Vraiment ? Raconte-moi.

— Demande à Lucía, si tu me crois pas. Avec elle aussi il a essayé. Avec toutes les filles. Quand on avait treize ans, il essayait de nous tripoter les seins. Demande à Lucía. Il était dégoûtant. Comme tous les curés. Je ne peux pas les supporter. Tu ne me crois pas ?

— Si, je te crois. Raconte-moi.

— Un jour, il a voulu que je me masturbe devant lui. Je lui avais dit en confession que je me masturbais, et il m'a dit : « Fais voir comment tu fais. » J'ai tout raconté à papa, et il a été renvoyé du collège. Demande à Lucía.

— Lucía aussi se masturbait ?

Patricia le regarda de nouveau d'un air méfiant.

— Qu'est-ce que tu crois ? Qu'on est du XIXe siècle, comme maman, ou tante Lucía, ou ta maman ? Quoique, qui sait... Ces vieilles, si ça se trouve... Tu veux vraiment qu'on fasse des spaghettis ? Je voulais te montrer comment je fais la cuisine. Et des spaghettis, c'est à la portée de n'importe qui.

— Ça ne fait rien. Une autre fois.

Parce qu'il y aura d'autres fois, pensa-t-il. « Nous célébrerons tes amours plus que le vin. » Il déboucha une bouteille, remplit deux verres.

— Pourquoi tu me l'as pas dit ? fit Patricia. J'aurais pu voler à papa un vin super-bon, un vin français.

— Ça, c'est de l'impérialisme culturel.

— Et ça ? C'est pire. Du vin chilien. De Pinochet. Mais il est bon.

Quand elle riait, son strabisme s'accentuait très légèrement. Ses yeux brillaient, et elle était si jolie, si active quand elle s'agitait comme ça dans toute la cuisine, salait l'eau bouillante, déchirait avec ses dents pointues la cellophane du paquet de spaghettis.

— Je vais au moins faire une sauce, annonça-t-elle.

Son verre à la main, Escobar la regardait. Elle avait relevé ses manches jusqu'aux coudes : ses mains étaient jolies, en dépit de ses ongles rongés, ses poignets fins, ses avant-bras couverts d'un duvet presque transparent. Ses petits seins – ils n'étaient pas gros du tout – faisaient un pli mouvant sur son pull de grosse laine lâche. Il s'approcha d'elle par-derrière, alors qu'elle avait les mains occupées. Il croisa les siennes sur son ventre plat, chaud sous son pull. Il l'embrassa sur le sommet du crâne et enfouit son visage dans l'odeur de propre de ses cheveux. Patricia leva la tête, lui offrit sa bouche. Il l'embrassa. Il glissa ses mains sous son pull, et caressa la peau douce de son ventre, en la plaquant contre son ventre à lui. Il sentit ses fesses fermes se coller contre ses cuisses. Il remonta ses mains sous le pull jusqu'à ses seins et en prit un dans chaque main. Aussitôt, elle les retira avec les siennes.

— Ah, les hommes à la cuisine, c'est terrible ! dit-elle en riant d'un petit rire nerveux.

Il retourna au salon, le cœur battant de nouveau la chamade et la bouche sèche, en pensant au poids léger de ses petits seins dans ses paumes. Il respira son odeur. Il comprenait pourquoi ce libidineux d'Ernestico Espinosa essayait toujours de lui tripoter les seins. Et le curé du collège. Il transpirait. Il mit un disque, après avoir pas mal hésité : Vivaldi, pour calmer son excitation. Il s'assit par terre, sur un coussin. Au bout d'un moment, Patricia le rejoignit et s'assit à côté de lui, sans coussin. Elle avait dix-neuf ans.

— Tu sais que t'es vraiment sympa, Ignacio ? T'es bien le seul, dans cette famille.

— Embrasse-moi.

— Ce n'est pas ce que je veux dire…

Il fit tourner la tête de Patricia avec ses doigts, en la prenant par le menton, et l'embrassa sur la bouche. Elle résista un instant. Puis elle répondit à son baiser. Celui-ci était un vrai baiser : celui des spaghettis avait plutôt été un baiser de politesse. Elle avait été distante, mal à l'aise d'être interrompue dans son travail, mais aimable, bien élevée : un baiser de bonne cousine. Il lui caressa les seins sur son pull sans trouver de résistance. Elle avait fermé les yeux. Il lui retira son pull en le faisant passer par-dessus sa tête, et en la décoiffant, sans trouver de résistance non plus, mais sans collaboration : elle laissait reposer ses bras sur son visage, la nuque appuyée contre le divan. Il l'embrassa doucement sur le tendon de son aisselle pleine d'ombre douce, salée. Très maladroitement, il essaya de dégrafer son soutien-gorge. Patricia rit, le visage caché derrière ses coudes.

— Mais on ne met plus ces trucs-là, Patricia, dit-il d'une voix rauque. Ça date du siècle dernier. Ta maman, bon, d'accord. Mais toi… !

— Ne te moque pas.

— Je ne me moque pas. C'est sérieux. C'est comme les cilices, les fouets. Ils ont été interdits par le dernier concile.

Il lui retira son soutien-gorge, léger et blanc. Il le lança loin de lui. Patricia se couvrit les seins avec les mains.

— Oh… ! S'il te plaît… !

— Non, Ignacio.

Patricia se redressa et appuya son dos nu contre le bord du divan, sans découvrir ses seins.

— Tu vas trop vite. On est venus pour discuter.

— On a déjà discuté.

— Ah, Ignacio, tu es comme tous les hommes ! Quels porcs, merde ! Dès qu'ils voient une nana, tout ce qu'ils veulent, c'est la sauter.

— Ça n'a rien de mal, petite.

— Ne m'appelle pas petite.

— Mademoiselle ? Ne sois pas bête, Patricia.

Il lui embrassa le cou, les mains. Elle continua à se protéger les seins, raide maintenant, hostile. « Aussi passionnément qu'un homme aime une femme, il ne pourra la conquérir sans une profusion de paroles », disait le sage Ghotakamuhka au milieu de l'Inde, vers le XIVe siècle.

— De quoi veux-tu que nous parlions ? Donne-moi d'abord un baiser.

De mauvaise grâce, un peu radoucie malgré tout, Patricia lui donna un baiser froid, sec, lèvres fermées.

— Écoute, Patricia, je vais te parler franchement.

Il resta une seconde en suspens, repentant : le mensonge, encore une fois.

— Tu veux que je te récite un poème d'amour ?

— Ouais.

Mais elle ne bougeait pas. Elle le fixait de ses yeux qui louchaient légèrement, appuyée contre le divan, et attendait.

— Bon, je vais te parler franchement. Ton père a parfaitement raison : tu es une petite-bourgeoise de merde, une petite oligarque de merde...

Patricia sursauta, mais il ne la laissa pas l'interrompre :

— ... une petite fille gâtée, protégée, conservatrice, réactionnaire, conne. Tu parles et tu parles et tu parles, et tu dis des gros mots pour scandaliser ta famille. Mais tu crois vraiment que la révolution, c'est ça ? Cesse de parler : agis. Fais quelque chose.

— Je fais un travail de quartier.

— De quartier ! Dans le quartier Kennedy, parce que c'est là qu'habite ton petit ami. Mais arrête, Patricia, tu crois que le quartier Kennedy est un quartier prolétaire ?

— De la classe moyenne basse. Mais après je vais aller dans le sud.

— Avec Avellaneda, bien sûr. Avec le chauffeur de papa.

Mais la conversation était en train de dévier : ce n'était pas de ça qu'il s'agissait.

— Ne sois pas sotte, petite, ne sois pas bourgeoise. Ne sois pas lâche. Cesse de parler : tout ça, ce sont des masturbations pour curés de collège. Ne te masturbe plus. Fais quelque chose. Agis. Agis. Fais quelque chose. Tant que tu ne feras rien, tu seras morte. Tu veux que je te parle franchement, Patricia ? Tu es morte, même si tu n'as que dix-neuf ans. Et tu sais pourquoi tu es morte ? Parce que tu es lâche.

Il se tut, respira profondément – plus profondément qu'il n'en avait besoin, plus fatigué et exalté qu'il ne l'était en réalité.

Patricia se racla la gorge et dit d'une voix apeurée d'enfant :

— Qu'est-ce que tu veux ? Que je couche avec toi ?

— Non. Que tu vives. Que tu ne sois pas morte. Je ne veux pas coucher avec toi, d'ailleurs.

— Pourquoi tu essaies de me déshabiller, alors ?

— Pour rien. C'est ta faute. Tu viens chez moi, tu essaies de me séduire, tu me fais boire...

— Celui qui essaie de me faire boire, c'est toi ! répondit Patricia en riant.

— Ne plaisante pas, petite.

Mais elle continuait à rire, et, pendant qu'elle riait, ses seins à demi cachés par ses mains tressautaient doucement.

— Embrasse-moi, dit-elle.

— Pourquoi ? demanda Escobar, d'un air bourru. Pour quoi faire ?

— Embrasse-moi, insista Patricia.

Il l'embrassa. Un baiser sec, froid, bourru, lèvres fermées. Patricia essaya de les lui ouvrir avec sa langue, sans y parvenir.

— Ne fais pas la tête, Ignacio. Tu veux qu'on couche ensemble ?

— Non.

Il regretta aussitôt d'avoir dit cela. Mais Patricia se mit à rire en fermant complètement ses petits yeux.

— Je ne vois pas ce qu'il y a de drôle.

— Mais je ne me moque pas de toi, idiot ! Ignacio, tu sais que je t'adore ?

— Plus que Lucía ?

— Je ne sais pas comment Lucía t'aime.

— C'est toi qui m'as dit que Lucía était amoureuse de moi.

— Non, mais ça c'était quand on était petites. Maintenant, elle est mariée avec un petit gros à gilet.

Escobar ne céda pas :

— Tu m'aimes plus que Lucía ne m'aimait quand elle était petite ?

— Idiot !

Patricia lui caressa la joue, l'oreille, en libérant un sein : rond, pointu, tendre. Il eut envie de l'embrasser, de le caresser, de le mordre. Il sourit enfin, condescendant, et Patricia rit de nouveau, heureuse. Il lui prit la main, l'embrassa. Elle lui donna l'autre, découvrant enfin son autre sein dressé et tremblotant. Offerte. Martyre de la révolution, pensa Escobar, subitement déprimé. Mais bon.

Il embrassa ses seins dressés et parfumés, criblés de taches de rousseur, doux comme de la soie. Il caressa avec sa joue la peau de son côté, à la naissance du sein, et embrassa enfin ses mamelons roses, sombres, durs de sang. Patricia était bras ouverts en croix sur le divan, gorge offerte, yeux fermés. Il embrassa ses épaules et la courbe de son cou, ses yeux, ses lèvres entrouvertes, son aisselle la plus lointaine, surpris que tout soit finalement si facile. Était-ce le moment de lui ôter son jean, de dévoiler ses fesses prodigieuses ? Non. Deux pas en avant, un pas en arrière, recommande Lénine. De plus, il avait le cou si tordu qu'il craignit d'avoir un torticolis.

Il se coucha sur le tapis, sur le dos, la nuque appuyée sur les cuisses de Patricia, sur le bleu râpé et délavé de son jean. Il l'entendit soupirer, tout là-haut. Ses deux petits seins pointus pendaient devant ses yeux comme de soyeux pis de chèvre. Il pouvait les embrasser en étirant le cou, comme paissent les girafes au sommet des arbres.

— Patricia. Je sais que tu ne m'aimes que pour mon argent.

Patricia ouvrit les yeux, se pencha, le regarda avec une tendresse immense et imméritée, et, lui prenant la tête entre ses bras, elle la serra contre son ventre, au point de l'étouffer. Escobar lui caressa le nombril avec sa langue.

Cela faisait longtemps, des heures peut-être, que le disque de Vivaldi s'était arrêté. Il se leva pour le retourner. En revenant, il releva Patricia, l'allongea sur le divan, sur le dos, embrassa tout son corps, lisse jusqu'à la taille, et protégé plus bas par l'âpreté de son jean. Il lui caressa les flancs, enfouit ses mains entre ses jambes pour effleurer du bout des doigts la double pente de ses fesses. Lui ôter ses bottes fut, en effet, un travail titanesque. Il eut aussi du mal avec son pantalon (Patricia ne l'aidait absolument pas), moulant et collé à sa chair comme la peau d'un fruit, et retenu dans la partie supérieure par la courbe de ses fesses. Elle resta à demi allongée sur le côté, les cheveux défaits, avec une lueur entre les paupières, à peine vêtue d'un slip triangulaire qui traçait une ligne horizontale sur son ventre, très bas, laissant pointer un peu de duvet frisé et doux à l'orée du pubis. Il lui embrassa le ventre, qui se hérissa sous ses lèvres. Elle sentait le sel, l'iode, l'herbe, la terre fraîche d'un potager. Patricia ramena ses jambes sous elle.

— Patricia, s'il te plaît... dit-il, sévère.

— Tu me chatouilles.

Petit à petit il grimpa sur elle, comme on grimpe à un palmier – « ta taille ressemble au palmier, et tes seins à des grappes » –, jusqu'à ce que son visage se retrouve à la hauteur de sa bouche, et que le dur volume de son sexe se plaque contre le pubis ferme et soyeux, douillet derrière sa barrière de dentelle. Il l'embrassa en regardant ses yeux liquides, maintenant. Il la vit les fermer, les ouvrir, le surveiller, les fermer de nouveau. Il la serra dans ses bras, détourna son attention. Il lui caressa le cou avec la langue.

— Ignacio, s'il te plaît...

— Patricia.

— Ignacio.

Il la regarda avec fermeté. Elle ferma les yeux. Il la rassura en embrassant ses épaules, ses lèvres qui essayaient de parler, ses yeux qui voulaient s'ouvrir. Un instant, il se redressa pour enlever sa chemise, ne gardant l'équilibre que grâce à ses genoux et au poids de son pelvis, tel un cavalier qui lâche les rênes. Patricia se glissa entre ses jambes comme un poisson, se laissa rouler à terre, l'écarta du coude en riant, peut-être en pleurant, et courut vers la porte de la salle de bains.

Il ne la laissa pas aller si loin.

— Merde, Patricia, tu n'as pas le droit... !

Ils tombèrent tous les deux sur le tapis et roulèrent, enlacés, un coup de pied de l'un faisant taire la musique dans un horrible grincement. Il sentait Patricia tendue, hostile, rageuse : elle planta ses dents dans son épaule. Ils continuèrent à rouler par terre, en se battant comme des chiens. Escobar, plus lourd, finit par se retrouver sur elle, tressant ses jambes avec les siennes et essayant d'ouvrir le cadenas de ses cuisses à coups de hanche. Sous lui, les seins fuyants de Patricia, ses coudes pointus qui lui coupaient le souffle, ses mains, dures maintenant, ses jambes qui s'agitaient en l'air. Une forte et chaude odeur d'animal vivant, de sexe et de peur, montait de son corps brillant de sueur, lisse, haletant.

Il réussit enfin à l'immobiliser et à la clouer au sol, assis sur elle. Épuisée, les bras maintenus derrière la tête, les jambes prisonnières et ouvertes comme les deux branches d'un compas, elle était incapable de résister davantage. Il souffla bruyamment, longuement sur elle, reprenant haleine, sans parler, sentant le sang affluer à ses yeux et à ses tempes. Le corps en sueur de Patricia tremblait sous son poids, plein de côtes saillantes, désormais. La peau tiède de son ventre montait et descendait comme un soufflet, et sa gorge nouée palpitait tel un oiseau. Des larmes noires de rimmel et de colère coulèrent de ses yeux clos. Escobar se pencha pour embrasser ses lèvres fermées, finit par les lui ouvrir de force et s'écrasa contre ses dents fermées comme un piège.

C'était absurde. Il lui lâcha les mains, desserra les jambes et se laissa rouler à côté d'elle, éreinté, sur le tapis. Son ventre à lui aussi se gonflait et se dégonflait comme un soufflet, et il était lui aussi trempé de sueur. Il avalait de l'air, sans force, la gorge desséchée, le nez tourné vers le plafond.

Au bout d'un moment, Patricia plaça sa tête sur l'épaule d'Escobar, et lui donna un baiser doux et tiède, tout en posant la main et l'avant-bras sur son ventre, comme pour faire la paix. Elle serra contre lui son corps nu, chaud dans les courbes et dans les angles, souple, un corps de serpent.

— Pourquoi ? dit Escobar.

Il avait la voix rauque.

— Je ne peux pas te dire.

— Mais pourquoi ?

— Non, Ignacio. Je ne peux pas te dire.

Qu'est-ce que ça pouvait être ? Ses règles ? Les règles, aussi sanglantes soient-elles, ne se défendent pas autant. Était-elle vierge ? Impossible, à cette époque de relâchement des mœurs. Jefferson Calarcá Marroquín ? Il n'était pas prudent de le lui demander : tant que rien n'était expliqué, tout restait en suspens. Et il n'allait pas non plus permettre que tout cela se transforme en un nouveau torrent de paroles.

Il ferma les yeux. Au bout d'un instant, la tête de Patricia abandonna son épaule. Il l'entendit se redresser. Il sentit un long baiser inattendu sur son membre encore dur et gros sous son pantalon, encore palpitant. Mais, lorsqu'il se releva sur les coudes, elle se dirigeait déjà vers la salle de bains. Ah, ses fesses, quand elle marchait. Il s'effondra de nouveau sur le dos, dans un craquement d'os et de vertèbres.

Il regardait le plafond. « Les poutres de notre maison sont de cèdre, nos lambris de cyprès », dit le *Cantique des cantiques*. Le mensonge poétique habituel. Le vin était loin, les cigarettes aussi. On entendait des bruits d'eau dans la salle de bains. Patricia revint, toujours nue, le sexe à peine couvert par le triangle pâle de son slip de dentelle. Ses petits seins dressés se balançaient légèrement à chaque pas. Comme si Escobar était de pierre. Il sentit un élan de colère, mais il était trop épuisé. Elle s'assit à califourchon sur son corps gisant, la douceur de son sexe reposant insolemment sur son membre vaincu maintenant et ses aines encore douloureuses : « Il m'a fait entrer dans la maison du vin, et sa bannière sur moi, c'est l'amour. » Mensonge, comme toujours. Elle le regarda avec ses petits yeux débarrassés de tout maquillage, plus petits, affectés de strabisme, d'un air très sérieux. Escobar leva les mains pour lui caresser les seins, mais elle lui saisit les poignets et lui sourit tendrement.

— Tu vas penser que je suis qu'une pauvre conne, hein ?

— Non. Pourquoi ?

— Tu sais bien.

— Non. Je ne sais pas. Si tu ne veux pas faire l'amour avec moi, ça me semble très bien. Non, pas très bien. Mais bon…

— Ce n'est pas ça. Tu sais…

— Non. Je ne sais pas.

Elle le regarda d'en haut, émue. Elle se pencha pour l'embrasser sur la bouche, et les pointes pendantes de ses seins lui effleurèrent la poitrine.

— Putain, merde, les spaghettis !

D'un bond elle fut dans la cuisine, le laissant de nouveau étendu comme un mort. Il l'entendit jurer, crier les mots grossiers qui rendaient Foción apoplectique. Il alla la rejoindre. En chemin, il ajusta sa ceinture.

Toute l'eau du faitout s'étant évaporée, les spaghettis n'étaient plus qu'une masse collante et gélatineuse. Il fallut remettre de l'eau à bouillir. Il récupéra sa chemise. Changea de disque. Il mit Beethoven, *Lettre à Élise.*

— Ah, super : *Lettre à Élise.* Tu sais que j'adore ? Tin tin tin tirrin, tin tirrintirrin… Maman la joue super-bien, la pauvre.

Il pensa que Patricia allait se rhabiller, oui, après avoir tant lutté pour ne pas se laisser déshabiller. Mais non. Elle passa simplement son poncho sur ses épaules nues, et c'était un supplice d'entrevoir l'éclat de son corps mince quand il apparaissait par les ouvertures latérales, la tache mouvante de ses seins quand elle levait les bras pour prendre les assiettes. Il l'enlaça.

— Ce n'est pas possible… Ne me fais pas des trucs pareils.

Elle se laissa aller contre sa poitrine, le laissa embrasser ses cheveux mouillés et respirer l'odeur de sa nuque. « Que ton amour est délicieux, plus que le vin ! Et l'arôme de tes parfums plus que tous les aromates… »

— Tu as du poivre, quelque part ?

Enfin la poésie coïncidait sur un point avec la vie réelle. Mais non, il n'avait pas de poivre. Ni clous de girofle, ni cannelle, ni aucune sorte de plantes aromatiques.

— « Que ton amour est délicieux, plus que le vin ! Et l'arôme de tes parfums plus que tous les aromates… »

— Bah, qu'est-ce qui te prend ? C'est quoi, déjà ? *La Chanson des chansons* ?

— *Le Cantique des cantiques.*

De nouveau, il l'enlaça. Il caressa le bas de son dos nu sous son poncho rêche, mit de nouveau le bout d'un doigt au départ de la raie des fesses, comme sans le vouloir. Elle le repoussa avec ses coudes.

— Non, Ignacio.

Et elle ajouta en riant :

— Les spaghettis vont encore être trop cuits.

Ils étaient un peu trop cuits, à vrai dire. Pendant qu'ils mangeaient, assis par terre, Escobar, de mauvaise humeur, commença à boire verre de vin sur verre de vin.

— C'est quoi, être révolutionnaire, pour toi ? demanda soudain Patricia.

— Oh, oh, oh, oooohhoohhh.

— Sérieusement, Ignacio. Tu penses être révolutionnaire, toi ?

— Oh, ooohh, oohhoohh, ooohhohohhooohohohooo-hhh... !

— Ne fais pas le clown, Ignacio. Je parle sérieusement.

— Moi aussi je parle sérieusement, ma petite. Quand je dis oohhoohh, je suis parfaitement sérieux. Mais j'en ai marre d'avoir des conversations sérieuses. En plus, on n'est pas venus ici pour ça.

— Si, on est venus pour ça. Mais tu n'as pas voulu.

— Tu ne m'as pas laissé le choix.

— Ah, Ignacio, je suis sérieuse ! Tu ne vois pas que je ne peux jamais parler sérieusement avec personne ?

La bouche pleine de spaghettis (un peu collants, trop cuits), Escobar la regarda : sourcils froncés, épais, yeux sérieux, fourchette en l'air, lèvres entrouvertes laissant voir les dents. Il eut de nouveau envie de l'embrasser.

— Bon. Voyons. D'abord, qu'est-ce que tu entends par « révolutionnaire » ?

— Je ne plaisante pas. Ne me parle pas comme si j'étais un bébé, comme papa. Je parle sérieusement.

— Mais je te le dis sérieusement : il faut d'abord savoir ce qu'on entend par « révolutionnaire ». « Révolutionnaire » est un des mots les plus galvaudés qui soient.

— Oui... C'est exactement ce que dit Jefferson. C'est pour ça que je te demande ce que c'est pour toi qu'être révolutionnaire.

Escobar réfléchit. Il se versa du vin. Sur ce terrain aussi, Jefferson Calarcá Marroquín l'avait précédé. Malgré tout, il commençait à avoir une certaine sympathie pour lui.

— Bon. Si être révolutionnaire signifie prendre au sérieux cette bouillie marxiste à moitié digérée que Jefferson sert aux filles comme toi avec lesquelles il couche, non. Je ne me considère pas comme révolutionnaire.

— Comment ça, les filles comme moi avec lesquelles il couche ? Je ne couche pas avec lui.

— Ah bon ? Tu m'as dit tout à l'heure que c'était ton amant.

— Ah, Ignacio… ! Parle-moi sérieusement, s'il te plaît. Tu ne comprends pas ? Tu ne vois pas que je veux parler sérieusement avec toi, et toi… ? Ah, merde !

Elle se leva.

— Non, Patricia, ne t'en va pas. Attends, je vais t'expliquer.

— Je vais faire du café. Tu en as ?

Ils firent du café.

— Bon. Si ce n'est pas le marxisme, pour toi c'est quoi, l'idéologie révolutionnaire ?

— Ooohhhoohhhohohoohhh… !

— Merde, déconne pas, Ignacio !

— Ce n'est pas le problème. C'est juste que ce n'est pas si facile, tu vois. Il ne suffit pas de dire : « Putain, faisons la révolution. Lisons Trotski, récitons Mao, achetons les œuvres complètes du camarade Enver Hoxha, qui sont chaque jour plus nombreuses, et que personne n'a jamais lues et ne pourra jamais lire. » Tu as lu Marx, toi ?

— Non, reconnut Patricia.

— Et comment prétends-tu être trotskiste si tu n'as pas lu Marx ?

— Je ne sais pas… C'est très long.

— « La lutte est longue, commençons tout de suite », disait Camilo Torres.

— Camilo était castriste. Comme les Cubains, volontariste, aventuriste.

— Ah, Patricia, ne sois pas bête ! Révisionniste, socio-impérialiste, idéaliste, matérialiste, infantiliste, militariste, empiro-criticiste. Ne sois pas bête, bête, bête, bête ! Être révolutionnaire, ça consiste à connaître un tas d'adjectifs qui finissent en « iste ».

— Justement. Alors dis-moi en quoi ça consiste.

Escobar réfléchit.

— Je ne sais pas. Mais je sais que ça ne consiste pas à coucher avec un type qui dit qu'il est trotskiste.

— Bon sang, Ignacio, ne sois pas jaloux. En plus, je ne couche pas avec Jefferson, je te l'ai déjà dit.

— Je ne sais pas. C'est peut-être simplement un problème de justice. Tu me dis que je suis jaloux de Jefferson, et c'est probablement vrai. Ton père te dit que Jefferson est un type plein de ressentiment, et c'est probablement vrai. Le ressentiment et la jalousie sont évidents, mais c'est parce qu'il y a quelque chose derrière : une injustice. Pas une injustice métaphysique, parce que ce serait nous plonger dans des profondeurs terribles. Non, une injustice matérielle. Regarde, Patricia, il saute aux yeux, et en plus c'est un fait statistiquement démontrable, que les petites oligarques comme toi sont plus jolies que les prolétaires. C'est impossible à dire, bien sûr : le peuple, etc., la dégénérescence de la classe des oppresseurs, la promesse d'un futur que représentent les classes opprimées. Très joli, bien sûr, mais ça n'a rien à voir avec la vie réelle : avec le concret. Les faits sont têtus, a dit Lénine, et on n'apprend que dans le concret. Et c'est un fait que les filles de l'oligarchie, comme toi, tendent à être plus jolies parce qu'elles travaillent moins et qu'elles se nourrissent mieux. S'il y avait une justice, c'est-à-dire si les filles du prolétariat pouvaient travailler moins et mieux se nourrir, elles seraient aussi jolies que toi. Et alors Jefferson pourrait parfaitement coucher avec elles, et moi coucher avec toi, sans tant de drame et tant d'efforts. La révolution, ça consiste à arriver à ça.

— Ah, c'est ça. Alors, comme je n'ai pas couché avec toi parce que je n'en avais pas envie, je suis une oligarque et une idiote. Et je suis morte, comme tu me le disais tout à l'heure pour que je couche avec toi. Ne sois pas bête toi-même, Ignacio, ne sois pas débile, ne sois pas con. Celui qui est mort, c'est toi, pauvre con.

Elle se leva et s'enveloppa dans son poncho, d'un seul coup hautaine. Elle ramassa ses vêtements éparpillés sur le sol. Escobar sentit qu'il la perdait irrémédiablement.

— Tu as raison, Patricia. Excuse-moi. Je crois que je suis en train de mourir.

— Oui, tu as beaucoup bu.

Ce n'était pas ça.

— Ce n'est pas ça. C'est autre chose. Tiens, écoute : il y a quelque temps, j'ai écrit un poème. Écoute :

Bien avant mon enfance
(depuis avant ma naissance)

Patricia l'interrompit, agacée :

— Ah non ! Encore des vers ?

Un long silence s'installa entre eux. Finalement, Patricia parla :

— Tu sais qu'il est très tard ?

Elle alla s'enfermer dans la salle de bains pour s'habiller. Escobar se maudit et se frappa le front avec les poings. Il était con, il était con, et en plus, il était probablement mort.

Patricia sortit de la salle de bains tout habillée, avec ses bottes, souriante. Elle l'embrassa sur la joue et lui mit dans la paume une petite boule de dentelle, légère comme une plume.

— Je te le donne. C'est mon cilice. Pour que tu voies comme j'apprends.

— Mais tu n'as rien à apprendre, Patricia.

— Ignacio. Faisons la paix.

Elle l'embrassa encore. Savoir qu'elle avait maintenant les seins nus sous son pull l'excita de nouveau. Il se retint. Il n'y avait rien à faire. Il était très tard. Patricia se dirigea vers la porte en mettant son poncho. Elle se retourna pour l'embrasser avant de partir. Et, de nouveau, comme elle l'avait fait chez doña Leonor (cela faisait-il des heures ? des jours ?), elle l'embrassa sur les lèvres.

— À quoi bon ? demanda-t-il.

— Ah, Ignacio, arrête. Quand est-ce que tu m'invites de nouveau à manger, mais pas des spaghettis ?

— Je ne vois pas pourquoi, insista Escobar, têtu.

— Ah, Ignacio. On a fait la paix. Ne sois pas bête.

— Je ne suis pas bête, dit Escobar d'un air sarcastique. Ce qu'il y a, c'est que je suis mort.

— Ah, Ignacio… Tu comprends…

— Non, je ne comprends pas. J'ai passé toute la soirée à essayer de comprendre et je ne comprends pas.

— Ah, Ignacio. Je t'expliquerai une autre fois.

— C'est aujourd'hui que je ne comprends pas. Peut-être qu'un autre jour on ne se reverra pas.

— Si, on se reverra. Je te le promets.

— Tu me promets ?

— Je te le jure.

— Et on fera l'amour ?

— Non. Bon, je sais pas. Qui sait.

— Tu me le promets ?

— Je te le promets.

— Tu me le jures ?

— Ah, Ignacio, ne sois pas lourd.

— Mais putain, comprends-moi. J'ai passé toute la soirée à essayer de comprendre et je ne comprends rien de rien.

— Je t'ai déjà demandé de me pardonner d'être aussi conne. Excuse-moi.

— Ah, c'était ça que tu voulais que je comprenne ? Bon. Je comprends. Ne t'inquiète pas.

— Imbécile.

— Bon, ne me promets rien.

— Je te le jure.

Ils s'embrassèrent de nouveau sur la bouche. Il descendit lui ouvrir la porte de l'immeuble. L'insomniaque Mme Niño se pencha au-dessus de la rampe.

— MANNEQUIN !

Patricia répondit en hurlant vers le haut de la cage d'escalier :

— VIEILLE PUTE !

Et, tandis que Mme Niño claquait sa porte, elle suggéra à Escobar :

— Pourquoi tu n'essaies pas de coucher avec elle ? Si ça se trouve, c'est ça, son problème.

— Je préférerais coucher avec toi, dit Escobar.

Mais presque avec tristesse, cette fois ; sans conviction, sans espoir.

Patricia lui donna un dernier baiser d'adieu sur les lèvres, auquel il ne voulut pas répondre, pour bien montrer qu'il était très triste. La longue voiture de Foción rugit, hurla, brûla un feu, disparut.

Au dernier moment, Escobar réussit à se souvenir qu'il devait sortir pour chercher un téléphone et appeler Ana María. Peut-être bien qu'on avait déjà relâché Federico. De toute façon, il était très tard, maintenant.

Il décida de se soûler.

Pendant qu'il buvait, il mit une fois de plus la musique douceâtre et mélancolique de Beethoven : *Lettre à Élise*. Sa tante Clema jouait ça très joliment. Entre deux gorgées, il sentait ses doigts, en quête de l'odeur du sexe de Patricia. « Que ton amour est délicieux, plus que le vin ! Et l'arôme de tes parfums plus que tous les aromates… » Quelle merde, la poésie. Il ramassa sur le plancher la dentelle légère du soutien-gorge abandonné. Et, complètement ivre, enclin aux larmes, perdu dans un sentiment d'autocritique, il pleura en reniflant le soutien-gorge qui, pour parler franchement, ne sentait rien.

VIII

Il se réveilla très tard. Il calcula qu'il ferait bientôt nuit. Il se souvint qu'il devait appeler Ana María, savoir ce qui s'était finalement passé avec Federico. Il décrocha le téléphone, espérant vaguement qu'il marcherait. Il ne marchait pas. Ah, se doucher, s'habiller, sortir, chercher un téléphone public, en sachant d'avance qu'ils seraient tous cassés, que leur combiné à tous aurait été volé. Il mit un disque. *Lettre à Élise.* Son angoisse redoubla. Il avait plutôt besoin d'un verre. Non, pas de verre. La vive allégresse de Mozart. La *Sérénade Haffner,* qui, dès son premier et joyeux accord, annonce l'arrivée imminente de quelqu'un. Oui, que quelqu'un arrive. Ana María, joyeuse, qui dirait : « Ils ont relâché Federico ! »

Mais cela n'arriverait pas. Il devrait sortir, appeler, courir, agir, se fatiguer. Il tourna de nouveau en rond, tourmenté par la joie insolente de Mozart. Il décrocha deux fois le téléphone, et les deux fois il était en panne. Il jura à voix haute, ce qui ne lui servit à rien non plus. Il devait sortir : agir, courir, se fatiguer… Il se doucha, se coiffa, fit pipi, caca, se brossa deux fois les dents. Se raserait-il ? Cela lui sembla excessif. Il s'assit dans le salon pour fumer une cigarette. Quand il entendit sonner, il ne put réprimer un gémissement de colère.

Un chien énorme se jeta sur lui en haletant et en lui léchant la figure à grands coups de langue. Ángela tirait en vain sur sa laisse, en riant.

— Tiens ton clebs, merde ! Qu'est-ce que tu fais là ? Où est ta sœur ? Et Federico, où en est-on ?

— On l'a relâché.

Formidable, il ne serait pas obligé de sortir. Le chien, qu'Ángela avait détaché, courait en soufflant comme un bœuf à travers le salon, s'arrêtait, pattes tremblantes, pour aboyer de toutes ses forces, montait sur les meubles.

— Du calme, Lucas ! ordonnait Ángela sans trop insister, en riant toujours.

Le chien s'en moquait éperdument. Si ça se trouvait, il ne s'appelait pas Lucas.

— Du calme, Kaiser ! ordonna Escobar. Assis, Kaiser ! Kaltenbrunner !

Il avait l'air féroce, une tête à s'appeler Kaltenbrunner.

— Il s'appelle Lucas, insista Ángela. Ça suffit, Lucas.

Elle était magnifique. Il avait oublié son regard moqueur, faussement endormi dans ses grands yeux écartés. Ses cheveux étaient ébouriffés, lumineux. Il ne se souvenait pas qu'elle était aussi grande.

— Tu es incroyablement belle, Angelita.

— Ne m'appelle pas Angelita.

— Arcangela.

Elle rit. Escobar se sentit fou de joie. Il n'avait jamais parlé avec elle. Il ne savait que lui dire. Il se sentait laid et stupide. Il n'était pas possible qu'une femme de chair et d'os soit aussi belle. D'une de ses longues mains elle jouait avec les anneaux de la laisse du chien, l'autre étant posée sur sa hanche, sur la soie souple de sa robe. Escobar ne s'y connaissait pas bien en tissus, mais ce truc-là devait être de la soie. Au milieu de la masse de ses cheveux, sa tête sur son long cou était petite, une tête d'oiseau. Et son regard était un regard d'oiseau, insolent, entre ses hautes paupières.

— Bon. Je peux m'asseoir en attendant qu'ils arrivent ?

— Qui ça ?

— Ma sœur. Federico.

— Ah, oui, bien sûr. Comment va Federico ? Ils l'ont torturé ?

— Non.

Il fut déconcerté.

— Ana María m'avait dit qu'on le torturait.

— Ana María faisait une crise d'hystérie. Bon, elle *est* hystérique, dit Ángela.

Elle croisa les jambes. Elles étaient forcément en soie. Escobar ne pouvait s'empêcher de la regarder.

— On ne t'a jamais dit que tu es divine ?

— Depuis que je suis toute petite. Ah, Escobar, arrête tes bêtises.

Il fut accablé.

— En fait je ne trouve rien d'autre à dire que des bêtises, avoua-t-il.

Ángela se contenta de sourire : un grand sourire pervers aux commissures, dédaigneux.

— Tu as entendu parler de Lilith ? Tu as le sourire castrateur de Lilith.

Le sourire d'Ángela s'effaça.

— De qui ?

— Lilith. Avec « th » à la fin. C'était la première femme d'Adam. Elle ne parlait pas. Mais elle souriait. Elle était divine, comme toi. C'était la plus belle femme du monde.

— C'était la seule.

— Oui, mais surtout elle se sentait la seule. Si bien qu'elle regardait le pauvre Adam avec un petit sourire castrateur, comme le tien. Moqueuse, dédaigneuse. Elle se croyait la plus belle femme du monde, et le pauvre Adam n'était qu'un pauvre couillon. Chaque fois qu'il essayait de lui faire l'amour, il ne pouvait pas, évidemment. Moqueuse, dédaigneuse : comment ce pauvre couillon d'Adam aurait-il pu lui faire l'amour, à elle ?

Ángela sourit.

— Adam est un nom de couillon, hein ?

— Oui, admit Escobar. En revanche, Lilith est un joli nom. Lilith... Méchant, vénéneux. Mais bon. Le fait est que ce petit jeu finit par ennuyer Adam, et il demanda à Dieu de changer Lilith pour une autre. Pour Ève, qui était moins jolie que Lilith, et avait un nom qui faisait plus maîtresse de maison. Mais au moins elle ne castrait pas Adam.

Ángela resta sérieuse.

— Vous, les hommes, la castration, c'est quelque chose qui vous fait vraiment peur.

— Terriblement, oui.

— Tu trouves que j'ai un sourire comme ça ?

— C'est pour ça que je te le dis. Sinon, je ne te le dirais pas.

— Merci.

Elle n'avait pas l'air de plaisanter. Escobar fut perplexe.

— Je te sers quelque chose ? Whisky ? Vin ? Brandy ? Xérès ? Rhum ? Gin ? Vodka ?

— Un Cointreau.

Escobar rit.

— C'est sérieux. Je veux un Cointreau.

— Tu es pire que Lilith. Tu es comme Ève. Le Seigneur dit : « Vous pouvez manger de tous ces fruits, sauf ceux de l'arbre du bien et du mal. » Et Ève commença à faire chier ce pauvre Adam : « Ah, Adam, je veux un fruit de l'arbre du bien et du mal, je veux un fruit de l'arbre du bien et du mal... » Et sinon, elle ne faisait pas l'amour avec Adam.

— Je ne suis pas venue faire l'amour. Tout ce que je veux, c'est boire un Cointreau.

— Je sais. Mais je te parle d'Adam, qui était un pauvre couillon. Pas de moi.

— Tous les hommes sont de pauvres couillons, Escobar.

Escobar ne sut que répondre. C'était la plus jolie fille du monde, mais parler avec elle c'était comme marcher dans un marécage. Il perdait pied à chaque pas.

— Il n'y a pas de Cointreau. Mais, si tu veux, je peux sortir en acheter.

— Bon. Allons-y.

Il la regarda, étonné. Effectivement, elle se levait, mettait la laisse au chien, se préparait à sortir. Elle chaussa une énorme paire de lunettes de soleil qui la fit paraître plus inaccessible encore. Escobar n'avait pas bougé.

— Alors ? On y va ?

Elle souriait de nouveau, moqueuse...

— On y va. J'étais en train de te regarder. Tu as l'air d'un mannequin. C'est bête, je sais.

— Mais je suis mannequin. De tout ce que tu as dit jusqu'ici, c'est la seule chose qui ne soit pas une bêtise.

— Mais tu n'as pas besoin d'être habillée comme un mannequin, se défendit Escobar. Moi, je ne me balade pas déguisé en poète.

— Parce que tu n'es pas poète.

Ils sortirent. Ils durent marcher longtemps pour trouver une boutique de spiritueux ouverte. La nuit était tombée, mais Ángela avait toujours ses lunettes de soleil. Elle marchait comme une reine, tirée par l'énorme chien agité, presque noir dans l'obscurité croissante, et qui faisait peur aux passants. Escobar se sentait un peu ridicule à côté d'elle : dégingandé, sale, pas rasé, avec la conscience aiguë d'être chaque jour un peu plus chauve. C'est comme ça qu'avait dû se sentir ce pauvre couillon d'Adam au paradis, complètement écrasé par l'intolérable beauté de Lilith. Le chien s'arrêtait pour flairer les poteaux électriques. Furieuse, Ángela tirait sur sa laisse, en vain.

Deux gamins en haillons s'arrêtèrent pour la regarder.

— Waouh, qu'est-ce que j'aimerais être le chien ! dit l'un.

Ángela émergea de la boutique, une bouteille de Cointreau à la main. Escobar sortit derrière elle. C'était lui maintenant qui tenait le chien. Un passant s'approcha d'Ángela.

— Salut, ma belle ! Je vous porte votre paquet ?

— J'y arrive toute seule, merci.

Le passant resta cloué sur le trottoir, blessé à jamais, tandis qu'Ángela remontait la rue sans le regarder, sur ses longues jambes de mannequin de *Vogue*, comme dans un film.

Escobar marchait derrière elle en tirant le chien, honteux du scandale qu'ils causaient, honteux surtout de sa propre impuissance à maîtriser Lucas, qui courait et s'arrêtait quand il en avait envie, l'obligeant à accélérer ou à attendre comme un idiot. Tout le monde se retournait pour les regarder.

— C'est horrible, dit Ángela. Les gens n'arrêtent pas de me regarder.

— Pas étonnant... Ce n'est pas tous les jours qu'on voit passer la plus belle fille du monde.

— Il y a des filles beaucoup plus jolies. C'est juste que je sais m'habiller. Ici, les gens ne savent pas s'habiller.

— Ne t'habille pas comme tu t'habilles.

— Non, ce n'est pas ça. Je ne sais plus m'habiller. Avant, je savais. Plus maintenant. Je ne sais pas qui je suis.

Escobar fut impressionné. Elle était humaine.

— Enlève au moins tes lunettes noires. Il fait nuit.

— C'est pour qu'on ne me voie pas.

Escobar récita :

Mais si, madame, combien vous étiez belle
en sortant de la messe, ce matin.
Sous votre longue robe de dentelle
s'agitait, rose, votre sein ;
Comme une nuage, la fleur de votre ombrelle
semblait jaillir de votre main…
Vous étiez belle,
sous votre ombrelle,
dans votre longue robe de dentelle,
et devant vous, madame, je n'étais rien.

— Je ne t'ai pas dit que tu n'étais pas poète ? dit Ángela en riant.

— Ces vers ne sont pas de moi. Ils sont d'un poète ami de ma mère. Ils sont pour ma mère.

— Ta mère était très belle ?

— Il paraît. Une beauté de son époque.

— Et comment est-elle, maintenant ?

— Euh…

Escobar pensa à sa mère.

— Sa tension est très basse, à ce qu'elle dit.

Il pensa au long amour de Ricardito. Dans cinquante ans, lui-même serait comme Ricardito chez doña Leonor, en train de déclamer chez Ángela. Tout est pareil, toujours. « À Bogotá il ne se passe rien, mauvaise ville, mauvaise ville. » Ou bien il se passe toujours la même chose. Il espérait qu'au moins, quand il serait vieux et alcoolique, Ángela lui passerait du fric.

Ils montèrent chez lui. Il y avait un mot sous la porte.

Escobar !

Nous sommes passés ! Ils n'ont PAS *Torturé Federico ! (excuse le ridicule, mais ton oncle est* DIVIN *!!!!* JE L'ADORE *!!!) Passe à la maison, on va fêter* SA LIBERTÉ *!!!*

Bisous. Bisous. Bisous !!! Ana María

P.-S. Ma sœur Ángela voulait TE VOIR *!*

Et, au-dessous, d'une autre écriture :

Merci pour tout, camarade. Remercie ton oncle Foción de ma part. Il semble qu'il ait parlé au général Gómez Ronderos, qui fait la pluie et le beau temps, ici, et on m'a relâché. Merci.

Je t'embrasse.

F.

On t'attend à la maison.

— C'est un mot de Federico et Ana María, dit-il en tendant la feuille à Ángela. Ils veulent qu'on aille fêter la libération de Federico chez eux.

Ángela lut, rougit.

— C'est un mensonge ! dit-elle. Ma sœur est une imbécile !

— Qu'est-ce qui est un mensonge ? Tu ne veux pas aller à cette fête ?

— Non, que je voulais te voir.

Escobar se rendit compte qu'il venait de marquer un point. Il eut envie de sauter de joie.

— Pourquoi es-tu venue chez moi, si tu ne voulais pas me voir ?

— Je voulais venir avec eux, ils voulaient te remercier. J'ai pensé qu'ils étaient déjà ici. Mais bon. Lucas ! On s'en va.

— Non, non, arrête, Ángela. Tu viens de me faire faire des kilomètres pour acheter une bouteille de Cointreau hors de prix, tu ne peux pas t'en aller maintenant. Assieds-toi, on prend un verre et après on ira à la fête d'Ana María et de Federico.

— Tu parles d'une fête. Avec cet imbécile de Diego León Mantilla et son idiote de femme, et ce type très bizarre qui s'appelle Hermes et qui ne parle pas, ne boit pas, ne rit pas, ne mange pas, ne dort pas, et reste planté là comme un piquet toute la nuit. Non, ça va être sinistre. Ma sœur a des amis atroces. Et Federico encore pire.

— Je suis un ami de Federico, dit Escobar.

— Je ne dis pas ça pour toi. Ses autres amis. Un anthropologue, un sociologue, un type qui travaille au plan, un ethnologue. Je les connais tous. Ça fait un mois que j'habite chez eux. Les femmes sont insupportables et moches, et elles sont aussi toutes anthropologues et psychologues et paléontologues, sauf ma sœur, qui n'est rien mais qui veut faire croire qu'elle est la plus anthropologue et la plus hystérique. En plus, elles sont toutes enceintes, ou presque toutes.

— Bon, alors on n'y va pas. Buvons quelque chose ici.

Il apporta deux verres, servit du Cointreau.

Il mit sur le tourne-disque la *Sérénade Haffner*, toute gonflée d'allégresse et de bonnes nouvelles. Lucas, qui s'était couché et dormait sur le tapis, commença à gémir. Parfois, il laissait échapper un aboiement d'angoisse. Il se redressa, s'ébroua et parcourut le salon, courbé, en geignant et en se collant contre les murs.

— La *Sérénade Haffner*, dit Ángela.

— Comment tu le sais ?

— Tu crois que parce que je suis la plus belle femme du monde je suis idiote ? Arrête ! Tu as de la blanche ?

— Je n'ai pas de blanche.

Cette fois, il n'ajouta pas : « Mais, si tu veux, je sors en acheter. »

— Ç'aurait été extra, une ligne avec la *Sérénade Haffner* et le Cointreau. Moi, j'ai de l'herbe. Tu veux qu'on se fasse un joint ? Tu as des feuilles ?

— Oui, il doit y en avoir quelque part sur cette table. Attention, fais quelque chose ! Ton chien est en train de manger mes poèmes !

— Mozart le rend nerveux.

Lucas marchait entre les papiers étalés par terre, les remuait, les déchirait avec ses griffes et ses dents. Chacune de ses bouchées était un huitain de son poème épique. Il voulut lui arracher les feuillets de la gueule, mais Lucas grogna en lui montrant ses terribles crocs.

— N'aie pas peur, il ne ferait pas de mal à une mouche. Lucas ! Rends les papiers à Escobar, ce sont des poèmes !

Le molosse mâchait une feuille. Il avait les quatre pattes fermement plantées sur les restes de *La Bogotéide*. Ángela se leva enfin, vint au secours d'Escobar, donna à Lucas deux tapes sur son énorme museau.

— Ça ne se fait pas !

Elle ouvrit la gueule du Lucas et en retira une feuille déchirée, trempée de salive. Le chien alla se coucher dans un coin. Ángela défroissa le papier autant qu'elle le put. Elle lut :

— « *Sonnet pour qu'Ángela couche avec moi.* Ignacio Escobar. »

Escobar rougit. Il avait complètement oublié ce sonnet. Que pouvait-il avoir écrit sur ce papier ? Il essaya de le lui prendre.

— Non, il est à moi ! Ángela, c'est moi, non ?

— Oui, reconnut-il à contrecœur. Mais rends-le-moi.

— De toute façon, il n'y a rien d'écrit.

— J'ai beaucoup de mal à écrire, ces derniers temps.

— Ma sœur m'a dit que tu disais que tu voulais coucher avec moi.

— Ce n'est pas vrai.

Escobar haussa les épaules.

— Ta sœur est hystérique.

Ángela sourit, moqueuse. De nouveau le sourire de Lilith. Même s'il le voulait, il ne pourrait pas coucher avec elle.

— Je sais que ce n'est pas vrai. C'est ce que dit ma sœur : que ce n'est pas vrai, que tu dis que tu veux coucher avec moi, mais qu'en fait tu ne veux pas.

— Je vois que vous avez beaucoup parlé de moi.

— Ne sois pas bête…

— Ce sont des conneries de ta sœur, qui fait partie de ces filles qui ont une thèse sur tout le monde. Ana María soutient que je ne veux coucher avec aucune femme.

Escobar haussa de nouveau les épaules.

— Et c'est comme ça que tu essaies de coucher avec les femmes ? En leur écrivant des vers ?

— C'est la méthode classique. « De lui faire un sonnet me demande Violante… » Tu lui fais le sonnet, et Violante se donne.

— Avec un seul petit sonnet ? Moi, j'en demanderais un tous les matins au petit déjeuner.

— « Aussi passionnément qu'un homme aime une femme, il ne pourra la conquérir sans une grande profusion de paroles », dit le sage Ghotakamuhka…

— Qui ?

— Ghotakamuhka. Un sage. C'est une des autorités les plus citées par le *Kama-sutra.*

Ángela parut soudain très intéressée.

— Tu as lu le *Kama-sutra ?*

— C'est mon livre de chevet. Je ne fais absolument rien sans le consulter.

— Moi non plus, révéla Ángela. Mais avec le *I Ching,* aussi. Tu connais le *I Ching ?* C'est un livre incroyable.

— C'est autre chose. Celui qui est vraiment utile, c'est le *Kama-sutra.* Ce n'est pas quelque chose de vague et de poétique et de trompeur comme le *I Ching.* « L'éléphant se cache sous le soleil couchant. Le sage boit dans le bol de ses ancêtres, et il n'y a pas d'erreur. » Non. Le *Kama-sutra* te donne des recommandations précises, des conseils utiles, comme des recettes de cuisine.

Les yeux d'Ángela se fermèrent à demi, moqueurs de nouveau.

— Et quelle est la meilleure recette pour conquérir une femme ?

— Je te l'ai dit : une grande profusion de paroles.

— Sérieusement…

— Sérieusement. Il y en a d'autres, bien sûr, mais elles sont beaucoup plus difficiles. Lui montrer une sphère revêtue de différentes couleurs, par exemple. Il paraît que ça ne rate jamais. Ou découper pour elle une paire de petites figurines humaines dans une feuille d'arbre, et les lui montrer à intervalles réguliers. Ou lui offrir des machines à lancer de l'eau, si elle en exprime le désir.

Ángela était fascinée. Le *Kama-sutra* est infaillible. La marijuana avait une odeur âcre, forte, et l'air était plein de volutes immobiles de fumée dense, comme l'huile sur l'eau. La *Sérénade* de Mozart s'acheva subitement, dans un accord plein de jubilation. Il pensa que l'heure était venue d'essayer d'embrasser Ángela. Il chercha un point dans son cou doré, sous son oreille collée à son crâne, à l'ombre tiède d'une mèche de lumière.

— Tu me le prêtes ?

— Quoi donc ?

— Le *Kama-sutra.*

— Ce n'est pas pour toi. C'est pour séduire les femmes.

Ángela sourit d'un air mystérieux, ses commissures perverses remontant lentement.

Escobar alla chercher le livre dans sa bibliothèque. Il mit un autre disque.

— Tu as du jazz ?

— Oui. Mais écoute ça : ce sont les *Variations sur* « Garde-moi mes vaches », d'Antonio de Cabezón. C'est une musique érotique.

— On ne le dirait pas.

— Attends et tu verras. Il s'agit de distraire les vaches, justement. Après, il y a le reste.

Il revint avec le livre. Il lut :

— Voyons… Les quarante catégories de femmes faciles.

— Quarante ?

— Oui. Presque toutes. Le *Kama-sutra* est formel.

— Moi, je ne suis pas facile.

— Qui sait. Voyons… La femme d'un bijoutier, la veuve d'un acteur, celle dont le mari passe son temps à voyager… Non, il n'y a rien sur les mannequins.

— Idiot.

— Parmi les plus faciles figurent celle qui est bossue et celle qui sent mauvais. Tu sens mauvais, toi ? Laisse-moi voir…

Il se pencha sur elle. Son parfum discret l'enveloppa : *À la recherche du temps perdu**… Ángela le repoussa d'un coup de coude dans le plexus solaire. Non, ce n'était pas encore l'heure d'essayer de l'embrasser.

— C'était un exercice pratique. Si tu préfères, je peux suivre les instructions du livre au pied de la lettre. Voyons... À l'occasion de l'échange d'une noix de bétel, il pourra toucher et caresser ses parties secrètes, et donner ainsi à ses efforts une conclusion satisfaisante. Le problème, c'est que je n'ai pas de noix de bétel chez moi. Je ne sais pas trop ce qu'est le bétel. Je regrette.

— Ne regrette rien. Je ne suis pas venue pour qu'on me touche ni qu'on me caresse les parties secrètes.

Lilith, castratrice. Ils gardèrent le silence. Avec les *Variations* de Cabezón, le chien s'était profondément endormi dans son coin. Le salon était envahi par l'épaisse fumée de marijuana, et les notes déchirantes de *Garde-moi mes vaches* montaient l'une après l'autre dans la brume. Après être montées, elles se laissaient glisser le long de la gamme en un pincement d'ongle dur, un tambourinage de mule ferrée, et, sans s'arrêter pour respirer, elles attaquaient de nouveau la rude pente jusqu'en haut. Assis par terre, appuyé contre le bord du divan, Escobar commença à monter avec deux doigts légers le long de l'échelle visible des vertèbres d'Ángela, au rythme monotone des vaches. Ángela le regarda de biais, d'un air moqueur. Elle ouvrit la bouche pour lui lancer une boutade.

Escobar ne cilla pas. Il soutint son regard, en mettant plus de sévérité dans le sien. Au bout d'un instant, Ángela émit un rire silencieux et le laissa continuer à jouer avec son dos. Enhardi, il tendit le bras vers le haut, avec toute la désinvolture dont il était capable, attira Ángela en la prenant par le cou et l'embrassa sur la bouche. Un parfum de Cointreau, de marijuana et de *Temps retrouvé** l'enveloppa. Cela ne dura qu'un instant. Ángela se redressa d'un coup, tendue comme un arc.

Pour détourner son attention, Escobar se leva brusquement pour changer de disque. Dans le silence soudain, le chien se réveilla d'un bond et aboya férocement.

— Calme-le, Ángela. Dis-moi quelle musique ne le dérange pas.

— Non, on s'en va.

— Oh non, ma jolie… Je te promets de ne plus essayer de t'embrasser.

— Ce n'est pas ça.

Ángela se leva. Elle défripa son corsage, se peigna avec les doigts.

— Ne t'en va pas. Pour quoi faire ? Et où ?

— Il faut que je sorte Lucas pour qu'il fasse pipi.

— On n'a qu'à aller juste en bas, il fera contre un poteau électrique, et on remonte, proposa Escobar.

— Ce n'est pas si facile que ça… répondit Ángela. Lucas est un chien insupportable quand il doit faire pipi. Il faut lui faire des choses…

— Quelles choses ?

— Des choses.

— On peut les lui faire en bas. Je sais chanter. Ou ce qu'il faut lui faire. Je t'assure, il y a un poteau parfait, juste au coin.

— Ce n'est pas ça. Il faut lui faire des choses, et c'est pénible parce que les gens se mettent à regarder et à dire des choses.

— Quelles choses ?

— Des choses.

— Montons lui faire faire pipi sur la terrasse. Il n'y a jamais personne.

Ils montèrent sur la terrasse. Le vent frais de la nuit soufflait fort, et la soie de la robe d'Ángela se plaqua contre tout son corps. Lucas commença à renifler dans les coins, en poussant de brefs aboiements et en éternuant. Ángela le caressa, gratta sa puissante et grosse tête toute ridée, lui tapota les flancs. Elle s'accroupit à côté de lui et lui écarta les pattes arrière comme si elle s'apprêtait à le traire.

— Ne me regarde pas.

Obéissant, Escobar regarda l'horizon, le ciel semé d'étoiles, le clignotement ascendant de la petite lumière rouge d'un avion.

— Viens m'aider, l'appela Ángela. Je n'y vois rien.

Il s'approcha. Le vent collait des mèches de cheveux devant les yeux d'Ángela. Il se plaça derrière elle et, de ses deux mains, dégagea son visage en maintenant ses cheveux sur ses tempes et ses pommettes. Il sentit entre ses jambes ouvertes la chaleur de son corps accroupi à côté du chien. Au bout d'un moment, Lucas commença à faire entendre de petits gémissements d'extase entrecoupés, et on entendit le coup du jet qui frappait le ciment.

— Waouh, qu'est-ce que j'aimerais être le chien ! dit Escobar.

Ángela rit.

— Arrête. Ne me fais pas rire.

Une bourrade le fit tomber sur elle, sur le chien, contre le mur de la terrasse.

— CANAILLE ! LÂCHE ! COMMUNISTE !

Mme Niño se jeta de nouveau sur lui, le visage convulsé de fureur, la peau grasse et luisante de crème sous la lumière argentée du ciel. Il la saisit par les poignets.

— COMMUNISTE !

Il reçut un violent coup de pied dans le tibia, la lâcha et s'écarta à cloche-pied. Mme Niño se précipita sur Ángela, qui commençait à se redresser. Lucas, l'échine courbée, presque assis sur ses pattes de derrière, émettait une espèce de miaulement, tout en laissant échapper de brefs jets de pipi qui brillaient, très noirs, sur le ciment du sol.

— PROSTITUÉE ! MANNEQUIN !

Mme Niño prit son élan pour donner un coup de pied à Ángela. Escobar se rua pour la défendre, mais le mastiff arriva avant lui. D'un bond, telle une panthère, il renversa Mme Niño sur le dos, plaquant ses énormes pattes contre sa poitrine, ses crocs à un millimètre de son visage graisseux.

— Calme, Lucas ! cria Ángela. Calme !

Lucas s'immobilisa, et durant quelques longues secondes le grognement du chien et le halètement de Mme Niño se confondirent. Ángela se leva, secoua sa robe.

— Lucas ! Au pied.

Le chien abandonna sa proie de mauvais gré, en lâchant quelques dernières gouttes d'urine qui éclaboussèrent le peignoir en éponge de Mme Niño. Il alla se frotter les flancs contre les jambes d'Ángela, comme un chat. Ils se dirigèrent tous les trois vers la porte, sans perdre de vue la silhouette gisante de Mme Niño. Escobar passa le premier, tirant Lucas par son collier de cuir. Il put distinguer Mme Niño qui se redressait comme un ressort et courait vers eux.

— Prostituée ! Canaille ! Mannequin !

Ángela descendit l'escalier quatre à quatre, Escobar à côté d'elle, tirant sur le collier de Lucas, dont les griffes glissaient sur les marches. Il s'arrêta pour ouvrir sa porte, mais Ángela continua à descendre à toute allure. Il la suivit en traînant le chien, qui résistait et lançait de sonores aboiements, répercutés et amplifiés par l'écho de l'escalier. Ils ne s'arrêtèrent pas avant d'être dans la rue.

— Tu l'as vue, Escobar, tu l'as vue ? C'est une folle ! Elle voulait me tuer. Sans Lucas… !

Elle enlaça Escobar, tout essoufflée par la course et encore tremblante de peur. Escobar la réconforta en lui tapotant le dos, et il l'embrassa dans les cheveux. Il acquérait peu à peu de la pratique dans l'art de rassurer les femmes en état de choc. Ángela resta dans ses bras quelques instants, puis elle s'écarta. Elle mit de l'ordre dans ses vêtements, dont les boutons étaient défaits presque de haut en bas.

— Lucas a failli la tuer ! Tu as vu ! Tu as failli la tuer, hein, Luquín ? Je suis très décoiffée ?

— Tu es divine, Ángela.

— Je dois être horrible. Tu as une glace ?

— Montons.

— Ah, non, pas question ! C'est une folle ! Tu ne vois pas que c'est une folle ?

— Si, bien sûr que c'est une folle. Ça fait des mois qu'elle essaie de me tuer, je ne sais pas pourquoi. C'est une femme d'action.

— Tu lui as parlé de moi ?

— Non. Comment peux-tu croire ça ?

— Alors, comment savait-elle que je suis mannequin ?

— En fait pour elle c'est une insulte. Pute, mannequin, communiste. Montons.

— Tu sais que pour beaucoup de gens c'est une insulte ? « Ah, Ángela, oui, cette fille qui est mannequin ! » Comme s'ils disaient : « Cette fille qui a la lèpre. » Pourquoi ? C'est mal, d'être mannequin ?

— Bien sûr que non, Ángela.

— Je ne sais pas. Vraiment, ces temps-ci, je ne sais pas. Je ne sais pas ce qui m'arrive. Je ne sais pas qui je suis.

— Montons chez moi, et regarde-toi dans la glace. Il fait froid, ici.

— Je t'ai dit que je ne remonterais pas. Et ne me prends pas pour une idiote, la question n'est pas que je me regarde dans une glace.

— C'est toi qui m'as dit que tu voulais te regarder dans une glace.

— Pour savoir à quoi je ressemble, pas qui je suis.

— Bon, alors, quoi ? Allons au restaurant.

— D'accord. J'ai envie de manger des fruits de mer. Tu as une voiture ?

— Non. Ni Cointreau, ni blanche, ni voiture. Ni fruits de mer. Mais il y a des taxis. Quoique, je ne sais pas s'ils nous accepteront avec cet animal.

— Lucas est un amour. Et il est très doux.

— Tu n'as qu'à demander à Mme Niño.

Ángela rit.

— *Moi,* j'ai une voiture, Escobar. *Moi,* je vais t'emmener manger des fruits de mer. *Moi,* je vais te montrer comment on boit le Cointreau. *Moi,* je te donnerai de la blanche. Bon, de la marijuana. Ah, et l'herbe ! Mon sac est resté là-haut.

— *Moi,* je vais aller chercher ton sac. *Moi,* je ne suis pas lâche, comme toi. Tu veux que je te descende une glace ?

— La laisse de Lucas. Et ma veste. Et mets-en une, toi aussi : on ne nous laissera pas entrer au restaurant dans cette tenue.

Il redescendit avec la laisse, le sac, la veste et la glace. Ángela, au volant d'une jeep blanche, klaxonna. Il se jucha à côté d'elle. Entre eux deux, il y avait l'énorme tête grise de Lucas, assis à l'arrière, haletant et langue pendante.

— Tu veux te regarder dans la glace ?

Elle se regarda en haussant les sourcils. Elle arrangea une mèche de cheveux foncés qui lui caressait la joue. Elle fronça les sourcils, pencha la tête, tordit la bouche, se mordit délicatement les lèvres, se regarda de nouveau.

— Je suis horrible. Tu as peur, si je conduis ?

— Non. Pourquoi ?

— Beaucoup de gens ont peur des jolies filles qui conduisent.

— Toi, tu es horrible.

Elle démarra comme un bolide, en souriant. Toutes les capotes de la jeep voletaient, et le vent fort agitait les cheveux d'Ángela.

Lucas fronçait ses grosses babines sur ses dents jaunes, museau au vent. Au-delà de son museau, Escobar voyait le profil d'Ángela, les ailes délicates de son nez, sa bouche ferme, la ligne légèrement courte de son menton, son long cou dressé. Elle était divine.

Ils se garèrent en face du restaurant. Une nuée de gosses pieds nus et en haillons entourèrent la jeep.

— Je vous la surveille, mademoiselle, je vous la surveille !

Deux couples sortaient du restaurant. Lucía, sa cousine maigre, marchait en tête, tout heureuse avec son collier de perles, riant et bavardant avec une fille à longues jambes. Derrière, le mari au gilet - en gilet - et Ernestico Espinosa, plus sport, un foulard de soie autour du cou, qui lui tapotait dans le dos. La grande fille se retourna avec un large sourire et tendit la main en arrière.

— Viens, Ernesto, mon chou.

Escobar en fut glacé. C'était Henna. Elle avait l'air habillée de soie, comme Ángela, mais avec plus de fanfreluches. Et elle le trahissait avec Ernestico Espinosa. Il se cacha derrière la jeep.

— Escobar, qu'est-ce que tu fais ? demanda Ángela.

La cousine maigre se retourna. Il vit se figer le sourire d'Henna, qui resta la main tendue dans le vide, vers Ernestico. Elle l'avait reconnu. Sa cousine maigre aussi. Il prit rapidement Ángela par le coude et la fit entrer dans le restaurant, sans tourner la tête, les épaules rentrées pour se rendre invisible. Ernestico Espinosa eut le temps de crier :

— Hé, Ignacio, dis bonsoir, ne sois pas... !

Escobar écarta une espèce de portier galonné, il écarta le maître d'hôtel en cravate, souriant, rubicond, vaguement hollandais, qui surgit de la pénombre du fond pour les accueillir. Il poussa Ángela par le coude jusqu'au bout de la salle, au milieu d'un tintement de fourchettes, de verres et de conversations qui s'interrompaient quand Ángela passait. Il l'assit à une table. Le maître d'hôtel les suivit, déconcerté, leur sourit d'un sourire de vautour, leur dit que cette table était réservée. Ils changèrent de table. Escobar respira : Henna ne les avait pas suivis.

— Qui c'était, ces gens qui t'appelaient ? demanda Ángela.

— Une cousine à moi, avec son mari – un type insupportable.

— La jolie ? La grande ?

Le maître d'hôtel s'inclinait devant eux, avec son sourire de vautour sur ses joues rubicondes de capitaine de la marine hollandaise.

— Ces messieurs dames prendront-ils l'apéritif ? Un whisky, une petite vodka, un xérès ?

— Non. La grande, c'était Henna.

— Henna ? Celle que j'ai connue à l'école ? Tu te souviens de ce que je t'ai raconté ?

— Oui, oui. Mais ce n'était pas Henna. Ça ne pouvait pas être Henna. Enfin, je ne sais pas. Bon, en tout cas, celle-ci, c'était Henna.

— Elle est splendide.

— Épouvantable, oui. Les femmes ne connaissent rien aux femmes. Toi, tu te trouves horrible.

— Je suis horrible ? Je reviens. Pour moi, ce sera une langouste.

Elle se leva dans une rumeur de soie, s'éloigna entre les tables, suspendant de nouveau les conversations.

— Monsieur veut un apéritif ? Un xérès, une petite vodka, un whisky ?

Il commanda deux Cointreau. Il n'y en avait pas. Le maître lui donna la carte, énorme, avec les plats écrits en français. Il commanda des huîtres, de la langouste. Du vin.

— Monsieur veut un vin français ?

Ángela revenait, passant entre les dîneurs d'un pas alangui de fille chère. Oui, un vin français. Elle s'était maquillé les yeux, ses lèvres pulpeuses étaient colorées d'un rose pâle, humide. Elle était éblouissante.

— Je t'aime mieux quand tu es un peu négligée. Tu as l'air plus humaine.

— Ne dis pas n'importe quoi.

On leur apporta le vin dans un seau à glace, blanc, froid, couvert de rosée, le long col de la bouteille dressé vers le plafond, une goutte translucide à la bouche. Le maître d'hôtel remplit deux verres d'or pâle. Un garçon apporta les huîtres sur un lit d'algues et de glace pilée. Elles étaient insipides et élastiques, avec un goût d'iode et de citron. Sur le plat s'accumulaient peu à peu, telles de petites tours, les rugueuses coquilles grises parmi les algues longues et plates comme des rubans, désormais dépeignées, d'un vert mort et presque noir sur la glace pilée qui commençait à fondre. En face d'Escobar, les yeux moqueurs d'Ángela avaient la couleur des huîtres, gris bleuté avec des reflets brun clair.

— Tu as un regard d'huître, Ángela.

— De chat sauvage, on m'a dit.

— Personne n'a jamais vu de chats sauvages. Il n'y en a plus. Peut-être dans une réserve de chasse d'État, en Pologne.

— C'est quelqu'un qui a vécu en Pologne qui me l'a dit.

— Puis-je débarrasser ces messieurs dames ?

— D'autres huîtres, s'il vous plaît, demanda Ángela.

— Je ne réponds de rien, Ángela. Les huîtres sont aphrodisiaques. Si ça se trouve, après j'aurai envie de coucher avec toi, quoi qu'en dise ta sœur.

— Malgré mon rire castrateur ?

Elle sourit, les yeux luisants dans l'ombre de ses paupières.

— Tu as un sourire de chat.

— De chat sauvage ?

— Il n'y a plus de chats sauvages.

Ángela joua avec son verre vide.

— Je vais te raconter quelque chose que je n'ai jamais dit à personne, Escobar. Tu sais pourquoi je me suis séparée de Richi ?

— Non. On ne sait jamais pourquoi les gens se séparent. Mais je trouve ça très bien. Il ne te méritait pas.

— Arrête… Tu veux que je te raconte ? Personne ne le sait. Même pas ma sœur. Même pas Richi, le pauvre.

Elle se tut. Escobar lui servit du vin. Le garçon posa devant eux un nouveau plateau d'huîtres.

— J'avais l'impression qu'il se masturbait en moi, dit brusquement Ángela. Tu comprends ce que je veux dire ? On ne faisait pas l'amour, non ; je sentais qu'il se masturbait en moi, comme si j'étais… je ne sais pas, comme si j'étais…

Elle s'interrompit, vida son verre d'un trait. Après quelques instants, elle reprit :

— J'étais en train de devenir folle. Non, pas folle. Je devenais frigide. C'était horrible. Horrible.

— Je peux débarrasser ces messieurs dames ?

— Mais je ne suis pas frigide ! Tu comprends ?

Le serveur resta planté, son plateau en l'air, stupéfait. À une table voisine, une dame tourna la tête et, tout excitée, murmura quelque chose à ses compagnons, qui tournèrent la tête eux aussi.

— Regarde-les ! dit Ángela en riant. Comme s'il était incroyable qu'une femme ne soit pas frigide. Redonne-moi du vin, s'il te plaît.

Escobar vida dans son verre les dernières gouttes et commanda une autre bouteille.

— C'est pour ça que tu t'es séparée de Richi ?

— Non. Enfin bon, si, mais pas seulement. Je ne sais pas pourquoi je te raconte tout ça. Empêche-moi de continuer à boire, Escobar. Ah si. À cause de mon sourire. Tu trouves vraiment que j'ai un sourire castrateur ?

— Euh… Ça dépend. Quand tu le veux, tu peux avoir un sourire terriblement castrateur, oui.

— Que les hommes sont fragiles ! Ah oui, mais ce n'était pas pour ça que je te racontais tout ça. C'était à cause de la *Sérénade Haffner*. Tu sais pourquoi je t'ai dit que j'avais des yeux de chat sauvage ?

— Je ne comprends rien. Je ne te laisse plus boire de vin.

Ángela rit.

— Quel idiot ! Attends et tu verras. Je ne sais pas pourquoi je te raconte tout ça, mais bon. C'est à cause d'une amie que j'ai, que j'avais, une peintre allemande, qui s'appelle Inga. Beaucoup plus âgée que moi, la quarantaine, ou peut-être plus. Bon, elle n'est pas allemande, on l'a amenée quand elle avait douze ans, ou quelque chose comme ça. Bref, elle est allemande, mais elle vivait en Pologne. Ses parents sont arrivés ici au moment de la Seconde Guerre mondiale. Ah, la langouste ! Quel délice !

Ce fut le maître d'hôtel hollandais en personne qui la présenta, étendue sur le plateau en position de prière mahométane, ses longues antennes dressées :

— La grande dame de l'océan.

Et il se mit en devoir de la couper en deux moitiés avec un couteau. La carapace rouge et rose s'ouvrit comme un fruit, laissant apparaître des chairs souples et blanches de vieille courtisane.

— Un peu de mayonnaise ? De la sauce tartare ? Du citron ?

— Merci.

Le serveur s'éloigna. Il avait l'air très désireux de continuer à écouter les confidences d'Ángela.

— Bon, et quoi d'autre ? Une peintre polonaise qui s'appelle Helga.

— Inga. Germano-polonaise. Allemande, mais elle vivait en Pologne, parce que son père faisait partie de l'armée allemande en guerre, ou je ne sais quoi.

— Bon, mais qu'est-ce que ça a à voir ?

— Rien.

Ángela eut un sourire ambigu.

— Nous sommes devenues amantes.

Escobar resta un instant sans savoir quoi dire. Ángela se consacra à sa langouste, comme si elle tenait la conversation pour terminée. Celle d'Escobar était intacte dans son assiette.

— Amantes ?

— Ça te choque ? Enfin, c'est grâce à ça que je sais que je ne suis pas frigide, tu vois ? Mais je ne veux pas non plus être lesbienne.

Elle se tourna vers la dame de la table voisine.

— Non, je ne veux pas être lesbienne, madame, vous comprenez ?

La dame sursauta et laissa tomber ses couverts dans son assiette. Puis elle recommença à murmurer avec ses compagnons de table.

— Bon : une peintre allemande de quarante ans…

— Plus. Quarante-cinq, dans ces eaux-là. Mais elle ne les fait pas. Si tu la voyais !

— Et qu'est-ce que la *Sérénade Haffner* a à voir avec ça ?

— Non, ça, c'est après. Je t'explique. Inga est peintre, tu me suis ? Alors un jour elle appelle Richi - parce que quelqu'un lui avait parlé de Richi, j'imagine - pour voir s'il pouvait lui faire des photos de ses tableaux, pour les envoyer en Allemagne, ou je ne sais quoi. Richi est photographe, tu sais.

— Oui, je sais. Enfin, je ne sais pas si je le savais, mais c'est ce que je pensais. Il a une tête de photographe. Quand je l'ai vu avec toi, je me suis dit qu'il avait l'air d'un mec qui gagne sa vie en photographiant de jolies filles pour *Vogue*.

— Oui, sauf qu'à Bogotá on ne peut pas être seulement photographe de mode, il faut faire de tout. C'est ce que fait Richi : mode, publicité… De tout. Bon, alors il a fait quelques photos des tableaux d'Inga. Et puis je ne sais pas comment ça s'est fait mais un jour l'idée lui est venue de faire mon portrait, et voilà.

— Richi voulait faire ton portrait ?

— Mais non ! J'étais mariée avec Richi. Inga. On avait fait connaissance, un jour. C'est elle qui fait des portraits, elle m'a dit que j'avais…

— Que tu avais des yeux de chat sauvage.

— Non, ça, c'est après. Elle m'a dit que j'avais un cou incroyable, comme celui du *Printemps* de Botticelli - ce qui n'est pas faux, tu as remarqué ? -, et qu'elle voulait faire mon portrait. Inga fait des portraits, surtout de dames de la colonie juive, ici, à Bogotá. Elle les déteste, évidemment, parce qu'elle est à moitié nazie, mais ce sont ces femmes-là qui paient. Je lui ai dit que je ne pouvais pas payer, et elle m'a répondu que ça n'avait pas d'importance, si bien que j'ai dit oui. Et je suis allée à son atelier. Là-haut, dans la montagne, un atelier incroyable, avec des baies immenses : on voit tout

Bogotá, et de l'autre côté les branches des eucalyptus viennent frapper les vitres. Un atelier dément.

— Et vous êtes devenues amantes.

— C'est ça. Avec la *Sérénade Haffner*.

— Comment ça ? Allez, raconte-moi.

— Eh bien, je suis allée plusieurs fois à son atelier, pour le portrait, mais elle disait que ça ne venait pas, que j'avais des yeux je ne sais comment – c'est là qu'elle m'a dit ce truc des yeux de chat sauvage –, et que ceci, et que cela, et le fait est que je suis allée quelque chose comme deux semaines à son atelier, et toujours pas de portrait. Ah, et c'est à ce moment-là qu'elle m'a offert Lucas, qui était un tout petit chiot, en m'expliquant qu'en fait ce n'est pas un grand danois, mais un dogue allemand. Elle voulait que je l'appelle Tëufel, qui veut dire « diable » en allemand. Mais moi je préfère Lucas. Enfin bon, nous étions devenues amies, et nous parlions de tout. C'est une fille incroyable, hyperintelligente, hypercultivée. Je n'aime pas beaucoup sa peinture, parce qu'elle est très froide, je trouve, très dure, mais bon, je ne m'y connais pas beaucoup en peinture, il paraît qu'elle est très bonne, en tout cas. Bon, bref : on parlait, et parfois on passait tout l'après-midi à parler et à fumer de l'herbe ou à sniffer, parce que Inga avait de la coke incroyable. Et un jour… Ah, non, d'abord elle m'a dit qu'elle n'arrivait pas à faire le tableau, et elle m'a demandé pourquoi je ne poserais pas nue, plutôt. Parce que je posais toujours habillée, tu vois ? Au début, ça me disait pas trop, parce que je la voyais venir, évidemment. Je ne suis quand même pas bête à ce point. D'ailleurs, Inga, ça se voit sur sa figure, une figure d'Allemande, un peu chevaline, avec des yeux gris foncé et les cheveux courts, à moitié gris, et sa façon de s'habiller, avec des hauts de survêtement noirs et toujours en pantalon. Mais je me suis dit bon, et alors ? Je ne suis plus une gamine, non ? Ça n'allait vraiment pas fort avec Richi. Attention, hein : Richi est un type incroyable et je l'adore, mais en fait ça ne va pas entre nous depuis presque le début ; incroyable et adorable et super-photographe et génial pour faire la fête, mais, sexuellement, je veux dire, ça n'allait pas, et je pensais que j'étais en train de devenir frigide. Et je ne le suis pas. C'est pour ça que j'ai été tellement impressionnée par ce que tu m'as dit du sourire de Lilith.

— Je plaisantais. Tu as un sourire éblouissant.

— Oh, arrête. Ce vin est délicieux. Mais ne me laisse pas trop boire.

— Bon, et qu'est-ce qui s'est passé ? On en était à l'histoire avec Inga.

— Rien, bon, enfin il s'est passé qu'un jour je posais nue et tout, tu vois, comme une ou deux fois déjà, ou une fois plutôt. Non, c'était la deuxième fois. Inga avait toujours de l'herbe géniale et de la blanche, des montagnes de blanche. Bon. On sniffait de la coke et on fumait de l'herbe en buvant du Cointreau. C'est pour ça que j'ai repensé au Cointreau quand tu as mis la *Sérénade Haffner*. Ah, c'est ça. On écoutait de la musique. On écoutait toujours de la musique pendant qu'Inga peignait, de la musique classique, elle disait que c'était mieux pour elle et pour le modèle, toujours des trucs de Bach, Mozart, des trucs comme ça, Wagner. Tout ce que je connais comme musique, c'est avec Inga que je l'ai appris. Comme musique classique, je veux dire : musique savante, comme elle l'appelle. On était en train d'écouter Mozart, la *Sérénade Haffner*, et on était complètement défoncées et à moitié soûles aussi, et tout à coup elle m'a demandé si j'avais déjà dansé sur de la musique de Mozart. J'ai dit que non. Alors elle s'est mise à danser sur Mozart, pieds nus, à travers tout l'atelier. Incroyable. Après, elle m'a dit qu'elle avait pris des cours de danse classique, quand elle était petite, en Pologne, il paraît que toutes les petites filles en font. Son père était un officier allemand, noble. Inga von Ruhenhammer, elle s'appelle, mais bon, elle signe ses tableaux Inga Sigfried, à cause de Sigfried, tu sais, celui de Wagner. Elle était mariée avec un Allemand aussi, mais ils sont séparés ; un Allemand d'ici aussi, colombien. Je ne le connais pas. Je crois qu'il vit à Baranquilla.

— Angelita, tu es comme une dame que je connais et qui s'appelle Lulucita Pineda, qui se perd toujours quand elle raconte une histoire. Viens-en au fait. Inga était en train de danser sur Mozart. Et qu'est-ce qui s'est passé ?

— Non, c'est juste que je ne parle jamais autant. Mais, en plus, ce qui est important, ce sont les détails. Qu'est-ce que tu veux que je te dise ? J'ai couché avec une nana, et voilà ! Si je t'ennuie, je me tais.

— Non, non, continue. Inga était en train de danser. Et après ?

— Bon, elle dansait dans tout l'atelier, incroyable, et moi j'étais là, assise comme une idiote. Et elle m'a dit de danser aussi, qu'on ne savait pas ce que c'était que danser tant qu'on n'avait pas dansé sur Mozart. Moi, j'hésitais un peu parce que j'étais toute nue, mais je me suis dit bon, et alors, merde... Ah non, c'est Inga qui m'a demandé si ça me posait un problème de danser toute nue, et je lui ai dit que non, c'était pas un problème mais que j'allais avoir froid. Alors elle m'a dit que pas du tout, danser toute nue, c'était comme ça qu'il fallait danser, parce que dans l'Allemagne nazie tout le monde dansait toujours tout nu, hommes et femmes. Et alors elle aussi a enlevé son haut et son pantalon et tout, pour que je voie. Inga a un corps incroyable, tu verrais ça, on ne dirait jamais qu'elle a quarante-cinq ans. Faut dire qu'elle fait plein d'exercice aussi. Et elle est toujours toute bronzée, parce qu'elle prend le soleil toute nue. Elle a une propriété à Tabio, elle m'y a emmenée plusieurs fois. Tu verrais sa maison, avec des tableaux et des choses que ses parents ont rapportées d'Allemagne, bon, de Pologne. Mais bon, tu veux que j'aille directement au fait. Bon, alors on s'est mises à danser toutes les deux, bien sûr moi j'improvisais, plus ou moins, tu vois. Mais au bout de deux minutes je ne me rendais plus compte de rien, c'était comme si la musique me portait, c'était incroyable, je ne sais pas si c'était la coke, l'herbe ou Mozart, mais ça me faisait un effet dingue de danser toute nue. Jamais je ne m'étais sentie aussi libre, tu comprends ? Oui, c'est ça, libre. Bon, et à la fin on était mortes. Enfin, moi, j'étais morte, parce que Inga est une athlète, si tu la voyais.

— J'imagine.

— Ah, Escobar… Ce n'est vraiment pas une lesbienne camionneuse, ah non, pas du tout. Tu verrais le corps qu'elle a ! Qu'est-ce que j'aimerais avoir le même, à quarante-cinq ans.

— Bon, donc tu étais fatiguée. Et alors ?

— Ah, tu commences à avoir envie de connaître tous les détails, hein ?

— Non… mais ça m'intéresse. Continue.

— Laisse-moi manger ma langouste.

— S'il te plaît, Angelita. Tu ne peux pas t'arrêter maintenant.

— Ne m'appelle pas Angelita.

— Arcangela.

— Ça, tu me l'as déjà dit.

— Eh bien je me répète. Allez, continue.

— Laisse-moi manger ma langouste. Je suis venue ici pour manger de la langouste, pas pour te raconter ma vie.

Ils se turent. Ils mangèrent. Au bout d'un moment, Ángela continua :

— Bon, alors comme j'étais fatiguée, je me suis allongée sur une espèce de lit immense qu'Inga a dans son atelier, tout plein de coussins et d'oreillers et de petits tapis persans et de soieries. Et je me sentais, si tu m'avais vue, reposée et heureuse. C'est-à-dire fatiguée, mais heureuse, et libre, libre, libre, libre, comme jamais je ne m'étais sentie libre, tu comprends ? Et alors Inga est venue à côté de moi et a commencé à me caresser. Et moi, ça m'a semblé si naturel, et tout était tellement incroyable… et j'ai commencé à la caresser moi aussi. Et c'est comme ça que ça a commencé, tu vois ? Avec la *Sérénade Haffner.*

— Et le résultat, c'est que tu n'étais pas frigide.

— Bon, je savais que je n'étais pas frigide, mais je croyais que je le devenais parce que vraiment c'était pas ça, avec Richi. Je sais pas, je crois que mon mariage a été une erreur. Je pense que je n'ai jamais été amoureuse de lui. Amoureuse-amoureuse, tu vois ce que je veux dire ? Enfin je sais pas. Peut-être que je suis incapable de tomber amoureuse, en fait. Inga me disait que j'étais froide. Pas frigide, mais froide, tu comprends ? Tu as déjà été amoureux pour de bon, toi ?

— En ce moment, je suis amoureux de toi.

— Ah, idiot... C'est sérieux. Personne ne peut tomber amoureux de moi, parce que je peux tomber amoureuse de personne.

— Et Richi ?

— Richi, ah oui, le pauvre. Richi ne sait rien de tout ça, je ne lui ai jamais raconté. L'histoire avec Inga, je veux dire. Je ne l'avais jamais racontée à personne, je ne sais pas pourquoi je te la raconte à toi.

— Je peux vous débarrasser, messieurs dames ? Désirez-vous autre chose ? Un dessert, une glace, un flan ?

— Vous avez des glaces à la vanille ?

— Bien sûr, une glace à la vanille.

— Flambée ?

— Une glace flambée ? Non, mademoiselle, nous n'avons pas de glace flambée. Nous pouvons vous faire une crêpe suzette, elles sont flambées.

— Non, alors donnez-moi une glace à la vanille. Parce que je suis froide, vous savez ? Pas frigide : froide.

— Bien sûr, mademoiselle.

Le serveur était déconcerté.

— Et vous, monsieur, désirez-vous quelque chose ?

— Non, rien, merci, un café noir.

— Un petit noir, bien sûr.

Le serveur se retira. Escobar regarda Ángela, qui souriait d'un air énigmatique.

— Je ne sais pas ce qui m'arrive. Je ne parle jamais aux serveurs. Qu'est-ce que j'étais en train de te dire ?

— Que tu ne peux tomber amoureuse de personne. Tu étais amoureuse d'Inga ?

Ángela éclata de rire.

— D'Inga ? Qu'est-ce que tu peux être bête, Escobar ! T'as vraiment rien compris.

Elle alluma une cigarette. Elle la fit tourner entre ses doigts, pensive.

— Elle était pire que Richi. Elle voulait que j'arrête d'être mannequin, que je quitte Richi, que nous allions ensemble en Europe. Inga dit que, si on ne connaît pas l'Europe, on ne connaît rien, et que la Colombie c'est de la merde, qu'ici les gens sont horribles. Sauf moi, évidemment. Elle me disait que je pourrais être comme une walkyrie, mais qu'il fallait que je fasse du sport : natation, plongeon et, surtout, aviron. Imagine un peu : moi, faire de l'aviron ! De toute façon, je ne veux pas être une walkyrie.

— Mais tu as quitté Richi.

— Oui, mais ça, c'est tout récent. Bien longtemps après. Je m'étais déjà fâchée avec Inga. Je n'allais quand même pas quitter Richi, qui m'adore, pour partir avec une lesbienne de quarante-cinq ans !

Le restaurant était vide, à présent. À une distance prudente, mais bien visibles, le maître d'hôtel hollandais et le serveur attendaient, debout, avec des sourires forcés, les jambes croisées, changeant de pied de temps à autre. Escobar demanda l'addition.

— L'addition ? Tout de suite, monsieur.

Il embrassa les mains froides d'Ángela. Ils sortirent, tandis que dans leur dos les lumières s'éteignaient. Le vent de la rue fit frissonner Ángela, et Escobar la prit dans ses bras, et dans ses bras la conduisit jusqu'à la jeep blanche, en la sentant céder et grelotter sous son étreinte. Deux gamins émergèrent de l'obscurité.

— C'est moi qui vous l'ai gardée, mademoiselle, c'est moi qui vous l'ai gardée !

Escobar leur donna de la monnaie. Dans la jeep, Lucas les accueillit avec de grandes démonstrations d'allégresse. Escobar embrassa Ángela, qui lui rendit son baiser puis le repoussa en souriant.

— Tu m'avais promis que tu n'essaierais pas de m'embrasser.

— Je suis jaloux d'Inga, répondit Escobar, la bouche sèche, en essayant de l'embrasser de nouveau.

Elle détourna le visage.

— Je ne sais pas pourquoi je t'ai raconté tout ça. Je ne parle jamais autant.

— Allons chez moi, proposa Escobar.

— Avec cette folle ? Plutôt mourir. Ah, bien sûr, c'est à cause de cette folle que je suis devenue ausi nerveuse. Conduis-moi chez ma sœur.

— Il est encore très tôt, allégua Escobar. Ça doit encore être plein d'anthropologues.

— Allons danser, décida Ángela.

— Et Lucas ?

— Il attendra. Il a l'habitude, n'est-ce pas, Lucas ? Quelquefois, chez Inga, il devait attendre des heures.

Escobar se rendit compte qu'il était irrémédiablement amoureux.

IX

LA DISCOTHÈQUE ÉTAIT UNE SOLIDE MASSE DE VACARME ET DE FUMÉE, de lumières de couleur tournoyantes, d'odeur de foule, de tabac, de sueur, d'alcool, de musique, traversée par de lentes et aromatiques bouffées de marijuana. Tandis qu'ils cherchaient de la place, Ángela reconnut les musiciens.

— Ce sont Los Auténticos, dit-elle. Ils sont super.

— QUOI ?

Escobar n'entendait rien. La vapeur et la fumée le faisaient pleurer, et le brouhaha lui donnait mal à la tête.

— LOS AUTÉNTICOS ! ILS SONT SUPER !

— QUI ÇA ?

— LOS AUTÉNTICOSSS !

— Ah.

Ça ne pouvait pas être Los Auténticos. Ou, du moins, ça ne pouvait pas être les authentiques Auténticos.

Ils parvinrent à trouver une demi-table, deux whiskies.

AH ! TU AS UNE FAÇON DE MARCHER !
QUI ME FAIT TOURNEBOULER !
ET QUAND TU DANSES LA MURGA !
T'ES DU TONNERRE MA NANA !

Ce n'étaient pas les mêmes Auténticos.

— Allons danser.

— QUOI ?

— ALLONS DANSER !

Il n'y avait plus un centimètre carré de libre sur la piste bondée, mais ils s'y glissèrent et dansèrent. Une masse de musique, une muraille liquide, impénétrable, assourdissante, une rivière de couleuvres fuyantes montait jusqu'aux jarrets et se tordait le ventre. Corps, visages, lumières, épaules, dos, un banc de poissons, un filet d'agonies. Une fille toute petite se fraya un passage dans la masse en balançant les épaules, habillée en tigresse, les cheveux au vent, suivie par un type qui lui aussi balançait les épaules comme un fou. Une grosse dansait comme une toupie, seule au milieu de la piste, heureuse.

TOUS LES GARÇONS PERDENT LA TÊTE !
QUAND ILS LA VOIENT MARCHER !

Les musiciens chantaient, heureux eux aussi, eux aussi en sueur. On voyait passer des bras, des cous, des têtes, des jambes, un homme à moustache qui ne savait pas danser et qui riait, de nouveau la tigresse, les yeux fermés. Une mulâtresse très grande, avec une coiffure afro et une bouche énorme. Un type soûl, debout au bord de la piste, un verre à la main, qui regardait. Escobar se rendit compte qu'il avait perdu Ángela, avalée par la mer. Il la chercha dans la brume, soudain transformé en un écueil contre lequel se brisait la houle. On le poussait, on lui marchait sur les pieds. Il se faufila jusqu'à leur table, but son whisky, dans lequel le glaçon avait complètement fondu.

AH, C'EST SUPER !
T'ES DU TONNERRE MA NANA !

Il avait perdu Ángela. On l'embrassa sur la joue.
— Salut, cousin !
Patricia. Ses yeux légèrement strabiques brillaient de bonheur. Tout le monde avait l'air content, ce soir.
— T'as fait vite, hein ? Qui c'est, cette fille si belle ?
— Comment ?
— QUI C'EST, CETTE FILLE ?

— Je ne…

Escobar chercha une issue.

— … C'est la sœur de…

— QUI ?

— LA SŒUR DE LA FEMME DE…

Sa voix se brisa.

— … de mon ami, celui qui avait été arrêté… Tu te souviens ?

— Bien sûr que je me souviens ! À cause de lui, aujourd'hui la maison a été pleine de généraux toute la journée. Je ne peux pas les supporter.

— QUI ÇA ?

— LES GÉNÉRAUX ! JE NE PEUX PAS LES SUPPORTER !

Il pensa qu'il fallait qu'il remercie son oncle Foción.

— Ton père est chez toi ?

— COMMENT ?

— TON PÈRE ?

— Tu crois que papa sort tous les soirs en boîte comme toi ?

— Et toi ?

— COMMENT ?

— ET TOI ?

— Je ne viens jamais, se défendit Patricia, indignée. C'est Vicky qui nous a amenés.

— QUOI ?

— VICKY ! LA SŒUR DE JEFFERSON ! TU VEUX QUE JE TE PRÉSENTE JEFFERSON ?

Elle désigna à travers la brume un mulâtre pâle, à petites lunettes rondes et à barbichette à la Trotski, qui dansait avec la mulâtresse à grande bouche. Ils dansaient comme des chats, en se donnant des coups de hanche. La mulâtresse frappait avec son cul souple les fesses minces de Jefferson Calarcá Marroquín. Ce devait être Vicky.

— VICKY ?

— QUOI ?

Ils s'enfoncèrent dans la foule, d'où surgit Ángela, comme si elle sortait des eaux. La musique s'arrêta un instant.

— Bon, je m'en vais.

Patricia l'embrassa.

— Voilà ta jolie petite nana. Salut, ça va ? Je suis Patricia. Je suis une cousine de ce monsieur.

— Salut. Moi c'est Ángela.

— Bon, ciao.

— C'est ta cousine du restaurant ?

— Non, une autre.

DANS LE QUARTIER IL Y A
TROIS JOURS DE CARNAVAL !

— Dansons, dit Ángela, et cette fois ne te perds pas.

— Moi ?

Mais il se souvint qu'il devait appeler Foción.

DANS LE QUARTIER IL Y A
TROIS JOURS DE CARNAVAL !

Le chanteur, un Noir jeune et costaud, devait se tenir loin du micro pour ne pas faire exploser les baffles.

— Attends-moi : je vais appeler mon oncle.

— QUOI ?

— MON ONCLE FOCIÓN ! FEDERICO ! ATTENDS-MOI !

Il traversa la discothèque comme s'il traversait un fleuve. Il trouva un téléphone à l'entrée des toilettes. Il vit Patricia qui dansait, le corps mou, dans les bras de Jefferson, et qui levait la tête pour l'embrasser. Il fut jaloux.

— Oncle Foción ? Ignacio, à l'appareil.

— Ah, mon petit, comment vas-tu ? Alors, on a relâché ton ami ? Le général Gómez m'a dit qu'il était fiché partout.

— Oui, mon oncle. Merci infiniment.

— Toi aussi tu es fiché, Ignacito. Qu'est-ce qui vous arrive, à vous, les jeunes ?

— Oh. Rien. Je ne sais pas.

Fiché, lui ? Pourquoi ? Le fracas de la musique étouffait dans le téléphone la voix emphysémateuse de Foción.

— Bon, mon oncle, merci !

— Ne crie pas, mon petit, je t'entends parfaitement. Où es-tu donc ? Ta tante Clema entend les cris d'ici. As-tu vu Patricia ?

— Non, non, non, nia rapidement Escobar.

— Elle m'a dit qu'hier soir tu l'avais emmenée dans une discothèque. Je ne sais pas, Ignacio. Peut-être que Clema et moi nous sommes bien vieux.

— Non, mon oncle…

Patricia et la mulâtresse passèrent près de lui. Elles allaient aux toilettes.

— C'est ton père, dit Escobar en tendant le combiné à Patricia.

Celle-ci se trémoussa silencieusement et s'enfuit. Au téléphone, Foción toussait, s'étouffait.

— Mon petit, au lieu de traîner comme ça, pourquoi ne viens-tu pas travailler à la banque ?

— S'il te plaît, mon oncle ! On en reparlera plus tard.

— Ne crie pas. Je t'entends divinement bien.

Enfin il raccrocha. Escobar se fraya de nouveau un passage jusqu'à sa table. Il était fiché partout.

— J'ai de la blanche, lui dit Ángela. Tu veux te faire une ligne ?

Oui, il avait besoin d'une ligne. Il était fiché partout. Ils traversèrent une fois de plus la foule démontée en direction des toilettes. Il y avait la queue devant la porte, et les gens ressortaient en se frottant le nez. Il devait y avoir une demi-tonne de coke dans cette discothèque.

— Vicky en avait, expliqua Ángela. Elle en a toujours.

— Vicky ?

— Une amie à moi qui est mannequin.

Quand ils se furent enfermés dans les toilettes, Escobar embrassa enfin Ángela, longuement, profondément. Sa bouche grande et humide cédait enfin sous la sienne, et c'était comme un goût lointain et presque imperceptible de vin et de langouste. Mais dehors on frappait avec impatience à la porte. Rapidement, ils se firent une ligne. Ils ressortirent enlacés. Ils dansèrent.

TON AMOUR EST UN JOURNAL DE LA VE-E-E-EILLE !
QUI N'INTÉRESSE PLUS PERSONNE, MA VIE-E-EILLE !

Escobar essayait de se rappeler avec précision le baiser. C'était ça, embrasser Ángela ? Et aussi facile que ça, en fin de compte ? Il la voyait danser en face de lui, avec un sourire perdu dans la musique qui n'était pas le sourire de Lilith. Il regardait le tourbillon de ses longues jambes, curieusement indépendantes. Il regarda ses propres pieds, qui lui semblèrent eux aussi des êtres étrangers, des animaux doués de vie propre. Il regarda d'autres pieds. Les longs pieds de Vicky, chaussés de sandales. Les pieds de la petite grosse habillée en tigresse, avec des chaussures dorées. Il commençait à connaître tout le monde. Vicky dansait avec un sourire heureux sur sa large bouche rouge, sans qu'un seul des cheveux de sa coiffure afro ne bouge dans le tourbillon de la danse. Plus loin, il vit Patricia : ses seins sautaient sous son sweat comme si elle ne portait pas de soutien-gorge.

— Tu me regardes ? demanda Ángela.

— Oui, je te regarde, mentit Escobar.

Il regardait les seins de Patricia, les hanches de Vicky, des épaules nues un peu plus loin, brillantes de sueur, un dos nu qui passait. Il se concentra sur ses propres pieds, étonné de voir qu'ils bougeaient. La musique cessa brusquement. Pendant un moment, il regarda encore le mouvement de ses pieds sur la piste, dans un bruit de pieds qui traînent. Ángela le prit par la main et le mena à leur table.

Ils s'assirent devant leurs verres tièdes, s'embrassèrent de nouveau sans parler, à en perdre le souffle. La main d'Escobar enferma un des seins d'Ángela et commença à le caresser, puis se fraya un chemin à travers l'ouverture de son corsage pour le caresser nu. Il le sentit lisse et tiède, légèrement couvert de sueur, battant contre sa paume.

— Je t'aime, Ángela.

— Ne m'aime pas. Moi, je n'aime personne.

Ils continuèrent à s'embrasser, presque à l'horizontale à présent, sur leurs chaises instables. Ils furent interrompus par Patricia, qui toussa plusieurs fois.

— Tu me prêtes mon cousin une minute ?

Elle l'emmena sur la piste, où quelques couples évoluaient, alanguis et lents, au rythme d'un boléro.

— Tu as parlé à papa ?

— Oui.

— Qu'est-ce que tu lui as dit sur moi ? Ah, Ignacio, tu sais que tu danses beaucoup mieux que tu n'en as l'air ? Ces boléros, c'est d'un ridicule, non ? Qu'est-ce que papa t'a dit ?

— Je lui ai dit que je venais de te voir embrasser Jefferson.

— Ah, arrête... D'ailleurs, qu'est-ce que ça a de mal ? C'est mon amant.

— Hier soir, tu m'as dit que ce n'était pas ton amant.

— Ah, ne parlons pas d'hier soir. Je t'ai dit que je t'expliquerais un autre jour.

— Aujourd'hui, c'est un autre jour.

— Oui, mais aujourd'hui je suis avec Jefferson, et toi, tu es avec une fille super-belle. Qu'est-ce que papa t'a dit ?

— Rien.

— Vieux réac et vieux crétin...

Elle se serra contre lui. Les boléros n'ont rien de ridicule, au contraire. Escobar installa mieux contre son torse les seins de Patricia, petits et jeunes. Il l'entendit émettre un petit rire étouffé.

— Lâche-moi. Ta fiancée va être jalouse.

— Ce n'est pas ma fiancée.

— Jefferson va être jaloux.

— Jefferson n'est pas ton amant.

Le boléro se mourait. Ils se séparèrent. Ils respirèrent profondément, à l'unisson. Ils rirent. Patricia l'embrassa.

— Bon, va donc retrouver cette nana que tu trouves plus jolie que moi.

— Je ne la trouve pas plus jolie, mentit Escobar.

— Ouais !

Il la vit s'éloigner, sortir au bras du mulâtre trotskiste.

— Ta cousine t'a laissé tomber ?

— Ne sois pas jalouse, Ángela. Tu es la plus belle femme du monde.

— Je ne suis pas jalouse. Je m'en fiche.

Ils s'embrassèrent un peu, mais l'ivresse était passée. Ils sortirent de la discothèque.

— Allons chez moi, proposa Escobar.

— Plutôt mourir que de retourner chez cette folle.

— Ángela, tu ne peux pas me laisser tomber comme ça, au milieu de la nuit.

Elle se laissa embrasser un instant. Du siège arrière, Lucas grogna et avança son énorme tête. Ángela lui donna un baiser à lui aussi, sur le museau.

— Montre-moi la nuit de Bogotá.

Escobar se sentit épuisé.

— La nuit de Bogotá, ma belle, c'est : voitures, klaxons, feux rouges, gosses en train de mendier, et de temps à autre un mort. Si tu veux, je te la montre de la fenêtre de ma chambre : on la voit tout entière.

— Non mais sans rire, je veux connaître la nuit de Bogotá. Je veux savoir ce qui se passe quand les filles sages comme moi sont chez elles, dans leur lit.

— Il ne se passe rien.

— Il se passe forcément quelque chose. Emmène-moi dans un bordel.

— Ángela, s'il te plaît... Tu veux te faire engager ?

— Peut-être bien...

Ángela sourit d'un air énigmatique.

— C'est ce que Richi croit que je suis en train de faire. Bon, emmène-moi autre part.

— Mais il n'y a que ça. Des restaurants, des boîtes. Je t'ai déjà emmenée dans un restaurant et dans une boîte. Tu veux que nous allions dans un autre restaurant et dans une autre boîte ?

— Non, quelque part qui ne soit ni un restaurant ni une boîte. Quelque chose de réel. Dans la vraie Bogotá.

— C'est ça, le réel.

— Impossible. Il doit y avoir autre chose. Même si c'est un enfer.

— Bon, il y a l'enfer, évidemment. Mais c'est extrêmement dangereux.

— Lucas nous défendra.

— Mais, ma chérie...

— Ah, Escobar, ce que tu es lâche, c'est pas vrai ! Dépose-moi chez moi.

Escobar se résigna.

— Prends vers le sud. On verra.

Que verraient-ils ? Ángela espérait une promenade dantesque dans l'enfer de Bogotá, et Escobar se rendait compte qu'il ne le connaissait pas lui non plus. Et il avait voulu faire un poème épique sur cette ville qu'il ne connaissait même pas. Il regardait par la fenêtre, essayant de repérer un endroit sordide et effrayant. Des discothèques, des restaurants. Un hôpital, peut-être ; mais ça ne lui faisait pas trop envie. L'université ? Était-ce ce qu'il connaissait de plus sordide et de plus effrayant dans cette ville sordide et effrayante sur laquelle il avait voulu écrire un poème sordide et effrayant ? Il voyait passer d'innocentes enseignes lumineuses : drogueries, boutiques de fleuristes, horlogeries, bars. Tout était fermé. Le Septième Cercle, en tubes de néon rose et orange qui imitaient le crépitement du feu, lui sembla être le salut. Ils se garèrent.

C'était un bar, et il ne semblait pas très prometteur. Des types seuls assis au comptoir, l'air de s'ennuyer ferme, des putes sur le retour. La voix de Julio Iglesias s'échappait tel un petit flot poisseux des haut-parleurs dissimulés. Ángela éveilla des regards lascifs chez de gros hommes qui buvaient et fumaient assis à de petites tables à lampes accompagnés par des filles qui elles aussi avaient l'air de s'ennuyer ferme dans la pénombre mauve.

— Écoute, Escobar : Julio Iglesias.

— Oui, nous sommes au septième cercle de l'enfer.

Ils s'assirent dans l'obscurité du fond et commandèrent des whiskies. Ils allaient finir complètement ivres, accoudés au comptoir, l'air de s'ennuyer ferme. Julio Iglesias fut coupé en plein milieu de sa chanson sirupeuse, et une voix enthousiaste surgit des haut-parleurs :

— Et maintenant, messieurs ! *An nao, yéntlemen !* Le Septième Cercle a le plaisir de vous présenter ! *Di Séven Circl is api tou prisent !* L'unique ! *Di onli !* Le meilleur ! *Di best !* L'authentique ! *Di autentic !* STRIP TISSS !!!... Avec les plus belles filles ! *Di moust biutiful guerls !* de la nuit de Bogotá ! *of di nait of Bogotá !* L'Athènes ! *Di Athenas !* Sud-américaine ! *of Sauz America !*

On entendit un roulement de tambour, puis les premières notes de *La Marseillaise*. Les rideaux argentés d'une scène minuscule, au fond de la piste de danse, s'ouvrirent en bringuebalant. Il y eut quelques applaudissements aux tables. Des lumières de couleur s'allumèrent, et une fille jeune, vêtue de voiles de mousseline et portant des bracelets de métal entra en scène en clignant les yeux sous les projecteurs.

— Cléopâtre, reine de Babylone ! *Cleopatra, cuine of Babilonia !* annonça le haut-parleur.

Et une musique orientale s'éleva aussitôt. Cléopâtre fit serpenter ses bras, ébaucha des pas de danse. Une esclave noire enchaînée commença à la dépouiller de ses voiles au rythme de la musique. Quand elle fut nue avec un petit cœur de lamé doré juste au milieu du sexe, la musique se tut. Les deux femmes saluèrent dans les bouffées douceâtres de sueur et de maquillage et reçurent des applaudissements diffus.

Puis ce fut le tour de Rosita, la Collégienne – *litl Ros, di scoulguerl* –, fausse blonde à nattes portant un cartable plein de livres, vêtue d'une jupe à carreaux et de socquettes. Elle se déshabilla en se déhanchant et ne garda qu'un petit cœur rose sur le sexe.

— Pauvres gamines… ! commenta Ángela.

— C'est la nuit de Bogotá, expliqua Escobar en essayant de l'embrasser.

Ce fut alors le tour de Pascale, la Petite Française – *Pascale, di litl French* –, qui avait des seins énormes. Puis, de nouveau, l'esclave du premier numéro, sauf que cette fois elle était Irina, la femme panthère, et qu'on l'avait amenée dans une cage où elle grognait et tournait à quatre pattes sur une musique de cirque. Le numéro suivant s'appelait « La Consultation », *di chek-ap* : Cléopâtre, habillée en docteur, auscultait les seins de la petite Française avec un stéthoscope et finissait en faisant semblant de la violer sur une table d'opération rudimentaire. Et dans celui d'après – « Les Amies », *De Gud Frends* –, la Noire et la fausse blonde se caressaient et s'embrassaient sur la même table, couverte maintenant d'oreillers et de coussins de satin. Puis les rideaux de la scène se refermèrent définitivement, et Julio Iglesias se remit à chanter.

Escobar les vit sortir une par une, rhabillées, de derrière le comptoir. La Noire dit au revoir au barman en lui faisant la bise, et ils rirent tous les deux pour une raison quelconque. Puis elle sortit au bras de Cléopâtre, qui portait un bébé endormi. La fausse blonde resta au comptoir et entreprit de réveiller un ivrogne. Pascale, la petite Française, s'assit à une table avec trois des gros hommes. Ils lui adressaient des plaisanteries obscènes et palpaient ses seins gigantesques qu'à présent une sorte de corset ne contenait plus qu'à moitié.

— Pauvres gamines… ! répéta Ángela.

Escobar réfléchissait à la manière d'inclure quelque chose de ce genre dans son poème épique *La Bogotéide.* Julio Iglesias fut de nouveau interrompu en plein milieu d'une chanson, et cette fois encore on entendit le roulement de tambour et le début de *La Marseillaise.*

— Et maintenant, messieurs ! *An nao, yéntlemen !* La superétoile internationale de la chanson érotique ! *De superstar of di erotic song !* La célèbre voix érotique d'Amérique ! *De feimouss voyce of America !* La belle ! *De biutiful !* La sensationnelle ! *De incredibel !* L'incomparable !… SAMANTHA !!!!

On entendit un bruit fracassant de cordes et de cuivres, et les rideaux argentés de la scène s'ouvrirent. Ángela donna un coup de coude à Escobar.

— Tu entends ? L'ouverture de *Tannhaüser*.

On vit paraître une fille vêtue d'un long manteau de cuir noir, avec des bottes de cheval et une casquette d'officier nazi. Elle esquissa quelques pas de danse. Escobar serra le coude d'Ángela et l'embrassa dans le cou.

— Ne te moque pas. Danser sur de la musique sérieuse est quelque chose d'incroyable. Cette fille ne le sait pas, mais sur Wagner on danse incroyablement bien, je t'assure.

L'incomparable Samantha s'arrêta rapidement, ôta son manteau de cuir et sa casquette d'officier SS pendant que le barman installait un micro sur la scène. Elle était nue sous son manteau, mais portait un harnais complexe, fait de lanières noires qui lui ceignaient le torse et les hanches, avec des anneaux de cuir autour de ses seins dressés et une lanière de cuir qui se perdait sur la ligne de ses fesses. Elle se planta devant le micro, le compas de ses jambes ouvert et une main sur la hanche. Elle tenait dans l'autre une cravache avec laquelle elle fouettait légèrement ses bottes.

— Bon, celle-là, au moins, elle est bien foutue, dit Ángela.

Mais Escobar regardait la tête de Samantha, sans sa casquette à présent. Il la reconnaissait. Les yeux noirs, le regard perdu, la peau brune et mate, la bouche fine et petite. Un jour, il y avait longtemps de ça, il lui avait écrit un sonnet :

Cecilia, mon amour t'esquive.
Tu le vois : il se feint inerte,
mais de ta bouche très experte
fais que la caresse l'avive.

Il reconnaissait ses petits seins dressés et pointus, aux mamelons sombres, le duvet dense de son ventre. Il y avait des mois de ça. Depuis cette nuit-là, il n'avait pas revu Fina. Que s'était-il passé avec Fina ? Les souvenirs affluèrent brusquement. Fina en train de pleurer, Edén Morán Marín dans les toilettes d'un bar, le fiasco avec Cecilia, qui maintenant s'appelait Samantha. Elle était toujours aussi belle. Elle chantait d'une voix rauque, tout près du micro pour la rendre sensuelle, en marquant le rythme grâce à de légers coups de cravache sur ses bottes et en se déhanchant avec une lascivité légèrement paresseuse dans son harnais de cuir, au son d'une musique lancinante qui n'était plus Wagner mais ressemblait plutôt à celle d'un violon tsigane.

Mon amant
c'est le diable.

Et elle soupirait et faisait des bruits sensuels dans le micro.

Maye Lover
is de devil.

Puis elle soupirait de nouveau et se caressait le corps de ses mains ouvertes.

Mon aman
*sé le diab**.

La voix polyglotte de l'Amérique. D'un doigt distrait, Escobar caressait le cou d'Ángela, absorbé. Ángela lui mit une main devant les yeux. Il revint à lui.

— Pardon, dit-il. Mais je connais cette fille.

— Tu ne peux pas avoir autant de cousines, Escobar.

— Celle-ci, ce n'est pas une cousine. Quand je l'ai connue, c'était une pute. Bon, pas une pute... elle était étudiante. Une nuit ultra-compliquée. Il y a des mois de ça.

Ángela regardait Cecilia, les yeux mi-clos, impénétrables, jaunes : des yeux de chat sauvage.

— Qu'est-ce que tu as fait, pendant tous ces mois ? Depuis le soir où nous nous sommes connus chez ta sœur ?

— Je ne sais pas. Ouf ! Ça fait longtemps, non ? Je me suis fâchée avec Inga, je me suis séparée de Richi... Depuis que je l'ai quitté, je n'arrête pas d'avoir de nouveaux petits amis. Je ne sais pas ce qui m'arrive.

Escobar éprouva de la jalousie. Il se souvint que Cecilia, il y avait un temps fou de ça, lui avait dit qu'elle avait connu mille hommes.

— Combien de petits amis ? Mille ?

— Mais non, voyons. Mille hommes... Tu imagines... Il n'y en a pas tant.

Elle sourit de son long sourire, pervers aux commissures. Elle l'embrassa sur la bouche, s'accrocha à lui en lui donnant de petits baisers dans le cou. Escobar l'embrassa aussi, et ils s'absorbèrent dans leur étreinte jusqu'au moment où la chanson rauque de Cecilia s'arrêta, et où des applaudissements retentirent.

— Divine ! criait Pascale, la petite Française, à la table des trois gros. Divine, Samantha ! *Charmante** !

Et elle applaudissait comme une folle. Deux des gros applaudissaient eux aussi. Le troisième avait enfoui son visage dans les énormes seins blancs de Pascale, qui n'avait pas l'air de s'en apercevoir. Escobar et Ángela applaudirent. Cecilia salua en s'inclinant, sans sourire, puis se retourna et salua de nouveau, montrant au public sa croupe écartée. Les applaudissements redoublèrent, accompagnés d'un rugissement du côté des gros messieurs. Cecilia salua de nouveau et se retira. Et la voix de Julio Iglesias s'éleva, une fois de plus.

Cecilia sortit ensuite de derrière le comptoir avec un petit manteau gris et des chaussures à talons aiguilles. Escobar se leva et la prit par le coude, juste au moment où elle atteignait la porte.

— Cecilia !

Cecilia, ou Samantha, se retourna sans le reconnaître. Entre mille hommes, impossible.

— On se connaît ? dit-elle.

Puis elle ajouta, d'une traite :

— Quoi de neuf, ça va comme tu veux ? Bon, je m'en vais, je suis en retard, ciao.

— Viens prendre un verre avec nous.

— Tu es avec ces types-là ? Pas question. On se voit une autre fois, OK ?

Mais elle finit par céder en haussant les épaules, indifférente, disponible. Il les présenta l'une à l'autre.

— Ángela, Ángela… Ça me dit quelque chose, hein. D'où est-ce que je te connais ? Tu travailles chez doña Blanca ?

Ángela s'étrangla. Escobar intervint :

— Tu ne m'avais pas dit que tu travaillais chez doña Blanca, Ángela.

— Arrête, Escobar, c'est pas drôle !

De la table des trois gros types leur parvint la voix aiguë de la petite Française :

— Samantha ! Divine Samantha ! Tu ne veux pas venir à notre table ?

— Salut, Pascale, quoi de neuf. Non, je suis là avec ce monsieur et une amie. À plus tard.

Elle se pencha vers Escobar et lui murmura à l'oreille :

— Avec ces trois types-là, jamais de la vie. Le grand baraqué est le colonel Buendía.

Escobar ne sut quoi dire.

— Ah… ! Et les autres ?

— Celui à côté est un sénateur qu'on surnomme le Puma. Une ordure. L'autre, avec ses lunettes noires, je sais pas, j'le connais pas. Mais s'il est avec ces deux-là c'est qu'il est aussi dans la coke.

Ils commandèrent d'autres whiskies. Cecilia fit un clin d'œil au serveur en lui disant de leur en apporter du bon, de contrebande. Julio Iglesias s'interrompit de nouveau, et les haut-parleurs annoncèrent le plus grand, le plus célèbre, le plus populaire des orchestres des Caraïbes : les seuls, les vrais, les célèbres, ce soir comme tous les soirs au Septième Cercle pour sa clientèle distinguée… LOS AUTÉNTICOS !!!

C'étaient d'autres Auténticos. À moustache et petite cravate, habillés en Cubains, avec des trompettes. Le chanteur commença à chanter avec la voix de Julio Iglesias.

— Ah, Julio, génial… ! s'extasia Cecilia. Tu m'invites à danser, O.K. ?

Escobar se leva pour danser avec Cecilia, qui sentait la transpiration sous son manteau gris. Mais c'était une odeur fraîche, de sueur récente. Il vit le colonel Buendía se lever, remettre sa ceinture en place et s'adresser à Ángela. Ángela fit non de la tête. Le colonel Buendía mit un mouchoir blanc sur sa large paume et insista. Cecilia dansait, toute ramollie dans les bras d'Escobar, les yeux fermés, en fredonnant la chanson de sa voix érotique de Samantha. Escobar vit Ángela se décider à danser avec le colonel. Le gros type aux lunettes noires n'avait pas bougé de sa chaise. Le sénateur tripotait les seins de Pascale, qui s'efforçait en vain de se faire inviter à danser. Escobar heurta involontairement le dos large du colonel Buendía, qui lui adressa un bref signe de la tête.

Ils dansèrent toute la série de chansons. Cecilia dit alors qu'ils devraient plutôt s'asseoir, O.K. ? Ángela dut dire la même chose au colonel, qui la raccompagna avec cérémonie à sa table et serra la main d'Escobar.

— Colonel Buendía, un ami de plus.

Pascale, la petite Française, dansait maintenant, tout heureuse, sur la piste déserte, en agitant frénétiquement sa colossale poitrine. Le sénateur se balançait face à elle comme un énorme singe luisant de sueur. Cecilia se leva et dit qu'elle revenait, O.K. ? Elle alla parler au barman.

— Alors, cette nuit de Bogotá ? demanda Escobar. Je t'ai vue danser tout contre lui, tu avais l'air super-bien.

— Ah, Escobar, ne dis pas n'importe quoi ! Le type essayait de me coller, et moi de ne pas le laisser faire, en le repoussant, comme ça, avec mon coude. Mais il est fort comme un taureau et il me tenait serrée contre son bide. Et tu sais quoi ? Il a un pistolet énorme dans son pantalon ! J'étais terrifiée.

— Peut-être que ce n'était pas un pistolet.

— Oh, arrête ! Il m'a dit qu'il faisait partie du service de l'Intelligence de l'armée. Tu sais que je n'avais encore jamais rencontré de militaire ? Embrasse-moi, le type nous regarde.

Escobar l'embrassa.

— « À qui sont ces beaux yeux ? » il me disait. Il voulait m'embrasser ! Tu imagines ? Incroyable. Bon, remarque, toi aussi tu étais bien collé contre ta petite amie Cecilia.

— Ce n'est pas pareil. Elle, je la connaissais déjà. Toi, tu dansais avec un inconnu, un colonel du service de l'Intelligence de l'armée.

— Il m'a invitée chez lui, tu sais ? Il a une propriété immense à Montería, à ce qu'il m'a dit. Dès que je dis oui, on y va avec son avion.

Cecilia revint.

— J'ai de la blanche, dit-elle. Je l'ai achetée à Diamantino, le type du bar. Mais vous me la payez, O.K. ? Tu as une tête à ne pas payer, mon chou.

Les deux femmes disparurent dans les toilettes, et Escobar resta à attendre son tour. Il sentait les yeux du colonel Buendía cloués sur sa nuque. Il demanda l'addition.

— On s'en va, annonça-t-il quand Cecilia et Ángela revinrent.

— Eh ben dis, et ta ligne, mon chou ? Mais tu me la paies d'abord, hein, je ne suis pas idiote. Ah, dis, je peux sortir avec vous ? Plutôt mourir que de rester avec les autres types.

Ils sortirent tous les trois. Le colonel Buendía murmura quelque chose à l'oreille de son immobile compagnon à lunettes noires, qui se leva aussitôt et les arrêta au moment où ils arrivaient à la porte en posant une main lourde sur l'épaule d'Escobar.

— Mon colonel vous fait dire de ne pas bouger.

Escobar sentit un frisson dans le bas-ventre. Ángela se serra contre lui d'un côté, et Cecilia de l'autre. Le gros type à lunettes noires bloqua la sortie en portant la main à sa ceinture. Au bout d'un moment, le colonel arriva.

— Mes respects, mademoiselle Bettina, dit-il en s'adressant à Ángela. Et à vous aussi, monsieur. Me ferez-vous l'honneur de prendre un verre avec moi ?

Ils rentrèrent dans la salle. Le colonel les présenta à son ami, le sénateur Pumarejo. Pascale, la petite Française, embrassa Cecilia et Ángela avec émotion, et tendit la main à Escobar en lui disant, tout aimable :

— *Enchantée, monsieur**.

Escobar lui baisa la main. Les siennes étaient moites de sueur. Le colonel Buendía commanda du whisky, insista pour changer deux fois de bouteille. Ils portèrent des toasts.

— Auriez-vous l'amabilité de me répéter votre nom ?

— Ignacio Escobar, dit celui-ci, la gorge sèche, en portant son verre à ses lèvres.

Le colonel ferma un instant les yeux en se concentrant.

— Ah.

Il prit son mouchoir, le plaça sur sa large paume et invita Ángela à danser.

— Vous m'accordez cette danse ? Si M. Escobar n'y voit pas d'inconvénient, bien entendu.

Ángela, toute pâle, le suivit sur la piste. Le colonel lui murmurait des choses à l'oreille. Cecilia dit à voix basse à Escobar :

— Ton amie a tiré le gros lot, mon chou… Si elle est d'accord. Ce colonel Buendía, c'est une affaire.

Escobar les regarda danser, l'estomac noué. Ángela disait non au colonel, en souriant. Le sénateur Pumarejo lâcha la petite Française et enlaça Cecilia, qui frissonna dans son petit manteau gris souris et s'échappa en se serrant contre Escobar.

— Celui-là, je le hais ! lui murmura-t-elle. Il est pire que le colonel parce qu'il est plus… plus sale. Ne le laisse pas me toucher, mon chou.

Escobar la prit dans ses bras. Les danseurs revinrent à la table. Ángela avait les lèvres figées dans un sourire forcé. Le colonel lui approcha sa chaise, l'aida à s'asseoir.

— Merci, Aureliano, susurra Ángela.

— Je suis votre fervent admirateur, Betty, dit le colonel.

Et il servit une nouvelle tournée de whisky.

— Prenez un verre, Ceballos, dit-il à son garde du corps.

— Merci, mon colonel. Jamais pendant le service.

Le colonel éclata de rire et mit sa grosse patte sur la cuisse d'Ángela.

— Vous entendez ça, Betty ? Ceballos prend soin de moi comme une mère. Détendez-vous un peu, Ceballos ! La vie est faite pour être vécue !

— La subversion ne s'arrête jamais, mon colonel.

L'épouvante grandissait dans le ventre d'Escobar. Ángela se raidissait de plus en plus, tandis que la main du colonel, qu'elle ne regardait pas et qui était posée jusque-là sur sa cuisse, montait lentement sous la soie de sa robe. De l'autre côté, Cecilia termina son whisky et commença à boire dans le verre de Pascale, plein d'une liqueur verdâtre.

— Samantha ! Divine ! s'écria Pascale. Tu aimes ça, la bénédictine ? Ça vient de France ! *Mais ça va te donner mal au cœur, tu sais**. Mal au cœur.

Le sénateur Pumarejo se leva, porta sa main à sa poitrine et récita :

Excepté mon cœur, tout va bien !

Le colonel Buendía le fit rasseoir d'une bourrade amicale.

— Vous ne connaissez rien à la poésie, mon ami. Écoutez, écoutez-moi ça :

Et je la menai à la rivière,
croyant qu'elle était jeune fille,
mais elle avait un mari…

Il fit un clin d'œil obscène au sénateur.

— Vous connaissez ces vers, Betty ? Ça s'appelle *Romance de l'épouse infidèle*.

Et je la menai à la rivière,
croyant qu'elle était jeune fille,
mais elle avait un mari.
C'était la nuit de la Saint-Jacques
et presque par obligation…

Sa main était maintenant à la hauteur de l'aine d'Ángela, mais, voyant que le colonel récitait, les musiciens se turent, et Buendía se sentit obligé de se lever. Il récita entièrement le *Romance de l'épouse infidèle*, d'un ton enflammé, et termina par un mouvement de tête qui fit tomber sur son front une longue boucle noire, fixée jusque-là sur son crâne par de la gomina. Il y eut des applaudissements. Pascale, riant et applaudissant comme une folle, cria :

— Olé !

Cecilia, qui avait vidé le verre de bénédictine, commença à boire le whisky d'Escobar. Le colonel Buendía s'assit en respirant fortement. Le sénateur Pumarejo se leva :

Il y a des jours où nous sommes si lubriques
que c'est en vain que la femme nous offre son corps :
après lui avoir ceint la taille et caressé le sein,
la rondeur d'un fruit nous fait trembler encor…

Sitôt que le sénateur eut fini, le colonel Buendía se leva de nouveau.

Vera Marloff, femme blonde et brune,
pleine lune et chute du jour :
Vera Marloff, dans ta nostalgie résident
les sept noms tristes de l'amour…

Son tour venu, le sénateur répliqua :

Je veux écrire ce soir les plus tristes des vers.
Écrire par exemple : la nuit est étoilée
et les astres bleus au loin frissonnent...

Escobar vit que la vigilance soutenue du garde du corps du colonel avait cédé, et qu'il remuait les lèvres en silence :

Je ne l'aime plus, c'est sûr ! Mais peut-être que je l'aime !
L'amour est si bref, et si long est l'oubli !

Le sénateur Pumarejo se rassit en souriant et pelota les gros seins de Pascale, qui demandait quelque chose en français :

— *Du Prévert ! Vous ne connaissez rien, vous, de Jacques Prévert** ?

Le colonel se leva de nouveau :

Cette rose est témoin
de cet amour qui,
s'il n'était pas de l'amour,
aucun autre ne le serait...
Cette rose fut témoin
du jour où tu t'es donnée à moi...

Quand il eut fini, il se laissa retomber lourdement sur sa chaise. Cecilia avait bu son whisky.

— À boire, bordel ! cria-t-il pendant que le sénateur Pumarejo, debout, déclamait :

Elle passa avec sa mère. Quelle étrange beauté !
Elle me planta au cœur le bleu de son regard...

On apporta une nouvelle bouteille de whisky. Le colonel Buendía récitait maintenant les yeux fermés, solidement campé sur ses grosses jambes écartées :

Yeux clairs, sereins,
en vous le plus doux des regards...

Le sénateur Pumarejo répliqua :

Il est des yeux profonds et rêveurs
qui nous ouvrent de longues perspectives,
des yeux dont les lueurs pensives…

Et le colonel :

Parce que tes yeux, ma belle, sont verts
comme la mer, tu te plains…

Et le sénateur :

Qu'est-ce que la poésie, dis-tu, tandis que tu cloues
dans ma pupille ta pupille d'azur…

Et le colonel :

Margarita : la mer est belle, et le vent
porte de subtiles odeurs de fleur d'oranger…

Et le sénateur :

Palémon le Stylite, successeur du vieil Antoine,
qui esquiva si bellement les astuces du diable…

Et le colonel :

Toute serrée contre moi, muette et pâle,
à travers la steppe tu cheminais…

Les deux rivaux, agités et fébriles, parachevaient leurs récitations respectives en buvant une grande lampée de whisky et en frappant leur verre d'un coup sec sur la table. Cecilia s'endormit sur l'épaule d'Escobar. Les musiciens mirent leurs trompettes dans leurs housses et s'en allèrent. Pascale dansait seule sur la piste, au rythme d'une musique imaginaire. Quand le colonel s'embarqua dans l'interminable *Toast du bohémien* (« Je bois à la femme, mais pas à celle-ci… »), Escobar comprit qu'il avait au moins dix minutes devant lui. Il murmura à Ángela :

— Fais comme si tu allais aux toilettes. Je sors derrière toi. On se retrouve à la voiture.

Ángela se leva discrètement. Le garde du corps ne bougea même pas sur sa chaise. Au bout d'une minute, Escobar se leva avec précaution, mais ne put éviter de réveiller Cecilia, qui l'agrippa par le bras.

— Ne me laisse pas seule, mon chou ! Je ne veux pas rester avec ces types !

— Chuttt ! fit le garde du corps.

Escobar retint un moment sa respiration, à moitié redressé, assis en l'air, puis il fit lever Cecilia en la tirant par le bras. Il la traîna jusqu'à la porte en murmurant une excuse entre ses dents :

— Je crois que Samantha se trouve mal…

— CHUUUTTTT ! siffla le garde du corps.

Le colonel attaquait la partie cruciale du long poème :

Mais il manquait un toast : celui d'Arthur,
celui du bohémien pur,
noble cœur et grande tête…

Escobar marcha sans se retourner et sans respirer jusqu'à la porte, en traînant Cecilia. Ángela attendait dans la voiture, dont le moteur tournait, mais ils s'attardèrent encore pour obliger Lucas à céder une partie de son siège à Cecilia. Lucas grognait, Cecilia disait qu'elle ne monterait pas à côté de cet animal. Finalement, Escobar monta derrière, et Ángela démarra à toute allure, en lui reprochant de s'être obstiné à emmener Cecilia.

— Je ne pouvais pas la laisser toute seule. Elle était encore plus effrayée que nous.

— Vous ne les connaissez pas, expliqua Cecilia.

— Il m'a donné sa carte, dit Ángela.

Escobar lut la carte, qui portait les armes de la Colombie en relief doré :

Colonel Aureliano Buendía
Service de l'Intelligence de l'armée nationale
Chef des Enquêtes spéciales

Cecilia rit, d'un rire d'ivrogne.

— Ha, ha, ha ! Je me marre. C'est spécial, ouais, les choses qu'il te fait faire, ce sale pourri. Intelligence, mon cul ! La coke, oui ! Le colonel et le sénateur, c'est des vrais parrains, vous avez pas idée.

— À propos de coke, j'ai besoin d'une ligne, dit Escobar. Arrête-toi un moment, Angelita.

Ils s'arrêtèrent. Ils se firent une ligne chacun. Ángela proposa de rouler un joint pour qu'ils se calment.

— On a eu chaud ! T'as vu ça ?

— La poésie adoucit les fauves.

— C'est pas drôle. T'as vu comment il me pelotait la jambe ? J'ai dû lui promettre que j'irais avec lui dans sa propriété de Montería, dans son avion. Tu l'aurais laissé me violer sans bouger, hein ?

— Bien sûr que non. Je me serais d'abord fait tirer une balle ou deux. Pourquoi tu lui as fait croire que tu t'appelais Betty ?

— Bettina. Je ne sais pas, je me suis rappelé que c'était le nom d'un mannequin très célèbre quand j'étais petite, et comme je voulais être mannequin à la maison on m'appelait Bettina. Et puis surtout je n'allais pas lui dire que je m'appelais Ángela Rueda Gómez ! Et lui donner mon téléphone, et tout et tout !

— Moi, je lui ai dit que je m'appelais Ignacio Escobar.

— Toi, il ne voulait pas te violer.

— Qu'est-ce que t'en sais ? Demande à Cecilia.

Cecilia était livide, les yeux dans le vague. Quand Escobar lui toucha l'épaule, elle s'affaissa doucement sur Ángela. Sa tête tomba sur le volant, et le klaxon retentit dans la nuit. Lucas, nerveux, se mit à aboyer très fort.

— Fais quelque chose ! cria Ángela. Cette nana est en train de mourir dans la voiture !

Escobar descendit de la jeep par-derrière, releva le corps inanimé de Cecilia et la redressa sur son siège. Le klaxon se tut. Ángela calma le chien avec des caresses et de petits bruits affectueux.

— Et maintenant, qu'est-ce qu'on fait ?

— Je ne sais pas. On peut la laisser ici, assise sur le trottoir, contre un réverbère. Il va bientôt faire jour. Quand elle se réveillera, elle prendra un bus et rentrera chez elle.

— Mais on ne peut pas faire ça, Escobar ! Elle va se faire voler, violer, tuer ! Il est à peine quatre heures du matin !

— Pas plus ? Pas de chance. Qu'est-ce que tu veux qu'on fasse ?

— Il faut l'emmener à l'hôpital.

— Mais non, elle est en pleine descente, c'est tout. On peut l'emmener chez moi.

— Ah non, je ne retourne pas chez ta folle !

— Ángela, du calme. Ma folle est en train de dormir. Il est quatre heures du matin, après tout.

En vérité, il n'était pas très sûr qu'il arrivait à Mme Niño de dormir.

À eux deux, ils firent passer le corps de Cecilia sur le siège arrière. Lucas la flaira d'un air méfiant, puis se mit à lécher son front couvert de sueur. Escobar s'assit au volant.

— Tu sais conduire ?

— Mieux que toi. Quand il n'y a pas besoin de se garer ni de faire marche arrière, et qu'aucun irresponsable ne traverse, je suis Fittipaldi. Et à cette heure-ci il n'y a pas de bus.

Ils prirent vers le nord, par la Septième Avenue, déserte. Escobar conduisait les sourcils froncés. Derrière, sous la langue infatigable du chien, Cecilia murmurait des phrases obscènes et incohérentes. Ángela, la tête appuyée sur l'épaule d'Escobar, se redressa brusquement comme un ressort.

— Arrête-toi, arrête-toi, arrête-toi !

Escobar freina net. La jeep zigzagua en hurlant au milieu de la chaussée et s'arrêta contre le trottoir.

— Regarde ce que tu m'as fait faire ! Qu'est-ce qu'il y a, encore ?

— Un endroit, expliqua Ángela en repoussant l'énorme corps de Lucas. On vient de passer un endroit avec un nom merveilleux. Fais marche arrière.

— Je t'ai dit que je ne savais pas faire. Comme tu voudras.

Il recula en traçant de larges s. Par bonheur, la rue était déserte, à cette heure-là. Ils s'arrêtèrent devant une immense bâtisse sombre qui se dressait au fond d'un jardin, entre de grands arbres, derrière un portail à pointes. Un écriteau vert menthe annonçait discrètement : LES JARDINS D'ALLAH. La porte vitrée de la maison et une ou deux fenêtres étaient éclairées.

— Entrons, proposa Ángela.

— Non, pitié ! Il est quatre heures du matin, Ángela.

— Entrons. Le nom est génial : Les Jardins d'Allah. Ça doit être un endroit incroyable.

— Et qu'est-ce qu'on fait de Cecilia ?

Ángela jeta un coup d'œil vers le siège arrière.

— Elle est morte. On peut la laisser là. Lucas veillera sur elle.

— D'abord, avant cinq minutes on nous volera Lucas. À Bogotá, il y a un demi-million de chômeurs qui vivent des ressources naturelles, tu sais.

— Ne dis pas de bêtises, Lucas est énorme. D'ailleurs, regarde, on peut se garer à l'intérieur, avec toutes ces voitures.

Escobar manœuvra pour entrer. Un portier armé d'une carabine leur barra le passage.

— Monsieur et madame sont membres ?

Il regardait d'un air méfiant l'intérieur de la jeep, le molosse assis sur le siège arrière, le corps évanoui de Cecilia.

— Non… commença Escobar.

Mais Ángela l'interrompit :

— Nous sommes des amis du colonel Buendía.

— Ah, très bien, mademoiselle. Entrez.

Et il leur ouvrit tout grand le portail, puis alla en trottant ouvrir la portière de la jeep.

— Je vous aide pour l'autre demoiselle ?

Cecilia dormait comme une enfant, bouche entrouverte. Lucas avait cessé de la lécher. Escobar donna un pourboire au portier en lui demandant de faire attention à la demoiselle et au chien, et ils gravirent le large escalier qui menait à la maison. Sous un écriteau rose où on lisait RÉCEPTION somnolait un petit homme habillé d'un costume brun pâle et brillant avec des lunettes de soleil sous la lumière crue du néon. Escobar lui secoua l'épaule, et des veines bleu-vert et pourpres sillonnèrent tout son corps, reflets miroitants sous la lumière fluorescente du plafond. Il leva son visage ocre et gris, imberbe, avec des cheveux noirs et opaques coiffés en banane, gluants de gomina, et un sourire servile, puis arrogant, puis indécis sur ses dents vert foncé.

— Que puis-je pour votre service ? Monsieur est membre ?

— Non, dit Escobar. Nous sommes des amis du colonel Buendía.

— Ah, mais certainement. Mais je ne peux pas vous donner l'Arcadie heureuse, elle est occupée, cette nuit. Monsieur est avec le colonel ?

— Non, non. Il nous a recommandé cet endroit. Vous n'avez pas une chambre avec salle de bains ?

Le petit homme les observa d'un œil soupçonneux. Escobar prit la carte du colonel, la lui tendit. L'homme y jeta à peine un regard.

— Oui, bien sûr. Mais, comme mon colonel demande toujours l'Arcadie... Le Nirvana est occupé aussi, cette nuit. Je peux vous donner le Paradis, mais... Le colonel n'est pas avec vous ?

— Demande-lui quelque chose pour Cecilia, suggéra Ángela. Du sucre.

— Ah oui. Auriez-vous un peu de sucre ? Nous avons une amie malade, dehors, avec un chien.

L'homme en costume brun pâle jouait avec la carte du colonel, indécis. Ángela la lui prit des mains.

— Nous n'avons pas de sucre, non, monsieur. Du borax, un peu de coke, des crèmes ?

— Non, alors rien, dit Ángela. Conduisez-nous au Paradis.

— Mademoiselle est une amie du colonel Buendía ?

— Madame est ma femme, précisa Escobar avec dignité.

L'homme en brun pâle les observa, irrésolu, à travers ses lunettes de soleil.

— Le Paradis est occupé aussi, finit-il par dire. Tout comme l'Éden des houris, et l'Olympe, et les Champs-Élysées... Je crains que nous ne soyons complets, cette nuit. Si monsieur et madame étaient venus avec le colonel...

— Bon, alors donnez-nous l'Empirée, suggéra Escobar.

— L'Empirée ? Il n'y a pas d'Empirée, monsieur.

— Peu importe le nom. Une chambre avec salle de bains.

— Je ne sais pas...

L'homme hésitait encore.

— Je sais que vous êtes recommandés par le colonel, mais... Je peux vous donner une des chambres de derrière. Ce serait pour combien de temps ?

— Pour cette nuit, dit Ángela.

— Oui, bien sûr.

Il émergea de la réception une clé à la main, de mauvais gré, en boitant.

— La chambre n'est pas facile à trouver, expliqua-t-il. Sinon, je vous aurais dit de monter tout seuls.

Ils gravirent un vaste escalier recouvert d'un tapis. Il y avait de grands vases de marbre sur les colonnes de la rampe, et des copies de sculptures classiques et de fresques érotiques de Pompéi sur les paliers. Ils traversèrent plusieurs petits salons meublés de divans, et une galerie des glaces de dimensions réduites mais visiblement inspirée de celle de Versailles. Aux corniches du plafond pendaient des angelots de plâtre. Ils montèrent une autre volée de marches plus étroites, avancèrent jusqu'au bout d'un couloir festonné de stuc et pénétrèrent dans une chambre longue et étroite, peinte en bleu pastel, avec au fond un lit haut et doré. Escobar jeta un coup d'œil circulaire.

— C'est le Nirvana ?

— Non, monsieur, le Nirvana est occupé. Si monsieur revient un autre jour, avec le colonel, ou avec un membre...

— Bon, ça n'a pas d'importance, dit Escobar en lui tendant un pourboire.

— La salle de bains est à droite.

— Merci, dit Escobar.

Et il ferma la porte. Mais le petit homme la bloqua avec son pied.

— Si monsieur ne voit pas d'inconvénient à payer la chambre d'avance. Comme monsieur n'est pas membre.

Escobar pensa un instant la faire mettre sur le compte du colonel Buendía. Mais il paya. L'homme en brun pâle s'éloigna dans le couloir en boitant. Ángela sortit de la salle de bains.

— Il n'y a pas de serviettes.

Il rattrapa le petit homme dans l'escalier. Quand il revint, Ángela était assise au bord du lit, l'air affligé.

— L'eau est brun pâle, expliqua-t-elle.

— Ces choses-là sont toujours de cette couleur, la rassura Escobar.

— N'importe quoi. Qu'est-ce qu'on fait ?

— Laisse-la couler. C'est la tuyauterie. Elle est rouillée. Cette chambre n'est évidemment pas la meilleure. Ce n'est pas l'Arcadie heureuse de ton fiancé, le colonel Buendía. Qu'est-ce qui t'a pris de dire que nous étions des amis à lui ?

— Je ne sais pas. Ça m'est venu comme ça. Je me suis dit qu'un type comme lui devait être propriétaire d'un endroit comme celui-ci, tu ne crois pas ?

Escobar s'allongea sur le lit à côté d'Ángela. Il lui caressa le dos à travers sa robe.

— Ne vas pas si vite. On a le temps, non ? On a payé pour toute la nuit.

Escobar s'agenouilla par terre, à ses pieds. Il embrassa son genou, dur sous sa peau. Il voyait ses longues jambes nues et polies se perdre dans l'ombre de sa robe.

— Il y a dans l'univers, au-delà du système solaire, des endroits mystérieux que les astronomes appellent des trous noirs, expliqua-t-il tout en lui caressant les jambes. Ce sont des étoiles dont la masse est si dense que leur propre lumière ne peut échapper à leur force d'attraction ; elle retombe dans l'étoile, de son propre poids. Je comprends maintenant pourquoi tu n'éblouis pas, Ángela, alors que tu es si belle : à cause de ce trou noir entre tes jambes.

Ángela lui caressa une oreille.

— Quel compliment compliqué. Et tu veux être poète ?

— Tu préfères quelque chose de plus direct, du genre colonel ? À qui est ce petit trou noir ?

— Il n'est pas noir, dit Ángela.

Et elle déboutonna le bas de sa robe jusqu'en haut, en l'ouvrant sur ses hanches. Et effectivement, il était plutôt cuivré. Elle n'avait pas de culotte. Autour du trou noir se dessinait un triangle de peau claire sur son ventre doré.

— Que c'est joli, commenta Escobar.

— Je n'ai pas mis de culotte aujourd'hui parce que je devais tourner une pub pour un savon, se sentit obligée d'expliquer Ángela, et les culottes laissent des marques.

— Ah oui ? dit Escobar en lui embrassant le ventre.

Depuis son nombril jusqu'en bas, il suivit le petit chemin de fourmis signalé par un fin duvet transparent, peigna avec sa langue les boucles douces et cuivrées de son pubis, s'approcha des lèvres roses de son sexe comme un géomètre qui triangule un terrain. Il la caressa avec le bout de sa langue et la sentit frissonner. Son odeur était plus forte que sa saveur, comme celle des huîtres ou des figues. On entendit des coups contre la porte. Ángela s'assit d'un bond, en refermant sa robe. Escobar alla entrebâiller la porte.

— C'est le monsieur en brun pâle.

L'homme lui donna une serviette, petite et rêche, en toile épaisse, et un rouleau entamé de papier hygiénique. Escobar dut payer pour les deux objets.

— Je n'aime pas cet endroit, déclara Ángela.

— Ángela, s'il te plaît…

— Je n'aime pas que l'eau soit brune en sortant du robinet. Je n'aime pas ce monsieur vêtu de brun pâle irisé.

— S'il te plaît, ma chérie. C'est un gardien. À la porte de la nuit, il y a un gardien. Parfois, c'est un dragon. Parfois, un type vêtu de brun pâle irisé.

— Ne fais pas de littérature. Je ne savais pas que cette couleur existait.

— Parce que tu ne connais pas la réalité de ce pays. Ce sont des tissus spéciaux qu'on fabrique à Hong Kong pour les classes moyennes latino-américaines. C'est l'impérialisme.

— Arrête un peu de parler, Escobar. Pourquoi tu parles autant ?

Ángela s'allongea sur le lit. Elle croisa l'avant-bras sur ses yeux pour les protéger de l'ampoule solitaire du plafond. Le drap faisait de longs plis droits de son corps au bout du lit. Escobar s'assit à côté d'elle, la caressa.

— Je n'aime pas cet endroit. Il fait chaud. C'est humide. Ça sent le pipi de chat.

— Ángela, s'il te plaît.

— Ouvre la fenêtre, d'accord ?

Mais derrière les rideaux tirés il n'y avait pas de fenêtre, rien que le mur lisse, avec une peinture bleu clair pleine de taches d'humidité. Et sur le fond bleu, nettement tracés à la peinture brun pâle, l'encadrement de la fenêtre et ses barreaux croisés, comme s'ils s'ouvraient sur le ciel.

— Je commence à paniquer, dit Ángela, appuyée sur un coude.

Escobar se pencha pour l'embrasser, ouvrit son corsage, embrassa la peau douce entre ses seins, où commençaient à perler de petites gouttes de sueur. Lui aussi commençait à avoir l'impression de manquer d'air.

— En attendant la mort, faisons l'amour. Dans vingt ans, quand on démolira cette maison pour en construire une autre, on retrouvera nos squelettes enlacés.

— Ça me fait pas rire. Je suis claustrophobe. Allons chez toi.

Ils sortirent dans le couloir.

— À droite, dit Ángela.

— Non, à gauche. On est arrivés par là.

— Justement : à droite.

Au bout de quelques mètres ils débouchèrent sur une rotonde d'où partaient plusieurs couloirs. Ils n'étaient pas arrivés par là : il y avait une reproduction grandeur nature du *Baiser* de Rodin qu'ils n'avaient pas vue en venant.

— Ça ne fait rien : il y a un escalier, là-bas.

Ils descendirent deux volées jusqu'à une porte fermée. Ils remontèrent. Ils revinrent sur leurs pas, trouvèrent de nouveau

Le Baiser de Rodin. La femme avait maintenant sur la tête un chapeau à large bord. Ils descendirent un escalier recouvert d'un tapis et arrivèrent dans un vaste hall obscur où l'on entendait des courses rapides de rats. Aux murs étaient accrochés de grands tableaux de femmes dodues au bain, à la Rubens. Il y avait plusieurs portes, et toutes étaient fermées. Ils remontèrent et entrèrent dans une grande chambre vide dont les fenêtres étaient murées, avec quatre tables de billard éclairées et couvertes de poussière.

— Recommençons depuis le début, proposa Escobar, plein d'optimisme.

Mais il n'y avait pas de début. Les couloirs bifurquaient dans toutes les directions, les escaliers se répétaient, identiques. Ils en trouvèrent un à double volée.

— Regarde cette merveille ! s'écria Ángela. Descends par un côté et moi par l'autre, comme dans un bal d'autrefois.

— Mais, Ángela…

Ils descendirent. Au deuxième tournant, ils comprirent que les deux volées étaient divergentes et les séparaient de plus en plus. Alors, abattus, ils remontèrent les marches en courant et se jetèrent dans les bras l'un de l'autre, haletants.

— Peut-être qu'il n'y a pas de sortie, divagua Escobar. C'est pour ça qu'on nous a fait payer d'avance.

— Arrête de dire n'importe quoi !

Derrière une porte fermée, ils entendirent des voix étouffées, puis des « aïe » et des gémissements et hurlements d'amour. Au moins n'étaient-ils pas seuls. Ils crurent entendre au loin de la musique et allèrent dans sa direction en suivant de longs couloirs, la perdant souvent, s'arrêtant pour écouter, l'oreille collée au mur, et revenant parfois sur leurs pas, main dans la main.

— Je suis sûre que nous ne sommes jamais passés par ici. Cette maison ne peut pas être si grande.

— Qu'est-ce que tu veux que je te dise ? Si nous continuons, nous verrons bien un jour la lumière du soleil. Je crois que nous allons vers l'est.

La musique était à présent derrière eux et ils se trouvaient de nouveau devant les tables de billard. Ángela commença à pleurnicher.

— S'il te plaît, ne fais pas une crise d'hystérie ! Il doit y avoir une sortie. Allez, on y va doucement. Donne-moi la main.

Ils trouvèrent enfin une fenêtre ouverte, mais trop haute pour pouvoir descendre sans danger. Tout en bas, dans une cour fermée par un mur, il y avait du linge étendu sur des fils et de longues balustrades avec des poules endormies. Ils respirèrent l'air frais de la nuit, qui sentait le linge mouillé, et s'embrassèrent à la clarté de la lune.

— Je suis sûr que lorsque nous sommes arrivés la lune était déjà couchée, dit Escobar.

— Arrête. Ne me fais pas peur.

— Si ça se trouve, ça fait plusieurs jours qu'on est là.

De nouveau, ils entendirent de la musique, beaucoup plus près cette fois-ci.

— Mozart, reconnut Ángela. Le *Requiem*.

Ils traversèrent un couloir plongé dans les ténèbres et débouchèrent dans un petit cabinet fermé par de lourds rideaux de brocart. Derrière, une petite porte donnait sur la galerie des glaces de Versailles.

L'homme vêtu de brun miroitant avançait lentement, majestueusement sur le parquet brillant de la galerie en se déhanchant et en admirant son reflet répété dans les miroirs fanés. Des centaines d'hommes en brun pâle avançaient en se déhanchant et en s'admirant avec le regard aveugle de leurs lunettes de soleil. Fascinés, Escobar et Ángela regardèrent le spectacle, sans bruit, cachés dans l'ombre du cabinet. Escobar, debout derrière Ángela, sentait ses épaules monter et descendre, sa respiration haletante trahissant sa fatigue. Le petit homme exécuta un bref pas de danse devant les glaces, parcouru de la tête aux pieds par des veines irisées. Ángela étouffa une petite toux.

— Qui va là ?

Silence. Avec prudence, le petit homme fit lentement deux tours sur un pied.

Puis, soudain, il s'élança de toutes ses forces et exécuta de savantes courbes en diagonale qui le menaient d'un mur de glaces à l'autre au rythme solennel du *Requiem* de Mozart.

« *Qui tollis peccata muuundiii…* », chantonnait-il en ondulant du torse et des hanches et en s'accompagnant d'un « tchin tchin tchin » pendant les pauses de la musique. Il glissait infatigablement devant les miroirs, décrivait d'amples cercles, comme s'il patinait, freinant parfois, le bras gauche levé, le droit fortement appuyé sur son ventre, le pelvis jeté en avant dans un rapide mouvement de scie, comme s'il frottait son ventre contre celui d'une cavalière imaginaire. Sa claudication était invisible. « *Miserere nobis…* tchin tchin tchin… *a-gnus Dei qui tollis peccata muuundi…* tchin tchin tchin… *dooona nobis paaa-cem* », et l'homme tournait sur place avec la grâce légère d'une championne de patinage artistique, avançait jusqu'au bout de la galerie et revenait, de dos, avec une remarquable adresse, sans regarder derrière lui, indiscutable roi du requiem dansé.

— Comme mon père quand il dansait le paso doble, murmura Ángela. Il allait jusqu'au mur d'en face et revenait en arrière parce qu'il ne savait pas tourner.

Mais le petit homme miroitant savait tourner, lui ; il dessinait des spirales et des volutes, se transfigurait dans la danse. Parfois, il sautait en l'air en un puissant *grand écart**, se laissait retomber en tressant un *entrechat**, tournait et glissait, aérien, presque, lumineux, et les reflets kaléidoscopiques de son vêtement brun pâle de dacron ou de rayonne lui donnaient un éblouissant éclat d'oiseau de paradis.

— Il danse mieux qu'Inga, reconnut Ángela, émerveillée.

Mais il y avait quelque chose d'obscène dans la contemplation clandestine de cet homme en brun pâle emporté par sa danse, lançant un pied en avant, tchin tchin tchin, tandis que dans les glaces des dizaines d'hommes en brun pâle lançaient tous un pied en avant dans le scintillement de la lumière des lustres. Le disque, pourtant, touchait à sa fin, et le danseur s'immobilisa. Il y eut un silence. Alors qu'ils se disposaient à sortir de leur cachette pour féliciter le petit homme et lui demander le chemin de la sortie, un applaudissement solitaire, caché à leurs regards, jaillit du bout de la galerie. Une silhouette courtaude et noire traversa la pièce sur toute sa longueur en une sorte de trot, les bras ouverts.

— Magnifique, mon petit, magnifique ! Nijinski, mon petit !

Elle prit dans ses mains le visage de l'homme en brun pâle, brillant de sueur à cause de l'effort, et lui planta un long baiser sur les lèvres. La stupéfaction paralysa Escobar : c'était Mgr Boterito Jaramillo, avec sa soutane à boutons violets. Lui et le petit homme se dirigèrent, enlacés, vers la sortie du fond.

— Tu as vu ? Quelle horreur !

Ángela était scandalisée.

— C'est horrible, hein ? Comme toi avec Inga.

— Ça n'a rien à voir ! Tu as vu ce vieux déguisé en curé ?

— Mais c'est un curé. Mgr Boterito Jaramillo. Un ami de ma mère. Il a un cancer de la langue.

— C'est dégoûtant ! Tu as vu comment il a embrassé ce type sur la bouche ? C'est contagieux, le cancer ?

Ils traversèrent les petits salons qu'ils connaissaient déjà, descendirent l'escalier aux grands vases de marbre et à la fresque de Pompéi. Il n'y avait personne dans le trou de la réception : un petit standard téléphonique hérissé de câbles, avec de petites lumières rouges clignotantes. La porte vitrée s'ouvrit tout à coup, laissant passer un tourbillon de vent de l'aube, froid et humide, et entra alors Pascale, la petite Française, enveloppée dans un manteau qui lui laissait la moitié de la poitrine à l'air.

— *Oh, Bettina ! Chic alors ! On va être plusieurs** !

— Chuuutttt ! Ne dis rien ! la supplia Escobar en voyant venir à travers la porte vitrée les silhouettes enlacées du colonel Buendía et du sénateur Pumarejo.

Il poussa Ángela dans le réduit de la réception, et ils s'accroupirent sous la table. On entendit le pas lourd, vacillant du colonel et du sénateur. La petite Française commença à fredonner *La Vie en rose* en faisant semblant de rien. Escobar la remercia mentalement.

— Néstor !

Pas de réponse. Pascale fredonnait *La Vie en rose* d'une voix aiguë.

— Bon, Puma, ce fils de pute de Néstor n'est pas là, dit la voix pâteuse du colonel Buendía.

— Ce fils de pute de... hip ! de Néstor n'est pas là ? demanda la voix pâteuse du sénateur Pumarejo.

— Il n'est pas là, ce fils de pute, dit le colonel.

Et il rota.

— Regarde-moi ce fils de pute : il n'est pas là, constata le sénateur.

Ils les entendirent aller et venir pesamment. Sous la table, Escobar tenait Ángela serrée dans ses bras, terrorisé à l'idée que Néstor revienne dans ses vêtements fluorescents.

— Qu'est-ce qu'on fait ? demanda le sénateur. Moi, je veux sauter la Française.

— Hé, Puma, attends un peu, dit le colonel. Moi, j'aurais voulu sauter cette Betty de merde, elle était super. Mais je la retrouverai, t'inquiète. Néstor !

— Si toi tu ne la retrouves pas, mon vieux, personne dans ce pays ne la retrouvera.

Ils entendirent le rire gras du colonel Buendía.

— N'exagérons rien, n'exagérons rien... Mais celle-là, elle va me le payer. Et celui qui me le paiera aussi, c'est son foutu fils de pute de mari, Ignacio Escobar. Celui-là, je le situe parfaitement. Communiste. Néstor ! Je n'ai même pas vu à quelle heure ces deux saloperies se sont envolées. Néstor ! Rien, comme s'il était mort, ce fils de pute.

Sous la table, Ángela tremblait contre la poitrine d'Escobar.

— Viens, on va tirer Pascale tous les deux, proposa le sénateur. Un nichon chacun.

— Tu tires les nanas par les nichons, Puma ?

Le colonel Buendía éclata de rire.

— Je comprends pourquoi elles ont si peur de toi ! Néstor !!! Bon, bordel de merde, on va tirer la Française. Mais c'est un boudin, Puma. J'aurais aimé que Néstor nous ait préparé une ou deux petites poules de l'Éden des houris. Ah, merde, mais comment on fait pour entrer au Nirvana ? Il est fermé, à cette heure-ci.

Le colonel entra dans la réception d'un pas hésitant et chercha longuement parmi les clés du tableau. Il avait les pieds à un centimètre de la main d'Escobar, de la jambe d'Ángela, qui retenaient leur respiration, serrés l'un contre l'autre sous la table.

— Grouille-toi un peu, mon vieux, dit le sénateur. Cette Française et moi, on est à deux doigts de tirer un coup, hein, Pascualita ?

Ils entendirent une claque sur la chair nue et un cri de Pascale.

— Ah, *merde** ! Ne sois pas mal élevé, Puma !

— Qu'est-ce que tu as à être si pressé ! s'écria le colonel. Vous, les sénateurs, vous vous levez aux aurores, peut-être ?

— Non, mais demain je dois conclure une affaire. Voilà le truc : si demain ça marche, je ferme cet endroit trois jours et trois nuits avec toutes les nanas que tu voudras, et boisson gratuite à volonté, whisky, champagne, ce que tu voudras.

Le colonel Buendía marmonna entre ses dents tout en séparant les clés sur la table :

— Avec cette salope de Betty. Elle m'a sacrément allumé, cette petite pute. Ah, enfin, voilà la clé. Il va falloir foutre Néstor dehors, comment peut-il laisser la réception sans personne. Bon, mon vieux : le Nirvana est à nous.

Il s'éloigna enfin. Ils entendirent encore la voix alcoolisée du sénateur Pumarejo.

— Alors, ma petite Française, voyons un peu si tu assures avec nous deux. Un puma et un tigre. Parce que le colonel Buendía est un tigre.

— Pascualita me connaît, dit le colonel en riant.

— Oui, *mon colonel**. Aïe !

Leurs pas s'éloignèrent, puis leurs voix. Deux minutes passèrent avant qu'Escobar ose bouger. Il se dégagea de dessous la table tout engourdi, le dos et la nuque endoloris. Il aida Ángela à faire de même. Ils sortirent dans le jardin. Une ligne rose commençait à poindre au-dessus des montagnes, dans le ciel encore vert de l'aurore.

— Prends-moi dans tes bras ! demanda Ángela. Regarde ce type, là-bas !

Au volant d'une jeep de l'armée, Ceballos, le garde du corps du colonel Buendía, s'était endormi, les bras croisés sur la poitrine et les lunettes de soleil en bas du nez. L'énorme crosse bleutée de son pistolet dépassait de sa ceinture. À côté de la jeep, près de la petite jeep blanche d'Ángela, dormait une longue Mercedes vert olive avec l'écusson de l'armée nationale sur la plaque d'immatriculation. Énorme, son pelage gris couvert de rosée, presque noir dans la lumière indécise, Lucas galopa vers eux en aboyant et en agitant la queue.

— Du calme, Lucas, doucement, Lucas ! le supplia Ángela.

Le chien se dressa sur ses pattes arrière pour s'appuyer sur sa poitrine, tout heureux. Il éternuait, lui léchait la figure, aboyait. Ses aboiements se répercutaient, secs et nets, dans la lumière croissante de l'aube, mais Ceballos, profondément endormi, ne bougea pas de son siège. Escobar prit de nouveau le volant, laissant à Ángela le soin de calmer le chien. Celui-ci piétinait Cecilia. Escobar avait complètement oublié Cecilia, qui commençait à sortir de sa stupeur cannabique.

— Chut, le chien ! Chut, le chien ! s'écria Cecilia.

Et elle porta ses mains à sa bouche.

— J'ai envie de vomir, dit-elle d'une voix enfantine, les yeux inondés de larmes.

— Merde, ma jeep ! s'exclama Ángela. Fais-la sortir, Escobar, vite !

Cecilia pencha la tête par la fenêtre, prise d'un haut-le-cœur. Un petit jet de bile tomba sur le gravier. Le chien le flaira, méfiant. Ángela installa Cecilia, s'assit à l'arrière avec elle, lui fit sentir du parfum. La jeep, froide, refusait de démarrer. Escobar sentait qu'il était à deux doigts de pleurer de désespoir et de rage. La voiture démarra par saccades, faillit renverser le portier à carabine qui leur ouvrit la grille et percuta un taxi qui passait par là, les feux encore allumés dans la lumière transparente du petit matin. Le taxi l'esquiva dans un crissement de pneus, le chauffeur hurla « Fils de pute » et poursuivit sa route vers le nord.

— On a oublié Lucas ! s'écria Ángela.

— Merde, merde, merde, merde, merde, dit Escobar en passant la marche arrière dans des grincements de mécanique forcée.

Il recula en zigzaguant. Lucas aboyait au milieu de la rue. Escobar le fit monter, et ils repartirent dans de nouveaux bruits de ferraille. Après quelques croisements, Ángela éclata de rire – un rire long, d'immense soulagement. Cecilia, réveillée maintenant, rit elle aussi. Escobar freina lentement, contre le trottoir, posa sur le volant sa tête palpitante, épuisé. Cecilia arrangeait ses cheveux, se mettait de la salive sur les sourcils, riant toujours, se frottait les dents avec les doigts. Les premiers bus commençaient à passer.

— Bon, dis voir, on va tirer, O.K. ? proposa Cecilia.

— De la coke, demanda Escobar. Une ligne.

Il se sentait tout gonflé, les joues sales de barbe et de graisse, vieux. Ángela lui donna de la coke. Ángela elle-même avait l'air fanée dans la lumière blanche du petit jour. Son nez brillait, et son maquillage était défraîchi et trop rouge sur sa peau de plomb. Seule Cecilia semblait intacte.

— Bon, dis voir, on va tirer ? insista-t-elle.

Escobar regarda Ángela. Il avait l'impression d'être en morceaux. Il ne voulait pas tirer, ni rien faire. Il voulait dormir, dormir. Ángela ferma ses yeux en deux longues rainures et approuva de la tête. Et ils repartirent.

C'était une responsabilité énorme, pensa Escobar, que celle qui lui tombait dessus. Mais il ne pensait guère. Coucher en même temps avec Ángela et Cecilia. Est-ce qu'il pourrait ? Pourrait-il avec les deux ? Non. Par laquelle commencer ? Il ne pourrait pas. Il n'était pas un tigre. Il n'était pas un puma. Vaguement, devant le museau de la jeep, il voyait s'ouvrir les rues. À l'orient, le ciel blanchissait, et il y avait même des commerçants qui ouvraient les rideaux de leurs boutiques et des groupes qui attendaient aux arrêts d'autobus. Où ces gens pouvaient-ils aller ? Mais il avait un problème : il ne pourrait pas avec les deux.

Ils montèrent. Escobar entourait d'un bras la taille d'Ángela, de l'autre celle de Cecilia, et Lucas montait devant eux en aboyant. Il pensa au problème de l'homme qui devait traverser un fleuve avec un âne, un tigre et une brassée de fourrage.

— Super, dit Cecilia en regardant l'appartement.

Escobar embrassa Ángela. Il l'embrassa longuement. Il aurait préféré être seul avec elle. Il alla à la cuisine chercher à boire et prendre des verres. Il parla à voix haute :

— Bon. Voyons ce qu'on peut faire.

Il se sentait enthousiaste, atterré, ridicule. Ça n'allait pas être facile. Dans le salon, Cecilia avait disposé trois lignes équitables de coke sur la table. Lucas dormait sur le divan, sa grosse tête grise entre ses pattes.

— Tu as de la musique, mon chou ?

Il se sentit injustement lésé, exploité : c'était lui qui apportait à boire, lui qui mettait la musique. Il fit tourner la *Sérénade Haffner*. Il prit dans ses bras Ángela, qui l'embrassa dans le cou.

— Hé, dis donc, vous m'avez amenée ici pour regarder comme si j'étais je ne sais qui, ou quoi ? dit Cecilia.

Et il embrassa aussi Cecilia. Il l'aida à ôter son petit manteau gris, sous lequel elle ne portait que son harnachement d'étoile internationale de la chanson érotique. Elle protesta pour la musique :

— Pas ce truc, chéri, c'est sinistre ! Mets quelque chose de Julio Iglesias, O.K. ?

Escobar mit un disque de salsa. Il embrassa de nouveau Ángela. Il ouvrit son corsage, caressa ses épaules lisses, larges, lui embrassa la gorge.

Dis-moi comment arracher de mon âme
ce chagrin d'amour !
Ce chagrin d'amour !
Ce chagrin d'amour !

chantait le tourne-disque à tue-tête. Escobar laissa Ángela et alla de nouveau embrasser Cecilia. Il se sentait bureaucratique : un baiser à l'une, un baiser à l'autre. Il les prit dans ses bras toutes les deux en même temps, en essayant de les embrasser de façon impartiale : l'une dans le cou, l'autre sur la tempe, l'une sur l'épaule, l'autre sur les yeux. Il embrassa Cecilia sur la bouche, en la tenant immobile par les lanières de son dos, et essaya d'attraper Ángela de l'autre main, mais, sa main ne trouvant que du vide, elle retourna chercher le sein pointu de Cecilia. Cecilia lui échappa et se mit à danser seule au milieu de la pièce. Les boucles de ses courroies tintaient.

Dis-moi comment arracher de mon âme
cette immense douleur !
Ce chagrin d'amour !
Ce chagrin d'amour !

— Super, cette fête ! cria Cecilia en levant les bras vers le plafond.

Elle échappa une nouvelle fois à l'étreinte maladroite d'Escobar et courut vers le tourne-disque pour en augmenter le volume. Escobar s'accroupit devant la table pour inspirer sa cocaïne, chassa Lucas qui venait lécher le reste, chercha Ángela. Il l'avait de nouveau perdue.

Il la retrouva dans la salle de bains, où elle se regardait dans la glace, sérieuse, absente, et parlait à voix haute à son propre reflet :

— Ángela. Qui es-tu ? Ángela.

Il l'embrassa, lui donna de la coke, ouvrit sa robe et la laissa tomber par terre en un petit tas susurrant. Quand elle fut nue, il la prit dans ses bras, sans lui parler. Ángela se laissa enlacer. Se laissa embrasser. Ne dit rien. Se laissa pousser jusqu'au salon. Se laissa pousser jusqu'à Cecilia, qui dansait seule, les yeux fermés, et elle ferma elle aussi les yeux et dansa sans résister. Escobar se déshabilla lui aussi et les enlaça toutes les deux en dansant, en serrant contre le sien leurs corps couverts de sueur et tout chauds.

Dis-moi comment arracher de mon âme
ce chagrin d'amour !
Ce chagrin d'amour !

Cecilia se laissa tomber sur le sol, elle sentait la sueur, l'alcool, elle était tiède, glissante. Escobar tomba à genoux sur elle, tandis qu'au-dessus de leurs têtes Ángela continuait à danser. Les lanières de Cecilia lui entraient dans la poitrine, il essaya de lui écarter les jambes avec la main et d'entrer dans son sexe ouvert, fuyant, mais il heurtait le cuir de son attirail, sur lequel il dérapait. Il sentit sur son aine le souffle froid du chien, qui flairait Cecilia. Son érection se contracta. Il chassa le chien.

Dis-moi comment arracher de mon âme
ce chagrin d'amour !
Ce chagrin d'amour !

Il vit Ángela allongée sur le divan, les cuisses ouvertes, et Cecilia agenouillée entre. Il s'approcha d'elles, les caressa toutes les deux, toucha leurs cous et leurs jambes avec ses jambes, avec ses mains, se perdit au contact de leurs peaux, de leurs odeurs, de leurs dos, de leurs rires, de leurs baisers. Il posa sa bouche sur le sexe d'Ángela, sentit sur son dos le poids tiède des seins de Cecilia, le froid métallique de son harnachement. D'un revers de la main, il écarta de nouveau Lucas, qui glissait partout son museau et qui alla en gémissant se réfugier dans un coin, puis il respira profondément et remit le disque.

Dis-moi comment arracher de mon âme
ce chagrin d'amour !
Ce chagrin d'amour !
Ce chagrin d'amour !

Il leur proposa d'aller dans sa chambre. Il s'y rendit en maintenant son érection dans sa main. Il les jeta toutes les deux sur son lit et se laissa tomber entre elles. Il se sentit heureux et puissant. Il les embrassa sur le ventre, il sentit leurs mains sur son sexe, la chaleur de leurs peaux contre sa peau, une pluie de baisers sur tout son corps, les cheveux souples et doux d'Ángela sur son bas-ventre. Il y avait à peine la place pour eux trois sur le lit. Il voyait les seins de Cecilia, pointus et bruns, entre les lanières de son harnais. Les seins d'Ángela, plus pâles, plus écartés sur sa poitrine. Il se sentait entouré de seins, comme de vagues dans la mer, tièdes et doux, et il passait ses mains et ses lèvres de l'un à l'autre, sans plus distinguer ni odeurs, ni mains, ni peaux, ni têtes, ni lèvres, ni caresses, ni rires, ni baisers. Soudain, la musique s'arrêta dans le salon. Quelqu'un les regardait de la porte. Une femme. Il ne la reconnut pas tout de suite. C'était Fina. Elle s'était coupé les cheveux.

Les filles nues se redressèrent l'une après l'autre. Cecilia rompit le silence en riant :

— Cette fois, tu ne vas pas pouvoir assurer, mon chou !

Fina éclata, soudain hystérique :

— FOUTEZ-MOI LE CAMP D'ICI, BORDEL DE MERDE !

Cecilia voulut protester, offensée :

— Hé lààààà ! Et d'abord qui c'est, celle-là ?

Fina se jeta sur elle en hurlant de rage pour la frapper avec les poings, le visage monstrueusement déformé, et elles se colletèrent toutes deux sur le lit qui grinçait, hurlant et se griffant entre les draps défaits et les corps nus. Escobar essaya de les séparer, reçut un violent coup de pied qui lui coupa le souffle, saisit Fina par les poignets et, plié en deux et gémissant, la traîna loin du lit tandis qu'elle lançait des coups de pied et mordait et que les larmes et la salive coulaient sur son visage et son cou. Elle criait et se débattait. Ángela retint Cecilia, qui saignait de la lèvre et du nez.

Fina se débattait dans les bras d'Escobar en poussant des rugissements hystériques. Il la gifla. Elle se mit à pleurer et tomba par terre, en larmes.

Les deux autres se dirigèrent vers le salon en chuchotant et ramassèrent leurs vêtements disséminés sur les meubles et par terre. Ángela jeta sur les épaules de Cecilia le petit manteau gris souris. Escobar laissa Fina, toujours en larmes, et alla dans le salon. Il prit un air d'impuissance. Il éprouvait une certaine rancœur à l'égard de Fina. C'était bien le moment qu'elle rentre.

— C'est Fina, chuchota-t-il. Il vaut mieux que vous partiez.

— Et moi, qui est-ce qui va me payer ? demanda Cecilia. Et ma bouche, aïe, aïe, qu'est-ce que vous m'avez fait à la bouche ! pleurnichait-elle. Ça, vous allez me le payer, et vous allez me payer ma blanche, que vous avez toute prise pour vous, aïe, ma bouche !

— Chuuut ! fit Escobar tandis qu'Ángela ouvrait son portefeuille et se disposait à faire un chèque.

— Sûrement, oui, un chèque en bois, pas question, je suis pas débile ! Paie-moi en liquide, connard, c'est pour ça que tu nous as amenées ici !

Escobar trouva son pantalon, prit dans une poche un tas de billets froissés. Il pensa qu'il n'y en avait plus beaucoup. La nuit lui était revenue très cher. Cecilia les compta, les mit dans sa poche, satisfaite. Elle protestait encore. Ángela envoya du haut de l'escalier un baiser à Escobar, qui enfilait son pantalon. Nu, il se sentait ridicule.

Quand il revint dans la chambre, Fina était assise sur le lit. Elle avait les yeux secs. On voyait pointer ses oreilles, insolites, sous ses cheveux coupés ras sur la nuque.

— Qui étaient ces deux putes ?

— Ce n'étaient pas des putes.

— Ben voyons.

— L'une était la sœur d'Ana María, Ángela.

— Une pute ! Et l'autre ?

— Non, mon amour. Ce n'est pas une pute.

— Pute, pute, pute et repute !

Fina tremblait de fureur.

— Et l'autre ? La petite brune avec ses lanières ?

— Ah, oui, celle-là, c'est une pute. Cecilia. Tu ne la connais pas.

— Évidemment que je ne la connais pas, abruti !

Elle se remit à pleurer.

Au bout d'un moment, Escobar qui, prudent, était resté debout, immobile et silencieux, les mains dans les poches, s'assit près d'elle sur le lit. Il ne savait que dire.

— Mon amour. Tu es revenue, mon amour. Je t'attendais. Tu t'es coupé les cheveux.

Elle le repoussa d'une bourrade et alla s'asseoir au bout du lit.

— Je ne suis pas revenue, je ne suis pas ton amour, et tu ne m'attendais pas. Oui, je me suis coupé les cheveux. Comédien.

— Ça faisait longtemps qu'on ne m'avait pas traité de comédien, dit Escobar.

— Oui, je revenais. Tu ne vois pas que je revenais ? Tu ne vois pas que j'étais là ? Tu ne vois pas ? Et toi, iciiiiiii !...

Elle se remit à pleurer. Escobar, bouleversé, essaya de la prendre dans ses bras.

— Mon amour, mon amour...

— Va te faire foutre avec ton amour !

Mais Escobar la garda dans ses bras, sanglotant lui aussi, la serrant de toutes ses forces jusqu'à lui faire craquer les os, embrassant ses cheveux courts, sa nouvelle coiffure, cette nuque nue qu'il ne connaissait pas.

— Tu sens une autre. Et pas qu'une seule, dit Fina. Combien tu les as payées ?

— Je ne les ai pas payées, mentit Escobar. Pardonne-moi, mon amour, je ne t'attendais pas...

— Évidemment que tu ne m'attendais pas ! Pourquoi tu me dis que tu m'attendais, alors ?

— Parce que je ne t'attendais plus. Merde, ça fait trois mois que je t'attends ! Pourquoi es-tu partie ?

— Tu t'en fous.

— Bien sûr que non ! Où étais-tu ?

— Si tu ne t'en foutais pas, tu m'aurais cherchée.

— Si je ne t'ai pas cherchée, c'est parce que je n'avais pas la moindre idée de l'endroit où tu étais ! Fina, s'il te plaît... Où étais-tu ?

— À Cali. Chez mes parents. J'ai été malade.

— Mon amour ! s'attendrit Escobar. Mon amour, mon amour...

Il lui caressa les yeux, ses cheveux drus et courts, ses oreilles qui pointaient entre ses mèches noires et lui donnaient un air légèrement comique. Il l'embrassa sur la tempe et reconnut l'odeur familière de ses cheveux sur son crâne. Il murmura, la bouche sèche :

— Mon amour, faisons un enfant.

Fina se leva d'un bond.

— MAINTENANT ?!!

Son visage était crispé par l'incrédulité et la colère.

— MAINTENANT ??!!

Elle fondit de nouveau en larmes. Escobar s'approcha d'elle, la prit par les épaules, contractées et secouées par les sanglots, et la serra contre lui en murmurant doucement :

— Oui, mon amour, maintenant. Faisons un enfant. Ce n'est pas ce que tu voulais ? Moi aussi, je le veux, maintenant.

— Écoute, Ignacio ! Imbécile, imbécile, imbécile, imbécile ! Tu sais pourquoi je suis allée à Cali ? Pourquoi j'ai été malade ?

Elle éclata de nouveau en sanglots.

— Parce que je voulais un enfant de toi, et que toi tu ne voulais pas, alors je suis partie et j'ai avortéééééééééééééé !...

Et elle continua à pleurer à chaudes larmes, immobile, debout au centre de la chambre, les bras ballants et la bouche figée en un cri, un hurlement d'agonie qui lui gonflait les veines du cou. Escobar en fut glacé.

Au bout d'une minute au moins, il tendit les mains vers Fina. Celle-ci bondit en arrière.

— Ne me touche pas !

Escobar fit un pas vers elle. Fina bondit de nouveau.

— Ne me touche pas !

Escobar s'immobilisa, laissa tomber ses mains. Fina atteignit la porte de la chambre en marchant à reculons, sans le quitter des yeux. Il la suivit pas à pas. Elle se mit à courir vers l'entrée et lui claqua la porte au nez. Il l'entendit descendre l'escalier quatre à quatre.

Il se laissa tomber dans un fauteuil, la tête entre les mains. Sa vie était en morceaux. Par où commence-t-on à les ramasser ?

Au plafond, Mme Niño tapait. Peut-être même avait-elle tout le temps tapé.

X

Peut-être avait-il dormi un instant. Il s'entendit gratter le bois d'une porte, comme un chien qui essaie de sortir de quelque part. Mais, s'il avait dormi, quand il se réveilla il était toujours assis dans son fauteuil, la tête entre les mains. Il entendit sonner. Peu à peu, il se rendit compte qu'on sonnait à la porte. Il était épuisé. On sonnait à la porte, et il était épuisé. Il ne bougerait pas le petit doigt. Brusquement, il se souvint que sa vie était en morceaux. Sa vie était brisée en mille morceaux pointus et coupants, comme si elle venait de tomber de ses mains. Et il ne savait pas s'il devait pleurer ou se mettre à genoux pour ramasser les morceaux un par un. (Mais par lequel commencer ?) Comme un chien gémit et gratte derrière une porte fermée, affolé, sans pouvoir s'échapper. On continuait à sonner. Non, pas Fina. Ce ne pouvait être Fina. Fina était entrée grâce à sa clé. Il était seul. Il avait perdu Fina. (Et Ángela.) On sonnait à la porte. Il n'ouvrirait pas. Il ne voulait voir personne. On sonnait à la porte. On sonnait et resonnait à la porte. Il avait mal à la tête. Aux bras, aux jambes. Il avait mal à la colonne vertébrale. Il avait mal dormi, tout tordu dans son fauteuil. Non, ce n'était pas ça : il était seul dans la vie, pour toujours, sans Fina. Fina avait maintenant des cheveux courts, qu'il ne connaissait pas : la nuque nette et nue sous le rasoir. Oui, effectivement, on sonnait à la porte. Mais il ne se lèverait pas, n'ouvrirait pas, n'irait pas voir, il ne voulait voir personne.

Il se redressa lourdement, regarda par la fente de la porte : il ne voyait rien. Il ferma un œil, le rouvrit. Il ne voyait rien.

Il se mit à quatre pattes. Il avait mal à la tête. Il regarda par la fente du dessous, qui était plus large. Il ne voyait rien, même pas une ombre. Dehors, les coups de sonnette s'interrompirent, parce qu'on l'avait entendu, probablement. Il faisait du bruit. Il s'immobilisa à quatre pattes.

Il entendit une voix :

— Ignacio ?

Les poils de sa nuque se hérissèrent. C'était Henna. Il ne répondit pas.

— Ignacio ? Je sais que tu es là. Je viens de t'entendre !

Et elle rit. Le rire d'Henna. Elle donna de petits coups sur la porte, pour jouer : tan tararantan – tan tan.

— Ouvre, c'est Henna.

Il ne répondit pas et resta accroupi, sans faire le moindre bruit.

— Allez, ouvre-moi, c'est pas drôle.

Jamais il n'ouvrirait à Henna, sous aucun prétexte. S'il devait mourir sur place, accroupi par terre, il mourrait. Mais il commençait à avoir mal aux genoux. Il alla à quatre pattes jusqu'à son fauteuil, en silence, retenant son souffle, mais les lames du parquet craquèrent sous le tapis.

— Ha, ha ! dit Henna en riant. Je t'entends, Ignacio ! Allez, ouvre-moi !

Il y eut un long silence. Escobar s'assit dans son fauteuil. Maintenant, ses cigarettes étaient loin de lui, merde. Il avait mal à la tête. Et en plus, Henna. Il se souvint tout à coup que Fina était revenue et repartie, oh, merde merde merde… Il laissa échapper un gémissement.

— Ne ris pas, je t'entends ! dit Henna de l'autre côté de la porte.

Il resta muet et se sentit déborder de haine pour Henna. Il se demanda comment il pourrait ouvrir la porte brusquement et la recevoir à coups de hache, à coups de crocs. Mme Niño recommença à taper au plafond, dans le silence : tac tac tap tap tap taratactactacttaptaratactac tap tap tap tac tac. Il avait faim. Ah, mais aller à la cuisine… Il ne bougea pas. Les coups obstinés de Mme Niño se répercutaient dans le vaste silence :

tac tac tac taratactap tap tap taractaptactarataptaptactaptactac tac.

— Qu'est-ce que tu fais ? C'est quoi, ces bruits bizarres ? demanda Henna derrière la porte.

Et, comme il ne répondait pas, elle ajouta :

— Voyons, je te parie que je devine : des billes en verre ? Tu cloues quelque chose avec un marteau ?

Soudain impatiente, elle frappa la porte de sa main ouverte.

— Allez, ouvre-moi, Ignacio, c'est pas drôle !... Tu sais quoi ? Je t'ai vu, hier, au restaurant.

Silence, silence.

— Pourquoi tu ne m'as pas dit bonsoir ? Ernesto t'a appelé, et tout. Je ne suis quand même pas invisible !

Silence.

— On était avec ta cousine Lucía et Juan Manuel. Ils sont adorables, tu sais ?

Silence.

— Je parie que tu ne sais pas ce que j'ai commandé ? De la langouste ! Ça faisait une éternité que je n'en avais pas mangé. Et des huîtres. Elles étaient délicieuses. Tu as déjà mangé de la langouste, dans ce restaurant ? Elle est excellente, tu verrais ça.

Silence. Henna s'écria, perdant patience :

— Bon, Ignacio, allez, ouvre-moi à la fin ! C'est vraiment pas marrant d'être plantée là comme une idiote à parler avec une porte. Tu veux que je pleure ?

Non, non, non, non ! Si, qu'elle se mette à pleurer. Il garda le silence.

— Ignacio, il faut que je te parle.

Silence.

— C'est sérieux, ouvre-moi, il faut qu'on parle.

Silence.

— Tu sais, je n'ai pas compris pourquoi tu faisais le mort pendant tout ce temps. Au début, j'ai cru qu'il t'était arrivé quelque chose.

Silence. Silence.

— Qu'est-ce qui se passe avec ton téléphone ? Tu sais qu'on dirait qu'il est coupé ? Je t'ai appelé au moins cent fois. Je parie que tu as oublié de payer. Ou alors tu as eu la flemme.

Silence.

— Je veux qu'on parle de ça et d'autres choses.

Silence.

— Ouvre-moi, Ignacio. C'est sérieux.

Silence.

— Hier soir, après t'avoir vu, j'ai pensé toute la nuit à nous deux, tu sais ?

Silence.

— Ernesto voulait qu'on aille en boîte, et Lucía a insisté pour que je dise oui, parce que Juan Manuel ne l'y emmène jamais. Mais je ne sais pas, ça ne me disait rien, je leur ai dit de me déposer chez moi. C'était qui, la fille qui était avec toi ?

Silence.

— Tu ne veux pas me le dire ?

Silence.

— Bon, ne me le dis pas. Qu'est-ce que ça peut me faire.

Silence.

— Ignacio, s'il te plaît, ouvre la porte, ne fais pas l'enfant.

Silence. Henna frappa violemment, des deux poings.

Silence. Elle se colla à la sonnette.

— Ouvre-moi, ouvre-moi, ouvre-moi, ouvre-moi, ouvre-moi !!! Tu veux me rendre folle ?

Silence.

— Tu sais quoi ? Je vais m'asseoir contre la porte jusqu'à ce que tu m'ouvres.

Silence. Il l'entendit s'accroupir, frapper la porte avec son dos, rire, lancer un petit cri.

— Tu sais quoi ? C'est glacé, par terre.

Silence.

— Si je chope une pneumonie, c'est toi qui me soigneras.

Au bout d'une minute, il entendit Henna se relever : elle se frottait les fesses pour en ôter la poussière.

— Allez, Ignacio, ouvre-moi ! Tu veux que je te supplie à genoux ? Bon, je te supplie à genoux.

Silence.

— Ouvre-moi, Ignacio, ça fait une heure que je suis là comme une idiote.

Silence.

— Ouvre-moi, je veux t'embrasser.

Silence.

— Tu sais quoi ?

Henna baissa la voix et chuchota :

— Je veux faire l'amour avec toi.

Silence.

— Je vais te violer !

Silence.

— Ignacio, sans rire : depuis hier soir, je n'arrête pas de penser à toi et moi. Je veux qu'on parle. Dès qu'ils m'ont déposée chez moi, j'ai commencé à t'écrire une lettre. Mais après je me suis dit que ce genre de choses il valait mieux en parler, tu ne crois pas ? C'est pour ça que je suis venue.

Silence.

— Ah, Ignacio !

Silence.

— Et maintenant je ne sais même plus si tu es là ou non. J'ai l'impression d'être idiote. Tu es là ?

Silence. Il entendit le rire d'Henna.

— Réponds-moi simplement oui ou non : tu es là ?

Silence.

— Bon, très bien, si tu ne veux pas parler maintenant, ne parlons pas : je te donne simplement ma lettre et je m'en vais, d'accord ? Mais ouvre-moi.

Silence.

— Parce que, en fait, je ne l'ai pas terminée. Je me suis dit qu'il valait mieux parler de tout ça en tête à tête, tu crois pas ? Par lettre, c'est très froid, je trouve. Mais j'ai apporté ce que je t'ai déjà écrit, à tout hasard.

Silence. Henna recommença à frapper, à rire, il l'entendit sangloter :

— Ah, Ignacio…

Il l'entendit essayer de glisser quelque chose sous la porte, probablement sa lettre.

— Ça ne passe pas. Il faut que tu m'ouvres ! s'écria-t-elle d'un ton triomphant.

Silence.

— Il faut que tu m'ouvres ne serait-ce qu'un tout petit peu, que je passe la main et te donne la lettre, et je m'en vais. D'accord ?

Silence.

Il l'entendit déchirer du papier.

— Non, j'ai une meilleure idée : je vais te la passer sans l'enveloppe. Je vais glisser la lettre sous la porte, feuille par feuille, d'accord ? Tu les remettras dans l'ordre après. Le paresseux travaille deux fois.

Silence.

— Bon, réponds-moi, au moins !

Silence.

Il vit paraître sous la porte la pointe d'une feuille, puis une autre, et une autre, et une autre, et une autre, et une autre.

— Elles sont dans l'ordre, mais je les ai numérotées, pour être sûre. Tu as entendu ?

Silence.

— Ah, Ignacio...

Elle s'en alla enfin. Escobar resta assis dans son fauteuil, immobile, le regard vaguement posé sur la rangée de papiers qui pointaient sous la porte et qui parfois bougeaient, comme s'il y avait des rafales de vent. Mme Niño tapait au plafond. Un jour, il faudrait qu'il prenne des mesures sérieuses en ce qui concernait Mme Niño. Et en plus, Henna, quelle horreur. Un élancement dans l'épigastre lui rappela qu'il venait d'être abandonné. Fina était venue, elle était repartie. Fina avait avorté d'un enfant de lui. Ah, imbécile, imbécile, imbécile... Lui. Fina aussi, imbécile. Ah, merde.

Il laissa passer les heures, immobile.

Il avait faim. Il avait mal à la tête. Il finit par rassembler ses forces, se leva et mit le tourne-disque en marche, dans un geste machinal, désormais, pour combattre les bruits de Mme Niño.

Dis-moi comment arracher de mon âme
ce chagrin d'amour !
Ce chagrin d'amour !...

De nouveau, la douleur l'envahit. Abandonné. Il se fit du café à la cuisine, l'interrogation obsessionnelle de la salsa lui donnant l'impression de recevoir des coups de couteau dans l'âme : « Dis-moi comment arracher de mon âme ce chagrin d'amour, ce chagrin d'amour, ce chagrin d'amour. Dis-moi comment arracher de mon âme cette immense douleur, cette immense douleur, ce chagrin d'amour... » Il n'y avait rien d'autre à dire. Il n'était pas nécessaire d'ajouter quoi que ce soit. « Dis-moi comment arracher de mon âme ce chagrin d'amour... » Il pensa se soûler pour oublier. Rien qu'à cette idée il eut la nausée. Il tourna en rond dans l'appartement, tenaillé par l'angoisse. Chaque battement de son cœur était un coup de bec d'angoisse, c'était son propre cœur qui se dévorait comme un vautour, à coups de bec. Dis-moi comment arracher de mon âme ce chagrin d'amour. Dis-le-moi, toi, Fina. Reviens. Pardonne-moi. Arrache-moi de l'âme ce chagrin d'amour. Mais elle ne reviendrait pas, il le savait. Elle était partie, elle était revenue, elle avait avorté et elle était revenue, et elle était partie de nouveau, pour toujours, cette fois. Pour toujours : il refusait d'admettre cette possibilité. Pour toujours. Il n'aurait jamais pensé qu'il existait des choses pour toujours. Dis-moi comment arracher de mon âme ce chagrin d'amour. Pour toujours. Ce n'était pas possible, c'était insupportable, il n'était pas disposé à l'accepter. Il n'existait pas de choses pour toujours. Il reverrait Ángela, et ils feraient peut-être l'amour. Et Cecilia aussi, peut-être. Fina, il ne la reverrait jamais, jamais de la vie, parce qu'elle était partie pour toujours. Elle était partie pour toujours. Pour toujours. Pour toujours. Des années et des années passeraient, et Fina ne reviendrait pas parce qu'elle était partie pour toujours. Il s'allongea sur le divan, à plat ventre, en sanglotant d'impuissance. Ce n'était pas possible, Fina ne pouvait pas être partie pour toujours. Il sentit quelque chose sous sa poitrine : un morceau de dentelle. Ah, Patricia. Il ne put réprimer un sourire attendri. Machinalement, il porta la dentelle à son visage, pour la sentir, et la regarda à contre-jour. La moitié de la matinée était déjà passée, et il n'avait même pas tiré les rideaux. Il ouvrit toutes grandes les fenêtres. La maison devait sentir le fauve, les mégots, le sexe froid, la marijuana. De la marijuana, c'était ça qui lui manquait, bien sûr. Mais il n'en avait pas chez lui.

Il changea le disque. Il avait besoin d'un calmant. Avec un frisson, il écarta la *Sérénade Haffner*. « Ne sois pas sinistre, chéri. » Il écarta tout Mozart et son allégresse insultante, inconsciente. Bach : quelque chose de vraiment funèbre. Plus jamais, plus jamais, à l'avenir, Fina ne serait avec lui. Elle s'était fait couper les cheveux. Ses cheveux repousseraient. Fina ne reviendrait jamais. Vivaldi ? Trop frivole, trop sautillant. Il mit un disque de Telemann : la vaste marée montante de la mélancolie et sa vaste descente, comme les vagues immenses de l'océan – puis un éclat d'allégresse, un andante, un allegro : la solidité de la technique allemande. Mais non, mais non. Il avait besoin d'un joint : une herbe puissante, qui l'endormirait d'un coup, pour toujours. Il n'avait pas sommeil. Peut-être avait-il sniffé trop de coke.

Il se doucha. Il se regarda dans la glace. Il caressa du doigt l'ombre, de plus en plus dense et sale, de sa barbe sur ses joues. Il décida de la laisser pousser. Peut-être que de cette façon Fina y réfléchirait à deux fois, qu'elle reviendrait de nouveau.

Il était en train de devenir cinglé. Il sortit de l'appartement et, en claquant la porte, fit voler les feuilles d'Henna, alignées sur le parquet.

C'était un jour sec, bleu, avec une lumière si crue qu'elle l'obligea à cligner des yeux pour guetter un taxi. Sous le ciel sans nuages, il faisait une chaleur étouffante, et aucun taxi ne passait. Il prit un bus tout rouillé qui filait comme une flèche vers le sud. À l'intérieur, la chaleur était écrasante, poisseuse. Le chauffeur avait mis la radio à plein volume. Avec discrétion, avec respect, en s'y prenant longtemps à l'avance, les passagers lui demandaient parfois : « S'il vous plaît, monsieur, arrêtez-vous, si vous voulez bien. » Escobar descendit à la hauteur de la tour du Hilton, en même temps que deux religieuses. Une troisième resta accrochée à la porte du bus, et on craignit de la perdre, mais le chauffeur, compatissant, s'arrêta quelques mètres plus loin. Elles s'embrassèrent toutes les trois, heureuses, pleines de dents en or. Escobar marcha, le soleil dans les yeux, sous le ciel inondé de lumière blanche. Cela faisait des mois qu'il n'avait pas acheté d'herbe, et il n'était pas sûr de savoir retrouver la maison de Golmundo – s'appelait-il Golmundo ? Gesualdo ? –, et il était encore moins sûr que l'herbe de Golmundo réussisse cette fois à le sortir de sa mauvaise passe. « Dis-moi comment arracher de mon âme ce chagrin d'amour, ce chagrin d'amour… » Il grimpa les ruelles en pente derrière l'hôtel, pavées et sèches, surveillées du haut d'un rebord de fenêtre orné de géraniums par un gros chat blanc qui ferma les yeux de dégoût au passage d'Escobar. C'était déjà une autre ville, plus vieille, plus pauvre, plus provinciale. De grands murs aveugles, couleur pastel, dans l'insupportable luminosité du matin. Ombres rigides, anguleuses. Toits de tuiles brunes, faux attiques, portes de bois vertes et étroites. Odeur d'ennui. La maison de Golmundo ou de Gesualdo, si c'était celle-là, avait l'air murée, abandonnée. Il se pencha par le creux d'une fenêtre brisée. Cela sentait la merde.

— Pour cent pesos, mon frère ?

C'était un hippie crasseux, émacié, avec un maillot taché de peinture qui disait « Colombien, de chez nous ». Il avait les dents noires et abîmées, les yeux morts.

— De la free base ? De la blanche ? Pour cent petits pesos ?

— Oui, cent.

— Cool, mon pote.

Et, à pas lents, le hippie s'éloigna avec les cent pesos.

Il ne revint jamais. Escobar resta un moment planté dans la rue, transpirant au milieu d'un groupe d'enfants qui jouaient au football. Puis il continua à monter la rue, vers l'est, traversa un fleuve de voitures, continua à monter jusqu'aux montagnes par des rues pentues, sans revêtement à présent, qui débouchèrent soudain dans des prés où paissaient des brebis. Un enfant solitaire s'amusait, accroupi, à cracher dans une flaque où se reflétait le soleil. Il pouvait avoir quatre ans. Escobar ne connaissait pas grand-chose aux enfants. Regarde, Fina : il aurait pu être notre fils.

— On vend de l'herbe, par ici ?

L'enfant lui indiqua du doigt une porte métallique sans cesser de cracher avec application dans la flaque putride. Son long filet de bave brasillait dans la lumière. Escobar frappa à la porte, on lui ouvrit, il en demanda pour cent pesos.

— C'est de la bonne ?

— De la Sierra, *broder.*

— Mais elle est bonne ?

Au toucher, elle était rugueuse, cuivrée, craquante dans son emballage de papier journal.

— Elle a beaucoup de paille, se plaignit-il.

— Y a pas meilleure, mon frère. Qui est-ce qui t'a tuyauté ?

Escobar fit un geste vague en direction de l'enfant qui crachait dans la flaque, mais il aurait pu montrer toute l'immensité urbaine, jusqu'aux très lointains plastiques des serres qui scintillaient dans la lumière de l'occident. Au-delà de la ville immense, la savane s'ouvrait comme un immense lac jusqu'à la cordillère.

Il redescendit la rue en caressant dans sa poche son emballage d'herbe de la Sierra, en le faisant crisser. Le gamin de la flaque lui lança une pierre qui ne l'atteignit pas, et partit se cacher en courant. Sur un talus couvert d'herbe, en plein soleil, un fou se masturbait en gémissant à voix haute :

— Ah, maman… Ah, maman… Ah, maman…

Escobar se dirigea vers le nord par la Cinquième Rue. Il s'arrêta à un coin pour se rouler un joint, mais il vit avec crainte qu'il se trouvait à quelques mètres d'un poste de police. Il se souvint qu'il avait faim. Il entra dans une gargote. Il bourra d'herbe, pour la goûter, le bout d'une cigarette. Il demanda un petit déjeuner à une dame grosse et maternelle.

— Ouuuuh, à cette heure-ci, ce sera un déjeuner, m'sieu. Qu'est-ce que je vous sers ? Côtelettes de porc, patates en sauce ?

Il voulait un petit déjeuner. Il était à peine midi. Il demanda une *changua* à l'œuf tout en fumant ce qu'il y avait de marijuana dans sa cigarette. Il la trouva un peu sèche. Il regarda les calendriers accrochés aux murs : une blonde en maillot de bain faisait de la publicité pour une marque de bière. Ángela ? Non, ce n'était pas Ángela, même si le monde est petit. Sur la table de laiton poisseuse, il y avait des mouches, moirées dans la pénombre. Un Sacré-Cœur phosphorescent pendait à un mur : il lui en rappela un autre, semblable, il y avait déjà pas mal de temps, chez Cecilia, le soir des bars. Cecilia. Fina, mon amour. Dis-moi comment m'arracher de l'âme ce chagrin d'amour, ce chagrin d'amour. Il fuma de nouveau. C'était de la bonne herbe, de la Sierra.

La dame maternelle posa devant lui un grand bol fumant de *changua*.

— Et votre petite galette de maïs, votre piment fort, dans ce petit bol. Il est très fort, m'sieu. Un bon petit avocat, peut-être ?

Il contempla, fasciné, l'œuf poché qui nageait entre deux eaux dans le liquide laiteux, comme un enfant dans un ventre. Il creva le jaune avec le bord de sa cuillère, laissa échapper un ruban orangé, qui se déroula en lentes volutes mucilagineuses dans le bol plein à ras bord sentant la coriandre et l'oignon haché. *Changua*, pensait-il en jouant à faire avec sa cuillère de nouvelles blessures rouges dans le jaune de l'œuf. *Changua, changua*. Il trouvait le mot salé et brûlant, et le prononçait comme s'il s'écrivait avec un tréma : *Changüa*. La saumure piquait le bout de la langue, les fines feuilles de la coriandre crissaient sous les dents. Chaque cuillerée, rayée de vert, scintillante et reflétant, inversé et minuscule, le rectangle de lumière que découpait la porte, était un prodige. Le liquide glougloutait en passant dans la gorge, chaud dans l'œsophage, avant de tomber en un jet épais au fond de lui, où il ne le sentait plus. Mais il voyait en couleurs, s'il fermait les yeux, le frisson de son estomac lorsqu'il commençait ses mouvements péristaltiques, les sucs gastriques coulant goutte à goutte sur les parois caverneuses, le pylore et le jéjuno-iléon, rose et jaune, de la taille d'un doigt, qui attaquaient leurs imperceptibles contorsions dans un effort discipliné. Les yeux fermés, il ne trouvait aucun goût à la *changua*. Il goûta la galette de maïs, jaune, qui portait les raies noires du gril brûlé. Il caressa de la langue la saveur légèrement douceâtre du maïs granuleux.

— Une autre *changua*, madame. S'il vous plaît.

— Vous ne voulez pas plutôt une petite viande grillée, une bonne langue, une galette aux abats ? Avec toute cette *changua*, vous allez vous remplir. Ou de bonnes petites animelles, un pied de porc, une cuisse de poulet rôti…

— Non, non. De la *changua*, s'il vous plaît. De la *changua*.

— De la délicieuse bouillie de maïs au sel, du pot-au-feu… Parce que toute cette *changua*, m'sieu, ça ne nourrit pas.

Il rêva en fumant de la *changua* qui allait venir, plongé dans une attente agréable. Et elle arriva enfin, semblable à la première, avec un œuf flottant qui avait l'air du jumeau du précédent, et la même blancheur modeste que la précédente.

Mais ce n'était pas la même chose. Le même sel, la même galette de maïs. Mais non. Cela avait été une erreur de vouloir ressusciter cette merveille. Fille du passé. Le passé, à une minute d'écart, inaccessible. Le trip avait été fluctuant et instable, métaphysique, même. C'était vrai : l'herbe était puissante.

Il repoussa son bol après en avoir mangé à peine la moitié.

— Une bière, madame, s'il vous plaît, demanda-t-il.

— Et alors ? On cale ? Çà, on se lasse même des bonnes choses. Vous ne voulez pas de poulet rôti, maintenant ? Ou du bon pied de cochon, ou des rillons, ou des tripes, ou du bon mou… ? Une bonne friture de tout ça mélangé ? Un petit épi grillé sur une assiette, un délicieux boudin, du chorizo, une bonne petite viande bien tendre, un filet mignon bien grillé, bien savoureux.

La grosse dame le regardait d'un air maternel en essuyant ses mains rouges sur son ventre. Au fond, il distingua un ivrogne qu'il n'avait pas vu jusque-là, assis sur un sac de patates, complètement immobile, une bière à la main, avec vingt bouteilles vides posées devant lui sur la table. Il demanda une bonne friture avec tout ça mélangé et la mangea, enveloppé dans une odeur de graisse, de cuir roussi et de feu de bois.

— Votre petite patate créole.

La grosse dame posa devant lui un plat de petites patates créoles ridées et jaunes. Il y avait déjà une demi-douzaine de bouteilles de bière vides sur sa table, parmi des mouches paresseuses, mais il s'en fallait encore de beaucoup pour qu'il rattrape l'ivrogne immobile du fond. Escobar buvait à la bouteille, et il restait un caillot de mousse blanche sur sa moustache de trois jours. Il se sentait au calme, protégé. Les mouches marchaient sur le visage du Sacré-Cœur, sur le maillot de bain noir de la blonde qui faisait de la pub pour une marque de bière et dont quelqu'un avait noirci au crayon les incisives supérieures. Un large ruban de soleil frappait maintenant sa table. Il eut d'aigres renvois de chorizo et de bière. Il retira quelques fils de porc entre deux de ses molaires. Il alluma son mégot.

— Un petit dessert ? Une crème, du riz au lait, de la confiture de figues ? proposa la grosse dame.

— Un café noir, et ça ira, madame, merci.

— Mais ce ne sera que du jus de chaussette, m'sieu. Nous ne sommes pas modernes, ici, vous savez…

Lorsqu'il sortit en début d'après-midi et se trouva en plein soleil, il se sentit lourd, repu, et s'arrêta tous les deux mètres pour roter. Au coin d'une rue, il acheta des cigarettes à un étal. Il flottait, comme s'il marchait sur l'eau. Au bout de quelques minutes, malgré tout, il commença à se sentir légèrement paranoïaque. Il traversa la rue pour éviter un policier en uniforme vert qui avait l'air endormi, devant son poste, immobile, comme plongé dans une profonde catatonie. Il avait l'impression d'être poursuivi. « La subversion ne s'arrête jamais », avait dit Ceballos. À chaque coin de rue il devait revenir sur ses pas pour s'assurer qu'il ne s'était pas fait renverser par une voiture, comme cela arrive souvent, et il voyait son cadavre jambes écartées sur la chaussée et entouré d'un petit groupe de curieux. En marchant, il évitait les rainures du sol, ou parfois plantait fermement les deux pieds dessus, les poings sur les hanches, plein de défi, pour affronter ce qui pouvait venir, la foudre ou un soudain abîme, pendant que les passants le heurtaient et l'injuriaient. Étonné, il s'aperçut qu'il avait traversé la moitié du Parc national, où grinçaient avec fracas la grande roue et un manège de chevaux de bois, qui tournaient lentement, chargés d'adultes. Il se dit que ce devait être dimanche. Le ciel était bleu, sillonné par de rares nuages ronds et très hauts. Les cris et les rires, les crissements du manège, le martèlement de la ferraille commencèrent à le blesser. Il s'éloigna. Il s'enfonça dans un bosquet d'eucalyptus, s'allongea sur le dos et sentit le froid de la terre sous l'herbe rare, les feuilles sèches et les petites clochettes de bois des graines tombées. Il se prépara un autre joint d'herbe de la Sierra et le fuma à moitié, toujours allongé par terre.

Les nuages, plus nombreux maintenant, avançaient en ordre, poussés par le vent. Un ordre imparfait, cependant. Il y en avait un qui semblait perdre du terrain. À un moment, il eut l'air de repartir dans l'autre sens, mais il s'était déjà transformé en un autre, absorbé par un groupe de nuages qui passaient en rang comme des religieuses en promenade avec leurs coiffes blanches battant des ailes et qui se changèrent ensuite en un grand cygne puis en un char d'assaut. Ils passèrent. D'autres arrivèrent. Il y en avait un qui en poursuivait un autre sans pouvoir l'atteindre. Il arrivait à l'approcher, à le toucher presque, et même à le déchirer un instant de sa griffe de gaze avant de le perdre de nouveau. Moqueur, l'autre était plus agile et plus blanc que son poursuivant, qui sans nul doute était un mâle, et lui une femelle. Et ils s'en furent aussi, allégoriques, avant de se dissoudre dans l'air. Puis en arriva un autre, plus grand, lourdaud, si dense que seuls ses bords étaient d'une lumière d'argent. Le jour s'obscurcit, et Escobar eut soudain froid et peur de la pluie. Mais ce nuage-là passa lui aussi. Le soleil chauffait de nouveau, les eucalyptus balançaient leurs hauts troncs rouges, faisaient osciller, très haut dans le vent, leur feuillage argenté, laissaient échapper une ample rumeur de soie frottée. Des oiseaux passaient, de hautes et véloces hirondelles, noires et capricieuses comme des mouches. Il entendit au loin l'aboiement d'un chien. Un merle, grand et noir, battit des ailes et vola d'un eucalyptus à un autre. Il cria deux fois et s'éloigna. Une graine argenté et bleu tomba dans l'herbe à côté d'Escobar, avec un bruit léger.

Un brusque élancement lui fit fermer les yeux : Fina ne reviendrait pas. Elle était partie pour toujours. Mais, en fermant les yeux sous la lumière du ciel, il avait commencé à voir de fascinantes couleurs à travers ses paupières : écarlate, orangé, violent jaune de chrome, rose brillant, une pluie de petits points violets. Sous son corps allongé, il sentait le mouvement rotatif de la terre, majestueux, et en ouvrant les yeux il voyait de nouveau le lent tournoiement des cimes des arbres, haut et sonore, traversé comme par des flèches par les hirondelles. Il avait l'impression que de petites racines avaient commencé à pousser de son coccyx et qu'elles se plantaient avidement dans le sol, cherchant l'humidité, heurtant vers et limaces, contournant sans lutter les racines fibreuses des eucalyptus, s'entremêlant aux racines froides de l'herbe. Tout cela avait l'évidente texture du dimanche.

Il fut réveillé par un chien qui lui flairait la figure et qui s'enfuit, effrayé, quand il se redressa d'un bond. Il avait de nouveau faim. Il se leva, engourdi et le dos en capilotade. Il grelottait de froid, bien que le soleil fût encore haut. Il avait, tout bien considéré, une faim de loup. Il était trop loin, à présent, pour retourner à la boutique maternelle de la grosse. Il trouverait bien de quoi manger entre les attractions – une bonne friture, de nouveau, du boudin suintant la graisse, du chorizo sentant le feu de bois et les épices, peut-être même un juteux morceau de veau pas trop carbonisé par la braise. Ou au moins des hot-dogs à la moutarde. Mais il ne trouva que des frites toutes ramollies dans leur sachet de cellophane et des petits paquets de bananes frites en rondelles, complètement desséchées, de cacahuètes, de rillons ratatinés. Il acheta un nuage rose de barbe à papa fabriquée par une mystérieuse machine et qui se colla aussitôt à sa propre barbe de trois jours. Pour compenser le sucre, il acheta un sachet de pop-corn fabriqué par une autre admirable machine en demandant qu'on y mette beaucoup de sel. Et ce fut pire. Il ne supportait pas le fracas strident de la ferraille, la bousculade, les tours en sens opposé du manège et de la grande roue, les grincements des autos tamponneuses, la musique des haut-parleurs, les cris de la foule du dimanche. La soif, qu'il avait confondue de manière inexplicable avec son envie de pop-corn, se manifesta clairement alors qu'il s'était déjà beaucoup éloigné et se rapprochait du bosquet de sa sieste. Trop loin pour retourner sur ses pas, une fois de plus. Il mourait de soif, pourtant. Mais, ah, de nouveau le bruit, la bousculade, les odeurs. Il hésita longuement, fit un pas en avant et un autre en arrière, comme le conseille Lénine. De l'autre côté de la rue, dans son bois d'eucalyptus, il vit comme dans une vision mythologique un enfant qui jouait à jeter en l'air et à rattraper une balle d'or. Ce devait être une orange. Il en eut l'eau à la bouche.

— Je te l'achète ! cria-t-il par-dessus le vrombissement rapide des voitures, alors qu'il se trouvait encore de l'autre côté de la rue.

C'était effectivement une orange : l'enfant la pela avec ses ongles, planta ses dents dans la pulpe blanche tachée d'or. Escobar vit le jus couler sur son menton, et c'est à peine s'il put se retenir de se précipiter dans le torrent des voitures.

— Je t'achète ce qui reste ! cria-t-il de nouveau.

L'enfant leva son orange et la mordit dans la lumière, en souriant. Et soudain il la lança de toutes ses forces contre le large pare-brise d'une voiture qui arrivait à toute vitesse. L'orange éclata sur le verre en projetant dans le soleil un flot de diamants, et le conducteur sembla un instant perdre le contrôle du véhicule, faisant quelques embardées au milieu d'un épouvantable hurlement de pneus déchirés avant de s'arrêter cinquante mètres plus loin. La voiture fit rapidement marche arrière et freina devant Escobar. Il en descendit un homme gros en sueur, avec des pattes épaisses et frisées et des yeux injectés de sang. L'enfant, debout sur son talus de l'autre côté de la rue, fit un salut militaire. L'homme tira en s'appuyant sur le toit de sa voiture après avoir saisi dans sa main gauche son épais poignet droit autour de sa montre en or, pour bien viser. L'enfant se mit à courir en zigzaguant entre les arbres. Après avoir tiré six fois, et comme l'enfant n'était plus qu'une petite cible mobile qui grimpait la montagne au pas de course en direction des quartiers pauvres, le gros homme rechargea son pistolet en soufflant fort, remonta dans sa voiture rutilante et démarra en faisant rugir le moteur et crisser ses pneus au premier tournant.

Les genoux d'Escobar flageolaient, et les voitures, qui à aucun moment n'avaient cessé de passer, le frôlaient à toute allure, lui envoyant de brusques coups de vent chaud tandis qu'il chancelait sur le bord du trottoir. La soif lui tenaillait la gorge, mais son trip était complètement passé. Dès qu'il le put, il descendit vers la Septième Rue, entra chez un marchand de glaces, demanda un Coca-Cola glacé. Il y avait sur le mur une affiche avec une blonde en maillot de bain qui souriait : COLOMBIEN, DE CHEZ NOUS. Ce n'était pas non plus Ángela. Il pensa soudain à la camarade Zoraida, qui jouait sa vie dans la lutte contre l'impérialisme. Il ne voulut pas de Coca.

— Qu'est-ce que vous avez de national ?

— Kist, Lux, Postobón, suggéra l'employée.

Toutes ces marques avaient l'air plus étrangères que Coca-Cola. Il demanda avec un accent patriotique :

— Un Colombien, de chez nous.

Il but à longs traits le liquide douceâtre, la saveur de la patrie.

Chez lui, enfin. La petite bonne aux tresses lavait l'escalier.

—Le dimanche aussi, tu laves l'escalier ?

— Oh, moi, vous savez, je n'arrête jamais... répondit la bonne en rougissant.

L'exploitation. La plus-value. Il sauta par-dessus les flaques savonneuses. Une sèche lumière cuivrée d'après-midi entrait par la fenêtre. Il mit Telemann. Il alluma son mégot encore long et jaune, crépitant, coupé d'éclats de graines, et de lentes volutes jaunes s'élevèrent. Il fut très étonné de trouver le cendrier propre. Il regarda autour de lui, soudain sur ses gardes. Fina ?

— Fina !

Elle n'était ni à la cuisine, ni dans la salle de bains, ni dans sa chambre, Fina, dans notre chambre. Mais la cuisine était lavée, les assiettes étaient rangées en petites piles dégouttant encore, le lit était fait, les cendriers avaient été nettoyés. Henna, peut-être ? Henna n'avait pas la clé. Et Henna aurait attendu enfermée dans la salle de bains, par exemple, et, dès qu'elle l'aurait vu, elle aurait bondi sans pouvoir se retenir, comme un pantin à ressort, en riant et en criant : « Quelle surprise ! » Non : *surprise,* en anglais. Surpraïz ! C'était Fina, cela sentait Fina ; seule Fina, dès son arrivée, aurait commencé par vider les cendriers ; il était possible, même, de suivre la piste de Fina à travers cordillères et déserts en se repérant, sans erreur possible, à son sillage de cendriers propres. Ah, Fina, tu es revenue, mon amour, je t'attendais. Je me croyais à tout jamais seul dans cette vie, mon amour, sans toi. Je t'attendais, mon amour. Une vague de tendresse lui sauta soudain de la poitrine aux yeux, l'obligeant à s'asseoir : Fina, mon amour… Tu es là de nouveau, et l'appartement est propre. Ton appartement. Notre appartement. Tout est comme lorsque tu es partie : je n'ai touché à rien. En ton absence, les fleurs se sont fanées.

Les fleurs ! Des fleurs, mon amour, je ne t'ai pas acheté de fleurs. Tu reviendras parmi les fleurs. Ne reviens pas avant que je sois revenu avec tes fleurs. Il sortit en courant, acheta des brassées de fleurs, chrysanthèmes, glaïeuls, roses roses et jaunes, hortensias de la taille d'une tête d'enfant, des fleurs petites, blanches, champêtres, dont il ignorait le nom : des gypsophiles, lui dit la fleuriste. Il monta l'escalier quatre à quatre, répandant une pluie de pétales sur les marches tout juste lavées : un peu plus de travail pour la petite bonne. Et, maintenant que Fina était revenue, il éprouvait du remords d'avoir désiré la pauvre petite bonne, si insignifiante, si accessible, si voisine ; et Patricia, et Cecilia, et Ángela… Plus jamais, mon amour, plus jamais : je suis tout à toi, je n'ai plus sur moi l'odeur d'autres femmes, nous aurons un enfant quand tu voudras, ou deux. Il remplit de fleurs tous les récipients qu'il trouva. Il se doucha. Il mit une chemise propre. Se raserait-il ? Non, cette barbe est ta barbe : tous les trois ensemble, nous commencerons une nouvelle vie. Il pensa qu'il valait mieux réfléchir un peu plus à cette histoire d'enfant. Il convaincrait Fina d'attendre un peu. Douché, propre, prêt, il se servit un whisky et s'assit pour l'attendre.

Au deuxième whisky, Fina n'était toujours pas là. Impatient, nerveux, il tourna en rond dans le salon. Il s'arrêta devant sa table : bien rangées en petit tas, les feuilles de la lettre d'Henna étaient là, et sur la lettre, comme presse-papier, le soutien-gorge de Patricia. Son sang se glaça : Fina, furieuse, bien sûr, et à juste titre. Mais elle était revenue, elle était de nouveau revenue. Il mettrait à la poubelle le chiffon de Patricia : hommage à Fina, sacrifice expiatoire. En même temps, il lui sembla que ce serait une bêtise de le jeter. Il le cacha dans la bibliothèque, entre les livres. Il se servit un autre whisky et s'assit pour lire la lettre d'Henna, pour tuer le temps. C'étaient six pages noircies de haut en bas, de son écriture grosse et ronde, chacune d'elles numérotées avec des chiffres gras, rouges, au rouge à lèvres.

Cher Ignacio,

De quel droit lui disait-elle « cher » ? Il ne l'aimait pas, lui.

Je t'ai vu ce soir sortir du Bauteau Fantöm (ça s'écrit comme ça ?) (bon, tu sais que je ne connais pas le français), ou plutôt quand tu y entrais, ceux qui sortaient, c'étaient moi et Ernesto et des cousins à toi avec qui nous étions allés manger des fruits de mer, et en sortant, qu'est-ce que je vois, Ignacio avec une « autre », ça m'a fait quelque chose, tu sais ? Je ne sais pas, j'espérais bien te rencontrer un jour pour parler avec toi, mais pas comme ça, moi avec Ernesto et toi avec une « autre », ça m'a fait tout drôle. Bon, je ne sais pas comment te le dire, mais je « veux » parler avec toi, nous « devons » parler, j'ai passé mon temps à appeler chez toi et ton téléphone toujours occupé occupé occupé, nous « devons » parler, Ignacio, je sais que tu n'aimes pas qu'on dise « devons » ni rien de tout ça, mais c'est parce que tu m'as dit que tu devais aller chez ta maman et moi je suis restée à t'attendre et c'était un

« mensonge », je l'ai su après. Alors maintenant, oui, « s'il te plaît », nous devons parler ; tu t'en rends bien compte toi-même.

C'est ce que je voulais te dire, j'ai toujours essayé mais toi tu me disais non, plus tard. Parce que tu es un « égoïste », si ça se trouve tu ne le sais pas parce que tu ne t'en es pas rendu compte ou qu'on ne te l'a jamais dit, je ne sais pas, bien que ta maman m'ait dit qu'elle te l'a souvent dit (ah, je « dois » te parler de ta maman, nous sommes intimes, je l'adore).

De quel droit Henna adorait-elle sa mère ?

Moi je crois tout ce que dit ta maman mais c'est peut-être que personne ne t'a dit qu'il « t'aimait » vraiment ((je ne dis pas ça pour « elle », ne crois pas !!!)), parce que je crois que je t'ai « aimé » et que tu m'as « aimée », non, en vrai je ne le crois pas, j'en suis « sûre »... alors laisse-moi te le dire parce que je te le dis parce que je t'aime, tu n'es que pur pur pur égoïsme. Tu es « totalement » égoïste !!!

Et tu crois que ce n'est pas « mal » mais moi je crois que si, je ne dis pas « mal » dans le sens de péché ni tout ça, hein, mais « mal », tu me comprends, pas comme à l'église, ni tout ça, mais « mal », on en a beaucoup parlé avec ta maman et avec son ami monseigneur qui est un adorable petit vieux, je l'adore, il n'a pas l'air d'un « curé » ni rien, tout le contraire, très moderne, très psychologue (ça s'écrit comme ça ?) et il est hypercultivé. Bon, tu le connais mieux que moi, il m'a dit que c'est lui qui t'a baptisé, inutile d'insister. Bon, tu crois qu'être « égoïste » ce n'est pas faire le « mal » et moi je crois que c'est pour ça que tu es si « mal », je te le dis sérieusement, Ignacio... Je crois que tu ne « peux » pas être heureux parce que tu es trop trop trop égoïste, ce qui s'appelle trop. On ne peut pas être heureux comme ça même si on le veut, on aurait beau le vouloir, c'est exactement le contraire, on est malheureux parce qu'on s'aime trop soi-même, tu vois ? Je ne sais pas si c'est clair, c'est pour ça que j'aimerais mieux qu'on parle tous les deux parce que tu sais que je ne sais pas écrire, à part des lettres ((bon, ça c'est une lettre, non ? Ah ah.))... Ce qu'il y a, c'est que tu crois qu'en étant « égoïste » tu es mieux protégé et qu'il ne peut rien t'arriver, mais c'est exactement le contraire, au contraire ce qu'il y a c'est que tu es tellement tellement tellement égoïste que tu ne peux pas vivre, tellement tu es égoïste, c'est exactement comme si tu étais en train de mourir. Je ne sais pas si ce que je veux dire est clair, c'est pour ça que j'aimerais mieux qu'on parle, si tu peux, bien sûr, si ton égoïsme te laisse « parler » et excuse-moi de te le dire (((ce n'est pas pour rien mais je crois que tu t'es très « mal » conduit avec moi en me disant des « mensonges » quand tu m'as dit que tu allais t'installer chez ta maman et je ne sais quoi mais je sais bien qu'après j'ai bien vu que c'étaient des « mensonges », mais bon)))...

Tu vas trouver bête que je te dise ça, mais je crois qu'il faut « se donner », Ignacio, sur ce point je ne suis pas tout à fait d'accord avec ta maman, je crois qu'il faut « se donner » et c'est justement ce qui t'arrive, tu ne « veux » pas te donner. Ce qu'il y a, c'est que je crois que ça, tu ne l'as pas encore compris et c'est pour ça que tu es si « mal ». Il faut « aimer » (((je sais que ça a l'air bête))) et je crois que ce qui t'arrive avec moi c'est que tu as eu peur « d'aimer » et que tu as eu peur de « te donner » et c'est pour ça que tu as dû te mettre à inventer tous ces « mensonges » (mais ça n'a pas d'importance). Moi non plus je ne comprenais pas, ne crois pas, mais maintenant j'ai compris avec Ernesto et je veux que toi aussi tu comprennes (on va se marier, je ne te l'avais pas dit ?), toi ce qu'il y a c'est que tu ne te donnes pas parce que tu t'aimes trop et c'est pour ça que tu ne peux pas vivre.

Je ne le comprenais pas non plus, je te l'ai dit, je l'ai compris maintenant c'est-à-dire « après ». J'ai compris beaucoup de choses « après » en parlant avec ta maman, avec Ernesto, avec Mgr Boterito Jaramillo qui est un curé incroyable (c'est lui qui nous mariera) ((je veux parler avec toi « avant »)).

Escobar frissonna. Il alla se servir un autre whisky. Fina n'arrivait pas.

(((mais bien sûr, tu vas dire que non, c'est sûr, non seulement sur la question de l'égoïsme et en fin de compte moi je te dis qu'est-ce que ça peut me faire, celui qui y perd, c'est toi, et pire encore, par pure « vanité » que jamais jamais jamais tu ne

reconnaîtras que tu as pu te tromper parce que c'est ce que tu es, un « vaniteux » et un « égoïste », mais ce n'est pas moi qui y perds.

Je veux « TE VOIR ». Je sais que tu n'as pas voulu m'appeler ni rien et que tu te caches mais ne te cache pas de moi, Ignacio, je ne t'aime plus, n'aie pas « peur » de moi, j'aime Ernesto, et l'amour c'est tout, tout, « tout », je souhaite que tu t'en rendes compte, que tout aille bien pour toi, je veux le meilleur pour toi. Mais il faut qu'on « parle », pas pour moi, pour toi, pour tous les deux. Je crois que je peux t'aider (tu vas dire qu'elle est bête, non ?) ou ne pas t'aider, parce que tu ne permets pas qu'on t'aide, mais te faire « voir », pour que tu puisses être heureux toi aussi. Moi maintenant je suis heureuse avec Ernesto. Et tu sais pourquoi nous n'étions pas heureux tous les deux quand nous vivions ensemble ? Eh bien pour ça, parce que tu ne « t'abandonnes pas », Ignacio, et je crois que vivre, c'est ça (figure-toi que je viens de me mettre à pleurer toute seule comme une idiote, rien qu'en me souvenant, je suis bête, non ?). Bon.

Ou plutôt peut-être que tu ne veux pas vivre, et alors tant pis pour toi, je ne peux pas t'aider ni ta maman ni « personne » (ta maman te connaît parfaitement, ce n'est pas qu'elle ne t'aime pas mais elle est comme ça, mais c'est ta maman, c'est une vieille dame géniale, il faudra que je te raconte, on parle de tout), bon.

Tu sais que je ne suis pas écrivain ni rien, Ignacio (l'écrivain, c'est toi, ah ah), c'est peut-être pour ça que je ne comprends pas, mais je crois que c'est pour ça que tu ne peux pas écrire non plus (qu'est-ce que ce serait si tu n'étais pas écrivain, ah ah), tu te souviens que je te demandais de m'écrire un poème « d'amour », et que tu ne pouvais pas ?

Escobar eut un haut-le-cœur de rage en y repensant.

Eh bien tu sais quoi ? sûr que c'était pour ça. Ce n'est pas que tu ne pouvais pas, comme tu le croyais, mais parce qu'au fond tu ne « voulais » pas parce que ça te faisait « peur », excuse-moi de te le dire, parce que tu es « lâche ». Pourquoi tu ne te laissais pas emporter, et tu ne te mettais pas à ta table pour me l'écrire ? Mais bien sûr, c'est que tu ne te laisses pas « emporter », c'est pour ça que tu ne vis pas les choses, tu te contentes de t'asseoir dans un coin pour y réfléchir et excuse-moi de te le dire, mais moi je crois que tu réfléchis « trop » aux choses et qu'il ne faut pas « tant » y réfléchir, il faut se laisser emporter. Je ne sais pas si chez toi c'est comme dit Leonor

Leonor ? De quel droit Henna appelait-elle sa mère « Leonor » ?

un problème de « caractère », évidemment elle te connaît mieux que moi (depuis ta naissance, ah ah) (((Ah, avant que j'oublie, Ignacio, il faut que tu appelles ta maman. Tu ne vas jamais la voir et elle est bien seule parfois, je lui tiens compagnie autant que je peux mais bien sûr, ce n'est pas pareil))). Mais bon, c'est que tu réfléchis trop aux choses, tu ne crois pas ?

J'ai réfléchi (ah ah, et moi qui te disais de ne pas réfléchir autant !!! mais c'est sérieux, j'ai beaucoup réfléchi, non seulement à notre histoire mais à tout, Mgr Boterito m'a donné des livres à lire) (Nitch, bon, de tout ! Tu as lu William Bleik (ça s'écrit comme ça ?), quand il dit que tu pousses ta charrue sur les os de tes ancêtres ? On ne dirait pas un curé, je te l'ai dit, je l'adore), mais bon, ce que je te disais : j'ai beaucoup réfléchi et je crois que ce qui t'arrive, c'est ça, que tu es « lâche ». Pas lâche lâche, tu comprends ? Mais lâche parce que tu as peur des choses parce que tu y réfléchis « trop » et après tu as peur de vivre les choses, tu me comprends ? (c'est pour ça que je veux qu'on parle, Ignacio, tu sais comme j'ai du mal à écrire) (et malgré ça j'ai déjà rempli je ne sais combien de pages, je ne sais pas, j'ai eu envie de t'écrire. Mais je veux qu'on parle. Je crois que maintenant on peut « parler », non ? parce que avant on passait le temps à faire l'amour (ne va pas raconter ça à Ernesto, ah ah). Mais par exemple je pense que tu es « lâche » parce que tu n'oses pas te dire la vérité à toi-même, tu me comprends ? Je ne dis pas que tu me dises la vérité à moi, ou pas à moi, disons à n'importe qui, je ne sais pas, à Fina (si ça t'est égal que je te parle de Fina, tu sais que je ne l'ai jamais revue ? Je ne sais pas quelle tête j'aurais faite, parce que imagine un peu) ou disons à l'« autre » avec qui tu étais hier soir (qui est-ce ? Je la connais ? J'ai à peine pu la voir, parce que dès que tu m'as vue tu es parti en courant. Mais ta cousine Lucía m'a dit que tu es toujours comme ça, que tu ne reconnais jamais personne et que tu ne dis pas bonjour ni rien. Tu sais qu'elle est super sympa, ta cousine ? Mais Juan Manuel surtout, il me fait tout le temps rire !!! (Tu sais qu'ils vont avoir un bébé ???!!!) bon, maintenant il faut que je relise pour voir ce que j'étais en train de dire. Bon.

Ah, oui, bon (je ne sais pas comment vous faites, vous les écrivains, tu sais que là, je t'admire !). Ce n'est pas que tu dises des « mensonges », disons à moi (comme ceux que tu m'as dits ! Mais bon), ce n'est pas ça qui est grave, ce qui est grave c'est que tu es « obligé » de mentir à tout le monde et pas seulement à moi mais à tout le monde parce que pour commencer tu te mens à toi-même, tu me comprends ? Je ne sais pas, moi je ne pourrais pas, parce que après on est obligé de se « mépriser » soi-même, ou plutôt non, pas se mépriser mais haïr l'autre parce qu'on lui a raconté des mensonges, tu me comprends ? comme si c'était la faute de l'autre. Bon, je ne sais pas.

Je ne sais pas, peut-être que je réfléchis beaucoup, ou plutôt que je lis beaucoup (je n'avais jamais lu Nitch, et toi ?) ((Ça s'écrit comme ça ? Nitch ? Si j'avais le livre avec moi je recopierais le titre, mais je l'ai déjà rendu à Germán. Ça me fait tout bizarre de l'appeler Germán, tu imagines ? Mais c'est qu'il n'a pas l'air d'un curé ni rien. Et c'est lui qui me dit de l'appeler Germán. Il m'adore.))

Bon, mais je pense que quand on se « ment » à soi-même, c'est le pire qui puisse arriver, tu ne crois pas ? parce que c'est comme si on ne s'acceptait pas soi-même, non ? Je ne sais pas l'expliquer ; ou plutôt, je ne sais pas écrire, mais c'est bien ça : parce que alors on explique tout, ah, ça, c'est à cause de ça, ah, et ça à cause de ça, et ça à cause d'autre chose encore, tu vois ? comme dans une série. Sauf la fin, tu comprends ? C'est-à-dire le moment où on se ment à soi-même. Je ne sais pas, j'en ai vaguement parlé avec Ernesto, mais comme il n'est pas comme ça, il ne comprend pas. Et en même temps je ne peux pas lui dire comment tu es, ni rien (évidemment). (Évidemment, il sait, il n'est pas idiot, que toi et moi on a été ensemble et tout ça, mais je ne sais pas s'il sait que nous avons habité ensemble, quoique, je ne sais pas, peut-être bien que si. Mais je ne sais pas, je n'aime pas parler de toi avec lui.) ((En plus, il m'arrive d'être un peu triste, idiote, non ?)) ((Ernesto est à moitié jaloux de toi, je te dirais.)) (((Tu parles, il est adorable, il s'en fiche. Bon, il ne s'en fiche pas, mais il ne dit rien.)))

Là s'achevait la lettre d'Henna. Ou peut-être qu'elle ne s'achevait pas : elle s'interrompait. Il n'était pas impossible qu'il en ait égaré une page. Il se dit qu'il la lirait avec Fina, quand Fina reviendrait. Fina qui n'arrivait pas. Il était déjà ivre, mais il se servit un autre whisky. Garder cette lettre, vu les circonstances, était peut-être imprudent. Il commença à la déchirer. Il réfléchit davantage. (Henna avait peut-être raison sur ce point : il réfléchissait trop aux choses.) Il la rangerait dans un livre, en attendant des jours meilleurs.

Il plia la lettre, la plaça entre les pages du Nouveau Testament. Peut-être gardait-il trop de choses. Il repêcha derrière les livres le soutien-gorge de Patricia, qui d'ailleurs – il s'en rendit compte – était mal caché. Peut-être devrait-il le mettre à la poubelle. Mais ce n'était pas une ordure. Une fois dans la cuisine, il s'en repentit. Il avait faim. Il mangea quelques morceaux de fromage, en les faisant passer avec du whisky (regarde, Fina : j'ai fait le marché. Tout seul, comme un homme), et il se lava les dents pour que Fina ne trouve pas, lorsqu'elle rentrerait, que son baiser avait un goût de fromage. Il parcourut tout l'appartement, pensif, cherchant une cachette appropriée pour les dentelles de Patricia. Un endroit où Fina ne les trouverait pas lors d'une frénésie de ménage, et où, en même temps, il ne les oublierait pas. Il ouvrit des tiroirs, des commodes, et même le dangereux compteur d'électricité. Il ouvrit la penderie de Fina. Elle était vide.

Étonné, il la referma. Et la rouvrit aussitôt, sans comprendre encore, pour voir de nouveau l'insolite propreté des étagères, les cintres luisants, et ce papier du fond de l'armoire, avec des cygnes, qu'il ne croyait pas avoir jamais vu. Il laissa tomber son verre par terre, le soutien-gorge de Patricia, sans les entendre tomber, il sentit son cœur s'arrêter comme une montre et son corps se vider de toutes ses forces. Mais il restait debout, les yeux hébétés de stupeur devant l'incroyable papier peint aux cygnes du fond de l'armoire. C'étaient, il le voyait maintenant, des cygnes volant en bande, comme des canards, et jamais il n'aurait soupçonné que les cygnes puissent voler, dans l'armoire vide et abandonnée qui conservait encore, ténue, l'odeur de Fina. Et, brusquement, en percevant cette odeur intangible et irrécupérable désormais, il eut un étourdissement et, se recroquevillant, il tomba à genoux par terre, les jambes coupées tout à coup. Il respira une énorme bouffée de poussiéreuse odeur de tapis et resta allongé, les yeux ouverts et sans larmes fixés sur le parquet. Il était soûl, Fina ne reviendrait pas. Elle n'était revenue que pour s'en aller. Il se traîna par terre, grimpa avec les mains et les pieds sur le lit fait, tout habillé, pelotonné, les genoux contre la bouche. Il les mordit à s'en faire mal aux mâchoires. Il se mit soudain à pleurer silencieusement, incapable de contenir ses larmes chaudes et rageuses, et éprouva une douleur aiguë au plus haut du cou, tout près du cervelet. Il s'endormit, d'un seul coup également, avec la lumière allumée, dans l'intense parfum des fleurs inutiles.

Il se réveilla tout habillé, étonné d'être habillé, reposé, calme. Dans la salle de bains, il fut de nouveau frappé par l'horreur de la réalité : les étagères vides, sans crèmes de beauté, sans maquillage ni cosmétiques. Ils avaient survécu, mis à l'écart, y compris au dévorant passage d'Henna. Et maintenant ils n'étaient plus là. Son propre visage dans la glace lui sembla absurde.

Où chercher Fina ?

Il frappa avec détermination à la porte du rez-de-chaussée. Ce fut la petite bonne qui lui ouvrit, rouge de confusion, fuyant son regard.

— Tu n'as vu personne, hier ?

— Si, bien sûr, Monsieur. Madame est venue, en taxi.

— Avec quelqu'un ?

— Le chauffeur.

— Rien que le chauffeur ?

— Je ne sais pas, Monsieur, je n'ai pas vu, je n'ai pas fait attention.

— Pourquoi n'as-tu pas fait attention ?

— Je ne sais pas, Monsieur. Je sais simplement qu'il n'arrêtait pas de klaxonner.

— Par où sont-ils partis ?

— Je ne sais pas, Monsieur, je n'ai rien vu, je ne faisais pas attention.

La petite bonne était au bord des larmes, les yeux déjà mouillés. Ce n'était pas sa faute, bien sûr, mais elle aurait dû faire attention, noter le numéro du taxi.

— Tu sais écrire ?

— Un peu.

Ce n'était pas sa faute, la pauvre. Escobar la remercia.

— Monsieur est amoureux de Madame ?

La question le désarçonna. Ce n'était pas cela. Oui, bien sûr, il était amoureux.

— Ce n'est pas ça, c'est que je pensais...

Il remonta l'escalier, soucieux. Où chercher Fina, sans un indice, sans même le numéro minéralogique d'un taxi ? Ana María. Mais Ana María ne lui dirait jamais rien. Sa famille à Cali. Il n'avait pas la moindre idée de l'adresse de sa famille à Cali. Ni du nom de son père. Un certain M. Gómez, ingénieur. C'était incroyable : il avait vécu plus de trois ans avec Fina et il n'avait pas la moindre idée du nom de son père. Avait-elle des frères et sœurs ? Oui, trois. Ou quatre. La plus jeune s'appelait Titi, ou Tuti, ou Tati. C'était un indice très vague. Une gamine de huit ans à peu près qui s'appellerait Titi, ou Tuti, ou Tati, et qui vivrait à Cali. Dans les romans, on retrouve les gens grâce à l'étiquette de leur teinturerie. Mais Fina avait emporté ses vêtements. Cela ne serait pas facile.

Il examina l'armoire vide, centimètre par centimètre. Pas un fil. Il lui sembla que l'odeur qui y était enfermée était moins intense que la veille au soir, et qu'elle se confondait maintenant avec l'arôme fané des fleurs. Il ne pourrait pas non plus suivre sa trace à l'odorat. Il respira à fond l'odeur de l'armoire, très ténue, une odeur de poussière. Il éternua.

Sur une planche du haut, au fond, il trouva des sandales. Il ne se souvenait pas que Fina ait jamais porté de sandales. Elles avaient l'air d'être à Henna. Il les examina, dubitatif. Henna avait le pied plus grand, mais il ne pouvait en être sûr. Il les posa au centre de la chambre et essaya de recréer Fina tout entière en imagination à partir de ces sandales (vertes, en cuir imitation plastique : elles ne pouvaient pas appartenir à Fina), comme un naturaliste qui reconstitue le squelette d'un ichtyosaure à partir d'une de ses lombaires. De là sortait la cheville, montait la jambe, avec le genou et la cuisse là, la hanche arrivait à peu près ici. Ça, c'était le ventre, avec une cicatrice d'appendicectomie, là, à droite. Ou à gauche ? La mémoire est terrible. (Ou bien était-ce Henna qui avait une cicatrice ?) Il n'était pas possible qu'il ne se souvienne déjà plus de Fina. Ses yeux. De quelle couleur étaient ses yeux ? Changeants. Ce n'était pas possible, ce n'était pas possible qu'il ne se rappelle déjà plus avec exactitude la couleur des yeux de Fina. Il se dit qu'il aurait dû faire plus attention, la veille. La veille ! Et il avait toute la vie devant lui. Toute la vie sans Fina. Mais où commencer à la chercher, et comment, s'il ne savait déjà même plus à quoi elle ressemblait ? Il ne pouvait pas courir le pays comme un imbécile en demandant si on avait vu une fille aux yeux changeants.

Cela faisait longtemps (des années : dans les premiers jours de leur liaison), il avait écrit un poème sur les yeux de Fina. Il ne se rappelait pas un seul de ses vers. Il s'assit par terre à côté de sa table, en ôta les tiroirs, se mit à chercher parmi les vieux papiers. Poèmes, fragments de poèmes, traductions de poèmes de l'époque où il faisait des traductions pour une revue littéraire éphémère. Un romance lorquien découpé dans un supplément littéraire, jaune et cassant entre ses doigts :

Sur la noble terre des gens
volent de lourds oiseaux de mort.

Papiers pliés ou attachés avec des trombones, vers isolés griffonnés sur un coin de journal, en marge d'autres vers, un cahier à spirale plein de brèves proses poétiques, écholaliques. Une honte rétrospective l'envahit. Ébauches de sonnets. À une époque, il avait pratiqué le sonnet avec opiniâtreté. Vers automatiques de sa période surréaliste, vers énigmatiques de sa période symboliste. Le début d'un poème épique sur Bogotá. Il ne pouvait tout de même pas avoir passé sa vie à écrire toujours les mêmes vers. Coupures de journaux, une admirable recette de bar au sel qui était presque une ode anacréontique. Notes pour articles (à une époque, il publiait des articles dans des suppléments littéraires). Deux vers isolés sur un papier, qui lui plurent :

« Les choses sont égales aux choses / lumière dans la lumière, mémoire dans la mémoire. » Il eut l'impression qu'ils n'étaient pas de lui. Une longue liste de pelages de taureaux de combat : *bragado, entrepelado, barcino, zaíno, lombardo, bocinero, ensabanado, gateado, jabonero, galano, tozalbo, sirgo, capirote, sardo, cárdeno, meco, meleno, caribello*... Ses propres vers ne parviendraient jamais à atteindre cette perfection de sonorité précise, nécessaire. Chemises rouges et grises débordant de vers. Un jour, Fina avait commencé à y mettre de l'ordre (Fina ne reviendrait pas). Ah, oui, le poème aux yeux de Fina. Il fut vexé de le retrouver : elle ne l'avait pas emporté avec ses affaires.

Tes yeux sont deux navires
sur l'eau profonde.
Tes yeux sont l'eau
claire et profonde.

Eau et eau changeante
personne n'a mon amour
les mêmes yeux que toi
les mêmes yeux que toi.

C'était ça. Des yeux changeants. Il n'avait pas avancé d'un pas. Il se souvint que les vers aussi étaient changeants, chose qui avait ravi Fina.

Tes yeux sont deux navires
tes yeux sont l'eau
eau et eau changeante
les mêmes yeux que toi.

Sur l'eau profonde
claire et profonde

personne n'a mon amour
les mêmes yeux que toi.

Il fixa au mur les deux yeux écrits, à la hauteur des vrais yeux de Fina, et essaya de nouveau de la reconstruire dans l'air. Ses cheveux, son nez. Il n'arrivait pas à faire le nez. Sans doute n'était-il pas un bon naturaliste. Ou peut-être que les yeux du poème n'avaient rien à voir avec ceux de Fina. Il n'était pas un bon poète. Il n'était rien, au fond. Et il n'avait jamais voulu être quelque chose.

Durant toute son enfance, il avait été terriblement irrité par l'insatiable ambition de son frère Focioncito, qui voulait être tout. Il voulait être employé de l'électricité, pour grimper aux poteaux avec des crochets aux pieds. Il voulait être agent de la police montée du Canada. Il voulait être propriétaire d'un marteau pneumatique pour percer les rues. Il voulait être cycliste, chauffeur, camionneur, agent de la circulation, grutier. Escobar ne voulait absolument rien être. Focioncito courait et bondissait, et devenait tout rouge sous l'effort. Escobar s'endormait dans le jardin en regardant les nuages, la bouche ouverte. Sa mère disait (il l'entendait parfaitement, et elle savait parfaitement qu'il l'entendait) :

— Je ne comprends pas le caractère de cet enfant. C'est un enfant qui n'a pas de caractère.

Une tante pleine d'illusions avait répondu :

— Quel enfant poétique…

Et c'est ainsi, à la longue, qu'il était devenu poète, ce qui est comme n'être rien. Un refuge, une excuse. Il était devenu poète parce qu'il avait en horreur les vibrations des marteaux pneumatiques pour percer les rues, parce que les poteaux électriques lui donnaient le vertige, parce qu'il lui semblait effrayant de devoir aller jusqu'au Canada pour être agent de la police montée. C'était cela, peut-être : il manquait de caractère. Et sans sa tante pleine d'illusions, il aurait été diplomate.

— Avec l'allure que tu as, mon petit, ta voie est toute tracée, lui avait dit cent fois Lulucita Pineda.

Il alla se regarder dans la glace. Il examina son allure d'un œil critique. Les côtés de son front commençaient à être considérablement dégarnis. Sa barbe, en revanche, commençait à être très bien. Dernièrement, des rouleaux de chair blanche avaient fait leur apparition sur ses hanches, son ventre commençait à s'arrondir et recouvrait sa ceinture. Il faudrait qu'il pense à faire du sport. Ah, mais faire du sport, comme les jeunes cadres... Il n'était pas un jeune cadre. Il n'était rien du tout. Il n'avait aucun caractère. Il ne savait pas qui il était.

Il interrogea la glace :

— Escobar, qui es-tu ? Escobar...

Personne. Même en ce moment, si grave, il n'était personne : il copiait Ángela.

Ángela, merde. Il avait perdu Ángela. La faute de Fina. Merde, il avait perdu Fina. La faute d'Ángela. Oui, mais il avait perdu Fina. Il ne se rappelait même pas comment étaient les yeux de Fina. Changeants. Merde, il avait perdu Fina.

Il retourna au salon, se fit un joint d'herbe noueuse de la Sierra. Il fuma. Seul dans la vie, avec l'envie de pleurer sur lui-même. Plus personne ne l'aimait. Et lui n'aimait personne.

Avait-il aimé Fina ? Oui, bien sûr, Fina... Ou peut-être que non. Il ne se rappelait même pas ses yeux. Il n'avait peut-être pas aimé Fina : ç'avait été de l'inertie. Quand il s'en était rendu compte, Fina était déjà chez lui. Peut-être n'avait-il jamais aimé personne. Il n'avait jamais vraiment voulu être le fils de sa mère. Et, bien sûr, sa mère aurait préféré qu'il ne soit pas son fils, puisqu'elle avait Focioncito. Il n'avait même pas détesté Focioncito. Ou si ? Peut-être. Il s'était tué à temps, en tombant de la balançoire. Escobar s'était souvent demandé si ce n'était pas lui qui l'avait tué, lui qui probablement poussait la balançoire, ce jour-là. Une poussée de travers, un coup perfide dans la chaîne, et paf. Mais il était peu probable qu'il se soit jamais donné la peine de pousser une balançoire. Il avait peut-être tué Focioncito, mais probablement pas. Mille fois, dans son lit d'enfant, face au lit intact et vide de son frère, il avait imaginé avec tous les détails que c'était lui le mort, et il s'était même vu : pauvre petit Ignacio mort. Et il avait pleuré, tout seul. Il avait pensé que sa mère pleurerait peut-être en le voyant mort. Mais il savait bien que non. Et il avait pleuré tout seul. Il pleura à cet instant, à ce seul souvenir.

Mais ce n'était plus l'heure de pleurer. Il devait faire quelque chose.

Mais quoi ? Il n'était pas un homme d'action. Il n'était rien. Il devait commencer à être quelque chose.

Quoi ?

Son mégot s'éteignit entre ses doigts, laissant sur le papier une tache huileuse. Il le laissa tomber sur le tapis. Que faire ? Il était seul. Il pouvait aller à la recherche de Fina. Ah, mais où…

Oui. Il rechercherait Fina. Il récupérerait Fina. Et ça, pour commencer. Il ne pouvait permettre que la vie, sa vie, s'effrite entre ses doigts. Ana María avait très certainement l'adresse de Fina à Cali. Un M. Gómez, ingénieur. Et sinon, son oncle Foción pourrait l'aider : les banques savent toujours retrouver les gens. Il ne pouvait pas y avoir des dizaines de Gómez ingénieurs à Cali, pères de plusieurs filles, l'une Fina, l'autre Tuti, et plusieurs entre les deux, une ou deux. Mieux encore : il travaillerait à la banque. Peu à peu, à force de travail et d'action, il aurait de l'avancement. Il porterait les cravates de sa mère. Il vivrait la vie qu'il n'avait jamais vécue. Il serait un bon fils. Il irait voir sa mère. Il se marierait avec Fina. Ils auraient un enfant, ou plusieurs. Il ferait tout ce qu'il n'avait jamais voulu faire. Sa vie, il le voyait maintenant, n'avait été faite que de refus : ne pas être fils, ne pas être père, ne pas travailler à la banque. Ne pas être lui. N'être rien. Maintenant, il serait. On allait voir ça.

Machinalement, il commença à rouler un nouveau joint de marijuana de la Sierra.

Non, ce n'était pas ça. Il le défit. Il éparpilla toute l'herbe au milieu de la table. Il laissa tous ses papiers dispersés par terre. Il les rangerait plus tard. Non : il les balaierait. Il serait un autre, désormais.

Il se leva pour aller contempler son nouveau visage dans la glace. Il s'arrêta, un pied en l'air. Non, ce serait le premier pas dans sa nouvelle vie : ne pas se regarder dans la glace.

Tous les téléphones publics du voisinage étaient cassés, saccagés, sans fils, avec des inscriptions obscènes ou absurdes, souvent en vers. Mais ils ne lui inspirèrent ni envie ni nostalgie. Il prit un taxi, traversa le désordre de la ville en se sentant curieusement indifférent : il ne voyait passer que des foules floues, des maisons, des voitures, par la fenêtre fermée comme l'hermétique plaque de verre d'un aquarium. Le trajet vers le centre passa en un clin d'œil. Il sonna à la porte de Federico. Après un moment, il sonna de nouveau. Il entendit enfin un trot derrière la porte et une voix de femme :

— Voilà, voilà, voilà…

Ce fut la fille aux cheveux frisés qui lui ouvrit, en boutonnant son corsage.

— Quel miracle, don… !

Elle hésita, comme si elle ne le reconnaissait pas. Il avait tant changé ?

— Comment ça va, Semíramis. Federico est là ?

— Berenice, don…

— Pardon, Berenice. Ignacio. Ignacio Escobar.

— C'est ça, don Ignacio ! Ça faisait longtemps ! Et qu'est-ce qui nous vaut ce miracle ?

C'était peut-être un miracle, en effet. Il fit un geste vague de la main.

— Federico est là ?

— Il est sorti avec Madame Anmery. Mais entrez donc prendre un café, don Ignacio.

— Ana María n'est pas là non plus ? Il fallait que je lui parle…

Berenice rit, rejeta d'un coup en arrière avec la main sa chevelure noire, montrant ses aisselles.

— Eh bien, vous allez pouvoir prendre votre petit café sans vous presser, don Aiñas. Ils sont partis à la clinique, et jusqu'à ce que Madame Anmery aille mieux.

— Aille mieux ? Qu'est-ce qu'elle a ?

Berenice émit un gros rire en rougissant en en dissimulant son visage derrière une grosse mèche frisée et noire, toute luisante. Escobar s'inquiéta. C'était peut-être un cancer.

— Qu'est-ce qu'elle a ? C'est grave ?

Berenice rit de nouveau, confuse. Elle finit par faire un geste ambigu sur son ventre, gainé dans un pantalon vert menthe. Escobar se souvint enfin qu'Ana María était sur le point d'accoucher. Ah, bien sûr. Mais cela compliquait les choses.

— Prenez donc votre petit café, don Aiñas. Ces choses-là, c'est toujours un peu long.

— Et Ángela ?

— Mademoiselle Einchi est partie avec le petit Mateo jusqu'à ce que Madame Anmery revienne.

Elle lui fit un clin d'œil coquin.

— C'est que ce don Fedy est un vrai démon... !

Escobar entra. Il prendrait un café. Berenice le précéda en claquant des talons et en se dandinant dans son pantalon tendu à éclater. Elle chassa les deux chats de la table.

— Dehors, les chats !

Les chats se faufilèrent derrière les toiles dressées et les fragments de plâtre, de mauvais gré, silencieux. Berenice agita sa chevelure frisée, humide, noire, brillante.

— J'étais en train de me laver les cheveux, don Aiñas, mais pas de problème. Je vous apporte tout de suite votre petit café.

Escobar s'assit, ne sachant que faire. Ah, si : appeler son oncle Foción. Un certain Gómez, de Cali, ingénieur : comment pourrait-il le retrouver ?

Il dut d'abord chercher dans l'annuaire le numéro de la banque. Foción n'y était pas. Il chercha le numéro de son domicile. On répondit simultanément par trois appareils distincts : son oncle Foción, sa tante Clema, sa cousine Patricia.

— Oncle Foción ? Ignacio, à l'appareil.

— Ah, Ignacito... dit son oncle Foción.

— Salut, Ignacio, tu n'appelles pas souvent, hein ? dit Patricia.

— Mon petit... comment va ta maman ? interrogea sa tante Clemencita.

— Bien. Non. Bon. Écoute, mon oncle, je t'appelle parce que...

— Raccroche, papa, c'est pour moi ! C'est Ignacio ! cria Patricia.

— C'est moi qu'Ignacio appelle, ma petite, dit Foción dans l'autre appareil. Dans cette maison, il arrive aussi qu'on m'appelle moi, qu'est-ce que tu crois. Tu n'es pas la propriétaire du téléphone.

Sa tante Clema intervint, à l'autre appareil :

— Ne vous disputez pas, mes amours, ne vous disputez pas. Ignacio, dis-leur de ne pas recommencer à se disputer, j'ai la tête comme un…

— Raccroche, ma petite.

— Raccroche, toi, papa.

— Je suis en train de parler avec ton cousin Ignacio, tu n'entends pas ?

— Mais, papa, c'est à moi qu'il veut parler ! Pourquoi veux-tu qu'Ignacio veuille parler à un vieux réactionnaire ? Pas vrai, Ignacio, que c'est moi que tu appelles ? Raccroche, papa, s'il te plaît. Tu remarqueras que je te dis « *s*'il te plaît ».

— Tu entends ça, mon petit ? Tu entends cette gamine impertinente ? Dans ma propre maison… Patricia, cela pourrait être un appel important, cela pourrait être de la présidence.

— Papa, mais enfin tu n'entends pas que c'est Ignacio ? Tu deviens gaga. Raccroche.

— Ma chérie, ne parle pas comme ça à ton papa, intervint la tante Clemencita.

— Ah, maman ! Raccroche, toi aussi ! Je parle avec Ignacio. Tu vois, Ignacio ? C'est toujours comme ça. Chaque fois que quelqu'un appelle, c'est eux qui décrochent. Ils me surveillent. Pour voir si je parle en cachette avec Jefferson.

— Ne prononce plus jamais ce nom dans cette maison, dit Foción en toussant.

— Ah, papa, s'il te plaît… ! Jefferson, Jefferson, Jefferson Calarcá Marroquín ! Ça te va comme ça ?

— Ma chérie, je t'interdis…

— Ah, mes amours, ne vous disputez pas !

— Qu'est-ce que tu m'interdis, dis voir un peu, qu'est-ce que tu m'interdis ?

— Je t'interdis de prononcer de nouveau dans cette maison le nom de ce nègre. Tu l'entends, Ignacio ?

— Ce n'est pas un nègre !

— Si, et noir comme ce téléphone, ma chérie.

— Ah, je ris, elle est bien bonne, ha ha ! Tu les entends, Ignacio ? dit Patricia avec des larmes dans la voix. Ce sont de vieux réac, des cons.

— Ma chérie ! Ta maman écoute à l'autre téléphone !

— Eh bien, qu'elle écoute ! Ça la changera, au lieu de passer son temps à se plaindre…

— Patricia ! s'exclama Foción en s'étouffant, apoplectique. C'est ce que ton nègre t'apprend ?

— Ce n'est pas un nègre ! En plus il ne m'apprend rien, j'apprends toute seule. Tu crois que je suis encore un bébé ? Tu te rends compte, Ignacio ? Ils croient que je suis un bébé. Raconte-leur, toi qui sais…

On entendit au téléphone le rire de Patricia, amusée. Elle prit une voix sensuelle :

— … ce que nous savons…

Foción s'étrangla :

— Ne me dis pas que cette espèce de nègre a osé… !

Et la tante Clema intervint, larmoyante :

— Sorti d'on ne sait où, ma chérie, ce n'est pas un garçon pour toi… Ignacio, dis-le-lui, peut-être qu'elle t'écoutera, toi, parce que nous, tu vois bien que…

— A osé quoi, papa ? Hein, papa, dis-le, dis-le donc, si tu oses !

— Je me fiche de savoir ce qu'ose ce… monsieur, dit Foción avec un effort manifeste. Laisse-moi parler avec ton cousin. Tu entends, Ignacio ? Toute la journée à parler de ce petit nègre…

— Jefferson n'est pas un nègre ! Et après tout, hein, qu'est-ce que ça fait : espèce de nègre, petit nègre. Ne sois pas raciste, en plus. Et en plus je ne lui parle plus : on s'est fâchés.

La tante Clema reprit, à l'autre téléphone :

— Oh ! Comme je suis contente ! Tu ne peux pas savoir, ma chérie ! Tu ne peux pas savoir à quel point nous étions préoccupés, ton oncle Foción et moi, Ignacito. Un garçon, soi-disant un Marroquín, sorti de je ne sais où… En tout cas, pas des Marroquín Marroquín, mais va savoir de qui… En plus, il paraît qu'il était à moitié communiste.

— Pas communiste, ne dis pas n'importe quoi, maman !

— Ma chérie ! Ne parle pas à ta maman sur ce ton !

— Alors dis-lui de ne pas parler de ce qu'elle ne connaît pas ! Tu l'as entendue, Ignacio ? Communiste ! Socialiste : du Parti socialiste des travailleurs.

— C'est ça, des travailleurs... se défendit faiblement la tante Clema.

— S'il te plaît, maman, raccroche et mêle-toi de ce qui te regarde.

— Ne parle pas comme ça à ta maman ! s'écria Foción en luttant pour avaler de l'air. Tu l'entends, Ignacio ? Et ne mentionne plus jamais cet individu.

— Ouais ! Maintenant c'est un *individu* ! C'est ça, de mieux en mieux ! Tu les entends, Ignacio, tu vois comment ils sont ? Je ne peux plus les supporter ! Mais bon, papa, tu ne vas pas me laisser non plus parler avec Ignacio ? Raccroche, et remarque que je te le demande en disant « s'il te plaît ». C'est Ignacio, ton neveu Ignacio, Ignacio Escobar Urdaneta, d'une magnifique famille. Ça te va ? Avec lui, je peux parler ? Alors raccroche, s'il te plaît. Ah, Ignacio, dis-lui de raccrocher, de raccrocheeeeeeer !!!! Je vais devenir folle !

Escobar raccrocha.

Bien. Et maintenant, que faire ? Berenice lui avait servi un café. Il le but. Berenice avait enlevé son pantalon vert menthe et mis une minijupe qui laissait voir la chair de ses cuisses, et maintenant elle faisait tinter ses bracelets autour de ses bras nus. Elle allait et venait dans l'atelier.

— Votre petit café est assez sucré, don Aiñas ?

— Oui, merci, Berenice, c'est parfait.

— C'est que les hommes sont tellement pointilleux, ajouta Berenice en riant, coquette.

Escobar alluma une cigarette. Que faire ? Berenice émergea de nouveau du bout de l'atelier, cette fois avec un corsage à volants et une jupe droite.

— Vous me faites un défilé de mode, Berenice ?

Elle rit de son rire sensuel, nerveux, fit voler sa crinière et s'avança en ondulant des hanches.

— Houla, et ça, qu'est-ce que c'est, don Aiñas ?

Elle continua à tourner dans la pièce, en s'arrêtant pour examiner les sculptures de Federico.

— Vous aimez ce que fait don Fedy, vous, don Aiñas ? Moi, comme je ne comprends pas...

— C'est parce que c'est de l'art pour le peuple, expliqua Escobar.

— Ah, c'est ça, c'est ça ! Je me disais aussi, c'est bizarre, non ?

Elle continua à se dandiner. Escobar ne faisait pas beaucoup attention à elle. Il composa le numéro de sa mère. Il voulait lui dire qu'il l'aimait, qu'il irait la voir plus tard, qu'il voulait féliciter Henna et Ernestico pour leur mariage, qu'il allait lui-même se marier avec Fina et qu'il aurait plusieurs enfants. Qu'il voulait remercier Henna pour tout. Et sa maman : merci de l'avoir mis au monde, de lui avoir fait le merveilleux cadeau de la vie. Vivre, vivre. Il allait vivre, désormais.

— Maman !

— Mon petit. Tu n'appelles jamais.

— Je n'ai pas pu, maman. Mais maintenant, oui, je te le promets. Mon téléphone était en panne.

— Mensonges, mon petit. Comme d'habitude.

— Cette fois c'est vrai, maman. J'ai changé. Tu es seule ? Je vais venir te voir.

— Ah, pas aujourd'hui, mon petit. J'attends de la visite.

— Et alors ? Je peux venir, moi aussi.

— Non, mon petit, parce qu'il y aura tout le monde. Il y aura Lulucita. Et Ricardito, bien sûr, et monseigneur. Viens plutôt un autre jour.

— Et alors ? Chaque fois que je viens, ils sont tous là. J'arrive, maman, attends-moi.

— Mais, mon petit, il y a des gens qui viennent prendre le thé.

— Tout le monde prend le thé chez toi tous les jours, maman.

— Pourquoi ne viens-tu pas plutôt demain ? Ou après-demain, je ne sais pas.

— Qu'est-ce que tu as, maman ?

— Ma tension est très basse. Tu le sais.

— Tu ne veux pas que je vienne ?

— Si, mon petit. Mais un autre jour.

Escobar réfléchit un instant, déconcerté.

— C'est encore Ernestico ?

— Ah, mon petit, tu crois que ma tension est un prétexte d'Ernestico pour me soutirer de l'argent. Et j'imagine que oui, mais le pauvre. Ah, il se marie, tu le savais ? Avec cette petite amie de Cali que tu avais, si charmante, Fina.

— Henna.

— Henna, ou Fina. J'oublie tout, mon petit.

Escobar se contint.

— Quelle bonne nouvelle ! Moi aussi, je vais me marier, maman, je voulais te le dire.

— Ah oui ?

— Oui, avec ma petite amie de Cali, Fina. Tu te rappelles ? Nous allons avoir un enfant.

À l'autre bout de la ligne, doña Leonor ne manifesta aucun intérêt.

— Ah...

— Mais, maman, tu ne voulais pas un petit-fils ?

— Un petit-fils ? Non, mon petit. Que veux-tu que je fasse d'un petit-fils, à l'âge que j'ai.

— Mais, maman...

— Bon, mon petit. Il faut que je raccroche. J'attends un coup de téléphone.

— De qui ?

— Je ne sais pas. De quelqu'un. Je suis tellement seule...

Et elle raccrocha. Escobar resta un instant l'appareil à la main, avec l'impression d'être un imbécile. Il refit le numéro, rageusement. Il raccrocha avec force. Berenice fit une nouvelle entrée, du fond de l'atelier, vêtue cette fois d'une petite robe très courte dont les coutures semblaient sur le point de craquer : elle lui arrivait à l'aine. Il crut reconnaître la couleur rose et noir, la texture crissante et fuyante de la soie : oui, c'était la robe d'Ángela.

— Don Aiñas, vous pouvez me rendre un petit service ? demanda Berenice d'un air charmeur et félin en se tournant d'un coup pour lui montrer son dos charnu et arrondi et en relevant sur sa nuque sa chevelure noire.

— Je n'arrive pas à agrafer mon soutien-gorge, avoua-t-elle en riant.

Escobar ajusta les deux bretelles noires qui lui mordaient les épaules et le dos. Elle garda un instant encore les bras en l'air, les épaules offertes, les aisselles nues et épilées. Elle lui lança un regard lascif par-dessus l'épaule en fermant à moitié les paupières et en formant avec sa bouche un cœur couleur écarlate.

— Don Aiñas, vous êtes un vrai *yéntleman*.

En se retournant, elle lui frôla la poitrine avec ses deux seins puissants, parfumés, couverts d'une couche de talc, qui émergeaient du soutien-gorge noir de satin en faisant éclater la soie de sa robe. C'était la robe d'Ángela. Elle rit d'un air sensuel, en gonflant la gorge, le menton dressé.

— Hou, le coquin ! lui dit-elle en lui donnant une bourrade dans la poitrine.

Berenice essayait de le séduire.

— Un petit verre, don Aiñas ?

L'homme abandonné a ça : quelque chose d'indéfinissable qui attire irrésistiblement les femmes. De la même façon, à la saison du rut, les mâles de certaines espèces d'insectes dégagent une odeur spéciale qui séduit les femelles. Les vers luisants, ou certains papillons de nuit. Escobar ne se rappelait pas bien.

Berenice revint avec une bouteille de whisky et deux verres, la robe d'Ángela déboutonnée jusqu'à la taille.

— Hou, quelle idiote !... Je me suis servie aussi. Bon, j'emporte mon verre à la cuisine. De temps en temps je bois un petit verre, quand je suis seule. Je mets ma musique et... don Aiñas veut de la musique ?

Elle mit sur le tourne-disque la voix sirupeuse de Julio Iglesias.

— Ah, lui, alors, il chante divinement bien ! s'écria-t-elle en découvrant encore plus sa poitrine.

... j'ai oubliééé
de viiiiivre...

chantait Julio Iglesias. Oui, c'était exactement ça : il avait oublié de vivre. La vie naturelle, la vraie vie, c'est la vie que chante Julio Iglesias. Parmi ses grands projets, il nota mentalement celui d'acheter tous ses disques. Il souleva les chats par la peau du cou. L'un d'eux s'échappa en feulant, la queue dressée, alla s'asseoir assez loin pour le regarder d'un air méprisant, puis l'ignora et se mit à se laver le bout d'une patte l'un après l'autre. Escobar caressa le dos de celui qui était resté et qui se cambra sous ses doigts avant de s'installer commodément sur ses genoux en ronronnant.

— Ah, qu'est-ce que ça doit être bien d'être une chatte, pour qu'on vous caresse comme ça... ! soupira Berenice.

Et pourquoi pas ? C'était une nouvelle vie. Sa propre vie. Il avait oublié de vivre. La vie est faite pour être vécue, avait dit le colonel Buendía, et, visiblement, cet homme n'avait pas raté sa vie à faire des bêtises. Escobar tendit la main et la planta sur la croupe ferme de Berenice.

— Houla, don Aiñas... ! s'étrangla mollement Berenice.

Elle ne protesta pas. Escobar affirma la prise de ses doigts sur ses fesses.

— Don Aiñas, vous êtes un vrai démon... assura Berenice d'une voix rauque en clignant des yeux comme une coquette et en se frayant un chemin pour s'asseoir sur ses genoux.

Le chat sauta par terre.

Avec Berenice sur les genoux, Escobar ne sut que faire. Elle faisait une sorte de roucoulement avec sa gorge.

— Berenice.

— Mmmmmmmm... Aiñas...

— Berenice, excusez-moi un instant, il faut que je passe un coup de fil.

— Mmm... Grand fou, Aiñas, vous êtes un grand fou...

Elle se laissa tomber sur lui et le poussa doucement avec le buste. Le téléphone sonna. Berenice se contenta de tendre le bras pour décrocher.

— Hellou ? dit-elle d'une voix sensuelle. Comment ça va, hein... ! Non, mon chou, je suis assise comme une idiote, à t'attendre… Ouïe, hein, qu'est-ce que tu me dis, si on nous entendait…

Elle riait d'une voix gutturale en rejetant la tête en arrière et en s'installant mieux sur les genoux d'Escobar, qui ne savait toujours pas quoi faire exactement. Il tenta de la pousser sur un côté. Elle s'installa mieux. Elle était assez lourde. Sans cesser de respirer profondément dans l'appareil, elle lui caressa la nuque avec les ongles en essayant d'amener sa tête jusqu'à ses seins. Escobar la poussa et se leva, vacillant, puis se dirigea vers la porte. Il fallait qu'il cherche Fina, merde. Berenice, alarmée, bredouilla au téléphone :

— Aïe, ne raccroche pas, chéri, j'ai quelque chose sur le feu qui est en train de brûler, ne raccroche pas, fou, ne raccroche pas… !

Elle courut après Escobar.

— Mais, fou, qu'est-ce que vous avez, je raccroche tout de suite, ne le prenez pas comme ça, c'est un cousin à moi…

Escobar l'écarta, continua en direction de la porte. Berenice s'arrêta et le regarda, les poings sur les hanches, offensée.

— Ou plutôt regardez-moi ça, voilà que monsieur est pédé, maintenant… ! dit-elle avec mépris.

Et elle retourna au téléphone en faisant claquer ses talons, sans plus le regarder.

Escobar longea trois ou quatre pâtés d'immeubles sans regarder derrière lui, sans s'arrêter au coin des rues, entendant à peine le crissement des pneus qui freinaient pour ne pas le heurter. Il était terriblement déprimé. Il ne savait que faire. L'inertie l'arrêta devant un téléphone public. Il était intact et marchait. Il prépara une poignée de pièces. Puis les remit dans sa poche. Qui appeler ? Que faire ? Fina, il fallait qu'il retrouve Fina. Il pensa aller à la clinique, pour qu'Ana María lui donne son adresse à Cali. Ah, mais il la trouverait dans les horreurs de l'accouchement, elle n'aurait probablement pas l'adresse sur elle, etc. D'ailleurs, il ignorait le nom de la clinique. Il pouvait aller à Cali. Oui, mais c'était difficile. Foción. Son seul espoir était Foción, Foción et ses contacts : s'il avait tiré Federico de sa prison, il pouvait trouver Fina à Cali. En même temps, il lui demanderait du travail. Mais il valait mieux aller le voir le lendemain, à son bureau, sans la tentation de Patricia. En rentrant chez lui, il jetterait à la poubelle le soutien-gorge de sa cousine. Mais il n'avait pas envie de rentrer chez lui.

Il avait faim. La boutique maternelle de la grosse, avec sa *changua*, devait être dans le coin, mais il ne savait pas où. Il suivit des rues vers le sud, comme un somnambule. Il entra dans un restaurant plein de petites ampoules de couleurs, qui se trouva être italien. On lui servit une pizza horrible. Un serveur avec de grandes auréoles de sueur sous les bras l'obligea à commander un rosé très pâle, aigre, qui lui donna la nausée et était hors de prix. Il y avait du monde. Il vit des gens faire de grands gestes, il entendit des cris. Il régla une addition énorme. À la sortie, un vendeur de billets de loterie boiteux et manchot voulut le forcer à lui en acheter un en lui garantissant sa chance. Il hésita. Sut résister. Il continua sa route, parmi des vendeurs de billets ou de montres volées, des mendiants, des types à chapeau noir, des femmes qui criaient « Marlboro, Marlboro, Marlboro, Marlborooo ! », des enfants qui fuyaient, des gens qu'il heurtait, en suivant parfois involontairement le cul d'une fille dans la foule avant de le perdre sans savoir où, dans ses pensées. Il acheta une montre. On la lui vola. Il vit des balayeurs pensifs, appuyés sur leur balai, les yeux fermés sous le casque orange de la ville. Il vit des photographes ambulants. Personne ne le prit en photo. De grands arbres, des immeubles immenses, une fontaine au milieu d'une sorte de parc au sol cimenté, sous les grands arbres. Un photographe avec un appareil à trépied, aveugle, paralytique. Des enfants dormant par terre. Des étalages de livres. Sans les voir, il feuilleta les œuvres complètes d'Enver Hoxha, de Trotski, de Staline, de Mao Zedong, de Lénine, de Dimitrov, du Che. Puis il resta un long moment à regarder les vaguelettes de la fontaine, le va-et-vient des jets d'eau, les bulles. Une mousse épaisse, parsemée de mégots, couvrait la surface de l'eau. On lui tapa sur l'épaule : c'était un enfant de Dieu, chauve, très triste, qui offrait de l'amour.

— Amour, mon frère.

Il s'écarta. Il vit venir à travers les arbres son oncle Alejo qui écartait mendiants et vendeurs de billets de loterie avec la pointe de son parapluie. Il se cacha derrière un tronc.

Escobar le vit passer, gravir un petit perron, franchir une porte à carreaux reluisants qu'un portier galonné lui tint ouverte. Il vit l'enfant de Dieu ramasser un mégot par terre, l'allumer avec avidité. Il alla à un kiosque acheter des cigarettes.

— Amour, ma sœur, dit-il à la femme courtaude qui lui vendit ses cigarettes.

La femme sursauta.

— Allez donc aimer votre mère, gros cochon !

Sa mère… Il haussa les épaules. Il s'éloigna sans réclamer sa monnaie. Il n'y avait pas de taxis. Il prit un bus plein de monde, d'odeurs concentrées et denses, de visages calmes, de musique de radio :

Dis-moi comment arracher de mon âme
ce chagrin d'amour !
Ce chagrin d'amour !
Ce chagrin d'amour !
Dis-moi comment arracher de mon âme
cette immense douleur !
De ce chagrin d'amour !
De ce chagrin d'amour… !

Ils traversèrent la ville sans qu'il s'en rende compte, la tête vide.

Des heures avaient passé. Il n'avait rien fait. Il monta l'escalier, pantelant d'angoisse, à l'agonie, s'arrêtant sur les paliers. La petite bonne du rez-de-chaussée le héla.

— Monsieur, Monsieur, Mademoiselle vous a laissé un mot.

Son cœur cessa de battre. Quelle demoiselle ?

— Madame ?

— Une demoiselle grande, avec un enfant et un gros chien. Elle a laissé ce mot pour Monsieur…

Elle défit quelques boutons du haut de son uniforme et sortit d'une cachette un petit papier plié plusieurs fois. Escobar lut :

Ne m'aime pas Escobar
Moi non plus je ne t'aime pas
Arcangela.

Il soupira. Il s'appuya contre le mur, avec une envie de pleurer, de dormir, de mourir. La petite bonne le soutint par le bras.

— Calmez-vous, Monsieur, calmez-vous…

Il se laissa glisser jusqu'au sol, sans qu'elle puisse le retenir. Il tomba assis sur une marche, et sa tête heurta le mur. Il entendit le craquement. La petite bonne s'accroupit près de lui, consternée.

— Non, Monsieur, non, Monsieur, ne vous mettez pas dans cet état, Monsieur, ça va passer, Monsieur, vous allez voir, ça va passer…

Escobar laissa tomber sa tête sur elle, bouche ouverte, à l'agonie. Il sanglota sur l'épaule tremblante, mince, tiède, qui sentait le feu de bois, il sentit le contact des doigts froids de la petite bonne sur ses tempes et dans ses cheveux.

— C'est fini, Monsieur, c'est fini, c'est fini…

Contre sa joue, dans l'ouverture de son uniforme noir toujours déboutonné, il sentait battre sa poitrine chaude, sur un rythme de galop désordonné. Il resta sans bouger, se laissant peser, et il sentait qu'elle perdait peu à peu ses forces pour le maintenir dressé contre le mur, épuisée, apeurée, plus qu'affligée, au bord des larmes.

— Là, Monsieur, là, Monsieur… là, là, Monsieur…

Il se releva. Il ne sentait plus ses genoux. La petite bonne le soutint en le poussant par les reins.

— Viens, aide-moi. Montons.

Ils montèrent en se soutenant mutuellement, comme des ivrognes.

— Doucement, Monsieur, doucement…

— Comment tu t'appelles ?

— Circuncisión. Mais on m'appelle Circua.

Escobar s'arrêta net en voyant la porte de son appartement ouverte. La petite bonne se cogna contre son dos.

— Quelqu'un est venu ? demanda Escobar dans un murmure.

— Je ne sais pas, Monsieur, je n'ai rien vu, chuchota la petite bonne.

— Qui est là ? cria Escobar.

Sa voix ne sortait pas. Il se racla la gorge, toussa. Personne ne répondit.

— Qui est là ?

Prudemment, il pointa le nez à l'intérieur. On n'entendait rien. L'appartement était dans l'obscurité. Il alluma brusquement la lumière. Personne. Mais il n'y avait rien non plus, ou dans un premier temps il ne vit rien. Ni meubles, ni tableaux, ni livres dans la bibliothèque, ni bibliothèque. Dans un coin, un moignon de fil électrique sortait du mur là où avait été le téléphone. Il ne restait que la lampe du plafond. Dans un angle, par terre, il y avait de la terre dispersée et des morceaux de pots de fleurs cassés. Il parcourut lentement tout l'appartement, stupéfait. Comme ça, sans rien, il semblait plus sale et plus petit. Fina ? Impossible. Mme Niño ? Impossible. Dans la cuisine, les tiroirs des placards encastrés pendaient, ouverts et vides, comme des langues, et quelques fruits étaient écrasés par terre. Dans la salle de bains, on avait tout pris : le rideau de plastique, sa brosse à dents, le couvercle et la cuvette des W.-C. Dans sa chambre, on n'avait même pas laissé son lit, ni les tiroirs de l'armoire, ni les rideaux, ni les anneaux, ni les cintres. Des professionnels. Ce ne pouvait être Mme Niño. Henna ? Impossible. En revenant au salon, il vit la petite bonne, toujours debout devant la porte.

— Que fais-tu là ?

Il l'avait oubliée.

— Comme je pensais que Monsieur voulait me faire des choses…

— Des choses ? Ah oui. Oui… Qu'est-ce qui s'est passé ? Qui est-ce ?

— Je ne sais pas, Monsieur, je n'ai rien entendu, j'étais derrière, en train de laver.

— Ils ont tout pris. Ils ont dû venir avec des camions. Peut-être même avec des grues. Ce n'est pas possible.

— Je ne sais pas, Monsieur, je n'ai rien vu... Sûr, ce sont des voleurs.

Elle avait l'air sur le point de pleurer, ses yeux étaient humides dans son uniforme encore ouvert sur sa poitrine brune, sur son soutien-gorge cotonneux et blanc. Tricoté avec du coton, ou fait au crochet. Escobar vit un scapulaire gris. Deux. Il posa la main sur la poitrine de la petite bonne. Il sentit qu'elle était paralysée, qu'elle mollissait de nouveau. Il lui remit en place son soutien-gorge, plus grand que ses seins. Il lui boutonna son bouton.

— Va-t'en. Ça n'a pas d'importance.

— Monsieur ne veut pas que je reste un petit moment ?

— Non... Laisse-moi. Il faut que je réfléchisse. Merci.

Il s'assit par terre, le dos contre le mur.

— Si Monsieur désire, je reviens quand il fera nuit, quand Madame sera endormie.

— Non, non. Comme tu voudras. Comment t'appelles-tu ?

— Circua. Circuncisión, Monsieur.

— Merci, Circua. Bon, va-t'en. Laisse-moi réfléchir.

— C'est ça, réfléchissez bien, Monsieur, et moi, quand il fera nuit, je reviens pour vous servir.

Circua referma la porte sans faire de bruit.

XI

Il resta assis par terre, les bras autour des genoux, examinant l'appartement autour de lui, le regard perdu. Il n'arrivait à penser à rien. Lézardes dans les murs, taches plus claires là où avaient été accrochés les tableaux, dans un coin des pots de fleurs cassés, de la terre sèche répandue sur le parquet. Le bruit de la ville, qui réveillait des échos dans l'appartement dévasté, entrait par la fenêtre ouverte, sans rideaux. La moquette était pleine de traces de semelles boueuses, de mégots écrasés, de brûlures noires. Il s'endormit brusquement. Un trou noir et sans rêves.

Il en fut tiré par un très discret toc toc à la porte. Il regarda autour de lui, sans reconnaître le salon blanc et vide. Ah, oui : les voleurs. Il faudrait qu'il fasse quelque chose. Il entendit de nouveau les petits coups très doux à la porte. Il lui semblait avoir déjà vécu cette scène plusieurs fois. Il entendit un chuchotement apeuré, soufflé à travers la fente :

— Monsieur !

Ah, oui. La petite bonne. Circuncisión. Circua. Il ne se sentait ni la force ni l'envie de faire l'amour, cette acrobatie, cette fatigue, cette monotonie, sur le parquet dur, parsemé de mégots et de traces de pas boueuses. Sans bouger, il parla à travers la porte :

— Qu'est-ce que tu veux ? Je réfléchis.

— Ahhh… ! Est-ce que Monsieur veut que j'attende un peu ici, sur le palier ?

Il s'attendrit. Il pensa à ouvrir, la prendre dans ses bras, l'embrasser sur la bouche, posséder sur la moquette son corps tiède et soumis. Il commença à se relever. Ses articulations craquèrent.

— Non, merci, Circua. Va te coucher.

— Monsieur n'a besoin de rien d'autre ? murmura Circua. Il ne veut pas que je lui réchauffe quelque chose à manger ?

— Non, merci. Je vais réfléchir. Je vais dormir. Va dormir, toi aussi.

— À demain, Monsieur.

— À demain.

Il entendit son pas léger descendre l'escalier. Il resta assis par terre, dos au mur et mains immobiles sur la moquette. Silence absolu. Même Mme Niño ne tapait pas. Les voleurs l'auraient-ils tuée ? Il pensa qu'il ne l'avait pas entendue depuis plusieurs jours. Il se releva et fit deux ou trois petits sauts pour taper au plafond avec les jointures de ses doigts. Mme Niño répondit aussitôt en martelant le sol. Mais elle se fatigua vite. Elle manquait de rigueur, d'obstination, de constance. *Ostinato rigore,* dit, peut-être, Léonard. Au fond, ils étaient semblables, Mme Niño et lui. Ils se laissaient emporter par le vent d'un caprice, ils le laissaient souffler, passer, mourir, se perdre.

D'ailleurs, Léonard n'avait jamais été capable de terminer un tableau.

Il parcourut tout l'appartement pour faire l'inventaire. Il ne restait même pas son linge sale, ni le panier à linge sale. Les restes des pots de fleurs sur le parquet et la terre répandue, les racines mortes et les tiges archisèches des géraniums, la garniture de mousse synthétique d'un coussin crevé. Dans la cuisine, les fruits écrasés par terre, visqueux, dans une flaque qui devait être du lait, et sur le rebord de la fenêtre une marmite ébréchée et plus que noire, en aluminium ou en étain, avec de la coriandre encore verte arrosée par la pluie. Il fit un petit tas des ordures dans un coin. Il avait faim. Il but de l'eau. Il pensa à s'allonger pour dormir et se rendit compte qu'il n'avait plus ni lit ni matelas. Il devrait dormir sur le sol dur, comme les animaux. Il faudrait qu'il fasse quelque chose. Oui, mais le lendemain.

Il se pelotonna sur la moquette, qui au moins tempérait la dureté du sol, la tête appuyée contre le petit tas d'ordures. Comme Job, pensa-t-il, quand il eut perdu toutes ses terres, ses enfants, ses troupeaux, ses femmes. S'il avait eu des plaies, il aurait pu se les gratter avec un morceau de pot de fleurs, comme Job le patient. S'ils lui avaient laissé ses livres, il aurait pu lire le livre de Job pour se fortifier dans l'adversité. Mais ils ne lui avaient pas laissé ses livres. Malgré lui, il admira la minutie des voleurs. Il ne put se défendre d'un élan d'orgueil : ils lui avaient même volé ses poèmes.

Il ne lui restait rien dans la vie, ni personne. Fina était partie pour toujours, sa mère l'avait abandonné par téléphone. Ángela lui avait laissé un message d'adieu frivole. Il pensa, avec un certain étonnement, qu'il n'avait besoin de rien. Un peu plus de terre, pour se couvrir de terre et se laisser mourir, pourrir dans la tiédeur de la terre. Il commença à grelotter.

Il entendit du bruit derrière la porte : un grattement, un rongement de souris. Les voleurs, de nouveau ? Il retint sa respiration jusqu'à ce que le bruit ait cessé, puis, en silence, il parcourut de nouveau tout l'appartement pour chercher une arme. Il n'y avait rien. Au fond d'un tiroir de la cuisine, il finit par trouver un vieux crayon tout mordillé, coincé dans une fente. Il le planterait dans le ventre du premier voleur qui entrerait. Il n'était pas taillé. Tant mieux : comme ça, la blessure serait beaucoup plus grave, comme celle d'une corne de taureau épointée. Il se blottit dans son coin, grelottant de froid. De temps en temps, il entendait les brusques et longs gargouillements de ses intestins vides.

Il se réveilla à la lumière de l'aube, engourdi par le froid, endolori, mort de faim. Il entendit des oiseaux, le chant rauque d'un coq dans le lointain, le bruit d'un moteur de moto. Il se leva et alla dans sa chambre regarder le lever du jour : gros barbouillages et longues raies dans la pureté lumineuse du ciel, quelques petits nuages gris, isolés, comme les plumes argentées d'un gros oiseau, taches sales de fumée immobile sur le fond qui commençait à être inondé de triomphales lueurs. Une bande d'oiseaux monta soudain vers le rose propre et en redescendit aussitôt. Il se doucha. Au moins lui avaient-ils laissé l'eau chaude. Mouillé, il remit ses vêtements sales et fripés, qui sentaient la sueur et le sommeil. Il devrait sortir, prendre son petit déjeuner, commencer à gagner sa vie. Ah, lui serait-il donc possible un jour de ne pas devoir faire quelque chose, et une bonne fois pour toutes ? En sortant, il heurta un bruit creux. C'était une assiette recouverte d'une autre assiette, et dans laquelle il y avait de la nourriture, protégée par du papier à rayures. Il examina le papier, tout graisseux, traversé par une hésitante inscription d'analphabète :

VOTRE-REPAS-MONSIEUR

Il fut ému à en pleurer : Circua. Il aurait dû passer la nuit avec elle, se réchauffer contre son corps tiède, la serrer dans ses bras, le nez enfoui dans la fragrance acide de ses tresses et les mains sur ses seins. Dans l'assiette, il y avait du riz refroidi et des pommes de terre en robe des champs. Il en mordit une, et le froid lui fit mal aux dents. Il arracha la coriandre de sa marmite et mit la casserole sur la cuisinière, puis dévora son déjeuner chaud avec les mains, en raclant bien le riz noir collé au fond et en se brûlant les doigts avec les pommes de terre. Il lava les deux assiettes avec soin et les remit devant la porte.

Il s'assit par terre. Pourquoi bougerait-il ? Il était seul dans la vie, pour toujours. Personne ne viendrait le chercher.

Il fit la sieste au soleil. Au bout d'un moment, il commença à s'ennuyer, l'angoisse sourde des jours passés commença à le tenailler. Il avait froid, le ciel s'était couvert, il commençait à pleuvoir. Il tourna en rond dans l'appartement vide. Que faire ? Et pourquoi faire quelque chose ? En fin de compte, il n'avait absolument jamais rien fait de sa vie. C'est pour cela qu'on lui disait qu'il était mort.

Peut-être avait-on raison.

Ah, penser de nouveau ce qu'il avait déjà pensé, comme une mule de noria, et sortir du cercle par la même tangente, par la même pirouette. N'avait-il pas décidé d'être un homme d'action ? Non, il n'avait rien décidé, comme il n'avait jamais rien décidé de sa vie. Parfois, tout au plus, il s'était laissé entraîner par un courant, encercler, aspirer par l'inertie. Et toujours avec la même mélancolie d'inaction, de bouchon dans le tourbillon ; avec la même nostalgie du ventre de sa mère, tout chaud dans sa pénombre, que faisait rythmiquement frissonner un pompage de sang frais, en suspens dans la vie comme un ballon dans le ciel. Mais sa mère n'était pas disposée à l'accueillir de nouveau dans sa matrice. Peut-être était-il temps pour lui de s'incorporer à la vie réelle.

Quoi que ce soit. Ou justement parce qu'il ne savait pas de façon précise ce que c'était. Il ne l'avait jamais su, jamais il n'avait voulu le savoir. Par lâcheté, peut-être : c'était ce que tout le monde disait.

Mais pourquoi la lâcheté serait-elle condamnable ? Selon quels critères ? Ah, oui : encore les critères. Lâche, bon : et alors ? (Mais devant qui se disculpait-il ?)

Vers midi, avec un certain sérieux, il pensa au suicide. Mais il savait qu'il ne se suiciderait pas. Ça, on le sait toujours. Le savait-il vraiment ? Pourquoi ne pas essayer au moins le suicide, pour savoir une fois pour toutes si au moins il était capable de se suicider, ce qui est relativement facile ? Parce que, s'il en était capable, il l'aurait découvert trop tard pour que ça puisse lui servir à quelque chose de le savoir. Et, s'il n'en était pas capable, il n'en serait pas plus avancé. Si. Du moins aurait-il connu ses limites. Les limites qu'il n'avait jamais voulu connaître ; ni même essayer, pour pouvoir penser qu'il n'avait peut-être pas de limites.

Devant le regard vague d'Escobar, une goutte de lumière brilla soudain sur la poignée métallique de la fenêtre : le soleil s'était un moment frayé un passage entre les nuages troubles. Mais les nuages se refermèrent de nouveau, ou bien le soleil avait-il changé de position, et la goutte de lumière métallique disparut. Et pendant ce temps les heures passaient. Et des années entières pouvaient passer. Des années entières étaient déjà passées. Des années et des années pouvaient passer encore, des soleils et des pluies. Le soleil se couchait, loin, caché par les nuages. Il était seul, et il pleuvotait, et il était à Bogotá, et c'était à ça que s'était résumée sa journée. Il pouvait encore voir confusément la silhouette de quelques nuages épais derrière lesquels, plus bas, mourait le soleil, invisible dans la pluie. Non pas un coucher de soleil, mais plutôt une noyade : une mort du soleil dans les nuages, étouffé dans leur lit de draps crasseux. Demain, il renaîtrait de nouveau, de l'autre côté, tout pareil. Les jours sont pareils aux jours. Le soleil qui se lève et tourne et meurt est toujours le même soleil. Pourquoi il le fait, c'est quelque chose que je ne comprends pas. Peut-être espère-t-il que cette fois, ou une autre, le monde sera différent. Mais ce n'est pas vraisemblable. Si cela peut consoler le soleil de savoir que je fais moi aussi la même chose, moi, ça ne me console pas.

Mais ce coucher de soleil ne s'échapperait pas. Il allait le garder dans un poème, et le poème dans un tiroir. Il chercha de quoi écrire. Il trouva le crayon mordillé à tuer les voleurs, et après un bref instant d'hésitation il commença à écrire sur le mur. Le crayon n'avait pas de mine. Plein de zèle, il le tailla sur les briques du rebord de la fenêtre. Mais, quand il commença à écrire, le soir était déjà tombé.

Je n'ai pu voir le coucher du soleil
mais il est possible de l'imaginer :
un soleil noyé dans des draps crasseux.

Ce n'était pas exactement ça. Il attendrait un autre coucher de soleil, identique, ou bien son lever, dans sa chambre. Les choses sont pareilles aux choses, les jours aux jours, interchangeables. Il l'écrivit sur le mur :

Les choses sont pareilles aux choses :
lumière dans la lumière.
Mémoire dans la mémoire.

Il s'arrêta, agacé : l'aspérité du mur avait dévoré la mine de son crayon. De plus, son poème était une merde.

Non, ce n'était pas une merde. Ou peut-être que c'était une merde, mais il fallait qu'il l'écrive. Une fois, une fois dans sa vie. *Ostinato rigore* (même s'il restait inachevé, comme les tableaux de Léonard). Il n'attendrait pas un nouveau lever du soleil, un nouveau coucher du soleil, un autre mois, une autre vie. Il tailla son crayon et écrivit, délicatement, pour que la mine dure :

Les choses sont pareilles aux choses :
la lumière est lumière

Il effaça tout avec son doigt mouillé de salive, laissant une tache grisâtre sur le mur. Il corrigea par-dessus.

La lumière est toujours lumière
la mémoire est mémoire

N'était-ce pas un peu prétentieux ? Que savait-il de la lumière ? Et même, que savait-il de la mémoire ? Il entendit de petits coups à la porte.

— Monsieur ?

Il ne répondit pas, irrité.

— Monsieur ?

Au bout d'un instant, il entendit le choc discret de la faïence sur le sol. Son repas. C'étaient les bêtes sauvages du désert qui le nourrissaient comme un saint ermite. Voyez les oiseaux des champs, ils ne tissent ni ne filent, ils n'ont point de greniers, et notre père céleste pourvoit à leur nourriture. Il courut à la porte.

— Circuncisión !

Circua se retourna, à mi-escalier, terrorisée.

— N'aie pas peur. Viens.

La petite bonne monta sans bruit. Il l'embrassa sur le front.

— Dieu te le rende.

Il ferma la porte. Il la rouvrit, et elle était de nouveau à la moitié de l'escalier.

— Circuncisión ! Trouve-moi du papier, s'il te plaît.

— Comment, Monsieur ?

— Du papier. Du papier pour écrire. Je suis en train d'écrire.

— Tout de suite, Monsieur.

Elle disparut dans l'escalier en courant, les tresses au vent. Escobar, debout devant le mur, effaça de nouveau avec de la salive ce qu'il avait écrit. Il entendit Circua frapper, et elle lui tendit un cahier d'écolier rayé.

CAHIER DE : CIRCUNCISIÓN HERNÁNDEZ.

APPARTIENT À : COMPTES.

Ce n'est qu'après avoir réchauffé son repas dans la marmite – des lentilles, cette fois, et une banane, qu'il décida de garder pour son petit déjeuner – qu'il se rendit compte qu'il aurait dû demander aussi une cuillère à Circua.

Et il s'assit pour faire ses comptes, le dos appuyé au mur et le cahier de Circua sur les genoux, où la lumière l'éclairait bien.

Les choses sont pareilles aux choses

écrivit-il. Et il réfléchit. Ce n'était pas si facile. Il n'est pas facile de dire les choses qui doivent être dites, et de dire en plus celles qu'il n'est pas possible de dire, même si on le veut.

Les choses sont pareilles aux choses.
Ce que nous savons, nous le taisons.

Mais non, ce n'était pas exactement ça. Il raya ce qu'il avait écrit et recommença :

Les choses sont pareilles aux choses ;
la voix les tait.

Mais ce n'était pas vrai : la voix, au contraire (si c'était bien la voix), les disait, semblait acharnée à les dire. Le problème, c'était la peur. Il biffa. Recommença.

Les choses sont pareilles aux choses

Il passa toute la nuit à écrire, biffant, arrachant des pages au cahier de comptes de Circuncisión Hernández pour les jeter dans un coin, en boule, taillant avec soin son crayon contre les briques du rebord de la fenêtre, chaque fois qu'il n'avait plus de mine. Il écrivit accroupi, le cahier sur un genou, et debout, appuyé contre le mur, et à plat ventre par terre. Il s'arrêtait, relisait, déchirait tout, recommençait.

Les choses sont pareilles aux choses

Il tâchait de ne pas se laisser entraîner par les mensonges internes à ce qu'il disait, ni par la petite musique qui parfois était aussi mensonge. Il tâchait que la forme ne domine pas le fond, et que le fond ne fasse pas éclater la forme, qu'ils aillent tous deux côte à côte, comme des chevaux tirant de pair le poème. Il tâchait de ne pas les laisser prendre le mors aux dents – et parfois il les laissait le prendre, et en relisant, des heures plus tard, il devait de nouveau tout recommencer. Parfois, il se laissait anéantir par une image. Et il devait ensuite l'éliminer, et la détruire, et s'efforcer de l'oublier. Parfois, il était calme et heureux, la tête à peine penchée, en voyant une strophe passer entre ses doigts comme de la soie, puissante, et éclater près de lui comme une vague sur les brisants. Parfois, en revanche, à force d'essayer de limer sur un ou deux vers la trompeuse rumeur de la petite musique (d'une musique qui, de plus, leur était parfois étrangère), de raboter ensuite l'excès de lyrisme, de supprimer les réitérations, il ne restait plus rien. Et parfois c'était dommage, et il s'efforçait de chercher quelque chose dans les copeaux, de récupérer des fragments qui puissent servir, comme les épaves d'un naufrage. Jusqu'à ce qu'il se laisse convaincre, épuisé, que rien n'était récupérable. Il faisait des listes de mots dans les marges du cahier rayé : pêcher, récupérer, sauver, épave, naufrage. Des listes de mots voisins ou de mots arbitrairement superposés : musique, copeau, main, réitération, convaincre, lyrisme, épuisé. Déracinement. Comment utiliser le mot « déracinement » ? (Ou enracinement ?)

Il écrivit toute la journée, s'arrêtant parfois pour tailler son crayon ou se mettre la tête sous le robinet de la douche. Peu à peu, il voyait plus clairement ce qu'il voulait dire, et ce qu'il voulait dire c'était un poème qui sortait peu à peu de lui-même, comme s'il secouait toute la fange superflue que laisse la traversée de la nuit du chaos. Cela sortait, plus sereinement que la nuit précédente. Mais aussi – notait-il parfois avec crainte – cela se réduisait assez. Il craignait qu'à force de se dépouiller de tout il ne reste plus rien de son poème, une seule ligne, un seul vers. Plusieurs heures durant, il chercha obstinément ce vers parfait, unique, concrétion de tout, où le poème tiendrait tout entier, sans le trouver. Il prenait des notes qui n'avaient pas grand-chose à voir avec ce qu'il disait, pour mieux comprendre ce qu'il voulait dire – et aussi ce qu'il ne voulait pas dire. Il notait aussi des métaphores, même s'il savait qu'il ne les emploierait pas, architectoniques en général. Ou des termes isolés d'architecture : toit, corniche, architrave, cave, escalier, façade, culée, frontispice, balustrade, arcature, voûte, coupole. Il pensa aussi à écrire son poème en se servant de ces métaphores. Mais non : il en fallait d'autres. Celles-là étaient à peine l'armature de l'échafaudage, qu'il faut retirer une fois l'édifice terminé : grues, outillage, machines du bâtiment. (Il découvrait parfois qu'il pouvait retirer tout un escalier d'images ou de concepts et ne laisser que le dernier, en suspens en l'air, et qu'il ne se passait rien : la construction tout entière restait en équilibre.) Et parfois il se laissait emporter par la fertilité d'une métaphore qui commençait avec un taureau et finissait avec un lac, ou un simple adjectif qualificatif. Et parfois encore, dans un coup d'audace, deux strophes complètes étaient résumées en deux vers qui, pendant une heure ou deux, lui semblaient vraiment fulgurants.

Il faisait nuit lorsqu'il entendit à la porte les petits coups très prudents de Circua. Il ouvrit.

— Monsieur, votre petit repas.

Elle le regardait comme on regarde un saint.

— Merci, Circua.

— Je vous ai apporté une bonne petite soupe de maïs, Monsieur, avec un bon morceau d'échine de porc.

Il regarda l'assiette d'un air dubitatif. La soupe épaisse, âpre et grise était encore tiède.

— Le problème, c'est que je n'ai pas de cuillère.

Circua redescendit l'escalier.

— Tout de suite, Monsieur, je vous en apporte une…

— Et une couverture ! parvint-il à lui crier.

Circua revint avec une cuillère à soupe, lourde, grande, en argent. La couverture, en revanche, était une couverture étroite en toile épaisse, déchirée et recousue en plusieurs endroits. Il la porta à ses lèvres. Elle sentait la fumée.

— Elle est toute propre, Monsieur. C'est la couverture de mon lit ; si j'en prenais une à Madame, elle me tuerait. Mais elle est toute propre.

— Et toi ?

— Moi, je dors tout habillée, Monsieur, ne vous inquiétez pas. Moi, j'ai l'habitude d'avoir froid.

Il lui donna un baiser sur les lèvres, que Circua reçut en tremblant, les yeux fermés, comme si elle communiait.

— Merci, Circua.

Il fit chauffer la soupe dans sa marmite, qui commençait à se culotter comme une pipe. À l'intérieur les saveurs et les essences se mélangeaient, et il mangea directement avec sa cuillère en argent, assis en tailleur dans le salon, la marmite chaude entre les jambes. Il relut son poème. Le déchira. Le recommença.

Les choses sont pareilles aux choses :
ce qui est dit, le non-dit, ce qui est tu.

Il passa la nuit à écrire, enveloppé dans la couverture en toile épaisse qui sentait la fumée et Circua. Pendant un moment, il joua avec l'idée de lui dédier son poème, de lui donner un titre en rapport avec son nom : Circuncisión. Incirconcis. Cela faisait trop allégorique. Cercle. Cirque. Parfois il s'allongeait pour dormir un peu, emmitouflé dans la couverture, et il se réveillait pour prendre des notes, écrire un vers. Il rêva des rimes en « ose » : chose, rose, éclose, grandiose, métamorphose. Quelquefois des vers lui venaient et s'en allaient, comme des nuées d'oiseaux. L'aube le surprit en train d'écrire. Il vit le jour se lever, il faisait froid. Il écrivit toute la journée, sans s'arrêter, harcelé par les idées et les mots, obligé de griffonner des fragments de mots pour qu'ils ne retombent pas de nouveau au fond du bourbier de sa mémoire. Il avait mal aux doigts à force de tenir son crayon, de toujours l'aiguiser – il n'y en avait plus que la moitié. Il écrivait légèrement, de façon à peine discernable, pour ne pas l'user trop vite. Les problèmes fondamentaux étaient au nombre de trois : son inertie, la musique et sa peur. Il lui fallait contrôler son inertie, dominer la musique, vaincre sa peur. Mais le poème venait. Le soir, Circua frappa à sa porte, il n'ouvrit ni ne répondit, beaucoup plus tard il récupéra son repas et le dévora froid. Il continua à écrire, et le poème avançait. Il vit se lever un nouveau jour, il vit tomber la nuit, il vit se lever et se coucher le soleil, et finit par perdre le compte des jours. Un après-midi, s'étant échappée, Circua lui apporta un plateau de gâteaux feuilletés et de petits biscuits au citron, restes d'un thé de Madame. Son crayon, à force d'être taillé sur les briques, était maintenant tout petit : il devait le tenir du bout des doigts. Le cahier de Circua n'avait plus que quelques pages. Mais le poème avançait. Un après-midi, Mme Niño commença à taper au plafond, avec une rigueur obstinée. Tout un après-midi et toute une nuit, il lutta contre ses coups, désespéré, en vain. Puis il cessa de les entendre, et ce ne fut que de loin en loin, lors d'une pause dans son poème qu'il mettait à profit pour s'étirer, se détendre et faire craquer ses os, qu'il se rendait compte qu'en haut la guerre continuait. Parfois, lors d'un après-midi mort, après des heures d'impuissantes angoisses face à un vers impénétrable et aveugle, rebelle, le vers s'ouvrait tout seul, comme le calice d'une fleur. Parfois lui venait une strophe entière, ou encore il comprenait soudain qu'un fragment était inutile. Mais le poème avançait. Par moments il dormait, se retournait dans son sommeil. Parfois, cependant, il dormait, apaisé, une matinée entière. Et le poème avançait. Parfois, il avait le temps de réchauffer calmement les repas de Circua et de manger tranquillement, bien assis en tailleur, soupesant dans sa main la cuillère d'argent, la marmite entre ses jambes et, à côté de lui, par terre, une assiette pleine d'eau fraîche. Quelquefois il oubliait la marmite sur la cuisinière, et l'odeur de brûlé l'arrachait à un vers, et il devait manger des restes carbonisés de poulet, ou de viande, ou de pommes de terre. Mais le poème venait, avançait, s'élevait en vers désormais aussi inamovibles que des blocs de pierre, s'ordonnait et se clarifiait comme l'eau dans un verre, acquérait de la force et s'ouvrait un chemin tel un marais qui se transforme en rivière. Il lisait parfois un fragment à voix haute, d'une voix sèche et rauque à force d'être resté des jours sans parler, pour voir comment ça sonnait. Pour voir s'il comprenait. Pour voir si par erreur il avait dit quelque chose de différent de ce qu'il voulait vraiment dire. Et il coupait de petites choses : un demi-vers, ou un vers, ou quelque sottise, résidu de sa mollesse d'esprit.

Et une nuit le poème fut enfin achevé, comme s'il s'était fait tout seul. Il le relut entièrement et comprit qu'il était terminé, et qu'il n'avait pas un seul mot de trop.

L'aube n'allait pas tarder à poindre. À l'est, sur la montagne, on distinguait une phosphorescence laiteuse, presque une ligne verte – et il décida d'attendre la lumière du jour. Il était heureux et avait l'impression que ses poumons étaient pleins d'air. Il somnola quelques instants, et quand il se réveilla le soleil était déjà levé, blanchâtre dans le brouillard, tout rond sur la chaîne de montagnes. Il se frotta les yeux et le lut à voix haute :

CAHIER DE COMPTES

I

I

Les choses sont pareilles aux choses
Ce qui ne peut être dit, il faut le taire.

L'œil voit, et puis oublie.
Mais la voix crie :

les choses sont pareilles aux choses.
L'œil les a vues.
À tue-tête,
la voix les a tues.
(Me reverrai-je et me dirai-je : qui suis-je ?)
Ce que l'œil connaît des choses
c'est parce qu'il les a vues
pareilles à elles-mêmes.
(Et me dirai-je une fois encore : qui suis-je, moi qui me suis vu
et qui suis toujours moi ?)

L'œil voit, et puis oublie.
L'œil n'est pas conscience des choses,
n'est pas voix :
œil à peine.
Muet, sourd,
œil immobile devant les choses.
Il ne connaît ni leur saveur ni leur son
ni leur poids ni leur force
il ne juge point leur désir
ni leur sens.
L'œil ignore
tout ce qu'il est possible d'ignorer des choses.
Il ne voit pas ce qui est en elles
mais ce qu'il sait déjà :
et ce qu'il sait il l'a oublié.
C'est un œil sans mémoire
œil immobile
œil
devant les choses.

L'œil est aveugle
dans la nuit de la paupière.
L'œil qui voudrait voir les choses,
savoir qu'il les a vues,
croire qu'elles sont pareilles aux choses déjà vues,
ne les a jamais vues.
Il ne connaît

que des ombres
sur la paupière
que des traces
sur la paupière
que des canaux
sur la paupière.

Et c'est ainsi qu'imagine l'œil muet et sourd,
l'œil immobile et aveugle
et qui ignore tout,
temps, vents, odeurs, voix, fugues, silences.

(Qui suis-je, moi qui ne me vois pas
et qui ne me suis pas vu ?)

II

Maintenant, maintenant, dehors :
lumière d'aveugles.
Œil à verse, œil
vorace et nombreux des morts.

(Dans la mémoire le coup sec, creux,
de la lune sur la pierre.
Dans la mémoire, loin,
un entonnoir de fracas.
Grappe, grêle,
essaim d'yeux immobiles.
Dans la mémoire le tunnel
répété dans l'écho :
derrière, hier, dedans.
Traces de pas, échos.)
Maintenant, maintenant. Dehors :
voix grandie dans la voix
voix pareille à d'autres voix
cercles dans le cercle
lumière dans la lumière, mémoire dans la mémoire.

Le très haut ciel, entonnoir qu'on ne peut
escalader
(et le gémissement
des planches au soleil, dans le souvenir).
Alentour, l'œil
multiple, pullulant :
extatique
dans la contemplation de l'art pour l'art.

(Les silhouettes, soudain,
se détachent du creux de la courbe,
glissent en suivant l'arc des pétales
fermés comme des paupières.
Elles attendent
le rapide craquement de la terre
le sifflement de l'air dans les oreilles, comme de la soie déchirée,
l'odeur aigre de la peur
métallique et épaisse comme le cuir.
Dans la pupille prodigue,
paysage avec personnages :
raides, fragmentés
personnages de silence
projetés soudain et maintenant brisés,
retournés comme des gants,
sans poids soudain et denses maintenant,
inertes,
griffés sans force
par les doigts du vent.)

Un œil cruel te regarde
(transpercé par des lances de langues,
trompé par les ombres) :
un œil extatique
dans la contemplation de l'art pour l'art.

III

Tout corps
laissé en mouvement restera en mouvement.
Le mouvement est gouvernement de lui-même :
il manque
du plus rudimentaire sens de l'autocritique.
Le mouvement
est pur amour du mouvement :
assourdi, ivre.
Le mouvement
danse avec lui-même, devant la glace,
(parodie de l'amour)
la farce de la farce.
Le mouvement
tend à se reproduire.

(Monter, monter, sillonner le haut vent
comme s'il était nécessaire de s'engloutir
dans la profonde cavité du ciel.
Monter sans jugement
jusqu'au plus haut creux de la hauteur,
monter avec l'élan de l'abîme, en caressant
la lisse peau du ciel,
l'absente cicatrice où se ferme le cercle
et monter, c'est tomber déjà :
le trou dans l'espace où l'aller se change en retour
et où le voyage est voyage de retour.
À quoi bon le mouvement
si le point d'arrivée est de nouveau ici ?

Le mouvement
ne se pose pas souvent de problèmes métaphysiques :
tout corps laissé en mouvement restera en mouvement,
restera en mouvement
aspiré vers le haut par la hauteur,
entraîné

par l'attraction du vertige,
absorbé, en lui-même plongé
dans le délire des profondeurs :
s'ouvrir un passage dans la quiétude du vent,
forcer
les plis asymétriques du vent,
les jets
de métal en fusion, vent dans le vent,
brisant le vent, fouillant, blessant,
pénétrant la dure fleur du vent
jusqu'à trouver le sang.)
Dure loi de la matière
qui arrache la noix de la matière,
épée
qui ouvre les douces lèvres de la matière,
épée
tendre de lumière
tendue de vent.

Tout corps
immergé dans un liquide
restera en mouvement.

IV

— Regarde, regarde : que vois-tu ?
— Tout est pareil.
— Tout est toujours pareil : les choses sont les choses.
Que vois-tu ?
— Des charognes,
des cadavres, des torrents
de tripes et de têtes triturées,
des tourbillons de corps
et des corps détruits,
débris, sangs, morts,
chemins de la mort.
Et toi, qui es-tu, toi ?

— Je suis l'esprit,
l'esprit toujours trompeur.

C'est ici
c'est ici
c'est ici
et maintenant.
Mienne
est la cécité du sourd.

II

I

On ne connaît que sa propre volonté. Et ce n'est pas beaucoup :
un œil d'eau
battant goutte à goutte dans un puits d'ombre.
Un anneau d'eau
né de la nuit, qui dessine
le profil de la terre en creusant
la racine de la roche,
en grandissant en spirales de silence.
Eau dormante, miroir d'eau sombre,
à peine brillante,
distillant
sa clarté muette, respirant
une odeur enfermée dans de lents cercles.
À peine martelée
de blessures, sa pure peau
fleurie par une jaspure de fuite,
remuée
par de profonds courants.
On ne connaît que
sa propre volonté :
une bouche d'eau,
une marée de nombreuses eaux réunies.
À peine connaît-on sa propre volonté. Et ce n'est rien :

un fleuve d'eau,
brisé de lumière, blessé de ténèbres.
Un œil ouvert d'eau.

II

Les désirs viennent du dehors : ils heurtent
le plan de l'eau
convulsé, agité
par de troubles bouillonnements,
éclatant contre les brisants.
Les désirs, les idées
tombent d'en haut en vibrant, se plantent :
javelots,
flèches d'argent dans l'ombre déjà troublée.

L'âme croit qu'ils jaillissent :
qu'ils prolongent
les doigts de la main comme des nerfs de lumière.
Vaste carcasse de forces lancée vers le ciel
(filet qui attrape le ciel
qui s'échappe, battant des ailes, entre les jointures),
oscillante structure de roseaux et de cordes
ancrée dans l'espace, se balançant
avec sa charge d'oiseaux féroces
— tourbillon
de cris et de plumes, chocs de becs et de serres :
poids sonore
qui assombrit la réalité du monde.

Suspendu dans la hauteur
(tremblante la main dans le faisceau de tensions opposées
dans le chaos
de câbles et de coups de fouet et de rênes divergentes,
tempérées, parallèles, vibrantes, zigzagantes),
suspendu maintenant, joyau
étincelant dans le vide, étui

hérissé de pointes et de lances,
sans poids, chancelant,
comme si quelqu'un, en bas,
cessait soudain d'opposer résistance,
se laissait porter au gré des vents,
secouer par sa poussée, suspendu
à l'immense armature (pas très clair quant à sa direction
et très difficilement manœuvrable),
entraîné
par un pied ou une main mordus jusqu'à l'os,
pendu comme un chien

III

Toute question est un malentendu
venu du dehors.
Ainsi le réseau d'erreurs
se relâche soudain et se dégonfle
et l'engin tout entier tombe du ciel dans un seul crissement
(treillis trompeur
de mots, de voix
mal entendues ; incompréhensibles)
comme le soleil dans la mer, d'un seul coup,
en laissant un grand silence.

Non pas la réponse, mais l'oubli.

(Alors la fatigue
de tout démêler. Incroyable
comme tout s'emmêle.
Incroyable
que bien que nous ne laissions jamais retomber la tension un seul
instant
et que nous profitions toujours savamment
— ou du moins le croyons-nous toujours –
de la puissance du vent ouvert,
nous trouvions maintenant d'inexplicables

nœuds triples, nœuds aveugles,
nœuds de tisserand et de marin,
nœuds de pendu et nœuds coulants.

IV

Il ne reste rien :
rien qu'un champ de sang
inondé de traces.
Carrefour de pistes illisibles
que tout le monde a foulées.
Silence, à peine rompu
par sa propre fatigue – par la sourde
douleur qui palpite dans les blessures.

Il ne reste rien :
la vérité, dite, n'a rien laissé.
(Évaporée au vent comme une odeur de sang,
fugitive dans l'eau.)
On ne connaît que sa propre volonté. Et ce n'est rien.
Il n'y a rien d'autre.

III

I

Le mal est sans remède : nous heurter de face
à la mort.

(Ce n'est pas facile ; bien des choses :
yeux et ombres, corps, la vanité de l'art,
air et eau dans les mains.)

Le mal est sans remède.
Nous naissons pour cela :
nous heurter de face à la mort.

Tâche de solitude – non plus routine,
ni confusion, ni distraction, ni bruit.
Voilà que naît la nuit, qui dessine
avec précision les formes.
Tâche de solitude, inévitable.

II

L'éthique
n'est pas un sujet de paroles.
Elle commence au moment où s'achève
une vie d'homme, où le chaos reçoit
son point final :
le lieu où se joignent enfin
tous les fils de la vie en un faisceau
(y compris ceux qui
ont pu être tranchés).

L'éthique, comme la métaphysique,
n'est ni jeu ni matière à paroles.
Ce qui arrive maintenant (et en arrivant s'épuise)
c'est autre chose :
le passage où l'âme
ne peut plus se disperser.

(Une vie d'homme
s'achève sur ce champ déjà vécu, arrosé d'autres morts.
Ici s'achève le monde.
Malemort, peut-être.
Toute mort est la mort.
Inutile, vaine mort :
elle ne servira à rien
et ne convaincra personne.
Magnifique, ou cruelle, ou pareille à bien des morts
de tous les dimanches.
Chaque mort est la mort.)

Les choses, qui naguère étaient pareilles aux choses
– lumière dans la lumière, mémoire dans la mémoire –,
ne le sont plus : il n'y aura plus ici de lumière,
ici s'achève la mémoire.

III

Parce qu'on perd toujours
(parce que toujours
viendra la mort, nous irons à la mort),
il est nécessaire d'avoir joué.
Sans espoir.
Sans précaution.
Avec l'œil et la main.

On ne choisit pas la mort : on y arrive
acculé par sa propre vie.
Il faut avoir choisi
cette vie qui nous pousse vers la mort.

IV

Mais la fin est parole encore
qui ne meurt que dans le silence.
Et le fer, encore,
tirera des flots de roses de la blessure.

(Au-delà
dans la vapeur chaude du dépeçage,
dans la rumeur dégouttante de viscères bleus
et roses et verts et jaunes,
odeur de fleurs coupées dans l'abattoir)

Il se doucha, l'esprit serein. Il lava son linge dans la baignoire, en en tirant des jets de crasse rougeâtre, ocre, jaune.

Nu, enveloppé dans la couverture rêche de Circua, il dormit toute la journée. Il ne rêva pas, n'entendit pas les coups de Mme Niño. Il se réveilla pour manger la soupe froide de Circua et se pelotonna pour dormir de nouveau toute la nuit.

Quand il se réveilla enfin, le soleil était déjà haut au-dessus des montagnes. Mme Niño tapait au plafond, mais il ne l'entendait pas. Il se doucha, remit ses vêtements froissés, encore humides. Il mit son poème dans sa poche. Il sortit. Il voulait comparer son poème avec la vie.

Une enveloppe était appuyée contre la porte. « F » comme nom d'expéditeur. Federico. Il allait la mettre dans sa poche quand il entendit le craquement violent d'une masse qui descendait l'escalier. Il l'esquiva.

— LÂCHE ! rugit Mme Niño en se retournant.

Elle avait un couteau à la main. Cette fois encore, elle se jeta sur lui. Il l'évita en riant, descendit l'escalier avec agilité, de côté, dans une sorte de galop, en agitant sous le visage convulsé de Mme Niño l'enveloppe de Federico comme un éventail, en esquivant ses coups de couteau dans le vide, en courant devant elle comme on court devant un taureau dans l'arène. Il la laissa en train de hurler sur le palier du premier :

— LÂCHE ! COMMUNISTE !

Dans la rue, il faisait soleil. Il s'arrêta à un croisement ordinaire : un voleur aux aguets, mains dans les poches, un vendeur de Marlboro, un vendeur d'ananas. Il sortit le poème de sa poche. Il commença à lire à voix haute :

CAHIER DE COMPTES

Les choses sont pareilles aux choses
Ce qui ne peut être dit, il faut le taire.

L'œil voit, et puis oublie.
Mais la voix crie :

Il fut interrompu par de brusques coups sur l'épaule :

— S'il vous plaît, monsieur, circulez.

C'était un gigantesque soldat de la police militaire, casque de guerre et uniforme défraîchi, armé jusqu'aux dents, blanches dans son visage très noir. Escobar circula sans protester. Il chercha un endroit plus approprié. Mais ce n'était pas un jour normal. On voyait passer des bus remplis de passagers qui criaient et agitaient par les fenêtres des drapeaux rouges et des drapeaux bleus. Des groupes de jeunes avec des petites casquettes, des visières, des canotiers à rubans, faisaient flotter des drapeaux et jetaient sur les passants des poignées de maïzena, comme pendant le carnaval. Cris. Sifflets. Voitures chargées de familles qui klaxonnaient avec une allégresse agressive : ta tata, ta tata, ta, tata. Beaucoup de militaires. Jeeps de l'armée bourrées de soldats sombres, les yeux blancs dans l'ombre énorme de leurs casques de la Seconde Guerre mondiale, officiers parlant par radiotéléphones de combats portés par de petits soldats vert olive.

— Affirmatif, mon commandant. Négatif.

D'autres soldats, fusil en bandoulière, aux coins des rues. De jolies filles, en tee-shirt à inscription, qui criaient :

— Ló-pez ! Ló-pez ! Ló-pez !

Et d'autres, tout aussi jolies, qui répondaient :

— Gó-mez ! Gó-mez ! Gó-mez !

C'étaient les élections. Le grand événement démocratique.

Il marcha lentement en direction du sud, le long de la Septième Avenue, devant des boutiques fermées, au milieu de piétons excités, de voitures qui klaxonnaient, de bus, de policiers, beaucoup de troupes. « Maintenant, maintenant. Dehors : voix grandie dans la voix voix pareille à d'autres voix » : López, Gómez. Il fut arrêté par un baiser de sa cousine, la grosse, Alicia, celle qui voulait une Mercedes (ou une BM, il ne savait plus très bien). Elle lui planta dans la poitrine une cocarde bleue.

— Ah, Ignacio, comment ça va ? Tu t'es laissé pousser la barbe, non ?

Il se caressa la joue et découvrit sa barbe.

— « L'œil n'est pas conscience des choses… »

Accrochée à sa cousine, une fillette pâle le regardait d'un œil sévère.

— Maman, c'est qui, ce monsieur ?

— C'est ton oncle Ignacio, ma chérie, le fils de tante Leonor. Il s'est laissé pousser la barbe. Pour qui votes-tu, Ignacio ?

À deux pas de là, il vit son oncle Pablo, perdu et comme absorbé dans le brouhaha, qui écartait les gens avec la pointe de son parapluie, tout en se lissant la moustache. Il fit un grand sourire en apercevant Escobar.

— Bonjour, mon petit ! Toi aussi, tu votes ? J'ai perdu ta tante Lucía, figure-toi.

Il tournait le cou dans toutes les directions, comme une oie.

— Bon. On finira bien par la retrouver. Tu as voté, toi ?

Il montra à Escobar son long doigt osseux, rouge d'encre jusqu'à la jointure.

— Il faut voter pour López, Ignacito : Foción dit que c'est lui qui va gagner.

— Pour Gómez, oncle Pablo ! l'interrompit la grosse cousine, tout sourires. Vote pour Gómez, Ignacio. Tous ces vieux votent pour López uniquement parce que oncle Foción les a convaincus qu'il était le candidat du Fonds monétaire. Girouettes !

L'oncle Pablo rit d'un rire offusqué, fatigué.

— Tu me vois, à mon âge, voter pour un libéral… Évidemment, Alfonsito est aussi libéral que toi et moi, tu vois ce que je veux dire. Il ne laissera pas la populace nous monter dessus. Tu sais si ta mère a voté ?

— « Me reverrai-je et me dirai-je : qui suis-je ? » demanda Escobar.

— Quoi donc, mon petit ?

— Je ne connais pas ce monsieur, affirma la fillette pâle.

— Si, ma chérie, c'est ton oncle Ignacio, mais il s'est laissé pousser la barbe. Tu serais bien capable de devenir communiste, non, Ignacio ?

Escobar fit un signe d'adieu et se perdit dans la foule. Il arracha de sa poitrine la cocarde bleue. « Dans la pupille prodigue, paysage avec personnages : raides, fragmentés personnages de silence. » Il continua sa route. Il vit passer une manifestation qui boycottait le grand événement démocratique. Peu nourrie, assez languissante. Les soldats la laissaient passer sans molester personne. Les manifestants criaient des slogans d'une voix brisée déjà, le poing levé :

Un peuple !
Qui a faim !
Ne vote pas !
Il s'organise !
Et lutte !

Ils avaient plutôt l'air tristes, pas trop organisés, et ne faisaient penser ni à des lutteurs ni à des morts de faim. Dans les derniers rangs, il reconnut Ignacio Alvarado, le Poète urbain, gros et fort, le front couvert de nombreuses boucles luisantes. La camarade Zoraida l'avait confondu avec lui. « Les choses sont pareilles aux choses. L'œil les a vues. (À tue-tête, la voix les a tues). » Alvarado le salua de loin, d'un ample geste du bras.

— Comment ça va, mon cher homonyme ? Vous vous connaissez ?

Il lui présenta une silhouette rondelette à côté de lui.

— Edén Morán Marín, Escobar, poètes tous les deux. Il y a trop de poètes dans ce pays, que voulez-vous, c'est pour ça que nous sommes dans la merde ! ajouta le Poète urbain en riant.

— On se connaît, dit Edén Morán Marín. On a eu une discussion poétique, il y a quelque temps.

Et il sourit en faisant un clin d'œil à Escobar. Donc il ne l'avait pas tué. Edén Morán Marín. « Toutes les psychonévroses sexuelles. » Il ne l'avait pas tué. Il n'avait tué personne. Il lui serra la main avec émotion.

— Qu'est-ce que vous devenez, vieux ? insista Alvarado. Vous votez, comme un bourgeois ?

Escobar montra son doigt propre et dit :

— « On ne connaît que sa propre volonté. »

Le Poète urbain rit de bon cœur en lui tapotant l'épaule.

— Sans déconner, vieux ! La volonté personnelle ! Elle est bien bonne, celle-là !

Escobar répondit, très digne :

— « Il n'y a rien d'autre. »

Alvarado s'emporta. Il sentait l'alcool.

— Petit-bourgeois de merde, allez donc voir ce qu'en pense le peuple ! La volonté personnelle, ne dites pas de conneries : vous n'avez jamais entendu parler de l'impérialisme ?

Edén Morán Marín s'interposa :

— Du calme, vieux, du calme.

— « Il ne reste rien », dit Escobar. « La vérité, dite, n'a rien laissé… »

Edén entraîna le Poète urbain, qui gesticulait, furieux. Au bout de deux mètres, il recouvra son calme et haussa les épaules. Edén fit au revoir de la main en se tournant vers Escobar, prit le bras du Poète urbain, et tous deux pressèrent le pas pour rattraper leur manifestation. Alvarado balançait ses fortes hanches au rythme des cris, en chantonnant :

Un peuple
qui a faim
ne vote pas.
Il s'organise
et lutte !
Un peuple
qui a faim…

Il faisait chaud. Escobar était en sueur. Il s'étonnait de rencontrer tant de connaissances dans la foule. Savoir qu'il n'avait pas tué Edén Morán Marín, poète et pédéraste, le rassurait – et le décevait en même temps. Lulucita Pineda était-elle là, avec sa tête branlante ? Henna ? Fina, peut-être ? (Il ne se troubla pas en pensant à Fina.) Il se dit que, si Henna votait pour López, Fina devait voter pour Gómez, et vice versa. « Les choses sont pareilles aux choses. » Il se balança sur le bord du trottoir, scrutant l'horizon. Casques d'acier, cris, drapeaux : Ló-pez, Gó-mez, sifflets. Il décida d'aller plus au sud, voir le peuple. Pour savoir si c'était vrai qu'il ne votait pas, qu'il s'organisait, qu'il luttait. Il sentit deux paumes fraîches lui cacher les yeux par-derrière, tandis qu'on lui donnait un baiser rapide sur la nuque. C'était Patricia. Elle portait un tee-shirt rouge avec une inscription très longue :

POUR UN ÉTAT PROLÉTAIRE
DE CONSEILS OUVRIERS ET PAYSANS
VOTEZ PST
PARTI SOCIALISTE DES TRAVAILLEURS

Pourquoi n'avaient-ils pas l'idée de proposer des choses faciles ? López, Gómez. Des choses pareilles aux choses. « Ce qui ne peut être dit, il faut le taire. » Patricia l'embrassa sur la bouche.

— Mmm ! La barbe te va très bien, tu sais ? Quand est-ce que je te vois ?

— « L'œil qui voudrait voir les choses, savoir qu'il les a vues »…

— Ignacio, s'il te plaît…

Et elle s'éloigna en criant :

Pour un État !
Prolétaire !
De Conseils !
Ouvriers !
Et de paysans !
Votez !
Parti !
Socialiste !
Des !
Tra- !
Vail- !
Leurs !

Le poing levé. Le même slogan imprononçable que celui qui était inscrit sur son tee-shirt moulant.

Il marcha jusqu'à la Dix-Neuvième rue, où il arriva tout rouge et épuisé. On ne voyait nulle part de peuple organisé et en lutte. Des soldats, des dames qui nettoyaient avec des mouchoirs mouillés de parfum leur doigt taché d'encre. Sous des bâches qui les protégeaient du soleil, sur des étals de marché, les tables de vote étaient assaillies par des citoyens heureux de voter, ignorant que Foción savait déjà quel candidat serait vainqueur. Les responsables de table, qui le savaient peut-être eux aussi, semblaient s'ennuyer. Il devait être midi déjà, ils bâillaient, relisaient le journal, assis sur des chaises pliantes. Les femmes tricotaient. Un homme maigre faisait des mots croisés. À côté d'Escobar, deux jeunes à l'air sombre, avec entre les yeux des boucles noires enduites de graisse, commentèrent d'un ton plein de mépris :

— Regarde cette merde, vieux : le peuple...

Escobar ne sut quoi dire. « L'éthique, comme la métaphysique, n'est ni jeu ni matière à paroles. » Il déambula entre les tables, se heurtant aux gens, s'excusant avec des bruits inaudibles.

— Alors, Escobar ! Tu as voté ?

C'était Beatriz, petite et langoureuse. Sur son tee-shirt et sur ses petits seins fragiles, une grande inscription rouge :

PRT

PARTI RÉVOLUTIONNAIRE DES TRAVAILLEURS

Elle avait le ventre aussi plat que la dernière fois qu'il l'avait vue, des mois plus tôt. Avait-elle menti au sujet de sa grossesse ? À ses côtés, Diego León Mantilla portait le même tee-shirt blanc et rouge (PRT. PARTI RÉVOLUTIONNAIRE DES TRAVAILLEURS), et une petite casquette de marin hollandais. Il s'était laissé pousser une barbichette en pointe, qui lui donnait un faux air de Napoléon III.

— « Le mouvement, dit Escobar, est pur amour du mouvement : assourdi, ivre... »

— Oui, c'est grotesque, approuva Diego León. Mais il faut profiter des petits coins d'espace politique que nous laisse la démocratie bourgeoise, vieux.

— « Mienne, dit Escobar, est la cécité du sourd. »

— C'est qu'au fond tu es toujours un bourgeois, diagnostiqua Beatriz. Hein, Diego ? Ce qu'il faut faire, ici, c'est commencer à organiser des soviets ouvriers démocratiques et révolutionnaires. Diego s'en occupe.

Diego León s'agita, mal à l'aise. Il se sentit obligé d'expliquer :

— En fait, on est en train de fonder un nouveau parti.

— Diego leur a écrit un programme super, Escobar, si tu voyais ça.

— Bon, non... ce n'est pas un programme. C'est un acte fondateur. Quelque chose de très sobre. Mais, sincèrement, je crois que ça manquait. La gauche colombienne était en train de suivre une ligne aventuriste d'un côté, ou simplement électoraliste, opportuniste de l'autre.

— « L'œil ignore, affirma Escobar, tout ce qu'il est possible d'ignorer des choses. »

— Exact. Et c'est ce qui arrivait aux maoïstes, par exemple. J'ai eu une discussion très sérieuse avec Federico, précisément à ce sujet. Ils ne veulent pas savoir. Ils sont de plus en plus fermés à la réalité du pays, plus fanatiques. Tu sais ce que Federico fabrique, en ce moment ?

Escobar l'interrogea du regard. Il se souvint qu'il avait la lettre de Federico dans sa poche et qu'il ne l'avait pas lue. Diego León fit un signe de tête par-dessus l'épaule, vers l'arrière, en direction des montagnes. Escobar regarda derrière lui. Beatriz rit.

— Non, dans la montagne, expliqua Diego León. Je te laisse imaginer : les zones libérées et tout le bordel. Guerre populaire prolongée.

— Il est devenu fou ! intervint Beatriz en riant.

Quand elle riait, ses petits seins sautaient sous l'inscription de son tee-shirt. Elle les avait toujours fort beaux. Elle reprit son sérieux :

— Il a laissé la pauvre Ana María à la maternité, avec le bébé, et il lui a envoyé une lettre de la montagne. Non mais tu te rends compte ?

Escobar ne se rendait pas compte. Les petits seins de Beatriz étaient toujours aussi beaux. Et il avait envie, comme la dernière fois, de glisser une main sous son tee-shirt et d'en prendre un dans le creux de sa paume, de laisser le téton pointer entre son majeur et son annulaire, durcir, gratter le tee-shirt sous le « T » de PRT, Parti révolutionnaire des travailleurs.

— « Les désirs viennent du dehors, murmura-t-il. Ils heurtent… »

— Exact, approuva Diego León en riant. Ils viennent du dehors : ça n'a rien à voir avec la réalité de ce pays. C'est ça, oui, des désirs, même pas une analyse : simple volontarisme petit-bourgeois, sans analyse sérieuse, concrète, des relations de production, de la division internationale du travail, de la conjoncture révolutionnaire au niveau mondial… Ils se sont embarqués dans quelque chose de complètement fou, de totalement volontariste et, au fond, sans issue : c'est la destruction pour la destruction. Même pas la destruction exemplaire, comme voulait Bakounine.

— « Il ne reste rien, dit Escobar. Rien qu'un champ de sang inondé de traces… »

— Exact : la terre ravagée. Qu'il ne reste rien. Voilà que pour eux, maintenant, l'ennemi c'est la civilisation, le progrès scientifique, la technique… Ils veulent repartir de zéro. *Tabula rasa*. Ils n'ont pas lu Lénine.

— Le socialisme avec les soviets plus l'électrification, l'interpella Beatriz avec orgueil. Tu n'as pas lu Trotski, Escobar ? Il faut lire Trotski, n'est-ce pas, Diego ?

— Oui, oui, bien sûr, mon amour… Mais surtout, ajouta Diego León en riant, il ne faut pas laisser ceux qui ne l'ont pas lu le réciter.

Beatriz rit, rayonnante.

— Diego dit ça pour Marroquín, celui du PST, tu le connais ? Un nègre opportuniste.

— Non, non, corrigea Diego, embarrassé. Jefferson Marroquín est un camarade de valeur…

— C'est toi qui as dit que c'était un nègre opportuniste ! bondit Beatriz.

— J'ai dit qu'il était un peu opportuniste, mais sur des questions… On a eu des contacts pour un front électoral avec les gens du PST, expliqua-t-il en s'adressant à Escobar, mais ça n'a rien donné. Mais je n'ai pas dit que c'était un… Mon amour, comment peux-tu dire ça ?

Diego León changea de conversation :

— Et toi, Escobar, qu'est-ce que tu deviens ?

— « Il n'y aura plus ici de lumière, expliqua Escobar. Ici s'achève la mémoire. »

— Ah… Bon, mon amour, il faut qu'on y aille, non ? N'oublie pas qu'on nous attend pour déjeuner.

Ils s'en allèrent en discutant. La foule les avala. Escobar resta seul, et il se rendait compte qu'il commençait à oublier son poème, au contact de la réalité. « Mais la fin est parole encore qui ne meurt que dans le silence », pensa-t-il. Il prit son cahier dans sa poche et commença à réciter à tue-tête, face à la Dix-Neuvième rue grouillant de gens :

Les choses sont pareilles aux choses !
Ce qui ne peut être dit, il faut le taire !
L'œil voit, et puis oublie !
Mais la voix crie :
les choses sont pareilles aux choses !
L'œil les a vues !
À tue-tête,
la voix les a tues !

Les gens qui passaient le regardaient, quelques-uns riaient. Un groupe s'arrêta pour l'écouter, tandis que d'autres criaient : Ló-pez ! Ló-pez ! Un monsieur chauve demanda du respect pour les idées d'autrui :

— Nous sommes en démocratie, messieurs.

Un cercle commença à se former autour d'Escobar, et une dame, attendrie, lui lança quelques pièces. De nouveau, il sentit qu'on lui tapait sur l'épaule.

— Circulez, monsieur, circulez, allez, veuillez circuler, monsieur.

Il regarda son interlocuteur : un officier tout petit, à moustache, accompagné d'une patrouille de soldats en uniforme de bataille. Il circula.

Au loin, sur la large avenue, il vit du tumulte. Des cris, des courses. Il vit des tables de vote renversées, une fumée grise qui commençait à grossir.

Un peuple !
Affamé !
Ne vote pas !
S'organise !
Et lutte !
Parti !
Communiste !
Marxiste !
Léniniste !
Pensée !
Mao ! Zedong
P-C-M-L !
P-M-Z !

Les maoïstes descendaient l'avenue au trot, heureux, renversant les tables et effrayant les électeurs. L'officier à moustache, rouge de colère, criait dans son radiotéléphone, et ses soldats avaient mis un genou à terre et épaulaient leurs fusils. Au coin d'une rue débouchèrent deux autres jeeps de l'armée, chargées de troupes, et, descendant la Dix-Neuvième rue, la police militaire chargea en distribuant des coups de matraque aux curieux et aux citoyens responsables qui attendaient devant les tables. On entendit des coups de feu, apparemment lointains, comme des fusées de fête foraine. Escobar courut se réfugier derrière un poteau électrique, se jeta à terre. Il entendit, plus près, deux ou trois coups de feu isolés. Il baissa la tête. À quelques mètres de lui, il vit une silhouette tomber à plat ventre au milieu de la rue. Il resta un moment immobile, puis haussa les épaules, la tête, qu'il fit tourner en un lent demi-cercle. Escobar reconnut l'homme à terre : c'était Edén Morán Marín, poète et pédéraste. Edén le vit lui aussi et lui adressa une mimique de douleur. Escobar s'approcha en courant à quatre pattes, s'agenouilla près de lui. Il avait un trou pourpre et écarlate au milieu du dos, qui semblait bouillir comme une marmite de soupe.

— Ils m'ont tué, maître, haleta Edén. Vous, vous n'avez pas pu, et vous voyez…

Il essaya de rire, et un jet de sang lui sortit de la bouche.

— Ils m'ont tué, maître, balbutia-t-il encore.

Il vomit un autre jet de sang sur la poitrine d'Escobar et tomba, la tempe sur le sol. La troupe chargeait de nouveau, en tirant en l'air. Escobar s'enfuit à quatre pattes et se cacha de nouveau derrière son poteau électrique. Il vit qu'il était déjà occupé par Ignacio Alvarado, le Poète urbain.

— Merde, mon homonyme, vous avez vu ce qui est arrivé à Edén ?

Escobar ne put émettre le moindre son. Il fit oui de la tête. Les yeux du Poète urbain se remplirent de larmes.

— Je l'avais prévenu, putain, je l'avais prévenu ! Mais il insistait, ce petit pédé… Il aimait courir derrière les manifestations pour voir monter et descendre les fesses des garçons qui couraient… Je l'avais prévenu, putain, mais comment peut-on être pédé à ce point ? Ce pays, c'est de la merde, mon vieux.

Les cris et les courses continuaient, un isoloir incendié fumait encore, et un responsable de table de vote, un mouchoir sur le visage, s'efforçait de sauver les urnes roussies. La police chargeait en lançant des grenades lacrymogènes, et on entendait des coups de feu isolés. Escobar et Alvarado commencèrent à pleurer et à tousser, allongés sur le ventre au pied du poteau électrique. Le cadavre d'Edén était toujours au milieu de la rue, immobile dans le tumulte. Escobar vit s'en approcher un grand type maigre, brun, à petites lunettes rondes, le visage masqué comme celui des bandits dans les westerns quand ils attaquent les diligences.

— Camarades !

Il portait une casquette de joueur de base-ball avec le sigle PST, et sur ses côtes flottait un tee-shirt comme celui de Patricia :

Pour un État prolétaire
de conseils ouvriers et paysans
Votez PST.

Il se jucha sur une chaise qu'il avait prise à une table de vote. Il arracha le foulard de son visage, et Escobar et le Poète urbain le reconnurent en même temps.

— Merde, vieux ! Le nègre Marroquín !

— Camarades ! Écoutez-moi, camarades !

Du haut de sa chaise, Jefferson commençait sa harangue.

— Regardez ce camarade, camarades ! Le bras armé de la bourgeoisie, camarades ! Un martyr, camarades, encore un martyr de la révolution ! Comme Bolívar, comme Gaitán, comme Camilo… !

Le Poète urbain était furieux.

— Regardez-moi ce fils de pute, vieux, comme un vautour sur le cadavre d'Edén… Ces fils de pute de trotskos, il faudrait tous les pendre.

Jefferson Marroquín continuait à crier en toussant un peu dans le brouillard verdâtre des gaz lacrymogènes :

— Regardez-le, camarades ! Un militant du Parti des travailleurs ! Un combattant du syndicat des instituteurs ! Un humble père de famille ! Un des nôtres, camarades !

— Fils de puuute ! lui cria le Poète urbain depuis le sol.

Et il se cogna la tête de douleur et de rage contre le poteau électrique, en pleurant.

— Fils de pute. Fils de pute. Ce pays, c'est de la merde, vieux.

Un peloton de policiers armés de matraques et de boucliers de plastique chargea au milieu des isoloirs détruits, foulant aux pieds urnes et bulletins. Jefferson Marroquín tomba par terre, roué de coups. Escobar et Alvarado partirent en courant chacun de son côté. Peu à peu, le calme revint. Seuls deux ou trois isoloirs avaient été incendiés. Les gens recommençaient à voter en ordre, les curieux à monter et à descendre l'avenue, en évitant au passage la flaque de sang d'Edén, et les petits groupes de filles et de garçons trop jeunes pour voter agitaient leurs banderoles rouges et bleues en criant :

— Ló-pez, Ló-pez ! Gó-mez, Gó-mez !

Haletant, en nage et assoiffé, les yeux qui piquaient à cause des gaz, Escobar s'arrêta après avoir couru tout le long d'un pâté d'immeubles. À un coin de rue, il entra dans une épicerie. Il demanda une bière glacée.

— Loi sèche, désolé. Les élections. Si vous voulez un coca, avec plaisir.

— Colombien, de chez nous, demanda Escobar.

Le gros homme rit derrière son comptoir, laissant apparaître une dent en or.

— Encore un idiot qui a cru à ces histoires de démocratie ! Frais ? Chambré ?

— Chambré, répondit Escobar en toussant.

Température de la patrie. Il but sans respirer son Colombien piquant, douceâtre, se remplissant de gaz. Il rota. Il en demanda un autre. Il fut tenté par un millefeuille dans la vitrine poussiéreuse. Il demanda un millefeuille. Sa bouche devint pâteuse. Il se laissa tomber sur une chaise métallique, regarda autour de lui. Dans un coin de l'épicerie, assis sur un sac de patates, un homme silencieux buvait un café. Escobar en commanda un lui aussi, qui lui brûla la langue. Il prit dans sa poche son cahier, pour lire son poème, dans le calme, maintenant. Impossible de l'ouvrir : ses pages étaient collées en un bloc dur et solide, d'un brun foncé et déjà sec : le sang d'Edén. Dans son autre poche, il trouva la lettre de Federico, intacte. Il déchira l'enveloppe.

Escobar,

Tu avais raison, il n'y a rien à faire. Front culturel élargi, tu parles d'une connerie. Le foutu problème, c'est la culture, justement – la Kulture. Et aussi la sculpture, si on veut. Et jusqu'à la puériculture, à quoi Ana María veut que nous nous consacrions tous.

Ce qu'il faut, ici, c'est une guerre. Après, il y aura du temps pour la culture, la sculpture, la puériculture, et le reste. Mais avant, il faut avoir tué beaucoup de monde. Tu avais raison : on ne peut pas faire de sonnets révolutionnaires. Ou on fait des sonnets, ou on fait la révolution. Moi et d'autres, nous faisons la révolution. Ana María, la pauvre, je l'ai laissée à la maternité, en plein accouchement. Il faut être un vrai salaud, ou alors on ne fait jamais rien. Les enfants, le marxisme, l'art : oui, tout ça c'est très joli. Mais il faut d'abord tuer beaucoup de monde. Le camarade Douglas te l'a dit, l'autre nuit : il faut choisir son camp. Moi, j'ai choisi le mien. Ne pas le choisir, c'est aussi choisir, mon frère.

Passons aux questions pratiques. Je suppose que, lorsque tu liras cette lettre, l'Organisation aura – nous aurons – enlevé ton oncle, le vieux Foción Urdaneta.

La vue d'Escobar se brouilla. Il relut, incrédule :

… l'Organisation aura – nous aurons – enlevé ton oncle, le vieux Foción Urdaneta. Cette action a été décidée pour des raisons politiques, économiques et de propagande.

Il ne comprenait pas les mots : « raisons politiques, économiques et de propagande ». Ses mains tremblaient. Il porta la tasse à ses lèvres en tremblant et renversa du café. Il était froid. Il essaya de comprendre. Il lut rapidement :

… et de propagande. Je ne m'y suis pas opposé, bien que je sois reconnaissant à ton oncle de m'avoir fait sortir de prison. Sentimentalisme petit-bourgeois. Parce que ce n'est pas moi qu'il a fait sortir : c'est le neveu de son ami Rodrigo Ospina. Il n'a fait qu'assumer une attitude de classe conséquente.

Ici, c'est plus facile à comprendre. Ces gens sont exceptionnels. Il y a deux camps, Escobar ; et on choisit le sien. Moi, j'ai choisi. Tu peux expliquer ça par les raisons psychanalytiques que tu voudras : culpabilité petite-bourgeoise, petit-bourgeois de merde. Il faut vivre sa vie, comme me disait ce fils de pute de colonel Buendía quand il m'interrogeait dans le haras d'Usaquén. Ça aussi, c'est un traître de classe conséquent. Mais au profit de l'autre classe.

Revenons aux choses pratiques. L'Organisation a décidé de négocier la libération de ton oncle par ton intermédiaire. C'est le camarade Douglas en personne qui a proposé ton nom. Un camarade entrera prochainement en contact avec toi. Attends-le chez toi.

(Sois utile à quelque chose, pédé.)

Un salut fraternel. Peut-être qu'un jour nous pourrons échanger un salut révolutionnaire.

Federico

P.-S. Brûle cette lettre, couillon. Le petit-bourgeois de merde que tu es est capable de la garder, par sentimentalisme.

Escobar resta un long moment la lettre entre les mains à reprendre haleine. Les choses allaient trop vite. Dans le coin, l'homme silencieux à la tasse de café le regardait de son sac de patates. Un espion ? De qui ? De l'Organisation ? Merde, Federico n'avait pas le droit de l'entraîner comme ça, de but en blanc, dans l'Organisation, de se servir de lui, de choisir un camp pour lui. Il n'y a pas deux camps, il y en a beaucoup. Ou peut-être deux, mais ce ne sont pas ceux-là. Il sentait les yeux de l'homme silencieux fixés sur sa main qui tenait la lettre et qui tremblait légèrement. Le gros de la boutique le regardait lui aussi, en faisant semblant de chantonner quelque chose. Un autre espion ? De l'autre camp ? Choisir son camp, merde : « On ne choisit pas la mort : on y arrive acculé par sa propre vie. » Merde : de la littérature. Et lui qui croyait avoir enfin fait quelque chose, avec son poème, et pendant ce temps, dehors, dans la réalité, des choses réelles continuaient à se produire : on tuait Edén par hasard, Federico choisissait son camp pour des raisons psychanalytiques, on enlevait Foción pour des raisons politiques, économiques et de propagande. Et on choisissait son camp pour lui. Il imaginait parfaitement le camarade Douglas : « Le camarade est à la hauteur. » Federico avait entièrement raison : c'était un con. On se servait de lui.

— Avez-vous le téléphone, monsieur ?

— Il est en panne.

— S'il vous plaît, c'est très urgent.

— Bon, d'accord, mais c'est dix pesos, alors…

Il se hâta de faire le numéro. Sa tante Clema répondit aussitôt.

— Ma tante, oncle Foción est là ? C'est Ignacio.

— Mon petit… Comment va ta maman ?

— Bien. Je ne sais pas. Dis-moi, ma tante, Foción est là ? J'appelle d'une cabine.

— Non, mon petit, Foción est sorti il y a un moment. Tu sais bien, moi, je reste ici, à cause de mes douleurs, mais lui, il est sorti tôt pour voter, et après il devait aller à la messe. Tu as été à la messe, mon petit ? Il faut prier pour la Colombie.

L'homme silencieux le regardait toujours. Le gros chantonnait derrière son comptoir en faisant semblant de nettoyer quelque chose, l'oreille tendue.

— Oui, ma tante. Excuse-moi, mais je ne peux pas te parler longtemps, il y a des gens qui attendent. Sais-tu à quelle église est allé oncle Foción ? À la messe de quelle heure ?

— Et toi, tu as été à la messe, mon petit ? Moi, je n'ai pas pu. Je vais voir si je peux me lever un peu, cet après-midi, Avellaneda m'emmènera. Je ne sais pas si c'est un péché, mon petit, mais je te jure que parfois je demande à Dieu de... Tu sais, c'est à cause d'un nerf. Ernestico Espinosa dit que...

— Ma tante, s'il te plaît, il faut que je raccroche. À la messe de quelle heure ?

— Midi, je pense, à la Porciúncula. Comment va ta maman ?

Escobar raccrocha, paya sa communication et le millefeuille, et sortit. Il était très loin de la Porciúncula, c'était un jour d'élections, et il était plus de midi. Quelle heure pouvait-il être ? Il n'y avait pas de taxis. Il marchait vite, trottait parfois pendant quelques mètres, vers le nord. Il arriverait trop tard. Non, il ne laisserait pas le camarade Douglas décider à sa place, même si c'était la seule chose qu'il ferait de sa vie. Les gens le regardaient passer d'un air étonné, regardaient ses vêtements fripés et tachés de sang. Il marchait, trottait, marchait, transpirait, sans regarder sur les côtés. Mais bon : il aurait le temps, sans doute, de tout dire calmement à Foción. Non, il ne voulait pas être mêlé à l'enlèvement de Foción, et encore moins jouer les intermédiaires. Il ne savait pas discuter argent. Il ne s'était pas mêlé de ça, cela n'avait rien à voir avec sa volonté, il n'avait pas choisi. On se servait de lui. On ne se servirait pas de lui toute sa vie. Mais comment dirait-il qu'il était au courant ? Il parlerait en tête à tête avec Foción : « Fais bien attention, mon oncle, on veut t'enlever. » Il dirait qu'Edén Morán Marín lui avait confié ce secret pendant son agonie. C'était ça, Edén, parfait. Que sa mort serve à quelque chose. Pauvre Edén, transformé d'un côté en martyr de la révolution et évitant de l'autre l'enlèvement d'un oligarque, alors qu'il avait simplement voulu voir des culs jusqu'à la fin. Et, quand le camarade du contact viendrait prendre contact, il lui dirait : « Non, camarades, faites votre boulot *vous-mêmes.* »

Il marchait plus lentement maintenant, à cause de la fatigue, imaginant des discussions théoriques avec Federico dont il sortait vainqueur. À sa droite, derrière une longue grille, il reconnut l'hôtel particulier français des Jardins d'Allah, ombragé par les arbres. Ah, se reposer un instant parmi les houris, dans un murmure de fontaines, ou simplement s'asseoir un moment pour respirer sur le perron, à l'ombre des colonnes néoclassiques. Quelle heure pouvait-il être ? La foule lui bloquait le passage : un cercle de curieux qui discutaient et posaient des questions, un policier tout petit, débordé, qui essayait de calmer tout le monde, autoritaire et suppliant.

— Ah, putain de bordel, mon frère, regarde-moi un peu la bagnole de cet enculé d'oligarque !

Escobar la reconnut : c'était la longue voiture vert foncé de Foción. Il resta figé, les bras ballants. Un pneu avant était crevé, et la tôle resplendissante du garde-boue était perforée par une ligne de balles. Escobar distingua la tête immobile d'Avellaneda appuyée sur le volant. Sur le siège arrière, une femme hystérique pleurait et cognait du poing contre les vitres fermées.

— Mate un peu ces nichons, mon frère.

— Ah, putain, mon frère, y a du monde au balcon ! Et ce vieux débris qu'elle se coltine, cette nana ? Non mais c'est pas permis, mon pote, et nous, hein ?

— Ils étaient quatre, rapportait une dame à chignon gris. Il y en avait deux sur une de ces motos qu'ont les jeunes aujourd'hui.

— Une Kawasaki, mon frère, y a pas mieux.

— Mate-moi ça, mais mate-moi ça, mon frère ! Mate-moi les nibars de la nana, putain !

Le petit policier, en sueur, secoua Escobar par le bras.

— Circulez, monsieur, circulez.

Il ne circula pas. Il avança vers le centre du cercle en regardant le corps immobile d'Avellaneda, qui avait les yeux ouverts. À sa main droite, agrippée au volant, on voyait son index taché d'encre rouge : il avait voté. Une jeep de l'armée s'arrêta dans un crissement de pneus au milieu du cercle des curieux. Un officier en descendit d'un bond, deux soldats lui frayèrent un passage à coups de crosse.

— Circulez, circulez, circulez ! Les témoins de ce côté, les autres, circulez, s'il vous plaît.

Une dame poussa un cri ; un voleur à la tire partit comme une flèche avec son sac à main ; la dame pleura ; un des soldats pointa sa mitraillette ; un monsieur à lunettes protesta, indigné :

— Mais enfin, arrêtez, voyons ! Vous n'allez quand même pas tirer sur tout le monde !

— Et alors, rétorqua une autre dame d'un ton révolté, vous voulez qu'on nous vole tous ou quoi ? C'est ça, la démocratie ? Vous n'avez pas vu comment ils ont enlevé ce pauvre monsieur ! Il était blessé, et ils le bousculaient ! C'est de pire en pire !

Mais le voleur avait disparu. Le soldat baissa le canon de sa mitraillette. La dame volée, en larmes, se plaça dans le groupe des témoins avec les deux jeunes amateurs de motos et de nichons, la dame indignée, le monsieur à lunettes et Escobar. Les autres, refoulés à coups de crosse, commencèrent de mauvais gré à circuler. L'officier ouvrit la voiture de Foción et aida la femme hystérique à en descendre. C'était Pascale, la petite Française, le visage baigné de larmes et noirci par le maquillage. Entre deux hoquets, elle répétait :

— *Mon Fofo, ils m'ont pris mon Fofo, ils me l'ont pris** ! Qu'est-ce qu'il va faire, tout seul, sans sa *petite** Pascale…

— Calmez-vous, madame, calmez-vous.

— Mademoiselle.

— Calmez-vous, mademoiselle, nous allons retrouver votre mari, je vous en donne ma parole.

— Ce n'est pas mon mari, *c'est mon**… père. Ce pourrait être mon père, *vous savez**.

L'officier demanda une ambulance par radiotéléphone, bomba le torse et passa ses témoins en revue. Brusquement, il se tourna vers l'un des jeunes amateurs de nichons, qui dévorait Pascale des yeux.

— Bon, vous, là ! Dites ce que vous avez vu.

— Eh bien, une vraie bagarre, mon capitaine, ces types ont tiré comme des malades, ah, non, d'abord, la Kawasaki a barré le passage à la Buick, j'ai dit : « Merde, vieux, ils se sont rentrés dedans », mais la Buick roulait doucement en prenant son virage, et alors la Kawasaki arrive à toute allure sur la Septième Rue et vlan, elle lui bloque le passage, une nana descend de la moto, une sacrée femelle, mon capitaine, elle était à l'arrière avec une mitraillette à la main, une Uzi neuf millimètres...

— C'est une arme réservée à l'armée.

— Ah çà, je sais pas, mon capitaine.

L'autre garçon intervint :

— Moi, j'étais là, mon capitaine, et alors le vieux dit au chauffeur : « Descendez et tuez-moi ces Indiens », et le chauffeur...

— Vous, taisez-vous jusqu'à ce qu'on vous interroge. Bon, vous, continuez.

— Eh ben, comme dit mon copain, mon capitaine, le type de la Buick descend avec une espèce de manivelle, j'ai pas bien vu, j'étais derrière, et la nana prend sa mitraillette et la brandit et... ah, non, d'abord le pauvre type lève à moitié le bras comme pour frapper le motard, vous auriez vu ça, mon capitaine, le pauvre vieux pouvait même pas soulever ce truc en fer, et là, la nana prend son Uzi et ratatatatatata ! Elle était réglée en rafale automatique, regardez, on voit les trous des balles, et regardez dans quel état ils ont laissé la carrosserie de la Buick, ça, c'est de la munition blindée, non, mon capitaine ?

— Limitez-vous aux faits.

L'autre jeune type grommelait, regardait Escobar du coin de l'œil, le prenait à témoin :

— Mais ce vieux connard, hein, « Tuez ces Indiens », il a dit, putain, comme si on avait pas le droit de vivre, aussi, hein...

— Alors ils ont sorti le gros type de la voiture, il pouvait même pas marcher tellement il était gros, vous l'auriez vu, j'vous jure, ah, non, avant, une BM métallisée était arrivée et s'était garée juste ici, exactement devant, et deux autres types en étaient descendus, un avec un 45 magnum ; ça, c'est un sacré truc, hein, mon capitaine ? Ça vous fait un trou comme ça, si ça vous touche, ça vous coupe en deux, enfin bref, et l'autre, j'ai pas bien pu voir, le motard était juste devant moi, et moi à ce moment-là je m'étais couché par terre, hé, j'suis pas fou, j'avais pas envie de me prendre une balle perdue ! Bon, mais j'ai pas bien vu, je crois que c'était un automatique, je sais pas, peut-être un de ces petits pistolets-mitrailleurs noirs bien graissés, un Beretta italien calibre neuf, enfin bon je sais pas, hein, j'ai pas bien vu, et le pauvre vieux qui était là avec sa manivelle, évidemment ils l'ont dézingué tout de suite. Une sacrée femelle, mon capitaine, un vrai canon, hein, vieux ?

L'officier prenait des notes dans un petit carnet. Une ambulance arriva, suivie de photographes qui prirent des photos du cadavre d'Avellaneda sous toutes les coutures. Les curieux s'étaient de nouveau agglutinés, les membres les plus éloignés des joyeux groupes portant drapeaux et petites casquettes « Ló-pez » et « Gó-mez » se dressaient sur la pointe des pieds pour voir quelque chose.

— Allez, circulez, bon sang, circulez, on n'est pas au cirque !

On emporta sur une civière Avellaneda recouvert d'un drap blanc, après avoir décroché à grand-peine ses doigts agrippés au volant. L'officier interrogeait la dame victime du vol :

— Un homme très distingué, officier, assez âgé, mais beaucoup de classe. Les jeunes types l'ont emmené en le brutalisant, je crois qu'il était blessé parce qu'il toussait beaucoup, le pauvre monsieur, il faisait peine à voir. Et ils l'ont fait monter dans cette grande voiture assez brillante et ils sont partis, et je n'ai plus rien vu. Ah, non, si, l'autre monsieur qui avait été blessé, il était à moitié recroquevillé, le pauvre, moi je ne bougeais pas, bien sûr, malgré toute la peine que j'avais pour lui. Il s'est traîné comme il a pu et a réussi à monter dans la voiture et à s'asseoir à l'avant, je crois que c'était le chauffeur.

— Une BM métallisée, mon capitaine, ils sont partis à toute allure.

— Vous, taisez-vous jusqu'à ce que ce soit votre tour de faire votre déposition. Bon, vous, identifiez-vous.

Le monsieur à lunettes prit son portefeuille, les mains tremblantes, montra sa carte d'identité, ses cartes de crédit.

— C'est honteux, capitaine, honteux ! Et un jour comme aujourd'hui, en plus ! C'est honteux. J'étais loin, je n'ai pas bien vu ce qui s'est passé, j'ai simplement entendu les détonations et vu ce pauvre homme tomber, blessé. Après je n'ai plus rien vu. Je venais de voter, regardez, dit-il en montrant son doigt rouge. Jamais je n'aurais imaginé être témoin d'une chose pareille. À toutes fins utiles, capitaine, à toutes fins utiles je suis à votre disposition, c'est vraiment intolérable.

— Bon, au suivant. Vous, madame, qu'est-ce que vous avez vu ?

— Bon, pour voir, ce qui s'appelle voir, je n'ai rien vu, lieutenant. Enfin, il n'y a pas de doute : c'est encore un coup de ces rebelles ! En plein jour et en pleine Septième Rue ! Mais que fait le gouvernement ? Et vous, les militaires… voyons… qu'est-ce que vous faites, vous pouvez me le dire, s'il vous plaît ? Moi, j'habite ici, et rien qu'aujourd'hui j'ai vu passer au moins huit manifestations subversives avec des cris et des banderoles, je les ai comptées, ne croyez pas que j'exagère, au moins neuf, vous dis-je. Et vous, qu'est-ce que vous faites, hein, qu'est-ce que vous faites ? En plein jour, lieutenant, en plein jour !

— Oui, oui, madame, on fera ce qu'on pourra. Bon, au suivant. Nous défendons la Constitution et les lois, madame.

— Mais dites-moi un peu, si je peux me permettre, quelles lois ? Bogotá est pleine de voleurs, de rebelles et de voyous, alors de quelles lois vous parlez, hein ? Et puis les vendeurs ambulants et tout ça ; on ne peut même plus marcher dans les rues ! Et, en plus, tout ça, si je peux me permettre, à deux heures de l'après-midi, à midi comme qui dirait, en plein jour ! Je suis décidée à déclarer tout ce qu'il faudra, lieutenant.

— Capitaine, madame.

— Capitaine, excusez-moi. Mais c'est votre responsabilité à vous, capitaine, ou colonel, ou que sais-je. Avant, ce n'était pas comme ça. En plein jour, hein, si je peux me permettre !

— Oui, madame, on fera ce qu'on pourra. Bon, au suivant.

— Eh bien, c'est comme a dit mon pote, mon capitaine, moi j'ai bien vu que ce mec roulait très vite avec sa Kawa, et j'ai dit : « Regarde ça, vieux, ce mec, comme il roule vite avec sa Kawa et… »

— Vous parlerez à votre tour. Bon, vous. Identifiez-vous.

Un soldat fouilla Escobar, qui chercha ses papiers dans sa poche. Ses doigts touchèrent la lettre de Federico, et son cœur s'arrêta.

— Écoutez, officier…

Pascale l'interrompit :

— *Vous n'êtes pas**… ? Vous n'êtes pas l'ami de Samantha ?

— Non, non… Écoutez, officier, je suis de la famille de celui qu'on a enlevé, je ne sais pas si vous savez de qui il s'agit, M. Urdaneta de Brigard. Moi, je passais par là et…

— Comment ça, vous passiez ? Et qu'est-ce que c'est que ces taches sur votre chemise, d'abord ? Allez, vos papiers.

— Oui, tout de suite. Écoutez, officier, je suis le neveu de M. Urdaneta de Brigard, je passais et…

— C'est ça, et moi, je suis le fils du cardinal Primat. Bon, allez, vos papiers. Fouillez-moi cet individu, soldat.

— Affirmatif, mon capitaine.

Le soldat le fouilla avec rudesse et remit à l'officier tout ce qu'il trouva dans ses poches. Escobar resta sans voix. Pascale le regardait attentivement.

— *Mais vous avez la barbe, maintenant**… Si, si, vous êtes l'ami de *mon amie Samantha, de mon colonel**…

L'officier essayait de séparer les pages du poème, que le sang d'Edén avait collées et rendues rigides. Il déchira d'un geste brusque l'enveloppe de Federico.

— Écoutez, mon capitaine, je suis un ami personnel du colonel Buendía, Aureliano Buendía, des enquêtes spéciales. Si vous voulez, je…

— Ah, ça, c'est autre chose, monsieur, excusez-moi. Monsieur… ?

— Escobar. Foción Escobar. Foción Escobar Urdaneta de Brigard.

— Monsieur Urdaneta, je vous présente mes excuses. J'exécute des ordres, je vous demande bien pardon, je ne pouvais pas savoir.

— Ne vous en faites pas, commandant, je comprends parfaitement.

— Capitaine, monsieur. Si seulement j'étais commandant.

— Je crois que vous le méritez, mon capitaine. Je parlerai de votre efficacité au colonel Buendía, capitaine...

— Capitaine Pardo, de la cavalerie blindée, monsieur Urdaneta, à vos ordres ! dit le capitaine en se mettant au garde-à-vous.

— Merci, capitaine. Non, je voulais simplement aider un peu. Comme je vous le disais, je suis le neveu de M. Urdaneta de Brigard, celui qu'on vient d'enlever. Je passais par là et, quand j'ai vu que c'était vous qui étiez chargé de l'opération, j'ai pensé...

— Très bien, monsieur Urdaneta, ne vous inquiétez pas. Cela vous dérangerait-il de faire un petit détour, demain, par le Commandement ? Pour que vous ne soyez pas obligé de faire votre déposition ici, avec toute cette populace...

— Non, non, ça ne me dérange pas du tout. Non. Ce que je voulais dire, c'est que je crois qu'il s'agit d'un cas typique de délinquance ordinaire. Mon oncle Foción n'avait pas d'ennemis.

— *Tout le monde l'aimait, Fofo**... affirma Pascale, les larmes aux yeux. Il était adorable, tout le monde l'aimait.

— Oui... Bien, j'ai plus ou moins vu la chose, capitaine. Nous avions rendez-vous ici, au club, avec oncle Foción, et j'étais en retard. C'est pour ça que vous me voyez comme ça, capitaine ; avec les élections, la circulation est impossible. J'ai donc dit au chauffeur de me laisser là, au coin de cette rue, je pensais qu'à pied... Mais bon. Comme je vous le disais, je crois que c'étaient des délinquants de droit commun. Ils étaient quatre. Deux sur une Yamaha, comme disait ce jeune homme...

— Non, non, pas une Yamaha ! Une Kawasaki. Une Kawa 750, le top, vieux, deux cylindres, démarreur électrique...

— Vous, taisez-vous, laissez parler monsieur.

— Une Kawasaki, ce jeune homme a raison. Moi, les motos… Une Kawasaki noire…

— Rouge.

— Rouge et noir. L'homme qui a tiré…

— L'homme ? *Mon cul** ! l'interrompit Pascale. Une femme, *c'était une femme, elle avait des seins magnifiques ! Ah, la salope ! Elle a touché mon Fofo**, elle a blessé mon Fofo, *mon capitaine, y avait du sang partout, regardez** !

Elle bomba la poitrine pour que tout le monde voie le sang.

— Mate-moi un peu ces nénés, vieux, regarde-moi cette paire de nénés… murmura l'amateur de nichons. Ah, oligarques de merde… !

— Bon, je voulais simplement aider un peu… dit Escobar.

— Très bien, monsieur Urdaneta, votre déclaration nous sera très utile.

— Je peux m'en aller ?

— Mais bien sûr, monsieur, je vous en prie. Voulez-vous que mes hommes vous escortent ?

— Non, non, merci, mon capitaine, ce ne sera pas nécessaire. Bon. Eh bien, à bientôt, alors, mon capitaine. Je parlerai au colonel Buendía, vous pouvez compter sur moi. Capitaine Ramos ?

— Pardo, monsieur.

— Pardo. Très bien : j'arrangerai ça personnellement avec le colonel. Et je vous félicite, capitaine : si seulement tout le monde était comme vous.

— Merci, monsieur, on fait son devoir… répondit le capitaine en souriant.

Escobar s'éloigna d'un bon pas. Le capitaine le salua en portant la main au rebord de son casque de combat, et les soldats se mirent au garde-à-vous.

Merde. Tout était pareil. Tout était pire qu'avant. Sa retraite, ses illuminations, son poème de merde, tout cela n'avait servi absolument à rien. Edén Morán Marín mort dans ses bras – vraiment mort, cette fois. Foción enlevé, merde. (Ç'avait été une bonne idée de donner au capitaine l'identité de son frère Focioncito : les morts commençaient enfin à servir à quelque chose.) Et maintenant, en plus, il devait attendre le contact d'une guérilla absurde. Négocier une libération. Merde, merde, il ne savait pas discuter argent, merde. Son poème n'avait servi à rien. Il s'arrêta devant une plaque d'égout ouverte pour le jeter, ainsi que la lettre compromettante de Federico, ce Federico de merde, qui l'avait embarqué dans un truc pareil sans le consulter.

Il pâlit. Le capitaine avait gardé la lettre. Affolé, il chercha dans toutes ses poches. Il était atterré. Il avait le cahier du poème, mais pas la lettre. Son adresse était-elle sur l'enveloppe ? Son vrai nom ? Il n'arrivait pas à s'en souvenir. Ce n'était pas possible, Federico ne pouvait pas être aussi con.

Après un instant d'hésitation, il jeta dans l'égout son poème, illisible, inutile et rendu poisseux par le sang d'Edén, comme il aurait jeté la lettre, s'il ne l'avait oubliée. Les choses sont pareilles aux choses, pensa-t-il. Merde : de la littérature.

— Pourriture ! Communiste ! lui cria à tue-tête Mme Niño de sa fenêtre.

Les passants se retournèrent pour le regarder. Il enfonça la tête dans les épaules, accablé. Tous ses vêtements étaient raides du sang d'Edén, il était épuisé. La vie avait continué en son absence, et elle était exactement comme avant.

XII

Patricia l'attendait devant sa porte, assise dans l'escalier, en larmes.

Il la prit dans ses bras. Elle déversa tout son chagrin contre sa poitrine, sur le sang séché d'Edén Morán Marín. Escobar avait envie de hurler, le visage tendu vers le ciel, comme un chien. Que pouvait-il lui dire ? Il n'y avait rien à dire. Il ouvrit sa porte, la fit entrer en la serrant contre son cœur, lui donnant de petites tapes machinales sur l'épaule et de petits baisers distraits dans les cheveux.

— C'est fini, c'est fini, c'est fini…

— Tu vas penser que je suis qu'une pauvre conne, hein ? dit Patricia en reniflant et en se remettant à pleurer. Mais… ce qui s'est passé, et tout… tu as vu, non ? Tu étais là…

Comment le savait-elle ?

— Oui, mais c'est fini, c'est fini, calme-toi maintenant.

— Et après je suis venue ici… et tu n'arrivais pas… et cette vieille folle d'en haut… Tu sais qu'il y a une vieille folle, à l'étage du dessus ? Celle de l'autre jour, tu te souviens ?

— Je me souviens. Je vis jour et nuit avec elle.

Il l'entendait frapper au plafond.

— Elle m'a traitée de puuute ! brailla Patricia. Je suis pas une pute, Ignacio, tu sais que je suis pas une pute… Tu crois que je suis une pute ?

Elle pleurait sans répit, et à travers ses larmes son strabisme s'accentuait encore, devenait inquiétant.

— Comment cette vieille sait-elle que je suis une pute ? Ignacio, tu sais que je suis pas une puuute… !

— Calme-toi, Patricia, tu n'es pas une pute, calme-toi... Ça n'a pas d'importance...

Il la fit asseoir par terre, s'agenouilla près d'elle, mit sa tête sur son épaule pour la consoler.

— Calme-toi, ma belle, calme-toi, ça n'a pas d'importance...

— Si, ça en a ! vagit Patricia en versant des torrents de larmes. Bien sûr que ça en a, parce que papa pense aussi que je suis une puuuute... ! Et c'est pour ça qu'il ne va pas vouloir m'aider... ! Aide-moi, Ignacio, dis-lui de m'aider, d'accord ? Toi, tu peux parler avec lui, aide-moi, dis-lui que je suis pas une pute, qu'ils le relâchent, qu'il m'aiaiaaide...

Parler avec Foción ? Comment ? Patricia savait-elle que Federico avait quelque chose à voir avec l'enlèvement ? Qu'il devait lui-même servir d'intermédiaire ? Federico ne pouvait pas être aussi con, merde, il ne pouvait pas être aussi con.

— Bon, arrête de pleurer. Calme-toi. Allez, explique-moi. Calme-toi !

Patricia fondit de nouveau en larmes.

— Et maintenant, en plus, tu m'engueules... ! Je suis plus un bébé. Ignacio, comprends-le... ! Ne m'engueule pas, en plus, ne m'engueule pas... ! Ne m'engueueueule pas...

Escobar lui donna une gifle.

— Arrête, merde, calme-toi !

Elle se calma un peu. Elle pleurait toujours, mais plus tranquillement, le visage enfoui dans l'épaule d'Escobar. Il lui caressa le cou et les cheveux, l'embrassa. Ah, merde.

— Bon, allez, explique-moi ce qui se passe.

— Tu le sais. Tu étais là. Tu as tout vu.

— Oui, mais... Merde, Patricia, tu crois que je peux obtenir qu'ils le relâchent ?

— Toi, non, mais papa, oui. L'autre jour, ils ont relâché ton ami grâce à papa, tu te souviens ?

— Oui, bien sûr, mais...

Il repensa à la lettre de Federico et poursuivit, dubitatif :

— ... tu sais, ça ne va pas être facile. Je n'ai pas l'impression que ces gens soient très disposés au sentimentalisme bourgeois, pour être franc.

— Mais parles-en à papa, Ignacio, parle-lui, tu veux bien ? Aide-moi à le convaincre, il faut que tu m'aides, je sais qu'il t'écoute, toi. Dis-lui, d'accord ? Dis-lui, oh, dis-lui...

Elle se mit à l'embrasser dans le cou, avec fougue.

— ... dis-lui, Ignacio, s'il te plaît, tu lui diras ? Dis-lui...

Escobar s'écarta, s'appuya contre le mur, la laissant tomber par terre.

— Merde... dit-il.

Il réfléchit. Il respira à fond. Patricia sanglotait sur le parquet.

— Écoute, Patricia. Sincèrement, je ne pense pas que ce soit évident.

— Mais tu as bien vu que ce n'est pas lui ! cria Patricia. Tu as vu que ce sont les soldats, tu l'as bien vu ! Ce sont les soldats qui l'ont tué ! Jefferson parlait, c'est tout ! On n'a pas le droit de parler ? On n'est pas dans un pays libre ? Tu les as vus, Ignacio, c'est eux qui ont tiré sur le camarade, et après ils ont attrapé Jefferson et ils l'ont matraqué, ils l'ont emmené et ils lui ont tapé dessus avec leurs matraques, et maintenant ils racontent que c'est Jefferson qui l'a tué !

Escobar était perplexe.

— Allez, allez, calme-toi. Raconte-moi ce qui s'est passé.

— Mais tu l'as vu ! Tu étais là, derrière un poteau électrique, je t'ai vu ! Tu as tout vu, tu les as vus tuer le camarade !

— Quel camarade ?

— Celui dont parlait Jefferson ! Je le connais pas, comment veux-tu que je sache ! Le camarade du syndicat des instituteurs. Tu as tout vu, tu étais là, Jefferson est monté sur une chaise pour parler et dire que c'étaient les soldats qui l'avaient tué, et alors ils l'ont pris et ils l'ont matraqué et maintenant ils disent que c'est luiiii... !

Patricia fondit de nouveau en larmes. Escobar commençait à comprendre. Il lui caressa les épaules, la serra contre lui, l'embrassa, la redressa contre le mur, lui peigna les sourcils avec le bout du doigt, essuya une larme.

— Allez, allez... Bon, calme-toi, je commence à comprendre, calme-toi... Et tu veux que je parle à ton père ?

— Mais ouiiii ! Tu ne comprends pas que si je lui dis quelque chose, ce sera pire, parce que c'est Jefferson ? Papa dit que je suis une puuute... parce que je sors avec Jefferson, et il dit que Jefferson est un nèèègre... !

Elle s'interrompit.

— Non, non, je ne pleure plus. Je suis calme, Ignacio, je suis calme. Laisse-moi m'essuyer les yeux, je suis calme. Voilà. Voilà. Voilà.

Elle se frotta les yeux avec les poings, sourit à travers ses larmes.

— Tu vas parler à papa, hein ? Papa t'écoute, toi, tu le sais. L'autre jour, il a fait relâcher un de tes amis, tu te souviens ? Eh bien, maintenant c'est pareil, sauf que c'est Jefferson.

Elle commençait à récupérer. Elle regarda autour d'elle, assise par terre, vit l'appartement vide, sans un meuble. Elle demanda, d'une petite voix :

— Qu'est-ce qui s'est passé ?

— Rien. Des voleurs. Mais ça fait déjà plusieurs jours, ne t'inquiète pas.

— Ah... Il me semblait bien qu'il y avait quelque chose de bizarre... J'ai été vraiment chiante, Ignacio ? Excuse-moi, je suis nerveuse, et cette folle qui me traitait de pute, j'ai cru qu'elle avait parlé à papa, je sais pas... Excuse-moi.

Elle regarda autour d'elle, stupéfaite. Elle avait sur la figure et le cou des traînées brunes et rougeâtres du sang d'Edén, qui s'était mêlé à ses larmes. Elle rit.

— C'est vraiment bizarre. Ça a l'air tout petit. Je suis affreuse, non ? Tu as une glace ?

Elle se leva d'un bond. Escobar la prit par le poignet et l'obligea à se rasseoir.

— Attends deux secondes. Réfléchissons un peu. Qu'est-ce que tu veux que je fasse ? Que je parle à Foción ?

— Oui. Et que tu lui dises d'intervenir pour faire libérer Jefferson. Moi, je ne peux pas, tu sais bien. D'abord parce que papa déteste Jefferson, il me dit que j'ai une réputation de pute parce que je sors avec un nègre. Non mais quel vieux con, quel raciste, merde, Ignacio, t'imagines même pas !

— Bon, si, mais tu n'es pas une pute.

Patricia rit, contente. Elle l'embrassa.

— Ah, Ignacio, te moque pas… Mais bon, en plus ils croient que je sors plus avec Jefferson, parce que c'est ce que je leur ai dit, à cause du bal.

— Le bal ?

— Mais oui, le bal du Jockey, tu sais, je t'en ai parlé. Au fait, tu notes, hein : c'est vendredi prochain. Trouve-toi des fringues. Je sais pas ce qui se passe avec les invitations, elles arrivent pas. Cette conne de maman a absolument voulu les faire faire chez Cartier, à New York. Tu parles d'une idée ! Comme s'ils pouvaient savoir où se trouvent Bogotá et la Colombie ! Maman se croit encore au XIXe siècle. Une vieille réac, la pauvre, t'imagines même pas.

— Bon, le bal, l'interrompit Escobar. Qu'est-ce que ça a à voir avec le fait que tu sortes avec Jefferson ?

— Ils m'ont dit que, si je continuais à sortir avec Jefferson, il n'y aurait pas de bal. Voilà ce que ça a à voir. Ils font du chantage, en plus.

— Mais à moi aussi tu m'as dit que tu ne sortais plus avec Jefferson.

— Oui, bon… comme ci comme ça. On s'est fâchés. Je ne peux pas le supporter. On s'est fâchés, mais on se voit de temps en temps, tu comprends ?

— Qui tu préfères : Jefferson ou moi ?

— Ah, Ignacio, toi, tu n'as pas été arrêté…

Ses yeux se remplirent de larmes.

— Ah, Ignacio, s'il te plaît, aide-moi, d'accord ?

Escobar fut attendri. Mais ça n'allait pas être simple.

— Bien sûr que je vais t'aider, ma puce… Mais donne-moi une cigarette. Ça fait des jours que je n'ai pas fumé.

Il aspira une bouffée de délice. Que lui dire ? Comment lui expliquer ? Par où commencer ?

— Écoute, Patricia. Ça ne va pas être facile de parler avec ton père, tu sais.

— Mais arrête. Papa t'adore. Je ne sais pas pourquoi, mais il t'adore.

— Peut-être, je ne sais pas. Mais maintenant…

— Tu dis ça à cause de ton poste ?

— Non. Quel poste ?

— Ton poste à la banque, celui qu'il allait te donner. Il voulait que quelqu'un de la famille soit vice-président de la banque, comme d'habitude, mais, comme tu ne voulais rien savoir, il l'a donné à ce débile de Juan Manuel, le mari de cette conne de Lucía. Ne me dis pas que tu ne savais pas ?

— Je n'en avais pas la moindre idée. Je ne veux pas de poste à la banque, d'ailleurs.

— C'est ce que je lui disais. Je savais bien que t'avais pas envie de devenir un sale capitaliste comme papa, pour que par-dessus le marché tu te fasses enlever ou je ne sais quoi.

— Non, non, ce n'est pas pour ça.

Escobar toussa, se sentant profondément mal à l'aise. Il éteignit sa cigarette contre la semelle de sa chaussure et jeta le mégot loin de lui. Patricia rit, et ses petits yeux louchèrent.

— Eh bien, t'as pas eu le poste parce que t'es idiot. Papa était sûr que c'était pour ça que tu l'appelais, l'autre jour, et il a attendu. Et toi, rien.

— Ce n'était pas pour ça. C'est toi que j'appelais, mentit Escobar.

— Je le sais, idiot. Mais papa, lui, ne le savait pas. Et qu'il ne le sache pas, sinon il nous tue tous les deux.

Ils s'embrassèrent. Patricia vit pour la première fois le sang séché sur la chemise d'Escobar, puis elle regarda son tee-shirt. Cela la fit rire.

— Regarde dans quel état tu me mets, Ignacio… Papa a raison. Je dois être horrible, j'ai pleuré comme une gamine. Tu me prêtes ta salle de bains ?

Elle y alla d'un bond. Escobar resta pensif, alluma une nouvelle cigarette. Mme Niño frappait au plafond, patiemment. Il n'aurait plus manqué qu'Henna l'attende de nouveau à la sortie. « Les choses sont pareilles aux choses. » La littérature est de la littérature. Il pensa à Federico : « As-tu écrit un sonnet ? » Pauvre con. Et maintenant, la rançon. Il espéra qu'ils n'auraient pas l'idée de venir maintenant, avec Patricia chez lui, pour entamer les négociations. Il se dit qu'il valait mieux qu'il sorte le plus vite possible. Il frappa à la porte de la salle de bains. Patricia parut, nue.

— Je me suis douchée. Ça t'ennuie ?

— Habille-toi, habille-toi. Il faut qu'on s'en aille.

— Qu'est-ce que je me mets ?

— Patricia, pitié ! On ne va pas au bal ! Mets tes vêtements, on s'en va.

— Mais je ne peux pas mettre ce tee-shirt du PST. Papa va me tuer.

— Avant, ça t'était égal que ton père te tue.

— Avant, je n'avais pas besoin de lui demander de faire sortir Jefferson de tôle. Tu crois qu'ils vont le torturer ?

— Mais non. Habille-toi.

— Ils torturent tout le monde, tu sais.

— Oui, bon. Mais habille-toi.

— Il y a des fois où tu ne veux pas que je me rhabille si vite...

— Patricia...

Il la prit de nouveau dans ses bras, embrassa sa chair fraîche, tout juste douchée. Ah, il était faible, il était toujours aussi faible. Il fit glisser ses mains le long du dos de Patricia pour prendre ses hautes fesses souples. Une fois de plus, il éprouva du désir pour elle. Une fois de plus, c'était son désir qui commandait. Il effleura des lèvres sa gorge et ses épaules, embrassa ses seins fermes et dressés. Patricia le laissa un peu faire, puis elle le repoussa.

— Pas maintenant, Ignacio, le réprimanda-t-elle sur un ton d'exaspération maternelle.

— Tu dis toujours « Pas maintenant. »

— Je sais. Mais pas maintenant. Comprends-moi...

— Non. Je t'ai déjà dit cent fois que je ne comprends pas.

— Ah, Ignacio... Un autre jour.

— Tu dis toujours « Un autre jour. »

Tout en parlant, il lui donnait de petits baisers sur les lèvres. Leurs dents s'entrechoquèrent. Patricia rit, le repoussa loin, sans ménagement.

— Bon, écoute : on y va, tu parles à papa et tu le convaincs, et après on revient ici et on fait l'amour. Promis.

Elle regarda d'un air dubitatif l'appartement vide, le parquet nu.

— Quoique, ici… Enfin, on verra. Mais d'abord on parle à papa, d'accord ?

— Bon, habille-toi, dit Escobar, résigné.

Il savait qu'ils ne reviendraient pas. Tant pis. Tout était toujours exactement pareil. Son poème n'avait servi à rien.

— Prête-moi une de tes chemises, tu veux bien ?

— Je n'en ai pas. Les voleurs ont tout emporté.

— Celle que tu as sur toi.

— Celle-ci ? C'est la seule que j'aie. Et elle est pleine de sueur. Et elle a l'odeur du sang. Celui du pauvre Edén Morán Marín : le pauvre mort que ton petit ami Jefferson appelait « camarade ». Ton petit ami Jefferson est un opportuniste.

— Tu crois que je ne le sais pas ? Quelquefois, je ne peux pas le supporter.

Elle se rhabilla. Elle sourit, heureuse. Elle était ravissante.

— En sortant je te montrerai ma voiture, dit-elle.

Escobar se souvint de la voiture de Foción criblée de balles, avec Avellaneda mort sur son volant comme un capitaine qui sombre avec son navire. Il demanda, prudemment :

— Ta voiture ?

— J'ai une petite voiture, maintenant, je t'ai pas dit ? Une petite Honda jaune, géniale. C'est papa, ce vieux bête, qui me l'a offerte pour me récompenser de m'être fâchée avec Jefferson. Bon, je te suis.

Ils sortirent. Mme Niño les attendait, penchée au-dessus de la cage d'escalier, une fureur ornithologique dans ses yeux méchants.

— PROSTITUÉE ! MANNEQUIN !

Escobar haussa les épaules et s'apprêtait à descendre quand Patricia se retourna.

— PUTE ! cria-t-elle.

Mme Niño émit un croassement rauque tel un oiseau en cage qui explose de rage. Patricia insista :

— PUTE, PUTE, PUTE, PUTE, PUTE !

Avec un cri effrayant, Mme Niño, folle de colère, se jeta dans la cage d'escalier. Escobar eut l'impression qu'elle avait sauté tête la première. Au moment où elle passait devant lui. hurlant de terreur à présent, elle heurta la rampe de fer dans un craquement sec des os, fit un tonneau et retomba sur les marches avec un bruit de chiffon mouillé. Ils en eurent le souffle coupé.

Mme Niño ne bougeait pas. Avec fermeté, Escobar saisit le bras de Patricia, fit un grand pas de gymnaste pour éviter le corps aux jambes écartées, et ils descendirent tous deux l'escalier au trot, glacés d'épouvante. Une fois dans la rue, Patricia tenta de repousser la main d'Escobar.

— Lâche-moi, mais lâche-moioioi... !

— Viens, viens. Ne regarde pas derrière toi.

— Non, c'est ma voiture, elle est là, viens !

Ils montèrent dans une petite voiture jaune. Patricia ne trouvait pas la fente du contact. Sa bouche tremblait, et elle murmurait d'une voix entrecoupée de larmes :

— Putain de vie, bordel de merde !

Elle réussit enfin à démarrer, et la petite voiture partit comme une flèche.

— Doucement, conseilla Escobar de sa voix rauque. Doucement, doucement... Ce sont les élections, il y a des soldats partout, doucement...

Patricia freina, se rangea, coupa le moteur et se mit à pleurer sur l'épaule d'Escobar.

— J'en ai pour une minute, rien qu'une minute, laisse-moi pleurer une minute, je te jure que je n'en ai que pour une minute ! dit-elle en pleurant. Voilà, ça passe, ça passe, laisse-moi pleurer une minute, ça va passer...

— Du calme, du calme, c'est fini...

Escobar avait envie de pleurer lui aussi.

— C'est pas moi, Ignacio, je te jure que c'est pas moi, c'est elle, tu l'as vue, elle s'est jetée tête la première, tu crois qu'on l'a tuée ?

— Je ne crois pas. Je ne sais pas. Calme-toi...

— On l'a tuée, je crois qu'on l'a tuée, tu l'as vue, elle ne bougeait plus, non ? Je crois qu'on l'a tuée, tu crois pas ? Mais elle était folle, hein ? Elle était folle, ah, Ignacio, pourvu qu'on ne l'ait pas tuée, ah, Ignacio, ah, mon Dieu mon Dieu mon Dieu mon Dieu mon Dieu !

— Du calme, Patricia, calme-toi. C'est fini. On ne l'a pas tuée, calme-toi.

Mais il était sûr qu'ils l'avaient tuée. Bon, enfin. C'était toujours ça. Mais il commençait à y avoir trop de morts, comme dans une tragédie de Shakespeare.

— Ça va mieux, ça va mieux, je te jure, ça y est, ça y est. Laisse-moi pleurer une minute et ça ira mieux, je te jure...

Il la laissa pleurer une minute.

— Démarre doucement. Roulons doucement. On n'est pas pressés...

Et il manquait encore la nouvelle, les pleurs de sa tante Clema, feindre la surprise, partager l'angoisse, tenir compagnie à la famille, ah, merde. Mais il se laissa conduire en silence. Ils arrivèrent devant la longue grille de la maison de Foción. Patricia klaxonna avec impatience pour que quelqu'un vienne ouvrir. Il y avait des soldats avec des fusils, des voitures noires avec des gorilles officiels, de longues Mercedes vert olive de généraux de l'armée avec sur leur plaque l'écusson national. Il ne pouvait pas entrer. Il ne voulait pas entrer. Ah, merde.

— Tu sais quoi ? Mieux vaut ne pas entrer ensemble, dit Patricia. Attends cinq minutes, et après entre tout seul comme si pour Jefferson c'était une idée à toi, d'accord ? Pendant ce temps, je vais me changer.

— Oui...

Patricia recommença à klaxonner avec impatience. Un garde du corps s'approcha lentement de la grille.

— Putain ! marmonna Patricia. La maison est encore pleine de militaires ! López doit avoir gagné, papa doit être heureux, sûr qu'il débouche le champagne, ce vieux con. Regarde, il y a même la voiture de l'ambassadeur gringo, avec son drapeau et tout. Je ne peux pas l'encadrer. « Ah, *what a beautiful señorita !* Ah, *what a lovely country !* » Ce connard se croit à Acapulco. Mais bon, ça vaut peut-être mieux : papa doit être de bonne humeur. Bon. Je t'attends à l'intérieur. Embrasse-moi.

Escobar l'embrassa. Il était toujours aussi lâche. Il la regarda entrer, debout devant la grille. Il aurait dû entrer avec elle. Il ne pouvait pas la laisser seule. Ah, merde. Mais elle était déjà loin. Il la vit foncer délibérément avec sa petite voiture dans la longue voiture de l'ambassadeur gringo. Il y eut une bousculade de gardes du corps. L'un d'eux, un gros à lunettes noires, observa Escobar de loin. Celui-ci le vit baisser ses lunettes sur son nez pour bien le voir. C'était Ceballos, le garde du corps du colonel Buendía. Il le vit trotter lourdement vers la maison, pousser Patricia, qui déjà montait l'escalier d'un pas décidé, ignorant d'un mouvement dédaigneux des fesses le tumulte causé par sa petite voiture qui avait embouti la Cadillac de l'ambassadeur. Escobar fit demi-tour et se mit à courir. Merde, merde et merde, il était toujours aussi lâche.

Il courut sur une centaine de mètres. Se rendant compte que sa course provoquait des regards de curiosité, il ralentit l'allure. Le jour commençait à baisser. On voyait des groupes épars d'agitateurs électoraux morts de fatigue qui marchaient lentement, drapeaux à l'épaule ou traînants, et essayaient de temps à autre de crier encore : « Ló-pez, Ló-pez, Gó-mez ! » Il vit passer une longue file de jeeps militaires tous feux allumés et armées de mitrailleuses. Plus loin, deux autochenilles passèrent en grinçant. Au coin des rues étaient postées des patrouilles de soldats, flous dans le soir tombant. Sans s'en apercevoir, machinalement, il était presque arrivé chez lui. Il s'arrêta net devant un pâté d'immeubles en se rappelant soudain qu'ils avaient tué Mme Niño. Pas d'ambulances en vue, pas de sirènes. Elle allait peut-être bien.

Il s'approcha lentement. Il distingua deux soldats devant la porte de l'immeuble. Un peu plus loin était arrêtée une jeep, feux allumés. De l'autre côté de la rue, à l'ombre des palmiers et des pins poussiéreux du parc, il vit briller la braise d'une cigarette. On ne distinguait plus grand-chose, dans l'obscurité croissante. Une petite femme enveloppée dans un châle noir le heurta.

— Pardon.

— Monsieur ! Venez, venez, Monsieur ! murmura la petite femme au châle.

C'était Circua. Il la suivit en regardant prudemment derrière lui, vers le coin de la rue. Circua commença à chuchoter rapidement :

— Monsieur, on est venu vous chercher, un monsieur en poncho, et après des soldats sont venus aussi vous chercher, Monsieur, ils ont même enfoncé votre porte, Monsieur était déjà parti, ils sont entrés chez vous et ont mis tout l'immeuble sens dessus dessous, Madame est tombée malade, il faut que je rentre tout de suite, je jetais un coup d'œil par la fenêtre pour prévenir Monsieur s'il revenait, je n'ai dit à personne que Monsieur et la demoiselle avaient tué la dame folle, j'ai dit que je ne savais rien, que je n'avais rien vu, mais ils sont là, ils attendent Monsieur, je crois qu'il vaut mieux que vous ne rentriez pas, ils l'ont emportée, au moins Monsieur est revenu, heureusement que je guettais, mais que Monsieur parte, c'est dangereux dans le coin, partez, partez !

— Non, attends, explique-moi ce qui s'est passé. Qu'est-ce que c'est que ce monsieur en poncho ?

— Ah, Monsieur, laissez-moi partir ! Un monsieur en poncho est venu et a tambouriné à la porte de Monsieur, alors je suis sortie et je lui ai dit que vous étiez sorti, de ne pas frapper comme un sauvage, parce qu'il y avait la dame folle qui était morte, la pauvre, et lui, comme si de rien n'était, il devait attendre Monsieur, et à quelle heure est-ce qu'il revenait parce qu'il avait une commission pour lui, ça, c'était avant l'arrivée des soldats, et quand ils sont arrivés quel chahut, ils ont couru partout, ils ont tout mis sens dessus dessous et ils sont même rentrés dans ma chambre et ont retourné mon matelas, et bien sûr c'est pour ça que Madame est tombée malade, ils lui ont retourné son matelas à elle aussi, et son salon, et sa salle à manger, et ils ont tout cassé, la porcelaine et tout, je crois même qu'ils ont cassé la télévision, parce que c'est des gens qui ne connaissent rien, Monsieur, ce sont de véritables sauvages qui n'ont même jamais vu la télévision ni rien, ils n'ont fait que fouiller partout, des paysans, et moi qui ne savais rien mais qui guettais si je voyais Monsieur pour le prévenir, à tout hasard, heureusement que je vous ai vu et que je suis sortie tout doucement, et le militaire ne voulait pas, « Où allez-vous ? » et moi « Acheter du pain » et lui : « Pourquoi vous ne restez pas un moment avec moi » et moi qui avais tellement peur que Monsieur arrive et qu'on l'arrête, partez, Monsieur, laissez-moi partir, je vous en supplie, au nom du ciel, partez !

Circua était hors d'haleine, à force de parler.

— Merci. Ne dis pas que tu m'as vu, Circua, merci.

— Mais partez maintenant, Monsieur, partez ! Qu'est-ce que vous attendez, qu'on vienne vous arrêter…

— Ne dis pas au monsieur en poncho que tu m'as vu. Dis-lui que je suis mort, qu'on m'a arrêté, qu'il s'en aille.

— Oui, Monsieur, mais allez-vous-en, Monsieur, ils vont vous tuer, vous êtes trop bon, Monsieur, c'est stupide… ! Partez maintenant, Monsieur…

Escobar ne savait comment s'en aller. Ni où aller. Il embrassa Circua dans les cheveux, sur ses yeux fermés, ses lèvres fines. Il commença à descendre la rue. Il transpirait, à bout de forces. Il ouvrit sa chemise et sentit le vent froid et piquant sur son ventre et sa poitrine. Il n'avait nulle part où aller. Il s'arrêta un instant pour appuyer sa tempe et sa joue contre un mur rugueux, plein de suie. Il regarda attentivement le grain de la brique. C'étaient de vieilles briques ébréchées, d'un orange si foncé qu'il semblait tirer sur le pourpre. Il avait mal à la tête. Ses jambes étaient lourdes. Il avait faim. Une envie atroce, soudain, d'uriner. Il prit vers le nord par la Neuvième Avenue, à la recherche d'un arbre. Il urina à petits jets, s'interrompait quand il voyait venir quelqu'un, et marchait en faisant un énorme effort jusqu'à l'arbre suivant, contre lequel il lâchait un autre petit jet, puis se remettait en marche, braguette ouverte, jusqu'à un arbre plus éloigné. Il entra dans un jardin, devant une maison, urina dans un rosier. Il entendit qu'on lui criait, d'une fenêtre :

— C'est ça, faites comme chez vous ! C'est parce que nous sommes en démocratie, sans doute, Indien mal élevé !

C'était une dame douce, aux cheveux blancs et frisés. Il la regarda entre ses larmes, mais il n'avait pas fini d'uriner et il ne pouvait plus s'arrêter. Il continua jusqu'au bout, honteux, épuisé. Puis il se remit en marche. Il y avait des soldats à tous les coins de rue, et un vent rasant faisait voler en brusques tourbillons des morceaux de papier déchirés. La circulation était presque nulle, mais des camions militaires étaient arrêtés, moteur en marche, aux carrefours. Escobar n'avait jamais vu autant de soldats de sa vie, et n'aurait jamais cru qu'il pouvait y en avoir autant. Peut-être avait-il changé de pays sans s'en rendre compte. De grosses gouttes de pluie commencèrent à tomber. Après un moment de calme menaçant, une averse torrentielle se déchaîna. Escobar trotta un peu. Il s'arrêta sous un arbre. En deux minutes, la pluie se fraya un passage entre les feuilles et lui tomba dessus à flots. Il trotta jusqu'à un arbre plus épais. Puis il s'assit au bord du trottoir, sur l'herbe, et se mit à pleurer sous la pluie, la tête entre les jambes, trempé jusqu'aux os. Une voiture passa à cinquante centimètres de lui, l'aspergeant soudain d'eau boueuse.

— ESPÈCE DE FILS DE PUUUUUTE ! hurla-t-il en se relevant d'un bond.

La voiture freina sous la pluie, et il vit ses feux arrière revenir vers lui, rouges et blancs.

— Répète un peu pour voir, espèce de fils de pute ! lui cria-t-on depuis l'ombre de la fenêtre.

Et une autre voix intervint, exaspérée :

— Oh, *come on, Bobby, don't be stupid... !* Ces gens-là sont armés.

— Mais putain, je vais quand même pas me laisser insulter par un de ces fils de pute, bordel !

— Ah, Bobby ! s'exclama une voix de femme. Il pleut des cordes, démarre, et allons-nous-en...

Mais Bobby descendit de la voiture. Un grand type baraqué, aux cheveux blonds et crépus, avec un énorme battoir et qui se mit à secouer Escobar.

— Alors, fils de pute, tu disais ?

— Robertico ? dit Escobar, surpris.

L'autre le regarda en fermant à moitié les paupières.

— Ignacio ? Putain, Ignacio, qu'est-ce que tu fous là à te mouiller comme un couillon, allez, monte dans la voiture.

Il ouvrit la portière.

— Faites-lui de la place, là, derrière, c'est mon cousin Ignacio, Ignacio Escobar. Putain, Ignacio, ça fait un bail ! Des années ! Qu'est-ce que tu deviens ? Merde, monte vite ou on va se tremper comme deux pédés. Les filles, je vous présente mon cousin Ignacio, la brebis galeuse de la famille. Tiens, voilà Claudia, derrière c'est Andrea. Andrea, fais la bise à Ignacio, le cousin prodigue, ah ah, le cousin prodigue, elle est bien bonne ! Vous ne vous connaissez pas ? Urrutia Casse-bonbons, Ignacio Escobar. Merde, cousin, qu'est-ce que tu fous, debout comme un con au milieu de la Neuvième ? Bois un coup. Andrea, passe la fiasque à Ignacio, merde, il faut qu'on parle, Ignacio.

Escobar but une longue gorgée de whisky, qui lui brûla aussitôt la poitrine et les yeux. À côté de lui était assise Andrea, maigre, languissante, blonde, qui riait en frôlant ses vêtements trempés. Claudia, les cheveux foncés, lisses et épais sur les épaules, le nez fort, le regardait avec curiosité. D'Urrutia Casse-bonbons, il ne voyait que le double éclat demi-circulaire des grosses lunettes. Robertico conduisait d'une seule main, l'autre bras autour des épaules de Claudia. Il remonta vers la Septième Rue, tourna de nouveau vers le sud, éclaboussa en roulant dans une flaque un petit groupe déjà trempé de chapeaux et de drapeaux qui essayait de s'abriter sous un pin et riait, heureux.

— J'ai bien envie d'arroser une patrouille, dit-il.

— Arrête tes conneries, Bobby, *they are just paysans but they've got guns, don't, Bobby,* le prévint Casse-bonbons. Ils vont nous tuer.

— Les balles ne sont pas assez rapides pour cette Jaguar, affirma Robertico en riant. Passe-moi la bouteille, Ignacio.

— Rends-moi un service, Robertico, dit Escobar. Passe devant chez moi, je veux voir quelque chose.

— T'habites où ? Quelque part dans le sud, je parie.

— Non, un peu plus loin, en descendant le long du petit parc. Je te dirai où. Va doucement, s'il te plaît, je veux voir quelque chose.

Les deux soldats étaient toujours devant sa porte, immobiles sous la pluie, leur mitraillette en bandoulière sur leur tenue léopard trempée. En face, sous un pin, Escobar aperçut le camarade Hermes, couvert jusqu'aux pieds d'un long poncho, avec des lunettes noires, immobile et trempé lui aussi.

— Je te dépose ? Allez, viens plutôt faire un tour, Ignacio, il faut qu'on parle. Ça fait des années que je t'ai pas vu.

— Oui, allons-y...

Robertico fit demi-tour et accéléra devant les soldats immobiles, les aspergeant d'eau sale de la tête aux pieds.

— Merde, Bobby, ce que tu peux être con, *you bastard*... ! se plaignit Urrutia Casse-bonbons.

Un des soldats tira une rafale, mais Robertico tournait déjà vers le nord sur les chapeaux de roue, dans un rugissement.

— Je vous avais bien dit que cette voiture allait plus vite que les balles lança-t-il en riant. Un sacré moteur...

— C'est qu'ils tirent mal, c'est tout : ce ne sont que des paysans. Mais arrête de faire le con, merde, ils auraient pu nous tuer...

Les deux filles laissèrent échapper des rires nerveux. Tous burent une gorgée de whisky, et Roberto jeta la bouteille vide par la fenêtre en évitant au dernier moment une autochenille arrêtée au milieu de la rue, tous feux éteints.

— Bon, on va où ? La nuit ne fait que commencer.

— *My place !* proposa Casse-bonbons. J'ai de l'alcool et tout ce qu'il faut.

— Ah, Casse-bonbons, *stop showing off, will you ?* dit Robertico en éclatant de rire. Ce que tu veux, c'est juste épater Andrea avec ton sauna. Comme s'il n'y en avait pas, à Paris ! Bon, enfin, allons-y.

Ils montèrent à toute vitesse des rues très raides et sinueuses, en direction de la montagne. Robertico dit à Claudia :

— Regarde, ma belle, en troisième. Cette voiture est vraiment top, putain.

L'appartement de Casse-bonbons dominait à perte de vue les lumières clignotantes blanches et jaunes de la ville entourée par la vaste étendue obscure de la savane. Casse-bonbons offrit de l'alcool. Escobar, debout devant la fenêtre, embrassa du regard la mer de lumières de la ville immense. À côté de lui, blonde et languissante, Andrea commenta :

— Incroyable, non ? On dirait la baie de Naples.

Escobar but sans répondre. Casse-bonbons reparut avec d'autres gens.

— Vous vous connaissez ? Voici Andrea. Miguel Francisco. Ignacio Escobar, un cousin de Bobby. Excuse-moi, je n'ai pas bien entendu ton nom, comment t'appelles-tu ?

— Narciso Villareal.

C'était un jeune type maigre, verdâtre, tout de blanc vêtu, comme s'il était dans sa province. Escobar le reconnut sans surprise : Narciso, le petit ami languissant du défunt Edén Morán Marín. Il y avait des mois de cela. Peut-être des années. Il se passait trop de choses, les morts ressuscitaient, mouraient entre ses mains. Narciso allait-il mourir ? Escobar n'avait pas la force de réfléchir. Il ne voulait rien mettre en ordre. Il but. Ce ne pouvait pas être le même Narciso. Ou peut-être bien que si. Andrea et Miguel Francisco s'embrassaient.

— Et quand es-tu arrivée, Andrea ? Tu es divine, tu sais ?

— Il y a huit jours. Et toi, quoi de neuf ? Ça fait plaisir de te voir.

— Où es-tu allée ?

— À Paris et en Italie, à des cours d'art. Divin, si tu savais.

Escobar entendait parler autour de lui. Brusquement, la cheminée crépita, chaude, accueillante. Il aurait voulu se pelotonner par terre devant le feu et dormir. Que faisait-il là ? Mais il était bien, là, comme un naufragé qui se réveille sur le rivage. Près de lui, Andrea regardait le vaste clignotement de la ville, en contrebas.

— Divin, non ? On ne dirait pas Bogotá.

— Incroyable, acquiesça Miguel Francisco.

Narciso avait l'air abandonné, comme échoué au milieu de la pièce. Personne ne lui offrit un verre.

— Viens, Andrea, je vais te montrer l'appartement, le sauna et tout, proposa Casse-bonbons. Tu ne vas pas passer la soirée à regarder Bogotá, si ?

Escobar resta seul face à la baie vitrée. Il but. Narciso s'approcha, circonspect. Oui : il avait bien l'air d'être Narciso. Mais peut-être que non. Peu importait.

— Sacré panorama, hein ? Tu as déjà vu Miami depuis le dernier étage du Fontainebleau ? Ça, oui, c'est quelque chose !

— Tu étais l'ami d'Edén ? l'interrogea Escobar à brûle-pourpoint.

Narciso sursauta.

— Franchement, je ne m'en souviens pas. Tu veux de la poudre ?

Il tira de sa veste blanche, qui avait l'air en satin, un porte-cigarettes, qui avait l'air en or. Ce ne pouvait pas être Narciso. Il était plein de coke. Avec une petite cuillère en or qui pendait à la chaîne qu'il avait autour du cou, il en prit pour la lui offrir. Escobar entendit le léger crissement du métal sur la poudre. Il sniffa deux fois.

— Eh, fais passer par ici, Narciso, pense aux copains ! cria Miguel Francisco.

Claudia inspira une fois, puis Robertico, et enfin Miguel Francisco, puis de nouveau Escobar. Narciso riait nerveusement en cachant ses dents noircies derrière sa main longue et étroite, comme dépourvue d'os, molle. Si, c'était le même Narciso : toutes les psychonévroses sexuelles. Andrea et Casse-bonbons revinrent. Narciso ouvrit aussitôt son porte-cigarettes en or.

— Un trait ?

— C'est quoi ? demanda Andrea.

— De la blanche. De la neige. De la coke. De la cocaïne, la renseigna Casse-bonbons. Quelque chose qu'on ne connaît pas en Europe. Essaie, tu verras.

— C'est que… la petite cuillère me dégoûte un peu.

Narciso l'essuya sur son revers en soie.

— C'est de l'or pur. Ça ne tache pas.

— Plutôt après, tu veux ?

Narciso rangea son porte-cigarettes. Il regarda autour de lui, vaguement désemparé, seul de nouveau. Claudia caressait ses longs cheveux, assise sur le bras du fauteuil de Robertico ; Andrea et Miguel Francisco riaient avec Casse-bonbons ; Escobar regardait à travers la baie les rafales de pluie qui frappaient les vitres et, au fond, en bas, très loin, la grande ville illuminée. Narciso se racla la gorge.

— Eh… euh… vous ne connaissez pas Miami, vu du Fontainebleau ? Sacré panorama, hein ?

Personne ne lui répondit. Il se racla de nouveau la gorge, interrompit Claudia :

— Eh… euh… Claudia ? Tu sais où sont le… euh… les *gents* ?

— Casse-bonbons, monsieur demande où sont les toilettes.

— C'est ça, les toilettes.

— Au bout du couloir, la première porte à droite.

Narciso suivit les instructions d'un pas circonspect.

— Dis donc, Miguel Francisco, d'où tu le sors, ce m'as-tu-vu ?

— C'est un grossiste, répondit Miguel Francisco en riant. Mon revendeur personnel. Il est plein aux as, mais plein aux as t'as pas idée.

— Ça m'étonne pas, dit Casse-bonbons. Aujourd'hui, il n'y a pas de meilleur commerce. Ça et l'herbe, évidemment.

— Non, non, pour l'herbe, c'est la crise, expliqua Miguel Francisco. À propos, Bobby, et ces propriétés que vous avez du côté d'Armero ? C'est une terre super pour planter de la coca, tu sais…

— La guérilla fait rage, dans le coin… répondit Robertico. Ils ont déjà tué deux administrateurs de papa. On n'y va plus.

Narciso revint.

— Très jolies, les toilettes, dit-il.

— Oui… fit vaguement Casse-bonbons en regardant Miguel Francisco, qui haussa les épaules.

— L'appartement est très joli, continua Narciso, désarçonné. Ça a dû vous coûter un max, non ? Vous l'avez payé combien ?

— C'est une location. Bon, vous ne voulez pas qu'on mette la télé ? On doit connaître les résultats, maintenant.

— Ah, non, on s'en fout ! protesta Claudia. De toute façon, ils sont pareils.

— Ne crois pas ça, ma petite, ne crois pas ça, dit Robertico. Si c'est López qui gagne, c'est la fin des haricots, ce guignol est complètement de gauche. Ils vont se mettre à exproprier les gens, à augmenter les impôts et tout. Cuba.

Casse-bonbons alluma un tout petit poste sur une table, sous une lampe de métal au design scandinave.

— Ah, quelle télé divine ! s'exclama Andrea.

Les taches grises de l'écran laissèrent apparaître une photographie de Foción. Le cœur d'Escobar cessa de battre. On entendit la voix guindée du présentateur :

— … alors qu'il rentrait chez lui, dans le nord de la capitale, et se trouvait dans sa voiture, sur une avenue fréquentée, M. Foción Urdaneta de Brigard, banquier célèbre et ex-ministre d'État, a été enlevé. Les ravisseurs, qui se sont enfuis avec leur victime après avoir lâchement assassiné le chauffeur au service de cet homme public bien connu, ont été identifiés par nos témoins directs comme appartenant à une organisation subversive armée de tendance extrémiste…

Sur l'écran, la photo de Foción changea. Il avait à présent vingt ans de moins, portait une redingote et un haut-de-forme et présentait ses lettres de créance à la reine d'Angleterre. Andrea demanda :

— Foción Urdaneta, ce n'est pas le père de Patricia Urdaneta ?

— Je sais pas, dit Bobby. Demande à mon cousin. C'est son oncle.

Andrea se tourna vers Escobar, ses yeux bleus grands ouverts.

— Patricia est ta cousine ? Pas possible ! Tu sais qu'on était super copines ? Bon, enfin, on était super copines jusqu'à ce que je parte en Europe. Ce monsieur qui a été enlevé est ton oncle ?

— C'est le frère de ma mère, dit Escobar.

— Mince, alors, la pauvre Patricia, dans quel état elle doit être, il faut que je l'appelle ! s'écria Andrea en secouant avec langueur sa chevelure blonde. Elle l'adorait, cette fille était en adoration devant son père.

— Vous ne voulez pas une petite ligne ? demanda Narciso en présentant son porte-cigarettes ouvert.

— Chut ! dit Andrea. Laissez-nous écouter ce qu'ils disent.

— … condamnation unanime des tactiques subversives des groupes terroristes par les citoyens. Le président de la République et ses ministres, ainsi que le haut commandement des forces militaires se sont rendus à la résidence de l'ex-ministre pour exprimer leur solidarité à son épouse et à sa famille, et pour garantir une rapide résolution…

L'écran montrait maintenant Foción, en chapeau et avec un parapluie, photographié à l'instant où il descendait d'une voiture, souriant à l'objectif.

— Eh ben ! commenta Casse-bonbons, indigné. Ce pays est vraiment à chier. À la télé, les Ricains, eux, ils auraient déjà montré la scène, les cris, le cadavre ; pour ça, oui, les gringos ils sont forts.

— Pas le cadavre, corrigea Claudia. Il n'est pas mort. Ils disent qu'on l'a enlevé.

— Oui, bon, c'est pareil. Et nous, qu'est-ce qu'on a ? Des photos d'il y a vingt ans !

Sur l'écran apparut le candidat libéral, sobrement vêtu de sombre.

— En mon propre nom, en celui de mon épouse et en celui de la collectivité qui a présenté mon nom aux élections qui viennent de se dérouler sur tout le territoire national, je veux exprimer ici mon plus profond rejet de l'inqualifiable attentat dont a été victime…

— C'est López qui a gagné, affirma Miguel Francisco. Si c'était Gómez, il serait passé le premier.

— Attendons de voir les résultats, marmonna Robertico.

Sur l'écran, López continuait à parler :

— … où qu'il soit, et s'il peut m'entendre, qu'il sache que le parti libéral, contre lequel il a lutté, plein de fierté et de vaillance, lors de tant et tant de combats démocratiques, ne voit pas en lui l'adversaire dont le malheur fait plaisir, mais bien plutôt l'ami loyal dont l'adversité…

— Si c'est López qui a gagné, dit Robertico, pensif, on est foutus. C'est le socialisme. Le nivellement par le bas.

— López est un intime, ce qui s'appelle intime, de papa, dit Andrea.

— Pourquoi on ne met pas l'autre chaîne, pour voir ce qu'il y a ? suggéra Claudia.

— Laisse-nous écouter, chérie, c'est important, dit Robertico d'un air renfrogné. Sers-moi plutôt un autre whisky.

Maintenant c'était Gómez qui parlait, sobrement vêtu de sombre.

— … sans hésiter devant l'infamie des ravisseurs, qui ont osé enlever M. Urdaneta de Brigard alors qu'il revenait du saint sacrifice de la messe. C'est ajouter l'insulte à l'outrage, la perversité à la cruauté, ce qui est le propre de la vilenie et de la scélératesse de la subversion marxiste internationale, en foulant aux pieds de façon si vile et si abjecte ce que le peuple colombien a de plus sacré, à savoir le respect de notre foi chrétienne. M. Urdaneta de Brigard, bien souvent…

— Là-dessus il a raison, approuva Robertico. Si on enlève la religion aux gens, on est foutus, et pour de bon, cette fois.

— Ce type parle bien, dit Narciso.

— Je vais changer de chaîne, déclara Claudia.

— Tout va mieux avec Coca-Cola ! Coca-Co…

— Laisse-nous écouter, Claudia, merde ! s'écria Robertico en remettant la première chaîne.

— Ne m'engueule pas, Bobby, s'il te plaît.

— Excuse-moi, bébé, mais on écoute, nous. Laisse-nous voir ce qu'ils disent.

— Oui, mais ne m'engueule pas.

C'était le candidat de gauche qui parlait, sobrement vêtu de sombre :

— … la position de l'Alliance populaire révolutionnaire, du Parti communiste de Colombie, du Parti socialiste des travailleurs, du Mouvement socialiste colombien, du Front révolutionnaire populaire, de l'Union socialiste révolutionnaire, du Parti populaire révolutionnaire, du Parti uni socialiste populaire révolutionnaire, du Mouvement révolutionnaire socialiste, du Parti révolutionnaire socialiste, de l'Union populaire socialiste, de l'Alliance révolutionnaire des travailleurs et des différents secteurs indépendants qui ont soutenu ma candidature populaire et révolutionnaire pour ces élections a toujours été claire, ferme et sans équivoque.

— Ils sont quatre pelés : éteins ce truc, dit Casse-bonbons.

— Oui, éteignons cette merde, proposa Robertico.

— Ah oui ? Eh bien moi, maintenant, je veux entendre ce qu'ils disent, lança Claudia, pleine de défi.

Le présentateur de la télévision, sobrement vêtu de sombre, prit de nouveau la parole :

— Après avoir entendu la condamnation unanime, par les différents candidats aux élections présidentielles qui se sont déroulées aujourd'hui sur tout le territoire national, du lâche attentat dont a été victime aux premières heures de l'après-midi le banquier, diplomate et homme public bien connu M. Foción Urdaneta de Brigard, vous allez entendre les déclarations de l'officier supérieur chargé par M. le président de la République de faire toute la lumière sur cette terrible affaire. Mais, avant cela, une page de publicité.

— Tout va mieux avec Coca-Cola ! Tout va…

Escobar se servit un autre whisky. Narciso lui présenta son inépuisable porte-cigarettes.

— J'en ai plein, l'encouragea-t-il. Celle-là, c'est de la bonne, pas question d'en manquer, hein, mon frère ? Merde, le colonel Buendía. Celui-là, c'est un dur.

Sur l'écran parut la silhouette épaisse et rude du colonel Aureliano Buendía. Plus rien n'étonnait Escobar. Il ne pensait plus. Il absorbait les images, les sons, les saveurs : il se sentait tout gonflé de réalité, comme une éponge, il suintait. Si on lui avait marché dessus, il serait sorti de l'alcool et du sang.

— Euh… bon, colonel Aureliano Buendía, chef des Enquêtes spéciales du service de l'Intelligence de l'armée nationale, enchanté… Euh… donc… bon, ce que nous avons là, c'est une opération de la subversion…

— Regarde-moi la tête de brute de ce colonel, commenta Casse-bonbons.

— Comment ils sont habillés ! C'est pas possible ! se lamenta Claudia.

— Chut ! fit Robertico.

— On dirait un de ces Indiens qui fouillent les valises à l'aéroport, dit Andrea. C'est dingue qu'on mette un type comme ça pour diriger une enquête. Ça, en Europe, jamais.

— … un groupe séditieux autodénommé Organisation M. L. authentique, OMLA, scission, semble-t-il, du Parti communiste marxiste-léniniste pensée Mao Zedong, PCMLPMZ, dont…

— Ces militaires, ils adorent les sigles, fit Robertico.

Sur l'écran, le colonel Aureliano Buendía exhibait quelques papiers.

— … matériel subversif saisi sur un des présumés dirigeants de l'autodénommée Organisation M. L. authentique, OMLA. Je vais me permettre d'en lire quelques extraits sans dévoiler, bien sûr, ce qui est sous secret militaire… Voyons… oui : une consigne subversive qui dit : « Les choses sont pareilles aux choses », puis deux-points, et ensuite « Lumière dans la lumière, mémoire dans la mémoire ». Nous avons des raisons de penser que le secret…

— Quel secret ? Ça m'a tout l'air d'une connerie, oui : « Les choses sont pareilles aux choses », commenta Casse-bonbons. Ce colonel est un connard.

Les oreilles d'Escobar bourdonnaient à le rendre sourd, et l'espace d'un instant il crut qu'il allait s'évanouir. Il but avec peine une gorgée de whisky. Il ferma les yeux.

— … se trouvent également en notre pouvoir divers documents et textes de littérature marxiste, voyons… oui, voilà : « Autour, faucon royal, des nuées prolétaire, brune terreur du ciel, et pampre de l'histoire »…

— Moi, une fois, j'ai essayé de lire un truc de Marx, révéla Miguel Francisco. Pas moyen d'entrer dedans. Tous ces gens écrivent de la même façon.

— … et, enfin, du matériel amplement accusateur sur les connexions internationales et les ramifications du projet subversif, en particulier avec Cuba et la Libye. Par exemple : « pas les siens propres, non : car c'est un mercenaire, comme du Pont mouvant le Nil est tributaire… », etc. Tout ce matériel, ainsi que des cagoules, des drapeaux de l'organisation terroriste, des uniformes à usage privé des Forces armées et un important armement, a été saisi au cours d'une opération de perquisition dans un appartement du nord de la capitale, réalisée, bien entendu, conformément à toutes les dispositions judiciaires imposées par la Constitution et les lois. Et nous disposons également du portrait-robot de l'un des auteurs matériels présumés de l'opération d'enlèvement de M. Urdaneta de Brigard, qui…

— T'as vu la tête de ce salopard, Bobby ? C'est dingue, on dirait ton cousin ! fit Casse-bonbons en éclatant de rire.

Escobar ouvrit les yeux. C'était lui. C'était un dessin rapide et maladroit, genre Service d'Intelligence, mais c'était lui. Casse-bonbons proposa :

— Eh, putain, Bobby ! Pourquoi on livrerait pas ton cousin ? On nous donnerait sans doute une récompense !

Bobby, riant aux éclats, se jeta sur les jambes d'Escobar, qu'il renversa. Escobar se laissa tomber, lâcha son verre, le vit rouler sous une chaise. Bobby lui fit une prise de judo.

— Ah, Bobby, t'es chiant ! s'écria Claudia, exaspérée.

À la télévision, c'était maintenant le président qui parlait, d'une voix ferme, patriotique :

— … l'ordre public troublé, l'état de siège est décrété sur tout le territoire national. Dans la ville de Bogotá et dans tout le district spécial, le couvre-feu est en vigueur de neuf heures du soir à six heures du matin. Toute personne ou véhicule à moteur circulant durant…

— Putain, ça y est, la fête commence ! cria Casse-bonbons, tout content.

Andrea dit, offusquée :

— Oh, ramenez-moi chez moi, mon père n'a qu'une peur, c'est que la révolution nous surprenne à un moment où nous ne sommes pas ensemble.

Mais Casse-bonbons jubilait, le regard pétillant.

— Il est trop tard, t'as pas entendu ? Couvre-feu. On est obligés de passer la nuit ici.

— Bon, maintenant éteignez le poste, ordonna Robertico. Sers-nous plutôt un autre verre, Casse-bonbons, on meurt de soif, ici. Claudia, il n'y a plus de glaçons.

Andrea alla téléphoner. Escobar récupéra son verre sous la chaise, se pelotonna près de la cheminée, enfonça la tête dans les épaules. Les bûches, éteintes, n'exhalaient plus qu'une chaleur tiède. Casse-bonbons sautait, criait, mettait de la musique.

— C'est ce qu'on entend en ce moment, à New York. Tu vas au Club 54, ils ne passent pas autre chose, hein, Bobby ?

Dis-moi comment arracher de mon âme
ce chagrin d'amour !
Ce chagrin d'amour !...

vibraient les haut-parleurs. Mais peu lui importait : il n'avait même plus d'âme, ni d'amour, ni de chagrin. Il mit sa tête sur ses genoux. Il voyait les jambes de Casse-bonbons danser avec celles d'Andrea. Il vit près de lui les jambes de Robertico, ses énormes chaussures, les pieds de Claudia, ses mollets. Dans toute la ville, sur tout le territoire, le colonel Buendía le recherchait. Robertico se pencha, remua les braises, fit renaître une flamme. Escobar sentit la chaleur sur le côté. Il but. Son verre était vide. Robertico posa sa grosse patte sur son épaule.

— Alors, cousin, des années sans se voir ! Qu'est-ce que tu deviens ?

Et que ferait-il quand la nuit serait finie ? Il y réfléchirait plus tard. Il faudrait qu'il choisisse son camp, peut-être, une bonne fois. Non : cet irresponsable de Federico avait déjà choisi pour lui. Mais, même de ce côté-là, il ne pouvait se sentir en sécurité : les serpents de la forêt, les moustiques, la malaria, la certitude que ses camarades finiraient par l'exécuter parce qu'il se serait éloigné de la ligne correcte. Quelle est la ligne correcte ? Il avait besoin d'un verre. Un verre. Un verre. Il entendait la voix de Robertico :

— ... un master en agronomie à la Florida University, ces gringos sont vraiment forts, cousin, si tu voyais leurs systèmes d'irrigation... Ici, ce n'est même pas la peine d'y penser : on se ferait piquer les tuyaux.

Il regarda danser les flammes, toujours semblables. Il avait besoin d'un verre.

— Comment tu trouves Claudia, cousin ? On va se marier bientôt, je pense, pas vrai, bébé ? C'est une fille vraiment super. Comment tu trouves mon cousin Ignacio, bébé ?

— Ah, Bobby... Je ne sais pas. Il ne te ressemble pas.

Robertico éclata de rire.

— Tu sais que quand j'étais gosse je voulais ressembler à Ignacio ? Marrant, non ? Tu sais quoi ? Sers-nous un verre, à mon cousin et à moi.

Bon : apparemment, il y avait de quoi boire toute la nuit. Narciso offrit de la coke. À un moment donné, la musique avait changé. Assise par terre, Claudia lisait dans la main d'Andrea.

— Je vois un mariage. Très clairement. Mais je ne vois pas quand.

— Ah, Claudia, comment fais-tu pour avoir des cheveux si divins ?

— Mais non, ce sont les tiens qui sont divins. J'aimerais bien être blonde.

— Oh non, tu sais, des blondes, il y en a trop. En Europe, ce qui plaît, maintenant, c'est la beauté exotique. Je me promenais dans les rues de Paris, et personne ne me regardait.

— C'est qu'avec la quantité de filles qu'il y a là-bas... observa Robertico.

— Bobby, ne sois pas désagréable, le réprimanda Claudia.

— Non, en fait, la Française n'est pas jolie, elle sait s'habiller, expliqua Andrea avec autorité. Bon, il faut voir aussi les vêtements divins qu'on fait, là-bas...

— Tu en as rapporté beaucoup, de ces petites merveilles ? demanda Claudia.

— Eh... euh... Claudia ? Tu ne voudrais pas me lire les lignes de la main à moi aussi ? demanda Narciso.

— Euh, je suis fatiguée, là, tu vois ? Un autre jour...

Elle releva ses cheveux avec ses mains, dégageant son long cou tout chaud. Elle les laissa retomber d'un coup, telle une cascade brune.

— Tu as des cheveux sublimes, Claudia, dit Narciso. Comment tu fais pour qu'ils ne soient pas gras ? Moi, ils le sont toujours.

— Eh bien, je les lave, dit Claudia. Bon, Bobby, tu mets un autre disque ?

— Sers-moi un verre, mon amour, demanda Robertico. Et sers-en un aussi à Ignacio, il n'a plus une goutte.

— Tu bois beaucoup, chéri.

— Ah, bébé, c'est le couvre-feu…

À quel moment s'était-il relevé ? Il buvait silencieusement, en regardant les étincelles qui crépitaient dans la cheminée. Tout n'était peut-être qu'un rêve, et il commençait enfin à être ivre. Comment était-il arrivé là ? Ah, oui : la pluie, Robertico, Hermes, le colonel, Foción, Edén. Partout où il posait le pied jaillissait un serpent. Federico. La lettre. Son poème. Pascale. Patricia. Non, il ne voulait pas penser. Il voulait que le jour ne se lève jamais, que le matin n'existe pas. Que faisait-il là ? Heureusement qu'il était là. Et il y avait de l'alcool, et de la musique, et de la coke, et peut-être que la fête allait durer toujours. Il regarda Claudia. Affalé dans un fauteuil, ivre, Robertico lui embrassait les épaules, et elle n'y faisait pas attention. Non, non : plus de problèmes. Casse-bonbons Urrutia dansait avec Andrea, qui s'ennuyait. Dans un coin, debout, Miguel Francisco parlait avec Narciso, ils chuchotaient. Narciso émettait de petits rires et s'efforçait de tenir debout avec la même langueur que Miguel Francisco. Escobar continua à boire silencieusement en regardant les flammes. Sur la large baie vitrée couverte de pluie se reflétaient Narciso et Miguel Francisco, qui parlaient dans leur coin, Casse-bonbons dansant avec Andrea, qui s'ennuyait. Claudia à genoux à côté de Robertico vautré dans son fauteuil, Escobar buvant silencieusement et contemplant les flammes qui mouraient. Il sentait qu'enfin il commençait à être ivre.

— Allons au sauna, proposa Casse-bonbons Urrutia.

— *That's a goooood idea, man,* dit la voix endormie de Robertico. *That's a goood, gooooood, good idea. I sure need a sauna right now, right now, right now, right now.*

— Ah non ! Un sauna, à cette heure-ci ? protesta Claudia.

— *Right now,* bébé, *right now, right now…*

Escobar, enveloppé par la chaleur suffocante, les yeux secs, avait l'impression d'être entré dans un four. Il était assis sur une banquette aussi brûlante qu'une plaque de métal rougie. Les deux filles comparaient les dentelles transparentes qui masquaient à peine le triangle de leur pubis.

— Divine. De Paris, évidemment ? demanda Claudia.

— Non, celle-ci est italienne, de Pucci. Ils ont des choses divines, dit Andrea. Mais la tienne aussi est divine.

— Je l'ai achetée à New York, répondit Claudia. Mais les gringos ne font jamais ces choses aussi bien que les Européens. Ah, Bobby, il faut qu'on aille en Europe.

Robertico transpirait comme un porc, les jambes écartées et les paupières gonflées sur ses yeux injectés de sang. Les hommes, sauf Casse-bonbons, qui sous une serviette exhibait à moitié un gros sexe incurvé et noirâtre, étaient en slip. Celui d'Escobar était brun du sang d'Edén. Celui de Narciso était d'un tissu ocre et élastique, avec des taches noires imitant la peau de léopard.

— Super, dis donc, le déguisement de Tarzan... lança Robertico.

Narciso rit nerveusement. Il croisa et décroisa ses jambes maigres et glabres.

Ils suaient en silence. On n'entendait que la respiration stertoreuse de Robertico et, un peu plus faible, celle d'Escobar. Le sauna baignait dans une pénombre de sang. Casse-bonbons essuya la vapeur sur ses lunettes, donna un coup de coude à Andrea.

— Alors ? Qu'est-ce que tu dis de mon sauna ? Et à Rome, la fameuse dolce vita ? Les orgies ? Raconte.

— Tout ça, c'est du passé, expliqua Andrea en gardant les bras croisés sur sa poitrine. Maintenant, avec le terrorisme, tout est beaucoup plus discret, tu sais. Mais si tu voyais comment vivent ces gens. Il faut dire qu'ils ont des milliers d'années d'histoire, bien sûr.

Ils transpirèrent encore un moment sans rien dire. Claudia avait fait un turban avec sa serviette et suait les yeux fermés, la nuque nue. La sueur coulait en un filet brillant entre ses petits seins écartés, coulait jusqu'à son nombril, formait une petite mare, se perdait sous sa culotte transparente. Les cheveux blonds d'Andrea tombaient avec une consistance dense de guimauve. La petite cuillère en or ressortait sur la poitrine mate de Narciso. Escobar sentait que son cerveau s'échappait en nuages de gaz délétères, des épées chauffées à blanc lui entraient par les narines, la sueur, telle de l'huile bouillante, dégouttait de son slip jusque par terre, comme s'il urinait. Les planches dégageaient une chaleur étouffante. La sueur, en tombant, s'évaporait.

Andrea toussa, proposa d'une voix plus que sèche :

— On sort, d'accord ? Je meurs de chaud…

Escobar découvrit qu'il était sous la douche quand un jet d'eau glacée tomba sur sa tête rouge vif. Il cria, sans voix : un cri enfermé dans sa gorge, une déchirure de muqueuses et de cordes vocales. Peu à peu, il se glissa tout entier sous le terrible jet, recouvra la vue et l'ouïe, peut-être la parole, en mettant son cou sous le poids de l'eau, son épaule, sa poitrine, ses testicules, son pénis protégé par le dos de sa main, ses fesses, son dos, ses jarrets, les veines palpitantes de son cou-de-pied. Petit à petit, les globes de ses yeux, ses hémisphères cérébraux refroidirent. Il entendit la voix de Casse-bonbons Urrutia :

— Andrea est belle, mais trop conne, Bobby, tu trouves pas ? Elle se cache tout le temps les nichons avec les mains, comme s'il allait lui arriver je ne sais quoi.

Robertico parlait maintenant sous la douche en se savonnant les aisselles avec vigueur :

— *She's a good girl*… Passe-moi la serviette, toi… je ne sais plus ton nom, dit-il à Narciso. Et toi, comment tu trouves Andrea ?

Narciso, qui n'avait pas ôté son slip léopard, rit de toutes ses dents vertes.

— *Much, much*, dit-il, confus.

Et il se corrigea :

— *Very, very*.

Robertico éclata de rire.

— Oh, *it's too much ! Just listen to him*, Casse-bonbons, Miguel Francisco, *just listen, oh, brother*… ! Bon, mais finalement, comment tu t'appelles, je n'arrive pas à retenir ton nom. Noresio, Nélido ?

— Narciso, répondit Narciso en riant.

— Narciso… meeerde. Narciso, mais Narciso comment ?

— Villareal Cortés.

— *Oh, brother, it's too much… !* Villareal Cortés, *the poor bastard…* !

— *Stop it,* Bobby… demanda Miguel Francisco.

Robertico l'écarta d'un revers de main.

— Villareal Cortés d'où ça ?

— De Charalá. Bon, ma famille est de Santander, mais moi je suis d'ici, de Bogotá.

— D'ici, de Bogotá… *Oh, man, it's too much, man, oh, man… !*

Narciso se mit sous la douche, sans ôter son slip léopard. Escobar sortit de la salle de bains. Robertico, qui ne pouvait cesser de rire, le secouait en lui donnant des tapes sonores sur l'épaule.

— T'as vu ça, cousin ? T'as vu ce p'tit pédé ? Oh, *much, much, very, very…* Pauvre connard. Et Miguel Francisco dit qu'il est plein aux as ? Meeerde…

Dans le salon, Casse-bonbons Urrutia offrit de nouveau à boire, ralluma la cheminée. De la salle de bains des filles émergea Claudia, enveloppée dans une serviette.

— Mon petit Casse-bonbons, tu n'aurais pas un sèche-cheveux ?

— Hé, tu me prends pour un pédé ou quoi ? Il doit y en avoir un, dans ma chambre.

Andrea reparut, belle et languissante. Narciso reparut, avec son costume de satin soudain fané. Il offrit de la coke. Escobar accepta et se servit un nouveau whisky. Il n'avait nulle part où aller. Les deux filles arrivèrent, chargées de plateaux.

— Mer… credi, quel délice, des œufs brouillés à la tomate et aux oignons ! s'écria Robertico.

Il regarda Claudia avec des yeux langoureux.

— Tu es une fée, mon amour.

— Oh, arrête, le coupa Claudia. Il n'y avait que des œufs, des tomates et des oignons : impossible de faire autre chose que des œufs brouillés à la tomate et aux oignons.

— Tu sais ce qu'il faudrait, Casse-bonbons ? Un vin blanc, dit Andrea. Ça, avec un pouilly-fuissé, un délice.

— Ça passe bien avec du whisky, décréta Robertico.

Ils mangèrent. Narciso écartait de la pointe de sa fourchette les morceaux de tomate et d'oignon, les plaçait en demi-cercle sur le bord de son assiette. Robertico riait et se tapait sur les cuisses. Puis il commença à s'énerver :

— Qu'est-ce qu'il y a qui ne va pas, pédé ?

— Du calme, Bobby, dit Miguel Francisco.

— Ce pédé m'as-tu-vu que tu as amené ne me plaît pas du tout, Miguel Francisco.

— Ah, Bobby, tais-toi ! ordonna Claudia.

— *Cool, man, cool,* intervint Casse-bonbons.

Robertico avait les yeux injectés de sang. Il posa son assiette sur les genoux de Claudia et s'adressa à Narciso :

— T'es un p'tit pédé, hein ?

— Du calme, Bobby, dit de nouveau Miguel Francisco.

— J'aime pas les pédés, tu sais bien. Ou alors t'es devenu pédé toi aussi, ou quoi, Miguel Francisco ?

— Fais pas chier, Bobby.

— Bon, je sais bien que t'es pas pédé, t'inquiète. Mais toi, t'es un p'tit pédé, ou pas, m'as-tu-vu de pédé ?

Narciso, nerveux, confus, serra son assiette entre ses genoux.

— Tu ne veux pas une ligne ? C'est pas la blanche qui manque, mon frère.

— Je suis pas ton frère, sale pédé, m'as-tu-vu de merde, et m'appelle pas « ton frère » parce que je t'explose, putain !

— *Cool, man, cool,* conseilla Casse-bonbons. Du calme.

— Bobby, s'il te plaît... ajouta Miguel Francisco.

— Bobby, laisse-le donc manger en paix, dit Claudia.

— Mais t'as vu ça, mon amour ? T'as vu comme il séparait la tomate et l'oignon ? T'as vu ça, chérie ? La nourriture de cette maison te dégoûte ou quoi, sale pédé ?

Escobar intervint :

— Putain, Robertico, arrête de faire chier. Laisse-le tranquille.

Robertico tourna lentement son gros cou vers Escobar.

— Tu répètes ça, cousin ?

— Fais pas chier. Laisse-le tranquille.

— Ahhh… Que je fasse pas chier. Moi, que je fasse pas chier. Ah bon. Aaah booon. Tu sais quoi, cousin ? Tu sais quoi ? Je t'admirais vachement, cousin. Quand j'étais gosse, t'étais un vrai dieu, pour moi. J'avais douze ou treize ans, et pour moi t'étais un vrai dieu, cousin. Mais un vrai dieu, hein. Chérie, donne-moi à boire.

— Bobby, arrête de boire.

— Donne-moi un verre, chérie. Et donnes-en un à mon cousin, ça fait un moment qu'il a pas bu. Tu sais que ce type est mon cousin Ignacio Escobar, non ? Ce type qui est assis là comme un con est mon cousin Ignacio Escobar. Un cousin à moi. Donne-lui un verre, chérie.

— Bobby…

— *You shut up*, pédé de Casse-bonbons… Je voulais te ressembler, t'imagines, cousin ? Quand j'étais gosse, je voulais te ressembler, t'imagines ?

Il rit bruyamment en tapant sur le sol avec son talon. Il but une gorgée du verre que lui avait donné Claudia.

— Imagine, Claudia, que quand j'étais gosse, je voulais ressembler à mon cousin Ignacio, je croyais qu'il était le plus grand, le plus fort, et tout ! Fais pas chiiiier, merde, cousin. Fais pas chiiier, putain. Imagine, chérie, que ce que je voulais le plus au monde c'était ressembler à ce type, qui était mon cousin. Je t'adorais, cousin. Je t'admirais. Pour moi, t'étais un dieu, mais alors un vrai de vrai…

Narciso prit son porte-cigarettes en or, lui offrit de la coke :

— Une petite ligne ?

— Va te faire foutre, sale pédé ! cria Robertico en faisant valser d'un coup de patte le porte-cigarettes.

— Bobby, chéri, je t'en prie…

— Toi, chérie, la ferme, je parle avec mon cousin.

Narciso s'accroupit pour ramasser la poudre de cocaïne répandue sur le tapis. Casse-bonbons Urrutia l'aida. Miguel Francisco voulut intervenir :

— Putain, Bobby, arrête tes conneries, ce type me finance une affaire que t'imagines même pas…

— Écoute, Miguel Francisco : je parle avec mon cousin Ignacio Escobar, alors tu te tais, ou je te casse la gueule.

— Ne fais pas le con, Robertico, dit Escobar. Je ne sais pas si tu te rends compte, mais tu fais le con.

— NON !!! Je m'en rends pas compte ! Je me rends jamais compte que je fais le con, cousin, tu piges ? C'est la différence. Et ne m'appelle pas Robertico.

— Robertico, dit Escobar.

Robertico rit, faisant bouger son verre sur les muscles de son ventre, ses yeux rouges mi-clos.

— Robertico... Putain, cousin, putain, cousin...

Il se tourna vers Claudia.

— Imagine, chérie, trouver mon cousin ce soir, assis comme un con sous la pluie... Imagine, chérie... T'imagines pas comme t'avais l'air ridicule, cousin, assis comme un con sous la pluie...

Claudia haussa les sourcils à l'intention d'Escobar. Escobar se leva. Robertico l'attrapa par le dos de tout le poids de sa main, déchirant sa chemise comme avec des griffes.

— T'en va pas, cousin, t'en va pas, assieds-toi, on parle...

Il le fit rasseoir de force et se tourna encore vers Claudia :

— Tu te rends compte, chérie ? Quand j'étais gosse, ce que je voulais, c'est être comme ce pauvre con, t'imagines ?

Il laissa tomber sa tête sur les genoux de Claudia, qui lui caressa le cou avec les doigts. Escobar se leva de nouveau, traversa le salon en silence, se servit à boire. Il s'affala dans un fauteuil, près de la cheminée. Il regarda fixement les flammes bleu et orange, les crépitements, l'huile foncée qui jaillissait des bûches, bouillonnante. Il était ivre. De l'autre côté du salon, Robertico s'était allongé sur le divan, sa tête décoiffée sur les genoux de Claudia, qui lui caressait les cheveux. Il s'agitait, murmurait :

— Gratte-moi la tête, chérie, comme ça, comme ça, comme ça... T'imagines ? Je voulais ressembler à mon cousin Ignacio. Sans déconner...

Bouche ouverte, Escobar s'endormit.

XIII

Il faisait jour. Casse-bonbons Urrutia le secouait par l'épaule. Ça sentait le café et les œufs frits. Les vêtements de Robertico étaient tout froissés, ses joues parsemées de pointes d'une barbe épaisse et blonde, ses yeux toujours injectés de sang. Narciso dormait encore, pelotonné par terre, les mains entre les jambes. Miguel Francisco semblait frais, sans une ride ni le moindre trouble dans l'œil, comme s'il n'avait pas dormi assis sur une chaise. Casse-bonbons secoua Narciso de la pointe du pied, ce qui le réveilla en sursaut. Robertico alla poser une main sur l'épaule d'Escobar.

— Pardon, cousin, je me suis conduit comme un pédé. J'étais soûl.

Narciso, vert à la lumière du jour, offrit de la coke.

— Une petite ligne ?

Escobar fut le seul à accepter. Les filles, enveloppées dans des peignoirs de Casse-bonbons, apparurent en riant avec le petit déjeuner. Tout le monde le prit en silence.

— Bon, chérie, dit Robertico en s'étirant. Je te dépose chez toi, tu te changes, je vais chez moi, je me change, je me rase, et après je passe te prendre. On doit aller déjeuner chez Guillermo et Diana, à Guanzacá.

— L'hacienda est divine, déclara Andrea. Et la maison est divine aussi.

— Pourquoi tu ne viendrais pas, Andrea ? l'invita Casse-bonbons. Je suis tout seul.

— Euh, je ne sais pas… Je connais bien Diana, mais…

— Va donc avec Casse-bonbons, Andrea, l'encouragea Miguel Francisco. Moi aussi, j'y vais. Tout le monde y va.

— Bon, chérie, on est partis, décida Robertico. Tu veux que je te dépose chez toi, cousin ?

Escobar ne sut que répondre.

— Je ne sais pas… J'ai perdu mes clés.

— Pourquoi n'emmène-t-on pas ton cousin chez Diana et Guillermo ? proposa Claudia.

— Ouais, super ! Allez, cousin, ça va être un déjeuner super sympa. Tout le monde y va.

Eh bien, oui. Il n'avait rien à faire dans la vie.

— Je n'ai rien à me mettre, dit-il.

— Je te prête ce qu'il faut, proposa Casse-bonbons.

Personne n'invita Narciso. Il offrit de nouveau de la blanche. Personne n'en voulut. Tout le monde partit.

— Tu as une voiture ? demanda Casse-bonbons.

— Non, mon frère. C'est Miguel Francisco qui m'a amené…

— Ah. Bon, écoute : tu n'as qu'à aller jusqu'à la Septième, il y a des bus qui passent.

Narciso s'en alla tout seul.

— Il serait bien resté vivre avec nous, ce fils de pute, commenta Casse-bonbons. Bon, Escobar, viens, je vais t'habiller.

Il l'habilla comme un prince : pantalon de gabardine clair, chemise à rayures rouges, foulard de soie au cou, blazer croisé bleu foncé, avec un mystérieux écusson sur la poitrine.

— C'est celui de l'équipe d'aviron de Florida University, expliqua Casse-bonbons. Le problème, ça va être les chaussures, ajouta-t-il, dubitatif. Je te prêterais bien une paire de Gucci, mais elles vont être trop petites.

Les chaussures d'Escobar, tordues et noircies par l'averse, avaient l'air de chaussures de clown.

— Bon, on boit quelque chose ? Un bloody mary, pour la gueule de bois ? Tu veux de la blanche ? J'en ai un peu volé, cette nuit, à ce pauvre pédé.

Ils attendirent Bobby en buvant. Celui-ci arriva avec Claudia, toute vêtue de soie et de velours couleur terre cuite.

Ils passèrent prendre Andrea : vert clair, vert menthe en velours et soie. Andrea et Claudia se félicitèrent mutuellement :

— Tu es divine, Claudia. Ah, mais comment faire pour avoir des cheveux comme les tiens ?

— Tu es divine, Andrea. Tu as acheté ce chemisier à Paris ? Vraiment divin, ce qu'ils font...

— Non, à Rome. À Paris, la mode est au fuchsia.

Robertico conduisait à toute allure sur l'autoroute du nord, slalomant entre des bus et des camions à dix-huit roues, des bicyclettes, des charrettes tirées par des chevaux. À chaque instant Escobar espérait voir les terrains plats et verts et les rangées de saules de la savane ouverte, mais ils n'arrivaient pas. Des maisons et des maisons à un étage, identiques : lotissement Zaquetá, lotissement Zipacá, lotissement Zipacá Nord, lotissement Chinchacá, lotissement Chauchatá. Sur le ciment brut des ponts, sur le torchis brun des vieilles maisons démolies qui se dressaient comme des dents déchaussées au bord de la route, de grandes inscriptions rouges : CAMARADE EDÉN MORÁN MARÍN, NOUS TE VENGERONS, PST. Et plus loin : CAMARADE EDÉN, NOUS TE VENGERONS. POUR UN ÉTAT PROLÉTAIRE DE CONSEILS OUVRIERS ET PAYSANS. PREMIER PAS VERS LA SOCIÉTÉ SANS CLASSES, PUEPCOPPPVSSC, VOTEZ PST. Ces gens-là travaillaient beaucoup. D'autres inscriptions : GUERRE POPULAIRE PROLONGÉE, ORGANISATION MARXISTE-LÉNINISTE AUTHENTIQUE, GPPO (M-L) A, comme une mystérieuse formule algébrique. La journée était splendide. Tout là-haut, la masse noir et vert des montagnes, où les sablières laissaient des plaies béantes. Et enfin la savane : les verts ondulés et tendres, les rangées sérieuses d'eucalyptus, la tache claire des saules, les vaches paissant, pensives, de l'autre côté des clôtures de fil de fer. Un petit groupe de soldats leur fit signe de s'arrêter. Robertico accéléra et passa comme une flèche. Plus loin, un autre.

— Arrête-toi, Bobby, ils vont nous tirer dessus.

— Bien, chérie.

L'officier passa la tête à la fenêtre, regarda les filles vêtues de soie et de velours.

— Passez.

Bus, camions, petits enfants édentés qui les regardaient passer, cyclistes, maisons basses couvertes de tuiles avec des inscriptions bleues qui vantaient des sirops, buvettes. Mon petit Rancho, Rancho Alegre, Rancho Grande, Nuestro Rancho. À Chía, Robertico proposa de s'arrêter pour boire de la gnôle.

— C'est vrai ? De la gnôle ? C'est dégoûtant, dit Andrea.

— On est en retard, Bobby, mieux vaut continuer.

— Comme tu voudras, chérie.

Ils prirent une longue allée de terre bordée de gigantesques eucalyptus. De l'autre côté des murets de pierre éboulés, les vaches, pensives, les regardèrent passer en mâchonnant en silence. Ils se garèrent devant une vaste demeure blanche, parmi des dizaines de voitures. Beaucoup de monde. De jolies filles en pantalon de velours et chemisier de soie légèrement ouvert sur la poitrine, tons terre cuite, vert menthe, vert clair, des types qui allaient et venaient lentement sur les pelouses, un verre à la main, comme s'ils marchaient sur l'eau, embrassaient Claudia, reconnaissaient Andrea, « Quand es-tu arrivée ? Tu es divine, Andrea », donnaient l'accolade à Robertico et à Casse-bonbons avec de grandes tapes dans le dos. Tous avaient des chaussures Gucci brillantes. Escobar commençait à se sentir trop élégant dans les vêtements de Casse-bonbons : ceux des autres semblaient plus portés, plus chers, ou, du moins, personnels. Que faisait-il là ? Rien. Il était là. Robertico le présentait sur les pelouses, sous les nuages, dans les coins de la maison :

— Ignacio Escobar Urdaneta, mon cousin. Ignacio Escobar Urdaneta, mon cousin. Merde, cousin, tu ne connais donc personne ? Claudia, chérie, présente mon cousin ; moi, je vais voir si je peux trouver un verre.

Une dame âgée et maigre, en rose, rouge et fuchsia, qui semblait toujours regarder dans une autre direction, comme si elle cherchait en vain quelqu'un, embrassa Claudia, reconnut Andrea :

— Ma petite Andrea, tu es divine, quand es-tu arrivée ? Claudia, mon amour... Qui est ce si beau garçon ? Je ne sais pas ce qui a pris à tous ces jeunes gens de se laisser pousser la barbe, ces derniers temps, ils se ressemblent tous.

— Ignacio Escobar Urdaneta, un cousin de Bobby.

— Ah, le fils de Leonorcita, bien sûr. Terrible, ce qui arrive à ton oncle Foción. Dans quel état doit être ta maman ! Transmets-lui mes amitiés.

Elle regarda de nouveau dans une autre direction, cherchant peut-être quelqu'un. Un serveur en veste blanche mit un whisky dans la main d'Escobar. Il lui proposa de petites pommes de terre à la créole dans un bol d'argent. Un autre lui donna de l'avocat au piment fort. Un autre lui changea son whisky. Un petit vieux courtaud à moustache blanche reconnut Andrea : divine, embrassa Claudia : « Mon amour, et lui, qui est-ce ? Escobar Urdaneta, ah, bien sûr, tu dois être le fils de Leonor. Quelle horreur, ce qui arrive à ton oncle Foción, oh, là là, cette subversion, quel problème, tu ne crois pas ? » et il alla parler avec Robertico de vaches Holstein et d'aliments compensés.

— Miguelotas est adorable, dit Claudia. Je l'adore.

Et elle se perdit entre les baisers, les pelouses, les ciels nuageux, les velours couleur terre cuite, les soies, les whiskies. Escobar vit de loin le petit vieux en tenue de gentleman-farmer : veste de tweed, gilet de daim, pantalon de golf, épaisses chaussettes à losanges. Il vit la dame maigre, qui cherchait quelqu'un un peu plus loin, anxieuse. Il vit Andrea, divine, se perdre entre les oh ! et les baisers. Il resta seul. Il explora la maison, jeta un regard sur une cour pavée de pierres plates avec une fontaine ; un serveur lui offrit un whisky ; trois petites filles en dentelle, qui jouaient et criaient, le regardèrent d'un air méfiant ; il s'éloigna, revint, s'arrêta dans un salon plein de canards empaillés, de têtes de gros animaux, de ramures de cerf, avec d'amples fauteuils de cuir foncé, des vitrines remplies de carabines. Il fut surpris par une forte tape sur l'épaule. C'était le gentleman-farmer.

— Ah, toi aussi, tu aimes la chasse ? Comme ton papa. J'étais très ami avec Álvaro…

Il resta un instant l'œil perdu dans le vide, en faisant un bruit de mastication.

— Allez, viens, on va prendre un verre, tu veux bien ?

Les trois petites filles en dentelle arrivèrent en poussant des cris et de petits rires nerveux, en se disant des secrets à l'oreille et en exhibant un journal.

— Papa Migas, papa Migas ! Regarde ce monsieur !

À la une, Escobar vit son portrait : le même qu'à la télévision. Identique. Plus grande encore, une photo de Foción relativement jeune. Trois gros titres noirs dévoraient la page :

LA CONSPIRATION SUBVERSIVE DÉMANTELÉE

LÓPEZ DEVANCE GÓMEZ

URDANETA DE BRIGARD ASSASSINÉ

Assassiné ? Escobar ressentit une douleur glacée au creux de l'estomac. Le gentleman-farmer chassa les trois petites filles en agitant les bras, comme pour des poules dans une basse-cour.

— Allez jouer dehors, mes jolies.

— Mais on n'a pas le droit, papa Migas. Il y a du monde.

— Allez jouer dedans.

Escobar feuilleta le journal. La une était couverte de faire-part de décès.

M. Foción Urdaneta de Brigard est mort.

Comme ça, sans détour, directement. Ce devait être vrai. Ils ne pouvaient pas être aussi sauvages. « Son épouse, Clemencia Ortega de Urdaneta de Brigard et sa fille, Patricia Urdaneta de Brigard Ortega, vous prient d'assister aux obsèques qui auront lieu à l'église de... Son Excellence le président de la République et les ministres du cabinet vous prient d'assister aux obsèques qui auront lieu... La Banque de la République vous prie d'assister aux obsèques de... Le Jockey Club de Bogotá... La First National City Bank vous prie... L'Association colombienne des officiers en retraite, l'ACORE, vous prie d'assister aux obsèques de... Le conseil d'administration des laiteries La Savane, SARL, vous prie... *L'ambassade de France* *fait part du décès de* M. Foción Urdaneta de Brigard, *chevalier de la Légion d'honneur**... »

Il y avait aussi des faire-part de décès dans les pages intérieures, qu'ils envahissaient d'une marée de croix noires. « La Société colombienne d'économistes vous prie d'assister aux obsèques qui, pour l'âme de... L'ambassade de Corée du Sud vous prie... Le comité directeur de la Banque de La Savane, ses employés et leurs familles vous prient d'assister aux obsèques de son président... L'Association colombienne d'éleveurs de bétail Holstein et Pardo-Suizo ACOÉLBÉHOLPAS, vous prie... Foción Urdaneta, Frère vénérable du trente-troisième degré, est mort : la Grande Loge de Bogotá vous prie... Les grands magasins Sears Roebuck de Colombie and Co vous prient... La Fédération colombienne de cyclisme vous prie... Le directoire national conservateur vous prie... »

Escobar lut son propre nom. Lui aussi, il priait : « M. Foción Urdaneta de Brigard est mort. Leonor Urdaneta de Brigard, veuve Escobar, et ses enfants, Focioncito Escobar Urdaneta de Brigard et Ignacio Escobar Urdaneta de Brigard, vous prient d'assister à la messe pour le repos éternel de son âme. »

« Le vice-président (par intérim) de la Banque de La Savane, Juan Manuel Martínez Pérez, et son épouse, Lucía Urdaneta de Brigard de Martínez, vous prient... Le comité directeur du Country Club de Bogotá... L'Association des anciens élèves du collège supérieur Notre-Dame-du-Rosaire vous prie. La direction libérale nationale vous prie... L'Ordre souverain de Malte vous prie... L'Académie colombienne de la langue... La surintendance des Sociétés anonymes. Le foyer de la Mère célibataire. Le directeur du Jardin botanique de Bogotá vous prie... Le haut état-major général des Forces armées de Colombie vous prie d'assister aux obsèques... *L'ambassade royale de Belgique**... L'Institut colombien de culture hispanique... La Société des amis du théâtre Colón de Bogotá vous prie... La directrice du Musée d'art moderne de Bogotá vous prie... La Fédération colombienne des exportateurs de riz, la FECOER, vous prie... Le Syndicat des transporteurs routiers, le SYNDITRANSROUT, vous prie... »

En page quatre, le premier éditorial du journal était consacré à Foción, sous le titre succinct : « Un patriote ». Le deuxième éditorial, « Une ténébreuse conspiration », parlait de l'admirable exemple démocratique que le pays avait donné au continent lors des élections, signalait les tentatives de sabotage de la subversion marxiste télécommandée de La Havane, Moscou et Pékin, réunissait les fils dispersés du vaste complot contre les institutions démocratiques colombiennes – assassinat du patricien conservateur Urdaneta de Brigard, incendie de tables de vote, exploitation par les groupes extrémistes de la mort d'un individu du nom de Morón, assassiné, selon tous les indices, par un autre groupe extrémiste, et découverte de documents prouvant l'existence d'un plan visant au soulèvement général de la population paysanne du pays avec pour slogan « Vent rouge révolutionnaire ». Le mot de passe des rebelles serait, affirmait l'éditorialiste, « Les choses sont pareilles aux choses ».

Il y avait d'autres photos de Foción. Foción recevant une coupe à l'hippodrome. Foción très jeune, comme ministre de l'Agriculture et de l'Élevage dans un cabinet de l'Hégémonie conservatrice. Foción serrant la main d'un président des États-Unis. Foción à un bal, en frac, un verre à la main. Une photo du visage de Foción mort, curieusement effilé par la mort.

« La voiture du distingué banquier et politicien conservateur a été interceptée, à... Cadavre du distingué homme public abandonné dans un terrain vague de la rue 124A avec... Des provocateurs extrémistes incendient cinq isoloirs à Bogotá avant d'être rapidement dispersés par... Un distingué poète lâchement assassiné par des sicaires de la subversion. »

Escobar reconnut le petit sourire fanfaron d'Edén, flou sur la photo. Un autre faire-part de décès, dans les dernières pages, perdu parmi des programmes de cinéma : « Luis Eduardo Avellaneda Guateque est mort. Son épouse, Eduviges Sánchez de Avellaneda, ses enfants, Luis Eduardo, Adalberto, Lionel, William Mario, Clorinda, Luz Dary, Pamela Eduviges, Nancy Marina et Jacqueline Avellaneda Sánchez, vous prient d'assister aux obsèques dans les Jardins du Sud. »

« Une femme assassinée dans l'escalier de son domicile. Mme Herminia Niño, veuve Niño, a été retrouvée, hier après-midi, assassinée à… Des agents du Département administratif de sécurité (DAS) ont rapidement arrêté son assassin, rigoureusement identifié comme Henry Leonidas Castro Campo, alias "Hermes", ainsi que sa complice, l'employée de maison Circuncisión Hernández Hernández, qui… »

Escobar laissa tomber le journal par terre, où il se dégonfla peu à peu. Il ferma les yeux. Tout s'effondra lentement sur lui, dans un murmure qui se transforma en un fracas assourdissant. Il ouvrit les yeux. Rien ne s'était effondré sur lui. Il n'y avait pas de raison, en même temps. Tout continuait. Il continua. Il se leva pour aller chercher à boire. Quelqu'un le tira par la manche.

— Ah, toi aussi, tu es venu, Ignacio !

C'était sa cousine Lucía, à la grossesse très avancée à présent, les yeux rouges d'avoir pleuré.

— Je ne voulais pas venir, figure-toi, mais Juan Manuel a insisté en disant qu'il le fallait. Moi, avec l'histoire d'oncle Foción, je suis comme folle. Quelle horreur, non ? Tu sais que j'ai failli ne pas te reconnaître avec cette barbe ? Tu fais plus vieux, comme ça. Tu as vu Henna et Ernestico Espinosa ? Ils sont par là. Henna est adorable, elle a tenu à nous accompagner à cette fête, voyant que Juan Manuel insistait pour que nous venions. Et Ernestico est adorable. Adorables tous les deux, je les adore. Ah, aide-moi à empêcher Juan Manuel de trop boire, tu veux bien ? Pauvre Patricia, dans quel état elle doit être, tu imagines ?

Elle était en verve. Des années plus tôt, quand elle était enfant, elle avait été amoureuse de lui, lui avait dit Patricia. Il regarda son cou. Il s'avança vers elle en silence. Son mari en gilet s'approcha, tremblant légèrement, un verre à la main.

— Salut, Ignacio, quoi de neuf ? Félicite-moi : vice-président de la Banque de La Savane.

— Par intérim, chéri, corrigea Lucía.

— Ah… dit Escobar.

Le mari au gilet rougit.

— Comment, ça ne t'intéresse pas ? Et de toute façon, qu'est-ce que tu viens faire ici, hein ? demanda-t-il en postillonnant sans le faire exprès. Hein ? Qu'est-ce que tu viens faire ici, dans cette maison ? Tu n'étais pas révolutionnaire ? Ici, nous sommes tous des bourgeois ! Tous !

Il désignait les invités tout autour de lui avec son verre de whisky, laissant tomber un cercle de gouttes. Lucía tenta de le tirer par le bras.

— Laisse-moi, chérie !

— Mais, chéri...

— Tu sais ce que tu es ? Un bourgeois. Voilà ce que tu es, un bourgeois, comme nous tous. Laisse-moi, chérie !

Il projetait à la face d'Escobar sa respiration agitée, chaude, il le regardait de très près, nez contre nez, les yeux dans le flou. Lucía s'efforçait en vain de l'entraîner plus loin. Tous deux semblaient sur le point de pleurer.

— Ah, chéri ! Ah, Ignacio ! Ah, regardez, regardez, voilà Henna et Ernestico ! Henna ! Henna ! Henna !

Sous sa veste de daim, Ernestico portait un pull blanc à col roulé. Il souriait de son sourire parfait de chirurgien-dentiste.

— Quoi de neuf, Ignacio, qu'est-ce que tu deviens ? dit-il en lui donnant une tape dans le dos.

Henna, immobile sur ses longues jambes - soie, velours, foulard autour du cou, lunettes noires -, souriait, indécise. Escobar l'embrassa sur les lèvres. Henna devint toute rouge.

— Ah, comment vas-tu, Ignacio ? Tu te laisses pousser la barbe ?

— Un bourgeois ! insistait le mari au gilet, tout gonflé de colère. Ne viens pas me dire maintenant que tu n'es pas un bourgeois !

— Ah, chéri... se lamentait Lucía, pleurant presque.

— Viens, Manuel, je vais te présenter les maîtres de maison, dit Ernestico.

Le mari au gilet se calma un peu :

— Ah, oui... Ce type à moustache, c'est ça ? Je disais à Lucía de me les présenter, mais cette idiote fait sa timide.

— Ce n'est pas ça, chéri, c'est à cause de Foción...

— Oncle Foción est mort, chérie, il faut que tu t'y habitues. Nous n'allons pas passer notre vie à ne voir personne.

Ernestico retint Henna d'un geste.

— Non, Hennita, reste un peu avec Ignacio. Je suppose que vous avez beaucoup de choses à vous dire. *À la recherche du temps perdu**...

Ils se retrouvèrent face à face.

— Tu sais quoi ? Je me sens toute bizarre. Je ne pensais pas te trouver ici. Quelle horreur, ce pauvre Foción, non ? C'était un vieil homme adorable. Je l'adorais.

— On tire un coup, mon amour ? proposa Escobar.

Henna rougit.

— Ah, Ignacio... ! Comment peux-tu dire ça... Tu sais que la barbe te va très bien ? Ça te rajeunit.

— On tire un coup, mon amour ? répéta Escobar machinalement.

— Ah, Ignacio, tu n'as pas changé, hein ? Allons plutôt retrouver Ernesto et les autres.

Escobar se laissa conduire.

Le mari au gilet bafouillait, tout rouge, heureux :

— Non, don Miguel, la banque, divinement bien... Et ce que voulait vraiment oncle Foción, c'est que tout dans la banque, absolument tout, reste entre les mains de quelqu'un de la famille, bien sûr.

Escobar effleura à peine le cercle, prenant la tangente comme une comète sur orbite elliptique, comme un somnambule. Il s'éloigna, laissa derrière lui la rumeur des mots. Un serveur lui mit un whisky dans la main et le laissa immobile et sans élan au milieu du jardin, sous un magnolia. Sa main gauche pendait, inerte, frôlant peut-être l'herbe. Il tenait son verre dans la droite, tout contre sa poitrine. À travers le feuillage du magnolia, la lumière du ciel tombait sur lui, et le ciel s'ouvrait, tout là-haut, très loin, énorme, courbe, vide. Le bruissement des feuilles du magnolia l'enveloppait, sur son corps dansait la lumière. Au ras du sol, éparpillés sur le gazon, des groupes de filles riaient, des types éclataient de rire, en silence, au-delà du paisible murmure des feuilles caressées par le vent. Des serveurs passèrent avec de l'alcool, sans le regarder, sans le voir. Il était devenu invisible. Au loin, de l'autre côté d'une clôture, au-delà des files de voitures qui brillaient au soleil, quelques invités tapotaient l'encolure d'un cheval. Il percevait le son sec de ces tapes, chaud, sentant le soleil. D'autres gens arrivaient. Il vit approcher une jeep blanche, comme celle d'Ángela. Il en vit descendre une fille en soie et velours, emportée par la force d'un chien musculeux qui tirait impatiemment sur sa laisse. C'était Lucas. C'était Ángela. Escobar en resta pétrifié, invisible, baignant dans la rumeur du feuillage du magnolia. Les aboiements de son cœur faisaient sauter les glaçons dans son verre de whisky collé contre sa poitrine, aspergeant la terre.

Ángela vint vers lui sans hésiter, dorée et éblouissante, armée jusqu'aux dents de son sourire de Lilith, castratrice, tout en jambes, lèvres et bras sous ses cheveux d'or et de cuivre. Escobar ne vit plus rien d'autre. Il sentit son ivresse le quitter d'un coup, comme une cape tombant au sol. Il eut envie de parler, d'expliquer, de tout raconter, mais les mots ne vinrent pas.

— Laisse-moi bien te regarder, Escobar, voyons, tourne-toi. En quoi es-tu déguisé ?

— Je ne sais pas… Ce n'est pas à moi… Ángela.

Ángela tourna autour de lui en l'examinant comme dans une foire au bétail.

— Bon, au moins cette barbe immonde que tu avais a poussé. Tu es au courant, pour Federico ?

Il ne put parler. Il fit oui de la tête. Il se sentait grotesque dans ses vêtements empruntés.

— Il a abandonné ma pauvre sœur en plein accouchement, cet abruti. Pauvre Ana María, elle est folle amoureuse de lui, cette idiote. Elle est partie chez nos parents avec les enfants. C'est une fille, tu savais ?

Il fit non de la tête.

— Ah, mais ce n'est pas tout : figure-toi qu'hier soir ils ont fouillé leur maison. Ma sœur n'était pas là, bien entendu, ni moi non plus, par bonheur. Mais ç'a été l'horreur : ils ont tué les chats, les soldats ont violé la pauvre Berenice…

— Ángela, je suis amoureux de toi.

— Ne dis pas n'importe quoi, Escobar.

Elle s'éloigna sur la pelouse, resplendissante. Les gens s'effaçaient sur son passage, comme le brouillard au soleil. Escobar se mit en marche derrière elle, comme un chien. On le retint par le bras. C'était le gentleman-farmer. Il la perdit de vue. Le paysage s'assombrit.

— Je suis plus ami avec ton oncle Pablo, mais j'ai fort bien connu ton oncle Foción, tu peux le dire. J'étais intime avec Álvaro, dit le vieil homme en riant.

Son œil faiblit, il laissa échapper un bruit de ruminant.

— Allez, on va s'en jeter un, tu veux ? J'ai un petit champagne rosé qui est une vraie merveille. Psitt ! Hep !

Il appela un serveur qui passait.

— Hep ! Apporte-nous donc un champagne rosé, à don Ignacio et à moi.

Il laissa échapper un rire rauque en toussant.

— Là où Ernestico Espinosa ne nous verra pas, d'accord ? Il passe son temps à me répéter que le champagne est très mauvais pour la goutte. Mais il faut bien mourir de quelque chose, tu ne crois pas, mon petit ?

Escobar regardait au loin, au-delà des gens, dans la direction où avait disparu la magnifique Ángela. Il ne répondit pas. Un soupir fit craquer la boîte de ses os. Il but sa coupe comme si c'était de l'eau, souffla par le nez le picotement du gaz. Le gentleman-farmer regarda la sienne à contre-jour, claqua la langue et la vida avec une onction lente, avant de souffler lui aussi, doucement. Il resta pensif quelques instants.

— Ah, on dirait que ces coupes sont déjà presque vides, tu ne trouves pas ? Psitt ! Hep !

Le serveur leur apporta de nouvelles coupes, voilées de froid. Le gentleman-farmer but à petites gorgées, émit un léger rot.

— Extra, ce petit champagne. Rien à dire.

Ils regardèrent le tumulte des invités, en silence, immobiles, comme on regarde un lac. Ils titubaient imperceptiblement tous les deux.

— Bon, on va demander à Cecilita où en est le déjeuner, d'accord ? Quoique, je te dirais que ce déjeuner ne m'emballe pas : j'ai l'impression qu'on veut nous empêcher de boire dans les règles de l'art.

Il rit, content de lui, en donnant des tapes sur les épaules d'Escobar.

— Ton père tout craché ! s'écria-t-il. J'étais très ami avec Álvaro.

Escobar se laissa mener, comme par un licou.

Les invités attendaient en formant des cercles autour de longues tables couvertes de nappes blanches et raides sur le vert du jardin, à l'ombre de la maison et des saules. Dans de grands plats de porcelaine fumait le ragoût au piment, dense, jaune pâle, avec une odeur épaisse de patate fondue, de feuille de *guasca*. Il vit passer des assiettes débordantes, avec un épi de maïs tendre échoué au bord, comme un écueil près du rivage. Il vit un invité mettre les couverts en argent dans sa poche. Il vit Henna et Ernestico avec sa cousine Lucía et son mari au gilet. Sa cousine Lucía lui adressa de loin un sourire timide, en rougissant. Il vit Miguel Francisco se perdre à l'intérieur de la maison en tenant Andrea par la main. Il vit Robertico tenir Claudia par le cou tout en parlant à quelqu'un en anglais. Il vit de jolies filles, des têtes blondes et brunes, des épaules dessinées en soie, des bracelets en or scintillant au soleil, des serveurs suffoquant au cou enflé et cramoisi, qui faisaient passer des plats hérissés de verres de vin blanc et rouge. Il ne voyait pas Ángela. Une apparition d'or, dissoute dans sa mémoire. Le gentleman-farmer lui donna un coup de coude dans les côtes.

— Regarde un peu cette fille, là-bas, mon petit, la grande blonde. Il n'y a pas à dire, la race s'améliore drôlement, hein ?

C'était Ángela. Elle riait en recevant une assiette. Arrachant son coude à la pression tremblante du vieil homme, il se dirigea vers elle. Un petit gros à lunettes, rouquin, l'arrêta en souriant et lui tapota la poitrine du doigt.

— *Seventy-four ?*

Escobar le regarda sans comprendre. Le petit gros insista, toujours souriant, en tapotant de l'index de sa main droite la poche de poitrine d'Escobar, et de la gauche sa propre poche.

Escobar le regarda : il arborait un écusson vaguement nautique, avec des ancres et des chaînes. Il regarda sa propre poitrine. Lui aussi arborait un écusson nautique.

— Je ne comprends pas l'anglais, dit-il.

Il chercha Ángela, au loin, sachant bien qu'elle n'était pas là. Elle n'était pas là. Le gentleman-farmer l'attrapa de nouveau par le coude, appela une fois encore un serveur, réclama encore du champagne, redonna du coude à Escobar.

— Quelle beauté, hein ? Regarde : le Chato Tamayo l'a déjà repérée. Chato !

Escobar regarda. Ángela riait, assiette en main, avec un type à l'allure d'architecte, au sourire de loup et aux cheveux gris, qui portait un polo de tennis blanc aux manches relevées sur l'avant-bras.

— Miguelotas !

— Chatico ! Comment va ?

Ils se donnèrent des tapes sur l'épaule, dans une forte accolade.

Le gentleman-farmer s'étranglait de rire. Escobar essaya de fuir, d'aller retrouver Ángela. Il ne la vit pas. Le gentleman-farmer riait comme un fou, sans lui lâcher le bras. Ses larges côtes s'agitaient sous son gilet de daim, son ventre tendait sa braguette, son cou s'étirait et se ramollissait sous son foulard de soie, plein de veines et de tendons comme un cou de dindon.

— Ce Chatico, toujours aussi fou, Chatico... !

Le Chatico Tamayo s'éloigna en riant.

— Bon, mon petit, à propos de boire, je crois que nous devrions repasser au whisky. Psitt ! Hep !

Escobar distingua de nouveau Ángela, seule maintenant à l'autre bout de la table. Elle nettoyait du rebord d'une cuillère l'intérieur vert et crémeux d'un avocat, dans un geste qu'il trouva obscène.

— Ángela, murmura-t-il.

Il avança en remorquant le vieil homme. Un jeune type robuste, avec un pantalon et des bottes de cheval, leur barra le passage.

— Papa, tu as une seconde ?

— Bien sûr, mon fils. Non, ne t'en va pas, Ignacito, regarde : tu ne connais pas mon fils Guillermito ? C'est le fils de Leonorcita Urdaneta. Son père et moi étions amis.

Arriva un grand gaillard sérieux, à moustache et chapeau noirs, qui tachait la pelouse avec la bouse collée à ses bottes de caoutchouc.

— Don Guillermito, vos bêtes sont sellées.

— Oui… murmura le gentleman-farmer, soudain distrait. Allez, mon petit, que dirais-tu d'un autre whisky ? Psitt ! Hep !

Le soleil commençait à tomber de biais sur la pelouse, projetant l'ombre de chaque brin d'herbe dressé et dur. Ángela avait de nouveau disparu. Des musiciens étaient arrivés avec des *tiples*, des maracas et des guitares. Escobar ne fut pas étonné de reconnaître Los Auténticos. Ils chantaient sans entrain, doucereux, à l'ombre d'un saule :

Comme de l'écu-u-u-ume
qu'entraîne, inerte, le torrent fougueux,
fleur d'azalée,
la vie dans son ava-a-a-alanche t'a entraînée…

Oui : la vie. Enfin : ça. À travers le jardin rôdaient déjà quelques types soûls. Les petites filles en dentelle et socquettes traversaient la pelouse dans des courses furtives, penchées, secouées de rires retenus. Une fille aux longs cheveux lisses, Claudia peut-être, chantait avec les musiciens.

Au-delà de la barre d'appui d'une clôture, Escobar vit passer Ángela à cheval, éblouissante dans le soleil de l'après-midi. À quelle heure était-elle partie ? Il était certain de ne pas l'avoir perdue de vue un instant. Près d'elle, le Chato Tamayo retenait avec ses rênes le trot nerveux de sa propre monture, et le garçon robuste luttait avec un énorme cheval bai cabré, dont les lèvres débordaient d'écume. Ángela prit le galop. Ils partirent. Le gentleman-farmer sembla soudain revenir à lui.

— Psitt ! Hep ! Apporte deux whiskies pour don Ignacio et pour moi, s'il te plaît.

Escobar se sentit nauséeux, et il avait envie d'uriner.

— Excuse-moi, Miguel, où sont les toilettes ?

— Tu entres dans la maison, et à droite, dans la deuxième petite pièce, au fond, tu verras une porte. Ou sinon, va dans celles de n'importe quelle chambre, mon petit…

Escobar traversa la pelouse en faisant involontairement des S. Maintenant, il avait froid. Où allait-il ? Ah, oui, aux toilettes. Il compta les petites pièces. Dans la deuxième, il dérangea un couple qui s'embrassait dans un fauteuil. Il fit demi-tour. Devant une porte, au fond, il vit trois personnes qui attendaient. Il continua, sans savoir où aller. Par une porte sortirent Miguel Francisco et Andrea, décoiffée et toute rouge. Miguel Francisco s'arrêta, redressa la cravate d'Escobar d'un geste machinal. Il lui donna un petit morceau de papier de soie plié en quatre.

— Tiens, fais-toi une ligne. Et coiffe-toi, couillon.

Escobar poursuivit son chemin, cherchant en vain des toilettes, son petit papier serré dans la main. Il sortit dans une cour : des géraniums, des orchidées dans des pots accrochés à des fils de fer, un bassin de pierre avec un murmure d'eau. Un couloir carrelé. De nouveau la même cour, ou une autre, peut-être, avec des géraniums et des orchidées. Il entra dans une chambre vide, essaya d'ouvrir la porte de la salle de bains.

— Voilà, voilà, dit une voix.

Il entendit couler de l'eau. Sa cousine Lucía sortit, rougissante et confuse de se trouver face à lui.

— Ah, Ignacio, je croyais que c'était Juan Manuel. Nous rentrons tout de suite à Bogotá, sinon nous serons en retard à l'enterrement. Tu viens avec nous ?

Il la regarda sans parler. Elle était très jolie, enceinte, les yeux brillants d'avoir tant pleuré. Ils se regardèrent. Que faire ? Ah oui, il allait aux toilettes. Mais pour quoi faire ? Il eut soudain besoin de parler à quelqu'un, de dire quelque chose. Il bredouilla :

— Viens, Lucía, je vais te donner quelque chose.

Il la poussa de nouveau dans la salle de bains, ferma la porte à clé, déplia l'enveloppe de papier de soie. Lucía riait, nerveuse.

— Qu'est-ce que tu fais, Ignacio… ? Juan Manuel va venir me chercher, il arrive, nous devons partir tout de suite…

— Deux secondes, seulement. Aspire.

— Qu'est-ce que c'est ?

— De la coke. Ça t'aidera à supporter Juan Manuel.

— Ah, Ignacio, ne dis pas ça… Juan Manuel est adorable. C'est juste que parfois il boit trop.

Escobar resta un instant avec son morceau de papier tout tremblant dans sa main, voletant, les yeux fixés sur le petit tas de coke luisant, blanc comme la neige. Lucía recula jusqu'au mur en faisant non de la tête.

— Pourquoi es-tu si bizarre, Ignacio ? Qu'est-ce que tu as ?

Qu'est-ce qu'il avait ? Rien. Ah si : Patricia lui avait dit que Lucía… Il rit, ou gémit : un croassement. Ah, Foción, merde. Il était venu dans cette salle de bains pour faire pipi, il s'en souvenait, maintenant. Il plia le papier, le posa sur l'étagère, commença à déboutonner sa braguette. Lucía avala de l'air avec un bruit de ventouse.

— Ignacio !

Ah oui, Lucía. Il lui prit les mains, les regarda fixement. Lucía voulut les retirer, elle riait nerveusement.

— Ah, Ignacio, lâche-moi, tu veux bien ? Nous allons être en retard à l'enterrement.

Il regardait toujours ses mains, fines, osseuses, froides. Il regarda son cou : il se souvenait d'une veine palpitante sur son cou, tiède, propice au baiser, aux pleurs. Lucía retira ses mains d'un coup sec.

— Allez, Ignacio, lâche-moi.

Elle essaya d'ouvrir la porte. La clé tremblait dans ses mains.

— Allez, Ignacio, ouvre, d'accord ? Nous allons être très en retard à l'enterrement.

L'enterrement, quelle horreur. Sans le vouloir, Escobar laissa échapper :

— On va m'arrêter.

Lucía se figea, stupéfaite.

— Pourquoi ?

— Ils sont convaincus que c'est moi qui ai tué Foción.

— Mais ils sont fous, Ignacio ! Va les voir et dis-leur qu'ils sont fous !

— Ils ont mon portrait. Tu ne l'as pas vu dans les journaux ?

Lucía cessa de respirer.

— C'est moi tout craché.

Lucía, au comble de l'effroi, porta les mains à son petit collier de perles, comme si elle avait peur qu'Escobar ne le lui vole d'un revers de main. Elle demanda, d'une voix très faible :

— Ignacio, tu... ?

Sa voix se brisa.

— Bien sûr que non, ne sois pas idiote, non plus.

Lucía gémit. Un gémissement très haut, de soprano. Escobar se sentit soudain attendri. Mais c'était long à raconter.

— Écoute : tout a commencé parce que je ne voulais pas d'enfant.

— Ah, Ignacio, ne te moque pas de moi...

Escobar fit un pas vers elle, voulut lui prendre les mains de nouveau. Lucía sursauta de terreur.

— Ne me touche pas !

— Mais je ne suis pas un assassin, voyons.

— Je sais, je sais. Mais ce n'est pas ça. Ne me touche pas, tu veux ? Ah, sortons de là, Ignacio, s'il te plaît, nous allons être horriblement en retard. Allons-nous-en, d'accord ?

Escobar se pencha pour embrasser sur sa gorge la petite veine qui palpitait sous son collier de perles. Il put tout juste l'effleurer des lèvres. Elle fit un bond en arrière, heurta le mur.

— Ah, Ignacio... supplia-t-elle, au bord des larmes, d'une voix étranglée, en respirant très vite et très fort.

Elle se plaqua au mur, la bouche ouverte, palpitante. Elle avait la bouche humide, bien dessinée, sans rouge à lèvres. Escobar avança d'un pas.

— Ignacio ! cria presque Lucía, s'étouffant et portant convulsivement ses deux mains à sa poitrine. Ignacio, je t'en prie, quelqu'un va venir... Juan Manuel va venir, je t'en prie, Ignacio...

— Tu ne t'es pas aperçue que Juan Manuel est un imbécile ?

— Ah, Ignacio… Laisse-moi sortir, tu veux bien ? Je t'en prie, laisse-moi sortir…

Lucía défaillit soudain et dut s'appuyer sur le lavabo pour ne pas tomber.

— Ah, Ignacio…

On frappa à la porte. On entendit la voix pâteuse du mari au gilet.

— Lucía ? Dépêche-toi, chérie, on s'en va.

Lucía inspira, haletante d'angoisse, regarda dans tous les coins avec des yeux de folle, cherchant une cachette, murmurant nerveusement :

— Lâche-moi, lâche-moi, lâche-moi, lâche-moi !

Elle heurta quelque chose, son sac tomba par terre en faisant du bruit, elle gémit, désespérée. À l'extérieur, le mari au gilet frappait et secouait impatiemment la poignée de la porte.

— Lucía, ouvre-moi, qu'est-ce qui se passe ?

— Je viens, je viens, je viens, je viens… ! répéta Lucía en pleurant.

Et elle chuchota frénétiquement, paniquée :

— Ah, Ignacio, cache-toi, cache-toi, sors par la fenêtre, cache-toi !

— Ouvre-moi, chérie ! Qu'est-ce qui se passe, là-dedans ? Avec qui es-tu ? Ouvre-moi ou j'enfonce la porte !

Lucía sanglotait, ramassait son sac, tirait sur ses vêtements. La porte s'ouvrit toute seule. Le mari au gilet, couvert de sueur, tout rouge, décoiffé, louchant sous l'effet de l'alcool, resta un instant pétrifié de stupeur. Puis il se jeta sur Lucía et la saisit par le coude, la traîna hors de la salle de bains en la giflant, fou de rage, tout en émettant des grognements inintelligibles. Escobar le prit par le bras, tenta de les séparer.

— Toi, mêle-toi de ce qui te regarde ! cria l'homme au gilet.

Il se libéra d'une secousse, en laissant deux boutons de sa manche dans la main d'Escobar, et continua de taper sur sa femme, qui pleurait et essayait de se protéger le ventre avec les mains. Escobar fit un pas en avant et projeta l'homme au gilet loin de lui, d'une formidable poussée, en hurlant :

— Du calme, putain !

Le type au gilet s'assit un moment par terre, déconcerté, son gilet déboutonné. Puis il se releva en beuglant et se précipita sur Escobar, lui donnant un très violent coup de tête dans la bouche. Escobar tituba, recula, sentit sur ses lèvres le goût du sang, heurta le mur. Lucía sortit en criant dans la cour aux géraniums. Le type au gilet laissait échapper des ronflements et de la salive, le visage défiguré par la fureur. Il se jeta de nouveau sur Escobar, en essayant de l'atteindre d'un coup de pied dans les testicules. Escobar l'esquiva et reçut le coup dans la hanche. Il frappa le type au gilet quelque part près du cou, un endroit dur, peut-être la clavicule, sentit le choc sur ses phalanges, comme s'il avait tapé sur du bois, et presque aussitôt sa main fut engourdie. Le type au gilet lui emprisonna le corps avec ses bras et ses jambes, le jeta par terre après un instant de quelque chose qui ressemblait à une danse. Il venait du monde. Une fille blonde tenait dans ses bras Lucía, qui pleurait et criait en les regardant. Miguel Francisco jeta un coup d'œil sur la bagarre et alla dans la cour pour hurler :

— Bobby ! Viens vite, Bobby, vite !

Les adversaires se roulaient par terre, Escobar ne sentait plus sa main droite, il avait peur qu'elle ne soit cassée, une douleur terrible à la joue lui fit comprendre que le type au gilet venait de lui arracher une bonne touffe de poils de barbe. Il voyait les gens arriver, le visage horrifié d'Henna, le sourire à peine altéré d'Ernestico Espinosa. Le type au gilet était solidement installé à califourchon sur son ventre, et Escobar s'efforçait de le tenir à distance par la force de sa main gauche, recevant alors ses coups sur le bras. Il ne sentait plus sa main droite. Elle devait être cassée. Le type au gilet disparut soudain de sur lui, balayé par un revers de main de Robertico.

— Qu'est-ce que c'est que ce bordel, gros pédé ! Qu'est-ce que tu fais à mon cousin !

Le type au gilet, solidement saisi par le cou, luttait pour se libérer, crachait de l'écume, émettait des bruits rauques, semblait à deux doigts d'exploser. Robertico le lâcha, lui donna une petite poussée, aida Escobar à se relever.

— Tout va bien, cousin ? Tu veux que je casse la gueule à ce gros pédé ?

Le type au gilet, retenu par Miguel Francisco et Ernestico Espinosa, hurlait d'une voix épaisse de salive :

— C'est une traînéééée ! Une traînéééе !

Il y avait des années qu'Escobar n'avait pas entendu ce mot. Lucía pleurait, inconsolable. Des filles essuyaient ses larmes. Robertico brossait le dos d'Escobar.

— J'ai la main cassée, dit Escobar en haletant.

Ernestico Espinosa s'approcha, la lui palpa rapidement de ses doigts expérimentés de traumatologiste.

— Dans huit jours il n'y paraîtra plus, décréta-t-il.

Ah bon : il avait huit jours devant lui. Qu'allait-il faire pendant huit jours ? Il verrait. Il se caressa la main avec tendresse, comme si c'était un nouveau-né. Ernestico Espinosa le regarda avec un sourire ironique.

— Alors, comme ça, Lucía, hein ? Eh bien mon salaud... ! Bon, Henna, on s'en va, il commence à se faire plus que tard.

Henna regardait toujours Escobar. Brusquement, elle fondit en larmes.

— Toi... ! Toi... !

Elle courut derrière Ernestico, qui se trouvait déjà de l'autre côté du bassin de la cour. Escobar haussa les épaules. Que ferait-il de sa vie quand la fête serait finie ?

Il entra dans la salle de bains, s'aspergea le visage d'eau. Il avait du sang sur la lèvre, sa joue brûlait là où le type au gilet lui avait arraché la barbe. Il se recoiffa. Sa main, qui commençait à se désengourdir et tremblait légèrement, lui faisait mal. Il récupéra son petit morceau de papier de coke, sniffa difficilement, le replia, le rangea avec sa main gauche. Il fit pipi, rose pâle, couleur champagne.

Il sortit dans la cour assombrie par le coucher du soleil. Il regarda le ciel. Il vit un quadrilatère de ciel bleu foncé, encadré de tuiles, profond comme un puits. Il resta longtemps le visage levé, la main en l'air pour atténuer la douleur, sans rien voir d'autre qu'un quadrilatère de ciel de plus en plus sombre, plus profond, où il ne passait absolument rien.

Il se retrouva dans un grand salon. La cheminée allumée. Des gens. Le reflet des flammes dansait sur la panse des verres d'argent, sur leur rebord courbe. Il entendait de la musique, un va-et-vient de vagues, comme sur une plage. Un couple dansait dans la pénombre. Un autre couple s'embrassait en travers d'un fauteuil, éclairé par l'éclat changeant du feu. Des chiens noirs dormaient la tête entre les pattes, indifférents à la fête, le poil étincelant, le cou traversé de tremblements soudains.

— Allez, mon petit, on va s'en jeter un.

Coupes d'argent, trophées de polo, de bétail de race. Carabines polies, silencieuses, avec un crac presque inaudible quand on en ouvrait la culasse, un cloc discret quand on la refermait, sentant l'acier huilé, frotté, endormi. Le vieil homme parlait dans un bourdonnement. Escobar regardait l'or tendre de son verre à la lumière des flammes, transparent, la tache floue et resplendissante des glaçons entre deux eaux. Il était calme : la fête semblait ne devoir jamais finir.

— À propos, mon petit, pourquoi ne viendrais-tu pas avec moi, demain, à une petite corrida, ici, à Zipaquirá, avec des taureaux à moi ? Tu adores les taureaux, non ? Ton papa était comme toi.

Les yeux du vieil homme s'éteignirent, il resta silencieux, rangea les carabines d'une main tremblante, les unes après les autres, referma les portes de verre de la vitrine avec une petite clé.

À quel moment les cavaliers étaient-ils revenus ? Mais ils étaient là. Ángela étincelait dans l'éclat sanglant du foyer. Escobar se déplaça prudemment entre les chiens endormis, les couples qui s'embrassaient dans un murmure, le crépitement du feu. Il s'effondra sur le tapis à côté d'Ángela. Il voyait le reflet de miel de sa tête à la lueur des flammes, son cou d'or mat, son sourire pervers. Elle sentait la sueur de cheval, une sueur fatiguée.

— Qui c'était, ce connard ?

— Quel connard ? Tu es soûl, Escobar : tu pues l'alcool.
— Ce type. Tout à l'heure. Un connard.
— Ah, le Chato Tamayo. C'est un architecte.
— Embrasse-moi, Ángela.
— Ne dis pas n'importe quoi.
— Je suis amoureux de toi.
— Ne dis pas n'importe quoi. Je ne peux aimer personne.

Escobar, sans forces, se laissa glisser lentement sur son cou tiède, qui sentait le cheval, avec un baiser sur les lèvres. Ángela s'écarta, le laissa tomber par terre comme un chiffon, s'écraser sur le tapis. Sa lèvre se remit à saigner.

— Je vais à la salle de bains, dit-il.

Il se leva, titubant, marcha sur les chiens, déboucha dans la salle de bains. Il se regarda dans la glace. Sa lèvre saignait. Il appuya la tête contre la glace. Il fit pipi avec un jet épais, pâle, interminable, et une quantité qui lui sembla, à lui qui l'émettait, exorbitante. Il alla dans la cour sombre et froide. Il leva la tête et regarda de nouveau le quadrilatère de ciel, complètement noir maintenant, sans étoiles. Il entra dans une chambre : là, il s'était battu avec un type à gilet. Il s'étendit sur un lit.

XIV

ESCOBAR SE RÉVEILLA DANS UN LIT INCONNU. IL ÉTAIT TOUT HABILLÉ. Sa main lui faisait mal. Il avait soif. Par la fenêtre entraient de minces flots de lumière. En se levant, il eut mal au crâne. Il avait dormi avec ses chaussures. Il tira le rideau : dehors, il vit des prés verts couverts de rosée, de calmes cimes de saules, des rangées d'eucalyptus, des vaches tendant le cou par-dessus une clôture. Ah, oui, la fête. En trébuchant, il se dirigea vers la porte : la cour aux géraniums éclatante de lumière, des orchidées qui se balançaient, un bassin, au centre, avec un petit jet d'eau glacée et transparente. Il commençait à se repérer. Il entra dans la salle de bains, but de l'eau, s'aspergea le visage. Il se déshabilla, se doucha et reçut des flashes de souvenirs, comme des explosions de douleur. Foción, les élections, le colonel Buendía, qui le cherchait jusque sous les pierres. Qu'allait-il faire de sa vie ? Fuis, car seul celui qui fuit se sauve. Mais toutes les possibilités de fuite lui semblaient fermées ou terribles. Comment s'était terminée la fête ? Dans le lit jumeau il découvrit une forme, les couvertures jusqu'aux yeux, un méli-mélo de cheveux fait de lumière et de miel, un sourcil haut, le nez droit d'Ángela. Le souffle coupé, il s'immobilisa. C'était comme s'il recevait une bénédiction.

Il s'assit près d'elle sans faire de bruit, pour ne pas la réveiller. Il la regarda respirer, la bouche entrouverte, en se retenant pour ne pas caresser du bout de son doigt la longue courbe immobile de ses lèvres. Sa paupière fermée. Le poids tiède de ses cheveux sur l'oreiller. Les circonvolutions de son oreille rose, à demi couverte par une grosse mèche de cheveux. Elle respirait, et Escobar la regardait respirer, immobile, sans oser respirer fort lui-même, sans la toucher.

Avaient-ils fait l'amour ? Il ne se souvenait de rien.

Il la découvrit, en faisant très attention. Elle était nue et s'agita dans son sommeil. Escobar crut qu'il allait pleurer rien qu'en voyant son dos ferme et lisse, la courbe de ses fesses, et il l'enlaça doucement, lui embrassa les épaules et descendit lentement le long de son duvet blond depuis ses omoplates jusqu'à son coccyx, en sentant croître entre ses jambes une magnifique érection, comme il ne se rappelait pas en avoir eu depuis longtemps. Ángela remua un peu, fit des bruits de sommeil. Retenant son souffle, il la regarda se retourner, se réveiller, découvrir sa présence entre ses paupières mi-closes.

— Escobar… dit-elle d'une voix endormie.

Elle le prit dans ses bras, et Escobar respira de nouveau, tandis que ses yeux s'emplissaient de larmes. Elle sentait encore le sommeil. Il embrassa sa bouche douce et pleine de sommeil, ses yeux fermés de nouveau, son cou et ses épaules tièdes.

— On a fait l'amour, hier soir ? Je ne me rappelle pas.

— Ne sois pas idiot, Escobar…

Ce qui le laissait dans le doute : ne sois pas idiot, oui, ou ne sois pas idiot, non ? Il n'arrivait pas à se rappeler. Ángela découvrit son érection et sourit paresseusement. Elle la regarda se réduire, mollir, se cacher entre ses cuisses comme une tête de tortue dans sa carapace.

— Tu as mon sonnet ?

— Quel sonnet ?

— Tu ne te souviens plus ? Tu m'as promis un sonnet tous les jours, au petit déjeuner.

— Je ne m'en souviens pas. Je ne crois pas. C'est stupide.

Ángela étira son long corps, courba le dos, tendit sa peau chaude. Elle le poussa du lit et le fit tomber par terre. Elle alla dans la salle de bains. Escobar resta assis par terre, nu, sans avoir froid, concentré sur son doute : avaient-ils fait l'amour ?

Ángela sortit de la salle de bains les cheveux mouillés, enveloppée dans un long peignoir en éponge blanc.

— Viens, on va faire un tour. Je suis fascinée par la savane, à cette heure-ci.

Escobar revêtit un peignoir identique. Sa main, noire, enflée, ne passait pas dans la manche. Ángela plia celle-ci en diagonale, laissant nus son épaule et son bras, comme une toge de sénateur romain. En traversant le salon, Escobar s'étonna de voir trois ou quatre cadavres vautrés dans de grands fauteuils : la révolution était venue à bout de la caste des grands propriétaires terriens, des grands banquiers et des magnats de la bourgeoisie marchande. Mais non : c'étaient des ivrognes, des naufragés de la fête. Ángela l'informa :

— Il y a toujours le couvre-feu, tu ne savais pas ? Nous sommes plusieurs à avoir dû rester. On m'a donné cette chambre, ils n'imaginaient pas que quelqu'un y dormait déjà.

— Je ne dormais pas. Je pensais à toi.

Mais avaient-ils fait l'amour, oui ou non ? Il n'arrivait pas à se rappeler. Dans l'air froid du matin, les prés étincelaient au soleil, et la rosée mouillait jusqu'aux chevilles leurs pieds nus. Le ciel était net, bleu, impossible à saisir dans sa totalité, incurvé sur les horizons des montagnes scintillantes du vert humide de l'herbe, et très haut on voyait quelques nuages calmes et blancs. Des vaches mugissaient. Ils virent sortir de la maison la silhouette trapue du gentleman-farmer, avec une petite casquette de tweed sur sa calvitie et de hautes bottes de caoutchouc. On entendait dans l'herbe une rumeur discrète de petites créatures, fuyantes et rampantes. Ils s'assirent sur une déclivité du jardin, dans la rosée. Ángela grelotta. Escobar la prit dans ses bras, brusquement submergé par une vague de tendresse. Elle sourit, ferma les yeux. Il n'était pas seul : il la sentait entre ses bras. De sa poitrine sortit un mugissement rauque.

Il la renversa sur le dos dans l'herbe mouillée, ouvrit son peignoir sans ressentir la douleur de sa main, et ouvrant le sien il prit entre ses doigts son membre tendu, dur, presque noueux, il lui écarta les jambes d'un coup de genou, la pénétra sans détour, d'un coup, il la sentit se débattre sous tout son poids, lutter, lui frapper les côtes avec ses poings, céder, s'ouvrir, croiser les bras autour de son cou, lui effleurer la nuque avec ses doigts. Il la regarda, et vit qu'elle le regardait et lui souriait : il n'était pas seul, ils étaient ensemble, tous les deux. Il entra plus profondément en elle, ressortit et entra de nouveau, sentit les racines humides et dures de l'herbe qui lui piquaient les genoux, huma les odeurs nouvelles, chaudes, qui émanaient du corps d'Ángela, mêlées au parfum de l'herbe écrasée, à celui, apporté par le vent, de la bouse de vache fraîche et de la fumée âcre de la fabrique de soude. Elle était vivante. Il était vivant lui aussi. Ils étaient vivants tous les deux.

— Mon amour, dit-il. Mon amour...

Il la sentait se redresser quand il se retirait, gémir, céder quand il poussait, l'aspirer vers elle comme si elle faisait le vide avec le plus profond de son sexe, il sentait l'anneau brûlant de sa chair, souple et fermé autour de lui, tirant vers l'intérieur de sa chair palpitante, plus profond encore, jusqu'à l'endroit où il n'était pas possible d'aller plus loin, et elle s'ouvrait davantage et davantage encore jusqu'à ce qu'il ne soit plus possible de s'ouvrir, et quand il était enfin tout au fond d'elle il sentait qu'il lui fallait d'autres étreintes de chair, d'autres membres longs, durs, souples, pour pouvoir entrer en elle aussi par toutes les parties et la sentir prise en lui comme lui en elle, scellée et sans jointures, épuisée et haletante, et s'ouvrant plus encore sous sa poussée pour lui permettre d'aller jusqu'au battement de son cœur, et plus loin encore, jusqu'au tressaillement le plus secret de son âme. Il se sentait cloué en elle, il se sentait enfoui au fond d'elle comme un énorme poisson, comme une bête aveugle qui respirait, soupirait, se reposait un instant avant d'aller plus avant dans ce tunnel sans fond. Et soudain il entendit sa propre voix contre le visage d'Ángela et son halètement, et sentit que toute sa force explosait en une trombe bouillante au fond d'Ángela, en coups spasmodiques de sa respiration, éclatait au plus profond, au plus sombre et au plus chaud d'Ángela, en flots de violence qui allaient plus loin encore, là où lui-même n'avait pas réussi à aller, et qui s'écrasaient, tout là-bas, contre des parois cachées, chaudes et arrondies, qui se refermaient et se desserraient et se dilataient et s'ouvraient et se refermaient comme des écluses, tandis que près de son visage le visage d'Ángela criait et que le sien criait, leurs deux bouches ouvertes et opposées dans un cri qui était plutôt un halètement, un manque d'air et une agonie de poisson hors de l'eau, frais pêché, qui fait de terribles sauts spasmodiques et laisse s'échapper à grands coups sa vie entière par la bouche. Il s'effondra sur Ángela.

Un long moment après, il entendit de nouveau mugir les vaches. Il sentit augmenter le froid de l'herbe et la caresse de la lumière sur ses yeux ouverts. Près de ses lèvres palpitait le cœur d'Ángela, et il entendait de nouveau la rumeur de l'herbe mêlée à la rumeur chaude de son sang. Ángela semblait endormie. Il l'enlaça, se sentit enlacé. Elle était vivante, et lui aussi. Il se sentit plein de vent, le froid âpre de la savane lui durcissait les muscles. Il essaya de parler. Il fallait qu'il dise quelque chose. Il ne savait que dire. Elle était toute la vie, et il fallait qu'il le lui dise.

— Mon amour... dit-il enfin.

C'était ce qu'il voulait dire, mais ce n'était pas si simple. C'était différent.

— Écoute ce que je te dis : ne t'endors pas.

— Je ne m'endors pas, répondit Ángela, la peau lisse, les lèvres presque immobiles.

— Ne t'endors pas : je crois que j'ai un sonnet pour toi, insista Escobar en s'agenouillant à côté d'elle.

Il le sentait tourner dans son cœur, se fabriquer sur le bout de sa langue. Ángela sourit, fatiguée.

— Un autre ?

— Non, pas un autre. Celui-ci, annonça-t-il, *Sonnet d'Ángela faisant l'amour avec moi.*

Et il le récita d'un trait :

Écoute ce que je te dis : ne t'endors pas.
Tes seins que je pétris,
tes feintes fâcheries,
Écoute-moi, ne t'endors pas.

Tes yeux, ton nez, ton cou, et ton ventre et tes jambes,
les poils de ton pubis,
ton sexe et ses replis,
et proies de mes deux mains tes fesses fraîches et tendres.

Et le poids de ton corps, et ta peau sous la mienne,
le goût de ton nombril,
la chaleur de tes cuisses et mon sexe en émoi.

Je te le dis encore, surtout ne l'oublie pas,
si jamais je survis à la mort quotidienne,
je ne veux désormais faire l'amour qu'avec toi.

Étendue dans l'herbe, Ángela le regarda un instant, dorée, nue, sans défense, avec des yeux qui regardaient sans se moquer.

— Moi aussi. Je ne veux plus faire l'amour qu'avec toi. Avec toi seulement, ajouta-t-elle en riant et en rougissant. Je me sens ridicule. J'ai froid.

Elle s'enveloppa dans son peignoir. Escobar avait froid lui aussi, et lui aussi se sentait ridicule, mais il était heureux. Il était heureux. Ángela lui tendit sa bouche humide, déguisant sous ce baiser une subite confusion.

— Le titre n'est pas bon, dit-elle. Il devrait s'appeler : *Sonnet d'Escobar faisant l'amour avec Ángela.* Tu es très égoïste. Ma sœur m'avait prévenue...

Il la releva. Il l'enlaça et l'emmena dans le jardin. Ils traversèrent main dans la main le salon aux cadavres, les couloirs, la cour au bassin, jusqu'à leur chambre. Il l'embrassa, se laissa tomber sur elle, sur son corps abandonné, ouvert. Ils firent l'amour posément, tranquillement, se connaissant maintenant, sans aucune méfiance.

— Tu es avec moi ? demandait Escobar.

— Oui, répondait Ángela.

Ils s'endormirent, enlacés, dans une confusion chaude et fatiguée de bras et de draps et de respirations dans le cou.

Ils furent réveillés par les exclamations de surprise de Claudia, déjà habillée, et de la fille de la maison, Diana :

— Houla ! firent-elles en riant, confuses. Pardon ! Nous pensions que tu étais seule, Ángela. Ignacio, tu n'étais pas parti à l'enterrement de ton oncle ? Nous étions tous convaincus…

Elles se retirèrent en riant. Ángela entra dans la salle de bains et en ressortit, éblouissante, une demi-heure plus tard. Escobar se doucha. Il était amoureux. Qu'allait-il faire de sa vie ? Il était amoureux. Fuis, car seul celui qui fuit se sauve. Il était amoureux. Il fuirait avec Ángela. Enfin, il alla au salon, peigné et frais. Il voulait regarder Ángela.

— Ah, mon grand, où étais-tu passé… ? demanda le gentleman-farmer en riant. Si tu m'avais dit que tu restais, nous serions sortis à l'aube chasser quelques ramiers, toi qui es chasseur… Allez, jetons-nous-en un, maintenant que Cecilita n'est pas dans le coin, d'accord ?

Il l'adorait. Escobar l'adorait lui aussi. Ils s'en jetèrent un. Peu à peu reparaissaient les autres survivants de la fête. Ángela avait l'air heureuse, à l'autre bout du salon plongé dans la pénombre, aussi lumineuse qu'une lampe. Petit à petit les gens s'en allèrent, se disant au revoir avec des baisers et des rires, puis le son amorti des portières des voitures qui se fermaient d'un coup dans le jardin, parmi les cris des petites filles en dentelle et les aboiements excités des chiens.

— Allez, Cecilita, Ignacito et cette femme si belle restent déjeuner, qu'en dis-tu ? Je les ai invités à la corrida de cet après-midi, à Zipaquirá, dit le gentleman-farmer.

Ils burent un verre. Ángela et Cecilita arrangeaient des vases. Une domestique grosse et souriante les invita à passer à la salle à manger. Les trois petites filles criaient et donnaient des coups de pied, et Cecilita les envoya déjeuner à la cuisine. Ils mangèrent en silence, un silence ponctué par le choc des couverts d'argent.

— Et ces fourchettes, Graciliana ? Pourquoi n'avez-vous pas mis les belles, les anglaises ?

— Des gens les ont volées, hier, à la fête, Madame.

— Mince ! Comment est-ce possible ! s'écria le gentleman-farmer. Et qui donc ?

— Ça, qui peut le dire, Monsieur... répondit Graciliana, indifférente.

Par-dessus la table reluisante Escobar regardait Ángela, qui souriait au gentleman-farmer. Il était amoureux.

— Je vais me faire belle, lui dit Ángela quand ils se levèrent de table.

— Tu es belle.

— Attends un peu et tu verras.

— Allez, mon petit, je crois que nous devrions prendre un petit cognac, qu'en dis-tu ? suggéra le gentleman-farmer en le prenant par le coude.

Ils s'assirent tous les deux au salon. Le vieil homme expulsait doucettement les gaz du déjeuner et du cognac. Ils ne parlaient pas. Une hirondelle ivre frappa les vitres de ses ailes.

— On dirait qu'il va pleuvoir, cet après-midi, murmura le vieil homme. Pourvu que la corrida ne soit pas annulée. Tu sais quoi, mon petit ? Je crois bien que je vais aller me faire une petite sieste !

Il rentra dans les profondeurs de la maison, parlant seul. Escobar se servit un autre cognac, entouré par le silence. Il le but lentement, assis tout seul dans le salon, en regardant voler les hirondelles qui s'écrasaient, comme folles, contre les baies vitrées.

Le gentleman-farmer conduisait lentement, en montrant des maisons du doigt et en expliquant à qui avaient appartenu jadis les haciendas. Ángela était assise à côté de lui. Escobar regardait son profil, estompé par l'éclat de ses cheveux. Il était amoureux. Par-dessus le siège de la voiture il lui caressait une main, absorbé, éperdu d'amour, assis à côté de Lucas, qui crottait avec ses grosses pattes maladroites le cuir odorant du siège, son pantalon déjà assez froissé. Ils évitèrent des bus, des paysans en poncho à bicyclette, des cyclistes pleins d'ardeur et épuisés, déguisés en coureurs cyclistes, de petits chevaux qui portaient de grands bidons de lait, un enfant qui tirait une vache par son licou. Sur la route trottaient des chiens jaunes, la queue tordue, et l'on voyait les masses sanguinolentes des cadavres de chiens qui avaient trotté avant ceux-là. Des maisons basses couvertes de tuiles, avec des noms de marques sur des plaques de fer-blanc – Freskola, Lux, Orange Postobón, Colombien, de chez nous –, des hommes en poncho appuyés au montant des portes, une bouteille de bière à la main, des étals où l'on vendait de la friture, des femmes en châle noir, chargées d'enfants au visage couvert de morve, un âne qui brayait, attristé, de l'autre côté d'une clôture de pierre, des maisons aux portes étroites, couleur pastel, sans fenêtres.

— Ce n'est pas encore l'heure de la corrida, déclara le gentleman-farmer. On a le temps de boire un ou deux verres.

Il gara sa voiture sur la place du village, devant de vieux palmiers plantés dans des bacs en ciment. Accrochés à leurs troncs, de grands haut-parleurs vomissaient de la musique :

Va-t'en d'ici, va-t'en avant que je te tue !
Tu ne vaux rien, va-t'en d'ici, hors de ma vue !

Ou annonçaient, avec des voix creuses et puissantes :

— GRANDE FÊTE DE ZIPAQUIRÁ ! COLOSSALE CORRIDA PIQUÉE ! QUATRE TAUREAUX, QUATRE, DE LA CÉLÈBRE GANADERÍA DE GUANZACÁ, À DEVISE GRENAT ET VERT ! POUR LES CÉLÈBRES MATADORS… !

— Ce ne sont pas des toreros, commenta le gentleman-farmer. Seulement des gars du coin. Jetons-nous un autre petit verre, d'accord ?

Le bistrot sentait la tannerie et l'arôme douceâtre de l'eau-de-vie. Ángela était pendue au bras d'Escobar, et ils s'embrassaient avec un goût d'eau-de-vie. Un ivrogne entra à cheval, ressortit en faisant sur le seuil des étincelles avec les sabots ferrés de sa monture, la mousse de sa bière coulant en cascade sur les rênes, sa main et son coude. Le gentleman-farmer répéta obstinément qu'ils avaient le temps de prendre un autre petit verre. Oui : ils avaient le temps de tout faire, dans la vie. C'était l'amour, peut-être, ou l'émotion nerveuse des après-midi de corrida.

— Fuyons, Ángela. Seul celui qui fuit se sauve.

Ángela riait. Le gentleman-farmer était heureux.

Dans les arènes, faites de barrières chancelantes, des dizaines d'*espontáneos*, ivres et en poncho, attendaient la sortie du taureau en titubant au milieu du cercle, entre les arbres. Au fond d'une rue, on distinguait les montagnes vertes qui se précipitaient sur le village, couvertes de nuages et d'eucalyptus gris sur leurs versants. Un policier en vert, bien seul, transpirant sous le soleil de cinq heures, criant et poussant, s'efforçait d'évacuer le centre de l'arène. Ce n'était pas facile. Les *cuadrillas* des matadors essayaient de l'aider en bousculant les ivrognes, mais d'autres ivrognes sautaient sur le sable depuis les barrières. Sur une estrade de planches, le président de la corrida s'égosillait, ordonnait, tonnait, suppliait : « S'il vous plaît, messieurs, ayez l'amabilité de laisser l'arène libre, pour que la fête puisse commencer. » Des fusées éclataient dans le ciel, avec des détonations brèves et sèches, laissant échapper des bouffées de fumée blanche, et les haut-parleurs, infatigables, bramaient :

Va-t'en d'ici, va-t'en avant que je te tue !
Tu ne vaux rien, va-t'en d'ici, hors de ma vue !

On les bousculait, on leur marchait sur les pieds. Ángela se pendait au bras d'Escobar, riait. Le gentleman-farmer avait rencontré un ami.

— Tiens, Ignacio, je te présente l'attaché culturel de l'ambassade de Belgique. Un de mes neveux, et Ángela.

— *Enchanté, madame**, dit le Belge, un albinos aux yeux globuleux qui fumait un cigare et fit le baisemain à Ángela.

Il leur présenta sa compagne :

— *Mlle* Gracielá Rodriguéz, *de l'ambassade**.

Mlle Gracielá, intimidée, sourit derrière ses lunettes de myope et fit une petite révérence.

Ils s'installèrent. Le président renonça à faire évacuer l'arène, pensant probablement que le taureau s'en chargerait, et ordonna de sonner la trompette. Le premier taureau sortit, tout content, au galop, en regardant avec mépris les capes des péons, les ponchos et les chiffons rouges des *espontáneos*.

Il galopa à travers l'arène, entre les arbres, chargeant parfois brusquement les barrières branlantes et encombrées de public, puis il allait plus loin, la tête haute et pleine de dédain, tandis que de son fin museau noir pendait, oscillant dans la course, un long filet de morve transparente qui scintillait dans le soleil et se brisait en variations de toiles d'araignées de lumière. Il semblait absolument sûr de lui.

— Noir, au gland blanc, avec une raie blanche sur le dos, expliqua le Belge à Mlle Gracielá, émue et contente.

Noir, le gland blanc peut-être, et à raie blanche, mais noir, en tout cas : terrifiant et puissant à l'avant, véloce à l'arrière, balançant avec une sereine insolence ses énormes testicules couleur noir de fumée, laissant goutter dans son galop un jet d'urine mince et court, un jet d'arrogance. Son chemin était traversé par les courses des *espontáneos*, qui lui tendaient une couverture, un blouson en synthétique, et d'un revers méprisant de la corne il en attrapait un ou deux et les jetait au loin, faisant des cabrioles sans les regarder. Depuis les barrières on lui lançait des noyaux de fruits et des morceaux de bois sec qui rebondissaient, ignorés, sur sa nuque ou sa croupe.

— *Il a de la* castá, dit le Belge. *Ah, ça oui, ma foi* !*

Ángela enlaça Escobar par-derrière, posa son visage sur son épaule, contre sa barbe. L'amour envahit Escobar.

— Fina, mon amour…

— Je ne m'appelle pas Fina, dit Ángela en riant. Tu es soûl, Escobar.

— C'est vrai…

Effectivement, il distinguait des silhouettes ondulantes et devait faire un effort pour voir le taureau en une seule image. Il commença à regarder avec attention. Il vit quelqu'un arracher sa casquette au policier en vert et la lancer au taureau ; elle resta un instant accrochée à l'une de ses cornes. Le taureau poussa un formidable mugissement, comme s'il trompetait.

— *Ah, là… ! Il est** berreón, c'est-à-dire braillard… commenta le Belge.

Mais le taureau venait de charger un type à terre et le retournait dans le sable parmi les cris aigus des femmes et les courses des péons. Puis il s'immobilisa au milieu de l'arène, plein de défi, ses flancs noirs montant et descendant dans le soleil, tandis que des amis de l'homme à terre tiraient ce dernier par les aisselles. Le taureau regardait d'un œil rougi et calme, ensanglanté et jaune, dans un silence inattendu. Il urina interminablement, planté au milieu de l'arène, et de nouveau ce furent les rires et les cris. Le président donna un ordre, et l'homme chargé de jouer de la trompette joua de la trompette, une trompette rauque, encombrée de bouillonnements de salive. Le taureau trotta lentement et huma le premier sang.

Les choses commencèrent à rentrer dans l'ordre. L'arène fut presque vide. Les péons, dans leurs habits de lumière décolorés, défraîchis, manifestement de location, se mirent à crier : « Ha, toro, ha, toro, ho ! » Le taureau regarda autour de lui d'un œil fier : des hommes absurdes, vêtus de couleurs passées, de bas roses, suant sang et eau sous l'âpre soleil de l'après-midi. Une des barrières s'ouvrit et laissa passer un picador à cheval. Le public siffla, hua, protesta, unanime.

— Ah, le pauvre petit cheval… ! s'angoissa Mlle Gracielá.

Le Belge connaisseur la rassura en lui tapotant la main :

— C'est le *varilarguerό*, le picador. Il faut absolument piquer ces bêtes, pour qu'elles montrent leur *bravurá*, leur combativité, *vous comprenez**. C'est un vieux rituel tauromachique.

Et, comme déclenché par ce commentaire érudit, le chaos revint. Un ivrogne tomba en poussant un cri du haut de la barrière de troncs, la tête la première. Le taureau chargea la forme inerte tandis que les amis de l'ivrogne sautaient en grappe, l'un d'eux chevauchant l'animal, qui ruait et se cabrait, trois autres le tirant par la queue. Le taureau donnait des coups de corne, aveugle, dans le corps immobile au milieu de la poussière jaune. Sous le poids de son cavalier, ses flancs se gonflaient et se dégonflaient dans un énorme effort, un effort amer, et sa longue langue noir et gris barbouillée de blanc, incurvée comme une corne, laissait couler des flots de salive épaisse, verte d'herbe. Le picador en profita et s'approcha par-derrière, pique en arrêt.

— *Ah non, monsieur* !* s'indigna le Belge. *Ah non ! C'est pas ça, c'est pas ça du tout, du tout ! Ah, là là, ces Colombiens*… !*

— Ah, le pauvre cheval ! s'attendrit Mlle Gracielá.

Le picador, gros et tranquille quoiqu'un peu en sueur, piqua le taureau en biais, par-derrière, malgré l'indignation impuissante du connaisseur belge et sous les huées. La pique se planta approximativement dans le *morrillo* de l'animal, et le picador la fit tourner comme une vrille en pesant sur elle de tout son poids. Le taureau se retourna vers le cheval, s'embrochant davantage dans le fer, cherchant avec sa corne la mollesse du ventre sous le caparaçon de toile et de cuir. Le cheval se cabra, perdit l'équilibre et découvrit de grandes dents jaunes sur de larges gencives roses, de jeune fille. Le taureau se libéra. Son échine noire était à présent un bourbier de sang qui jaillissait en bouillonnements épais, en grumeaux denses, en caillots rouges et brillants comme de la confiture de cerises. Au centre de sa blessure, sa respiration faisait jaillir une petite source.

— Assassin ! criait le public. Salaud !

Le Belge, qui ne pouvait parler tant il était indigné, émettait des bruits curieux. Le taureau s'élança de loin, prenant le picador par surprise, sous une salve d'applaudissements. Cette fois, la pique se planta dans ses côtes, assez bas. On entendit le cri rauque de la trompette.

— *Ça alors ! Ça alors* * ! disait le Belge, la peau pleine de plaques rouges.

— On m'avait toujours dit qu'ils tuaient les chevaux, fit Mlle Gracielá, un peu déçue.

Le Belge lui caressa la main tout en essuyant sa sueur. Au centre de l'arène, une espèce de chapelain petit et gros, en costume lilas et noir, criait : « Ha, toro, ha ! » Le taureau le regarda. De son échine blessée coulaient de longues traînées de sang pourpre qui oscillèrent quand il trotta à la rencontre de l'homme déguisé, qui trotta lui aussi vers l'animal, la bedaine secouée, et l'esquiva, les bras levés, avant de fuir en courant et en laissant tomber ses banderilles. Un autre banderillero s'écarta des planches en faisant de petits sauts sur place, provoqua l'animal par des « Ho, toro, ho, ha, toro », avec une allure un peu informe de notaire, se précipita soudain, les bras levés très haut, et lui planta sa paire de banderilles dans les flancs, de loin, tandis que le taureau agitait violemment la tête en frappant l'air, avant de s'arrêter net pour mugir de fureur vers le ciel serein, dur et lisse, bleu pâle.

— *Ah, là, il est** berreón, affirma de nouveau le connaisseur belge.

Dans l'arène, un autre banderillero se précipita sur le taureau distrait et lui planta comme il le put deux autres banderilles. Le taureau chargea l'air, pendant que sur les barrières le public riait et parlait d'autre chose et qu'un ivrogne heureux lançait au loin une bouteille d'eau-de-vie qui tourna, tomba et finit par se casser entre les sabots du taureau comme un jet de brillants. Escobar, assis jambes pendantes sur la traverse flexible de la barrière, sentit qu'il perdait l'équilibre et tombait à la renverse dans la foule. Il ne se fit pas mal, mais il était certain d'avoir cassé quelque chose à quelqu'un. Tout en haut, le vaste ciel se peuplait de lents et grands nuages. Il les regarda passer. Il y avait un immense silence, là-haut, dans le ciel liquide, transparent. Il entendit des cris au-dessous de lui et laissa de mauvaise grâce le ciel pour regarder ce qui se passait dans l'arène.

Il ne se passait rien de spécial. Accroupi dans la poussière, les bras appuyés sur la traverse inférieure de la palissade et la tête sur les bras, Escobar voyait de très près la croupe noire du taureau, encroûtée de bouse archisèche, et ses flancs qui montaient et descendaient comme le cuir d'un soufflet. Un enfant lui piqua les testicules avec la baguette fendillée d'une fusée brûlée, et le taureau rua nerveusement, brisant la baguette. L'enfant fit un bond en arrière, terrorisé, et deux autres à côté de lui éclatèrent d'un rire hystérique. Escobar vit le taureau introduire sa longue langue dans ses naseaux et se nettoyer la morve. De ses côtes pendaient, affaissées, les banderilles ; deux d'un côté, une de l'autre, noires de crasse et presque sans couleur, plusieurs fois utilisées, le harpon rouillé sans doute. Le sang déjà sec se collait aux flancs luisants de sueur de l'animal, rafraîchis par des bouillonnements rouges qui semblaient frémir sur son *morrillo* au rythme de son souffle. Cela sentait le sang et la bouse, et plus haut, au-dessus de la tête d'Escobar, les arènes tout entières réclamaient du sang. Il y eut un instant de silence magique pendant lequel on entendit, secs, étouffés par la distance, les « Ha, toro, ha » du matador gainé dans son costume de lumière de location, dans ses bas roses et rapiécés et qui venait de dédier le taureau à quelqu'un, peut-être au public. Le taureau tournait lentement la tête en soufflant bruyamment, immobile, indifférent aux cris, absorbé dans ses pensées. Le matador, très jeune, faisait des pas de danse espagnole très étudiés, cambrait les reins, avançait sa muleta, faisait un petit pas en arrière, incurvait les fesses, bandait ses abdominaux, offrait ses testicules aux cornes du taureau, changeait de main sa muleta, regardait le ciel et les arènes en prenant l'univers à témoin du manque d'ardeur du taureau, haussait les épaules, donnait d'insolents petits coups de pied dans le museau de l'animal, le lui piquait avec la pointe émoussée de son épée, semblait se résigner. Le taureau soufflait, pensif. Il n'y avait rien à faire. Escobar entendit l'expert belge :

— *Là, il faudrait lui donner de la* distanciá, *de la distance**.

Et soudain le taureau s'élança dans un silence de mort et frappa l'air de ses cornes, là où se trouvait la muleta, encorna la solitude. Un tonnerre de cris s'éleva, et une fois de plus le taureau chargea le vent. Escobar comprit alors que le taureau allait mourir. Même s'il réussissait à tuer le matador, et toute sa *cuadrilla*, et le picador, et le président des arènes, et le Belge connaisseur, et la moitié du public, on finirait par le tuer à coups de pierre, à coups de pied, en lui tirant dessus, en l'égorgeant, en lui brisant les pattes. Il n'y avait rien à faire. Le taureau, quant à lui, l'avait aussi compris, et il avait rentré sa langue et fermé la bouche pour mourir en silence. Un vol d'hirondelles tourna en descendant au-dessus de l'arène. Le jeune matador faisait des passes désordonnées au taureau, qui chargeait dans les règles de l'art et tournait ensuite pour charger de nouveau, avant de se perdre un instant dans le vent de la muleta ensanglantée de son sang. Il chargea et rechargea, lentement. Encore et encore, suave comme une brise, sa tête rude fixée sur le bruit de couteau de ses cornes déchirant la muleta, que le matador perdait, ramassait, reperdait, déconcerté, les yeux blancs de peur dans un visage de cendre. Le matador regardait le public et ne savait que faire.

Le taureau chargea de nouveau, et le public commença à s'ennuyer. Les nuages cachèrent le soleil, et tout devint terriblement triste. Un enfant pleurait, les ivrognes criaient, le vent apportait des rafales de musique des haut-parleurs.

... Va-t'en d'ici, va-t'en avant que je te tue !

Le président de la corrida était probablement parti s'occuper de ses affaires, et le matador, si jeune, dans sa tenue d'or ensanglantée, la lèvre supérieure et le front trempés de sueur, vert de peur, les dents du bas à l'air, la culotte déchirée, ne cessait de se planter bien droit pour tuer et piquait chaque fois le taureau sur de l'os. L'assistance commençait à mugir son mépris et son ennui, et le valet d'épées du matador, vert lui aussi et trempé de sueur, grommelait entre ses dents :

— Allez, laisse-toi tuer, putain de taureau, laisse-toi tuer une bonne fois...

Le soleil se montra de nouveau, tout près maintenant de la crête des montagnes, filtrant entre les branches des arbres. Et une fois de plus le matador avança une jambe et s'arc-bouta, tandis que la moitié du public criait : « Tue-le, tue-le », et que l'autre moitié criait : « Non, non », et qu'une troisième moitié poussait des cris incohérents, se donnait des rendez-vous, parlait d'autre chose. L'attaché de l'ambassade de Belgique expliqua, dans une pause de silence, que c'était maintenant *le moment de la vérité**, pendant que Mlle Gracielá soulevait ses lunettes de myope et se maquillait les yeux face au miroir de son poudrier. Le matador se prépara de nouveau pour la mise à mort, et cette fois l'épée s'enfonça avec un bruit de succion dans la masse pulpeuse et pourpre du *morrillo* du taureau, jusqu'à la garde. Le matador se retira, couvert de sueur, et l'expert belge déclara qu'il avait donné une estocade un peu basse, un peu latérale, *un petit peu** trop en arrière, et Escobar voyait la moitié de la lame luire dans le flanc du taureau, au milieu d'un rideau de sang.

— Quelle horreur. Pauvre petite bête, dit Mlle Gracielá.

Le taureau vomit un flot de sang, qu'il ravala aussitôt. Et toujours vomissant il se mit à trotter dans l'arène en faisant des s alors que, déjà, par dizaines, des *espontáneos* sautaient des barrières sur la piste, que le jeune matador levait le bras pour les tenir à distance, et que les péons couraient derrière le taureau et lui jetaient leurs capes au museau. L'animal trottait en silence, laissant une traînée de sang sur le sable damé de la piste. Les *espontáneos* s'approchaient du taureau moribond et reculaient d'un saut quand celui-ci esquissait un coup de corne, mourant. Il trotta encore et s'immobilisa sur ses quatre pattes chancelantes face à Escobar. Les capes jaune et rose des péons lui éventaient la tête pendant que le petit torero gardait le bras en l'air et persistait à leur crier de le laisser, que le taureau était mort. Celui-ci resta encore longtemps à se balancer, respirant très profondément et rejetant par les naseaux des flots épais de sang, un sang très rouge à présent, à gros bouillons espacés et brusques. Le taureau plia les pattes avant et se laissa tomber sur les genoux, ouvrant enfin la bouche, sa longue langue cornue et noircie effleurant presque la barrière et laissant apparaître ses dents inférieures, jaune et vert, à peine tachées de sang. Il regardait d'un œil fixe et dur, mais gardait droites et oscillantes ses deux pattes arrière. Alors, écartant les *espontáneos* qui donnaient des coups de pied dans la croupe de l'animal à l'agonie et enroulaient sa queue autour de leur main pour la lui tourner, puis les faisant fuir sous la menace de son énorme poignard, le péon chargé de donner le coup de grâce s'approcha de la barrière et planta d'un coup sec son arme dans la nuque de l'animal. Le taureau se secoua et se releva. Puis il s'étira jusqu'à se faire craquer les vertèbres comme un claquement de pistolet. Son museau toucha la traverse de la barrière et il lança un formidable mugissement d'agonie, projetant sur le visage d'Escobar un souffle épais qui sentait l'herbe et le sang. Escobar entendit craquer les os du taureau, et le péon lui planta son poignard dans le bulbe rachidien. La bête eut un terrible sursaut et étira ses quatre pattes à la fois, puis roula sur le dos. Sur son museau sanguinolent et dans son œil immobile et jaune commencèrent à se poser de grosses mouches vertes, tandis que la horde des *espontáneos* se jetait sur le cadavre pour le dépecer avec les ongles et les mains.

— Ils l'ont tué, dit Escobar à Ángela.

Il se retourna : ce n'était pas Ángela. Mais une autre : une femme qui criait et buvait, pleine de pneus de chair tremblants, mous de bonheur.

Il chercha Ángela alentour. Il ne la vit pas. Il grimpa sur la barrière et scruta le grouillement des gens qui criaient et buvaient. Il la vit, au loin, près d'une petite voiture rouge à la capote baissée, tenant Lucas en laisse. Dans la petite voiture, il distingua une grosse mèche de cheveux gris acier : ce fils de pute de Chato Tamayo. Il se jeta du haut de la barrière et se mit à courir vers eux. Tout en courant, il vit Ángela monter dans la voiture, y faire monter le chien, dont la grosse tête carrée se découpait sur celles des deux autres. Il vit la petite voiture démarrer en marche arrière, dessiner une courbe sur les chapeaux de roue, freiner en faisant jaillir un nuage de poussière, puis rugir et disparaître en haut de la rue. Il cria :

— Mon amour… !

Ángela ne l'entendit pas. Il s'arrêta à vingt pas de l'endroit où ils se trouvaient un instant plus tôt. Il ne comprenait pas encore. Il entendit des sirènes, vit arriver des fourgons de police, une jeep de l'armée pleine de soldats. Il les vit freiner dans la poussière. Une silhouette floue le signala du bras :

— Là-bas ! C'est lui, mon colonel, c'est lui !

Il reconnut la voix du type au gilet. Et il commença à descendre la rue en courant, les jambes légèrement vacillantes, pour se saisir du fils de pute au gilet et le réduire en bouillie.

— Halte ! Rendez-vous ! lui cria un militaire en portant la main à sa hanche.

À cette distance, il le reconnaissait, même sous son casque d'acier : le colonel Buendía. Mais il ne le regarda pas : il avait vu l'endroit exact sur la gorge saillante de ce fils de pute à gilet où il allait enfoncer ses doigts et serrer jusqu'à ce que mort s'ensuive. Il le vit pâlir, reboutonner machinalement son gilet, hésiter puis faire demi-tour et se mettre à courir au moment où Escobar était presque sur lui. Escobar fit une feinte pour esquiver un soldat qui lui barrait la route, poursuivit à toutes jambes le type au gilet, le rattrapa. Il entendit de nouveau la grosse voix du colonel Buendía :

— Halte ou je tire !

Il continua à courir, entendit une détonation sèche, comme une toux, comme si on avait de nouveau lancé des fusées dans l'arène, puis deux autres, comme deux toux. Il tomba et roula sur le gravier en soulevant de la poussière dans sa chute, surpris, sans comprendre pourquoi il était tombé. Il avait le visage enfoui dans le gravier et distinguait clairement les détails de chaque petit caillou fait d'arêtes brillantes et de points noirs et blancs. Une fourmi avançait sur ce terrain abrupt en traînant une petite feuille verte. Il voyait avec précision les nervures de la petite feuille. Une lente rigole brillante atteignit la fourmi, lécha le bord de sa charge, la fit frissonner. Elle courut jusqu'à un endroit sec, s'arrêta. Elle se frotta énergiquement les pattes les unes contre les autres et les nettoya parfaitement. La feuille était presque entièrement restée dans la petite flaque luisante qui commençait à se former, verticale comme une minuscule chandelle, d'un vert brillant, plus claire et plus opaque du côté âpre de l'envers. La fourmi s'approcha avec méfiance, cherchant un terrain ferme où pouvoir faire levier avec ses pattes, tira de nouveau sur la feuille, la fit légèrement bouger, finit par la sortir de cet étang soudain, escaladant les cailloux, en redescendant, tirant et poussant la petite feuille verte qui palpitait au ras du sol comme une chose vivante, avançant, s'éloignant.

Un soldat s'accroupit près d'Escobar, lui tourna la tête.

— Celui-là, on l'a refroidi, mon colonel.

Les gens se massaient. Le type au gilet donna un coup de pied au corps allongé, qui reçut le coup sans bouger. Le colonel le repoussa avec rudesse :

— Hé, là, vous… ! Un peu de respect, monsieur, un peu de respect !

Collection « Littérature étrangère »

ADAMS Poppy
Le Temps des métamorphoses

ADDERSON Caroline
La Femme assise

AGUÉEV M.
Roman avec cocaïne

ALI Monica
Sept mers et treize rivières
Café Paraíso

ALLISON Dorothy
Retour à Cayro

ANDERSON Scott
Triage
Moonlight Hotel

AUSLANDER Shalom
La Lamentation du prépuce

BAXTER Charles
Festin d'amour

BENIOFF David
24 heures avant la nuit

BLOOM Amy
Ailleurs, plus loin

BROOKNER Anita
Hôtel du Lac
États seconds
La Vie, quelque part
Une chute très lente
Une trop longue attente
Fêlures
Le Dernier Voyage

BROOKS Geraldine
Le Livre d'Hanna

CAÑÓN James
Dans la ville des veuves intrépides

CONROY Pat
Le Prince des marées
Le Grand Santini

COURTENAY Bryce
La Puissance de l'Ange

CUNNINGHAM Michael
La Maison du bout du monde
Les Heures
De chair et de sang
Le Livre des jours

DORRESTEIN Renate
Vices cachés
Un cœur de pierre
Sans merci
Le Champ de fraises
Tant qu'il y a de la vie

DUNANT Sarah
La Courtisane de Venise

DUNMORE Helen
Un été vénéneux
Ils iraient jusqu'à la mer
Malgré la douleur
La Faim
Les Petits Avions de Mandelstam
La Maison des orphelins

EDELMAN Gwen
Dernier refuge avant la nuit

ELTON Ben
Nuit grave

FERRARIS Zoë
La Disparue du désert

FLANAGAN Richard
La Fureur et l'ennui

FREY James
Mille morceaux
Mon ami Leonard

FRY Stephen
L'Hippopotame
Mensonges, mensonges
L'Île du Dr Mallo

GALE Patrick
Chronique d'un été
Une douce obscurité
Tableaux d'une exposition

GARLAND Alex
Le Coma

GEE Maggie
Ma bonne

GEMMELL Nikki
Les Noces sauvages
Love Song

GILBERT David
Les Normaux
Les Marchands de vanité

HAGEN George
La Famille Lament
Les Grandes Espérances du jeune Bedlam

HOMES A. M.
Mauvaise mère

HOSSEINI Khaled
Les Cerfs-volants de Kaboul
Mille soleils splendides

JOHNSTON Jennifer
Petite musique des adieux
Ceci n'est pas un roman
De grâce et de vérité

JONES Kaylie
La fille d'un soldat ne pleure jamais
Dépendances

KAMINER Wladimir
Musique militaire
Voyage à Trulala

KANON Joseph
L'Ultime Trahison
L'Ami allemand
Alibi

KENNEDY Douglas
La Poursuite du bonheur
Rien ne va plus
Une relation dangereuse
L'homme qui voulait vivre sa vie
Les Désarrois de Ned Allen
Les Charmes discrets de la vie conjugale
La Femme du Ve
Quitter le monde

KLIMKO Hubert
La Maison de Róża

KNEALE Matthew
Les Passagers anglais
Douce Tamise
Cauchemar nippon
Petits crimes dans un âge d'abondance
Maman, ma sœur, Hermann et moi

KUNKEL Benjamin
Indécision

LAMB Wally
Le Chant de Dolorès
La Puissance des vaincus

LAWSON Mary
Le Choix des Morrison
L'Autre Côté du pont

LEONI Giulio
La Conjuration du Troisième Ciel
La Conspiration des miroirs

LISCANO Carlos
La Route d'Ithaque
le Fourgon des fous
Souvenirs de la guerre récente

LOTT Tim
Frankie Blue
Lames de fond
Les Secrets amoureux d'un don Juan
L'Affaire Seymour

MADDEN Deirdre
Authenticité

MARCIANO Francesca
L'Africaine
Casa Rossa
La Fin des bonnes manières

MCCANN Colum
Danseur
Les Saisons de la nuit
La Rivière de l'exil
Ailleurs, en ce pays
Le Chant du coyote
Zoli
Et que le vaste monde poursuive sa course folle

MCCOURT Frank
Les Cendres d'Angela
C'est comment l'Amérique?
Teacher Man, un jeune prof à New York

MCGARRY MORRIS Mary
Mélodie du temps ordinaire
Fiona Range
Un abri en ce monde
Une douloureuse absence

MILLS Jenni
Le Murmure des pierres

MORTON Brian
Une fenêtre sur l'Hudson
Des liens trop fragiles

MURAKAMI Haruki
Au sud de la frontière, à l'ouest du soleil
Les Amants du Spoutnik
Kafka sur le rivage
Le Passage de la nuit
La Ballade de l'impossible
L'éléphant s'évapore
Saules aveugles, femme endormie
Autoportrait de l'auteur en coureur de fond

O'DELL TAWNI
Le Temps de la colère
Retour à Coal Run
Le ciel n'attend pas

O'FARRELL Maggie
Quand tu es parti
La Maîtresse de mon amant
La Distance entre nous
L'Étrange Disparition d'Esme Lennox

OWENS Damien
Les Trottoirs de Dublin

PARLAND Henry
Déconstructions

PAYNE David
Le Dragon et le Tigre : confessions d'un taoïste à Wall Street
Le Monde perdu de Joey Madden
Le Phare d'un monde flottant
Wando Passo

PEARS Iain
Le Cercle de la Croix
Le Songe de Scipion
Le Portrait

PENNEY Stef
La Tendresse des loups

RAVEL Edeet
Dix mille amants
Un mur de lumière

RAYMO Chet
Le Nain astronome
Valentin, une histoire d'amour

ROSEN Jonathan
La Pomme d'Ève

SANSOM C. J.
Dissolution
Les Larmes du diable
Sang royal
Un hiver à Madrid
Prophétie

SAVAGE Thomas
Le Pouvoir du chien
La Reine de l'Idaho
Rue du Pacifique

SCHWARTZ Leslie
Perdu dans les bois

SEWELL Kitty
Fleur de glace

SHARPE Tom
Fumiers et Cie
Panique à Porterhouse

SHREVE Anita
Le Poids de l'eau
Un seul amour
La Femme du pilote
Nostalgie d'amour
Ultime rencontre
La Maison du bord de mer
L'Objet de son désir
Une lumière sur la neige
Un amour volé
Un mariage en décembre
Le Tumulte des vagues

SHRIVER Lionel
Il faut qu'on parle de Kevin

SMITH Tom Rob
Enfant 44

SOLER Jordi
Les Exilés de la mémoire
La Dernière Heure du dernier jour

SWARUP Vikas
Les fabuleuses aventures d'un Indien malchanceux qui devint milliardaire

TOLTZ Steve
Une partie du tout

ULINICH Anya
La Folle Équipée de Sashenka Goldberg